KB156077

생오지 작가, **문순태**에게로 가는 길

생오지 작가,
문순태에게로 가는 길

조은숙

역락

> "인생이란 환상방황(環狀彷徨)과 같은 것이 아니겠는가.
> 같은 장소에서 원을 그리며 방황하는
> 링반데룽(ringwandelung) 현상 같은 것"
> ─『41년생 소년』

소설가는 자신의 삶을 소설 안에 녹여내는 경우가 많다. 그래서 작가론을 쓰기 위해서는 작가의 전체 작품과 오랫동안 말을 주고받으며 놀아야 한다. 이 과정에서 작가의 삶이 묻어나 있는 작품을 선택하고 작품 속의 주인공과 대화를 나누며 작가의 마음을 읽어내야 하기 때문이다. 작품 안의 주인공을 불러내 한바탕 논 뒤에는 작가의 고향으로 달려가 그곳 경치에 푹 빠져 며칠을 보내야 한다. 이렇게 며칠을 보내다 보면 어느덧 작품의 주인공이 내 손을 붙잡고 작가의 유년시절로 나를 데리고 간다.

작가가 나인 듯, 내가 작가인 듯, 그렇게 둘이서 초등학교와 중학교, 고등학교 교정을 함께 거닐고, 미래에 대한 불안과 두려움과 희망을 안고 살아갔던 20대와 30대의 청년 시절을 공유한다. 이어서 작가가 취재여행을 갔던 인도의 갠지스 강가에서 40대가 된 작가와 끊임없이 삶과 존재의 의미를 찾고자 대화를 나누고, 동시에 유배지에서도 꿈을 포기하지 않았던 작품 속의 주인공과 새로운 꿈을 이야기한다. 이제 어느새 하나가 된 노년의 작가는 '인생이란 환상방황'과 같은 것이라며, 나를 위로한다. 그렇게 작가와 함께하다 보면 그의 삶과 작품의 지형도가 하나씩하나씩 채워지고, 마지막 퍼즐 한 조각마저도 완성된다.

작가와 함께한 4년 동안 내 삶에도 변화가 생겼다. 작가의 발자취를 찾다가 나의 길도 찾을 수 있었기 때문이다. 작가와 함께하다 보니 그동안 잊고 있었던 소설을 쓰고 싶다는 욕망이 내 안에서 꿈틀거렸다. 「말하는 돌」을 읽으면서 내 아버지의 이야기를, 「늙으신 어머니의 향기」를 읽으면서는 내 어머니의 이야기를, 『41년생 소년』을 읽으면서는 내가 살아온 이야기를 쓰고 싶다는 생각이 들었다. 나의 이런 변화는 문순태를 만난 모든 사람의 변화이기도 할 것이다. 문순태는 우리 모두에게 말한다. 소설의 소재는 따로 있는 것이 아니어서 누구나 자신의 이야기를 쓰면 그것이 소설이 된다고.

이 책은 일반 독자가 쉽게 접근할 수 있도록 마치 작가를 만나러 가는 길을 안내하듯이, 책의 내용과 목차를 학술적 글보다는 쉽고 친근하게 서술했다. 이 책에서 작가에게 다가가는 길은 다섯 가지이다. 첫째는 1부 1장과 2장을 통해서 작가의 삶을 엿볼 수 있도록 했다. 1장은 문순태가 소설을 쓰게 된 이유를 밝혔고, 2장은 작가론으로, 작가의 유년시절부터 현재까지의 삶을 4단계로 나누어 정리했다. 여기서 작가론은 단순한 연대기적 기술을 지양하고, 문순태의 전체 작품에서 그의 삶을 엿볼 수 있는 소설 장면을 찾아낸 뒤 그의 내면의 지형을 이해할 수 있도록 구성했다.

둘째는 필자가 학술지에 발표했던 논문을 재구성한 작품론으로, 3장부터 5장까지 읽으면서 그의 작품 속에 푹 빠져볼 수 있도록 했다. 이 가운데 3장은 문순태의 소설 전반에 걸쳐 나타나고 있는 소리 풍경을 초기와 중기, 후기 작품으로 나누어 그 의미를 살펴보았다. 4장에서는 문순태가 37년 동안 매달린 끝에 완성한 대하소설 『타오르는 강』에서 영산강이 지닌 의미를 고찰하여 영산강의 역사적 면모를 느껴 볼 수 있도록 했다. 5장에서는 2장의 작가론을 참고하여 그의 전체 소설에서 작가 의식이 어떻게 변모되고 있는지를 밝혀 그의 문학의 지형도를 완성했다. 다만, 3장과 5장은 학술지에 논문으로 발표되었던 글이라는 점에서 2장의 작가론과 다소 중복된 부분이 있음을 미리 밝혀둔다.

셋째는 작가와의 인터뷰로, 마치 독자가 작가와 대화를 나누고 있는 듯한 착각이 들 정도로 작가의 생생한 육성을 담았다. 인터뷰 내용은 작가의 삶과 문학뿐만 아니라 친구, 가족, 여행 그리고 다른 문인들과의 만남 등을 망라했다. 따라서 작가의 삶이 농축된 인터뷰 내용을 읽다 보면 독자들도 진정한 자기 자신을 만나보는 시간을 가질 수 있을 것이다.

넷째는 부록 1의 작가 연표로, 작가가 태어나서부터 현재까지의 모습을 연표로 구성했다. 이를 통해 독자들은 문순태의 삶과 당시의 시대상을 한눈에 일목요연하게 볼 수 있으며, 더하여 문순태의 치열했던 삶과 성실한 소설 쓰기가 일궈냈던 그의 수많은 작품을 만날 수 있을 것이다.

다섯째는 문순태가 작품을 쓰게 된 에피소드로, 작가가 직접 작성한 작품에 대한 에피소드를 읽으며 작가의 사적인 삶을 공유할 수 있을 뿐만 아니라, 이와 관련된 그의 소설 작품을 더욱 잘 이해하는 데 도움이 될 것이다. 이렇듯 이 책은 생오지 작가 문순태의 모든 삶과 작품에 대한 기록이다. 작가의 지나온 발자취를 따라 읽어가다보면 자신이 살아온 과거와 웃으며 만날 수 있고, 바쁜 일상 때문에 잃어버렸던 소중한 꿈을 찾을 수 있을 것이다.

인생을 막 알아갈 마흔 초입에 송기숙을 만나 그와 노닐었고, 마흔 후반을 문순태와 함께 건너가고 있다. 작가론을 다룬 책을 낼 때마다 항상 작가에 대해 내가 파악하고 있는 내용에 오류가 있지 않을까 긴장된다. 처음으로 작가 문순태에 대한 삶과 문학 등의 전 생애를 다루다 보니 오류가 있을 수 있을 것으로 판단되며, 이에 대해서 많은 질정을 바란다.

이 책이 나오기까지 가장 큰 도움을 주신 분은 문순태 작가이다. 그와 첫 만남은 밥으로 기억된다. "제가 맛있는 밥 사 드릴게요" 우린 그렇게 맛있는 밥을 먹으며, 긴 시간 이야기를 나누었다. 긴 시간 동안 인터뷰를 하면서도 항상 따뜻한 미소를 잃지 않으시고, 차를 타고 떠나는 나에게 건강을 당부하며 손을 흔들어주셨던 문순태 작가님께 깊은 감사를 드린다. 앞으로도 문순태 작가와 오래도록 '맛있는 밥'을 함께 먹고 싶다.

또한, 생오지까지 동행하며 힘들어할 때마다 용기를 주셨던 이미란 교수님, 병마와 싸우면서도 항상 "내 딸, 많이많이 사랑해."하고 웃으며 전화하시는 엄마, 매 순간을 소중하게 살아가는 법을 가르쳐 주시는 아버지께 고마움을 전하고 싶다. 『송기숙의 삶과 문학』을 낸 지 7년 만에 다시 문순태 작가의 삶과 문학을 아우르는 책을 펴내 준 도서출판 역락 이대현 사장님과 편집의 세세한 부분까지 신경을 써 주신 에디터 고나희 님께도 깊은 감사를 드린다. 인터뷰 내내 동행해 주고 꼼꼼하게 원고를 읽어 준, 내 삶의 동반자인 남편에게 이 책을 바친다.

2016년 10월 가을날
아름다운 달마산이 있는 해남 땅끝에서
조은숙

차례

제1부

문순태 삶과 문학을 엿보다

제1장

기억 그리고 치유적 글쓰기

문순태는 1974년 『한국문학』 신인상에 단편 소설 「백제의 미소」가 당선되면서 본격적으로 문학 활동을 시작했다. 이후 그는 장편 23편(38권)과 중·단편 약 137편, 중·단편집과 연작소설집 16권, 기행문 3권, 시집 1권, 산문집 5권, 동화집 2권, 어린이 위인전 2권, 평전 1권, 소설창작이론서 1권, 희곡 2편 등 방대한 분량의 작품을 창작했다.

그는 신문사 기자로 있을 때부터 소설을 쓰기 시작해 편집국장이 되어서도, 그리고 대학교수가 된 뒤에도 소설 쓰기를 멈추지 않았다. 또한, 그는 한때 글을 너무 많이 쓴 나머지 손이 아파서 버스 손잡이를 잡을 수 없는 상황에서도 글쓰기를 그만두지 못했다. 그렇다면 과연 그가 이처럼 손이 아픈데도 연필을 부여잡고 악착같이 원고지에 그려내려고 했던 이야기는 무엇이었으며, 또한 그에게 소설 쓰기는 어떤 의미를 지니고 있었던 것일까? 이 책은 작가에 대한 이러한 궁금증으로부터 시작되었다. 이러한 궁금증을 풀기 위해 지난 4년 동안 필자는 문순태의 소설 작품을 발표한 시기에 따라 차근차근 읽어나갔다. 그리고 점차 범위를 확장하여 산문집과 기행문, 그리고 그가 쓴 소설창작이론서까지 꼼꼼히 살펴보았다. 그 결과 문순태에게 소설 쓰기는 다음 두 가지의 의미가 있다는 결론에 도달했다.

먼저 그의 소설 쓰기는 유년시절을 지나면서 겪었던 마음의 상처를 치유하는 행위였다. 줄리아 카메론(Julia Cameron)은 경험에 대해 "모든 기억들은 몸 안에 저장된다. 머리는 진실을 부정하고 노련하게 생각을 마비시킬 수도 있지만, 몸은 진실을 단단히 붙잡고 있다."[1]라고 하였다. 이 말은 유년시절의 기억과 그 기억으로부터 파생되는 고통을 잊기 위해 노력했던 문순태를 가장 잘 표현한 것일 수 있다. 그는 유년기에 6·25전쟁을 겪었다. 성장한 뒤 그는 당시의 상처와 고통을 잊고자 애를 쓰면서도 그의 몸이 기억하는 진실에는 귀를 기울여 왔다. 그리고 그는 당시의 상처와 고통을 치유하는 방법으로 그의 몸이 기억하는 진실을 외면하지 않고 스스로 소설 속으로 불러냈다.

한창 감수성이 예민했던 열두 살의 나이에 문순태는 전쟁을 겪으며 무차별적으로 사람이 살해되는 장면을 목격한다. 그리고 공비토벌작전 지역이라는 이유로 고향 마을이 소개(疏開)되자, 고향을 떠나 집도 절도 없이 논바닥에 토굴을 파고 살게 된다. 이때부터 열두 살 소년은 고향을 떠나 타향에서 그의 아버지가 인민위원장을 지냈다는 낙인을 가슴에 안은 채 고통스럽게 살아간다. 그러나 문순태는 6·25전쟁의 상처가 남긴 고통스러운 삶에 좌절하지 않고, 비극적 전쟁의 기억과 상처를 인정하고 이를 소설로 형상화한다. 이를 통해 그는 비로소 자신의 상처가 치유되고 있음을 느끼며, 이때부터 그의 소설 쓰기는 그가 살아가는 이유가 된다.

그는 글을 쓰는 과정에서 그의 아버지에게 찍힌 인민위원장이라는 낙인은 사회 체제가 만들어낸 이데올로기적 폭력이었으며, 아버지는 이데올로

---

1) 줄리아 카메론, 조한나 옮김, 『나를 치유하는 글쓰기』, 이다 미디어, 2013, 112쪽.

기적 폭력의 희생양이었음을 알게 된다. 이러한 인식을 바탕으로 문순태는 문학작품의 기능을 자기 구원[2])에 두고 유년시절의 상처와 고통을 예술로 승화시킬 수 있었다.

다음으로 그의 소설 쓰기는 세상과 소통하는 행위였다. 상처 입은 자만이 진실로 다른 이의 상처를 이해할 수 있다. 문순태는 이러한 이해를 바탕으로 한 작품만이 독자에게 공감을 줄 뿐만 아니라, 문학의 사회적 기능에도 부합한다고 믿었다. 그 결과 문순태는 6·25전쟁 때 강제로 고향을 떠났던 기억과 상처를 저변에 두고, 장성댐 수몰지역 실향민들의 이야기를 『징소리』로 형상화하여 그들의 상처를 사회적으로 환기하고 위로할 수 있었다. 또한, 그 자신이 고향을 잃고 광주로 나와 판잣집 단칸방에서 살았던 아픔이 있었기 때문에, 『고향으로 가는 바람』과 『흑산도 갈매기』 등에서 이촌 향도(移村向都)한 사람들의 삶과 고통을 사실적으로 묘사하여 당대의 사회적 현실을 비판하고 이들의 상처를 감싸 안을 수 있었다. 이처럼 문순태에게 소설 쓰기는 타인의 고통을 보듬고 그들과 소통하는 방법이었기[3]) 때문에, 그의 소설은 관념적이거나 현학적이지 않다.

문순태에게 소설 쓰기는 자신과 세상을 연결하는 다리였다. 개인적으로는 자신을 위한 치유 행위이면서, 동시에 사회적으로는 세상과 소통하는 도구였던 것이다. 그가 씨줄로는 개인적 상처였던 전쟁의 경험과 가난의 참혹함, 그리고 그로 인한 황폐해진 삶의 역정을 그의 소설 세계의 질료로

---

2) 문순태는 "소설은 내 스승이었고, 종교였으며 생명이었다. 소설을 쓸 때만이 내 자신에 대한 실존을 확인할 수가 있었다."라고 하였다. 문순태, 『꿈』, 이룸, 2006, 277쪽.

3) 문순태는 소설 쓰기를 상처 난 지렁이의 울음소리를 들려주는 행위라고 표현한다. "약한 자와 가난한 자의 아픔 따위 생각하기조차 싫어하고 맹목적인 두더지의 삶만을 부러워하는 마키아벨리언들에게, 어떻게 하면 상처난 지렁이의 슬픈 울음을 들려줄 것인가, 지렁이의 울음 대신 울어야 하는 내 목소리가 너무 가냘픈 것은 아닌가." 문순태, 「작가의 말」, 『흑산도 갈매기』, 백제출판사, 1979.

삼고, 날줄로는 당대 현실의 문제를 매의 눈처럼 매섭게 찾아낸 다음, 두 줄을 엮어서 소설 속으로 가져왔던 것도 소설을 소통의 도구로 활용했기 때문이다.

또한, 문순태는 자신과 가장 가까이에 있는 문제를 주제로 해서 글을 쓸 때 독자와 공감할 수 있다고 믿었다. 그래서 그는 보다 더 가까이에서 사람들을 만나기 위해 여행을 통해 끊임없이 사람들 속으로 들어갔다. 그는 여행에서 만난 사람들의 말에 귀를 기울이며 당대 사회의 문제를 읽어냈다. 그리고 자신의 경험과 여행에서 만난 사람들의 이야기를 구슬을 꿰듯 하나로 꿰어 자신과 그들의 상처를 생생하게 그려냈다. 여기서 그는 고향의 토속적 정서가 듬뿍 담긴 '뜬금없이, 와따매, 포도시, 오매 단풍들겄네잉, 아심찬허네잉, 뽀작거린다' 등 토박이말을 많이 사용했다. 그가 그려낸 소설 속 이미지도 마치 영화의 한 장면처럼 그동안 잊고 지냈던 고향의 길목으로 우리를 불러들인다. 그래서 그의 작품을 읽으면 마치 그리웠던 고향의 품에 안긴 듯 마음이 포근하다.

이처럼 문순태의 소설은 자신의 경험과 주변 사람들의 이야기를 토속적 언어로 엮어서 우려냈기 때문에 가슴에서 가슴으로 대화하듯이 전해진다. 이러한 과정을 통해 문순태는 그의 몸과 마음 구석구석에 송곳처럼 아프게 박혀 있던 자신의 상처를 온전히 있는 그대로 받아들일 수 있었고, 스스로 '트라우마'도 치유할 수 있었다. 그에게 소설 쓰기는 "과거를 돌아보고, 현재를 살아가고, 미래를 준비하는 감각"[4]을 일깨우는 길찾기와 같았다.

---

4) 줄리아 카메론, 앞의 책, 86쪽.

제 2 장

작가의 삶 엿보기

1. 문학적 원체험기와 고향의식

문순태는 1939년 10월 2일 전라남도 담양군 남면 구산리 308번지에서 아버지 문정룡 씨와 어머니 정순기 씨 사이에서 10대 종손으로 태어났다. 그러나 그의 자전적 성장소설의 제목이 『41년생 소년』이듯, 당시 출생신고를 늦게 하는 바람에 문순태의 호적상 출생연도는 1941년이다. 그가 태어난 1939년은 제2차 세계대전이 시작된 해로, 일제의 조선총독부는 태평양전쟁을 전후하여 단계별로 조선인 노동자와 위안부, 학도병 등을 강제로 동원하였다. 그 결과 조선에서는 대략 600여 만 명의 조선인이 강제로 동원되거나 끌려가 한반도 역시 전쟁의 공포에 휩싸였다. 하지만 문순태가 태어난 남면 구산리는 "무등산 옆구리 속의 후미진 산골마을"로 "사방이 소쿠리 속처럼 산으로 둘러싸인 궁벽진 곳"5)이어서 별다른 어려움 없이

---

5) 문순태, 『41년생 소년』, 랜덤하우스 중앙, 2005, 62쪽.

성장하였다.

1945년 문순태는 집에서 십리 길인 담양군 남면의 남초등학교에 다니면서 해방을 맞았다. 1948년 열 살인 그는 중농 집안의 10대 종손으로서 낮에는 학교에서 공부하고, 밤에는 집에서 늙은 훈장을 모시고 한문을 배웠다. 당시 훈장은 "성격이 송곳 끝처럼 뾰족한데다가 누구와 어울리기를 싫어해 늘 혼자였고, 책에 있는 내용 외에 사담을 하는 것도 싫어했다."6) 그래서 문순태는 잠이 덜 깬 날에도 훈장 앞에만 앉으면 정신이 파랗게 곤두서곤 하였다. 이전까지 할머니 품에서 별 어려움 없이 자랐던 그에게 훈장은 세상에 태어나서 처음으로 만난 무서운 존재였다.

문순태가 어느 날 소를 팔아 마련한 아버지의 돈을 훔쳐 유성기를 샀을 때, 훈장은 세상에 해도 될 일과 해서는 안 될 일에 대해 따끔하게 혼을 냈다.7) 이러한 훈장에 대해 문순태는 『타오르는 강』에서 웅보에게 삶의 지혜를 가르쳐 주는 혜안을 지닌 스승으로, 『41년생 소년』에서는 책에서 본 석불처럼 범접하기 어려운 존엄한 존재로 묘사하고 있다. 그러나 『추구(推句)』와 『사자소학(四字小學)』을 마치고 『명심보감(明心寶鑑)』을 공부할 무렵 6·25전쟁이 발발하면서 그는 더 이상 한문을 공부할 수 없었다. 문순태는 이때 만난 훈장을 통해 '세상에서 해도 될 것과 해서는 안 되는 것'을 배웠

---

6) 위의 책, 63쪽.
7) 유성기에 대한 추억은 『느티나무 사랑』에서 '신기한 소리통'으로 묘사되고 있다.
　　두 사람이 햇볕이 넉넉하게 깔린 마루에서 유성기를 틀어 놓고 있었기 때문에 지수는 인열이 당숙보다는 간드러진 여자의 노랫소리가 흘러나오는 신기한 소리통에 더 관심이 끌렸던 것이다. 지수는 2년 전인가 아버지를 따라 방석부 장에 갔다가 잡화점에서 처음으로 유성기 소리를 들었다. 그때 그는 유성기 소리가 얼마나 신기했던지 한참 동안이나 넋을 잃고 잡화점에서 떠날 줄 모르고 조그만 상자 속에서 흘러나오는 노랫소리에 취해 있었다. 그때 그는 그 상자 속에 소리가 붙어사는 것이라고밖에 믿을 수가 없었다. 아버지가 그 상자 안에는 소리귀신도 노래를 부르는 사람도 붙어서 살지 않으며 바늘이 유성기판에 닿으면서 소리를 내는 것이라고 설명을 해주었으나, 그 말이 도대체 믿어지지가 않았다. (문순태, 『느티나무 사랑』1, 열림원, 1997, 199쪽)

고, 당시 공부했던 기초 한문은 이후 기자 생활과 소설 창작에 많은 도움을 주었다. 유년 시절 문순태에게 훈장은 세상을 보는 방식을 가르쳐 준 진정한 어른이었다.

1950년 봄, 열두 살인 문순태는 학교에서 집으로 돌아오는 길에 씁쓰레하면서도 들큼한 맛이 입 안에 가득 고이는 느릅나무 잎과 상큼한 향이 나는 진달래꽃을 따 먹는다. 그리고 점심을 먹은 뒤에는 친구들과 함께 거북천에서 '때박쏘' 놀이[8]와, '물속꿰기' 놀이[9]를 하며 행복한 시간을 보낸다. 중농의 장손으로 태어난 문순태는 이때까지 '배고픔'을 경험해 보지 않았기 때문에 '가난'에 대한 느낌이나 생각이 없었다. 당시 그의 눈에 보이는 세상은 "달콤한 꿈속처럼 평화롭고 아름다웠다." 그래서 그는 이처럼 평화롭고 아름다운 고향의 산과 들을 바라보며 "아버지가 되고 할아버지가 될 때까지 친구들과 함께 고향에서 살고 싶었다."[10]

하지만 6·25전쟁은 열두 살 소년의 달콤한 행복을 빼앗아 갔고, 문순태의 삶을 송두리째 바꿔놓는 변곡점이 되었다.[11] 6·25전쟁의 경험은 문순태에게 깊은 트라우마를 남겼는데, 이것이 바로 그의 작품의 시계가 열두 살에 멈춰있는 이유이다. 즉 문순태가 분단과 관련된 작품에서 끊임없

---

8) 쑥잎을 뜯어 두 귀를 막고 배꼽에 침을 바른 다음 이무기가 산다는 용소에 머리를 처박고 뛰어드는 놀이.
9) 손으로 코를 쥐어 막고 물구나무서듯 물밑을 기어 다녔던 놀이.
10) 문순태, 『41년생 소년』, 앞의 책, 99쪽.
11) 한 개인은 몇 단계에 걸쳐 자신이 믿었던 삶의 틀을 깨고 새로운 삶으로 도약하는 변곡점을 지닌다. 이 도약은 그 전에 머물렀던 세계에 대한 부정을 전제로 한다. 문순태에게 그 단절의 시점은 열두 살이다. 그의 소설에서 열두 살 이전의 고향은 돌아가고 싶은 처소이지만, 열두 살 이후의 고향은 돌아가기 싫은 공간이 될 정도로 그가 열두 살에 고향에서 겪은 상처는 트라우마로 작용하고 있었다. 하지만 이 상처가 있었기에 그는 고향의 역사에 대해 관심을 가질 수 있었고, 새로운 삶으로 도약할 수 있었다. 문순태가 소설을 쓰게 된 씨앗이며, 그를 밝혀줬던 불빛은 열두 살의 기억이었던 것이다.

이 '열두 살' 때의 6·25전쟁과 접속하는 이유는 그에게 가장 아픈 상처가 바로 이 지점에서 형성되었기 때문이다.

> 징소리 때문에 사람이 죽다니, 참 알 수 없는 일이었다. 결국 칠복이 아버지는, 징소리 때문에 몰살을 당하고 천우신조로 혼자 살아남은, 열두 살 된 부면장 막내딸의 대창에 찔려 죽고 만 것이었다.
>
> −「무서운 징소리」, 『징소리』, 190쪽[12]

> "지난 삼십 년을 날마다 그렇게 살았어요. 저 웬순년이 내 눈앞에 얼씬거리기만 하면 욱하니 맘에 불이 댕김시로 오살놈에 한이 뿌질뿌질 되살아난다우. 한이 되살아나면 살고 싶은 맘이 없어지고, 삼십 년 전의 웬수를 갚고 싶은 심정이니……그런 저년을 데리고 어디를 가졌어요. 저년은, 그날 밤 내가 산사람한테 그 고초를 겪고 실신헐 때부텀, 내 뱃속에서 미쳐서 생겨났다우."
>
> −「무서운 징소리」, 『징소리』, 221쪽

> 달궁 가는 버스에 순기가 매달려 있다. 6·25 때 어머니와 함께 극락산을 넘어온 후로 처음 가는 귀향길이다.
>
> 30년 만에 고향에 가고 있는 그는 6·25 때 어머니와 회색빛 꿈속 같은 골짜기를 더듬으며 극락산을 넘을 때보다 훨씬 심장이 걷잡을 수 없을 정도로 뛰었다. 마음이 갈기처럼 미세하게 흩어졌다. 착잡했다. 순기로서는 죽기보다 더 싫은 귀향이었다. 그는 이미 30년 전 어머니와 함께 쫓기듯 극락산을 넘어오면서 다시는 죽어도 고향에 돌아가지 않겠다고 결심을 했었다. 그 뒤 그의 고향 달궁은 그의 가슴 속에 무덤처럼 죽어 있었다.
>
> −『달궁』, 31쪽

---

12) 작품은 초기, 중기, 후기로 나누었기 때문에 년도 구분이 필요한 경우가 아니면, 지면 관계상 책 발간 년도는 생략하며, 문순태 작품 중 시와 소설의 내용을 인용할 경우에는 인용문 안에 작품명과 쪽수만 기재하고, 산문과 기타 자료는 각주에 기재한다.

열두 살에 낯선 미국 땅에 가서 양부모를 만나고 어렵게 대학을 졸업한 후로 지금꺼정 단 하루도 마음 편할 날이 없었네. 매일 목적지도 없이 긴 여행을 하고 있는 기분이었네. 아직껏 단 한 번도 아, 여기가 바로 내 영혼과 육신이 평화롭게 쉴 수 있는 안식처구나 싶은 생각이 없었어. 그 때문에 만성소화불량에 변비증까지 생겼어."

–「흰거위산을 찾아서」, 『시간의 샘물』, 214쪽

43년 만에 고향으로 돌아온 박지수는 갑자기 심한 갈증으로 목이 탔다.

–「시간의 샘물」, 『시간의 샘물』, 268쪽

「무서운 징소리」는 6·25전쟁이 발발하고 30년의 세월이 흐른 뒤, 그가 42세 되던 해에 분단을 이야기한 첫 소설 작품이다. 여기서 칠복이 아버지가 '열두 살'된 부면장 막내딸의 대창에 찔려 죽자, 강촌댁은 그로부터 30년이나 '오살놈에 한'을 품고 살아간다. 「무서운 징소리」에서 강촌댁의 오살놈에 한이 만들어지는 지점과, 그의 첫 자전적 소설인 『달궁』에서 작가의 분신이었던 순기가 고향을 떠난 시기는 모두 6·25전쟁이다. 『달궁』에서 순기는 30년 전 어머니와 함께 쫓기듯 극락산을 넘어오면서 '다시는 죽어도 고향에 돌아가지 않겠다'고 결심한다. 문순태에게 유년 시절의 평화롭고 아름다웠던 고향은 6·25전쟁을 겪은 뒤부터는 이미 죽어버린 '무덤'으로 존재하고 있었던 것이다.

전쟁이 무엇인지도 모르던 당시 열두 살의 문순태는 아버지 손에 이끌려 피란을 떠나면서 처음으로 가족과 떨어지는 무서움을 경험한다. 피란 도중 그는 외진 골짜기 바위 틈새에 숨어 깨소금 묻힌 주먹밥으로 점심을 때우고 날이 어두워지기를 기다리고 있었다. 그런데 갑자기 아버지가 "순태 너는 외가로 피란을 가고, 건부 너는 아부지허고 곰적굴로 가자. 순태 너는 우리 집안 10대 종손잉게 죽어서는 안 된다."[13]라고 하고는, 그를 홀로 남겨두고 동생 건부만 데리고 곰적굴로 떠나버린 것이다. 문순태는 "난리 통에는 형제가 함께 피란을 가는 것이 아니다."라는 아버지의 말을 거부할 수 없었다. 살기 위해 어쩔 수 없이 혼자서 외가로 길을 떠났지만 그럼에도 가족이 그립지 않을 수 없었다. 그래서 외가로 피란 온 다음 날 다시 집으로 돌아오고 만다. 이때 가족과 헤어져 홀로 남겨진 충격이 얼마나 컸는지는, 그의 많은 작품에서 고향을 떠난 시점을 모두 열두 살로 하는 데서 알 수 있다.

「흰거위산을 찾아서」에서 기호는 열두 살에 고향을 떠나 미국으로 갔으며, 「시간의 샘물」에서 박지수는 '43년 만'에 고향으로 돌아온다. 이때 박지수는 기호처럼 역시 열두 살에 고향을 떠났다가 43년 만에 고향에 돌아온 것이다. 「시간의 샘물」은 문순태가 그의 나이 55세에 썼던 작품으로, 55라는 숫자는 문순태가 고향을 떠났을 당시 12살과 이후 43년의 세월을 더한 시간과 일치한다. 따라서 '열두 살'이라는 키워드는 작가와 작품을 잇는 매개체가 된다.

문순태의 작품에서 탈향하는 작중화자의 나이는 대부분 열두 살이며, 환향하고자 하는 시점은 고향이 소개(疏開)되기 전 아름다운 마을공동체가 존재하고 있었던 6·25전쟁 직전이다. 문순태에게 열두 살 이전의 고향은 마음 놓고 안길 수 있는 따스하고 넉넉한 곳으로 나고 자란 지란지소로서의 의미라면, 열두 살 이후의 고향은 작가의 무의식에 자리 잡은 불안한 실존을 인식하면서 '섬짓한 아픔, 무서움, 두려움'의 공간으로 변화된다. 이로써 열두 살의 체험은 문순태의 문학에서 이념과 내용을 결정짓는 중요한 씨실이 된다.

---

13) 문순태, 「소설로 써본 자서전」, 『그늘 속에서도 풀꽃은 핀다』, 강, 1992, 161쪽.

방울재 앞 돈단에서 다섯 사람씩이나 대창으로 찔러 죽인 단발머리 점례의 모습이 한꺼번에 뒤죽박죽으로 되살아나곤 하였다. 그러면서 이상하게도 길녀가, 칠복이 아버지를 대창으로 찔러 죽인 점례일지도 모른다는 생각에 심장이 오싹 죄어들곤 하였다.

-「무서운 징소리」, 『징소리』, 247쪽

파나마모자는 자신의 죽음이 임박했다는 것을 알고 그가 파놓은 흙더미 위에 안개처럼 납작하게 주저앉아서는 살려달라고 울부짖었다. 그때 몸집이 깡똥한 사내가 대창을 파나마모자의 가슴팍에 힘껏 내리꽂았다. 파나마모자는 헉 소리와 함께 목을 꺾었다. 몸집이 깡똥한 사내는 발로 파나마모자의 턱을 걷어차며 가슴에 박힌 대창을 뽑았다. 파나마모자는 비명을 질러대며 그가 파놓은 구덩이 속으로 굴러떨어졌다. 완장 두른 사내들은 일제히 구덩이 속으로 대창을 내리꽂았다. 그리고 흙으로 구덩이를 덮었다. 두 주먹을 불끈 쥔 채 찔래 덩굴 밑에 앉아 오들오들 떨고 있던 나는 그들이 구덩이를 메우는 것을 보고서야 마을을 향해 도망치듯 휘청거리며 달음질쳤다.

그날 밤부터 나는 악몽을 꾸었다. 밤마다 얼굴도 모르는 사람들로부터 대창에 찔리는 꿈을 꾸다가 놀라, 흥건하게 땀에 젖어 잠에서 깨어나곤 하였다. 한동안 밖에 나가는 것도 싫어하고 집 안에만 붙박여 지냈다. 수돌이를 만나는 것도 두려웠다. 왠지 수돌이가 내게서 멀어져가고 있는 것만 같아 서글펐다.

-『41년생 소년』, 121쪽

그날 우리들은 파나마모자가 붙잡혀 와서 고문을 당하고 스스로 판 구덩이에 쓰러져 죽기까지를 모두 구경하였다. 처음 본 죽음은 두려움이 아니라 고통으로 느껴졌다. 나는 그 두툼한 얼굴의 파나마모자를 쓴 남자의 마지막 비명 소리를 잊을 수가 없었다.[14]

---

14) 위의 책, 162쪽.

6·25라는 동족상잔의 싸움이 헛된 사상놀음이었다는 것을 훗날에야 알고 나서, 이날 애매하게 죽음을 당한 우리 마을 다섯 명의 영혼을 오래 기억하려고 노력하였다. 어쩌면 내가 소설가가 된 것도 이들의 헛된 죽음을 해명해 보고 싶은 욕심에서 비롯된 것인지도 모른다.[15)]

문순태가 유년기에 고향에서 겪은 6·25전쟁은 성장해서도 벗어나기 힘든 충격과 고통 그 자체였다. 이때 그는 '사람이 사람을 죽이는 끔찍한 장면을 목격'하였고, 이를 한시도 잊을 수가 없었다. 문순태가 쓴 이론서『소설창작연습』과 소설「무서운 징소리」에서 이를 구체적으로 밝히고 있듯이, 당시 '다섯 사람의 죽음'에 대한 목격은 작가의 정신작용을 움직이는 무의식의 초점으로 작용한다. 그는 산문집「소설로 써본 자서전」에서 "처음 본 죽음이 두려움이 아니라 고통이었다."라고 회상한다. 유년시절 문순태의 '죽음'에 대한 원체험은 그의 의식을 끊임없이 반추하여 당시의 충격과 비극적인 풍경에서 벗어날 수 없는 트라우마를 남겼다. 이 때문에 그는 밤이면 대창에 찔리는 꿈을 꾸다가 비명을 지르며 일어나기 일쑤였고, 낮에도 밖에 나갈 수 없는 고통을 느꼈다.

그러나 문순태는 야만의 세상에서 참혹한 고통을 당하면서도 밤이면 횃불을 들고 줄을 지어 노래를 부르면서 뒷산에 오르는 '야경'을 할 수밖에 없었다. 그리고 얼마 지난 뒤 그는 토벌대가 빨치산 차림으로 마을에 나타나 환영식에 참석했던 사람들을 당산나무 아래에서 무차별 사격하여 죽이는 장면을 목격하였다. 문순태는 당산나무 아래서 주변에 널려 있는 시체를 보면서 "죽은 사람들이 무서운 게 아니라 세상이 두려웠다. 사람이 사람을 죽일 수 있다는 것처럼 무서운 일이 없다고 생각하며, 총을 든 사람들에 대해 참을 수 없는 분노와 적대감"[16)]을 느끼게 된다. 이제 열두 살

---

15) 문순태, 『소설창작연습』, 태학사, 1998, 162쪽.

소년은 죽음이 무섭다기보다는 비인간적인 상황에서 자행되는 인간의 폭력에 고통을 느끼기 시작한다.

문순태가 고통을 느끼는 지점은 '무고한 죽음'이다. 그는 『소설창작연습』에서 자신이 소설가가 된 이유를 이들의 헛된 죽음을 해명해 보고 싶은 욕심에서 비롯된 것이라고 밝히고 있다. 열두 살의 나이에 존재의 기반을 전복시키는 폭력과 그 폭력 속에서 생존을 위해 발버둥 쳤던 경험은 문순태에게 고통으로 각인되어 치유할 수 없는 트라우마로 남았다. 이 때문에 그는 끊임없이 묻고 또 묻는다. 왜 고향에서 그토록 많은 사람이 무고한 죽임을 당해야 했느냐고. 그러다가 자신의 고통이 개인적인 것이 아니라 산으로 둘러싸인 지리적 위치에서 파생된 운명이었음을 깨닫게 된다. 그 운명의 자락을 하나하나 풀어가다 보니 고향의 밤과 낮은 마치 좌·우익의 대립을 닮은 양상이었다.

> 마을 사람들은 하루하루가 벼랑 끝에 매달려 있는 것처럼 불안했다. 날이 어두워오면 산에서 밤손님들이 내려올까 두려웠고, 낮이면 낮대로 경찰들이 이번에는 누구를 붙잡아갈지 마음을 졸였다. 밤손님들은 사흘이 멀다 하고 어둠을 타고 나타났고 다음날에는 어김없이 경찰이 몰려오곤 하였다. 마을 사람들은 낮과 밤이 바뀌는 것이 두려웠다. 밤이 오지 않거나 아니면 차라리 날이 밝아오지 않기를 바랐다.
>
> —『41년생 소년』, 133쪽

무등산과 백아산의 한가운데 자리했던 고향의 지리적 특성 때문에 마을 사람들은 '밤과 낮이 바뀌는 것'이 두려웠다. 당시 6·25전쟁으로부터 자유로웠던 지역은 거의 없었다고 하지만, 문순태의 고향이었던 구산리는 우

---

16) 문순태, 『41년생 소년』, 앞의 책, 141쪽.

리 근현대사의 모순이 중첩된 숙명적 공간이라고 할 수 있다. 그의 고향인 구산리에서는 날마다 앞산과 뒷산에 경찰과 빨치산이 대치하여 전투가 벌어졌고, 이로 인하여 민주주의와 공산주의가 무엇인지도 모르는 시골 할머니와 부인들이 애매한 죽임을 당했기 때문이다. 열두 살의 문순태와 고향 마을 사람들은 자신의 의지와 상관없이 치러지는 전쟁에서 이러지도 저러지도 못하는 고통스럽고도 비극적 삶을 살았던 것이다.

문순태가 분단의 비극을 형상화한 작품인 『달궁』, 「흰거위산을 찾아서」, 『느티나무 사랑』, 『41년생 소년』 등에서 '무등산과 백아산의 한가운데에 위치'한 고향을 배경으로 한 것은 위에서 언급한 바와 같이 구산리가 우리 근현대사의 특수한 면모를 보여주고 있기 때문이다. 문순태에게 유년시절 백아산은 '삘기'를 뽑아 먹으며 친구들과 즐겁게 뛰어놀던 사적(私的) 장소였다. 그러나 6·25전쟁을 겪으면서부터 백아산은 '빨치산의 본거지'라는 이념적 성격을 띠면서 공적(公的) 공간으로 변화된다. 이로써 마을 사람들은 밤에는 산에서 내려오는 빨치산들 때문에 괴로워하고, 낮에는 경찰에 시달리면서 분단이라는 이념적 트라우마를 겪게 된다. 그 결과 70여 호 정도 되었던 마을 사람들은 '밤과 낮'의 구분처럼 경찰 가족과 백아산 입산 가족으로 나뉘게 된다. 그러면서 마을 사람들은 서로 불신하며 상대를 향해 총부리를 겨누기 시작했고, 마을은 남북처럼 분열되어 서로를 죽이기 시작한다.

문순태가 열두 살에 목격했던 무고한 죽음보다 더 충격적이었던 사건은 고향 사람들의 분열이었다. 당시 그의 체험이 응축된 작품이 바로 『41년생 소년』인데, 문순태는 여기에서 고향 사람들이 백아산으로 들어간 까닭은 이념 때문이 아니라 단지 가족, 친지와 함께하고 싶은 마음 때문이었다고 밝히고 있다. 또한, 그의 아버지가 마을 이장으로서 인공(人共) 치하에서 잠시 마을의 인민위원장을 맡았던 점과 산에서 내려온 사람들에게 밥을 해주고 식량을 주었다는 이유로, 죽을 때까지 그들에게 동조했다는 '낙인'이 찍혀 고통스러워했던 원인은 바로 숙명적 공간인 백아산의 한가운데 자리했던 고향의 지리적 특성 때문이라고 생각한다. 문순태가 분단 소설을 쓰면서 끊임없이 고향을 '무이념적 공간'으로 형상화하고 있는 것도 백아산이라는 지리적 공간이 가져다준 비극을 역사적 맥락에서 살펴보기 위해서였을 것이다. 이로써 백아산은 단지 고향이라는 사적인 영역이 아닌 문학사에 살아 있는 역사적 공간으로 자리 잡게 된다.

1950년 가을, 서남지구 공비 토벌군 사령관의 명령에 의해 마을에 소개령(疏開令)이 내렸다. 만약 마을을 떠나지 않고 잔류하는 사람들은 공비와 내통한 자로 간주하여 총살하겠다는 엄명에 마을 사람들은 두려움을 안고 고향을 떠날 수밖에 없었다. 공비 토벌 작전 지역이었기 때문에 주민들은 모두 이십 리쯤 떨어진 화순군 이서면(二西面)으로 소개되고 집들은 불태워졌다.

원래는 5칸 접집 안채와 3칸 행랑채. 그리고 문간채가 있었는데, 6·25 때 불타버렸네. 우리 집만 불에 탄 것이 아니라, 공비토벌작전 지역이라고 해서…… 경찰들이 온 마을에 불을 질렀어. 70여 호가 되는 이 마을이 한꺼번에 불에 타는 모습은 마치 온 세상이 불바다가 되는 것 같았지. 하늘도 들도 불길과 연기로 가득했으니깐. 나는 어머니의 말기끈을 움켜잡은 채 소리내어 울면서 우리집이 불길에 휩싸이는 것을 바라보고 있었네. 그때 우리 아버지께서는 내가 우는 것을 보시고 벼락 치듯 화를 내셨지. 그렇지만 나는 아버지도 눈시울이 크렁하게 젖어 있는 것을 보았다네. 마을 사람들은 바람이 불어오는 저기 느티나무 밑에 나와 마을이 불타 잿더미가 될 때까지 꼼짝하지 않고 지켜보고 있었는데, 여자들은 소리를 내며 울었고 남자들은 괜히 식구들을 향해 버럭버럭 고함을 지르면서 화를 냈지. 내 고향은 그때 이미 본래의 모습을 잃어버렸는지 몰라.

문순태는 마을을 떠나 코재 중턱쯤에서 마을 전체가 불타고 있는 모습을 넋을 잃고 바라보았다. 할머니는 자신의 집이 불타는 모습을 보자마자 그 자리에 주저앉았고, 어머니도 흐물흐물 쓰러지고 말았다. 자신의 집이 불타고 있었지만 어찌할 수 없었던 이때의 기억은 이후 「무서운 징소리」에서 강촌댁의 집에 불길이 치솟음에도 동네 사람들이 모두 외면하는 상황으로 묘사된다. 또한, 『타오르는 강』에서는 대불이 관리들의 수탈에 항거하는 의미로 자신의 주막에 불을 지르는 것과 웅보가 새끼내에서 일군 땅을 모두 빼앗기게 되자 고향을 떠날 때에 불을 지르는 것으로 형상화된다. 이러한 고향에 대한 소개령과 마을이 한꺼번에 불타고 있는 원체험으로 인하여 문순태에게 '불'이라는 소재는 모든 것을 상실한다는 의미를 지닌다.

마을 사람들은 자신의 집과 마을이 불타는 것을 보자 발길을 돌려 마을로 향했다. 문순태도 아버지를 따라 마을로 내려가면서 느티나무가 불에 타지 않기를 간절히 바랐다. 당산나무였던 느티나무가 살아 있어야 고향을 떠난 사람들이 언젠가는 다시 돌아올 수 있기 때문이었다. 다행히 느티나무는 불에 타지 않았고, 황갈색의 나뭇잎들이 바람에 날리고 있었다. 하지만 장독대 항아리와 대나무가 불길에 닿아 터지면서 내는 소리가 총소리처럼 느껴지면서 마을 사람들은 움츠러들었다.

70여 호쯤 된 마을 사람 중에서 50여 호쯤은 코재 넘어 화순군 이서면 월산리(月山里)로 떠나고, 20여 호쯤은 그대로 고향에 눌러앉았다. 고향에 눌러앉은 사람들은 공교롭게도 '백아산'으로 입산한 가족이나 '빨치산'한테 밥을 해 주고 식량을 제공했다고 지서에 붙들려가 곤욕을 치른 가족이었다. 이들은 「무서운 징소리」에서처럼 강촌댁이 불타 없어진 집터에 거적

28 생오지 작가, 문순태에게로 가는 길

을 치고 남편이 죄가 없는데도 억울하게 죽었다는 것을 밝히기 위해 이를 깨물고 살아가듯이, 가족을 떠날 수 없어 다시 돌아온 것이었다.

집이 없어졌다고 생각하자, 나는 이 세상에서 가장 가난하고 불쌍한 아이가 되어버린 느낌이 들었다. 갑자기 눈보라 치는 벌판에 버려진 것처럼 오슬오슬 한기가 드는 것 같았다. 추운 겨울날 손발이 꽁꽁 얼어붙도록 밖에서 뛰어놀다가도 집에 돌아오면 따뜻한 아랫목으로 기어들어가 몸을 녹일 수 있었다. 또 소나기에 온몸이 흠뻑 젖어서 집에 돌아오면 고슬고슬한 옷으로 갈아입을 수 있었다. 배고픔도 잊고 깜깜해지도록 밖에서 놀다가 돌아오면 먹을 것이 있었고 편안하게 잠을 잘 불 켜진 방이 나를 기다리고 있었다. 집은 언제나 나를 반갑게 맞아주었다. 집에 오면 사랑하는 가족들이 있었다. 멀리 떠난 가족은 집으로 다시 돌아오게 마련이었다. 나에게 집은 마치 할머니나 아버지, 어머니와 같다는 생각이 들었다. 그러나 이제 그 집이 없어진 것이었다. 집이 없으면 가족이 돌아갈 곳을 잃어버리는 것과 같지 않은가. 집이 없어졌으니 가족들이 뿔뿔이 흩어져버릴 것처럼 불안했다.

－『41년생 소년』, 152～153쪽

열두 살 문순태에게 '집'이 없어졌다는 사실은 가족이 함께할 공간이 사라진 것 이상이었다. 문순태는 외가에 홀로 피란 가서도 가족과 헤어지기 싫어 집으로 돌아왔듯이, 그에게 가장 큰 두려움은 가족이 흩어지는 것이었다. 그래서 가족은 함께 하기 위해 불타 버린 집터의 뒤란 대밭에 토굴을 파고 숨어 지냈다. 이곳은 공비 토벌 작전 지역이었기 때문에 날마다 전투가 벌어졌다. 문순태 가족은 전투가 벌어지는 동안에는 토굴에 숨어 있다가, 전투가 끝나면 불타 버린 집터를 뒤져 항아리에 숨겨 묻어둔 식량과 김치를 찾아 끼니를 해결했다.

문순태에게 집은 '따뜻한 위로'와 '편안한 휴식'의 장소로서 구원의 장소였다. 하지만 집이 불태워져 토굴에서 숨어 살았기 때문에 '오슬오슬한 한기'를 녹일 수 없었으며, '따뜻한 아랫목'도 존재할 수 없었다. 따라서 그가 집과 고향을 소재로 한 작품을 쓴 행위는 자신을 포함한 가족을 구원하는 의미이기도 했다. 이러한 의미에서 그가 존 스타인벡(John Steinbeck)의 『분노의 포도(The Grapes of Wrath)』를 좋아했던 이유도 이 작품이 새로운 집을 지을 수 있다는 희망을 주었기 때문이다. 문순태가 소설가로서 입지를 굳힐 수 있었던 『징소리』 연작[17]도 허칠복이라는 사내가 잃어버린 집[고향]을 찾아가는 지난한 과정을 그린 것이며, 37년에 걸쳐 끊임없이 써 왔던 『타오르는 강』도 역시 웅보와 대불이가 새끼내에 새로운 집을 만들어 그 집을 지켜내는 과정을 형상화하고 있다. 그만큼 문순태에게 집의 상실은 열두 살의 기억처럼 가족이 뿔뿔이 흩어져 홀로 남겨질 수 있다는 두려움으로 작용했던 것이다.[18]

고향을 떠날 수 없어 남았던 마을에서 문순태는 많은 시체를 보게 된다. "발가벗겨진 채 비를 맞아서 배가 팅팅 부어오른 여자들의 시체며, 나무의 중간쯤을 잘라 끝을 날캄하게 깎은 다음 죽은 사람의 항문으로부터 쑤셔 박아 살아 있는 사람처럼 꼿꼿하게 세워 둔 시체, 그리고 음부에 작대기를 꽂아 놓은 발가벗은 시체"[19]등을 보며 인간의 잔인성에 분노한다. 그러나

---

17) 앞으로 「징소리」, 「물레방아 속으로」는 단편을, 『징소리』, 『물레방아 속으로』는 연작집을 의미한다. 그리고 「철쭉제」는 중편을, 『철쭉제』는 작품집을 의미한다.
18) 『가면의 춤』에서 원철이 자신의 핏줄이라고 믿었던 큰아들 원주가 아내가 결혼하기 이전에 사귀었던 지훈의 핏줄임을 알지만, 가족을 지키기 위해 끝까지 모른 척 하듯이, 문순태의 작품은 가족의 소중함을 보여준다.
　"그는 어렸을 때까지만 해도 눈이 펑펑 쏟아지는 추운 겨울, 커튼 사이로 따뜻하게 느껴지는 불빛이 새어 나오고 행복한 가족들의 웃음소리가 흘러나오는 것을 들을 때마다 그는 훗날 자신이 어른이 되면 이 세상에서 가장 훌륭한 아버지가 되어야겠다고 얼마나 다짐을 했었는지 모른다." (문순태, 『가면의 춤』하, 서당, 1990, 146쪽)
19) 문순태, 『그늘 속에서도 풀꽃은 핀다』, 앞의 책, 162쪽. 유년시절은 이 글과 작가 인

더 큰 충격을 받았던 사건은 날마다 품에 안고 잠이 들 정도로 좋아했던 개 워리의 변화였다.

> 개들은 시체의 팔과 다리부터 뜯어 먹고 있었다. 개들의 주둥이가 모두 벌겠다. 워리도 보였다. 입 가장자리 흰 털에 피 묻은 워리가 얼핏 나를 돌아본 후 이내 시체의 배 위로 올라섰다. 개들 중에서 송아지만큼 덩치가 크고 검은 털에 꼬리가 짧은 셰퍼트가 핏발 선 눈으로 나를 보더니, 이를 드러내며 으르렁거렸다. 당장 내게 달려들어 무서운 이빨로 온몸을 물어뜯을 것만 같았다. 숨이 막혀왔다. 나는 맥을 놓고 주저앉은 채 두 손으로 땅을 짚고 뒷걸음질을 했다.
>
> ─『41년생 소년』, 175쪽

전쟁은 사람도 동물도 모두 변하게 했다. 문순태가 돌이 되었을 무렵부터 열두 해를 같이 보냈던 워리의 폭신폭신한 털은 포근함을 선사했다. 그래서 동생보다 워리를 더 좋아했다. 그랬던 워리가 입 가장자리 흰 털에 피를 묻히며 시체를 먹고 있는 모습은 그에게 두려움을 느끼게 하기에 충분했다. 마을에 있는 개들이 시체를 뜯어 먹으면서 '핏발 선 눈'으로 변했다는 것은 '광기'를 의미한다. 광기는 경찰과 빨치산의 대치에서, 마을 사람들의 분열로 이어졌고, 이내 마을에 있는 개들마저 미치게 하였던 것이다. 문순태가 자신을 보고 꼬리를 치며 달려오는 워리를 향해 돌멩이를 던지듯이, 마을에 남아 있었던 사람들도 더 이상 시체 썩는 냄새 속에 살아갈 수 없어서 월산리로 옮겨간다.

문순태는 6·25전쟁을 '총소리, 물레방아 소리' 등 소리로 기억한다. 그런데 '미친개 워리'는 소리보다는 '피 묻은 워리가 자신을 쳐다보는 무서

터뷰, 그리고 당시의 체험이 작품에 형상화된 내용을 참고하여 재구성하였다.

운 눈빛'으로 시각적으로 표현했다. 시각 또한 흰색과 붉은색의 색채 대비를 활용하고 있다. 이는 그의 가족이 더 이상 고향에 남을 수 없을 만큼 당시 상황이 참혹했음을 보여주기 위한 장치이다. 개들이 시체를 뜯어 먹었듯이, 워리가 자신을 헤칠지도 모른다는 공포는 고향으로부터 뒷걸음질하게 해서 결국 그는 고향을 버리고 월산리 토굴로 향한다. 이로써 집의 상실에서 고향의 상실로 이어지면서 문순태에게 실향의식이 싹트기 시작한다.

1951년 봄 월산리, 토굴생활은 문순태에게 굶주림과 뱀으로 기억된다. 고향에서 보낸 토굴생활은 곧 전쟁이 끝날 것이라는 희망이 있었지만, 타향의 논바닥에 판 토굴에서의 생활은 고향에 대한 상실감과 전쟁이 길어질 것이라는 두려움으로 시작한다.

> 결국 지수네 가족은 어머니의 주장대로 밤에 흰거위산을 빠져나와, 토벌대가 주둔하고 있는 월산 지서 대울타리 밖 논바닥에 토굴을 파고 살게 되었다. 소나무 가지를 엮어서 덮은 토굴의 천장에는 뱀들이 스멀스멀 기어 다녔다. 그러나 뱀에 대한 무서움보다는 견딜 수 없는 배고픔과 나라와 고향 사람들로부터 완전히 버림받고 있다는 서러움이 더 컸다.
>
> ─「흰거위산을 찾아서」, 『시간의 샘물』, 213쪽

「흰거위산을 찾아서」의 지수처럼 문순태는 고향에서 쫓겨나와 화순군 이서면 월산리 토치카 코밑 논바닥에 파 놓은 토굴 속에서 여름을 보낸다. 그가 토굴생활을 하면서 견딜 수 없었던 점은 두 가지였다. 하나는 '천장을 스멀스멀 기어 다니는 뱀'이었다. 「장구렁이」를 비롯해서 그의 작품 곳곳에서 뱀이 묘사되는데 대부분 천장을 기어 다니는 뱀이다. 문순태는 한여름의 무더위보다 잠을 자고 있을 때 천장에서 떨어지는 뱀의 차가움으로

토굴에서의 여름을 기억할 정도로 그에게 뱀은 공포였다.

>　“귀남아, 너 진짜로 배고픈 것이 죽는 거만치나 무섭다는 거 모르쟈.
> 너무 배가 고프면 눈물이 나오다가 나중에는 몸뚱이가 진흙맹키로 무거
> 워짐시로 땅속으로 깊이 가라앉는 것 같어야. 그러다가 점점 내 몸이 허
> 새비맹키로 속이 비고, 몸속에 검불만 가득 들어 있는 것 맹키로 가벼워
> 짐시로 순식간에 가루가 되야 갖고 바람에 날아가 버릴 것 같어야. 그러
> 다가 눈만 감으면 꼴까닥 숨이 끊어질 것만 같어.”
>
> 　　　　　　　　　　　　　　　　　　　　　　　　－『41년생 소년』, 97쪽

>　어렸을 때 그는 배가 고파 잠이 들면 그대로 죽어버릴지도 모른다는
> 끔찍한 생각에, 잠들지 않으려고 성냥개비를 잘라서 눈을 까고 기둥처럼
> 팽팽하게 세워놓곤 했었다. 그는 배가 고플 때면 위통이 불룩해지도록 맹
> 물을 퍼마시고 잠을 이겨내곤 했었다.
>
> 　　　　　　　　　　　　　　　　　　　　　－『걸어서 하늘까지』하, 81〜82쪽

　그런데 그 뱀보다 더 견딜 수 없었던 다른 하나는 '배고픔'이었다. 공비
토벌작전 지역이라는 이유로 마을이 불타면서 모든 식량이 함께 타 버렸으
니 먹을 것이 없었다. 그래서 반짝반짝 빛나는 산골과 황토 흙을 주워 먹
었다.[20] 산골은 뼈가 튼튼해진다고 해서, 황토 흙은 배가 고파서 먹었던
것이다. 문순태는 『41년생 소년』에서 수돌과 『걸어서 하늘까지』에서 날치
를 통해 배고픈 것이 죽는 것만큼이나 무서웠다고 말한다. 배가 고파서 허
수아비처럼 몸이 가벼워져서 순식간에 가루가 되어 날아가 버릴 것 같은
두려움은 토굴생활을 하는 가족 모두의 고통이었다. 그래서 아버지는 어쩔
수 없이 고향에 있는 전답을 구걸하다시피 팔아서 생계를 이었고, 더 이상

---

20) 문순태, 인터뷰, 2013. 10. 9.

팔 전답이 없자 가족을 데리고 무등산을 넘어 광주로 이사한다.

문순태는 당시 광주에서의 생활을 『느티나무 사랑』으로 형상화했다. 광주로 이사한 아버지와 어머니는 생계를 위해 날품팔이를 했고, 문순태는 성냥 공장에서 "도막난 성냥 꼬투리를 가려내기 위해 팔이 무지근해지도록 키질"[21]을 했다.

그러나 세 식구가 그렇게 부지런히 일을 해도 방세를 내고 먹고 살기가 버거웠다. 아버지는 공비토벌작전이 끝나면 고향에 돌아가서 불타 버린 집터에 기와집을 짓고, 다시 옛날처럼 모두 모여서 살게 될 것이라고 했다. 하지만 문순태는 아버지가 이미 고향에 있는 땅을 팔아버렸기 때문에 돌아간다고 하더라도 부쳐 먹고 살 땅이 없다는 것을 알고 있었다. 이때부터 그는 양동시장에서 감을 한 접씩 떼어다가 길바닥에 놓고 팔았다. 생활비라도 보태서 하루빨리 잃어버린 고향에 있는 땅을 찾고 싶었기 때문이었다.

그리고 날품팔이를 하던 어머니는 갈치와 멸치를 받아 머리에 이고서 광주에서 가까운 화순, 담양, 곡성 등지의 마을을 돌아다니며 도붓장사를 했다. 이때부터 문순태는 5일마다 한 번씩 정류장으로 나가서 어머니를 기다렸다. 어머니가 5일 동안 광주 인근의 시골 마을을 돌아다니며 도붓장사로 바꾼 곡식을 버스에 싣고 돌아오면 어머니의 곡식자루를 들고 오기 위해서였다. 문순태에게 정류장은 중요한 의미를 지닌다. 그에게 정류장은 "유년 시절의 배고픔과 어머니에 대한 간절한 그리움의 공간"[22]이었기 때문이다. 그는 이때 정류장에서 기다림이 그리움이라는 것을 배웠다. 어머니의 도착 시간이 일정하지 않은 탓에 그는 종종 온종일 정류장에서 기다렸고, 기다림이 그리움으로 바뀌었다. 문순태는 당시 그의 기다림을 『도리

---

21) 문순태, 『느티나무 사랑』1, 앞의 책, 245쪽.
22) 문순태, 『꿈』, 앞의 책, 52쪽.

화가』에서 신재효가 진채선을 기다리거나, 『정읍사』에서 정녀가 남편 해강을 기다리거나, 『소쇄원에서 꿈을 꾸다』에서 양산보가 봉황을 기다리는 것으로 묘사하고 있다.

정류장에서 어머니를 기다렸던 문순태의 그리움은 「느티나무와 어머니」에서는 직접 어머니를 따라다니는 장면으로 형상화된다. 여기서 그는 자신을 놀리거나 때리는 아이들 때문에 마을 안으로 들어가지 못하고, 마을 앞정자나 제각에서 어머니가 됫박에 얻어다 준 밥을 먹으며 어머니를 기다린다. 어린 문순태는 마을 아이들이 정자나 제각까지 몰려와서 때리거나 간짓대로 쑤셔대도 고슴도치처럼 몸을 웅크리며 울면서 어머니를 따라다녔다. 그에게는 어머니를 따라다니며 함께 밥을 먹고 어머니의 무거운 짐을 대신 지고 다니는 일이 그리움보다 좋았던 것이다. 이때의 경험은 『타오르는 강』에서 웅보가 새우젓 장사를 하는 장면으로 묘사되고 있다.

광주에서 아버지는 일을 가리지 않고 두부 배달이나 막노동 등을 했지만 더 이상 일자리를 구하기가 어려웠다. 결국, 아버지는 돈을 벌기 위해 두 형제만 남겨두고 어머니와 함께 신안군 비금도로 떠나갔다. 광주에 남겨진 문순태는 먹을 것이 떨어지자 무등산에서 땔감을 해다가 팔아 생계를 유지했다. 두 달 뒤 어머니는 형제를 데리러 왔고, 그는 어머니와 트럭을 타고 목포에 도착했다. 그러나 여인숙에서 하룻밤 묵고 갈 돈이 없어 터미널 대합실에서 잠을 자다가 헌병에게 권총 손잡이로 머리에 피가 나도록 얻어맞았다. 이러한 경험 때문에 문순태가 처음 보았던 바다는 신비로운 동경의 대상이 아니라 끝없는 공포와 절망으로 다가왔다.

문순태의 가족이 비금도로 들어간 까닭은 6·25전쟁이 발발하기 전 해에 그의 집에서 사용하던 발동기가 섬에 있는 사람에게 팔렸고, 발동기 기술자였던 박 서방이 발동기와 함께 섬으로 들어갔기 때문이었다. 전쟁이 터지자 살길이 막막했던 문순태의 가족은 박 서방과의 인연으로 섬에 작은 방 하나를 얻어 겨우 자리를 잡게 되었다.[23] 비금도에서 아버지는 소금밭의 염부가 되어 고무래질을 하였고, 어머니는 계속해서 도붓장사를 했다.

문순태는 비금도 생활을 '피마자 열매 먹기'와 눈물겨운 '흰 쌀밥 먹기'로 기억한다. 그는 비금도에서 아침에 보리죽 한 사발을 마시고는 저녁에 아버지와 어머니가 돌아오실 때까지 온종일 굶어야만 했다. 어느 날 온종일 굶주리던 두 형제는 배가 고파 주인집 텃밭에서 피마자 열매를 따다가 몰래 볶아먹은 뒤, 이틀 동안 심하게 토하면서 설사했다. 그러나 고통을 참으면서도 끝내 피마자 열매를 볶아 먹었다는 말을 하지 않았다. 당시 그가 겪은 굶주림의 체험은 너무나 본질적인 것이었기 때문에, 그의 무의식 깊은 곳에 잠재했다가 훗날 「물레방아 돌리기」, 「흰거위산을 찾아서」, 『41년생 소년』, 『타오르는 강』, 시 「감자꽃」 등에서 배고픔을 생생하게 묘사하는 원동력이 되었다.

> "배가 고프다고 아무 데다 쓰러지면 다시는 일어나지 못하고 땅속으로 가라앉게 될지도 모른다는 두려움 때문에, 마구 뛰면서 배고픔을 견뎌 내곤 했던 그 오기스러움"
>
> ─「물레방아 돌리기」, 『물레방아 속으로』, 66쪽

> 산다는 것은 배가 고픈 것이거나
> 진종일 잠을 자는 것
> 하루에도 수백 번씩
> 배고파 죽는 꿈을 꾸었던 시절
>
> ─시 「감자꽃」, 『꿈』, 산문집, 138쪽

---

23) 문순태, 인터뷰, 2014. 1. 21.

전쟁이 가져온 혹독한 굶주림을 뛰어나게 형상화한「물레방아 돌리기」에서처럼 문순태는 배가 고파 쓰러지면 다시는 일어설 수 없을 거라는 두려움 때문에 오기스럽게 뛰면서 배고픔을 견뎌냈다. 그에게 굶주림은 하루에도 수백 번씩 배고파 죽는 꿈을 꿀 정도로 일상이었고, 배고픔은 서러움 그 자체였다. 그런 문순태에게 친구 황원섭이 가져다준 '흰 쌀밥'은 고마운 마음과 부끄러움이라는 열등의식을 싹트게 한다. 문순태는 비금 중앙초등학교 5학년에 편입한 뒤, 가난한 뜨내기에다 성격마저 내성적이어서 쉽게 친구를 사귀지 못해 늘 외톨이였다. 게다가 집도 가난해 가을 소풍날에도 쌀이 없어 밥 대신 보리죽을 싸 가지고 가야 했다. 그래서 아무도 없는 바위틈 아래에 혼자 숨어서 무장아찌 반찬과 보리죽을 먹고 있었다. 그런데 같은 반이었던 황원섭이 그의 보리죽을 쏟아버리고 친구들한테 돌아다니며 빈 밥그릇에 흰 쌀밥을 가득 채워가지고 돌아왔다.[24] 그 일이 있고 나서 친구 원섭과 친하게 지내며 종종 그의 집에 가서 놀거나 숙제를 하곤 했는데, 이유는 저녁밥으로 나오는 흰 쌀밥을 먹기 위해서였다.

　이렇듯 가난하고 참혹한 현실에서 먹고 살기 위해 몸부림치던 문순태에게 '흰 쌀밥 먹기'는 부끄러움이었다. 문순태는 친구 원섭의 순수하고 인간적인 정보다는 자신이 너무 가난하고 초라했기 때문에 '흰 쌀밥'을 먹을 때마다 목이 메었다. 굶주림은 가장 고독하면서도 원초적인 고통이다. 그래서 그는 배고픔의 원체험을 자신의 체험만으로 함몰시키지 않고, 소설「그리운 조팝꽃」에서 당시의 굶주림의 모습을 눈물 나도록 아름다운 영상미로 보여준다.

---

24) 문순태, 인터뷰, 2013. 10. 9. 황원섭은 이후 서울사대부고와 서울사대에 입학했으며, 문순태는 그와 현재까지 계속 연락하며 지내고 있다.

모내기가 시작되는 날이었다. 친구들과 놀다가 집에 돌아와 보니 어머니가 마루에 앉아 뚝배기에 흰 쌀밥을 가득 담아 주위를 두리번거리며 허겁지겁 두 손으로 집어 먹고 있었다. 그 무렵 나는 쌀밥은 구경도 못하던 때였다. 기껏 밀개떡이 아니면 보리죽 무릇 곤것, 송기죽으로 연명을 했다. 어머니가 나 몰래 흰쌀밥을 손으로 집어 먹고 있는 것을 본 나는 성난 송아지처럼 달려들었다. 어머니는 처음에는 당황해하다가 어색하게 웃으며 뚝배기를 허구리 뒤로 감추었고, 나는 그것을 힘껏 낚아챘다. 그때 뚝배기에서 백설 같은 꽃잎이 후루루 날렸다. 그것은 쌀밥이 아니라 흰 조팝꽃이었다.

－「그리운 조팝꽃」, 『된장』, 66쪽

위의 글은 「그리운 조팝꽃」의 일부이다. 내가 친구들과 놀다가 집에 돌아오니 어머니는 뚝배기에 흰 쌀밥을 가득 담아 두 손으로 집어 먹고 있었다. 내가 보기에 어머니는 다른 사람에게 들키지 않으려고 쌀밥을 허겁지겁 먹는 것처럼 보였다. 나는 화가 나서 몰래 혼자 흰 쌀밥을 먹고 있는 어머니에게 성난 송아지처럼 달려들었다. 어머니는 당황하며 감추려다가 뚝배기 안에 있는 것을 쏟았는데, 그것은 흰 조팝꽃이었다. 후루루 날리는 흰 조팝꽃을 보고 나는 서럽게 울었다. 나의 눈물은 어머니가 배가 고파서 꽃을 따 먹었다는 것보다 '흰 조팝꽃'이 쌀밥이 아니었기 때문이었다. 여기서 문순태는 '조팝꽃'과 '쌀밥'의 색채 이미지로 어린 시절 자신의 가난하고 굶주렸던 당시의 극한적 상황을 형상화했다. 그러나 이는 그 자신만의 이야기가 아닌 초근목피로 목줄을 지탱해야 했던 당시 대부분 사람의 삶이었음을 조팝꽃을 통해 보여주고 있는 것이다.

문순태는 비금도에서 일 년쯤 살다가 고향에서 가까운 화순군 북면 맹리(孟里)로 옮겨온다. 어머니가 도붓장사로 번 돈으로 외가가 있는 마을에 논 서 마지기를 마련했기 때문이다. 당시 전쟁이 끝났음에도 그의 가족은 전쟁 중에 생계의 방편으로 전답을 헐값에 팔아 고향에 전답이 없어서 고향으로 돌아갈 수 없는 처지였다. 그래서 그는 외가살이를 하였는데, 더운 여름에도 "이순신 동상처럼 얼굴이 청동빛으로 검푸르게 타가지고"[25] 어깨가 미어지도록 꼴을 베어 날랐다. 이 당시 문순태는 내성적이고 도전적이지 못해서 외가살이를 하는 동안에도 다른 친구들처럼 농사꾼이 된다는 생각 외에 어떤 꿈도 없었다.[26]

하지만 그에게 눈칫밥을 먹는 외가살이는 너무 고통스러웠다. 밥을 늦게 먹기라도 하면, 외삼촌은 "양식도 없는디 저놈은 무신 밥을 저리도 많이 퍼묵는다냐."[27]라고 불호령을 쳤다. 외가살이에 불편을 느낄 때마다 문순태는 책이 너무나도 읽고 싶었다. 그러던 어느 날 그는 책을 읽기 위해 달걀 한 줄을 훔쳐 30여 리 산길을 넘어 방석부 장으로 갔다. 이 시장에서 그는 국밥집 앞에 이야기책을 늘어놓은 채 책을 팔고 있는 늙은 좌판 주인을 만난다. 그로부터 문순태는 광주 응세중학교에 가면 돈이 없이도 말을 키우면서 공부할 수 있는 길이 있다는 운명 같은 말을 듣게 된다. 응세중학교는 광주 지산동 조선대학교 옆에 있으며 먹여주고 재워준다는 것이었다. 문순태는 그 말을 듣고는 바로 지게의 목발을 부러뜨린 뒤, 공부하고 싶다는 열망으로 걸어서 광주 응세중학교로 찾아갔지만 초등학교 졸업장이 없어 퇴짜를 맞는다.[28]

문순태는 먼 길을 걸어와 지치고 배도 고파서 포기할까 고민하다가 내려오는 길에 중앙초등학교를 발견한다. 그가 곧장 교장실로 찾아가 사정을 이야기하자, 교장 선생은 중앙초등학교는 학생 수가 너무 많아 자리가 없

25) 문순태, 『사랑하지 않는 죄』, 명문당, 1991, 46쪽.
26) 문순태, 인터뷰, 2014. 1. 21.
27) 문순태, 『꿈』, 앞의 책, 133~134쪽.
28) 문순태, 인터뷰, 2014. 1. 21.

고, 분교인 학강초등학교에 가면 자리가 있을 것이라는 말을 전해 준다. 문순태는 학강초등학교로 가는 길에 광주천을 건너게 된다. 그는 학강다리 밑의 거지들이 바가지에 밥을 먹고 있는 모습을 보고 잠시 '밥'과 '배움' 사이에서 고민하기도 한다. 이때 '밥'과 '배움' 사이에서의 갈등은 문순태의 삶에서 가장 중요한 전환점이 된다.

불가해한 운명의 전개처럼 방석부 장에서 들었던 '배울 수 있다는 희망'은 문순태가 광주천에서 '밥'을 거부함에 따라 더욱 견고해졌다. 그에게 굶주림은 6·25전쟁 직후 그의 육체와 정신을 쥐어짜는 듯한 고통을 주었다. 그래서 문순태는 「어머니의 땅」29)에서 묘사한 것처럼 배고픔 대신 차라리 총에 맞아 죽는 한이 있더라도 '밥'을 택하고 싶을 만큼 그 유혹을 거부하기가 힘들었을 것이다. 하지만 그는 더 이상 눈칫밥을 먹을 수 없다는 생각과 배울 수 있는 기회가 있다는 믿음으로 학강다리를 건너 학강초등학교 교장실로 간다. 마침내 그는 학강초등학교 6학년에 편입하였고, 이때부터 그는 궁벽진 산골 마을을 벗어나 새로운 희망을 꿈꾸기 시작한다.30)

이후 문순태는 학강초등학교를 졸업하고 광주 동성중학교에 입학한다. 그의 아버지는 학비 때문에 그가 중학교에 다니는 것을 반대하다가 학비를 면제받게 되자 허락한다. 이때 그는 줄곧 1주일에 한 번씩 담양의 유둔재를 넘나들게 된다.

---

29) "총 맞아 죽은 것과 배고파 죽는 것 중에서 하나를 택하라면 나는 총 맞아 죽는 것을 택하고 싶었다." "배고픈 것이 전쟁보다 더 두렵게 느껴졌다." (문순태, 「어머니의 땅」, 『꿈꾸는 시계』, 동광출판사. 1990, 96쪽.)
30) 문순태, 인터뷰, 2014. 1. 21.

2. 문학적 생성기와 사회의식

문순태의 고향은 담양군과 화순군의 경계 지점으로 광주에서 25km 남 짓 되는 무등산 너머에 있다. 그가 중학교에 다닐 때는 그의 고향 마을과 광주 사이에 교통수단이 없어 매주 한 번씩 1주일 동안 먹을 식량과 반찬 을 담은 가방을 메고 산길을 여섯 시간 이상 걸어야 했다. 그리고 매주 토 요일 수업이 끝나면 광주에서 유학하고 있는 고향 인근 마을의 중·고등 학생들과 함께 모여 잣고개와 배재, 유둔재를 넘어 담양의 집으로 향했고, 언제나 밤 열 시가 넘어서야 도착했다. 무등산 주변은 밤이면 호랑이가 나 타난다고 하여 10명 정도의 동행자들이 모여야만 유둔재를 넘어가는 야행 을 감행할 수 있었기 때문이었다. 당시 몸이 왜소하고 약질이었던 문순태 는 언제나 일행의 맨 끝에 가다보니 "온몸이 땀벌창이 된 채 모골이 송연 해지곤"[31] 할 정도로 두려웠다. 이러한 야행의 경험이 있었기 때문에 중편 「호랑이의 탈출」과 대하소설 『타오르는 강』에서 두려움에 떠는 야행 장면 을 적나라하게 형상화 할 수 있었을 것이다.

문순태에게 유둔재는 '미래로 통하는 희망의 문'이었다. 그는 초등학교 에 다니기 전까지는 '소쿠리 속 같은' 산골 마을에 갇혀서 하늘과 땅과 갈 맷빛으로 출렁이는 무등산만 바라보고 자랐다. 그래서 어른이 되면 당연히 누구나 농사꾼이 되어야 하는 것으로 알고 지냈다. 그런 그에게 산판에서 나무를 나르던 트럭은 하늘을 나는 새처럼 보여서 어렸을 때 꿈이 트럭 운 전사였다.[32] 이때 트럭 운전사가 되어 궁벽진 산골을 벗어나 이 세상을 맘

---

31) 문순태, 『소설창작연습』, 앞의 책, 160쪽.
32) 문순태, 『꿈』, 앞의 책, 32쪽. 그가 사는 마을에는 버스가 오지 않았고, 유일한 교통수 단은 산판에서 나무를 실어 나르는 군용 트럭이 전부였기 때문에 트럭 운전사가 되 어 유둔재를 넘어 바깥세상을 구경하고 싶었던 것이다.

껏 돌아다니고 싶었던 소년의 꿈은 『걸어서 하늘까지』에서 촉새가, "내 소원이 택시 주인이 되는 건데! 얼마나 좋아 목에 힘주고 돈 벌고, 가보구 싶은 곳두 맘대로 가보구."33)라고 한 데서 잘 드러난다.

이때 아버지의 소원은 문순태가 면서기나 학교 선생이 되는 것이었지만, 그는 무등산 너머 광주에 있는 중학교에 다니면서도 특별한 꿈을 가지고 있지 않았다. 그런데 광주고등학교에 입학하여 수필가 송규호와 조선대학교에 재직하고 있던 시인 김현승을 만나면서부터 그는 자신의 삶에 대한 새로운 출구를 찾게 된다. 당시 문예부 지도교사였던 송규호 선생은 문순태에게 문학의 길을 열어주었다. 문순태는 고1 때 광주고등학교의 교지였던 '광고 타임스'에 '나의 자취생의 변'34)이라는 수필을 기고했는데, 이 수필이 문예부 지도교사였던 송규호의 눈에 띄어 문예부에 들어갔고, 이는 시인 이성부와 박봉우를 만나게 되는 계기가 된다.

당시 송규호 선생의 제자였던 이성부, 임보, 조태일, 민용태, 나종영 등은 이후 소설가와 시인 등으로 이름을 알리게 된다. 송규호가 내뱉는 한 마디 한 마디는 문순태를 포함한 문예부 학생들에게 인생의 좌표가 되었다. 그는 늘 "서두르지 마라, 한 번 나아갈 때 두 번 생각해라"35)라는 말로 학생들 스스로 생각하는 힘을 키우도록 독려했다. 이러한 송규호의 모습은 「뒷모습」에서는 일제강점기에 지리 선생이었던 왜가리 백 선생의 당당함으로 묘사되어 있으며, 「꿈꾸는 시계」에서는 35년 만에 석방된 친구를 잊지 않고 마중 나가는 한문 선생 정한길로 형상화되고 있다.

송규호가 문순태를 문학에 입문하도록 도와주었다면, 김현승은 문순태

---

33) 문순태, 『걸어서 하늘까지』하, 창작과비평사, 1980, 91쪽.
34) 수필은 풍로로 축축한 톱밥에 불을 붙여가며 연기 때문에 눈물을 흘리면서 밥을 짓던 자취 경험을 쓴 내용이었다.
35) 문순태, 『그늘 속에서도 풀꽃은 핀다』, 앞의 책, 94~95쪽.

를 시의 세계로 이끌어 주었다. 당시 문순태는 선배 박봉우, 친구 이성부와 함께 당시 조선대학교 교수이자 시인이었던 김현승에게 시 쓰기 지도를 받았다. 문순태가 이성부 등과 함께 김현승을 찾아가면, 그는 전남대학교 농대 숲길이나 수피아여고 뒷산으로 이들을 데리고 가 거닐면서, 시보다는 시인의 삶에 대해 더 많은 이야기를 해 주었다. 때로는 교복 차림인 이들을 신성다방이나 파리정다방으로 데리고 가서 커피를 사 주며 "시인은 물질의 탑을 쌓기보다는 소박하면서도 아름다운 정신의 탑을 쌓아야 한다."라고 말해 주었다. 문순태는 이때 김현승 시인으로부터 "시가 우리 삶을 여러 가지 빛깔로 물들여 준다."라는 말을 듣고 가슴이 뛰어 시인이 되겠다는 꿈을 갖게 된다.[36]

시인이 되고자 했던 문순태의 이러한 꿈은 이후 『타오르는 강』에서 개동이가 처음으로 아버지의 집에 인사드리러 갔을 때 할머니가 꿈이 무엇이냐고 묻자 '시인'이 되겠다고 말한 데서도 잘 나타난다. 그는 『가면의 춤』에서 미숙이처럼 "좋은 시를 써서 정신이 병든 사람을 고쳐주고"[37] 싶었다. 하지만 아버지는 문순태가 광주고등학교에 입학하자 법관이나 의사, 공무원이 되기를 희망하며 아들 뒷바라지를 위해 전 재산인 논 서 마지기를 팔아 광주로 나온다. 그리고 광주역 뒤 동계천 하천 위에 있는 판잣집 단칸방을 사서 풀빵을 굽기 시작한다.[38] 이때의 아버지를 문순태는 「빈 무덤」에서 "그의 아버지는 자식 하나 있는 거 출세를 위해서는 똥 장군 아니라 사람 뼈다구라도 져 날라서 대학 졸업시키겠다고 문전옥답 팔아 도회지

---

36) 문순태, 인터뷰, 2013. 10. 9.
37) 문순태, 『가면의 춤』하, 앞의 책, 145쪽.
38) 문순태는 광주에서 가족이 모여 살았던 풍경을 다음과 같이 묘사하고 있다. "나는 지금의 내 아이들만 한 나이 때 오물 썩는 냄새가 진동하는 하수도 위의 판잣집 단칸방에서 다섯 식구가 구더기처럼 엉켜 붙어살면서도 새벽별보다 더 찬란한 꿈을 꾸었었다." (문순태, 「사표 권하는 사회」, 『살아있는 소문』, 문학사상사, 1986, 188쪽.)

에 나왔었다."[39]라고 회상한다.

그의 아버지는 썩은 하수도 냄새가 코를 찌르는 하천 위의 판잣집 단칸방에 네 식구가 오불오불 엉켜서 궁핍하게 살면서도 10대 종손인 문순태가 집안을 일으켜 세울 것이라는 기대로 견뎌낼 수 있었다. 그런데 아들이 '문학병'에 걸려 학교 공부를 팽개치고는 시인이 되겠다고 하자, 아버지는 "왜 하필이면 가난한 문필가가 되려고 하느냐?"고 분노하며 물었다.[40] 이에 대한 대답은 나중에 문순태가 쓴 시 「내 희망은」[41]에 잘 나타나 있다.

　　　고교 시절 내 희망은
　　　무지개였다
　　　일곱 가지 색깔로
　　　초라함 감추고 싶었다
　　　쟁기질 끝낸 아버지
　　　무릎 꿇어 앉히고
　　　왜 시를 쓰느냐고 물었다
　　　무지개가 있는 세상에서
　　　살고 싶어서요
　　　내 말 알아듣지 못한 아버지
　　　문 박차고 나간 후로
　　　아직 돌아오지 않고 있다

　　　　　　　　　　　　－「내 희망은」, 『생오지에 누워』, 시집, 105쪽

위의 시에서 말했던 것처럼 문순태는 '무지개가 있는 세상'에서 살기를 원하였고, 그러한 세상은 문학작품으로 만들 수 있다고 믿었다. 결국, 그는

---

39) 문순태, 「빈 무덤」, 『흑산도 갈매기』, 앞의 책, 48쪽.
40) 문순태, 인터뷰, 2013. 10. 9.
41) 문순태, 『생오지에 누워』, 책만드는 집, 2013, 105쪽.

x

아버지를 설득해 1960년판 세계문학전집 한 질을 사서 읽을 수 있었다. 광주고등학교 시절 문순태는 이성부, 윤재성과 매일 어울렸는데, 이들과 함께 공원이나 경양 방죽, 태봉산 등을 쏘다니며 신간 시집이나 소설 외우기 등의 내기를 하고 시도 습작하면서 시인이 되기를 꿈꾸었다. 그리고 종종 카프카의 소설을 흉내 내어 「벽」이나 「통금」 같은 소설도 습작하곤 했다.

또한, 문순태는 시와 음악을 하나로 생각할 정도로 '음악'을 좋아했다. 그는 고등학교에 입학한 뒤부터 졸업할 때까지 '신천지'와 '무랑루즈'라는 음악실에 거의 빠지지 않고 다녔는데, 나중에는 월권을 끊어 이곳에서 살다시피 하였다. 이곳에서 문순태는 홍차를 시켜놓고 베토벤의 '운명'이나 차이콥스키의 '비창', 드보르작의 '신세계', 쥬페의 '시인과 농부'를 주로 들었다. 그 결과 그의 작품은 초기, 중기, 후기에 걸쳐 전반적으로 청각적 감각을 많이 활용하고 있는 것이 특징이다. 이는 그의 아버지가 임방울의 소리를 좋아해서 집으로 소리꾼을 자주 초대하여 판소리를 들을 정도로 어렸을 때부터 소리에 열려있는 환경에서 자랐기 때문이다. 그런 인연으로 문순태는 판소리에 큰 관심을 가지게 되었고, 마침내 판소리를 정리한 신재효와 그의 제자인 진채선의 사랑 이야기를 『도리화가』로 형상화한다.

평소 문순태는 소설을 쓰는 데 대학이라는 간판은 별 도움이 되지 못한다고 생각했다. 그래서 대학 진학을 포기하려고 까지 했으나, 문필가의 길은 춥고 배고픈 삶이 될 것이라는 아버지의 간곡한 만류 때문에 생각을 바꾼다. 그러나 얼마 뒤 교장과 문예부 지도교사도 모르게 문예부원 이성부와 함께 학교 신문을 발행하고 교내시집을 발간했다가 출판비를 모두 물어내야 하는 사고를 친다. 이 때문에 그는 이성부와 함께 한 달이 넘는 무기정학을 당하고, 교장의 묵인 아래 겨우 3학년으로 가진급을 하게 된다.[42]

---

42) 문순태가 가진급을 할 수 있었던 것은 교외 글쓰기 대회에서 상을 많이 타면서 학교

이를 계기로 아버지는 문순태에 대한 꿈을 완전히 포기한다.

당시 광주고등학교 문예부 학생들은 박성룡, 윤삼하, 박봉우, 정현웅, 주명영, 임보 같은 선배 시인들이 전국적으로 유명했기 때문에 학교에서는 주로 시를 쓰는 분위기였다. 특히 박봉우는 수피아여고 뒷산에서 백일장 대회를 열고 시상을 한 뒤, 강평(講評)해 주기도 하였다. 이후 문순태의 시가 서라벌예대주최 전국고교문예작품 모집에 당선되었다. 그러나 문순태는 전남일보 신춘문예에 이성부의 시가 당선되고, 김혜숙이라는 가명으로 쓴 자신의 시가 입선에 그치자, 더 이상 시로는 이성부를 이길 수 없다고 생각해서 소설을 쓰기로 한다.43)

이후 문순태는 전남매일의 전신인 농촌중보 신춘문예에 단편소설 「소나기」가 당선되면서 수업 시간에는 소설책만 읽고, 밤에는 하수 썩는 냄새가 진동하는 판잣집의 단칸방에서 날을 새어가며 소설을 썼다. 국내 작가로는 김동리와 황순원을 좋아해서 그들의 작품을 원고지에 그대로 베껴 쓰며 소설 문장을 공부했다. 국외 작가로는 존 스타인벡과 헤르만 헤세(Hermann Hesse)를 좋아했다. 특히 존 스타인벡의 『분노의 포도』는 문순태가 소설가가 되겠다는 결심을 하게 해 준 책이었다.44) 그도 존 스타인벡처럼 고향을 잃은 사람들에 대한 따뜻한 애정과 고향을 사랑하는 애틋한 마음을 담아 고향 사람들의 이야기를 쓰고 싶었다. 그의 이러한 소망은 37년 동안 집필했던 『타오르는 강』에서 고향을 잃고 전전하는 사람들의 강인한 생명력과 따뜻한 휴머니티를 담아낸 데서 드러난다. 또한, 그는 헤르만 헤세의 작품 중에서 특히 『싯다르타(Siddhartha)』의 문장을 좋아했는데, 당시 학교 친구

의 위상을 높였다고 문예부 지도교사였던 송규호가 교장과 다른 선생들을 설득했기 때문이었다.
43) 이때 시상식에서 처음으로 수필 당선자인 한승원을 만나면서 둘의 인연이 시작된다. 문순태는 이후 지금까지 한승원과 교류하고 있다. 문순태, 인터뷰, 2015. 12. 21.
44) 문순태, 『꿈』, 앞의 책, 305~306쪽.

들과 문장을 외우는 내기를 할 정도로 헤세의 작품들을 가까이 두고 사랑했다.

이후 대학 시험을 한 달 앞두고 고향에 다녀온 문순태는 대학에 대한 마음의 변화를 느끼게 된다. 그는 '몰락한 집안의 10대 종손으로서의 책임감'과 '고향 친척들이 자신에게 걸고 있는 마지막 기대'를 져 버릴 수 없다는 심리적 부채감 때문에 대학 진학을 결심한다. 하지만 시험을 준비한 기간이 너무 짧았던 탓에 1차와 2차로 지망했던 전남대학교 의예과와 생물학과는 떨어지고, 3차로 지망했던 철학과에 합격해 1960년 전남대학교 문리대학 철학과에 입학한다.

문순태가 대학에 입학하자마자 4·19혁명이 있었는데, 소설『달궁』에서 "그때 순기는 대학 1학년이었다."45)라고 쓴 것처럼 그는 4·19혁명의 중심에 서게 된다. 유년기에 6·25전쟁을 겪었던 문순태는 청년기에 4·19혁명을 체험하고부터 역사를 바라보는 객관적 시각을 갖게 된다. 이러한 그의 의식의 변화는「살아있는 소문」에서 타협하지 않는 4·19정신을 보여주는 전형적인 민중주의자 윤민주를 통해 나타난다.

> 나는 윤민주를 잘 안다. 그와 나는 월산대학의 같은 철학과 학생이었으며, 4·19 때는 함께 스크럼을 짜고 시위에 가담했었다. 그때, 윤민주는 움직일 수 없는 우리들의 우상이었다. 대학시절, 윤민주는 웅변가였고 시인이었다. 그의 웅변을 들으면 가슴에 불기둥이 뻗질러 오르는 듯한 충동과 위기를 느꼈다. 그의 말은 사람을 설득시키고 흥분시키는 마력을 갖고 있었다. 논리에 막힘이 없어 교수들도 그의 주장을 꺾지 못했다. 웅변을 할 때 그는 언제나,
> "여러분, 나는 자유를 내 몸만큼이나 사랑합니다. 왜냐하면 나는 자유

---

45) 문순태,『달궁』, 문학세계사, 1982, 35쪽.

롭게 살고 싶기 때문입니다."

-「살아있는 소문」, 『살아있는 소문』, 21쪽

　「살아있는 소문」에서 윤민주를 바라보는 서술적 화자인 나는 문순태 자신이다. 당시 서술적 화자인 나처럼 문순태도 철학과 학생으로서 4·19 때 스크럼을 짜고 시위에 가담했기 때문이다. 그러나 그의 자전적 소설인 『달궁』에서 "세상이 시끌시끌헐 때는 앞장서기를 무서워하고 늘 뒷전에 서는 법인디……육이오 때 네 삼촌과 아부지도 앞장서기 좋아했다가 그 모양이 되지 않았냐. 종손이면 종손답게 매사에 침착해야 쟤."라고 말리는 당숙의 말처럼, 문순태는 윤민주처럼 앞장서서 나서지 못했다. 그에게는 '10대 종손'이라는 무거운 책임이 있었기 때문이었다. 그래서 그는 윤민주처럼 "가슴에 불기둥이 뻗질러 오르는 듯한 충동을 느끼게 하는 웅변가"[46]이고 싶었지만, 서술적 화자인 나처럼 앞장서 나가지 못하고 뒤따를 수밖에 없었을 것이다.

　문순태는 전남대학교 철학과를 다니면서 독일어를 공부했는데,[47] 이를 계기로 나중에 조선대학교 부속고등학교에서 독일어를 가르치기도 한다. 그러나 그는 철학보다는 문학에 심취했으며, 마침내 1961년 국어국문학과 이훈 등과 용봉문학회를 만들고 초대회장을 맡았다. 또한, 그는 당시 충장로에 자리한 '카네기홀'이라는 음악 감상실에서 도시락을 까먹을 정도로 음악에 푹 빠져 지내기도 했다. 그러던 중 친구 이성부와 후배 조태일이 시인으로서 문단에 화려하게 데뷔하고, 존경하는 시인이자 교수였던 김현승이 조선대학교에서 숭실대학교로 자리를 옮겨가자, 그도 김현승 교수를 따라 1963년 숭실대학교 기독교철학과 3학년에 편입한다. 이때 숭실대학

---

46) 위의 책, 35쪽.
47) 문순태, 인터뷰, 2016. 9. 5.

교에서 소설가 김동리로부터 문학 강의를 들은 것이 계기가 되어, 나중에 석사 논문을 쓸 때 김동리의 지도를 받게 된다.[48]

당시 서울로 상경한 것에 대해 아버지의 반대가 심했기 때문에 문순태는 스스로 학비를 마련해야 했다. 학비를 면제받기 위해 그는 김현승 시인이 주간을 맡고 있는 학보사에 기자로 들어가고, 생활비를 절약하기 위해 보험회사 외무사원으로 일하면서 밤에는 야간 대학에 다니고 있던 김석학과 함께 자취를 한다. 그러나 더 이상 집에서 생활비를 보내줄 형편이 되지 못하자 자취생활마저 어렵게 되었고, 결국 숙식이 해결되는 입주식 가정교사를 하면서 학업을 이어간다. 그리고 같은 해 여름 나주에 있는 과수원집 딸이었던 유영례와 영산강변과 광주 '카네기홀' 음악 감상실 등에서 데이트한다. 이때 경험은 『타오르는 강』에서는 백석과 인숙, 『걸어서 하늘까지』에서는 정만과 지숙의 만남으로 형상화되어 있다.

문순태의 서울 생활은 그해 가을로 끝이 났다. 아버지가 큰 수술을 받고 병원에 입원해 있다가 결국 간경화로 돌아가셨기 때문이다. 아버지의 임종을 접한 그는 밤 열차를 타고 내려오면서 눈물 흘리며 아버지의 지난 삶을 회상한다. 당시의 심정은 「아버지 장구렁이」에서 사내가 괴로워하는 장면과 『느티나무 사랑』에 잘 나타나 있다.

아버지는 여러 모습으로 희미하게 떠올랐다가 이내 사라져 버리곤 하였다. 6·25가 터질 무렵 아버지의 모습은 천덕스러운 정도로 변했다. 지서에 붙들러 갔던 아버지는 열흘 만에 머슴 황바우의 등에 업혀서 집으로 돌아왔는데, 등짝의 살이 시퍼렇게 물크러져, 상처가 나을 때까지 바로 눕지를 못하고 방바닥에 엎드려 있어야만 했다. 그 후 고향이라면 치가 떨린다면서 무등산 너머 광주로 나와, 3년 남짓 동안은 시골 농토 판

48) 문순태, 인터뷰, 2016. 9. 5.

돈으로 그럭저럭 연명을 하다가, 전답 판 돈이 바닥나자 잠방이 차림의 날품팔이꾼으로 전락하고 말았다. 그 후 박지수가 신학대학에 들어가자, 10대 종손이 되어 가지고 폭삭 망해버린 집안 다시 일으킬 생각은 하지 않고, 예수쟁이가 다 뭐냐면서 식음을 전폐하고 술을 마시더니, 그예 화병에다 간이 나빠져서 자리보전을 하고 말았다. 병이 들어 3년 동안 앓아 누운 동안에도, 아버지는 그에게 신학대학을 중도 포기하라고 애원하던 것이었다. 숨을 거둘 무렵 아버지는 겨릅처럼 뼈만 앙상하게 남은 참으로 흉한 몰골이었다.

47년이라는 아버지의 전 생애는 석 장의 빛바랜 흑백사진처럼 박지수의 가슴속에 영원히 썩지 않는 화석이 되어 찍혀 있었다. 옥색 두루마기 차림의 멋진 한량 모습과 베잠방이 날품팔이꾼 모습, 그리고 세상을 뜰 무렵 앙상하고 흉측스러운 몰골, 이 세 가지의 모습만이 뼈저리도록 그의 가슴 밑바닥에 아픈 상처의 흉터처럼 남아 있을 뿐이었다. 그런데 이상한 것은 아버지의 그 같은 모습에서 박지수는 때때로 자신의 모습을 발견하고 깜짝깜짝 놀라곤 했다. 아버지의 그 같은 모습은 그때그때마다 박지수의 삶에도 엄청난 변화를 가져왔었다는 것을 알아차린 후부터, 그 자신도 결국 아버지의 옛 모습을 그대로 닮아가고 있는 것이 아닌가 싶어 소스라치게 놀라기도 했다.

-『느티나무 사랑』1, 56~57쪽

『느티나무 사랑』에서 지수가 아버지의 지난 시절을 회상하듯이, 문순태에게 아버지는 두 가지 모습으로 기억된다. 하나는 6 · 25전쟁 이전의 한량으로서의 아버지다. 아버지는 1916년 8월 30일 백아산 산골에서 여섯 남매의 장남으로 태어났다. 아버지는 큰댁의 대를 잇기 위하여 9대 종손 양자로 입적하였고, 마을에서 6km쯤 떨어진 야사 소학교를 졸업하고 열여섯 살 때 두 살 위였던 정순기와 혼인하였다. 아버지의 생부모가 가족을 데리고 일본으로 건너가 살고 있었기 때문에 아버지는 자주 일본을 드나들었다. 아버지는 일본에서 할아버지가 보내온 돈으로 논을 장만하였고, 이른 바 '난초'와 '만주각시'라는 첩들과 딴 살림을 차리기도 했다. 이에 대해 문순태는 『걸어서 하늘까지』에서 지숙아버지가 첩이 둘 있었다고 묘사하고 있다.

그러나 문순태는 아버지의 첩들에 대한 반감이 없었던 것으로 보인다. 그는 아버지의 첩이었던 '난초'의 삶을 『타오르는 강』에서 주막집을 운영하는 '난초'와 「난초의 죽음」에서 아버지의 마음에 빚을 대신 갚는 나를 통해 긍정적으로 묘사하고 있다. '만주각시'도 『느티나무 사랑』에서 나에게 쌀밥을 주었던 사랑이 많은 여인으로 애틋하게 형상화하고 있다. 아마도 이들과 함께했던 6·25전쟁 이전 시절이, 문순태나 그의 아버지에게 가장 행복했던 순간으로 기억되었기 때문에 미움보다는 애틋한 감정이 앞섰을 것이다. 그에게 아버지의 삶은 6·25전쟁으로 뒤틀리기 이전, 한량으로서의 모습이 마지막 기억이다. 그는 6·25전쟁으로 고향의 집이 불타기 전에 사랑방에서 들려왔던 육자배기의 흥겨움을, 그녀들을 통해 되살리고 싶었을 것이다.

별 모자를 쓴 사내가 아버지를 지목하면서 인석이 당숙 이름을 여러 차례 들먹였다. 별 모자의 호명에 겁을 먹은 듯한 아버지는 한동안 엉거주춤 미적거렸다. 긴장감이 팽팽한 분위기로 보아, 아버지는 별 모자의 지명을 거절할 수가 없었을 것이었다. 별 모자의 호명에 미적미적 앞으로 나간 아버지는 여전히 겁먹은 표정이었다. 별 모자가 인사말을 하라는 닦달에 못 이긴 아버지는 마을 사람들을 향해 서너 차례 허리를 굽적거릴 따름이었다. …(중략)… 억지로 마을 인민위원장에 지명되어 한나절이나 만세 삼창 연습을 하고 집에 돌아온 아버지는 우물에서 물을 길어 올려 분풀이라도 하듯 두레박째 벌컥벌컥 들이켰다. 점심도 먹지 않고 사랑채 마루에 벌렁 누워버렸다. 잔뜩 화가 나 있는 것 같기도 하고 맥이 빠져버

린 것처럼 보이기도 했다. 아버지는 혼잣말처럼 인석이 당숙을 원망하는
말을 거듭 중얼거렸다.

-『41년생 소년』, 112~114쪽

다른 하나는 위의 『41년생 소년』에서 볼 수 있듯이, 6·25전쟁 직후 등
짝에 온통 시퍼런 피멍이 들어 한동안 바로 눕지도 못하고 엎드려 지내던
모습이다. 아버지는 자주 지서에 붙들려가서 온몸에 피멍이 들어 돌아오곤
했다. 그때부터 시난고난 앓았고, 날이 궂은 날은 삭신이 쑤셔 고통스러워
했다. 『느티나무 사랑』에서 지수 아버지처럼 문순태는 아버지가 "별 모자
의 지명을 거절할 수가 없어서" 마을 구장 일을 맡게 된 것이라고 생각한
다. 이후 아버지에게 고향은 "고향이라는 말만 들어도 정이 떨어지고 징한
감정이 들어 다시는 가고 싶지 않은 땅"[49]이었으며, 그러면서도 가장 가고
싶은 곳이었다. 아버지가 고향에 갈 수 있는 유일한 방법은 아들 문순태가
출세해서 고향 사람들 앞에 떳떳하게 나서는 것이었다.

아버지의 유서는 닥나무 껍질의 찌기로 뜬 품질 낮은 양면괘지 앞뒤
에, 날카로운 펜촉에 짙은 초록색 잉크를 찍어 깨알 같은 글씨로 빽빽하
게 써 놓았었다. 초록색 잉크의 빛깔은 지금의 내 나이 시절 저항적인 생
명처럼 원색으로 빛났고, 군데군데 번진 잉크의 얼룩은 어려운 시대를 살
아가면서 견디다 못해 유서를 쓸 수밖에 없었던 아버지의 고통스러웠던
눈물의 흔적처럼 느껴졌다.
　　나는 아버지의 유서 내용을 정확하게 기억하고 있다.
　　"하나밖에 없는 내 아들 보거라. 죄 많은 이 애비 시국에 나와서 갖은
고초 다 겪어 가면서도 너 하나만을 남보란 듯이 잘 키워 보려고 여지껏
살아왔으나 더 이상 고통을 이겨 낼 수가 없어 이만 한 많은 세상 하직하

---

49) 문순태, 「잉어의 눈」, 『인간의 벽』, 나남, 1985, 126쪽.

고자 한다. 못난 이 애비가 자진으로 이 세상을 하직코자 하는 것은 내 힘으로는 더 이 고통을 이겨 낼 수 없어서이다. 죽는 것이 서럽고 원통지 극한 일이기는 하나, 살아서 이런 수모와 고통을 당하기보다는 차라리 죽어서나마 육신과 마음이 모두 편해지고 싶구나. 못난 이 애비 죽음을 눈 앞에 두고 너에게 당부하고 싶은 것이 있어 여기에 적으니 꼭 실행에 옮기도록 하거라. 첫째 이를 말은 네 불쌍한 모친 잘 봉양할 것이며, 두 번째 이르노니 애비 대신 선영 봉사 잘할 것, 세 번째는 이 험한 세상 살아가면서 작죄(作罪)하지 말 것이며, 네 번째 남과 척짓지 말 것, 다섯 번째 친구를 가려서 사귈 것이며, 여섯 번째 친지 간에 우애할 것이다. 마지막으로 죽기 전에 당부할 말은 이 어려운 세상을 헤쳐 나가기 위해서는 이 편이든 저편이든 편을 들지 말 것이며, 어떤 일에도 앞장을 서서는 아니 된다. 그리고 너는 이 아비가 누구 때문에 고초를 겪고 있는지 구태여 알려고 하지 말아라. 이 애비 한 사람 세상 하직하면 그만이니 한을 한으로 갚을 생각을 말아라."

아버지가 유서를 쓴 해는 정확하게 1962년 10월 23일로 되어 있었다. 그때 나는 대학교 1학년이었다. 그리고 아버지는 유서를 쓴 후 유서의 내용대로 세상을 하직한 것이 아니었고, 유서를 쓴 지 3년 후에 간경화라는 병으로 병원에 반년쯤 입원해 있다가 회생하지 못하고 숨을 거둔 것이었다. 나는 아버지의 장례를 치르고 나서 유물들을 정리하다가 우연히 아버지의 낡은 쌈지 속에서 그 유서를 발견하게 된 것이었다.

아버지의 유서를 발견하고 충격을 받은 나는, 아버지가 유서를 쓰지 않으면 안 될 만큼의 고통스러움이 무엇인가를 알아보려고 하였다. 아버지의 유서를 읽고 난 나는 마치 다시 한 번 아버지의 죽음을 당한 듯한 참담한 기분이 되었다. 마흔셋의 나이에 대학교 1학년에 다니는 외아들에게 유서를 쓰지 않으면 안 될 만큼 아버지의 삶이 옥죄어 있었음을 생각하면, 내 몸이 불이 붙기라도 한 것처럼 후끈후끈 달아올랐다. 내가 알아낸 것은 험한 길을 아슬아슬하게 살아온, 농사꾼의 아들인 아버지에게 유서를 쓰게 한 것은 바로 이 나라 역사였다는 사실이었다.

-「사표 권하는 사회」, 『살아있는 소문』, 196~197쪽

하지만 이러한 아버지의 생각과 달리 고등학교 2학년에 다니는 아들은 '시'를 쓰겠다고 한다. 고향으로 돌아가 '설원(雪寃)'하고자 하는 아버지의 꿈이 좌절되는 순간이었다. 결국, 아버지는 마흔셋의 나이에 "흰 피딱지 양면 괘지 두 자에 펜으로 빽빽하게" 유서를 쓴다. 아버지는 마지막으로 죽기 전에 "이 어려운 세상을 헤쳐 나가기 위해서는 이편이든 저편이든 편을 들지 말 것이며, 어떤 일에도 앞장을 서서는 아니 된다."[50]라고 유언했다. 아버지의 이러한 유언은 문순태의 삶과 문학에 지대한 영향을 미쳤으며, 이후 초기 분단소설에 등장하는 인물들은 그의 아버지처럼 '역사'가 빚어낸 원한을 지닌 채 살아간다.

문순태는 아버지의 유서에 대해 1980년 작품인 『걸어서 하늘까지』를 통해 "목울대에서 뜨거운 불길이 혹혹 치솟는 피맺힌 유서 한 장"을 읽을 때마다 "날카한 송곳에 심장을 찔린 듯 찌릿찌릿한 마음 아픔을 견뎌내느라 정신을 잃도록 술을 퍼마셔야만 했었다."[51]라고 고백한다. 이 작품 이후에도 유서에 관한 내용은 「살아있는 소문」과 『41년생 소년』에서 서사화된다. 문순태는 아버지의 유서를 부적처럼 몸에 지니고 다녔다. 그리고 힘들 때마다 꺼내보며 유서에 담긴 절망과 분노와 슬픔을 느끼며 힘을 얻었다.

문순태는 아버지의 죽음으로 인해 서울 생활을 접고 조선대학교 국문학과 3학년에 편입한다. 이때부터 그는 낮에는 공부하고 밤에는 조선대학교 부속고등학교 2부에서 독일어 강사로 지내면서 본격적인 생활인으로 변모한다. 아직 대학생 신분이었던 문순태는 1964년 1월 5일 유영례와 결혼을 하면서부터 더 이상 이상주의자와 낭만주의자 사이에서 갈등할 여유가 없

---

50) 문순태, 『그늘 속에서도 풀꽃은 핀다』, 앞의 책, 149쪽.
51) 『걸어서 하늘까지』에서 참새 누나 필순이는 방직공장에서 열심히 일하지만, 방세 내고 두 식구 목줄 이어가기도 힘들어 유서를 남기고 21살에 자살한다. 이처럼 문순태는 아버지의 유서를 잊지 않기 위해 끊임없이 소설 속으로 끌고 들어온다.

었다. 그는 결혼 선물로 아내에게 두 돈짜리 금반지를 해 주었으나, 결국 소설을 쓸 원고지가 없어서 이를 다시 팔아야 했고, 신혼여행 대신 신랑신부 친구들 몇 명과 광주우체국 옆에 있던 <광일각>에서 자장면 한 그릇씩을 먹고 헤어질 정도로 가난했다.

문순태는 1965년 서울에 사는 이성부로부터 김현승이 자신의 시 「천재들」을 현대문학에 추천했다는 소식을 듣게 된다. 그러나 그는 기뻐할 수 없었다. 친구들이 결혼 기념으로 사 준 탁상시계를 팔아야 할 정도로 생활이 궁핍했기 때문에, 그는 시인으로의 데뷔를 포기한 채 방황한다. 그는 딸리보에게는 아버지로, 고생하는 어머니에게는 아들로, 그리고 사랑하는 아내에게는 든든한 남편이 되기 위해서 시가 아니라 돈이 필요했다. 문순태는 술에 취해 충장로를 방황하며 가난이 사람을 비겁하고 나약하게 만든다고 생각하며, 시를 쓰는 대신 돈이 되는 소설을 쓰기로 한다.

그리고 문순태는 병원에 입원해 있던 김현승을 찾아가 앞으로 소설을 쓰겠다고 고백한다. 그의 힘겨웠던 결정을 이해한 김현승은 "시 쓰듯 소설을 쓰게"라고 격려한다. 이때 김현승이 시를 쓰듯 소설을 쓰라는 말은 '낭만성과 현실성이 만나는 세계'를 포착하는 글쓰기를 뜻하였다. 당시 문순태가 시를 포기하고 소설 쓰기를 한 이유는 경제적인 어려움도 있었지만, 또 다른 이유로는 함의적(含意的)이고 압축된 언어보다는 살아 있는 언어로 자신이 어렵게 살아온 이야기를 숨김없이 쏟아 내고 싶었기 때문이었을 것이다.[52]

이후 문순태는 서울신문의 '1백만 원 장편소설 모집' 광고를 보고 아내의 결혼반지를 몰래 팔게 된다. 그리고 원고지 스무 권을 산 뒤 고흥군 소록도 앞에 있던 녹동의 싸구려 여인숙에 한 달 동안 머물며, 1천 5백 장

---

52) 문순태, 『꿈』, 앞의 책, 288쪽 참조.

분량의 『그늘 속의 개가』라는 장편소설을 쓴다. 내용은 일제 치하에서 나라를 잃은 우리 민족이 북간도로 떠나갔던 비극적 상황을 성서의 출애굽기에 비유한 것이었다. 이 소설은 그가 좋아했던 존 스타인벡의 『분노의 포도』의 영향을 받은 것으로, 최종 결심 5편 안에는 들었으나 결국 떨어지고 만다.

1965년 2월 22일 조선대학교 국어국문학과를 졸업한 문순태는 조선대학교 부속고등학교의 독일어 교사로 발령이 난다. 그가 국문과를 졸업하고도 독일어 교사를 할 수 있었던 것은 전남대학교 철학과에서 독일어 원서 강독 수업을 들은 뒤, 계속 독학으로 독일어를 공부해 왔기 때문이었다. 문순태는 독일어 교사가 되면서 비로소 아버지에 대한 미안함을 조금이나마 덜 수 있었다. 아버지가 돌아가실 무렵 자신이 교사가 되기를 원했기 때문이었다. 그는 조대부고에서 독일어를 가르치며 독일문학과 러시아문학에 심취했고, 학교신문의 편집을 맡아 학생들을 지도한다. 그러다가 1년 뒤 학교를 그만두고 애잔한 고향 사람들에게 힘이 되어주고 싶다는 동기로 전남매일신문사 기자로 입사하게 된다.

> 얼마 전까지만 해도 이들은 마을에서 누가 생솔가지를 꺾다가, 산림계 직원한테 걸리기만 해도 겁을 먹고 서울까지 신문사로 나를 찾아와, 탈 없이 미리 손을 써 달라고 부탁을 하곤 했던, 지지리도 겁 많고 순진한 위인들이다.
>
> ─「목 조르기」, 『문신의 땅』, 95쪽

그러나 기자로서 세상을 알아간다는 것은 그에게 고통스러운 일이었다. 그는 이러한 심정을 『타오르는 강』에서 대불을 빌려 "세상 돌아가는 속을 알고 나니 그게 병이 되었다."[53)라고 묘사했다. 그는 먹고살기 위해 시인의 길을 포기했고, 억울하게 죄를 뒤집어쓰고 하소연할 곳이 없는 사람들을 돕고 싶어서 신문기자가 되었다. 고향 사람들은 힘든 일이 생기면 학교로 찾아왔지만, 학교 선생의 힘으로는 해결할 수 있는 일이 많지가 않았다. 그래서 비록 아버지의 바람처럼 법관은 못 되더라도 신문기자 정도라면 어려움에 처한 이웃들에게 도움이 될 수 있을 것으로 믿었다. 이러한 이유로 신문사에서 처음으로 맡아 취재한 연재 기사 제목도 <밑바닥>이었다.54)

<밑바닥>은 광주천 다리 밑의 쪽방에서 살아가던 사람들과 거처할 곳이 없어 대합실에서 잠을 자야만 하는 가족들 등 사회 밑바닥 인생들이 어렵게 살아가고 있는 현장을 취재해 보도하기 위한 시리즈로 기획되었으나, 5회 만에 연재가 중단된다. 이때 취재한 내용은 그의 단편 소설 「여름공원」, 「기분 좋은 일요일」, 「청소부」, 「번데기의 꿈」, 「깨어 있는 낮잠」, 「멋쟁이들 세상」, 「열녀야, 문 열어라」 등의 모티프와 공간적 배경이 된다.

도시에서 지렁이처럼 밑바닥 인생을 살아가고 있는 사람 대부분은 이촌향도한 사람들이었다. 이들은 「고향으로 가는 바람」에서 또삼이가 수도검침원으로 일하다가 주인 여자의 금시계를 훔쳤다는 누명으로 해직당하거나, 「멋쟁이들 세상」의 오만석처럼 여관 종업원, 주방 보조, 의상실 숙직원 등을 전전하거나, 「청소부」에서 차남수처럼 임시직 청소부로 취직하거나, 「깨어 있는 낮잠」의 박정팔처럼 시청 철거반 임시직원으로 있으면서 일자리를 잃지 않기 위해 "죽으라고 하면 죽는시늉까지"55) 하면서 '개·돼지'처럼 살아간다. 그나마 이들 가운데 어떤 이들은 임시직도 구하지 못하고 절친했던 친구들에게 외면당하면서 「번데기의 꿈」에서의 김인수처럼 자살

53) 문순태, 『타오르는 강』(5권), 소명, 2012, 42쪽.
54) <밑바닥>은 막심 고리키(Максим Горьки)의 소설 「첼카슈(Челкаш: 밑바닥)」를 읽은 후 감동을 받아서, 소설 제목을 본 딴 것이다.
55) 문순태, 「깨어 있는 낮잠」, 『흑산도 갈매기』, 앞의 책, 189쪽.

하기도 한다.

　이촌 향도한 여성들의 삶 또한 지렁이처럼 밑바닥을 전전하며 살아가는 것은 마찬가지이다. 이들도 「청소부」의 순자처럼 개나리하숙옥에서 몸을 파는 갈보가 되어 자궁암에 걸려 죽자 쓰레기장에 버려지거나, 「열녀야, 문 열어라」의 미세스 문처럼 고등교육을 받고 보험판매를 하지만, 그 또한 남성들의 성적 노리갯감이 되고 만다. 또한, 「멋쟁이들 세상」의 미스 홍처럼 여차장 일을 하다가 낮에는 의상실 모델을 하면서 밤에는 관광호텔 고급 콜걸이 되거나, 「흑산도 갈매기」의 흑산도 아가씨처럼 도시 술집 여성으로 전전하다가 결국에는 섬에 가서 몸을 팔아야 하는 운명이 되어 "생조기 한 마리 값도 못 되는 인생"56)이라고 한탄하듯이, 그녀들은 대부분 성상품으로 전락한다. 이외에도 「청소부」에서 가정교사와 부적절한 관계를 맺고 있던 주인아주머니가 남편에게 들킬 것을 염려해서, 가정교사와 자신의 관계를 알고 있는 길자에게 보석 반지를 훔쳤다는 도둑 누명을 씌어 내쫓거나, 「깨어 있는 낮잠」에서 관광호텔이 들어서면서 도시 미관상 좋지 않다는 이유로 빈대떡 할머니의 집을 강제로 철거해서 내쫓는 경우도 있다. 이들은 두더지 발톱에 찍힌 지렁이처럼 짓눌려 살아가면서도 벗어날 길이 막막해 슬픈 울음을 울 수밖에 없는 운명이다.

　이후 문순태는 전남매일신문에 전라도 지방의 토속적 자료와 역사적 사건들을 수집하고 정리하여 「남도의 빛」과 「백제의 후예」를 3년 동안 연재하게 되면서 토속적인 세계에 관심을 두게 된다. 이는 등단작인 「백제의 미소」, 『징소리』, 『타오르는 강』, 『피아골』에 영향을 준다. 또한, 1968년 제4회 한국신문상을 수상하게 되는 계기가 된다. 문순태는 주말이면 카메라를 메고 시골 깊숙이 들어가 사람들과 어울리며 전라도 사람들의 피 속

---

56) 문순태, 「흑산도 갈매기」, 위의 책, 69쪽.

에 흐르고 있는 한과 멋과 신명을 듣고 느끼게 된다. 그의 소설에 전반적
으로 깔려 있는 전라도적인 문화에 대한 관심은 이때 싹튼 것으로 볼 수
있다.

옳은 기사, 불의를 찌르는 송곳처럼 날카롭고 진실된 기사를 쓰는, 자
랑스러운 기자가 못 될 바에야, 버릴 기자(棄者)가 되지 않기 위해서 이
시대를 살아가는 하루하루의 일기라도 또박또박 써 놓겠다는 몸부림이
나를 이렇게 바보스러운 미치광이로 만들어 놓았는지도 모른다. 기자 생
활 10년 동안 볼 것 못 볼 것 다 보고 들이마신 내 허파 속엔 몹쓸 헛바
람만 가득 차 나는 결국 허파에 바람든 사람으로 추락해 버릴 것이다. 비
굴한 바람, 눈치 바람, 속된 바람, 사치 바람 등, 이 오만 잡스런 바람들이
뻥뻥하게 들어차 허공에 떠 있는 나는 언젠가는 바람 빠진 쭈구렁이가
되어 폐물로 떠밀려 다닐 것이라는 생각으로 당황해하였다.[57]

이때 기자 문순태는 「여름 공원」의 나팔수 기자처럼 "불의를 찌르는 송
곳처럼 날카롭고 진실 된 기사"[58]를 쓰기 위해 사표를 들고 수시로 사장실
을 드나들 정도로 '어설픈 오기와 용기'[59]를 지니고 있었다. 그는 1965년
신문기자로 입사해서 1974년 소설가로 데뷔하기 전까지 문화부장, 편집부
장, 사회부장, 정치부장 등을 두루 거쳤다. 또한, 그는 현장의 생생한 소리
를 전하기 위해 현장을 누비면서도 서울대학교 신문대학원 연구과정과 독
일 뮌헨대학교 부설 '괴테 인스티튜트'에서 독일어 어학과정을 이수하는
등 끊임없이 공부하는 기자였다. 하지만 현실은 유신헌법이 선포되어 언론
의 자유는 기력을 잃고 흐느적거렸고, 기사를 쓰는 데도 많은 제약을 받게

---

57) 문순태, 『그늘 속에서도 풀꽃은 핀다』, 앞의 책, 177~178쪽.
58) 문순태, 「여름 공원」, 『고향으로 가는 바람』, 창작과 비평사, 1977, 171쪽.
59) 문순태, 『그늘 속에서도 풀꽃은 핀다』, 앞의 책, 176쪽.

되었다.

> 나는 지금 기사를 안 쓰는 것이 아니고 못 쓰는 것이다. 도대체 쓸 게 없다. 이것저것 사정 보고 무엇보고 하면 정말 단 할 줄도 쓸 게 없다. 큼 맘 먹고 '이건 특종이다'하고 모처럼 써내놓으면 데스크에서 꾸적꾸적해서 쓰레기통에 집어넣기 마련이다. 자꾸만 써도 모두 쓰레기통으로 들어가 버린다.
> 데스크에선 나를 향해 "박 기잔 통 어떻게 돌아가고 있는지 모르나? 가재 물짐작이라도 해야지요! 그래 혼자만 기자야?"하고 비꼬기가 일쑤다. 그러면서도 최 부장은 자꾸만 내게 왜 기사를 안 쓰는 거냐고 야단이다. 정말 무엇을 써야 좋을지 모르겠다. 동료들은 그저 "조심해야지, 미꾸라지처럼 살아야 해. 잘난 체했다간 이거야." 할 뿐이었다.
> 나는 전쟁을 생각했다. 잔인하게 죽이고 죽어가는 전쟁터를 생각했다. 삶과 죽음이 뒤범벅이 된 전쟁터를 생각하며 담배를 꼬나물고 연기를 숭숭 내뿜었다.

-「호랑이의 탈출」, 『문신의 땅』, 305쪽

위의 「호랑이 사냥」에서 보여주듯이, 언론의 자유가 사라진 현실에서 문순태는 억울한 현실을 사실 그대로 기사화할 수 없음을 인정하고 기사로 쓸 수 없는 내용을 소설의 형식을 빌려 쓰기 시작한다. 이때 그는 신문기자로서 6개월에 걸쳐 5백 70매 분량의 중편 소설 「호랑이 사냥」[60]을 집필한 뒤, 소설가 한승원과 평론가 염무웅에게 보낸다.

「호랑이 사냥」(1973)은 무기력해진 신문기자가 도시의 동물원에서 호랑이가 뛰쳐나간 사건을 추적하지만 끝내 호랑이를 생포하지 못한다는 내용이다. 이 소설은 당시 유신헌법이라는 철창에 갇혀 언론의 자유가 억압되

---

60) 이 작품은 「호랑이의 탈출」로 개작하여 1987년에 ≪월간 경향≫에 발표한다.

고 있는 현실을 풍자한 것으로 억압된 언론의 자유에 대해 소설의 형식을 빌려 쓴 기사로도 볼 수 있다. 당시 한승원은 광주 춘태여중에서 교편을 잡고 있었기 때문에 퇴근한 뒤 거의 날마다 문순태와 만나 소설 쓰기에 대한 다양한 조언을 해 주었다. 「호랑이 사냥」에 대한 한승원의 평가는 문장이 너무 드라이하다는 것이었고, 염무웅은 내용이 지나치게 관념적이라는 것이었다. 이때 빨간 볼펜으로 꼼꼼하게 교정한 뒤 보내온 염무웅의 배려는 문순태의 마음을 움직였고, 이후 소설을 쓰는 데 큰 힘이 되었다. 이후 문순태는 「상어 울음」이 『한국문학』 신인상 최종 결선에 오르고, 마침내 이듬해인 1974년 「백제의 미소」로 『한국문학』 신인상을 받으면서 서른여섯의 늦은 나이에 그토록 원했던 소설가의 길을 걷게 된다.

　그의 등단작인 「백제의 미소」는 문순태 소설의 특성을 잘 드러내고 있다. 첫 번째는 소리이다. 소리는 문순태 소설 전반에 나타나는 청각이미지다. 「백제의 미소」에서 바우는 김진사의 부정행위를 임금에게 알리기 위해 북을 울리려고 한다. 그러나 결국 김진사네 땅쇠의 작대기에 맞아 죽음으로써 '북소리'는 들리지 않는다. 이때 북소리는 간절한 희망을 상징하지만, 바우의 죽음으로 희망은 이루어지지 못한다. 문순태는 「상어 울음」에서 상엿소리, 「고향으로 가는 바람」에서 걸립패 굿소리, 「청소부」, 「객토 훔치기」에서 대장간 망치질 소리 등을 상징적으로 드러낸다. 그는 이처럼 근대화라는 미명하에 사라져 간 소리를 그리워하는 이들 또한 사회 밑바닥으로 전락하고 있는 현실을 보여준다. 그리고 그는 「징소리」, 「저녁 징소리」, 「말하는 징소리」, 「마지막 징소리」, 「무서운 징소리」, 「달빛 아래 징소리」 등의 '징소리'를 통해 잃어버린 고향에 대한 향수를 불러일으키고, 이촌 향도 한 사람들의 뿌리 뽑힌 삶과 한을 대변한다.

　중기 소설인 장편소설 『달궁』, 『피아골』과 『물레방아 속으로』, 『인간의 벽』, 『철쭉제』, 『문신의 땅』, 『꿈꾸는 시계』, 『시간의 샘물』 등의 작품집에서는 '총소리'를 통해, 반공 이념이 여전히 현재의 '비극적 광맥'으로 내재하여 우리의 삶을 끊임없이 분열시키고 있음을 상징적으로 보여준다. 여기서 문순태는 '물레방아소리, 단소 소리, 무당의 굿소리' 등의 친밀하고 정감이 가는 소리를 상정해 우리 사회의 대립과 갈등을 해소하고, 분단 이전의 민족적 동질성을 회복하여 역사의 꽉 막힌 문맥을 열고자 하였다.

후기 소설인 「탄피와 호미」, 「대 바람 소리」, 「생오지 뜸부기」 등의 작품에 이르면 '개구리 소리, 대 바람 소리, 숲속의 오케스트라 소리, 뜸부기소리' 등 소리 풍경이 아직도 오염되지 않은 채 남아있는 생오지를 형상화하여, 아름다운 농촌공동체의 복원 가능성을 제시하고 있다.

> 분원리 아이들에게 각시샘만큼 고마운 것이 없었다. 그들은 배가 고플때는 각시샘으로 달려와서 배가 불룩하도록 샘물을 퍼마시곤 했으며, 언제나 속이 헛헛했을 때에 생기는 현기증을 이겨내곤 하는 것이었다. 그러기에 분원리 각시샘은 이 아이들에게는 언제나 혼몽해진 정신을 되찾게해 주는 생명의 샘이었다. 샘물을 마셔 헛배가 불룩해진 그 힘으로 송기도 벗기고 노래도 부르고 때로는 어울려 씨름을 하기도 하는 것이었다. 그래서 분원리 아이들은 언제나 각시샘을 깨끗하게 가꾸고, 샘 주변에는 향나무, 동백나무, 개나리들을 심어 사철 상큼한 분위기를 만들었다.
>
> ─「백제의 미소」, 『고향으로 가는 바람』, 218쪽

지수가 이곳에서 자랄 때까지만 해도 목이 마르면 거북천에 입을 대고 소처럼 냇물을 둘러 마시거나 노둣돌 건너 느티나무 맞은편 거북천 둑 아래 있는 각시샘물을 두 손으로 배가 터지게 움켜 마시곤 했다. 그 시절 비록 궁핍하긴 했으나 그들은 각시샘이 있어 허기진 배를 넉넉하게 채울 수가 있었다. 그들은 아침에 학교 가는 길에도 어김없이 노둣돌 건너 각

시샘물을 퍼마시곤 했다. 각시샘물을 마시고 나면 머리가 샘물처럼 맑아져서 공부를 잘할 수 있다고 믿었기 때문이다. 어른들도 큰일을 치르거나 먼 길을 떠날 때는 반드시 각시샘물을 마셨고, 간절한 소원을 빌 때는 첫새벽에 이 샘물을 떠서 정화수(井華水)로 사용했다. 아낙들은 마을이 깊이 잠든 후에 각시샘에 촛불을 켜고 소원을 빌기로 하였다. 그 시절 윗당산 느티나무는 마을의 모든 재앙을 막아주는 수호신이었고 거북천 둑 밑 각시샘은 마을 사람들의 간절한 소원을 풀어주는 꿈의 영천(靈泉)이었다. 어쩌면 그때 사람들은 할아버지로 상징되는 느티나무와 할머니로 받드는 각시샘을 믿고 의지하며 살았는지도 모를 일이었다. 그 때문에 마을 사람들은 느티나무 이파리 하나라도 소중하게 여겼으며 각시샘을 언제나 검부저기 하나 떠 있지 않을 정도로 청결하게 가꾸었다. 70호가 넘는 온 마을이 각시샘물을 식수로 사용했으나 아무리 가뭄이 심해도 샘이 마르는 일은 단 한 번도 없었다.

-「시간의 샘물」, 『시간의 샘물』, 268~269쪽

「백제의 미소」에 나타나는 문순태 소설의 두 번째 특징은 각시샘이다. 그가 첫 작품인 「백제의 미소」의 소설적 공간을 나주 숫돌산의 도자기 마을로 설정한 것은 호남의 민중항쟁 정신에 대한 탐색으로 볼 수 있다. 도자기 마을의 각시샘에서 솟은 물줄기가 계곡을 따라 영산강으로 흘러가듯이, 「백제의 미소」에서 시작한 민중의 정당한 분노는 역사의 흐름을 타고 『타오르는 강』의 영산강으로 흘러 다시 광주학생독립운동으로 표출된다. 호남의 민중항쟁 정신은 『징소리』에서 6·25전쟁과 습합되고, 『느티나무 사랑』에서 5·18광주민주화운동과 연결되면서 문순태 소설의 '거대 서사'를 이끌어 간다.

또한, 각시샘은 문순태에게 유년시절의 기억이자, 잃어버린 고향으로 볼수 있다. 그가 유년시절에 살았던 고향 앞에는 야트막한 냇물이 흐르고, 징검다리를 건너면 여름에는 손이 시리고 겨울에는 김이 모락모락 피어나는 각시샘이 있었다. 그런데 이 각시샘은 어떤 가뭄에도 마르지 않아서 그에게 갈증을 해소하는 역할을 했을 뿐만 아니라, 그의 소설이 민중항쟁 정신으로 이어지는 물줄기를 형성하는 데 상상력의 원천이 되었다. 그의 첫 작품인 「백제의 미소」에서 각시샘은 배고픔의 고통을 잊게 해 주는 생명의 샘이었다. 그리고 『정읍사』와 「시간의 샘물」에서는 생명수와 함께 소원을 비는 정화수로서 역할을 하고, 『41년생 소년』에 이르면 마을 사람들의 간절한 소원을 풀어주는 '꿈의 영천(靈泉)'으로서 기능을 한다.

「백제의 미소」에 나타나는 문순태 소설의 마지막 특징은 불 지르기이다. 여기서 불 지르기는 적극적인 저항의 의미를 지닌다. 「백제의 미소」에서 바우의 죽음으로 도공들은 자신들을 착취했던 김진사에게 분노하게 되고, 김진사의 집에 불을 질러 항거한다. 또한, 『타오르는 강』에서 웅보도 스스로 개간한 삶의 터전을 잃게 되자 마을에 불을 지른다. 웅보가 스스로 마을을 불태운 것은 자신들만의 장소인 새끼내 땅만큼은 타인에게 넘기지 않겠다는 의지의 표출이다. 이러한 불 지르기 행위는 작가의 서사전략으로 불의 상징성을 착취 계급에 대한 피착취 계급의 분노와 저항의 의미로 볼 수 있다.[61]

문순태는 『한국문학』 신인상을 받던 날 당시 한국문학 편집장이었던 이문구를 처음 만나게 된다. 그리고 송기숙, 한승원, 이명한, 김신운, 이지흔, 이계홍, 강순식, 주동후 등과 『소설문학』 동인 활동을 하며 본격적으로 소설을 창작한다. 이후 그는 「불도저와 김노인」(한국문학), 「아버지 (張)구렁이」(한국문학), 「烈女야, 門 열어라」(월간중앙), 「빈 무덤」(시문학), 「상여울음」(세

---

61) 문순태는 6 · 25전쟁 때 자신의 집을 비롯해 고향의 온 마을이 불태워지는 참상을 체험했다. 마을이 불태워질 때 사람들이 토해 낸 울분과 분노를 직접 목격했기 때문에 이러한 극한적 상황을 박진감 넘치게 묘사할 수 있었을 것이다.

대), 「무서운 거지」(소설문예), 「청소부」(창작과비평) 등을 다양한 지면에 발표한다.

문순태는 1975년 조선대학교 사범대학 독일어과 교수로 자리를 옮겨 <독일희곡원서강독>과목을 가르친다. 그러나 1년 후 다시 교수직을 사임하고 전남매일신문사 편집부국장으로 돌아온다. 당시 그의 친구 이성부가 "문순태는 심성이 순박하고 정이 많다. 보통 사람으로는 엄두도 못 낼 정도로 부지런하다. 일 욕심이 많은 천품, 신문사 간부직에 있으면서도 소설을 발표하는 저 끈질긴 힘, 소설뿐만 아니라 각종 르포, 에세이, 시, 미술관계 저술활동 등 그의 능력을 여러 곳에 발휘한다."[62]라고 하였듯이, 그는 신문사로 돌아온 뒤 더욱 부지런해졌고, 그의 소설 세계도 깊어졌다.

> 우리가 살고 있는 시대에 체험한 아픈 현실을 어떻게 하면 보다 생생하게 소설 속에 수용하고 복원하느냐 하는 문제, 우리 시대의 고향이 안고 있는 여러 가지 문제, 역사와 현실 속에서 가난하고 나약한 사람들이 겪어 온 총체적인 아픔을 직접 느껴 보고 또 그 역사의 실체를 꿰뚫고 싶었던 것이다. 고향 사람들의 삶의 과거와 현재, 그리고 본질까지 꿰뚫어 보고 그 역사적 맥락 속에서 의미와 치유의 방법을 찾아내야 한다고 생각했다.[63]

문순태는 문학이 사회 현상을 반영하는 데 그치지 않고 사회를 변혁시킬 수 있는 '역사의 칼'이 되어야 한다고 주장한다. 작가는 역사적 존재로 작은 역사를 통해 큰 역사를 읽어낼 수 있어야 한다는 것이다. 1975년부터 집필을 시작해서 37년 동안 물고 늘어진 끝에 완성한 대하소설 『타오르는 강』은 그의 이러한 생각이 잘 드러난 작품이다. 문순태는 처가가 영산포인

---

62) 이성부, 「발문」, 『고향으로 가는 바람』, 앞의 책, 318쪽.
63) 문순태, 『꿈』, 앞의 책, 291~292쪽.

것을 계기로 1880년대 말 발생한 나주 궁삼면 농민운동 사건을 취재해서 다큐멘터리 형태로 신문에 연재한다. 그런데 신문에 연재된 내용을 문선공(文選工)들이 복사해서 돌려볼 정도로 재미있게 읽는 모습을 본 뒤, 본격적으로 소설화하기로 한다. 그는 곧바로 영산강에 터전을 잡고 살아온 사람들을 찾아다니며 현지조사를 한다.

이때 문순태는 영산강 지역을 중심으로 밑바닥 인생들의 강인한 생명력과 따뜻한 휴머니티가 담긴 소설을 쓰고 싶은 마음이 간절했지만 어디서부터 소설의 물꼬를 터야 할지 갈피를 잡지 못하고 있었다. 이러한 고민을 하던 중에 나주에 있는 종갓집을 취재하다가 노비 세습제 폐지 뒤 종 문서를 나눠주었지만, 종들이 울면서 가지 않으려고 온통 난리를 부렸다는 한 할머니의 말을 듣게 된다. 문순태는 이 말에서 소설의 실마리를 잡고 이야기를 풀어나가게 된다. 존 스타인벡이 『분노의 포도』에서 톰 조드 농부 일가가 신천지 캘리포니아를 찾아가면서 겪는 수난을 형상화하여 대공황기의 경제적 고난과 사회적 모순을 생생하게 보여주었듯이, 그도 웅보와 대불이 노비라는 그물망을 끊고 영산강 지류인 새끼내[64]에 터전을 잡고 3대를 이어가는 과정을 형상화하여 당대의 고난과 모순을 보여주고 싶었던 것이다.

하지만 『타오르는 강』은 1975년 전남매일신문에 '전라도 땅'이라는 제목으로 1년 동안 연재되었을 뿐, 엄청난 자료에 섣불리 덤벼들었다는 판단하에 중도에 중단하고 만다. 이후 작가는 자료가 "내 안에서 푹 곰삭기를 기다린"[65] 12년 뒤인 1987년 창작과비평사에서 『타오르는 강』(전7권)을 출

---

64) 지금은 지명이 '석기내'로 바뀌었다.

65) 문순태, 「작가의 말」, 『타오르는 강』1, 창작과비평사, 1987. 앞으로 『타오르는 강』은 2012년 소명출판사에서 9권으로 완간한 작품을 기준으로 했기 때문에 별도로 표기하지 않고, 1987년 창자과비평사에서 발간한 전7권의 경우에만 년도를 밝히기로 한다.

간한다. 아직 영산강의 '한의 민중사'는 완성되지 않았지만, 여기에서 문순태는 웅보와 대불이 운명에 순응하기보다는 운명과 한판 싸움을 벌였던 19세기 말 전라도 영산강 지역을 배경으로 노비세습제 폐지라는 작은 역사의 지류에서 동학농민전쟁, 개항과 부두노동자쟁의, 1920년대 나주 궁삼면 소작쟁의 사건을 접속하여 큰 역사의 물줄기를 만들어 나갔다. 그리고 마침내 2012년 앞서 7권에 광주학생독립운동 부분을 추가하여 전9권으로 『타오르는 강』을 완간하였다. 이로써 영산강은 고난과 모순을 깨부수기 위해 싸운 민중들의 역사를 간직한 채 도도히 흐르고 있는 공간이라는 사회적 공감대를 형성한다.

　문순태의 문학적 도정에 조그마한 이정표가 된 작품은 『징소리』 연작이다. 이 작품은 발표되자마자 문학계의 비상한 관심을 끌면서 소설가로서 문순태의 위상을 공고히 할 수 있는 계기가 되었다. 그가 『징소리』 연작을 쓰게 된 동기는 우연히 모 은행에서 주관한 저축 수기 심사를 하게 되었는데, 초등학교 6학년이 쓴 짤막한 글에서 큰 감동과 예시를 받았기 때문이다. 수기의 내용은 소녀의 고향인 장성에 댐이 생기면서 마을이 물에 잠기게 되자, 징채잡이였던 소녀의 아버지가 고향을 떠나올 때 가지고 왔던 징을 팔아 저축을 하게 되었다는 것이었다.

　문순태는 심사 이후, 장성댐으로 가서 작은 쪽배를 타고 물에 잠겨 버린 옛 마을을 직접 들여다보았다. 맑은 물 밑으로 돌담이며, 두껍다리, 통샘, 학교 교문 등 마을의 옛 모습이 그대로 보였다. 남은 것은 거대한 콘크리트 댐의 구조물뿐이었고, 일개 면에 해당되는 마을 사람들이 수백 년 동안 지켜왔던 그들의 전통과 문화와 이웃 간의 찐득했던 정은 자취도 없이 사라져 버렸음을 목격한다. 그는 수몰지에서 떠난 사람들을 취재하면서 그들이 받은 보상금으로는 도시에서 도저히 생계를 해결할 수가 없어 대부분 날품팔이꾼이 되었다는 현실의 구조적 모순에 충격을 받게 된다. 취재 이후 문순태는 꿈속에서도 그들의 울음소리가 징소리로 들려오는 가슴앓이를 하며 『징소리』 연작을 쓰게 된다. 그가 쓴 『징소리』 연작은 6·25전쟁 때 공비토벌구역이라는 이유로 고향에서 강제로 소개되어 고향을 잃어버렸던 자신을 포함한 우리 시대 모든 고통 받는 사람의 증언이었다.

이 산 저 산 쫓기며 戰爭의 총알받이가 되었던 유년시절, 지게목발 두드리다가 父母 몰래 光州로 튀어나왔던 소년시절, 퀴퀴한 하수구 위의 판잣집 단칸방에 네 식구가 뒤죽박죽으로 벌레처럼 엉켜 살았던 청년시절, 그러다가 어른이 되어선 제법 으스대고 사치와 허영에 길들여지면서, 故鄕은 두 번 다시 생각하기도 싫었던 삼십 대 늦으막에, 나는 비로소 번데기가 되어 다시 태어난 셈이다.66)

문순태는 신문기자 생활에 대해 "짓밟고 짓밟히는 사람들의 처절한 목소리와 깊은 상처를 속속들이 핥아낼 수가 있었다."67)라고 하였다. 그 결과 「청소부」, 「여름공원」, 「백제의 미소」, 「무서운 거지」 등의 작품을 통해 사회와 역사가 안고 있는 모순을 서사화할 수 있었다. 하지만 그는 『징소리』 연작을 쓰기 전까지는 우리 역사가 안고 있는 모순의 구체적 실체에 대해서 정확하게 인식하지 못하고 있었다. 『징소리』 연작을 쓰면서부터 그는 위의 '작가의 말'에서처럼 비로소 '번데기'가 되어 다시 태어난다. 그러면서 우리 시대의 고향이 안고 있는 역사와 현실을 직시하게 되었고, 마침내 자신의 고향 사람들이 겪어 왔던 총체적 아픔을 직접 느끼기 시작한다.

텅 빈 마을에 우쭐우쭐 어둠이 밀려왔다. 마치 새끼내 강물이 덮쳐오

66) 문순태, 「작가의 말」, 『고향으로 가는 바람』, 앞의 책, 1977.
67) 위의 책, 319쪽.

는 듯싶었다. 어둠이 깔린 노루목 고샅도, 집도 텅텅 비어 있었다. 새끼내
에 큰 땜이 세워지자 팔십 호 가구가 뿔뿔이 이주해 흩어져버리고 말았
다. 해마다 여름이면 물난리를 겪어야 했던 노루목이 아예 깡그리 물속에
잠겨버리게 된 거였다.

-「고향으로 가는 바람」, 『고향으로 가는 바람』, 5쪽

『징소리』 연작의 첫 시도는 노루목을 배경으로 하는 「고향으로 가는 바
람」이다.[68] 노루목은 70년대 산업사회의 여파로 고향을 잃어버린 사람들
이 고향을 떠날 수밖에 없었던 수몰지이다. 작가가 「고향으로 가는 바람」
에서 모두(冒頭)를 수몰민들이 떠나버리고 없는 황량한 고향의 모습으로 형
상화한 것은 수몰민들의 역사와 문화까지 물에 잠겨버린 살아 있는 현실을
생생하게 소설 속에 수용하기 위해서였다. 『징소리』 연작을 써 가면서 문
순태는 이 전에 가지고 있었던 "문학은 무조건 진실한 소리"여야 한다는
생각과 "문학은 추상의 무지개나 관념의 덩어리가 되어서는 안 된"다는 입
장에서, 문학은 "역사의 칼"이어야 한다는 입장으로 바뀐다.[69]

이러한 변화는 그가 고향을 단지 태어나 자라난 장소로서의 의미가 아
니라 인간이 지녀야 할 본래 모습으로 인식했기 때문이다. 그러므로 『징소
리』는 고향을 잃어버린 사람들의 이야기일 뿐만 아니라 문순태의 '고향 상
실의 한'이라는 서사가 시작되는 지점이다. 문순태가 이처럼 전라도를 배
경으로 하여 민중의 삶을 그린 것은 "김유정이 강원도의 산골 마을을, 김
정한이 낙동강의 서사적 삶을 그린 것과 같이 한국 문학의 향토적 가치를

---

68) 『징소리』 연작의 단초는 1977년 「고향으로 가는 바람」으로 볼 수 있다. 이후 1978년
겨울부터 본격적으로 『징소리』 연작을 발표하게 되는데, 1979년에 「저녁 징소리」, 「말
하는 징소리」, 「마지막 징소리」를 발표하고, 1980년에 「무서운 징소리」, 「달빛 아래
징소리」를 발표하여, 수문서관에서 『징소리』를 작품집으로 발간한다.
69) 문순태, 『소설창작연습』, 앞의 책, 123~127쪽 참조.

재발견하는 데 큰 몫을 담당한 것이라고 생각된다. 적어도 전라도 농촌을 소설화함에 있어 그는 채만식 이래 가장 주목받을 수 있는 작가의 한 사람"70)이라고 해도 과언이 아닐 것이다.

문순태는『걸어서 하늘까지』에서처럼 자신이 살고 있는 시대의 문제를 정확하게 인식하고, 이를 그와 동시대를 살아가는 인물들을 형상화해서 생생하게 보여준다.『걸어서 하늘까지』에서 여자 소매치기인 지숙은 "가난이 서럽고 불편하긴 했지만 부끄럽다고 생각해 본 적이 없"71)으며, 종호가 소매치기를 하는 이유도 "돈을 벌기 위해서가 아니라 빵을 배가 터지도록 먹고 싶어서"72)였다. 이에 대해 문순태는 "우리가 돈 벌라고 이 짓을 하는 거요? 우리는 이 짓이 아니면 세상을 살아갈 수 없기 땜에 하는 수 없이 하는 거 아뉴."73)라는 참새의 말을 빌려 이들을 따뜻하게 껴안는다. 그래서 그의 작품 속 주인공들은 꺾이고, 상처받고, 빼앗겨 가면서도 끝내 '나'와 '우리'를 버리지 않으려는 짙은 몸부림으로 채색되어 있다. 바로 여기에 문순태만이 할 수 있는 이 시대의 보이지 않는 측면의 증언이 있는 것이다.74)

> "나의 작가수업은 사람을 배우는 것과 여행이다. 무식하거나 가난하거나 약한 사람이거나 바보이거나 이들을 결코 무시하지 않고 속속들이 껍질을 벗겨 그 속에 들어 있는 인간적인 일면을 발견하기 위해, 그들과 가까워지려고 한다. 그들을 이해하고 그들의 마음가짐 깊숙한 곳에 감추어져 있는 겨자씨만 한 단단하면서도 부끄럼 타는 <참모습>을 발견했을 때의 기쁨이란 천하를 모두 이해할 것만 같은 것이다. 때때로 나는 무식

---

70) 오세영,「산업화와 인간상실-<징소리>」, 이은봉 외 엮음,『고향과 한의 미학』, 태학사, 2005, 202쪽.
71) 문순태,『걸어서 하늘까지』상, 앞의 책, 185쪽.
72) 위의 책, 231쪽.
73) 문순태,『걸어서 하늘까지』하, 앞의 책, 89쪽.
74) 이성부,「발문」, 앞의 책, 318쪽.

한 사람에게서 인생을 깨우치는 아픈 한마디를 듣고, 가난한 사람에게서 이 세계와도 바꿀 수 없는 부(富)를, 그리고 바보들에게서 번뜩이는 지혜를, 약자에게서 엄청난 용기를 배울 때가 많다."[75]

문순태는 '사람을 배우는 것'과 '여행'이 그의 작가 수업이었다고 말한다. 그는 사람을 만나면 그 사람의 살아온 궤적을 상상해 보면서, 그만이 가지고 있는 겨자씨처럼 단단한 '참모습'을 찾으려고 노력한다. 『걸어서 하늘까지』에서 종호와 참새가 사는 곳은 더 이상 내려갈 곳이 없는 밑바닥 인생들뿐이다. 하지만 그들은 "가진 건 없어도 착하고 맘씨들이 박꽃같이 아름다운 사람들"[76]이다. 또한, '정이 두터운 사람들'로 지숙이 없는 상태에서 지숙 엄마의 장례를 도맡아 준다. 이들은 사회적 약자이지만 "깨끗하고 솔직하며 진실한 사람들"[77]로 모든 존재는 서로 기대어서만 존재하게 된다는 '자리이타(自利利他)'를 실천한다.

문순태에게 여행은 '자리이타'를 실천하는 이들을 만나는 시간이었으며, '시대의 소리'를 듣고 치유할 수 있는 공감의 장이었다. 『숨어사는 외톨박이』[78]에서처럼 문순태가 만난 사람들은 전통 사회의 황혼에 선 사람들로 대부분 돈이 없어도 자신이 지금 하고 있는 일과 자신의 삶을 사랑하는 사람들이다. '품바마을'의 천사들로 불리는 전남 무안군 일로면 의산리 6구 888번지에 사는 '천사마을' 사람들은 "울타리는 고사하고 골목도 사립문도 없으며, 굶어도 같이 굶고 먹어도 같이 먹는 것을 미덕으로 삼고"[79] 살아가고 있었다. 하지만 지금은 타령꾼이 잔칫집에 나타나면 파출소에 신고해

---

75) 문순태, 『사랑하지 않는 죄』, 앞의 책, 26쪽.
76) 문순태, 『걸어서 하늘까지』하, 앞의 책, 140쪽.
77) 위의 책, 200쪽.
78) 서정범 외 11인, 『숨어사는 외톨박이』, 뿌리깊은 나무, 1980. 이 책의 초판은 1977년에 간행되었다.
79) 위의 책, 194쪽.

서 거지 취급을 당하거나, 자식들이 '천사마을'을 떠나 도시의 노동자나 식모살이를 하러 가면서 '천사마을'은 존폐의 기로에 서 있다.

장성읍에서 40리쯤 떨어진 입암산성에서 상투를 틀고 사는 '댕기마을' 사람들은 산비탈과 자갈밭에 약초밭을 일구어 먹고 산다. 이들은 민속촌으로 옮겨갔다가 구경 온 사람들이 마치 동물원 원숭이처럼 대하는 바람에 다시 입암산성으로 돌아왔다. '댕기마을' 사람들은 '편하게 살 수 있는 곳'보다는 '사람답게 살고 싶어서'[80] 입암산성으로 돌아왔지만, 다시 민속촌으로 쫓겨날까 두려워하며 하루하루를 보내고 있다. '부처의 눈웃음을 기리는 금어(金魚) 송복동'도 여섯 자 골방 안에서 아홉 살 때부터 육십 평생 탱화를 그려왔다. 문순태는 "가난하면서도 욕심이 한 치도 없어 바보스럽게 보이기까지"[81] 그이지만, 그의 생이 값지게 보이는 것은 자기 일에 대한 사랑으로 본다. 그런 송복동에게 가장 큰 고민은 힘든 일을 하지 않으려는 추세 때문에 탱화를 그리려는 제자가 부족하다는 점이다.

문순태 소설 「청소부」, 『타오르는 강』, 「탄피와 호미」에서 대장간이 나오듯이, 화순장터에서 만난 '큰 대장과 작은 대장'은 자본주의에 물들지 않는 사람들이다. 이미 모터만 돌리면 연장이 무더기로 쏟아지는 세상에 아버지의 일을 물려받아 대장장이가 되고 싶어 하는 작은 대장장이 영식은 "돈 몽땅 벌면 뭣 한다요? 자기 하고 싶은 대로 살면 그거이 좋은 거 아녀요?"[82]라고 말한다. 이렇듯 문순태가 만난 사람들은 사회적 약자이지만, '엄청난 용기'를 지니고 있다.

문순태는 첫 창작집 『고향으로 가는 바람』에서 "내 망막에 신비니 환상이니 관념의 안개 따윈 말끔히 걷고, 짓밟고, 짓밟히는 사람들의 처절한 목

---

80) 위의 책, 199쪽.
81) 위의 책, 215쪽.
82) 위의 책, 227쪽.

소리와 깊은 상처를 속속들이[83]" 쓰다듬고 싶다고 했다. 이는 신문기자로서 문학성보다는 '진실 드러내기'와 '사회비판'에 비중을 두었기 때문이다. 그런데 두 번째 창작집 『흑산도 갈매기』에서는 태도의 변화를 보인다. 그는 여기서 "이 땅의 모든 고통 받는 사람들과 아픔을 같이 나누는 진실의 옹호자로서, 현실 속에서 이상을, 이상 속에서 현실을 파악하며, 근원적인 삶을 사랑하고, 그 뿌리를 캐는 정직한 경작자가 되고 싶다."[84]라고 말한다.

그리고 『징소리』 연작을 쓰면서, 비로소 고향의 역사가 우리 현대사의 한가운데에 있었음을 뼈저리게 인식하게 된다. 이후 그는 다시 찾은 고향의 역사에 대한 인식을 묵정밭을 일구듯 가꾸어 씨를 뿌리겠다고 결의를 다진다. 이는 진실을 써서 어둠을 밝히는 기자로서의 역할보다 이제는 역사의 홀맺힌 부분을 찾아내 무당처럼 '해한자의 역할'[85]을 하는 작가로 살아가겠다는 새로운 도약이었다. 이로써 문순태 소설의 특징인 '고향과 한의 미학'이라는 창작의 지평이 열리기 시작했다. 문순태는 드디어 '고향의 한'을 제대로 살피고 맺힌 한의 매듭 풀기를 통해 민족의 근원적 아픔을 치유하는 대장정을 시작한다.

3. 문학적 성장기와 역사의식

문순태에게 1980년 5·18광주민주화운동 이후 해직부터 1996년 광주대학교 교수로 가기 전까지의 기간은 그의 소설에 중요한 분수령이 된다.

그는 가까스로 대학을 졸업하고 고등학교 역사 교사 자리를 얻고 결혼

---

83) 문순태, 「작가의 말」, 『고향으로 가는 바람』, 앞의 책.
84) 문순태, 「작가의 말」, 『흑산도 갈매기』, 앞의 책.
85) 문순태, 『사랑하지 않는 죄』, 앞의 책, 252~255쪽.

을 하여 가정을 이루기까지의 젊은 날의 삶은 고향을 잊기 위한 끊임없는 투쟁이었을지도 모를 일이었다. 그날 밤의 일을 잊지 않고, 고향을 잊어버리지 않고서는 살아갈 용기도 꿈도 가져 볼 수가 없었을 것이었다.

－「물레방아 돌리기」, 『물레방아 속으로』, 79쪽

그가 「물레방아 돌리기」에서 말했듯이, 문순태는 결혼을 해서 가정을 이루었고 신문사 편집국 부국장의 자리에 오른다. 그리고 『징소리』 연작을 발표하고 『걸어서 하늘까지』를 신문에 연재하고부터는 소설가로도 안정적인 궤도에 진입한다. 하지만 5・18광주민주화운동으로 그의 평화는 산산이 부서진다. 아직도 열두 살 때 6・25전쟁으로 입었던 상처가 아물지 않아 '고향을 잊기 위한 끊임없는 투쟁'을 하고 있었는데, 마흔둘 중년의 나이에 그는 또다시 사람이 사람을 죽이는 처참한 현장을 목격하게 된다.

5월 24일, 시민군들이 진을 치고 있었던 도청 안에서 난생처음으로 눈이 팅팅 붓도록 울었다. 시민군들은 시내 외곽지역에서 계엄군의 총에 맞아 죽은 시체들을 수습하여 일단 도청으로 옮겨 온 후에 신원을 확인하고 입관한 다음 상무관으로 옮겼다. 그러나 신원 확인이 안 되거나 형체를 알아볼 수 없는 시신들은 바로 입관을 하지 못하고 한동안 도청에 안치한 상태에서 유족들을 찾도록 했다. 이때 오동섭은 <보도> 완장을 차고 도청에 들어갔다가, 형체를 알아볼 수 없을 정도로 얼굴이 짓이겨지거나 뭉그러진 시신들이 여기저기 처참하게 눕혀져 있는 모습을 보았다. 처음에 그는 건물 모퉁이 오동나무 밑에 쪼그리고 앉아서 창자에서 신물이 나올 정도로 토했다. 다 토하고 나니 주체할 수가 없을 정도로 눈물이 펑펑 쏟아졌다. 눈물 때문에 카메라 앵글을 맞출 수 없었다. 그러나 그때 흘렸던 눈물은 슬픔 때문이 아니라 참을 수 없는 분노의 울부짖음 같은 것이었다. 그는 이를 응등물고 온몸을 부르르 떨면서 눈물을 흘렸다.

－「최루증」, 『시간의 샘물』, 65~66쪽86)

문순태는 1980년 5월 28일 산을 넘어 광주를 빠져나간 뒤 전주에서 서울로 가는 고속버스 안에서 고개를 끙겨박은 채 한없이 울었다. 그는 서울에 도착해 작품집 『징소리』를 출판하기로 한 수문서관 정철진 사장을 찾아가 "그들은 시민군이었다."라고 흥분된 마음으로 후기를 썼지만, 끝내 그 후기는 활자화되지 못했다.87) 문순태는 이때 서울로 도피했던 행동에 대해 양심의 가책을 느꼈고, 이는 이후 「안개섬」으로 도피하는 길섭과 「뒷모습」에서 사복경찰을 피해 도망가는 공명수의 모습으로 형상화된다.

문순태는 서울에서 일주일을 머물다가 내려와서 '사건'을 신문에 싣기로 한다. 당시 정부는 신문을 발행하지 않으면 폐간시키겠다고 윽박지르고, 기자들은 5월 17일부터 27일까지 열흘간 벌어졌던 일과 28일 이후의 일들을 '사실'대로 보도하지 않으면 제작하지 않겠다고 버텼다. 이에 편집진은 진퇴양난의 기로에서 광주의 진실을 알리기 위한 방안을 고심한다. 이때 문순태는 5월 17일부터 27일까지 도청 앞에서 만난 시인마다 광주와 무등산이라는 제목으로 날마다 시를 쓰고 있다고 했던 말을 기억하고는, 신문 1면에 무등산 사진을 상징적으로 넣고, 그 아래에 광주 시민들의 슬픔을 노래한 시를 넣자고 제의했다.

회의가 끝나자마자 문순태는 김준태 시인에게 전화를 걸어서 5월의 광주에 대한 시를 써 달라는 원고 청탁을 했고, 김준태 시인은 두 시간 만에 200행이 넘는 장시 <아아, 光州여, 우리나라의 十字架여>라는 제목의 시를 써서 신문사로 달려왔다. 그러나 김준태의 시는 계엄사의 검열로 74행만 남기고 모두 삭제되었다. 그나마 남아 있는 74행도 대부분 붉은 사인펜으로 '재고 바람'의 단서가 붙어 있었다. 하지만 편집진은 재고를 무시하고

---

86) 「최루증」은 5·18광주민주화운동 때 위험을 무릅쓰고 사진을 촬영했던 사진작가 신복진의 이야기를 모티프로 하고 있다. 문순태, 인터뷰, 2016. 9. 5.
87) 문순태, 인터뷰, 2015. 9. 8.

그대로 윤전기를 돌렸고, 검열에서 삭제되기 전에 조판된 200행의 원문까지 16절지에 복사해 시민들에게 전단처럼 배포했다. 그 결과 문순태는 반체제 기자라는 이유로 16년 동안 몸담고 있었던 전남매일신문사에서 해직된다.

하기야 나는 대학을 졸업하고 신문사에 들어가 기자가 된 뒤부터 지금껏 여러 사람들한테 목에 올가미가 감긴 채 끌리며 살아왔는지도 모른다. 15년 동안 신문사에 있으면서도 독자들과 사주(社主) 그리고 보이지 않는 큰 힘에 개처럼 질질 끌려 왔고, 신문사를 쫓겨난 다음부터는 꿈속에서 얼굴조차 알 수 없는 계집아이한테 끌려다니고 있는 것이 아닌가. 어쩌면 꿈속에서 그 아이가 내 목에 올가미를 걸지 않았더라면, 아내와 내 아이들이 그 짓을 대신했을지도 모르지 않겠는가 싶은 생각에까지 미치자 갑자기 아내와 내 아이들이 두려워졌다.

－「목 조르기」, 『문신의 땅』, 86쪽

신문사를 그만두자 살길이 막막했다. 나는 영락없이 두더지의 발톱에 찢긴 지렁이의 신세가 되어, 슬픈 지렁이의 울음을 울면서 1980년을 부둥켜안고 처절하게 절망하였다.[88]

문순태는 신문사에서 해직된 뒤 자신에게 큰 바위 얼굴과 같이 '무지개' 같은 꿈을 꾸게 해 주었던 무등산에 올라 광주 시가지를 바라보며 자신의 지난날을 회상한다. 그는 이때 유년시절 6·25전쟁으로 평범했던 한 가정이 풍비박산되고 아버지는 '낙인의 후유증'으로 괴로워하며 유서까지 써야 할 정도로 힘들어했던 바로 그 지점에 자신이 서 있음을 인식하게 된다. 역사는 아이러니하게도 30년 만에 아버지와 똑같이 아들에게 '반체제 인

---

88) 문순태, 『그늘 속에서도 풀꽃은 핀다』, 앞의 책, 181쪽.

사'라는 올가미를 씌우고 있었다. 하지만 문순태는 아버지처럼 도망가지 않고, 앞으로 헤쳐 나갈 방안을 강구한다. 16년 전 밑바닥 인생들의 억울함을 대변하기 위해 신문기자가 되기로 했던 것처럼, 그는 이제 그들의 한을 풀어주기 위해 역사의 문제를 정면에 내세워 소설을 쓰기로 한다.

그토록 고향에서 도망치고 싶었던 문순태에게 5·18광주민주화운동은 오히려 고향으로 돌아가도록 하는 계기가 되었다. 즉 이를 계기로 그는 고향의 역사와 고향 사람들의 한을 5·18광주민주화운동의 연장선에서 '분단' 문제로 확대하여 본격적으로 분단의식을 소설로 쓰기 시작한 것이다. 그는 장성댐 공사로 수몰되어 고향을 떠날 수밖에 없었던 사람들을 만나면서, '나와 내 민족이 더 성숙해지기'를 기다리며 잠시 숨겨두었던, 자신의 고향에 대한 아픈 기억을 역사적인 관점에서 「무서운 징소리」와 「달빛 아래 징소리」로 서사화하기 시작한다.

문순태는 그동안 보지 않으려고 애써 피하였고, 아니 보였더라도 먹고 사느라 관심을 두지 않았던 기억의 껍질을 조심스럽게 벗겨 상처의 흔적들을 더듬기 시작한다. 그리고 『물레방아 속으로』와 「철쭉제」에서 과거에 총을 들었던 세대는 지난 일을 잊으려 하고, 이들에게 상처를 입었던 세대는 다시 과거의 경험을 기억하려고 하는 '망각과 기억'을 교차시켜, 그 상처의 뿌리를 파헤친다. 이후 그는 「말하는 돌」에 이르러서는 역사의 아픔을 냉철하게 인식하고, 지난 아픈 역사의 상처가 덧나지 않도록 얽힌 한을 푸는 방법을 모색한다. 그리고 『징소리』에서 언급하기 시작했던 분단 모티프의 시도는 마침내 1981년에 쓴 「물레방아 소리」, 「물레방아 돌리기」 등에서 구체화된다.

고생 끝에 직장을 얻은 뒤에 결혼을 하고, 아이들 키우는 오달진 재미를 느끼며 고층 맨션아파트 푹신한 소파의 쿠션에 편하게 묻혀 살면서부터, 얼핏얼핏 아버지 어머니의 죽음을 까마득하게 잊고 있었는데, 섣달 그믐날 밤 텔레비전의 물레방아가 30년 전 상처의 딱지를 송곳으로 강하게 찔러 버린 것이었다. 잊고 있었던 과거의 아픔이 되살아나자, 그는 마치 스스로가 묻힌 자신의 무덤을 파헤치는 섬뜩한 두려움을 느꼈다. 그 두려움이 얼마나 크던지, 결국 아내와 아이들한테 말 한마디 없이, 희번하게 날이 밝아 올 무렵 집을 나오고 말았다. 그는 마치 아버지 어머니의 혼령에 붙잡혀 끌려가듯 견딜 수 없는 고통을 느끼며 고향으로 가는 새벽 버스에 올랐던 거였다.

−「물레방아 돌리기」, 『물레방아 속으로』, 59쪽

「물레방아 돌리기」에서 지난 30년 동안 순식이 잊으려고 했던 고향을 기억하게 된 계기는 텔레비전에 방영된 물레방아 때문이다. 순식은 물레방아를 보자마자 잊고 있었던 과거의 아픔이 되살아나면서, 마치 자신이 묻힌 무덤을 파헤치듯 섬뜩한 두려움을 느낀다. 그는 두려움이 너무 커서 결국 아내와 아이들한테 말 한마디 없이 새벽녘에 집을 나온다. 그리고 아버지와 어머니의 혼령에게 붙잡혀 끌려가듯 견딜 수 없는 고통을 느끼며 고향으로 가는 새벽 버스에 오른다. 고향에 도착하자마자 순식은 먼저 물레방아를 돌리기 위해 물레방앗간의 돌무더기를 치운다.

문순태에게 물레방아 소리는 유년시절의 자장가였다. 그런데 6·25전쟁으로 물레방앗간은 흔적도 없이 사라지고, 물레방아 소리는 그의 기억 속에만 존재한다. 「물레방아 돌리기」에서 순식이 30년 만에 물레방앗간의 돌무더기를 치워 다시 물레방아를 돌리고자 하는 행위는 문순태가 1980년에 있었던 5·18광주민주화운동을 1950년에 일어났던 6·25전쟁의 연장선으로 인식하고 있음을 의미한다. 그는 5·18광주민주화운동을 계기로 30년 전 기억 속의 물레방아를 돌려 그동안 잊고 지냈던 '잃어버린 고향'

을 되찾고자 한 것이다.

이후 문순태는 「말하는 돌」, 「난초의 죽음」, 「황홀한 귀향」, 「목조르기」, 「잉어의 눈」, 「유월제」, 「어머니의 땅」을 형상화하여 고향의 슬픈 역사를 소설의 중심으로 끌고 왔으며, 중편 「철쭉제」와 장편 『피아골』, 『달궁』에 이르러서는 분단의 문제를 해결하기 위한 방안을 모색한다. 이렇듯 그의 문학은 5·18광주민주화운동이라는 현대사를 직접 몸으로 겪고 피해 당사자가 되면서 질적으로 변신하게 된다. 이러한 문순태의 변신은 제1회 소설문학 작품상과 제3회 전남문학상, 제1회 문학세계 작가상을 받는 원천으로 작용하고 소설가로서의 입지도 굳건해지는 계기가 되었다.

문순태는 1980년 5·18광주민주화운동 이후 해직된 때부터 1995년 광주대 교수로 임용되기 전까지 약 62여 편의 중·단편과 11편의 장편, 1편의 장막희곡, 3편의 기행문, 7권의 창작집, 2권의 산문집, 어린이 위인전 1권 등 엄청난 양의 책을 썼다. 그가 이처럼 많은 소설을 집필할 수 있었던 이유는 소설의 소재와 주제를 당시 자기 자신이 안고 있는 가장 절실했던 문제에서 찾았기 때문이다. 그가 버스 손잡이를 잡을 수 없을 만큼 소설을 쓴 것도, 새벽 4시에서야 잠을 잘 정도로 불면의 밤을 지새웠던 까닭도 바로 소설을 통한 '자기 구원'에 있었다.

> 순기로서는 죽기보다 더 싫은 귀향이었다. 그는 이미 30년 전 어머니와 함께 쫓기듯 극락산을 넘어오면서 다시는 죽어도 고향에 돌아가지 않겠다고 결심을 했었다. 그 뒤 그의 고향 달궁은 그의 가슴 속에 무덤처럼 죽어 있었다.
>
> ─『달궁』, 31쪽

30년 만에 고향에 온 순기는 평상에 햇빛이 기어오르자 다시 마루로 옮겨 앉았다. 그는 마을 앞 들판이며, 미륵강변, 뒷동산, 고샅들을 꿰고 다니고 싶었지만, 마을 사람들을 만나기가 무서워, 위축된 심정으로 당숙의 집에 갇힌 듯 들어 있었다. 그런 자신이 슬펐다. 오랜만에 고향에 와서, 고향 사람들이 무서워 밖엘 나가지 못하는 자신이 미웠다. 아마 할아버지 송덕비에 생명이 있다면 그도 또한 순기 자신의 심정과 같으리라 생각했다. 그리고 순기 자신이 할아버지 송덕비처럼 돌이 되어 고향에 돌아왔다면 마을 사람들이 송덕비에 돌팔매질을 한 것처럼 그 자신을 향해서도 돌을 던지리라 싶었다.

-『달궁』, 75쪽

문순태의 '자기 구원'은 당시 자신이 안고 있는 문제 중 가장 어려웠던 고향에 가는 것부터 시작되었다. 자전적 소설인 『달궁』에서 순기처럼 문순태에게 귀향은 '죽기보다 더 싫은' 일이었다.[89] 문순태에게 고향은 아버지가 "절대 돌아가지 말아라."라고 유서로 남길 정도로 아픈 공간이었다. 또한, 문순태가 대학 시절 ROTC에 지원했을 때, 고향 사람들이 아버지를 빨갱이라고 증언해서 연좌제의 상처를 입었던 공간이기도 하였다.

하지만 문순태는 5·18광주민주화운동으로 입은 상처와 해직으로 절망에 빠져 있던 시기에 천주교에 입교하면서부터 고향의 아픈 역사와 대면하고 고향 사람들과의 소통을 통해 화해를 시도하고자 한다. 그가 천주교에 입교하게 된 계기는 5·18광주민주화운동을 겪은 뒤 늘 정신적으로 불안해하던 아내에게 "신앙을 통한 구원의 밧줄을 붙잡을 수 있게 해주기 위해서"[90]였다. 문순태는 1981년 10월 광주 농성동 본당에서 프란치스코라는 세례명을 받는다. 개인적 구원에서 시작된 믿음은 점차 "예수님을 시인이요, 혁명가이며, 사랑을 실천하는 평화주의자"[91]로 인식하게 되면서, 한동

---

89) 문순태, 인터뷰, 2014. 1. 21.
90) 문순태, 『그늘 속에서도 풀꽃은 핀다』, 앞의 책, 182쪽.

안 그의 소설 속 중심 화두는 '화해'와 '용서'[92]를 통한 동질성 회복이었다. 이로부터 그는 작가란 문학이라는 도구를 통해 "처음에는 자신을 구원하고, 그다음 단계는 인간을, 그리고 사회와 역사를 구원"[93]해야 한다고 생각한다.

> 작가는 아픔의 역사와 어둠의 사회, 그리고 약한 사람을 더 사랑하지 않으면 안 된다. 그런 점에서 작가는 다윈이나 아인시타인보다는 예수나 시바이쩌의 삶이어야 한다고 생각한다. 작가는 스스로 관념의 함정을 팔 것이 아니라, 보다 나은 삶의 길을 내주어야 하기 때문이다. …(중략)…
> 인생이 실험이 아니고 삶 자체이듯이, 소설 역시 삶의 참모습이어야 한다고 생각한다. 작가는 과거라는 창문을 통하여 내일을 보는 예언자적 통찰력을 가져야 하지만, 현실과 미래를 실험대 위에 올려놓을 수는 없는 것이다. 작가의 펜은 인간의 세포조직을 탐색하고 분석하는 과학자의 현미경이 아니고, 인간의 생명을 옹호하고 지키려는 의사의 청진기이며 메스여야 하기 때문이다. 또한 문학은 보기 싫고 뜻이 맞지 않는 것들을 비정하게 삭뚝삭뚝 베어버리는 싸움칼이 아니고, 나무를 아름답게 가꾸기 위한 정원사의 가위와 같아야 하기 때문이다.[94]

작가(作家)란 무엇인가. 해한자(解恨者)이며 예언자(豫言者)이고 증언자(證言者)가 아닌가. 작가는 무당처럼, 언월도(偃月刀)를 휘두르고 삼지창을 꽂아 홀맺힌 민중의 한을 작품을 통해서 풀어 주어야 하며, 예언자처럼 과거의 창(窓)을 통해 미래를 보고 잘못된 역사를 바로잡고, 이상을 추구

---

91) 위의 책, 182쪽.
92) 「철쭉제」는 6·25전쟁으로 인하여 좌·우익 사이에 서로 죽고 죽이는 갈등을 겪고 오랜 세월이 흐른 뒤, 증오와 불신의 뿌리를 확인하고 나서 용서와 화해를 통해 동질성을 회복한다는 내용의 중편소설이다.
93) 문순태, 『그늘 속에서도 풀꽃은 핀다』, 위의 책, 199쪽.
94) 문순태, 「작가의 말」, 『인간의 벽』, 앞의 책.

하되, 현실 속에서 찾으며, 그가 살고 있는 시대를 부끄러움 없이 증언해 주어야 하지 않겠는가.[95]

문순태에게 문학은 보기 싫고 뜻이 맞지 않는 것들을 잘라버리는 싸움칼이 아니라, 나무를 아름답게 가꾸기 위한 정원사의 가위처럼 인간을 이해하는 '인간 사랑학'[96]이었다. 이러한 인식의 변화는 그에게 『징소리』의 방울재, 『타오르는 강』의 새끼내, 『물레방아 속으로』의 노루목, 『달궁』의 월궁리, 「철쭉제」의 솔매마을, 『피아골』의 피밭마을처럼 할아버지와 아버지들이 살아온 고향의 아픈 역사를 객관적으로 바라볼 수 있는 눈을 갖게 하였다. 그 결과 그는 한국 현대사의 비극이라고 할 수 있는 백아산 골짜기 궁벽한 곳에 자리한 고향 사람들의 이야기를 통해 복수보다는 용서와 화해의 방식으로 남북분단의 해결 방안을 모색한다. 대부분 6·25전쟁 당시의 비극적인 상황 속에서 젊은 시절을 보낸 작가들은 "당시의 상황이 안겨준 흑백논리를 벗어나서 역사를 객관적으로 투시할 만한 여유를 지니기가 어려웠지만, 문순태의 소설에서는 그 같은 흑백논리를 초월해서 양쪽을 민족적 동질성의 차원에서 추구해 나가려는 의지가 강"[97]했다. 이러한 소설 쓰기가 가능했던 이유는 그가 작가는 '해한자이며 예언자이고 증언자'가 되어야 한다는 생각을 바탕에 두고 있었기 때문이었다.

문순태의 이러한 생각은 그의 석사 논문인 「한국문학에 나타난 한의 연구」에 잘 나타나 있다. 그는 이 논문에서 1980년대 초반 평론가들이 우리 소설을 평하면서 한을 많이 언급하고 있음을 주지시킨 후, 한국인에게 나타나는 한을 두 가지로 밝히고 있다. 하나는 자학적인 눈물 속에서 아픔보

---

95) 문순태, 「작가의 말」, 『달궁』, 앞의 책.
96) 문순태, 『소설창작연습』, 앞의 책, 17쪽.
97) 김우종, 「怨과 恨의 民族文學」, 문순태, 『인간의 벽』, 앞의 책, 331쪽.

다는 차라리 감미로움을 느낄 수 있는 정한 감정으로서의 한이며, 다른 하나는 다른 대상에 의해 가학적 발생 동인으로서의 원한 감정으로서의 한이다.

문순태는 또 이 논문에서 해한의 단계적 과정을 연구하여 신소설 이후 소설에서는 원한 감정으로서의 한이 복수의 칼이 아니라 소설미학으로 수용되고 있음을 밝혔다. 그 근거로 원한은 복수를 통해서는 해원하지 못하고 용서와 화해를 통해서만 해원할 수 있으며, 가학자(원한을 준 사람) 쪽에서도 죄의식을 가지고 적극적으로 해원하기 위해 노력한다는 점을 주목하였다. 그는 이 논문을 통해 한국적인 한은 결코 "비관주의적 민족정서가 아니라 생명의 뿌리"[98]라고 평가하였다.

> 원망도 한(恨)도 앙칼스러움도 앙금처럼 가슴 밑바닥에 가라앉아 버린 사람이라면 그나마 생명도 없이 무감각하게 짓밟히는 돌멩이와 다를 바 없다. 체념과 한숨은 죽음과 가깝다. 원망과 한은 생명의 뿌리이며 희망이기도 하다.
>
> ─「미명의 하늘」, 『인간의 벽』, 105쪽

문순태의 소설세계를 '고향과 한의 미학'이라 할 정도로 그는 석사학위 논문을 쓰기 전부터 긴긴 아픔의 역사 속에서 실꾸리 감듯 감겨 있는 한을 풀어내는 소설을 써 왔다. 이러한 작품으로는 『징소리』, 『철쭉제』, 『피아골』, 『달궁』, 『물레방아 속으로』 등이 있다. 이때 문순태는 진정한 작가란 '해한자(解恨者)'의 역할을 해야 한다고 보았다. 그래서 그는 「녹슨 철길」, 『정읍사』, 『도리화가』, 『그들의 새벽』에서도 해한의 글쓰기를 계속하였고, 거의 37년을 매달려 집필했던 『타오르는 강』(전9권)은 '한의 민중사'라고 해

---

98) 문순태, 「韓國文學에 나타난 恨의 硏究」, 숭전대학교 대학원 석사학위논문, 1983.

도 과언이 아닐 것이다. 이에 대해 이동하는 "문순태는 1940년대 김동리와 황순원의 '한의 미학'의 계보를 이어받아 현대적으로 잘 변용한 작가로 볼 수 있다."[99]라고 평가한다. 문순태가 이런 평가를 받을 수 있었던 것은 한국문학에 나타난 한을 연구한 뒤에 작품을 통해서 한을 민중들의 살아있는 생명력으로 승화시켰기 때문이다.

　문순태는 1983년 2월부터 6월까지 KBS TV 8부작 <신왕오천축국전> 취재 일원으로 인도를 6개월 간 동행 취재한다. 당시 그가 <신왕오천축국전> 취재 일원으로 동행한 것은 융의 말처럼 '자기'를 찾아 내면으로 떠났던 여행의 의미를 지닌다. 그는 혜초 스님의 발자취를 따라 부처의 성도지 붓다가야에서 불면의 밤을 지새우며, "부처님의 첫 고행은 과거와의 단절이었는데 오히려 자꾸만 과거로 끌려가고" 있는 자신을 발견하고 괴로워한다. 문순태는 벗어나고 싶었던 "고향의 유년 시절이며, 나를 미워하고 사랑했던 사람들, 한 줌의 명예, 세속적인 욕망의 끈"[100]이 자꾸만 떠오르며 회한(悔恨)에 잠겨 잠을 이루지 못한다. 뜬눈으로 밤을 지새운 그는 새벽 5시, 티베트사원의 라마승 30여 명이 라마경을 외우며 천천히 마하보디탑을 도는 탑돌이를 보면서 고등학교 때 읽었던 헤르만 헤세의 『싯다르타』 한 장면을 떠올린다.

　　그는 마음속에서 새로이 깨어난 음성이 자기에게 말하는 것을 들었다. 그 음성은 이렇게 말하고 있었다. 이 강물을 사랑하라! 그 강물 곁에 머물러라! 강물로부터 배우라! 아, 그렇고말고, 그는 강물로부터 배우기로 작정하였으며, 강물이 들려주는 말에 귀를 기울이기로 작정하였다. 강물과

99) 이동하, 「실향의식과 '한'의 미학」, 이은봉 외 엮음, 『고향과 한의 미학-문순태의 소설 세계』, 앞의 책, 173쪽.
100) 문순태, 『사랑하지 않는 죄』, 앞의 책, 80쪽.

강물의 비밀들을 이해하는 자라면, 다른 많은 것도, 많은 비밀들도, 나아가 모든 비밀들도 이해하게 되리라는 생각이 들었다.

그러나 강에 숨어 있는 무수한 비밀들 가운데에서 그는 오늘 단 한 가지만을 보았을 뿐인데, 그것이 그의 영혼을 사로잡았다. 그가 본 비밀은 바로 다음과 같은 것이었다. 이 강물은 흐르고 또 흐르며, 끊임없이 흐르지만, 언제나 거기에 존재하며, 언제 어느 때고 항상 동일한 것이면서도 매순간마다 새롭다!101)

위의 장면에서 바주데바는 매우 주의 깊게 싯다르타가 이야기하는 내력, 유년 시절, 배움, 구도 행위, 기쁨, 곤경 등 이 모든 것을 경청한다. 이에 싯다르타는 "자기 말을 들어주는 사람에게 자신을 고백한다는 것, 그리고 그런 사람의 마음속에다 자신의 인생, 자신의 구도 행위, 자신의 고뇌를 털어놓는다는 것"102)이 얼마나 행복한 일인가를 느낀다. 문순태는 티베트사원의 라마승들이 탑돌이를 하는 행위를 싯다르타가 바주데바에게 고백하는 것과 동일시하며, 자신도 라마승처럼 석가모니에게 지나온 삶의 고뇌를 털어놓는다. 고등학교 시절 가난 속에서도 희망을 잃지 않았던 문학청년은 세 아이의 아빠이며, 한 여인의 남편이 되어, 국가 권력에 의해 강제로 직장을 잃은 채 생활고를 해결하기 위해 여기까지 왔기에 지금 절망에 빠져 있었던 것이다.

그런데 싯다르타가 뱃사공 바주데바와 대화를 나눈 뒤에 "강물은 끊임없이 흐르지만 항상 동일한 것이면서도 매 순간 새롭다"는 의미를 깨닫게 되듯이, 문순태는 싯다르타가 고행한 의미를 "과거로부터의 유혹, 화려한 태자 시절의 유혹으로부터 벗어나는 것", 바로 "과거와의 단절"103)이었다

---

101) 헤르만 헤세, 박병덕 옮김, 『싯다르타』, 민음사, 2005, 149쪽.
102) 위의 책, 154쪽.
103) 문순태, 『사랑하지 않는 죄』, 앞의 책, 80쪽.

고 생각한다. 그리고 1200년 전의 혜초 스님이 '부처님의 빛을 찾아 구도의 길'에 올랐듯이, 마침내 그도 혜초 스님의 발길을 따라가며 자신의 과거와 단절하는 법을 깨닫게 된다. 이러한 인도에서의 경험은 세상을 바라보는 그의 마음의 창을 넓혀 주었으며, 그의 소설 창작의 지평도 한층 더 넓어지는 기회가 되었다. 이때 문순태는 참배하기 위해 간디의 묘지를 방문한 적이 있는데. 그곳에서 그는 인도 사람들이 간디의 무덤 앞에 있는 검은 대리석 위에 눈물을 흘리며 국부(國父)를 흠모하는 모습에 새삼 부러움을 느낀다. 그는 당시 전두환이 군사 쿠데타를 일으켜 정권을 잡고 있었기 때문에, "우리에게도 우리들이 그 행동과 말을 기억할 수 있는 국부가 있었으면"104) 하고 간절히 바란다.

이후 문순태는 혜초 스님의 발길을 따라 불교의 8대 성지와 석조 예술의 박물관인 아잔타 엘로라 동굴, 카줄라호의 남녀합환상들, 대리석의 잔치 타지마할, 해발 3,500m에 있는 하늘의 궁전 '레', 히말라야 설산 밑의 인더스 골짜기, 나인국(裸人國)의 안더만 니코바르 군도, 인더스 문명의 유적지인 모헨조다로와 간다라 등지를 돌아보고, 더 이상 혜초 스님의 뒤를 따라갈 수 없는 카이버고개에서 금단의 땅인 아프가니스탄을 내려다보며 가슴 아파한다. 1200년 전의 혜초 스님은 "이데올로기의 장벽에 구애받지 않고 마음대로 국경을 넘었"는데, 지금은 "보이지 않는 사상의 높은 벽"105)에 가로막혀 더 이상 갈 수 없다는 사실에, 문순태는 '역사의 무의미성(無意味成)'을 통감한다. 귀국한 뒤 문순태는 인도에서의 그의 경험을 『성자를 찾아서』라는 제목으로 문학사상에 넉 달 동안 연재하고, 같은 해 12월에 이를 『연꽃 속의 보석이여 완전한 성취여』라는 제목으로 수문서관에

---

104) 위의 책, 89쪽.
105) 문순태, 「작가의 말」, 『연꽃 속의 보석이여 완전한 성취여』, 수문서관, 1983.

서 출간한다.106)

　　모하마드 아크발 교수는, 사실(事實)과 연대기적 역사는 무의미하다고
전제하고 역사학자는 사실과 문서 숭배로부터 벗어나서 객관적 진실에
접근하여 역사적 사실의 가치를 재평가해야 한다고 주장했다. 사학자에
의해서 재창조된 역사만이 산 역사이며, 죽어버린 과거를 마음에 드는 대
로 연대순에 따라 이어 붙여놓은 것은 「가위와 풀의 역사」라고 비난했다.
-『연꽃 속의 보석이여 완전한 성취여』, 13쪽

　　박도순은 비행기에 몸을 싣고 인도양을 건너오면서, 그가 만일 서 박
사를 만나 그의 학문에 대해 품고 있는 회의적인 의문을 풀지 못하고 그
대로 한국에 돌아간다면, 그는 앞으로 학생들한테, 역사적 사건이나 인
물·연대 등의 자료나 전달해 주고, 머릿속에 가득 들어 있는 자료들을
녹음기를 틀듯 입이 아프게 뇌까리는, 자료의 보관자나 고물수집가로서
늙어갈 수밖에 없을 것이라고 생각했다. 그것은 너무나 끔찍한 일이었다.
-『연꽃 속의 보석이여 완전한 성취여』, 18쪽

　　문순태는 『연꽃 속의 보석이여 완전한 성취여』에서 역사를 전공하고 있
는 모하마드 아크발과 박도순의 입을 빌려서 '사실과 연대기적 역사'에 대
해 부정적으로 평가한다. 사실과 연대기적 역사는 관(官) 중심에서 기술되
다 보니 과거를 마음에 드는 대로 연대순에 따라 그저 이어 붙여놓은 것밖
에 아니어서, 마치 '가위와 풀의 역사'와 같기 때문이었다. 문순태는 사학

---

106) 문순태는 처음에 이 소설 쓰기를 망설였다. 그들의 끈끈한 회색빛 관념에 거부반응
　　까지 느꼈다. 그러다가 귀국한 후 한동안 자신의 육신이 깊은 영혼의 늪 속에 빠져
　　허우적거리는 듯한 악몽과도 같은 이상한 꿈에 시달렸다. 그는 인도에서 취재하며
　　보낸 1백 25일 동안을 마치 초상집에 쭈그리고 있다가 온 느낌이었으며, 자신의 온
　　몸에는 회색빛 영혼의 점액질이 끈끈하게 묻어 있는 것만 같았다. 그는 마치 무당이
　　액풀이하듯, 이상한 꿈에 시달리는 자신의 영혼을 자유롭게 하기 위하여 이 작품을
　　썼다고 한다. 위의 책, 264쪽.

자들이 제대로 살아있는 역사를 기술하기 위해서는 민중의 시각에서 그들이 체험했던 사실을 중요시해야 한다고 설파한다. 그래서 이후 문순태는 분단 문제를 이데올로기적 관점에서 벗어나 민중의 입장에서 재해석하고, 5·18광주민주화운동에 대해서도 민중의 입장에서 자신의 체험을 객관적 진실에 접근하여 소설화하는 등 제대로 된 역사 인식의 방법에 대해 모색하게 된다.

문순태는 꾸준히 앞으로 나아가는 지독히 성실한 사람으로 평가된다. 이러한 성실성으로 그는 신문사를 그만둔 뒤 5년 동안 30여 편의 중·단편과 5편의 신문연재, 7편의 장편소설, 석사학위논문「한국문학에 나타난 한의 연구」, 기행문『신왕오천축국전』,『유배지』 등을 써냈다. 이때 그가『유배지』를 쓴 동기는 지식인들이 사회로부터 고립당하는 현실 때문이었다. 그가 생각하는 유배의 공간은 조선시대뿐만 아니라 당시에도 무형의 장소로 여전히 존재하고 있었다. 이에 그는 조선시대 지식인들이 유배지에서 어떤 생각을 품었고, 어떻게 그 시대를 살아냈는지 알고 싶었다. 이를 통해 문순태는 지금 자신이 어떻게 살아가야 하는지를 묻고자 했던 것이다.

보통은 자신이 몸담고 있던 사회로부터 단절되는 상황이 오면 절망과 외로움 속에서 고통스럽게 세월을 보내다가 죽음을 맞는다. 그러나 정약용, 윤선도, 허균, 정철 등은 유배지를 오히려 창조적 공간으로 활용함으로써, 절망과 외로움을 떨쳐내고 희망의 공간으로 재창조하였다고 문순태는 생각했다. 이들이 유배의 절망을 이겨내고 유배지를 창조적 공간으로 만들어 훌륭한 작품을 남겼듯이, 문순태도 자신의 궁벽진 고향을 이들처럼 창조적 공간으로 활용함으로써 시대의 아픔과 진실을 생생하게 소설 안에 담고자 하였다.『유배지』는 이후 장편소설『다산 정약용』과『소쇄원에서 꿈을 꾸다』로 탈바꿈하며 지식인들의 고뇌와 희망을 생생하게 보여주고 있다.

이때쯤 문순태는 은거 중인 법정스님을 송광사 불일암으로 찾아가서 만난다. 법정 스님은 신문기자를 그만두고 소설가가 된 문순태를 축하한다. 그리고 신문이 시대의 아픔을 느끼지 못하는 '불감증환자'[107]와 같다고 평가하며, 마음이 병들어가고 있는 사회에 대해서 걱정을 한다. 한편 법정스님은 문순태의 소설에 대해 그 지방의 혼과 같은 사투리를 잘 활용함으로써 민중의 혼을 되살려내고 있다고 평하였다.[108] 이는 문순태의 친구인 이성부가 "그의 문장은 우선 지적 제스처나 번역 문장을 연상시키는 비비 꼬임이 없어 좋다. 투박하면서도 정서적이고, 평범하면서도 깊이 파고드는 날카로움이 번득인다."[109]라고 말한 것과 일맥상통한다.

문순태는 법정스님을 찾아가 슬프고도 비극적인 우리의 현대사 문제에 대해서 이야기를 나누었다. 특히 그가 당시 그의 관심사였던 민중의 맺힌 한을 풀어주기 위한 방법을 질문하자 법정스님은 『법구경』 5장을 다음과 같이 들려준다.

> 이 세상에서 원한은
> 원한에 의해 풀리지 않고
> 원한을 버릴 때만 풀리나니
> 이것은 변치 않는 영원한 진리

법정스님은 그에게 『법구경』을 들려준 뒤에 지리산의 철쭉꽃이 유난히 검붉은 이유가 6·25전쟁 때 한이 맺힌 죽음이 넋으로 피어났기 때문이라고 말한다. 그러면서 한을 맺히게 한 사람을 용서하고 자비를 베풀면 한은 스스로 풀리게 되며, 한을 맺히게 한 사람이 뉘우치고 그 원혼을 위로해

---

107) 문순태, 『사랑하지 않는 죄』, 앞의 책, 58쪽.
108) 문순태, 인터뷰, 2015. 12. 21.
109) 이성부, 「발문」, 『고향으로 가는 바람』, 앞의 책, 318쪽.

주어야 한다고 말한다. 만약 그렇지 않으면 한이 한을 불러 원혼이 되며, 만약 원혼이 부르는 상황에 이르면 어려움에 처하게 된다고 말한다. 이날 법정스님과 대화를 나누고 돌아온 문순태는 『피아골』의 집필을 계획한다. 그는 이를 통해 그때의 비극적 모습을 현재로 소환하여 당시 민중들의 맺힌 한을 풀어주고자 하였다.110)

문순태는 해직된 뒤부터 매일 아침 낭떠러지 끝에 매달린 듯 작가로서의 현실적 불안감을 느낀다. 그리고 밤에는 불면증에 시달리면서도 소설에 매달린다.

> 새벽 두 시를 치는 괘종시계의 금속성 울림이 달걀껍질 속처럼 흰 공백으로 텅 빈 나의 머릿속을 망치질하듯 둔중하게 두들겼다. 나는 아직 잠을 이루지 못하고 있었다. 내가 이렇듯 고약스러운 불면증에 시달리기 시작한 것은, 정확하게 따져 3년 5개월 전부터의 일이었다.
>
> ─「사표 권하는 사회」, 『살아있는 소문』, 189쪽

> 어쩌면 죽음의 연습과도 같은 그 불면증은, 회사에 출근하여 퇴근할 때까지, 그 기나긴 시간 자신과의 헛된 싸움에 대한 해방감 때문에 생긴 것인지도 모른다. 그리고 그 해방감은 육신의 구속으로 풀려났을 뿐, 어둠의 공간 속에 자유스럽게 누워 있을지라도 또 다른 정신의 속박에서 헤어나지 못하고 버르적거리고 있는 것인지도 모른다.
>
> ─「사표 권하는 사회」, 『살아있는 소문』, 191쪽

위의 「사표 권하는 사회」에서 문순태는 실업자인 강 선배를 "직장 없이 집에 붙박여 책이나 읽으면서, 가끔 비밀리에 모이는 단체에 나가 강연이나 하고 살아가면서도 용기와 힘을 잃지 않고"111) 있다고 묘사하고 있다.

---

110) 문순태, 인터뷰, 2014. 11. 20.

여기서 실업자 강 선배는 매일 불면증에 시달리면서도 소설 쓰기를 그만둘 수 없었던 문순태 자신일 수도 있다. 그는 당시 실업자 상태로 경제적 어려움을 해결하기 위해 소설 쓰기를 그만둘 수 없었다. 문순태가 위의 「사표 권하는 사회」에서 '3년 5개월 전부터'라고 한 것은 그 자신이 신문사에서 해직된 이후의 시간이다. 이때 그는 1남 2녀의 자녀를 두고 있었는데, 큰딸과 장남은 고등학교에 다니고 있었으며, 둘째 딸은 중학교에 다니고 있었다. 그래서 문순태는 가장으로서의 책임감을 무겁게 느끼고 있었으며, 3년 5개월 동안 불면의 밤을 지새우면서 글쓰기에 매달렸던 것이다.

> 그의 고향은 남쪽에 있는 남해시이며, 가족이라고는 회갑이 넘은 노모 뿐이고, 성격은 휘파람 한번 부는 것을 볼 수가 없을 정도로 늘 우울한 편이나, 술을 마셨다 하면 아무에게나 거칠 것 없이 큰 소리로 욕을 해대는 버릇이 있으며, 늙마에 낳은 외아들인 탓에 자전거를 탈 줄 몰랐고, 당구·바둑·낚시·운동·등산 등 취미라고는 도무지 몰취미인 데다가, 사귀는 여자 친구는 고사하고 남자 친구도 없는 어딘가 좀 모자란 듯한 묘한 녀석이었다.
>
> —「달빛 골짜기의 통곡」, 『인간의 벽』, 231쪽

> 그는 어렸을 때까지만 해도 눈이 펑펑 쏟아지는 추운 겨울, 커튼 사이로 따뜻하게 느껴지는 불빛이 새어 나오고 행복한 가족들의 웃음소리가 흘러나오는 것을 들을 때마다 그는 훗날 자신이 어른이 되면 이 세상에서 가장 훌륭한 아버지가 되어야겠다고 얼마나 다짐을 했었는지 모른다.
>
> —『가면의 춤』하, 146쪽

문순태는 「달빛 골짜기의 통곡」에서의 조두길처럼 휘파람을 불지 못했다. 그는 또 자전거도 탈 줄 몰랐고, '당구·바둑·낚시·운동·등산 등

---

111) 문순태, 「사표 권하는 사회」, 『살아있는 소문』, 앞의 책, 189쪽.

취미'라고는 도무지 몰취미였다.112) 어쩌면 문순태는 휘파람을 불어보고 싶었고, 자전거를 타고113), 당구나 낚시 등을 즐기고 싶었을 것이다. 그러나 그에게는 그럴만한 생활의 여유가 없었다. 그는 해직된 뒤 가족의 생계를 위해, 그리고 『가면의 춤』의 원철이처럼 '훌륭한 아버지'가 되기 위해, 오직 쓰고 또 써야만 했다. 그는 노트 왼쪽에 깨알 같은 글씨로 빽빽하게 초고를 쓴 뒤, 노트 오른쪽에 퇴고를 했다. 퇴고가 끝나면, 한국문학 신인상 당선 때 부상으로 받은 만년필로 마치 농부가 모를 심듯 원고지에 한 칸 한 칸 정성을 다해 칸을 메워 나갔다. 그러나 팔이 아프도록 글을 써도 자식들 학비 주기가 버거웠다. 이러한 그의 기나긴 방황은 다행히 1985년 2월 1일 순천대학교 국어교육과 교수로 임용되면서 일단락된다.

문순태는 소설 속에 자신의 흔적을 남기는 버릇이 있다. 예를 들면, 그가 언제 어느 곳에서 근무했는지, 개인적으로 어떤 일을 겪었는지 등을 구체적으로 밝힌다. 그래서 그의 소설을 읽다 보면 그가 언제 어느 곳에 있었고, 그에게 어떤 일이 벌어졌는지를 대략 가늠할 수 있다. 그만큼 문순태는 자신이 처한 현실의 문제를 비판적으로 바라보며 그 속에서 작품의 소재를 찾아내는 작가였다. 당연한 결과로 그는 순천대학교 국어교육과 교수로 재직하면서 교육의 문제점을 소설의 소재로 가져온다. 그는 「한국의 벚꽃」에서는 현재도 여전히 청산되지 못한 채 남아있는 일본식 우민화 교육의 문제점을 '벚꽃'이 아직도 건재하고 있음에 빗대어 상징적으로 보여준다. 그리고 「뒷모습」에서는 유신헌법에 의한 긴급조치로 학교 현장에서 제대로 된 교육을 할 수 없는 현실을 지리 선생인 공명수의 도망을 통해 비판한다. 이후 「문신의 땅」에서는 교육현장에서 바라본 현재의 교육과정이

---

112) 문순태, 인터뷰, 2015. 9. 8.
113) 문순태 소설에서 아버지와 자전거 타기는 부성에 대한 본원적 갈망을 표출하는 것으로 볼 수 있다.

일본식 식민지교육에서 미국식 문화식민지 교육으로 전이되고 있음을, 반
미운동으로 학교에서 쫓겨난 '오형'을 통해 형상화한다.

「문신의 땅」은 1985년 5월 23일 서울 지역 5개 대학의 대학생 76명이
서울 미문화원을 점거했던 사건을 오형을 통해 형상화한 작품이다. 오형은
"난 쫓겨났습니다. 학교에서도, 집에서도, 사회에서도 나를 용납해 주지 않
는답니다. 난 골칫거리가 된 것이죠. 양키 고홈을 외쳤다는 게 죄가 된다는
거죠. 난 양키 고홈을 외친 것 외에는 아무 잘못도 저지르지 않았어요."114)
라고 말한다. 그리고 같은 해 7월 전국적으로 초·중·고 교사 15명이 ≪민
중교육≫지에 실은 글로 권고사직을 당하고 3명이 구속되는 등 교육의 자
유를 침해하는 상황을 「한국의 벚꽃」, 「뒷모습」 등을 통해 서사화한다. 이
어서 그는 같은 해 9월 20일 남북고향방문단의 이산가족 문제는 「제3의
국경」, 「어둠의 강」에서 일회성 상봉을 가진 뒤 희망의 부재로 이산가족에
게 상처만 주고 있는 현실을 형상화한다. 이어서 그는 창작과비평사 등록
이 취소되는 등 창작의 자유를 억압하는 상황을 「안개섬」의 길섭과 노인
의 대화를 통해 비판한다.

이처럼 당대 현실의 문제를 외면하지 않고 작품의 소재로 가져왔던 문
순태는 마침내 5·18광주민주화운동을 직접 작품 속으로 끌고 들어온다.

> 아내는 지난 오 년 동안 해마다 아카시아꽃이 피는 오월이면 아들의
> 세례명을 떠올리며 오랜 망각으로부터 깨어났다가, 아카시아꽃이 시들고
> 새콤한 냄새의 밤꽃이 너울거리기 시작하면 소리도 없이 꽃이 지듯 아들
> 의 세례명을 잊으면서 다시 실신의 깊은 늪에 빠져들곤 하였다.
>
> －「일어서는 땅」, 『꿈꾸는 시계』, 249쪽

---

114) 문순태, 「문신의 땅」, 『문신의 땅』, 동아, 1988, 251~252쪽.

문순태는 소설 속 시간의 흐름을 사실적으로 묘사한다. 따라서 윗글에서 '지난 오 년'을 거슬러 보면 1986년에 발표한 「일어서는 땅」은 1985년에 쓴 작품으로 이해된다. 지금까지 대부분의 연구자는 「일어서는 땅」을 문순태가 5·18광주민주화운동을 소재로 쓴 첫 작품으로 보고 있다.[115] 그러나 문순태는 1981년에 발표한 「달빛 골짜기의 통곡」에서부터 이미 광주의 문제에 우회적으로 접근하였고, 1984년의 작품인 「살아 있는 소문」에서도 '소문'의 형식을 빌려 이미 5·18광주민주화운동을 형상화하고 있다. 이는 광주를 다룬 소설이 80년대 중반을 지나면서 창작되었다는 기존의 평가를 뒤집는 것이다. 물론 「달빛 골짜기의 통곡」에서 소설의 공간을 구체적으로 광주로 표현하거나 폭압적 광경을 서사화하지는 않았다. 그러나 첫 장면을 여인의 호곡 소리로 시작해서 5·18광주민주화운동 당시 행방불명된 사람들의 문제를 구체화하고 있는 점을 고려하면 이는 광주를 다룬 소설이라고 할 수 있다.

　　월곡읍 거리의 가게 앞마다 사람들이 두세두세 몰려 이틀 밤째 어두움을 찢은 여인의 울음소리에 대한 이야기를 무슨 큰 비밀이라고 말하듯 쉬쉬하며 조심스럽게 꺼내고 있었다.
　　"사람이 죽은 것도 아니라는데 누가 밤마다 호곡을 한답니까?"

---

115) 심영의는 문순태의 5·18 소설을 「일어서는 땅」(1986), 「최루증」(1993), 『그들의 새벽』(2000)으로 보고 있으며, 전흥남은 여기에 「녹슨 철길」(1989)을 추가하고 있다. 주인도 「일어서는 땅」이 처음이라고 하고 있으며, 박성천은 5·18 소설로 『느티나무 사랑』(1997), 『그들의 새벽』, 「느티나무 아저씨」(1997)를 들고 있다. 심영의, 「5·18 소설의 '기억 공간' 연구: 문순태 소설을 중심으로」, 『호남문화연구』제43집, 전남대학교 호남학연구원, 2008; 전흥남, 「'5·18광주민주화운동'과 '기억'의 방식: 문순태의 5·18 관련 소설을 중심으로」, 『현대소설연구』제58집, 현대소설학회, 2015; 주인, 「5·18 문학의 세 지평: 문순태, 최윤, 정찬 소설을 중심으로」, 『어문논총』제13집, 전남대학교, 2003.12; 박성천, 「문순태 소설의 서사 구조 연구: 한의 극복양상을 중심으로」, 전남대학교 박사학위논문, 2008.2.

나는 가게 앞에 모인 사람들 사이에 끼어들어 다짜고짜 큰 목소리로 물었다. 그러자 그들은 낯선 내 얼굴을 보고 모두 무를 캐 먹다가 들킨 사람들처럼 소스라치게 놀라며 먼지처럼 뿔뿔이 흩어져 버리는 것이었다. 여러 차례 무안을 당하고 말았다.

월곡읍 사람들은 분명 정체를 알 수 없는 여인의 통곡소리에 대해 공포를 느끼고 있는 듯싶었다. 한결같이 표정들이 박쥐의 날개처럼 거무죽죽하게 변해 버렸다. 햇빛마저 없이 음울한 월곡읍의 거리는 늪 속처럼 어둡고 무기력해 보였다. …(중략)…

어떤 할아버지는 몇 년 전 읍사무소 앞 분수대 자리의 오래된 팽나무를 베어냈을 때에도 며칠 밤 귀신 소리도 사람 소리도 아닌 울음소리가 계속 들렸다고 하면서, 이번에도 필시 읍안에 어디선가 오래된 나무를 베어냈든지, 아니면 누구인가 하늘의 뜻을 거역한 사람이 있는 게 분명하다고 했다.

－「달빛 골짜기의 통곡」, 『인간의 벽』, 241쪽

나는 '월곡읍서조두길사망급래'라는 전보를 받고 월곡읍에 도착했지만, 그 어디에서도 조두길의 시체를 찾을 수 없었다. 분명 '사망'했다는 연락을 받고 왔지만 경찰서와 우체국, 그리고 읍사무소 어디에도 사망자에 대한 기록이 없었다. 게다가 월곡읍 사람들은 여인의 울음소리에 대한 이야기를 외부인에게는 들리지 않도록 "무슨 큰 비밀이라도 말하듯 쉬쉬하며 조심스럽게" 말한다. 이처럼 「달빛 골짜기의 통곡」에서 문순태는 '몇 년 전 읍사무소 앞 분수대와 분명 죽였지만 죽은 이가 없는 월곡읍'을 통해 5・18 광주민주화운동 당시 행방불명된 이들을 호명한다. 여기서 "읍사무소 앞 분수대"는 5・18민주화운동의 성지였던 도청 앞 분수대이며, "누구인가 하늘의 뜻을 거역한 사람이 있는 게 분명하다"는 말은 당시 군부 쿠데타 세력을 우회적으로 가리키는 것으로 볼 수 있다. 그러므로 「달빛 골짜기의 통곡」은 5 · 18광주민주화운동을 소재로 한 소설이라고 볼 수 있다.

이어 그는 「살아 있는 소문」을 집필해 5 · 18광주민주화운동에 대한 역사적 진실성을 규명하는 작업을 시도한다.

> 그것은 소문이라기보다는 살아 있는 역사의 실체를 경험한 것인지도 모른다. 이십만 명 월산시(月山市)의 시민들 중에서 거의 대부분이 그것을 사실처럼 믿고 있었기 때문이다.
>
> 그것은 어쩌면 시간의 흐름이 엄청난 착오를 일으킨 것인지도 모른다. 과거에 이미 있었던 사건과, 미래에 일어날 일들이 오늘이라는 시점 위에서 동시에 마주친 것인지도 몰랐다.
>
> 현재 엄연히 활개 치고 어엿번듯하게 살아 있는 사람이 죽었다고 했고, 수십 년 전에 시민들이 보는 앞에서 죽음을 당했던 사람이 다시 살아났다는 것이었다. 나는 이 소문을 믿지 않았다. 이미 꿈을 갖기에는 지쳐 있을 정도로 나이가 많은 현세주의에 길들여진 사람들은 모두 그것을 믿지 않았다. 그 소문을 사실처럼 믿고 있는 것은 척박한 현실 위에 이상(理想)의 꽃을 피우려고 하는 사람들이라고 생각했다.
>
> 그런데 이상한 것은 박동인(朴東仁) 사장이 죽었다는 소문이 지난 일 년 동안 줄기차게 월산시의 시민들 마음을 혼란 속으로 휘몰아 넣은 후, 한동안 잠잠하다가, 올봄 월산천(月山川)에 노란 개나리가 흐드러지게 필 무렵부터 갑작스럽게도, 십수 년 전에 죽은 윤민주(尹敏柱)가 다시 살아났다는 소문이 봄날 안개 퍼지듯 시민들을 혼몽하게 만들어 버린 것이었다.
>
> −「살아있는 소문」, 『살아있는 소문』, 11쪽

'윤민주'는 상징적 함의이다. 즉 윤민주는 5 · 18광주민주화운동 당시 시민군 대변인으로 활동하다가 27일 도청에서 전사한 윤상원으로 볼 수 있다. 문순태는 소문을 내는 주체를 젊은이들로 하고 있다. 윤민주가 살아있을 때 그를 사랑했던 시민들은 이미 그를 '망각의 옛사람'으로 기억하고 있었다. 하지만 젊은이들은 '분수대' 앞 벤치에 앉아 "신문에 안 나는 더 큰 뉴스와 소문들"을 듣고, "분수대의 물줄기와 꽃향기와 윤민주의 혼"116) 을 마시며 윤민주의 부활을 꿈꾼다. 이는 시민들의 집단적 망각에 대한 우려와 소문의 질긴 생명력으로 젊은이들이 5·18광주민주화운동을 기억하기를 바라는 작가의 서사전략으로 볼 수 있다.

또한, 살아있는 소문의 진원지가 '분수대'라는 점에서 이 소설은 당시 광주에서의 학살을 믿지 않는 외부 사람들, 그저 소문으로만 떠돌고 있는 5·18광주민주화운동에 대한 은유적 표현으로 보인다. 당시 광주 이외의 지역 사람들에게 5·18광주민주화운동은 소문으로만 존재했다. 도대체 누가 누구의 사주에 따라 몇 명이나 되는 시민을 죽였는지 소문으로만 떠돌 뿐이었다. 윤민주의 부활을 믿지 않고 있던 나도 동생을 따라 분수대와 월산공원 동물원, 학생회관 등을 미친 듯이 뛰어다니며 윤민주를 찾는다. 그리고 마침내 윤민주가 월곡산으로 갔다는 말을 믿게 된다. 작가는 "다음날도 그다음 날도 소문은 죽지 않았다. 소문은 다시 봄을 기다리고 있었다." 라고 마무리하면서, "오히려 죽어서도 우리의 의식 속에 살아 있는" 오월정신을 "소문이 봄을 기다리고 있다."117)라는 상징적 기법으로 말하고 있다.

1980년 초반은 아직 5·18광주민주화운동을 소재로 자유롭게 창작할 수 없는 시기였다. 그래서 문순태는 24년 전의 4·19혁명을 표면으로 내세우고, '분수대', '월산공원 동물원', '학생회관' 등의 광주라는 공간을 서사화하고 있다. 「달빛 골짜기의 통곡」에서 행불자 문제와 「살아 있는 소문」에서 역사적 사건에 대한 진실을 이야기했다면, 1986년 9월 『한국문학』에

---

116) 문순태, 「살아있는 소문」, 『살아있는 소문』, 앞의 책, 18~19쪽.
117) 위의 책, 26쪽.

발표한 「안개섬」에서는 길섭의 말을 빌려서 자신을 "말로만 정의를 부르짖었을 뿐 옳은 일을 위해서 저 자신을 희생해 본 적이 단 한 번도 없었" 던 '용기 없는 남자'요 '겁쟁이'라고 고백한다. 또한, '안개섬'으로 길섭을 인도했던 노인도 '유월전쟁'에서 "나 혼자 살아남은 것부터가 죄"[118]라고 말한다. 이때 작가는 이 소설을 통해서 자신의 지난날을 회상하고 6·25전쟁과 5·18광주민주화운동 당시 아무런 저항도 해 보지 못하고 고향과 광주에서 도망치듯 벗어난 자신을 성찰한 것으로 보인다.

문순태가 이전 작품들과 달리 「안개섬」에서 내면적 탐구를 할 수 있었던 이유를 두 가지로 볼 수 있다. 즉 안정된 직장에서 사건을 직시할 수 있는 내면의 힘이 생겼고, 이를 통해 5·18광주민주화운동을 30년 전의 6·25전쟁과 같은 연장선에서 바라볼 수 있었기 때문이었다. 이러한 내면적 탐구는 「안개섬」에서 출판인 길섭과 동백노인의 대화를 통해서 소설가의 책무에 대해 갈등하고 있는 모습으로 구체화된다.

> "영감님, 몇 년 전에 남쪽에서 일어났던 칠일공화국 사건 아시죠?"
> "아다마다. 아주 대단하고 끔찍했다면서요?"
> "그때의 진상을 폭로한 원고가 제게 있습니다. 저는 오 년 동안 온갖 어려움을 겪으면서, 그 원고를 모았습니다. 저는 그것을 책으로 펴내서 진상을 세상에 알리려고 했지요. 그런데 당에서 그 기미를 알고 저를 붙잡으려고 한 것입니다."
> "그 진상을 폭로한 원고를 젊은이가 썼단 말이유?"
> 길섭이 가늠하기에 노인의 관심은 차츰 고조되어 있는 듯하였다.
> "아닙니다. 칠일공화국 사건에 가담했다가 감옥살이를 하고 나온 사람들과, 부상자들, 그리고 희생자들의 유가족이 썼는데, 그 사람들은 지금 그 원고를 쓴 죄로 붙잡혀 곤욕을 치르고 있습니다."

118) 문순태, 「안개섬」, 『살아있는 소문』, 위의 책, 238쪽.

"젊은이는 그 글을 쓰지도 않았는데 무슨 죄가 있누?"

노인은 다소 실망한 듯 목소리를 낮게 갈앉히면서 가볍게 혀끝까지 차는 것이었다.

"제가 붙잡히게 되면 그 원고를 송두리째 압수당할 뿐만 아니라, 붙잡힌 필자들이 벌을 받고, 또 아직 붙잡히지 않은 필자들까지 끌려가게 되겠지요. 하지만 무엇보다 중요한 것은 제가 붙잡히면 칠일공화국 사건의 진상이 영원히 역사 속에 인멸되어 버린다는 점입니다. 이렇게 되면 저는 역사의 죄인으로 평생 고통받고 살겠지요. 저는 그렇게 살고 싶지는 않습니다요. 저는 어떻게 해서든지 그 원고를 살려야 합니다. 그것은 제 생명과 같습니다. 생명보다 더 소중합니다."

"젊은이가 지금 그 원고 가지고 있수?"

"제 목숨처럼 간직하고 있습니다."

움막 안은 잠시 안개처럼 조용해졌으며 바람에 요동을 치는 파도소리만이 눅눅한 갯가의 어둠과 함께 넉넉하게 넘쳐흘러 들어왔다. 노인의 다음 반응을 기다리는 길섭의 심장은 심해어처럼 납작하게 갈앉았다.

"내 생각에 젊은이는 아무 죄도 없는 것 같구면."

-「안개섬」, 『살아있는 소문』, 235~236쪽

여기서 길섭이 가고자 하는 안개섬은 죄인들만 갈 수 있는 곳으로, 그곳은 한번 가면 되돌아올 수 없는 망각의 공간이다. 그럼에도 길섭은 "칠일공화국 사건의 진상이 영원히 역사 속에 인멸되는 것"을 막기 위해 이곳으로 가고자 한다. 그는 안개섬으로 가는 배 안에서 토악질을 하면서도 "나는 영웅이 되고 싶은 게 아니야. 나는 영웅 따위는 돕고 싶지도 않아. 이름조차 없이 죽어간 사람들을 오래도록 기억하자는 것뿐이야."[119]라고 바다를 향해 소리친다. 이러한 길섭의 외침은 5·18광주민주화운동을 취재한 자료를 소설화하는 것이 문순태에게 '견딜 수 없을 만큼 엄청난 속박'이었

---

119) 위의 책, 244쪽.

음을 보여주는 것이다. 만약 소설을 출판한다면 그는 길섭이처럼 당국의 감시를 받을 수밖에 없고, 출판하지 않는다면 5·18광주민주화운동은 역사 속에 영원히 소멸되고 만다. 그래서 망각의 공간인 안개섬으로 가는 '사흘 낮 사흘 밤'은 취재한 내용의 소설화에 대한 그의 내면 갈등을 대변하고 있다고 볼 수 있다.

"젊은이는 천년만년 되도록 없어지지 않는 것이 뭐라고 생각하시는감? 변하는 것 중에서 없어지지 않는 것이 있으면 가르쳐 주시우."
그렇게 묻고 나서 노인은 한동안 길섭을 바라보았다. 노인이 지난 사흘 동안 길섭을 그토록 오래 바라보기는 처음이었다. 노인이 길섭을 볼 때는 언제나 버릇처럼 씰긋씰긋 야릇한 미소와 함께 짧은 시선으로 스쳐보는 것이 고작이었다.
"없어지지 않는 것이 있지요. 있고말고요. 내가 가지고 있는 칠일공화국 사건의 진실을 밝힌 이 원고는 우리가 죽은 후에도 남게 되지요. 이거야말로 목숨보다 영원하지요."
길섭은 확신을 가지고 자신 있게 말했다.
"그러나 그것은 확실하지 않지유. 그 원고는 아직 생명을 얻지 못했지 않수? 내 생각에 그 원고가 안개섬에서는 생명을 얻기가 더욱 어렵게 될 것 같수. 안개섬 사람들이 그 내용을 알려고 하지 않을 텡께유."
－「안개섬」, 『살아있는 소문』, 248~249쪽

동백노인은 길섭에게 6·25전쟁 때 온 가족이 참상을 당하고 홀로 살아남은 이야기를 들려주며, 배꼽 위의 상처와 30년 동안 배 속에 박혀있었던 총알 목걸이를 보여준다. 동백노인은 자신이 안개섬에 가지 않는 이유를 지나간 일을 잊지 않기 위해서라고 말한다. 그리고 칠공화국의 사건을 폭로한 원고가 아직 생명을 얻지 못한 상황에서 길섭이 안개섬으로 도피한다면, 결국 "칠일공화국 사건의 진실을 밝힌 이 원고"도 지킬 수 없을 것이라고 말한다. 이에 길섭은 배가 안개섬에 이르자, "나는 돌아가야 해요!"[120]라고 말한 후, 스스로 노를 저어 육지로 향한다. 길섭의 이러한 행위는 어떠한 어려움에도 5·18광주민주화운동의 진실을 소설로 출판하겠다는 작가의 의지로 보인다.

「안개섬」을 쓰기 전까지 문순태의 가장 큰 고민은 5·18광주민주화운동의 진실을 밝혀 줄 증언에 어떻게 하면 생명을 불어넣을 수 있을까 하는 것이었다. 당시 그는 5·18광주민주화운동을 취재했던 방대한 자료를 가지고 있었지만, 이러한 자료를 이용하여 소설을 쓰지 못한 것에 자괴감을 느끼고 있었다. 그래서 그는 「안개섬」의 길섭처럼 방황하다가 더 이상 사건의 진실을 숨길 수 없다고 판단하고 5·18광주민주화운동과 관련된 소설을 쓰기로 한다. 이후 그는 「일어서는 땅」(1986), 「녹슨 철길」(1989), 「최루증」(1993), 「오월의 초상」(1994), 「느티나무 아저씨」(1997), 『느티나무 사랑』1, 2(1997) 등의 5·18광주민주화운동과 관련된 소설들을 쏟아낸다. 그는 이 소설들에서 중첩된 구조를 활용하여 5·18광주민주화운동은 6·25전쟁의 연장선에서 일어난 사건임을 보여주고 있다.

어렸을 때부터 이렇듯 우리들의 우상이었던 최점수는 중학교를 졸업하고 어른이 되어서도 철저하게 운산리 친구들 일이라면 위험을 무릅쓰고 언제나 앞장을 서 주었다. 그런 최점수를 그토록 오랫동안 잊고 있었다. 우리는 그동안 부끄러움이라는 것이 무엇인가를 모르고 살아온 것이나 다를 바가 없지 않은가.

지금껏 비록 무능하다는 소리를 들었을지언정 불량하다는 말을 듣지 않으려고 노력하면서 살아온 나는 이날 처음 부끄러움과 죄책감에 사로

---

120) 위의 책, 253쪽.

잡혔다. 그리고 어쩌면 비양심이라든가 부도덕, 몰인정, 무관심, 이기주의
가 때로는 선하다든가 양심적이라는 것보다 더 큰 부끄러움을 갖게 하는
경우가 얼마든지 많다는 것도 깨닫게 되었다. 이날 나는 죄책감과 부끄러
움 때문에 발걸음이 더욱 무거워져 어둠이 깔릴 무렵에야 집에 돌아올
수가 있었다.

-「꿈꾸는 시계」, 『꿈꾸는 시계』, 20∼21쪽

문순태는 6·25전쟁과 5·18광주민주화운동을 민족사의 연장선으로 인
식하고 이러한 역사를 잊어버리는 것은 '죄악'이라고 느낀다. 그래서 그는
「꿈꾸는 시계」에서 "망각이라는 것도 일종의 정신적 살인"[121)이라고 말하
며 '기억하기'를 강조한다. 그가 지금까지 이처럼 치열하게 분단 소설을 써
왔던 이유도 잠시나마 이러한 역사를 숨기려고 했던 '부끄러움과 죄책감'
때문이었을 것이다. 문순태는 6·25전쟁과 5·18광주민주화운동을 민족사
의 연장선으로 인식한 뒤부터 남북 분단에 대해서도 이전에 썼던 방식과는
상당한 차이를 보인다. 즉, 그가 『징소리』, 『물레방아 속으로』, 『달궁』, 「철
쭉제」, 「거인의 밤」, 「황홀한 귀향」, 「미명의 하늘」, 「말하는 돌」, 「유월제」,
「잉어의 눈」, 「어머니의 땅」, 「어머니의 성」 등에서 자신이 유년시절에 겪
었던 체험을 소설의 소재로 활용하여 6·25전쟁의 실상을 그대로 보여주
고 있는 점이 그것이다. 이때 대부분의 작품에서 공통으로 나타나는 점은
'고향의 상실'이다.

문순태에게 고향은 어쩌면 '징헌 고향'이면서도 자신의 '끌텅'이 존재하
는 곳이었다. 그러나 그는 「무당새」의 달교처럼 고향에 성묘하러 갈 때마
다 두려움에 발길이 무거워지는 우울한 귀향을 한다.

---

121) 문순태, 「꿈꾸는 시계」, 『꿈꾸는 시계』, 앞의 책, 22쪽.

한번 고향을 떠났던 사람이 다시 돌아올 때는 누구나 설레는 두려움을 느끼게 마련인지도 모른다. 오랫동안 고향을 잊고 살아온 사람일수록 그 설렘으로 하여 발걸음이 더욱 무거워진다. 고향 땅을 밟는 순간 바람만 좀 거칠게 불어도 고향 사람들이 매몰차게 흘겨보며 떠밀어낼 것만 같은 자곡지심(自曲之心)에, 저절로 고개를 무겁게 떨구어 버리기 마련이다.

ー「무당새」, 『살아있는 소문』, 132쪽

문순태에게 고향은 통한의 죄의식이 자리한 곳이다. 그러나 그가 고향에 대해 "자신의 인생이 돌이킬 수 없는 통한의 죄의식"으로 비비 꼬인 것은 자신과 상관없이 벌어진 일이었다. 그래서 그는 「숨어사는 그림자」에서 억지로 말리는 손기태의 손을 뿌리치고 고향에 가려고 하는 차도근처럼 잃어버린 고향을 찾기 위해 귀향을 멈추지 않는다. 여기서 차도근은 문순태 자신으로 볼 수 있다. 문순태는 자신과 상관없이 만들어진 죄의식을 떨쳐내고 지친 그의 영혼을 유년시절 아늑했던 고향에서 위로받고 싶었다. 그의 소설에서 탈향과 귀향의 구조가 많은 것은 이 때문이다. 유년시절 비극적 역사가 만들어 낸 상처로 인해 어쩔 수 없이 고향을 떠나야 했지만, 그는 반드시 고향으로 돌아가 고향 사람들에게 이해를 구하고 싶었을 것이다.

"배뫼는 자네 고향이 아니고 지옥이 될 걸세. 자네가 고향을 잊지 못하고 있드끼, 고향사람들도 자네를 잊지 않고 있네. 자라나는 아이들까지도 자네의 이름을 기억하고 있다니께. 뒈지고 싶으면 배뫼에 가 보게나."
그러면서 손기태는 당장 떠나지 않으면 고향사람들한테 차도근이가 왔다는 것을 알리겠다고 으름장을 놓았다.
차도근은 차라리 고향사람들한테 맞아 죽고 싶었다.
"고향사람들의 소원이라면 그 사람들 소원을 풀어주고 싶네."
차도근은 손기태를 뿌리치고 배뫼에 갈 생각이었다. 삶에 지쳐버린 그로서는 차라리 고향에 뼈라도 묻고 싶었던 것이었다. 차도근은 손기태한 테 자신의 솔직한 심정을 털어놓았다.

"자네 맘대로 안 되야!"

손기태가 차도근의 팔을 잡았다.

"고향에 가서, 고향사람들 손에 맞어 죽고 싶다니께!"

"나는 고향사람이 육이오 때의 일을 잊게 하려고 무진 애를 써왔어. 그 런듸, 자네가 다시 나타나면 옛날 상처를 다시 건드리는 셈이 된다 이거 여."

"기태, 자네는 상관 말어. 맞어 죽어도 내가 맞어 죽을 테니까!"

―「숨어사는 그림자」, 『살아있는 소문』, 40~41쪽

"모르는 소리. 내가 맘 놓고 고향에 가지 못한 것은 쫓기고 있는 거나 마찬가지여. 나는 시방도 내 마음한테 내가 쫓김을 당하고 있거든. 고개 쳐들고 고향에 못 가는 사람은 영원한 도망자인 게여."

―「숨어사는 그림자」, 『살아있는 소문』, 43쪽

달교가 다시 고향땅을 밟은 것은 그로부터 수년 후, 그가 결혼을 하여 자식을 낳고, 고향이 어떤 것이라는 것을 알고, 고향 사람들이 자신을 어 떻게 대하더라도 모든 것을 감수하고 받아들여야 한다는 생각을 굳힌 후 였다. 그의 오랜 객지생활에서 얻어진 결론은 고향은 모든 것을 용납하고 이해해줄 것이라는 생각과, 고향은 결코 어떤 수난 속에서도 고향을 잊지 않는 사람을 배반하지 않으리라는 생각이었다.

―「무당새」, 『살아있는 소문』, 181쪽

"우리가 뭐 고향에 죄지었소? 다 시국 탓이지요."

―「무당새」, 『살아있는 소문』, 183쪽

문순태는 「숨어사는 그림자」의 차도근과 「무당새」의 달교처럼 고향에

갈 때마다 서먹서먹하고 가슴이 뛰었다. 하지만 그럴수록 그는 자주 고향을 찾아갔다. 고향은 모든 것을 용납하고 이해해줄 것이라는 생각과, 고향은 결코 어떤 수난 속에서도 고향을 잊지 않는 사람을 배반하지 않으리라는 믿음이 있었기 때문이다. 문순태가 이처럼 그의 소설에서 고향 찾기에 애착을 갖은 이유는 분단의 비극적 현실을 탐구하여 남북의 이질감을 해소하기 위한 시도로 볼 수 있다. 따라서 위의 마지막 인용문 「무당새」에서 '시국' 탓이라고 말한 것은 분단 문제에 대해 소극적인 대처 방법이 아니라 탈이데올로기적 관점에서 이를 객관적으로 바라보기 위한 것이었다.

> 배출도의 아내가 기력을 잃어버린 것은 남편이 남쪽에 없다는 것을 알게 된 때문이라는 것을 헤아릴 수가 있었다.
> "차라리 내가 만나지 말 것을……"
> 박동실은 울고 싶도록 통회하였다. 그의 만남이 배출도 아내로부터 한 줄기 가느다란 연줄 같은 희망을 끊어 버린 잔인한 행위가 되고 말았다는 것을 알게 되자 그렇게 후회스러울 수가 없었다.
>
> -「제3의 국경」, 『꿈꾸는 시계』, 154쪽

> 시간이 갈수록 두 가족들 사이의 버성김이 하나하나 드러나기 시작했다. 그것은 마치 삼십삼 년 동안 요지부동으로 굳어져 이제는 사선(死線)처럼 되어 도저히 넘을 수 없는 남과 북의 군사분계선만큼이나 엄연하고 소름 끼치는 한계로 느껴졌다.
>
> -「어둠의 강」, 『살아있는 소문』, 271~272쪽

문순태는 분단 문제를 탈이데올로기적 관점에서 객관적으로 바라보면서부터 「제3의 국경」(1985)과 「어둠의 강」(1986)을 연속으로 발표하여 이산가족 사이에 발생하고 있는 현실적 문제를 구체적으로 형상화한다. 남북의

이산가족들은 분단의 고착화로 30년 넘게 헤어져 있다가 마치 '경찰서나 검찰청에서 보내는 출두명령서'에 응하듯, 단 한 번의 상봉을 가진 뒤 다시 영원한 이별을 하게 된다. 이러한 일회성의 만남은 결국 「제3의 국경」에서 배출도의 아내처럼 다시는 만날 수 없다는 희망의 부재로 죽음을 선택하든지, 「어둠의 강」에서 유만길처럼 "심한 이질감으로 오히려 불편한 사이"[122]가 되어 이제는 오히려 군사분계선 같은 어떤 한계를 느끼기 시작한다. 이에 대해 문순태는 "더 굳어지기 전에 지금이라도 만나야"[123]함을 강조하며 이산가족의 문제를 남북통일에 관한 문제로 심화한다.

> 거북재 사람들이 두 편으로 갈라지게 된 것은 그들의 의사가 아니었다. 그들에게 의식 차이가 있었다면 한쪽은 생명에 대한 애착이 앞섰고 다른 한쪽은 고향에 대한 집착이 강했던 것이라고나 할까. 그들은 모두 고향을 목숨만큼이나 사랑했다. 그들은 자신들의 목숨이 하나인 것과 같이 고향도 하나뿐이라고 생각했다. 그리고 고향으로부터 버림받는다는 것을 죽음보다 더 큰 고통으로 받아들였다. …(중략)…
> 그의 고달프고 외로운 삶에서 갈증을 해소시켜 줄 수 있는 것은 오직 각시샘물뿐이었기 때문에 더욱 그러했다.
> 이제 지수는 43년이 지난 지금까지 갈등을 겪고 있는 양쪽 사람들 모두에게 각시샘물을 마시게 하고 싶었다. 각시샘물을 흘러넘치게 한다면 고향을 떠나 살면서 갈증의 고통을 느끼고 있는 사람들이 다시 돌아오게 될지도 모른다고 생각했다.
>
> ─「시간의 샘물」, 『시간의 샘물』, 286∼287쪽

위의 인용문에서 '43년이 지난 지금'이라고 한 점에서 유추하면 「시간

---

122) 문순태, 「어둠의 강」, 『살아있는 소문』, 앞의 책, 270쪽.
123) 위의 책, 273쪽.

의 샘물」은 1993년에 집필되었음을 알 수 있다. 1993년은 32년 동안의 군부독재를 종식하고 문민정부가 처음 출범한 해였다. 따라서 문순태는 이제 남북 분단의 고착화를 해결할 방법을 모색할 때가 되었다고 생각했다. 이에 그는 「시간의 샘물」에서 43년이라는 분단의 고착화를 해결할 수 있는 방법으로 '각시샘물'을 제시한다. 이 작품에서 고향 사람들이 두 편으로 갈린 이유는 '그들의 의사'가 아니었다. 그들에게 의식 차이가 있었다면 한쪽은 생명에 대한 애착이 앞섰고, 다른 한쪽은 고향에 대한 집착이 강했던 것뿐이다. 그러나 이들의 갈등은 43년 동안이나 지속되었고 지치고 외로운 나머지 갈증을 느낀다. 그리고 그들은 고향의 각시샘물을 함께 마시고 싶어 한다. 각시샘물은 이들이 갈등을 겪기 이전에 마셨던 '생명수'로, 이는 남북의 이데올로기를 떠난 우리 민족의 동질성을 상징한다.

이처럼 격동의 시기를 보냈던 문순태는 「꿈꾸는 시계」에서 한길이의 입을 빌려 "점수는 영웅이 되려고 하지 않았었네. 그는 다만 그때그때 자기의 삶에 충실했던 것뿐이여."124)라고 고백한다. 그리고 아들 순식이를 통해서 "이 세대의 불감증환자는 되기 싫어요. 안일무사주의는 역사를 후퇴시킵니다. 저는 절대 안일무사주의자는 되지 않았을 것입니다."125)라고 다짐한다. 그는 이러한 생각으로 1988년 전남일보 초대 편집국장으로 옮긴 뒤에도 우리 사회의 모순에 대한 고발적인 요소가 강한 소설을 끊임없이 창작해 냈다. 도러시아 브랜디(Dorothea Brande)는 "소설을 쓰고자 한다면 언론계에 들어가 도제살이를 해야 한다."126)라고 말했다. 그의 말처럼 문순태에게 기자라는 직업은 소설을 쓰는 데 긍정적인 영향을 주었다. 즉 그는 기자라는 직업 때문에 지치지 않고 오랫동안 글을 쓰는 것이 가능했으며,

---

124) 문순태, 「꿈꾸는 시계」, 『꿈꾸는 시계』, 앞의 책, 48쪽.
125) 위의 책, 50쪽.
126) 도러시아 브랜디, 강미경 옮김, 『작가 수업』, 공존, 2012, 78~79쪽.

힘든 고비가 오더라도 빨리 '원기 회복' 상태에 이를 수 있었다. 따라서 그의 다작의 비결 가운데 하나는 기자라는 '도제살이'에 힘입은 바가 크다 하겠다.

전두환 정권은 1980년 언론기본법을 제정·공포하여 주요 계간 문학 종합지였던 『창작과 비평』과 『문학과 지성』 등을 강제로 폐간했다. 문순태는 송기숙, 백우암, 김춘복, 윤정규 등과 함께 무크지 『제3문학』 동인으로 참여했다. 무크지는 이 언론기본법에 명기된 적법한 절차를 밟아 문학잡지를 등록하는 것이 어렵게 되자 등장하게 된 새로운 형태의 간행물이었다. 그는 1989년 무크지 『민족과 문학』에 우국지사 매천 황현의 한을 다룬 「황매천」을 싣는 등, 무크지를 통해 80년대 정신사적 비극 상황을 능동적으로 반영하고 민중이 지향해야 할 바를 제시함으로써 현실에 적극적으로 대응한다.

문순태는 1991년에 다른 중견작가들과 함께 집필한 『열한 권의 창작노트: 중견작가들이 말하는 나의 소설쓰기』에서, 그에게 "소설쓰기는 우리가 살고 있는 시대의 살아 있는 현실을 생생하게 소설 속에 수용하는 것이었다."[127]라고 밝히고 있다. 이때 그의 소설쓰기는 씨줄로는 고향의 현대사적 비극을 탐색하는 과정을 통해서 자신의 역사뿐만 아니라 민중의 현대사를 아우르고, 날줄로는 사회의 모순을 매의 눈으로 매섭게 찾아내 두 줄의 긴장상태를 유지하며 생생하게 소설로 형상화하였다. 이후 그는 1995년 광주전남 민족작가회의 회장으로 추대되었고, 1996년 58세의 적지 않은 나이에 광주대학교 문예창작학과 교수로 초빙되어 후학을 지도하는 길을 가게 된다.

---

127) 문순태 외 10, 『열한 권의 창작노트: 중견작가들이 말하는 「나의 소설쓰기」』, 앞의 책.

4. 문학적 심화기와 생태의식

문순태는 광주대학교 문예창작학과 교수로 자리를 옮기면서 '목화 다래'와 같은 소설을 쓰면서 '된장'처럼 살고 싶어 했다. 젊은 날에는 눈앞에 보이는 분단 문제와 시사적 현안에 집착할 수밖에 없었는데, 자기완성의 길목에 놓인 노년의 나이에 이르러서는 인간의 본질적 문제로 한 걸음 더 나아가고자 했던 것이다. 여기서 목화 다래와 같은 소설은 "자극적인 외래 과일"에 대립되는 개념으로 "우리 마음과 정신 속에 자리 잡은 토종 열매"인 목화 다래처럼 "변질되지 않는 우리의 오롯한 본디 모습"128)을 그린 소설을 말한다. 이는 옛것은 낡은 것이고 낯선 것만이 새롭고 아름다운 것으로 평가하는 세태에 경종을 울리고, 소설이 더 이상 상업주의와 영합하여 삶의 진정성 회복이라는 소설 본래의 목적을 상실해서는 안 된다는 것을 의미한다.

이러한 연계선 상에서 문순태는 심혈을 기울여 소설 창작 이론서인 『소설창작연습』을 집필한다. 그는 대학에서 소설 창작을 배우는 학생들이 '형식의 파괴'를 '실험정신'으로 잘못 인식하거나, 주제의 선명성보다 이미지 형상화를 중시하는 것을 보고, "형식의 그릇이 완전해야 좋은 내용을 담을 수 있다."129)라는 생각을 전달하고 싶었다. 그래서 『소설창작연습』에서 소재 찾기부터 주제, 인물, 구성, 표현 등 소설 전반에 대한 이론과 실제 창작 과정을 하나하나 예를 들어가며 설명하고 있다. 이러한 집필과정은 문순태 자신의 소설쓰기에도 변화를 주는 계기가 된다.

그동안 문순태 소설에서 가장 중요한 씨앗은 '고향과 분단'이었다. 그에

---

128) 문순태, 「작가의 말」, 『된장』, 이룸, 2002.
129) 문순태, 「작가의 말」, 『소설창작연습』, 앞의 책.

게 고향은 두 가지로 존재한다. 하나는 문학적 생성기의 고향으로『달궁』이나 여타의 단편소설에서 보여주고 있듯이, 원한의 땅이었다. 그에게 고향은 6·25전쟁으로 인하여 한이 맺힌 땅으로 돌아가고 싶지 않은 곳이며, 화해할 수 없는 공간이었다. 다른 하나는 '분단과 5·18광주민주화운동'으로 연결되는 고향이다. 즉, 그의 문학적 성장기에 이르러 고향은 분단과 5·18광주민주화운동으로 연결되면서 통한의 땅이 된다. 문순태는 초등학교 때 6·25전쟁으로 동족상잔의 비극을 겪으며 고향을 잃었다. 그리고 불혹의 나이에 경험한 5·18광주민주화운동은 상실감 그 자체였다. 그는 이러한 고통의 시간을 견디며 타의에 의해 잃어버린 고향의 역사를 파헤치면서 분단의 고착화가 빚어내는 민중의 고통을 직시할 수 있었다. 그래서 고향이 있어도 가지 못하는 장기수의 문제와 이산가족의 문제를 객관화할 수 있었고 점차 고향에 대한 그리움이 싹트기 시작한다.

문순태는『소설창작연습』에서 소설 쓰기는 '자기구원'[130]이었다고 밝히고 있다. 유신헌법으로 인하여 더 이상 기사를 쓸 수 없는 상황에서 그는 자신의 가장 절실한 문제였던 고향 이야기를 소설의 주제로 가져왔던 것이다. 그에게 고향은 상처로 채색된 원한의 땅이자 통한의 땅으로, 고향의 과거를 묻어두기보다는 소설 속으로 끌어와 조우함으로써 자신의 원한과 통한을 치유할 수 있었다. 그 결과 문학적 심화기에 접어들면서 이제 고향은 해한의 땅이 된다. 그가 고향에 다가가는 방식은 '느티나무 타기'와 '우물파기'로부터 시작된다.

"이 느티나무 한 500년쯤 됐겠는데? 이렇게 큰 느티나무가 있는 걸 보면 이 마을도 역사가 꽤 오래된 것 같구만 그려. 이 마을 몇 호나 됩니

---

130) 문순태,『소설창작연습』, 앞의 책, 16쪽.

까?"

키 큰 남자가 지수를 향해 호의를 나타내려는 듯 애매한 미소를 보내며 물었다.

"옛날에는 70호쯤 됐었는데 지금은 스무 집 정도죠."

"옛날이라면 6·25 때 마을이 풍비박산이 되었답니다."[131]

"6·25가 아니었다 해도 마찬가지였을지 모르지 않소? 6·25는 이 마을만 겪은 것이 아니니까요."

지수는 키 큰 남자의 그 말에 한마디 끼어들고 싶었지만 애써 참았다.

—「시간의 샘물」, 『시간의 샘물』, 271쪽

"나는 이 느티나무를 좋아허네. 한자리에 몇백 년이고 뿌리를 박고 꼼짝하지 않고 꿋꿋하게 서 있다는 것이 을매나 위대한 일인가. 그런 점에서 나는 봉구를 좋아허는구만."

—「느티나무 타기」, 『시간의 샘물』, 249쪽

문순태의 고향에서 느티나무는 그의 10대 선조가 임진왜란을 피해 구산리로 들어와서 터를 닦으며 처음으로 심었던 나무로, 마을 사람들에게는 정신적인 지주 역할을 하는 당산나무였다. 따라서 고향의 느티나무는 고향의 역사이자 정신적 지주였다. 문순태는 「시간의 샘물」에서 목사직을 그만두고 고향으로 내려온 지수에게 느티나무는 너그러운 할아버지였다고 묘사한다. 또한, 「느티나무 타기」에서 열두 살 나이에 미국 땅에 홀로 내던져졌던 기호가 절망을 이겨낼 수 있었던 힘도 고향의 느티나무를 타고 싶다는 희망이 있었기 때문이라고 말한다. 여기서 지수와 기호는 문순태 자신으로 볼 수 있다.

어린 시절 함께 느티나무를 타고 놀았던 친구들은 6·25전쟁으로 집안

---

131) "옛날이라면……."
　　"6·25 때 마을이 풍비박산이 되었답니다."의 오기(誤記)

이 풍비박산 나면서 뿔뿔이 흩어졌다. 그리고 헤어진 친구들은 서로 다른 길을 가고 있었지만 '느티나무'처럼 그들의 뿌리는 고향 땅에 깊숙이 박혀 있었다. 「느티나무 타기」에서 타향살이에 지친 지수와 기호가 고향 친구인 봉구를 좋아하는 이유도 단지 한 자리에 몇 백 년이고 뿌리를 박고 있는 느티나무를 닮아서였다. 이렇듯 느티나무는 문순태에게 고향에 대한 그리움이자 희망의 대상이었고, 고향에 남아있는 이들에게는 지켜내야 하는 고향의 뿌리이자 역사였다.

그런데 참 이상한 것은 북받쳐 오르는 슬픔과 울분을 참지 못해, 그를 놀리고 쥐어박은 아이들의 얼굴을 떠올리고 이를 북북 갈면서 밤이 늦도록까지 나무타기를 하고 나면 언제 그랬냐는 듯 모든 미움이 한꺼번에 안개 걷히듯 사라져버리곤 하는 것이었다. 나무타기는 그에게 증오심을 없애주기도 했다. 슬픔과 고통이 아무리 크다 해도 땀을 뻘뻘 흘리며 나무타기를 하고 나면 마음이 그렇게 평화로워질 수가 없었다. 나무타기는 그에게 편안함과 사랑을 가르쳐주었다. 오를 수 있는 데까지 높이 올라가서 느긋하게 나뭇가지에 걸터앉아 호흡을 가라앉히고 어둠 속에 잠든 마을과 바람만이 서성이는 텅 빈 들판을 바라보고 있노라면 어느새 슬픔과 고통이 땀 식듯 사라져버리는 것이었다.

－「시간의 샘물」, 『시간의 샘물』, 248쪽

「시간의 샘물」에서 기호는 갑자기 하는 일에 싫증이 나거나 가까웠던 사람들이 낯설게 느껴질 때, 또는 사는 것이 무의미해질 때 느티나무를 타고 싶었다. 슬픔과 고통이 아무리 크다 해도 땀을 뻘뻘 흘리며 나무타기를 하고 나면 마음이 편안해졌기 때문이었다. 이러한 이유로 기호가 고향에 돌아와 가장 먼저 하고 싶은 일도 나무타기였다. 여기서 느티나무 타기는 문순태의 뿌리 찾기로, 할아버지가 심었던 느티나무를 탄다는 것은 자신의 뿌리에 대한 탐색이다. 문순태는 인공(人共) 치하에서 인민위원장이었던 아버지의 '낙인' 때문에 고향에 정착하는 데 두려움을 느끼고 있었다. 그래서 그는 「시간의 샘물」에서의 지수처럼 고향 사람들에게 '고향의 배신자' 또는 '고향을 잃어버린 자'라는 낙인이 찍힌 채 떠돌아다녔다. 하지만 「느티나무 타기」에서 자신과 같은 고통을 겪었던 깨복쟁이 친구 기호를 만난 후 고향은 더 이상 두려운 공간이 아닌 안식처가 된다.

　　퇴색한 기억을 찾아 과거로 여행을 떠나는 일은 무의미할지도 모른다. 어차피 지나간 과거는 시간의 무덤일 수밖에 없기 때문이다. 그리고 그 캄캄한 시간의 무덤 속에는 죽은 기억의 앙상한 잔해들만이 먼지처럼 켜켜이 쌓여 있을 것이다. 죽어버린 기억들을 애써 되살린들 무슨 소용이 있겠는가. 그것은 마치 이미 다른 사람의 소유가 되어버린 물건들에 대해 뒤늦게 애착을 갖는 것과도 같다. 더욱이 이 세상에 옛날 그대로의 모습을 간직한 과거는 없다. 변하지 않는 과거는 아무것도 없다.
　　박지수와 장기호의 이번 여행은 결코 시간의 무덤을 파헤쳐 기억의 잔해들을 다시 추스르기 위한 것이 아니다. 비록 40여 년 전의 현장을 찾아간다고는 할지라도, 어디까지나 그들의 여행 목적은 과거의 모습을 다시 보기 위한 것이 아니었다. 그들은 오늘 그들의 모습을 보다 확실하게 보기 위해 이 여행을 떠나기로 한 것이다. 이번의 여행을 위해서 40년 만에 미국에서 일시 귀국한 장기호도 박지수와 똑같은 생각이었다.

　　　　　　　　　　　　　－「흰거위산을 찾아서」, 『시간의 샘물』, 208쪽

　「느티나무 타기」의 연작인 「흰거위산을 찾아서」에서 기호와 지수는 월곡리 뒷산인 흰거위산으로 여행을 떠난다. 유년 시절 소나무에 매달려 어머니의 죽음을 목격하고도 아무것도 할 수 없었던 그 지점으로 가서 어머니에게 잘못을 빌고 싶었기 때문이었다. 여기서 중요한 점은 박지수와 장기호가 6·25전쟁 당시 피신했던 월곡리 뒷산으로 향한 행위가 시간의 무덤을 거슬러 과거의 잔해를 파헤치려는 것이 아니라, 현재 자신이 처한 모습을 확인하기 위한 방안이란 것이다. 문순태는 이전의 분단 소설과 달리 「시간의 샘물」, 「느티나무 타기」, 「흰거위산을 찾아서」, 「느티나무 아저씨」 등에서는 고향을 품에 안는다. 혼자서 귀향했던 『달궁』과 달리 이 작품들에서는 힘겨운 시간을 함께 견뎌냈던 친구가 함께한다.[132] 이는 우리가 함께했던 그 모든 시간, 함께 겪어낸 그 모든 고통이 결국 강인한 결속을 다지게 하는 계기가 되었음을 보여준다.

> "우리가 여기꺼정 오는 데 얼매나 많은 세월이 흘렀는가."
> 기호는 하늘을 향해 반듯하게 누운 채 밑도 끝도 없는 말을 했다.
> "참으로 긴 방황이었구만. 열두 살에 낯선 미국 땅에 가서 양부모를 만나고 어렵게 대학을 졸업한 후로 지금꺼정 단 하루도 마음 편할 날이 없었네. 매일 목적지도 없이 긴 여행을 하고 있는 기분이었네. 아직껏 단 한 번도 아, 여기가 바로 내 영혼과 육신이 평화롭게 쉴 수 있는 안식처구나 싶은 생각이 없었어. 그 때문에 만성소화불량에 변비증까지 생겼어."
> 기호는 갑자기 힘이 빠진 듯 삶에 지친 목소리로 말했다.
> "나도 마찬가지네. 어려서 고향을 떠난 후 지금까지 아무도 나를 기다려주지 않는 황량한 사막 한가운데를 겁도 없이 무작정 뛰어온 것만 같네. 링 반델룽[133]이라는 독일말이 있지. 어쩌면 내가 지금까지 살아온 게 바로 링 반델룽과 같다는 생각이네. 짙은 안개가 끼어 있거나 아니면 야간에 행군을 할 때, 똑바로 가고 있다고 생각했는데 사실은 둥글게 원을 그리며 한 지점을 빙빙 돌고 있다는 것일세. 결국 나는 다람쥐 쳇바퀴 돌듯 살아온 거네. 여기저기 떠돌아다니고, 이것저것 하는 일을 바꾸며 40여 년 동안 긴 방황 끝에 결국 고향으로 다시 돌아오지 않았는가. 이제는

---

132) 자전적 소설인 『41년생 소년』에서 문귀남 교수도 친구 필식이와 함께 고향에 간다.
133) '링반데룽'의 오기(誤記)

나도 지쳤네. 아무것도 이루어놓은 것 없이 인생을 낭비했어."

"그래도 지수 자네는 고향으로 돌아왔으니 이제 방황이 끝난 거 아닌가."

"끝나지 않았네. 처자식과 헤어져 혼자 고향에 돌아왔지 않은가."

"나야말로 앞으로 얼마나 더 긴 방황을 해야 할지…… 지금 이 순간도 나는 먼 여행을 떠나는 사람처럼 긴장돼 있다네. 그래서 늘 불안하지."

-「흰거위산을 찾아서」, 『시간의 샘물』, 214쪽

문순태는 기호처럼 열두 살에 고향을 떠나 정착하지 못하고 여기저기 전전하였다. 그는 「흰거위산을 찾아서」에서 기호와 지수의 대화를 통해 자신의 기나긴 방황이 결국 링반데룽(ringwandelung)의 법칙처럼 다시 고향으로 돌아오기 위한 과정이었다고 생각한다. 링반데룽은 짙은 안개 속이나 시야를 확보하지 못하는 장소에서 직선이라 믿으며 걷는 길이 커다란 원을 그리며 다시 출발점으로 되돌아오게 된다는 법칙이다. 「흰거위산을 찾아서」에서 기호는 어려서부터 소아마비에 걸려 다리를 절며, 지수는 어른이 된 뒤 5·18광주민주화운동 때에 계엄군의 총에 맞아 다리를 다쳐 절름발이가 되었다는 공통점이 있다. 여기서 기호의 소아마비라는 상처는 6·25전쟁에서, 지수의 상처는 5·18광주민주화운동에서 기인했다는 상징적 의미가 있다. 따라서 기호와 지수가 함께 기나긴 방황 끝에 링반데룽의 법칙처럼 다시 고향으로 돌아온 것은 문순태가 아버지의 낙인으로 인해 생긴 고향에 대한 두려움이 사라졌다는 의미로도 해석된다. 물론 지수처럼 아직 아내와 자식이 함께 귀향한 것은 아니므로 완전한 귀향이라고 할 수 없지만, 이때 그는 서서히 고향으로 돌아갈 준비를 하고 있었다.

"지금은 너무 많이 변했어요. 옛날 거북재가 아니랍니다. 변하지 않은 것은 늙은 느티나무뿐이더군요."

"그래도 변하지 않은 느티나무라도 있으니 얼마나 다행이에요."

"하긴 그래요. 그리고 그 느티나무조차 없었다면 아무런 희망도 꿈꾸지 못했을 겁니다. 그런데 다행히 그 느티나무가 있으니 아직은 희망이 남아 있는 셈이지요."

"나무를 좋아하시는 것 같네요."

"나무는 아무것도 탓하지 않지 않아요. 그냥 아무 데나 뿌리내려진 곳에서 죽을 때까지 온갖 고통 다 견뎌내면서 묵묵히 살아가지 않아요?"

―『느티나무 사랑』2, 162쪽

문순태는 「시간의 샘물」에서 팔만, 「느티나무 타기」에서 봉구, 「흰거위산을 찾아서」에서 장우암 부부를 느티나무 같은 사람으로 형상화하고 있다. 이들은 "엄청난 세상의 변화에도 전혀 흔들림이 없었고 시간의 흐름에 서두르거나 불안을 느끼지도 않"[134]는 참사람이었다. 문순태는 이처럼 자신의 상처에 대한 탐색을 끝낸 뒤, 인간으로서의 본질적 삶을 복원하고자 고향으로 돌아가 느티나무 같은 사람이 되고 싶었다. 그 결과 1997년 이전의 작품들을 한데 묶어 씨줄과 날줄로 촘촘히 엮어서 쓴 장편 『느티나무 사랑』에 이르면, 마침내 고향의 느티나무는 더 이상 과거의 뿌리만이 아니라 미래로 향하는 생명력이 된다. 그리고 정년퇴직을 앞두고 쓴 자전적 소설인 『41년생 소년』을 통해서는 "전쟁은 인간성을 파괴시키기도 하지만 전쟁의 상처는 절망을 딛고 일어설 수 있는 힘과 용기와 희망"[135]이 될 수 있다고 인식을 전환함으로써, '유년의 느티나무'와 안녕을 고한다. 이후의 소설에서 등장하는 느티나무는 더 이상 '고향 또는 분단'과 연결되지 않고 생태문제로 상징화된다.

문순태에게 고향의 느티나무가 할아버지 같은 존재였다면, 각시샘은 할

---

134) 문순태, 「흰거위산을 찾아서」, 『시간의 샘물』, 실천문학사, 1997, 222쪽.
135) 문순태, 「작가의 말」, 『41년생 소년』, 앞의 책, 2005.

머니와 같은 존재이자 생명의 잉태공간이었다. 또한, 유년시절 마을 사람들에게 각시샘은 제의처(祭儀處)로서 70여 호의 온 마을이 각시샘물을 식수로 사용했지만, 아무리 큰 가뭄이 들어도 샘이 마르는 일은 단 한 번도 없었다. 그런데 「시간의 샘물」에서 지수가 고향에 돌아와 각시샘을 다시 파는 행위는 우물이 막혔다는 것을 전제로 한다.

　왜 어른들은 옛날이나 지금이나 변함없이 각시샘에서 붉은 물이 흘러나왔다고 말하는 것일까. 왜 그들은 그것이 최병천의 몸에서 흐른 피라고 믿지 않는 것일까. 어른들이 말하는 붉은 물과 아이들이 분명히 본 핏물은 어떤 차이가 있는 것일까. 혹시 붉은 물이 흘러나온 것이 어른들의 눈에만 보인 것은 아닐까. 그런데 어른들은 각시샘에 얼굴을 처박은 채 피를 흘리고 엎어져 죽어 있는 최병천의 죽음 자체보다는 각시샘에서 붉은 물이 흘러나왔다는 것을 더 중요시한 것 같았다. …(중략)… 어른들의 생각은 앞뒤가 맞지 않았지만 아이들로서는 그것을 뒤엎을 수 없었다. 그런데 중요한 것은 지수 또래의 다음 세대들, 그러니까 각시샘에서 최병천이가 피를 흘리고 죽은 사실을 직접 목격하지 않은 세대들은 샘에서 붉은 물이 흘러넘쳤다고 말하는 어른들의 말을 그대로 믿고 있다는 사실이었다. 지수 또래의 다음 세대들은 이제 각시샘에서 붉은 물이 흘러넘쳐 거북재에 재앙이 닥쳤고 그 재앙으로 최병천이가 죽은 것이라는 어른들의 말을 조금도 의심하지 않았다.
　지수는 진실을 잘못 알고 있는 다음 세대들을 위해서라도 기어코 각시샘을 다시 파야겠다고 결심했다. 그것은 거북재의 다음 세대들한테 희망을 되찾게 해주는 일만큼이나 중요하다고 생각했다.

-「시간의 샘물」, 『시간의 샘물』, 277쪽

왜 어른들은 옛날이나 지금이나 변함없이 각시샘에서 붉은 물이 나왔다고 말하는 것일까? 어른들은 왜 각시샘에서 붉은 물이 흘러나온 것이 아니라, 최병천이 각시샘에 얼굴을 처박은 채 피를 흘리고 엎어져 죽어 핏물로 샘물이 붉어졌다는 것을 믿으려 하지 않으면서 진실을 은폐하는 것일까? 위 인용문인 「시간의 샘물」에서의 이러한 물음은 문순태가 소설을 쓰면서, 그리고 평소 자기 자신에게 끊임없이 물었던 질문이기도 하다. 여기서 중요한 문제는 직접 경험한 이들이 진실을 은폐함으로써 직접 경험하지 않은 세대들은 어른들의 말을 그대로 믿는다는 점이다. 이는 사실보다 이념을 중시하고 있는 현실을 의미하며, 분단의 고착화에 따른 현실과 이념의 분리가 심해지면서 이념에만 몰두한 폐해를 상징적으로 보여주는 사례이다.

유년시절 우물물을 먹고 자랐던 지수가 막힌 우물을 홀로 판다는 것은 이념에 대한 환상을 벗기기 위한 작업이다. 그래서 지수는 그 과정이 아무리 힘들고 어려워도 "지금까지 외롭고 고통스럽게 살아왔던 것처럼 각시샘을 다시 파는 일 또한 혼자만의 일이라고 생각"하며 "그의 전체 삶을 통해서 가장 중요한 과정"[136]이라고 여긴다. 이는 문순태 개인적으로는 고향 사람들이 그를 빨갱이 자식이라고 부르는 것에서 벗어나기 위한 행위로도 볼 수 있다.[137] 결국, 지수는 각시샘을 원래대로 다시 팠다. 그리고 최병천의 손녀가 각시샘물을 '붉은 물'이 아니라 몸과 마음의 고단함을 풀어주는 '시원한 물'로 인식함으로써, 각시샘은 은폐되었던 과거의 진실을 현재로 흐르게 하는 재생의 공간으로 거듭난다.

이렇듯 문순태는 고향으로 돌아가기 위한 준비과정으로 마음속의 장애물을 하나씩하나씩 제거하기 시작한다. 그 결과 「시간의 샘물」에서의 지수처럼 그는 "샘을 파서 되살린 과거의 시간에서 참으로 따뜻한 숨결을 흐뭇하게 느낄" 수 있었고, "과거의 시간에서 살아 있는 숨결뿐만 아니라 여러

---

136) 문순태, 「시간의 샘물」, 『시간의 샘물』, 앞의 책, 307쪽.
137) 문순태, 인터뷰, 2014. 1. 21.

가지의 빛깔과 차갑고 따뜻한 체온 그리고 감정의 변화까지"[138]느낄 만큼 마음의 안정을 되찾는다.

'우물 파기'의 시도는 「된장」에서도 이어진다. 「시간의 샘물」에서 지수가 막힌 우물을 누구의 도움도 없이 홀로 팠듯이, 「된장」에서의 어머니도 미국에서 13년 만에 귀국하자마자 자기 손으로 메웠던 우물부터 파기 시작한다. 그 우물은 어머니가 미국으로 떠나기 2년 전에 아들이 빠져 죽은 곳이었다. 이후 그녀는 그 상처 때문에 우물을 메우고 남편과 이혼한 뒤에 딸과 함께 미국으로 떠났다. 여기서 어머니가 우물을 파는 행위는 과거를 부인하지 않고 당당하게 대면하여 그 고통을 품에 안겠다는 의지이다.

> "괴롭고 슬픈 기억은 묻어둔다고 해서 잊혀지는 것이 아니다. 잊기 위해서는 이겨내야만 한단다. 내가 이 집에 눌러살자면 이 집에서 겪었던 모든 고통을 내 것으로 품어 안아야 한다고 생각했다. 처음에 우물을 다시 파기 시작했을 때는 에미도 겨우 아문 상처를 다시 건드리는 것만 같아서 견디기 어려웠다. 그렇지만 지금은 달라졌다. 에미는 물을 길을 때마다 우물에 빠진 순철이를 건져 올리는 기분이란다. 이제 순철이는 이 집에서 에미와 함께 있단다."
> "허지만 엄마가 다시 돌아오신 거는 과거 속에 매몰되기 위해서가 아니지 않아요."
>
> ─「된장」, 『된장』, 116~117쪽

「된장」에서 어머니와 딸의 대화는 문순태와 그의 어머니의 대화로 볼 수 있다. 문순태는 어머니가 손자 손녀들을 돌보기 위해 서울에 가 있는 동안 「시간의 샘물」의 지수처럼 홀로 자신의 과거와 마주하고 있었다. 어머니와 떨어져 지내면서 문순태는 자신의 지나온 삶을 객관적으로 파악할

---

138) 위의 책, 307쪽.

수 있었고, 다시 어머니가 집으로 돌아왔을 때는 둘 모두에게 고향은 더이상 상처의 공간이 아니라 그리운 추억의 장소로 다가온다.

「된장」에서 아들 순철이는 어머니에게 '비운의 그림자'였고, 13년 동안 잊고 싶은 존재였다. 하지만 어머니는 순철이가 빠져 죽은 우물을 다시 파고, 그 우물로 된장을 담아 팔기로 한다. 어머니가 13년 전에 폐촌이 된 노루목으로 돌아와 된장을 담겠다고 생각한 것은 '집안을 일으키겠다는 의지'로 볼 수 있다. "집안이 흥하려면 된장 간장 맛부터 살려야 한다."139)라고 했던 시어머니의 말처럼, 어머니는 집안을 일으키기 위해 된장 맛부터 살려야 했고, 맛 좋은 된장을 만들기 위해서는 먼저 맛있는 우물이 필요했다. 어머니는 우물을 길을 때마다 과거의 아픈 상처가 기억나 괴로웠지만, 이제 그 상처마저도 품에 안을 수 있을 만큼 소중하게 생각되었다. 「된장」은 문순태의 귀향 의지를 다시 한 번 드러낸 작품이다. 「된장」에서 고향의 각시샘을 서사로 끌어들여 '우물 파기' 모티프를 활용한 이유도 바로 이때문이다. 여기서 '우물'은 자신의 삶이 시작된 어머니의 자궁을 의미한다.

문순태 소설에는 「어머니의 땅」, 「어머니의 성」, 「늙은 어머니의 향기」, 『낮은 땅의 어머니: 소심당 조아라 실명소설』처럼 어머니를 소재로 해서 쓴 작품들이 많다. 문순태에게 어머니는 작가로서의 뿌리이다. 그가 "내 뿌리는 질컥한 황토 같은 우리 어머니의 메주 곰팡이 꽃 같은 삶이다. 나는 어머니의 척박한 삶을 통해 소설의 정신을 본다."140)라고 말했듯이, 문순태는 초기 작품인 「무서운 징소리」와 『걸어서 하늘까지』에서부터, 어머니에게 바치는 헌가라고 할 수 있는 후기 작품인 「늙은 어머니의 향기」, 「은행나무 아래서」, 「느티나무와 어머니」까지 어머니의 삶을 형상화하고 있

---

139) 위의 책, 131쪽.
140) 문순태, 『꿈』, 앞의 책, 283쪽.

다. 그는 위의 문학작품을 통해 어머니의 모습을 네 가지로 형상화하였다.

첫째는 바람을 피우는 남편 때문에 마음고생 하는 어머니이다.[141] 「느티나무와 어머니」에서 대학교수인 내가 어머니를 기억하는 첫 장면은, 다섯 살 때 아버지가 첩이었던 만주각시 집에서 며칠째 돌아오지 않자, 어머니가 아침 설거지를 하다말고 나를 이끌고 만주각시 집으로 향했던 날이다.

> 헐근거리며 집 안으로 들어선 어머니는 마당을 쓸고 있는 아버지에게 달려들더니 고의춤을 잡고 늘어지며 울부짖는 목소리로 소리소리 질러댔다. 그 바람에 부엌에 있던 검정 비로드 치마의 서글서글하게 눈이 큰 만주각시가 뛰어나왔다. 어머니는 아버지의 고의춤을 놓고 만주각시에게 달려들어 곱슬곱슬한 파마머리를 단단히 움켜쥐고 훼혼들었다. 그때 아버지가 빗자루를 거꾸로 잡고는 어머니의 머리와 얼굴을 마구 후려쳤다. 그래도 만주각시의 머리끄덩이를 놓지 않자, 아버지는 어머니의 두 손목을 잡아 힘껏 옥죄었다. 어머니는 비명을 지르며 널브러졌다. 아버지는 발길로 어머니의 허구리를 걷어찼다. 나는 겁에 질려 엄마를 외쳐 대며 울음을 터뜨렸다. 아버지는 어머니의 머리끄덩이를 잡아끌고 마당을 가로질러 함석 대문 밖에 동댕이쳤다. 짐짝처럼 팽개쳐진 어머니는 대문 밖에 두 다리를 뻗고 퍼질러 앉아 고무신으로 땅을 치며 통곡했다.
>
> ─「느티나무와 어머니」, 『울타리』 83〜84쪽

「느티나무와 어머니」에서 드러나고 있듯이, 문순태의 아버지는 두 명의 첩을 두고 있었다. 어머니는 "호미나 괭이에 녹슬 새도 없이 뼈가 으스러

---

141) 문순태는 다음과 같이 어머니의 모습을 묘사하고 있다.
"평생 동안 가난의 굴레를 벗지 못하고 살아온 어머니였다. 남편한테서 찐덥진 사랑 한번 받아보지 못하고, 가정은 본체만체 소리와 함께 바람처럼 구름처럼 세상을 떠돌음 하였던 남편" (문순태, 『걸어서 하늘까지』하, 128쪽)

지도록"142) 땅을 파고, 한여름에도 "해 뜨기 전에 밭에 나가 온종일 콩밭을 매고 해가 져서야"143) 지쳐서 돌아왔다. 그러나 아버지는 한량처럼 흰 고무신을 닦아 신고 옥색 두루마기 자락을 펄럭이며, 코 재 너머 만주각시네 집으로 향했다. 이에 어머니는 울화가 치밀어 만주각시 집으로 쫓아갔지만, 아버지의 발길질과 폭력으로 '짐짝처럼 팽개쳐'져서 대문 밖에서 땅을 치며 통곡한다. 그리고 이날 이후 어머니는 가부장적 남성적 세계관이 빚어낸 인간적인 폭력에 대항하는 방식으로 더 이상 눈물을 흘리지 않는다. 이에 대해 문순태는 『된장』에서 "어머니의 앙칼진 오기는 아버지와 할머니에 대한 원망 때문에 생긴 것이었다."144)라고 증언한다.

「늙으신 어머니의 향기」에서 "어머니의 삶은 궁핍과 땀과 희생과 인종의 그것"145)이었다고 하였듯이, 어머니는 눈물 대신 콩밭을 매며 '땀'을 흘릴 정도로 강인해졌다. 배가 고파도, 몸살로 끙끙 앓으면서도 휘청거리며 밭에 나갈 정도로 '콩밭, 호미, 땀'은 어머니에게 인고의 삶 그 자체였다.

> "호강시런 소리 말어 썩을 년아, 푹푹 찌는 한여름에 콩밭에 한나절만 앙거 있어봐라. 땡볕은 이글거리제, 땅에서 뜨거운 짐은 푹푹 솟제, 땀은 비 오듯 허제, 목은 활활 타제, 허리는 끊어질라고 허제, 악 씀시로 애기를 낳고 말제 콩밭은 못 매야."
>
> ─「문고리」, 『된장』, 51쪽

세상에서 질로 질로 힘든 일이 뭐신 줄 아냐?
오뉴월 뙤약볕에서 콩밭 매는 거란다

---

142) 문순태, 「문고리」, 『된장』, 앞의 책, 50쪽.
143) 문순태, 「느티나무와 어머니」, 『울타리』, 이룸, 2006, 21쪽.
144) 문순태, 「된장」, 『된장』, 앞의 책, 110쪽.
145) 문순태, 「늙으신 어머니의 향기」, 『울타리』, 앞의 책, 18쪽.

시 쓰기 힘들어 머리 빡빡 쥐어뜯는 나를
꾸짖는 어머니 말씀
에어콘 틀어놓고 푹신헌 회전의자에 앙거서
손구락 꼼지락거리는 것이 뭣이 힘들다고 지랄 엄살이냐
짱짱헌 불볕으로 푹푹 찌는 콩밭에서
한 시간만 쪼그리고 앙거 있어봐라
염통꺼정 땀에 젖고 어질어질해짐시로 숨이 맥혀야
이럴 때, 콩잎 사이로 조각바람 살랑 불어오면
워매 존 거, 애기 뱄겄네, 소리 절로 나온단다
콩잎 흔드는 바람 한 조각이 얼매나 좋았으면
애기 밴다는 소리가 나오겄냐
어머니 말씀에
나는 마당으로 뛰쳐나가
머리에 햇볕 뜨겁게 이고
콩밭 매듯 쪼그리고 앉았다
머릿속에서 꼼지락거리던 시는 안 나오고
땀방울 같은 콩꽃만 하얗게 피었다.

-「세상에서 제일 힘든 일」, 『생오지에 누워』, 시집, 30쪽

　「문고리」에서 어머니는 내가 공부하기 싫어할 때마다 콩밭을 매던 이야기를 들려준다. 어머니에게 유월 염천에 콩밭을 매는 일은 "염통꺼정 땀에 젖고 어질어질해짐시로 숨이 맥"히는 일이었다. 하지만 어머니는 "외로움과 그리움을 이겨내기 위해서 오기를 부리듯 일을 무서워하지 않고"[146] 살아왔다. 이런 어머니의 부지런한 삶은 문순태가 평생 쉬지 않고 성실하게 작품을 쓰는 원동력이 되었다. 「세상에서 제일 힘든 일」이라는 시에서처럼, 문순태는 글쓰기를 하다가 힘이 들면 오뉴월 뙤약볕에서 콩밭을 맸던

---

146) 문순태, 「문고리」, 『된장』, 앞의 책, 51쪽.

어머니를 생각하며 견디었다. 삼복더위에 하루도 쉬지 않고 콩밭에서 김을 매면서도, 콩밭 사이로 불어오는 한 줄기 바람이 주는 그 짧은 행복을 그 냥 지나치지 않고 "오메 오지게도 시원헌 거, 애기 배겄다잉."이라고 위안 을 삼았던 어머니, 그런 어머니에 비하면 "에어콘 틀어놓고 푹신헌 회전의 자에 앙거서 손구락 꼼지락거리는 것"은 '엄살'이며 '호강'이었던 것이다.

둘째는 6·25전쟁 이후 식구의 생명줄을 머리에 이고 버둥거렸던 어머 니이다. 「은행나무 아래서」의 나는 어머니와 어머니의 지나온 삶을 이야기 하다가, 어머니가 남편을 잃고 "두 아들을 건사하고 살자면 오기와 강인한 생명력 없이는 불가능"[147]했을 것이라고 생각한다.

> 흰 저고리에 검정 몸빼를 입은 어머니는 큰 광주리를 머리에 이었고 소매 끝이 너덜너덜한 핫저고리에 깡똥한 중의 차림의 나는 묵직해 보이 는 자루를 멜빵으로 맸다. 어머니의 광주리에는 비누, 양말, 참빗, 고무줄, 색실, 물감, 바늘쌈, 타월 등 잡화가 가득 들어 있고 내가 맨 자루 안에는 어머니가 물건값으로 받은 쌀, 콩, 팥, 깨, 조 등 잡다한 곡식이 들어 있었 다. …(중략)… 나는 마을에 들어가는 것을 한사코 싫어했다. 마을마다 또 래 아이들의 놀림이 귀찮았기 때문이다. 찬내골에 당도한 나는 등에 지고 있던 곡식 자루를 정자의 마루에 부려 놓고 벌렁 누워 버렸다. 여느 때와 마찬가지로 어머니는 나를 두고 혼자 마을에 들어갔다. …(중략)… 아이 들이 마루 밑으로 팔매질하듯 돌을 던졌다. 잠시 잠잠한가 싶더니 긴 장 대를 가지고 와서는 사방에서 마구 쑤셔 댔다. 장대 끝이 내 다리며 옆구 리, 등과 가슴팍을 찔러 댔다. 나는 소리쳐 울었다. 아이들은 그곳을 뜨지 않고 계속 나를 못살게 굴었다. 얼마쯤 지났을까. 어머니가 소리소리 질 러 대며 정자로 돌아온 후에야 아이들이 주춤주춤 물러섰다. 마루 밑에서 나온 나는 눈물로 뒤범벅이 된 얼굴을 하고 어머니가 됫박에 얻어 온 밥

---

147) 문순태, 「은행나무 아래서」, 『울타리』, 앞의 책, 53쪽.

을 정신없이 손으로 집어 먹었다. 허기가 메워지자 장대에 찔린 아픔과
서러움은 금세 잊혀졌다.

—「느티나무와 어머니」, 『울타리』, 92~94쪽

문순태의 어머니는 6·25전쟁 때 공비토벌작전지역이라는 이유로 집이
소개당해 더 이상 고향으로 돌아갈 수 없게 되자, 무거운 광주리를 이고
다니며 물건을 파는 도붓장사를 했다. 온 가족의 생계가 자신이 이고 다니
는 광주리에 달려있다고 생각한 어머니는 낮에는 도붓장사를 하고, 그날
돌아오지 못할 거리이면 저녁에 베를 짜 주기로 하고 잠자리를 구했다. 문
순태는 어머니를 따라다니면서 마을 아이들의 놀림과 괴롭힘 때문에 힘들
었지만, 그 놀림보다 더 힘든 고통이 배고픔이었기 때문에 "장대에 찔린
아픔과 서러움"도 허기가 메워지자 잊혔다. 「느티나무와 어머니」에서 어머
니가 자다 깬 나에게 "베틀 옆에 매달아 놓은 메주"를 한 움큼 떼어서 주
면, 나는 "푸르스름하게 곰팡이 꽃이 핀 메주를 우적우적 씹어 먹었"[148]다.
이처럼 문순태는 도붓장사를 하는 어머니와 함께했던 그 시절을 '굶주림'
으로 기억한다.

나이가 들수록 우람해진 체격, 해맑지는 않지만 강하고 당당한 눈빛,
남자처럼 끝이 뭉뚝한 코와 툭 불거진 광대뼈, 주름이 깊게 팬 이마, 갈수
록 튀어나온 뻐드렁니, 닭발처럼 거칠어진 손등이 가물거릴 뿐이다. 거친
삶이 어머니를 남자 모습으로 바꾸어 놓은 것일까. 아버지가 세상을 뜬
후부터 조금씩 남자로 변해가는 어머니를 발견하고 깜짝깜짝 놀라곤 했다.

—「느티나무와 어머니」, 『울타리』, 83쪽

---

148) 문순태, 「느티나무와 어머니」, 『울타리』, 앞의 책, 95~96쪽.

「느티나무와 어머니」에서처럼 문순태는 어머니를 여린 모습이 아니라 강인한 남자처럼 묘사하고 있다. 어머니를 남자 모습으로 바꾸어 놓은 것은 '거친 삶'이었다. 여기서 거친 삶이란 6·25전쟁과 남편의 부재를 의미한다. 6·25전쟁을 겪었던 세대의 여인들이 그러했듯이, 그의 어머니는 두 아들과 가정을 지키기 위해서 아버지가 세상을 뜬 후부터 조금씩 남자로 변해갔다.『가면의 춤』에서 지훈이 어머니가 떡 장사를 하면서 "뼈가 으스러지는 한이 있더라도 지훈이를 훌륭하게 키워서 대학까지는 졸업시키겠다고 몇 번이고 마음을 공그렸던 것"149)처럼 그의 어머니도 자식들을 공부시키기 위해 억척스러운 어머니로 변모했던 것이다.

문순태는 이런 억척스러운 어머니의 모습을『타오르는 강』에서 대불의 어머니를 통해 "참나무처럼 튼튼하고 다람쥐처럼 부지런하며 부사리처럼 억척스럽던 어머니"150)로 형상화하고,「느티나무 타기」에서는 "모습이 굵은 털메기짚신을 질질 끌며 잠시도 앉아 있을 때 없이 정신없이" 일을 했기 때문에 "한겨울에도 언제나 시지근한 땀 냄새가 진동"151)했다고 묘사하고 있다. 그러면서 문순태는「느티나무 타기」에서 "발바닥이 물커지도록 걸어댕김시로 도붓장시해서" 아들을 대학에 보낸 어머니는 "땀 흘리는 고달픈 삶을 위로해 주는 넓은 그늘이며, 동시에 길을 밝혀주는 등불"152)같은 존재였다고 밝히고 있다.

　　기호는 어머니가 이 세상에서 그 어떤 나무보다 높고 푸르고 아름답다
　　고 생각했다. 어머니야말로 그가 영원히 오를 수 없는 살아 있는 푸른 나
　　무였다. 그는 어머니를 결코 잃고 싶지가 않았다. 어쩌면 그의 마음속에

149) 문순태,『가면의 춤』상, 앞의 책, 197쪽.
150) 문순태,『타오르는 강』(6권), 앞의 책, 199쪽.
151) 문순태,「느티나무 타기」,『시간의 샘물』, 앞의 책, 263쪽.
152) 문순태,『꿈』, 앞의 책, 38쪽.

는 죽을 때까지 오를 수 없는 무한한 높이의, 늘 푸른 어머니나무와, 그가 가장 높이 올라갔던 고향의 느티나무가 함께 자리 잡고 있는 것인지도 몰랐다. 그리고 마음속의 그 두 그루 나무는 그가 어떤 고난에 처했을 때도 결코 포기하지 않고 이겨낼 수 있는 희망의 버팀목이 되어주었다.

–「느티나무 타기」, 『시간의 샘물』, 252쪽

문순태는 삶의 길목에서 방황할 때마다 어머니가 도붓장사를 할 때 정수리에 받쳤던 '왕골 똬리'를 떠올렸다. 왕골 똬리는 어머니의 삶의 흔적이며 문순태에게 '희망의 버팀목'이었다. 이에 대해 그는 「늙으신 어머니의 향기」에서 "계속된 궁핍 속에서도 식구가 살아남을 수 있었던 것은 순전히 어머니의 희생 때문"[153]이라고 밝히고 있다. 그의 어머니는 절망의 순간에도 정수리의 머리칼이 다 닳아빠지도록 도붓장사를 해서 가족의 생명을 지켰으며, 결코 포기하지 않았던 것이다. 「된장」에서 내가 "사람이 살아가는 데 가장 무섭고 위험한 것은 절망이라는 것을 잘 알고 있다. 고통은 얼마든지 이겨낼 수 있지만 절망에 빠지게 되면 다시 일어서기가 힘들다."[154]라고 했는데, 문순태는 어머니로부터 절망하지 않는 법을 배웠다.

셋째는 땅에 대한 강한 집념과 애착을 보이는 어머니이다. 문순태는 신문사에 취직이 되자 어머니를 광주로 모시고 왔다. 그런데 그해 여름 어머니가 아침에 집을 나간 뒤 저녁이 되도록 돌아오지 않아 온 식구가 찾아나섰다. 어머니는 밤늦게 큰 보퉁이 하나를 머리에 이고 들어왔는데, 보퉁이에는 보리 이삭이 한가득 들어있었다. 어머니는 보리 이삭 줍는 것을 부끄러워하면 천벌을 받는다고 하면서, 그 보리 이삭을 말려 미숫가루를 만들었다. 어머니는 "곡식알은 땅의 혼령"[155]이라고 말하며 곡식알을 소중하

---

153) 문순태, 「늙으신 어머니의 향기」, 『울타리』, 앞의 책, 19쪽.
154) 문순태, 「된장」, 『된장』, 앞의 책, 128쪽.
155) 문순태, 「늙으신 어머니의 향기」, 앞의 책, 23쪽.

게 여겼고, 당연히 이후로도 이삭줍기는 계속되었다.

『걸어서 하늘까지』에서 지숙 어머니는 도시에서도 "농사짓는 일을 죽도록 해 봤으면 좋겠다."[156]라고 말한다. 이는 문순태 어머니의 말로, 그녀는 이른 봄에는 쑥을 뜯어 오고, 쑥이 쇠기 시작할 무렵이면 가락지나물이며, 냉이와 수영, 속속이풀, 옥매듭, 질경이, 톱풀, 메·딱지, 네잎갈퀴, 개망초 등의 들나물을 캐오곤 하였다.

> 그런데 어느 날 어머니가 조그마한 반란(?)을 일으켰다. 집에 돌아와 보니 베란다에 가지런히 놓여 있는 화분에 꽃나무들이 보이지 않는 것이었다. 아파트로 이사를 온 뒤, 아내와 나는 화분을 열심히 사 모아 왔다. 화단이 없는 대신 화분이라도 늘어놓아 아파트의 분위기를 건조하지 않게 꾸미기 위함이었다. 그래서 베란다의 화분에서는 봄이면 데이지며 히아신스, 시클라멘, 여름에는 보라색의 글로키시니아, 옥잠화, 칸나가, 가을에는 베고니아, 사프란이 피었다. 화분들 외에도 은행나무며, 단풍, 팽나무, 소나무 등 앙증스러운 분재(盆栽) 몇 그루도 장만하여 정성 들여 가꾸어 오고 있는 터였다. 그런데 화분의 꽃들뿐만 아니라 분재의 나무들까지도 눈에 보이지 않는 것이었다. 화분에는 꽃나무들 대신에 여린 고추의 싹과 가지나무가 심어져 있지 않겠는가.
>
> −「어머니의 땅」, 『꿈꾸는 시계』, 69쪽

농사꾼의 아내였던 어머니는 도시로 나와 살면서부터 자신만의 작은 땅을 가지고 싶어 했다. 그러던 어느 날 「어머니의 땅」에서처럼 어머니는 '조그마한 반란'을 일으켜 '어머니의 땅'을 소유하게 된다. 그 땅은 다름 아닌 꽃이 심어져 있던 화분과 나무가 심어져 있던 분재였다. 문순태는 소설집 『고향으로 가는 바람』의 출판기념회를 끝내고 집으로 돌아온 뒤, 어

---

156) 문순태, 『걸어서 하늘까지』하, 앞의 책, 133~134쪽.

머니가 축하 화분의 꽃을 모두 없애고 고추와 가지를 심어놓은 것을 보고 는 그녀가 얼마나 땅에 대해 애착을 가지고 있는 지 이해하게 되었다. 어 머니에게는 관상용인 히아신스와 시클라멘보다는 먹을 수 있는 가지 한 개 가 더 소중했던 것이다. 어머니는 화분과 분재에 심어놓은 고추와 가지로 반찬을 만들었고, 아파트로 이사한 뒤에는 노인정 옆 손바닥만 한 공터에 채소를 가꾸어 노인정 식구들의 밥상을 풍성하게 하였다.

문순태는 도시에 살았지만, 어머니와 함께 살면서 어머니에게서 "오랫동 안 잊고 살아왔던 흙냄새"157)를 흠씬 맡을 수 있었다. 문순태에게 오랫동 안 잊고 살아왔던 흙냄새는 어머니가 평생 쓰셨던, 그러나 오랫동안 잊고 있었던 구수한 '토박이말'이었다. 즉 서울에서 대학을 다니던 손자와 손녀 들을 뒷바라지하기 위해 어머니와 떨어져 지내는 동안 그의 소설에서 사라 졌던 구수한 토박이말이, 어머니가 광주로 내려와 함께 생활하면서부터 그 의 소설 속에 다시 등장한다. 이때부터 그는 가능한 한 어머니의 정서와 가치관을 통해 가식 없는 시각으로 세상을 보려고 노력했고, 어머니를 통 해 토박이말과 토속적 정서를 열심히 찾아내 소설에 담아냈다.

"어쩔 때는 월출산이 꼭 느그 아버지맹키로 징허게 몰강시러워 되인당 께. 그리고 수시로 월출산 색깔이 변해야. 찬찬히 보니께 아홉 가지로 변 허는 날도 있드만. 그럴 때는 꼭 내 맘 같드랑께. 에미도 살 것인가 죽을 것인가 하루에도 여러 번 맴이 오락가락했으니께."

─「문고리」, 『된장』, 45~46쪽

"노을이 꼴까닥 사그라지고 칙칙한 산 그리메가 깔리기 직전에 월출산 품 안에 들어앉아 있는 바우나 나무 풀잎사구, 바우에 핀 이끼 하나꺼정

---

157) 문순태, 「늙으신 어머니의 향기」, 앞의 책, 25쪽.

도 저저끔 지 색깔을 확실허게 보여주고 있어야. 사람도 목심 거두기 직
전에 본 모습을 보여준다는듸……사람이나 산이나 마찬가진개벼야."

-「문고리」, 『된장』, 46쪽

"호강시런 소리 허고 자빠라졌네. 내 생전에 새 옷 입을 날이 메칠이나
있었다고 시덥잖은 소리여. 시집와서 이날꺼정 좋은 날이 메칠이나 있었
다고."

-「문고리」, 『된장』, 52쪽

「문고리」에서 어머니의 넋두리는 그대로 토박이말의 산실이다. 그 외에
도 「문고리」에는 '살강, 헛청, 멍석, 먹둥구미, 망태기, 짚, 소쿠리, 더그매,
지게, 삼태기, 도리깨, 오쟁이, 똥장군, 쇠스랑, 삽, 괭이, 호미 농기구, 빼랍,
숨비소리, 게염나게, 휘주근한, 푸근해지다. 애잔한 덧정이 뭉클 솟구쳐, 까
끌하다, 덩싯, 허위허위' 등의 토박이말이 어머니의 삶을 구체적으로 묘사
하는 데 활용되고 있다. 그리고 「그리운 조팝꽃」에서는 "덕지덕지 녹이 슨
농기구에는 사기 밥그릇이며 국그릇이 엎어져 있었다."와 같은 문장을 비
롯해서 '찜어슬어슬부럭한, 찐덥지게, 오지게, 찐득거리는, 얄캉하고 아담
한' 등의 말을 사용하여 토속적 정서를 표현하고 있다. 그러다가 이후의
소설인 「된장」, 「늙으신 어머니의 향기」, 「은행나무 아래서」에 이르면 마
치 사라져갔던 토박이말이 오케스트라 향연을 하듯 구수하게 사용된다.

'우듬지, 도리깨질하듯, 고물고물, 앙칼진 오기, 우묵한, 실하고 뭉뚝한
콧대, 영락없이, 토방, 봇돌, 시렁, 횃대, 휘움하게, 자배기, 군내, 시지근하
면서도 퀴퀴한 메주 냄새, 헐렁하게, 울컥 뻗질러 오르는 마음, 뭉그적거
렸다. 덕지덕지, 쩌릿쩌릿, 왜똘왜똘, 찌뿌드드하고 오슬오슬 한기, 희끔
하면서 노르스름한 꽃, 큼큼, 짱짱하게 내리꽂히는 봄날의 햇살, 고샅, 뙤

록뙤록한 아기의 눈동자'

－「된장」, 『된장』

'찐득거리다, 뭉텅뭉텅, 진득찰처럼, 버그러지다, 칼칼하게 닦는 날, 쌉쏘름한 찔레 순 냄새, 들큰한 송기 냄새, 알큰한 취나물 냄새가 눅진하게 배어, 헐글거리며, 대꼬챙이, 꼬소름했다, 입을 비쭉이고, 눈을 흘기며, 풋고추를 담방담방 썰어 넣은 다음, 더끔더끔, 흐물흐물, 알탕갈탕, 달뜬, 희치희치, 푸수수한, 희누르스름하게, 둥뚝한, 삐뚤빼뚤, 칼칼하게, 시지근한, 비릿한, 고리고리한 새우젓국 냄새, 짭조름한 간고등어 냄새, 시큼한 쇠꼴 냄새, 비리척지근한 멸치 냄새'

－「늙으신 어머니의 향기」, 『울타리』

'뙤록뙤록, 자박자박, 뙈기, 직신직신, 토마루, 쫄랑거리며, 달그락거리는 소리, 모두뜀, 옴씰하게, 오목가슴이 싸하게 아려 왔다. 휘움하게, 쫄랑대며, 해거름, 보송보송한 얼굴, 땀직땀직, 흐물흐물'

－「은행나무 아래서」, 『울타리』

문순태는 이전에 발표했던 자신의 작품으로부터 배워나가며 끊임없이 진보하는 작가이다. 그의 소설은 대부분 이전 작품 속에 씨앗이 발아하고 있다가, 현실의 문제와 융합하면서 새로운 주제로 확산한다. 소설에서 구수한 토박이말과 어머니가 본격적으로 등장하면서부터 이전 소설의 소재였던 '고향과 분단'은 자연스럽게 '어머니와 노년'으로 연결된다. 여기서 그는 세상의 변화에서 뒷전에 밀려난 노인들의 삶을 형상화하기 시작한다. 그는 노년 소설을 통해 자본주의 논리에서 쓸모 있음과 쓸모 없음으로 가치를 평가하며 노인들의 지난했던 삶을 낡은 가치로 인식하고 있는 세태를 꼬집고, 아직도 농경사회의 정서를 지닌 채 살아가는 어머니를 형상화하여 삶의 진정성을 찾아 담아내고자 하였다.

넷째는 "끝없는 사막을 건너온 낙타처럼 지치고 늙어버린 어머니"[158]이다. 「늙으신 어머니의 향기」에서 주인공인 내가 어머니의 몸에서 냄새가 난다고 생각하며, 그 냄새의 진원지를 찾아가는 과정은 어머니의 지나온 삶에 대한 반추이다. 「은행나무 아래서」에서 정년퇴직을 앞둔 나는 "언제부터인가 어머니가 아침 늦게까지 기침하지 않을 때는 자꾸 신경이 쓰이곤 했다. 혹여 간밤에 어머니한테 무슨 일이 생기지나 않았을까 싶어서였다. 늙은 부모를 모시는 것은 어쩌면 죽음의 그림자를 옆에 끼고 살아가는 것과 같다."[159]라고 했듯이, 이제부터 문순태는 90여 년을 살아온 어머니의 죽음을 받아들이기 위한 준비 과정으로 어머니의 삶을 기록한다. 이때 그가 노년의 어머니를 기억하는 것은 냄새로부터 시작된다.

보따리 속에는 녹슨 호미와, 오래된 손저울, 함석 젓 주걱, 판자로 짠 손때 묻은 되, 때에 전 흰 다후다 천의 돈주머니, 짙은 밤색의 나일론 머플러, 땟국에 전 앞치마 등이 들어 있었다. 나는 검정 고무줄로 친친 묶여 있는 돈주머니를 풀고 그 속에서 손바닥만 한 수첩을 꺼냈다. 네 귀퉁이가 희치희치 닳고 종이 보푸라기가 푸수수한, 낡고 희누르스름하게 빛이 바랜 수첩에는 뭉뚝한 연필심에 침을 발라 가며 꾹꾹 눌러 쓴 어머니의 서투른 글씨들이 삐뚤빼뚤 꿈틀거리고 있었다. 안골 큰 점백이네 간고등어 한 손, 쏙실 은행나무집 며루치 한 되빡, …(중략)… 나는 호미를 들고 냄새를 맡아보았다. 손때 먹은 자루에서는 시지근한 땀 냄새가 났고 녹슨 날에서는 비릿한 녹내가 났다. 그러고 보니 어머니가 오랫동안 간직해 온 보따리에서는 고리고리한 새우젓국 냄새를 비롯해서 짭조름한 간고등어 냄새, 시큼한 쇠꽃 냄새, 비리척지근한 멸치 냄새가 한데 어우러져 참으로 묘한 냄새를 만들고 있었다. 여러 가지 냄새들은 저마다의 색깔로 치

158) 문순태, 「문고리」, 『된장』, 앞의 책, 48쪽.
159) 문순태, 「은행나무 아래서」, 『울타리』, 앞의 책, 51쪽.

장을 하고 소리를 내며 꿈틀대는 것 같았다. 그 냄새들이 아우성치며 네[160] 뼛속으로 파고들고 있었다. 냄새는 타오르는 불꽃처럼 따뜻하게 나를 감쌌다. 나는 그 냄새의 한 부분이라도 되는 것처럼 모든 거부감이 일시에 사라졌다. 나는 그제야 어머니 냄새의 진원지를 확실하게 알 수 있게 되었다.

–「늙으신 어머니의 향기」, 『울타리』, 35~37쪽

> 태풍 몰아치고
> 창문이 떨어져 나갔어도
> 어머니 냄새는 사라지지 않았다
> 방을 쓸고 닦고
> 허브 향초 불 밝히고
> 비싼 향수 칙칙 뿌려댔지만
> 어머니 냄새는 더욱 강하게
> 핏줄 속으로 찐득하게 파고들었다
> 어머니 냄새는 이제
> 벽과 천장, 방바닥과 거실 소파
> 장롱이며 괘종시계, 컴퓨터에까지
> 끈끈하게 달라붙어
> 떨어지지 않는다
> 이 불효막심헌 범파니 같은 놈
> 그거는 이 에미가
> 늬놈 키우느라고 고단하게 살아온
> 쓰디쓴 세월의 냄새인 겨
> 꿈속에서 어머니의 일갈에
> 나는 번쩍 잠에서 깨어났다
> 아, 그렇구나

---

160) '내'의 오기(誤記)

그것은 어머니의 삶의 더께
　　　8월의 찔레꽃 향기
　　　마지막 내뿜는 거친 숨소리

—「삶의 더께」, 『생오지에 누워』, 시집, 22~23쪽

　「그리운 조팝꽃」, 「늙으신 어머니의 향기」에서 어머니에게 나는 냄새의
진원지는 어머니가 작은 것 하나도 그냥 버리지 못하고 간직해 둔 보따리
였다. 그녀의 보따리 속에는 시집온 뒤부터 젊은 시절을 함께 했던 "녹슨
호미"와 도붓장사 시절에 사용했던 "오래된 손저울과 함석 젓 주걱, 판자
로 짠 손때 묻은 되"가 있었다. 그리고 "때에 전 흰 다후다 천의 돈주머니,
짙은 밤색의 나일론 머플러"가 있었으며, 두 자식에게 된장국을 끓여줄 때
둘렀던 "땟국에 전 앞치마"가 있었다. 어머니의 말처럼 이 물건들은 "에미
가 자식 놈들을 위해서 알탕갈탕 살아온, 길고도 쓰디쓴 세월의 냄새"[161]
였다.
　「문고리」에서 '문고리'가 단지 비녀목이 달린 쇠붙이가 아니라 어머니
의 "곤곤한 삶을 지탱해준 버팀목"[162]이었던 것처럼, '호미, 손저울, 젓 주
걱, 되'에는 어머니를 일으켜 세운 땀과 세월이 배어 있었다. 이 물건들의
냄새는 한데 어우러져 참으로 "묘한 냄새"를 냈는데, 갑자기 나는 "그 냄
새의 한 부분이라도 되는 것"처럼 모든 거부감이 일시에 사라진다. 그 묘
한 냄새는 어머니의 "팔십 평생 동안 푹 곰삭은 삶의 냄새이며, 희로애락
의 기나긴 시간에 의해 분해되는 유기체의 냄새"[163]였다. 문순태는 어머니
가 돌아가신 뒤[164]에 집필했던 「삶의 더께」라는 시에서 자신을 "이 불효

---

161) 위의 책, 31쪽.
162) 문순태, 「문고리」, 앞의 책, 58쪽.
163) 문순태, 「늙으신 어머니의 향기」, 앞의 책, 39쪽.
164) 문순태의 어머니는 2011년 97세로 별세하였다.

막심헌 범파니 같은 놈"이라고 했다. 그는 어머니가 "마지막 내뿜는 거친 숨소리"를 들으면서, 이 냄새가 "아흔일곱 해 동안/ 깊은 항아리 속 같은/ 세월의 밑바닥에 가라앉은/ 쓰디쓴 삶의 발효"[165]임을 깨달았던 것이다.

문순태는 「그리운 조팝꽃」, 「느티나무 아래서」, 「문고리」, 「된장」, 「늙은 어머니의 향기」, 「은행나무 아래서」 등의 작품을 형상화하여 어머니의 삶의 궤적을 찾아가면서, 동시에 자신의 노년을 준비했다. 죽음을 앞둔 어머니가 세상을 떠나기 전에 스스로 자신이 쓰던 물건을 정리했듯이, 문순태도 드디어 고향으로 돌아가기 위해 타향에서의 삶을 정리하기 시작한다. 그의 정리는 앨범을 버리는 것에서부터 시작된다.

> 요즘 나는 자식들 앞에서 도무지 자신 있는 게 아무것도 없다. 정년퇴직을 한 후로 내 삶이 갑자기 무기력하게 허물어져 가고 있는 듯한 느낌이 들었다. 사는 것도 자신이 없다. 무엇보다 슬픈 것은 내 의지대로 할 수 있는 것이 아무것도 없다는 거였다.
>
> ─「그리운 조팝꽃」, 『된장』, 69쪽

> 그 사진 한 장 한 장에는 오래도록 소중하게 간직하고 싶은 회색빛 추억들이 켜켜이 배어 있었다. 그것들은 내 삶의 아름다운 축적물이다. 나는 평생 동안 이 사진들을 남기기 위해 살아왔는지도 모른다. …(중략)… "버릴 건 버려야 해요. 이제는 잊을 나이가 됐잖아요. 그래야 떠날 때 마음이 한결 편해요."
>
> ─「그리운 조팝꽃」, 『된장』, 77쪽

「그리운 조팝꽃」에서 초등학교 교사 출신인 나는 학교를 그만두고 제일 먼저 하는 일이 앨범을 정리하는 것이다. 앨범을 정리하면서 아내가 내다

---

165) 문순태, 『생오지에 누워』, 앞의 책, 17쪽.

버린 사진들을 들춰보며 나는 결별의 아쉬움과 안타까운 마음이 들었다. 그 사진 한장 한장은 '내 삶의 아름다운 축적물'이었다. 그동안 열심히 살아왔던 것도 "이 사진들을 남기기 위해서"였을 것이라고 생각하니 쉽게 버릴 수가 없었다. 하지만 아내가 "버릴 것은 버리고 잊을 것은 잊어야 떠날 때 마음이 편하다."166)라고 하는 말에, 사진들을 불태우며 사진 속의 이름들을 불러 허공으로 바람과 함께 날려 보낸다. 여기서 사진을 불태운다는 것은 자신의 과거와의 결별을 적극적으로 준비하는 모습을 의미한다.

「그리운 조팝꽃」에서 아내와 함께 사진을 정리하며 자신의 지난 삶을 하나하나 훑어보았듯이, 정년을 앞둔 문순태는 자신이 몸담고 있었던 연구실의 책상을 정리한다. 그는 앞으로 남은 시간을 자신의 인생을 정리하는 데 쓰고 싶었던 것이다. 당시 그의 심경은 65세에 발표한 「늙으신 어머니의 향기」(2003)와 정년퇴직을 1년 앞둔 시점에서 발표한 『41년생 소년』(2005)에 잘 드러나 있다.

> 서랍을 정리하기 위해 연구실로 돌아온 나는 잠시 허기진 마음으로 우두커니 앉아 있었다. …(중략)… 그냥 지금까지의 위태로운 나의 존재를 가까스로 지탱해주었던 내용물들이 깡그리 몸 밖으로 빠져나가 버린 느낌이다. 그렇다고 허무하다거나 절망적이지는 않다. 긴 여행을 끝내고 집으로 돌아가기 위해 종착역에서 마지막 열차를 기다리는 것처럼 조금은 지친 기분이었으나 홀가분하고 자유롭다. 앞으로 남은 시간은 내 인생을 정리하는 데 쓸 생각이다. 잘못 살아온 부분을 하나하나 되작거려 되돌아 보면서, 할 수만 있다면 아름답지 못한 흔적들을 모두 지워버리고 싶다.
> ─『41년생 소년』, 25~26쪽

문순태는 그의 '삶의 고백서'인 『41년생 소년』에서 자신의 분신이라고

---

166) 문순태, 「그리운 조팝꽃」, 『된장』, 앞의 책, 69쪽.

할 수 있는 문귀남 교수를 통해 책상 정리를 '과거로부터의 해방'이라고 말한다. 과거로부터 해방되기 위해서는 '오랫동안 벼르고 또 별러왔던'[167] 내 안의 소년을 만나러 내면 깊숙이 여행을 떠나야 하는데, 그 여행을 떠나기 전에 먼저 책상을 정리해야만 했다. 지금까지 문귀남은 책상을 세 번 정리했다. 첫 번째는 빨갱이 집안이라는 이유로 고등학교 교사 자리를 그만둬야 했을 때였고, 두 번째는 5·18광주민주화운동으로 몸담아왔던 신문사에서 해직당했을 때였다. 두 번의 책상 정리는 문귀남에게 울분과 좌절을 느끼게 했기 때문에, 그에게 책상 정리는 그동안 부정적 의미를 지니고 있었다.

그런데 세 번째 책상 정리는 정년퇴직 이전에 자의적으로 이루어진다는 점에서 긍정적 의미를 지닌다. 문귀남은 "지금 이 순간, 살아서 내 손으로 마지막으로 서랍을 정리할 수 있게 된 것이 다행스러울 따름"이라고 생각하며, 책상 정리를 "긴 여행을 끝내고 집으로 돌아가기 위해 종착역에서 마지막 열차를 기다리는 것처럼 조금은 지친 기분이었으나 홀가분하고 자유롭다."[168]라고 여긴다. 문귀남은 책상 정리를 마친 뒤, 슬픈 기억 속의 공간인 고향을 향해 여행을 떠난다. 그에게 고향은 잃어버린 순수의 뿌리로 다가와, 열두 살에 겪었던 뼈아픈 체험이 내장을 찌르듯 마음속의 통점으로 느껴진다.

여기서 문귀남은 여행을 마치고 "어쩌면 이번 여행은 과거와 영원히 결별하기 위해 마지막 과거 속으로 뛰어든 것인지도 모른다. 그동안 나는 너무 오랫동안 기억의 밧줄에 묶여 있어, 내 의지대로 가고 싶은 곳에 갈 수 없었다. 기억의 깊은 우물에 빠져 허우적거리느라, 하늘도 제대로 볼 수가

---

167) 문순태, 「작가의 말」, 『41년생 소년』, 앞의 책, 6쪽.
168) 위의 책, 26쪽.

없었다."169)라고 말한다. 이 말은 문순태가 『41년생 소년』을 통해 진정으로 과거와 결별하면서 그 자신에게 하고 싶었던 말이었을 것이다. 그는 앨범 정리와 책상 정리를 마친 뒤, 『41년생 소년』을 집필하면서 마지막으로 마음을 정리했던 것이다. 그리하여 이후의 작품인 「울타리」에 이르면 그는 더 이상 "고향을 의식하지 않고"170) 살아간다. 문순태에게 자전적 소설인 『41년생 소년』은 과거에 얽매어 상처받았던 그의 마음을 완전히 치유할 수 있었던 작품으로, 그와 고향을 더 이상 이분화하지 않는 치유적 글쓰기의 대표적 사례라고 할 수 있을 것이다.

문순태는 「늙으신 어머니의 향기」에서 늙은 어머니와 젊은 아내의 냄새를 통해 세대 간 갈등과 대립 양상을 탁월하게 형상화하였다. 이 작품에서 그는 어머니의 삶을 지탱해 준 보따리 속 물건들을 끄집어내 우리가 지녀야 할 진정한 향기가 무엇인지를 성찰하도록 하였다. 그리고 문순태는 이 작품으로 2004년 이상문학상 특별상을 받는다. 또한, 그는 요산문학상을 수상한 창작집 『울타리』를 통해 "모든 관계에서 서로 간의 다름을 인정하고 이를 바탕으로 닮음을 추구하는 것이야말로 조화로운 세상으로 가는 길"171)임을 제시하였으며, 그 길을 찾아가는 과정을 9편의 단편으로 형상화하였다. 특히 문순태가 버림받고 소외된 사람을 따뜻하게 보듬었던 애정과 고향의 토박이말을 활용하여 고향을 지키고자 했던 정신이 요산 김정한과 일치했기 때문에 문순태에게 요산문학상의 수상은 각별한 의미를 지닌다.

문순태는 또 창작집 『울타리』로 2008년 제11회 한국가톨릭문학상 수상자로 선정되었다. 그는 이 창작집에서 노년 문제를 중심 화제로 끌고 왔는데, "삶의 중심에서 밀려난 노인들에게 초점을 맞춰 그들의 삶 속에서 원

---

169) 위의 책, 285쪽.
170) 문순태, 「울타리」, 『울타리』, 앞의 책, 151쪽.
171) 신덕룡, 「소통과 화해의 길 찾기」, 문순태, 『울타리』, 위의 책, 359쪽.

초적인 생명력을 이끌어내고 있다."라는 평가와 함께 이 상을 받았다. 『울타리』속의 노인들은 모두 사회로부터 등한시되고 있는 인물들로, 「늙으신 어머니의 향기」와 「느티나무와 어머니」에서 어머니, 「은행나무 아래서」의 703호 할머니, 「대나무 꽃 피다」에서 김봉도와 그의 아내가 대표적이다. 이렇듯 문순태는 97세까지 살았던 어머니의 삶과 노년에 접어든 자신의 삶을 통해 바라본 노년의 모습을 이러한 인물들로 형상화하여 그의 작품 속에서 솔직 담백하게 담아내고 있다. 그리하여 독자로 하여금 노년에 대한 편견을 바꾸고 노년의 모습을 더욱 깊이 이해할 수 있도록 하였으며, 이를 통해 새로운 시각에서 노년을 바라볼 수 있도록 했다.

문순태는 『41년생 소년』에서 "인생이란 환상방황(環狀彷徨)과 같은 것이 아니겠는가. 같은 장소에서 원을 그리며 방황하는 링반데룽 현상 같은 것"[172]이라고 말했다. 이 말을 실천하듯 그는 2006년 광주대학교에서 정년퇴직한 뒤, 고향의 바로 윗마을인 담양군 남면 만월리 144번지에 새로운 터전을 일군다.[173] 만월리는 문순태가 어렸을 때부터 '쌩오지'라고 불리었

---

172) 문순태, 『41년생 소년』, 앞의 책, 41쪽.
173) 『느티나무 사랑』에서 박지수 목사는 혼자 귀향을 했지만, 문순태는 아내와 함께 귀향한다. 문순태의 아내는 정년퇴직 후 서울에 사는 자식들 옆으로 가겠다고 귀향을 반대했다. 그랬던 아내가 귀향한 후, 점차 생오지에서 적응하면서 같이 산책도 하고 텃밭을 가꾸면서, 문순태는 아내에 대한 고마움을 '인연'이란 시에 담는다. 시 내용은 다음과 같다.
  무엇이 우리를 맺어주고 있나요/ 전생 어느 낯선 모퉁이에서/ 우리 단 한 번이라도 / 스쳐 지나간 적 있나요/ 윤회의 뜨락 서성이다가/ 눈빛이라도 마주친 적 있나요/ 이슬과 햇살이 만나 꽃을 피우고/ 하늘과 땅 사이/ 두 줄기 강물 되어/ 흐르다가 멈추었나요/ 유성처럼 끝도 없이 떠돌다가/ 구름 딛고 떠내려왔나요/ 피안의 깊은 골짜기/ 억겁을 돌고 돌아/ 먹구름으로 맴돌다가/ 비바람 되어 내려왔나요/ 어느새 날이 저물었는데/ 이제 우리 어떻게 할까요/ 그대와 내가 꽃과 구름으로 만났다면/ 그대 아침에 이슬로 맺힐 수 있겠지요/ 이 세상 떠나는 마지막 그날/ 나란히 손잡고 두려움 없이/ 이승의 강 건널 수 있겠지요// (문순태, 「인연」, 『생오지에 누워』, 앞의 책, 88~89쪽)

던 곳으로, 마을은 사방이 산으로 둘러싸여 있고, 마을 앞으로는 고라니가 한가하게 지나다닐 정도로 '생오지'였다. 그는 여기서 자신이 끊임없이 도망쳐 왔던 고향이 결국 스스로가 친 울타리였음을 알게 된다.[174] 이후 그는 울타리를 제거하고 '갈등의 중간자적 입장'에서 대화와 교감, 그리고 비판과 수용을 통해 화해와 통합을 이끌어 내는 「눈향나무」의 안가처럼 '경계인의 길'[175]을 걷는다.

> "오랜만에 고향 땅을 다시 밟았을 때의 감격이란 말로 표현할 수가 없었지요. 꿈을 꾸고 있는 것 같았습니다. 버스에서 내려 먼발치에서 고향 마음을 바라본 순간 목구멍에서 뜨거운 김이 혹 뻗질러 오르면서 절로 눈물이 나옵디다. 마을 앞 느티나무를 보았을 때도 뒷동산의 참나무 숲과 우리 집 뒤꼍의 대밭이 바람에 쏠리는 것을 보았을 때도 주체할 수 없게 눈물이 나왔지요. 부끄러워서 혼났습니다."
>
> ―「울타리」, 『울타리』, 152쪽

> 오랜 세월 먼 길 돌고 돌아
> 헐벗은 마음 여미고 나 여기 왔다
> 몇 해 만인가
> 이제야 귀천의 길 찾았구나
> 무등산 새끼발가락 언저리
> 깊고 푸른 품에 꼭 안겼으니

---

174) 문순태, 인터뷰, 2014. 1. 21.
175) 문순태가 생각하는 '경계인'은 그가 쓴 단편 「눈향나무」에서 안가를 통해 다음과 같이 서술하고 있다. "그는 살아 있는 것과 죽은 것의 경계를 허물고자 하는 것인지도 모른다. 어쩌면 이 세상 안에 있는 모든 것은 살아있으면서도 죽어 있고 죽어 있으면서도 살아있다고 생각하는지도, 아니 삶과 죽음, 증오와 사랑, 부도덕과 도덕의 경계까지도 없애려고 하는 것인지도, 내가 알기로 세상에 안가만큼 불심이 강한 불모가 없다. 그는 자신이 하는 일에 존엄과 사랑, 순결과 자부심이 대단하다." (문순태, 「눈향나무」, 『생오지 뜸부기』, 책만드는집, 2009, 63~64쪽)

고단한 내 영혼 쉴 만한 곳 아닌가
나무들과 함께 깨어나고
풀잎 속에 은둔하듯 누워서
바람 부는 대로 흔들리다가
흔들리다가 잠들고 싶은 곳
이제 강물 타오를 때까지
유년의 나를 기다리겠네

－「생오지에 와서」, 『생오지에 누워』, 시집, 48쪽

　문순태는 지금까지 귀향하지 못했던 원인이 자신에게 있었다는 것을 「울타리」와 『타오르는 강』에서 밝히고 있다. 「울타리」에서 김 노인은 고향 땅을 밟았을 때의 감격을 "꿈을 꾸고 있는 것" 같았으며, "목구멍에서 뜨거운 김이 훅 뻗질러 오르면서 절로 눈물"이 나면서 "부끄러워서 혼났"다고 표현한다. 『타오르는 강』에서 양만석도 "이렇게 가까운 것을, 그동안 먼 길을 어렵게 돌아온 자신이 부끄러울 따름"[176]이라고 말하고, 한편으로는 오랫동안 버겁게 지고 있던 '무거운 짐'을 내려놓은 것처럼 마음이 홀가분하다고 그의 마음을 드러낸다.

　하지만 문순태는 처음 고향으로 돌아왔을 때 아직도 고향 사람들이 6·25전쟁의 상처에서 벗어나지 못하고 있는 것에 대해 상처를 받는다.[177] 유년 시절 받았던 고향에서의 상처는 아직도 지속되고 있었던 것이다. 그가 「수줍은 깽깽이꽃」에서 "갈등만 끝나면 언제 어떤 방법으로 이 세상을 떠나느냐 하는 것만 남아 있을 뿐"[178]이라고 했듯이, 문순태는 '귀천(歸天)' 이전에 과거의 갈등을 매듭짓고 싶었다.

---

176) 문순태, 『타오르는 강』(8권), 앞의 책, 263쪽.
177) 문순태, 인터뷰, 2014. 1. 21.
178) 문순태, 「수줍은 깽깽이꽃」, 『울타리』, 앞의 책, 307쪽.

고향에서의 상처와 갈등을 매듭지은 뒤, 문순태는 "나무들과 함께 깨어나고/ 풀잎 속에 은둔하듯 누워서/ 바람 부는 대로 흔들리다가" 편안하게 '귀천'하고 싶었다. 그래서 그는 먼저 고향 사람들에게 화해의 손짓으로 다가갔다. 그는 고향으로 돌아와서 텃밭에 상추와 쑥갓, 시금치, 들깨, 가지, 오이, 토마토, 호박 모종을 키우며 그들과 함께하면서, 지금까지 자신이 고향 사람들의 삶과 동떨어진 곳에서 울타리를 치고 그들을 바라보기만 했던 구경꾼이었음을 깨닫게 된다. 그리고 그는 생오지에 살면서 생오지 사람들의 눈높이에서 세상을 보고 느끼며, 그들의 이야기를 담은 단편들을 모아 『생오지 뜸부기』를 펴낸다.

생오지로 돌아온 문순태는 단조롭고 평범한 일상을 보낸다. 산문집 『그리움은 뒤에서 온다』에서 밝혔듯이, 그는 아침 6시에 일어나 개와 닭 사료를 준다. 그리고 아침을 먹고 나면 8시 반, 잠시 쉬었다가 9시부터 12시까지 집필실에 들어가 글을 쓴다. 점심을 먹고 뒷산에 오르고 나면 오후 3시, 이후에는 한 시간 정도 방문객과 담소를 나눈다. 4시에 재 너머 화순 장에서 먹을거리를 사 가지고 돌아온 뒤 개와 닭에게 저녁 사료를 주고 저녁 먹고 나면 7시가 된다. 한 시간쯤 쉬었다가 인터넷에 들어가 이메일을 점검하고, 텔레비전을 한 시간쯤 보다가 11시쯤 잠자리에 든다.[179] 늘 똑같은 단조로운 일상 같지만, 문순태에게는 하루하루가 새로웠다. 항상 어제와는 다른 글을 쓰고 있으며, 산행에서 만나는 자연의 모습도 어제와 달랐다. 그리고 만나는 사람도 다양한 부류여서 나누는 대화도 각기 달라졌다. 이는 그가 고향으로 돌아오면서 꿈꾸었던 모습으로, 하루하루 느리게 살지만 충만한 삶이었다.

처음 귀향한 뒤 문순태는 소설보다 시 쓰기에 몰두한다. 그는 고향에서

179) 문순태, 『그리움은 뒤에서 온다』, 오래, 2011, 16쪽 참조.

그동안 자신이 잊고 있었던 느리게 사는 삶에 대한 가치를 새롭게 발견한다. 이는 도시에서 이성으로 바라보았던 세상과는 달리, 고향에서는 감성으로 느꼈기 때문이다. 그리고 「수줍은 깽깽이꽃」에서 유화례 여사가 깽깽이꽃을 보려고 식물원에 도착해서야 "깽깽이꽃을 집에 두고도 그것을 구경하기 위해 수선을 떨며 먼 곳까지 갔다 온 자신이 바보처럼 생각"180)되었듯이, 그는 고향에서 일상의 소중함을 느낀다. 생오지에 돌아와 느리게 살면서 깽깽이꽃처럼 작고 사소한 것들에게 따뜻한 눈빛으로 말을 걸면서, 비로소 일상이 보석처럼 아름답게 느껴졌고, 일상의 하나하나가 시로 다가왔다.

　이후 문순태는 일상에서의 소소한 경험이 우러난 수필과 고향의 풍경이 그대로 담긴 사진을 함께 묶어 『생오지 가는 길』을 펴낸 뒤, 소설가로 돌아온다. 이러한 그의 경험은 마치 조너선 스위프트(Jonathan Swift)의 『걸리버 여행기』(Gulliver's Travels)에서 걸리버가 소인국에서 거인 취급을 받다가 거인국에서는 손가락만 한 소인의 처지가 되자, 거인들을 더 자세히 관찰하고 그들의 진정한 문제가 무엇인지를 밝힐 수 있던 것과 흡사했다. 문순태는 세상의 중심에서 벗어나 생오지로 귀향하면서, 비로소 우리에게 진정으로 소중한 것은 '참사람'과 '경계인의 시각'임을 절실하게 깨닫는다.

　문순태는 마음속에서 울려오는 목소리에 귀를 기울인 뒤, 일정한 시간이 지나면 소설의 주제를 확장하는 방식으로 글을 쓴다. 그가 53년 만에 돌아와서 본 고향은 본디의 모습이 많이 변해 있었다. 고향 앞 도로에 아스팔트가 깔리고 주유소가 생기면서 생태환경이 변해 있었다. 그래서 그는 고향에 돌아온 뒤부터 '사운드스케이프'와 '생태환경'에 관심을 두고 소설을 써 나아갔다. 이때 그가 고향에서 쓴 소설들은 '고향과 분단, 노년, 다문화,

---

180) 문순태, 「수줍은 깽깽이꽃」, 『울타리』, 앞의 책, 323쪽.

생태환경' 등으로 연결되면서 이제 고향은 해한의 땅이 된다. 즉 문순태는 「황금 소나무」에서 한 번도 고향을 떠난 적이 없는 조일두의 삶을 통해 '고향'을 형상화하고, 이어서 「탄피와 호미」에서는 총소리를 소재로 하여 '고향과 분단'으로 그 의미를 확장한다. 그리고 「그 여자의 방」과 「대 바람 소리」에서는 '노년'의 아름다운 사랑을 노래하고, 「생오지 가는 길」과 「탄피와 호미」에서는 '다문화'가 함께 존재할 수 있는 길을 모색한다. 또한, 「생오지 뜸부기」과 「대 바람 소리」에서 그가 꿈꾸는 생태환경을 마치 새들이 오케스트라를 연주하듯 '소리 풍경'을 소재로 가져와 서사화한다.

> 나는 매일 아침 5시 무렵이면 어김없이 새들이 연주하는 <한여름 동틀 무렵>이라는 곡명의 오케스트라를 감상한다. 새들의 연주회 무대는 내가 살고 있는 한갓진 골짜기 마을 생오지, 이곳은 버스도 들어오지 않고 휴대전화도 연결되지 않는 지역이다.
> 새들의 오케스트라 단원 수가 가장 많을 때는 여름날 아침 동틀 무렵이다. 이 시간이 지나 안개가 걷히고 구리철사같이 뾰쪽뾰쪽한 햇살이 숲속에 꽉 차 빈틈없이 퍼지기 시작하면 새들은 서서히 무대를 떠나 집으로 돌아간다. 새들은 해가 떠오르기 전에 최상의 컨디션과 저마다의 음색으로 한껏 목소리를 뽐내며 바이올린과 피아노, 하프, 오보에, 플루트, 클라리넷, 트럼펫, 피콜로, 심벌즈 등의 악기 소리를 낸다. 딱새는 힛힛힛, 삐쭈삐, 찌이히찌, 쇠솔새는 쪼-리, 쪼-리, 쪼-리, 쪼-리, 큐-웃, 큐-웃, 소쩍새는 솥-적다, 솥-적다, 박새는 뽀로로로로, 쪼쪼, 쯔-비, 쯔-비, 쯔쯔비, 개개비는 개개개개개 개액개액, 굴뚝새는 초르-초르-초르 하고 소리 낸다. 검은등뻐꾸기는 뒷산에서 호올-딱 버엇-고 호올-딱 버엇-고 하며 트럼펫 역할을 하고 뒷마당에 내려앉은 산비둘기는 구국구욱, 구국구욱 작은 북소리를 낸다. 개울 건너 앞집 홰치는 수탉의 장대한 울음소리는 영락없는 심벌즈 역할이다."

-「생오지 뜸부기」, 『생오지 뜸부기』, 103~104쪽

「생오지 뜸부기」에서 생오지는 버스나 휴대전화와 같이 기계음이 존재하지 않는 곳이며, 새들의 오케스트라 연주는 매일 아침 5시부터 시작된다. 나는 새들의 아름다운 연주 소리에 잠이 깨고, 새들은 최상의 컨디션으로 자신의 음색을 한껏 뽐내며 환상적인 연주를 들려준다. 문순태는 인간이 가장 아름답게 살 수 있는 환경을 자연의 소리가 70% 정도 보존되고 있는 공간이라고 생각한다. 그래서 그는 고향으로 돌아온 뒤, 자연의 소리 공간에 깊은 관심을 두기 시작한다. 그리고 소리 풍경을 소설 속에서 생생하게 재현하기 위해 새들의 울음소리와 대 바람 소리 등을 녹음한다. 문순태가 녹음기를 들고 '잃어버린 소리'를 산으로 들로 찾아다닌 행위는 개발이라는 이면의 사각에 가려진 본질과 그 진실을 보기 위한 작업이었다. 문순태가 생각하는 소설의 생명은 삶의 진정성을 회복하는 데 있었다. 따라서 소설가는 세상에 이미 드러난 현상만을 쫓을 것이 아니라, 그 이면에 가려진 진실을 볼 수 있어야 한다고 믿었다.

문순태에게 고향은 '순결한 마음의 텃밭'으로, 단순히 태어나고 자란 태생적 공간의 의미가 아니라 인간 존재를 일깨우는 내가 '설 자리'로 존재했다.[181] 하지만 그가 53년 만에 돌아와서 본 고향은 오염되어 '뜸부기'는 이미 사라지고 없었고, '딱새'도 '쇠솔새'도 사라지게 될 위기에 처해 있었다. 이에 그는 "삶의 무대는 무한하나, 존재의 뿌리를 내릴 공간은 유한하다."[182]라는 생각으로, '어떻게 거주할 것인가?'라는 장소의 생태 문제에 관심을 둔다. 「생오지 뜸부기」를 쓰기 전부터 문순태는 소설 속에서 사람은 물론이거니와 동물도 함부로 죽이지 않을 만큼 생명을 존중하였고, 생태 환경에도 관심을 갖고 있었다. 「살아있는 눈빛」(1986)에서 아픈 아내가

---

181) 문순태, 『생오지 가는 길』, 눈빛, 2009, 36쪽.
182) 위의 책, 37쪽.

시골의 친정엄마가 보내 준 흑염소를 잡아달라고 부탁하지만, 나는 흑염소를 잡지 못하고 오히려 부드러운 풀을 먹인다. 내가 짐승을 죽이지 못하는 이유는 "짐승 죽이는 것을 쉽게 생각하면 사람 죽이는 것도 간단해진다."[183] 라고 믿고 있었기 때문이다. 이러한 생명 존중의식은 「낯선 귀향」(1992)에서 영광원전 피해로 기형아를 출생하는 것으로 구체화되고, 『느티나무 사랑』(1997)에서는 생태 환경에 대한 관심으로 확장된다.

문순태는 「생오지 뜸부기」(2009)를 통해 다른 생명을 정복하고 소유하는 것이 아니라 다른 존재와 더불어 평화롭게 함께 하는 생명공동체적 삶을 이야기한다. 그곳은 "들꽃 같은 사람들이 모여" 살고, 그곳에 가면 누구나 "흙이 되고, 꽃이 되고, 시인이 되"는 "꽃잎 같은 세상"이다.[184] 그러나 그 곳도 한번 오염이 되면 이미 사라져 버린 '뜸부기'처럼, 그 장소만의 특수성을 잃어버리게 된다. 따라서 그는 "많은 세월이 지났으나 본디 모습이 변하지 않고 원형 그대로 오롯이 간직하고 있는 것들"[185]을 찾기 위해 노력하는 것이 자신의 책무라고 생각했다.

문순태가 2010년 작품집 『생오지 뜸부기』로 채만식 문학상을 받은 것은 이러한 그의 작가의식과 이를 실천하고자 했던 노력의 결과였다. 이에 대해 채만식문학상 심사위원회는 『생오지 뜸부기』가 "궁벽한 오지생활을 배경으로 인간 사이의 불신과 경계를 넘어 화해와 소통을 이루는 다양한 삶의 양상을 제시하고 있는 작품으로 오지의 삶이라는 특수한 공간을 설정해 이데올로기의 갈등과 생존경쟁 등 도시 문화적 병폐를 극복하면서 주민들이 하나 되는 휴머니티를 형상화"했으며, "유려하고 치밀한 문장력과 잊혀가는 것들 속에서 아름답고 새로운 삶의 가치를 찾으려 하는 작가의 의지

---

183) 문순태, 「살아있는 눈빛」, 『살아있는 소문』, 앞의 책, 222쪽.
184) 문순태, 『생오지 가는 길』, 앞의 책, 28쪽.
185) 문순태, 「생오지 뜸부기」, 『생오지 뜸부기』, 앞의 책, 138쪽.

가 돋보였다."라고 평가했다.

고향으로 돌아온 문순태는 생오지를 배경으로 하는 단편 8편을 묶어 작품집『생오지 뜸부기』를 발간하고, 1975년 <전남매일신문>에 '전라도 땅'이라는 제목으로 연재했던『타오르는 강』(전9권)을 37년 만인 2012년에 마침내 완간한다.[186] 그는 1987년 창작과비평사에서 출간(전7권)했을 당시 마무리 짓지 못했던 부분인 영산강변에 터전을 일구고 살아온 노비들의 '한의 민중사'를 고증하여 광주학생독립운동을 복원하여 추가했다. 그리고 고향 근처에 있는 소쇄원을 거닐며, 양산보라는 인물이 당시 이곳에서 어떤 꿈을 꾸고 있었는지를 형상화한『소쇄원에서 꿈을 꾸다』를 발표한다. 문순태는『소쇄원에서 꿈을 꾸다』를 집필하며 소설 속 주인공인 문인주처럼 소쇄원에서 낮잠을 자고, 어떤 때는 양산보가 되어 소쇄원을 거닐었다. 그 결과 그는 소쇄원이라는 공간은 민간정원의 기능뿐만 아니라 양산보가 꿈꾸어왔던 이상세계를 담고 있는 것으로 보았다.

> "처사님께서 소쇄원에서 이루고자 하였던 이상세계란 어떤 것인지 궁금합니다."
> "나는 다만, 욕심 없이 명경지수와 같은 마음으로 살아갈 수 있는 곳을 꿈꾸어 왔을 뿐이라오.
> …(중략)…
> 내가 바라는 것은 하늘과 자연, 사람이 하나로 어우러진, 태극이 꽃피는 세상이오. 다른 것은 없소."
> "처사님께서는 인생사란 무엇이라고 생각하시는지요?"
> "새소리 바람소리 물소리 듣고, 달 보고 꽃 보고 구름 보고, 좋은 사람

---

186) 2009년 전남일보에 광주학생독립운동을 소재로 한『타오르는 별들』을 연재한 후, 이를『알 수 없는 내일』1, 2로 제목을 바꿔 발간했다. 그리고 이 두 권을『타오르는 강』8, 9권으로 묶어서 2012년에 전9권으로 완간하였다.

만나고 희로애락 나누고 헤어지는 것이지요."

—『소쇄원에서 꿈을 꾸다』, 348쪽

문순태는 양산보가 소쇄원에서 그토록 기다렸던 봉황에 대해 다음과 같이 세 가지의 의미를 부여한다. 첫째는 스승인 조광조가 추구했던 정치개혁이다. 둘째는 그 정치개혁을 같이할 친구나 진인(眞人)이다. 셋째는 정치개혁으로 실현된 새로운 세상이다. 여기서 새로운 세상이란 양산보가 이루고자 했던 이상세계로, "하늘과 자연과 사람이 하나로 어우러진, 태극이 꽃피는 세상"이다. 양산보는 죽을 때까지 소쇄원에서 그런 세상이 오기를 기다렸다. 그에게 기다림은 설렘이었고, 그 설렘은 희망이었다.

따지고 보면 우리 가족이 고통에 휘말린 것은 우리가 동강 난 이 땅에 태어난 운명일지도 모른다. 허나 나는 내가 살아온 삶을 후회하지는 않는다. 나는 단지 내가 선택한 길을 저버리지 않고 한결같이 걸어왔을 뿐이다. 세상은 바뀌어도 신념은 변치 않는다는 것을 보여주고 싶었는지도 모른다. 다만 고통스럽다면 고통스러운 내가 살아온 이 고통이 통일의 밑거름이 되었으면 하는 것이 마지막 바람이다.

—「느티나무 아래서」, 『된장』, 24쪽

문순태는 『정읍사』를 쓴 뒤, 기다림은 "절망 속에서 피어나는 한 떨기 꽃과 같은 것"[187]이라고 했다. 『소쇄원에서 꿈을 꾸다』에서 문순태가 절망 속에서도 기다리며 설레고 있었던 봉황은 분단된 민족의 통일이다. 문순태가 본격적으로 소설을 쓰면서부터 그의 무의식에 잠재되어 있었던 "동강 난 이 땅"의 비애는 아직도 해결의 기미가 요원하다. 그래서 「느티나무 아래서」에서의 형처럼 문순태는 자신이 "살아온 이 고통이", 그리고 자신의

---

187) 문순태, 「작가의 말」, 『정읍사』, 이룸, 2001.

글쓰기 행위가 "통일의 밑거름"이 되기를 소망해 왔다.

　문순태는 소설의 씨앗을 '사람'과 '여행'에서 찾는다. 그가 형상화한 소설 속의 인물들은 "눈에 잘 띄는 거창한 것보다는 하찮은 것에, 큰 사람보다는 평범한 사람을, 탐스럽고 향기가 많은 꽃보다는 볼품없는 들꽃을 더 사랑"188)하는 사람들이다. 이런 사람들이 그곳에 있기에 그의 여행은 계속될 것이다. 산문집『생오지 가는 길』에서 "아직 내게는 미지의 세계에 대한 호기심으로 충만해 있으며, 죽음을 각오할 만한 도전정신과 삶의 목표를 향해 더 달리고 싶은 욕망이 남아 있다."189)라고 밝혔듯이, 문순태는 여행 중에 평범한 삶 속에서도 진실이나 희망을 잃지 않고 살아가는 사람들을 찾아 그들의 이야기를 들려줄 것이다. 그는 아직도 새로운 소재로 새로운 세상을 보여줄 문학 세계를 갈망하고 있기 때문이다.

---

188) 문순태, 『그늘 속에서도 풀꽃은 핀다』, 앞의 책, 66쪽.
189) 문순태, 『생오지 가는 길』, 앞의 책, 26쪽.

제 3 장

소리 풍경으로 세상 보기

1. 소리 풍경, 삶의 소리

최근 생태 환경이 중요시되면서 소리 환경에 대한 관심이 고조되고 있는 실정이다. 기존의 소리 환경은 주로 음악이나 건축, 환경 분야에서 연구190)되었다. 그런데 소리가 '단지 청각적 이미지로 귀를 통해서 들리는 것만이 아니라 삶의 경험의 소리'라는 사운드스케이프를 받아들이면서 문화 연구로 그 지평이 확장되고 있는 추세이다.191) 이에 대해 문순태는 초

---

190) 김서경, 「초등 음악과 교육과정에서의 사운드스케이프 교육 수용 가능성 연구」, 『음악교육공학』제13집, 한국음악교육공학회, 2011.
　　장길수·국찬, 「사운드스케이프 개념과 디자인 사례」, 『건축환경설비』제4집, 한국건축친환경설비학회, 2010.
　　한명호·오양기(a), 「소음과 사운드스케이프」, 『소음·진동』제18권 제6호, 한국소음진동공학회, 2008.
　　한명호·오양기(b), 「세계 사운드스케이프 프로젝트의 역사적 전개과정과 성과」, 『한국생태환경건축학회논문집』제11권 제4호, 한국생태환경건축학회, 2011.
191) 나희덕, 「김수영의 매체의식과 감각적 주체의 전환」, 『현대문학의 연구』제40집, 한국문학연구학회, 2010.

기의 소설 작품부터 중기와 후기 작품에 이르기까지 지속해서 소리를 활용하고 있다.

더하여 문순태는 소리나 소리를 연상하는 단어를 그의 소설 작품의 제목으로 쓰고 있다. 예를 들면 「상여 울음」(1975), 「무너지는 소리」(1976), 「안개 우는 소리」(1978), 『징소리』(1980), 「물레방아 소리」(1980), 「달빛골짜기의 통곡」(1981), 「살아있는 소문」(1984), 「생오지 뜸부기」(2009), 「대바람 소리」(2009) 등이 그것이다. 또한, 제목뿐만 아니라 그의 대부분 작품 속에도 '소리'가 녹아들어 있다. 그의 소설 전체를 망라하여 들려오는 소리는 귀를 통해 청각적으로 들릴 뿐만 아니라 온몸으로 전이되는 느낌 그 자체이다. 따라서 문순태 소설에서 서사적 행위의 내적 의미를 함축한 가시적 표상으로 제시되고 있는 장치는 '사운드스케이프'로 볼 수 있다. 여기에 착안하여 필자는 청각 이미지를 넘어서는 사운드스케이프라는 장치를 활용하여 문순태 소설을 분석하고자 한다. 청각 이미지는 단일한 감각으로 실제 소리와 더 연관되어 있다. 반면에 사운드스케이프는 감각의 전이가 일어나는 청각적 측면에서의 '풍경'으로 이해되며, 소리 환경(sound environment)을 중시한다.

일반적으로 사운드는 음악처럼 인위적인 소리를 의미한다. 이에 비해 사운드스케이프는 지구 규모의 자연계의 소리에서부터 도시의 웅성거림 등, 인공의 소리에 이르기까지 우리를 둘러싼 모든 다양한 소리를 하나의 풍경으로 파악하는 사고를 말한다. 사운드스케이프는 1960년대 북아메리카에서 활발하게 전개된 생태학 운동을 배경으로 캐나다 현대음악의 작곡가인

임태훈, 「미디어융합과 한국문학의 재매개: "사운드스케이프 문화론"에 대한 시고」, 『반교어문연구』제38집, 반교어문학회, 2014.
임태훈, 「박정희체제의 사운드스케이프와 문학의 대응」, 성균관대학교 일반대학원 박사학위논문, 2014. 8.

머레이 쉐이퍼(R.Murray Schafer)가 제창한 용어이다. 그는 자연이나 도시를 둘러싼 서양 근대의 다양한 계획론이 시각에 편중해 온 것에 대해 청각을 단면으로 전심감각적인 사고를 되찾으려 했다. 즉 사운드스케이프는 물리적으로 수량화하여 측정하고 평가하는 것이 아니라, 우리에 의해 의미 지어지고 구성되는 소리 환경을 중요하게 생각하는 하나의 사상이자 이념이다. 따라서 사운드스케이프 연구는 인간과 그것을 둘러싼 여러 소리가 어떠한 관계를 형성하고 있는가, 혹은 특정의 지역사회에서 생활하는 사람들이 어떠한 소리를 어떻게 청취하고 가치를 부여하고 있는가를 문제 삼는다.192)

문순태 소설의 특징은 초기 작품에서부터 중기와 후기 작품에 이르기까지 서사적 장치로 '사운드스케이프'를 그의 작품 전체에 걸쳐 활용하고 있는 점이다. 즉 문순태의 소설에서 동일한 모티프와 탈향과 귀향의 서술구조가 반복되듯이, 음원 또한 반복되어 그의 초기, 중기, 후기 작품에 섞여 드러난다. 필자는 문순태가 그의 소설의 주제를 강화할 목적으로 어떤 음원, 즉 어떤 기조음을 활용했느냐에 따라 그의 소설을 초기와 중기, 후기로 나누었다. 그 결과 초기 소설은 기자 생활을 하면서 취재한 소재를 작품화

192) 사운드스케이프란 'sound'와 'scape'의 복합어로써 시각적인 랜드스케이프(landscape)에 대응하여 귀로 받아들이는 풍경, 즉 소리 풍경, 음의 풍경, 음의 경관으로 해석되고 있다. 머레이 쉐이퍼는 소리가 인간에게 미치는 관계를 고려해서 기조음(keynote sounds), 신호음(sound signals), 표식음(soundmark)으로 사운드 스케이프의 구성 범주를 나눠서 설명하고 있다. 기조음은 바닷가 마을의 파도소리나 원시림의 소리처럼 특정 사회에서 다른 소리의 배경을 형성할 정도로 자주 들리는 소리를 의미한다. 신호음은 주의를 기울이는 경보음처럼 형상(figure)으로부터 사람이 의식적으로 들리는 소리다. 기조음과 신호음은 대비되는 관계다. 표식음은 눈에 비치는 풍경의 랜드마크(landmark)에서 유추하여, 어떤 공동체 사람들에 의해 특히 존중되고 주의되는 특질을 갖는 소리이다. 머레이 쉐이퍼, 한명호 · 오양기 옮김, 『사운드스케이프-세계의 조율』, 그물코, 1993, 25쪽; 한명호 · 오양기(a), 앞의 글, 10~17쪽 참조 이 책에서의 사운드스케이프는 소리 풍경을 의미하며, 구성 범주에 대한 해석은 한명호 · 오양기의 논문을 참조하였다.

한 것으로 『고향으로 가는 바람』(1977), 『흑산도 갈매기』(1979), 『징소리』
등이 있다. 이들 작품에서의 기조음은 '불도저 소리'와 '징소리'이다. 중기
소설은 유년 시절 고향에서 전쟁 체험의 기억을 확장해 인식의 폭을 한국
전쟁으로 넓힌다. 중기 작품은 『물레방아 속으로』(1981), 『달궁』(1984), 『피
아골』(1985), 『인간의 벽』(1985), 『철쭉제』(1987), 『문신의 땅』(1988), 『꿈꾸는
시계』(1990), 『시간의 샘물』(1997) 등이 대표적이다. 중기 소설에서 그는 단
순히 고향 사람들의 삶을 이야기하는 데 그치는 것이 아니라, 삶의 현장에
서 그들이 겪어왔던 일련의 아픔을 역사의 실체와 부딪혀 문학적으로 형상
화했다. 그는 여기서 신호음인 '총소리'와 기조음인 '물레방아소리', '단소
소리', '무당의 굿소리' 등의 소리 기억을 대조적으로 배치하여 사건을 서
사화한다. 후기 소설은 그가 교단을 떠난 뒤에 울타리 밖에서 고향 사람들
의 아픔을 바라만 보는 구경꾼이 아닌 그들과 함께 호흡하기 위해 쓴 작품
이다. 여기서 그는 고향으로 돌아온 뒤 그의 가슴 속에 품은 자연의 소리
를 사운드스케이프로 형상화했다. 대표적 작품으로는 「탄피와 호미」(2007),
「대바람 소리」, 「생오지 뜸부기」 등이 있다. 후기 소설은 '대 바람 소리',
'숲속의 오케스트라 소리', '뜸부기 소리' 등이 기조음으로 나타난다.

　　문순태는 지금까지 한국의 정치·사회·문화적 현실에 대한 치열한 고
민을 창작으로 쏟아냈다. 그는 자신이 발 딛고 서 있는 공간과 시간 속에
서 당대의 사운드스케이프를 찾아내서 작품화했고, 그때마다 그는 자기 귀
의 소리를 신뢰했다. 그런데도 지금까지 문순태 소설을 사운드스케이프로
분석한 연구 논문이 전혀 없다.193) 이에 필자는 문순태의 전체 소설 작품

193) 지금까지 문순태 소설에 대한 소리 연구는 『징소리』를 분석한 김기석과 김성재의
　　논문, 『타오르는 강』을 분석한 조은숙의 논문 등이 있다. 김기석은 징소리는 '역사
　　의 수레바퀴에 치인 민중의 곡소리'로, '용서와 화해'를 의미한다고 하였다. 김성재
　　는 징소리가 '기(氣)가 통하지 못하는 실향민들의 온갖 맺힘으로 기쁨, 분노, 욕심,
　　두려움, 슬픔의 기화가 상징화된 메시지'를 전한다고 하였다. 조은숙은 『타오르는

에 산재해 있는 사운드스케이프를 범주화하여 초기, 중기, 후기로 나누고 그 의미를 분석할 것이다. 또한, 각 시기에 따라 작가가 지향해 왔던 작가 의식을 도출하고자 한다.

2. 불도저 소리와 징소리, 근대화의 폭력성

초기 소설에서 문순태는 도시로 이주한 농민들의 뿌리 뽑힌 삶과 한을 '불도저 소리'와 '징소리'로 형상화하고 있다. 「여름공원」에서 불도저 소리는 신경을 긁고 소름이 끼치게 할 정도로 불쾌한 소리이다. 주인공인 나팔수 기자는 이 소리만 들으면 치통이 도진다. 여기서 불도저 소리는 단순한 청각적 이미지가 아니라 온몸의 울림으로 사운드스케이프가 된다. 나팔수 기자가 불도저 소리 때문에 고통스러워하는 것처럼 소음을 높이는 일은 '소리'로 공간을 점령하려는 시도에 이용된다.194) 즉 불도저 소리는 넓은 음향 공간을 지배하며, 주변 사람들의 청각적 활동을 제어하고 있다. 이러

강』에서 영산강 울음소리를 영산강변을 터전으로 살아왔던 민중들의 한의 생명력으로 보고, 문순태는 이를 통해 민중의 한과 홀 맺힌 역사의 한을 상징적으로 보여주고 있다고 하였다.
김기석, 「돌가슴을 두드리는 하늘의 소리-문순태의 『징소리』」, 『새가정』, 새가정사, 1994.
김성재, 「한국의 소리 커뮤니케이션」, 『한국언론정보학보』, 한국언론정보학회, 2005.
조은숙, 「『타오르는 강』에 나타난 영산강의 장소성 연구」, 『어문논총』제26호, 전남대학교 한국어문학연구소, 2014.
194) 프리모 레비는 아우슈비츠 수용소에서 북소리와 심벌즈 소리가 지속적으로 단조롭게 들리는 것, 매일 아침저녁 똑같은 행진곡이나 독일인이 좋아하는 민요를 들려주는 것은 유대인의 생각을 죽이기 위한 최면 효과였기 때문에 이 음악을 끔찍하게 생각했다고 말한다. 이처럼 특정한 소리의 반복은 통제와 억압의 기제가 되었다. 프리모 레비, 이현경 옮김, 『이것이 인간인가』, 돌베개, 2015, 73~74쪽.

한 의미에서 불도저 소리는 절대적 힘을 지니고 있는 '성스러운 소음'195)
이 된다.

불도저의 '성스러운 소음'은 세 가지의 사운드스케이프로 작용한다. 하
나는 불도저의 소음은 개인 공간을 무차별적으로 침투함으로써 불안을 가
중시킨다는 점이다. 나팔수는 불도저 소리가 들리면 오장육부가 벌떡거리
고 치통이 도지면서 골통이 지근거린다. 그런 뒤에 치골의 뿌리가 뽑히는
것처럼 파상적인 통증이 머리끝에서 발끝까지 훑어 내려가듯 온몸으로 울
린다. 다른 하나는 불도저의 '소음'이 이처럼 무소불위의 힘을 지니고 있듯
이, 이는 또한 국가주도하에 자행되고 있는 근대화의 폭력성을 보여준
다.196) 기자 신분인 나팔수가 공사 현장인 광주공원에 있는 건축 연대를
알 수 없을 정도로 오래되고 정교한 삼층 석탑을 옮긴 뒤에 공사를 진행해
달라고 부탁함에도, 공사장 감독은 거부한다. 결국, 이를 시청 직원에게까
지 알리지만 개발 논리에 묻혀 아무도 관심을 두지 않는다.

마지막으로 불도저 소리는 당시 언론 탄압의 실상을 보여주고 있다. 나
팔수 기자는 불도저가 석탑을 넘어뜨리기라도 하는 날에는 사진을 찍어 신
문에 보도하겠다고 작정하고 있었다. 그러나 그는 석탑이 불도저에 찍혀
토막이 났음에도 카메라를 잃어버려 보도하지 못한다. 이는 당시 기자들이
'불의를 찌르는 송곳처럼 날카롭고 진실 된 기사'197)를 쓰기가 어려웠다는

---

195) 머레이 쉐이퍼는 법률로 규제해야 하는 모든 종류의 소음과 구별해서 소음을 낼 수
  있는 사면장을 가지고 있는 이들이 내는 소음을 '성스러운 소음'이라고 한다. 수도
  사가 교회의 종으로 '소음'을 내거나, 바흐가 오르간으로 그의 서곡을 연주하는 것
  이 자유스러웠던 것처럼, 이제 산업가는 권력을 갖고 증기기관이나 용광로로 '소음'
  을 낼 수 있는 절대적인 힘을 지니게 되었다. 머레이 쉐이퍼, 앞의 책, 132쪽.
196) 머레이 쉐이퍼는 "삽을 가지고 있는 사람은 제국주의적이지 않지만, 휴대용 착암기
  를 가지고 있는 사람은 제국주의적이다. 왜냐하면 그는 주변 사람의 청각적 활동을
  지배하는 힘을 가지고 있기 때문이다."라고 했다. 머레이 쉐이퍼, 위의 책, 134쪽.
197) 문순태, 「여름 공원」, 앞의 책, 171쪽.

점을 상징한다. 여기서 불도저 소리는 환경뿐만 아니라 국민이 국가에 의해 통제되고 억압되는 현실을 보여주고 있다. 「여름공원」에서 나팔수 기자는 마치 불도저의 캐터필러가 '온통 머릿골을 갈아 뭉개 박살'을 내는 듯 전신의 통증을 느낀다. 이를 통해 문순태는 당시 국가주도하에 자행되고 있던 근대화의 폭력성과 언론 탄압의 부당성을 상징적으로 보여주고 있는 것이다.

문순태의 『징소리』는 연작 장편소설로 「징소리」(1978), 「저녁 징소리」(1979), 「말하는 징소리」(1979), 「마지막 징소리」(1979), 「무서운 징소리」(1980), 「달빛 아래 징소리」(1980) 등 6편으로 구성되어 있다. 따라서 앞의 「여름공원」과 달리, 같은 '징소리'를 듣고서도 그 소리와 관계를 형성하는 장소가 넓고 인물들의 반응 양상도 각기 다르다. 사운드스케이프 연구에서는 인간과 그것을 둘러싼 여러 소리가 어떤 관계를 형성하며 어떤 가치를 부여하고 있는가를 중요시한다. 마찬가지로 『징소리』에서도 징을 치는 칠복이 보다 칠복의 징소리를 듣는 인물이 '소리'와 지각의 관계에서 어떻게 사유하는지를 고찰하는 것이 중요하다. 소리와 지각의 관계는 각자의 감수성과 체험의 맥락에서 차이를 두기 때문이다.[198]

칠복의 징소리는 방울재에서 남도시로 옮겨가면서 불특정 다수에게 말을 거는 방식으로 그 의미가 세 가지로 확장된다. 첫째는 고향 상실의 한을 치유하는 사운드스케이프이다. 익숙한 음색은 시간과 공간적으로 떨어져 있어도 듣는 사람의 감정을 강하게 불러일으킨다. 높은 곳에서 울려 퍼지는 교회의 종소리처럼 칠보증권 옥상에서 들려오는 징소리는 바람의 흐름과 대기 중의 수분이 음량을 누그러뜨리고, 잡음까지 사라지게 해서 사

---

198) 임태훈, 「"소리"의 모더니티와 "음경(音景)"의 발견」, 『민족문학사연구』제38집, 민족문학사학회, 2008, 440쪽.

람들의 마음을 평안하게 해 준다. 남도시 사람들은 '징소리로 마법을 걸면 잃어버린 고향을 경험할 수 있다'는 환상을 갖게 되면서, 징소리가 들리면 일손을 멈추고 경건하게 기도하는 모습으로 머리를 숙였다. 이때 칠보증권의 징소리는 기조음에서 표식음으로 전환되어 이들의 삶을 규정한다.

따라서 남도시 사람들에게 징소리는 "잊혀진 고향에서 불어오는 한 줄기의 뭉클한 바람"이었고, "고향 사람들의 울부짖음"이었다. 징소리를 들으면 고향 사람들의 얼굴이 "찢겨진 선전 포스터처럼 희미한 모습으로 머릿속에서 펄럭"였고, 비로소 "잊어버렸던 고향"199)이 떠올랐다. 이들은 날마다 정오가 되면 어김없이 울려 퍼지는 징소리를 귀가 아닌 가슴으로 들었다. 종소리는 한 가지 울림으로 퍼졌지만 고향을 잃은 사람들에게는 '고향 사람들의 목소리'로, 억눌린 사람들에게는 '자유의 울부짖음'으로, 슬픈 사람들에게는 울음 대신 '환희의 소리'로, 실의에 빠진 사람들에게는 '용기의 외침'200)으로, 80만 시민들은 저마다 여러 소리로 들었다. 징소리는 남도시 사람들에게 "하늘에서 울려오는 것만큼이나 신비스러워 지상에 있는 생명을 가진 모든 것들의 마음을 싱그럽고 후련하게 씻어"201)주는 치유의 역할을 하였다.

둘째는 유년의 트라우마를 떠올리게 하는 사운드스케이프이다. 징소리는 칠보증권 총무과장인 장필수에게 "아버지의 혼이 울부짖는 소리"202)로 유년의 상처를 떠올리게 하는 기제였다. 장필수는 칠복이 징소리를 낼 때면 걸레 씹는 얼굴로 귀를 틀어막거나 가슴을 쥐어뜯었다. 필수의 아버지 장쇠는 지리산 노루목에서 이름난 징채잡이였다. 그의 징소리를 한 번만

199) 문순태, 『징소리』, 일송포켓북, 2005, 80쪽.
200) 위의 책, 123~124쪽.
201) 위의 책, 79쪽.
202) 위의 책, 115쪽.

들어도 백팔번뇌를 잊을 정도로 맑았다. 노루목에서는 정월 한 달 동안 하루도 빼지 않고 집집이 돌면서 메기굿을 했다. 박포수는 이 징소리를 이용해서 집주인이었던 필수 어머니를 겁탈했다. 박포수는 장쇠의 징소리가 울리기 시작하면 거의 밤마다 필수와 그의 어머니가 잠자고 있는 방에 슬그머니 들어와서 어머니를 겁탈하고 징소리가 그치면 서둘러 돌아갔다. 그래서 총무과장 장필수는 징소리만 들으면 그날의 기억이 "대낮에 하늘의 구름을 보는 것만큼이나 선명하게 되살아나"[203] 고통스러웠던 것이다. 필수에게 칠복의 징소리는 잊고 지냈던 치욕적인 과거의 기억을 떠올리게 하였고, 그의 삶을 무기력하게 만들었다. 마침내 필수는 칠복의 징을 숨겨버림으로써 고통스러운 회상에서 벗어날 수 있었다. 장필수에게 징소리는 억울하게 당할 수밖에 없는 약자의 설움이 토해내는 분노의 울음소리였다.

셋째는 보호해야 할 생명의 소리로서 사운드스케이프이다. 칠보증권 박철 사장에게 징소리는 잃어버린 고향과 고향 사람들을 생각나게 하는 '마법의 소리'[204]였다. 또한, 종소리를 듣고 손님들이 늘면서 회사의 거래고가 나날이 올라가는 '고마운 소리'[205]였다. 방울재를 떠난 순덕에게 징소리는 '생명의 소리'[206]였다. 순덕에게 징소리는 목포에서 강만식에게 쫓겨나 광주 공사판에서 고된 일을 하면서도 살아갈 힘이었다. 순덕이 칠복과 결혼한 것도 징소리 때문이었다. 순덕은 징을 치는 칠복의 모습이 믿음직스럽고 당차게 느껴졌다. 징소리는 남편이 그녀에게 들려주는 '말소리'였으며, "수수깡처럼 말라비틀어진 그녀의 몸에 피를 넣어주고, 솜방망이처럼 되어버린 머리에 한 가닥 영혼의 불"[207]을 지펴 주었다. 따라서 칠복의 징소리

203) 위의 책, 104쪽.
204) 위의 책, 118쪽.
205) 위의 책, 118쪽.
206) 위의 책, 141쪽.
207) 위의 책, 141쪽.

는 '공동체 사람들에 의해 특히 존중받을 것 같은 특질을 지닌 표식음'이었다. 어떤 소리가 공동체에 있어 일단 표식음으로 확립되면 그 소리는 보호될 가치가 있어 보존활동의 대상이 된다.[208) 여기서 칠복의 징소리는 '보호해야 할 생명의 소리'가 된다. 작가는 이처럼 징소리가 남도시 사람들에게 기조음에서 표식음으로 전환되는 과정을 형상화하여 근대화라는 미명하에 농촌공동체의 삶의 문화가 파괴되는 과정을 구체적으로 보여주고 있다.

3. 총소리와 무당 굿소리, 닫힌 역사의 문맥 열기

중기 소설은 총소리와 물레방아소리, 총소리와 단소 소리, 총소리와 무당의 굿소리 등의 대조적인 소리를 배치하여 사건을 서사화하고 있다. 대표적인 작품으로는 「물레방아 속으로」, 「황홀한 귀향」, 『피아골』, 「철쭉제」등이 있다. 중기 소설의 특징은 초기 소설과 달리 한 작품 속에 대비되는 두 가지 소리가 나타난다는 점이다. 또한, 초기 소설이 등장인물들이 살아가고 있는 삶의 현장의 사운드스케이프를 형상화한 반면에, 중기 소설은 귀향 모티프를 통해 과거를 기억하는 방식으로 서사를 진행한다. 이때 문순태가 즐겨 선택한 고향은 지리산 자락이 닿는 산마을이다. 그런데 왜 작가는 고향으로 돌아가는 매개체를 서로 대비되는 사운드스케이프로 배치하고 있는가? 그리고 무엇 때문에 서사 공간을 지리산으로 상정하고 있는가?

「물레방아 속으로」에서 순식은 중산층 소시민으로 행복하게 살아가던

---

208) 머레이 쉐이퍼, 앞의 책, 25쪽 참조

중 텔레비전에서 우연히 물레방아를 보게 된다. 그리고 그는 갑자기 "온종일 쉬지 않고 철철철 돌았던"[209] 물레방아소리와 함께 고향을 떠올린다. 순식에게 고향은 아름다웠던 유년 시절과 고통스러웠던 비극의 현장이 공존하는 곳이었다. 그런데 물레방아소리로 인해 잊으려고 30여 년이나 몸부림쳤던 고향을 떠올린 것이다. 물레방앗집 외아들이었던 순식은 물레방아 돌아가는 소리를 들으며 잠을 이루었고, 새벽녘엔 다시 그 소리 때문에 일찍 깨어나곤 할 정도로 물레방아 소리는 삶의 시계와 같은 역할을 하였다.

그러나 30년이 흐른 뒤 고향에 간 순식은 아버지의 유일한 친구였던 장쇠 노인에게 충격적인 사실을 듣게 된다. 그는 30여 년 전 6·25전쟁 때 방앗간에 찾아온 낯선 손님이 권총을 소지하고 있다고 친구에게 발설한 적이 있었다. 결국, 그 손님은 친구 아버지에게 죽임을 당했는데, 바로 그가 친아버지라는 것이었다. 순식은 그제 서야 어머니가 "물방애 돌아가는 소리가 내 숨소리"[210]다. "노루목 사람들이 죄다 물방애 소리가 듣기 싫다고 해도 너만은 그런 말을 해서는 안 된다."[211]라고 했던 이유가 아버지를 향한 그리움이었음을 알게 된다. 어머니의 그 간절한 바람이 이루어져서, 아버지가 물레방앗간으로 돌아왔는데 자신의 잘못으로 죽게 했던 것이다. 이제 순식에게 물레방아소리는 아버지를 죽음에 이르게 했던 총소리가 되어 "도끼로 장작 패듯"[212] 머리를 쪼개는 통증으로 전해 온다. 지금까지 순식에게 도시에서의 물레방아소리나 총소리는 단지 청각적 이미지로 들렸었다. 그러나 귀향 후 30여 년 전의 과거를 회상하면서부터는 이러한 소리가 사운드스케이프로 다가온 것이다.

---

209) 문순태, 「물레방아 속으로」, 『제3의 국경』, 예술문화사, 1993, 185쪽.
210) 위의 책, 185쪽.
211) 위의 책, 186쪽.
212) 위의 책, 216쪽.

「황홀한 귀향」213)에서의 최두삼 영감도 고향을 '단소 소리'와 '총소리'로 기억한다. 30년 만에 귀향길에 오른 그는 그동안 불지 않았던 단소를 가지고 온다. 잊고 지냈던 단소 소리를 통해 최두삼 영감은 자신이 씻을 수 없는 죄를 지었던 6·25전쟁 때의 학골을 기억한다. 당시 최두삼 영감은 절뚝발이에 얼금뱅이지만 봉사 화심에게 장가들어 잘 살고 있었다. 그는 학을 단소 소리에 맞춰 춤을 추도록 훈련시켜 장에서 구경꾼들로부터 돈을 받아 생활을 유지했다. 그런데 어느 날 지리산에서 왔다는 사냥꾼이 지나가다가 화심을 데리고 사라져버렸다. 이날부터 마을에서 단소 소리가 사라지고 총소리만 들리게 되었다. 「물레방아 속으로」에서 물레방아소리를 그치게 했던 소리가 6·25전쟁의 총소리였듯이, 「황홀한 귀향」에서도 총소리는 단소 소리를 더 이상 들을 수 없게 하는 역할을 한다. 여기서 최두삼 영감이 30년 만에 귀향해서 그의 마지막 혼을 다해 단소를 부는 이유는 이 단소 소리를 통해 총소리로 상처 입었던 이들을 위로하고, 홀 맺힌 자신의 한도 치유하고자 하는 소망의 표출로 볼 수 있다.

『피아골』에서 '피아골'이라는 공간과 그 안에 응축된 에너지의 방출을 통해 흘러나오는 사운드스케이프는 '무당의 굿소리'와 '총소리'다. 『피아골』은 앞의 작품들과는 달리 서사가 '딸의 이야기'와 '아버지의 이야기'라는 두 개의 축으로 구성되어 있다. '딸의 이야기'에서 만화는 '할머니의 굿소리'로 고향 피밭마을을 기억한다. 그녀가 귀향하게 된 계기는 할머니의 울쇠와 아버지를 찾기 위해서였다. 여기서 할머니의 '울쇠 찾기'와 '아비 찾기'는 역사적 사건의 기억을 공유하기 위한 과정으로 볼 수 있다. '사건'의 기억을 타자와 공유하기 위해서는 타자에 의해서 말하여지지 않으면 안 된다. 만화는 역사 속의 지리산을 취재하러 온 신문사 기자인 민지욱에게 지

---

213) 문순태, 「황홀한 귀향」, 『인간의 벽』, 앞의 책.

리산의 평범한 이들의 역사를 듣게 된다. 민지욱은 "지리산 하나만으로 우리나라의 전체 역사를 조명해 볼 수가 있"으며, "지리산 안에는 우리 민족의 수난사, 한 인간의 역사가 수없이 묻혀 있다"[214]라고 말한다. 그래서 피아골에는 참혹하고 억울하게 죽은 사람의 넋인 영선들이 들끓고 있으며, 그들의 한을 풀어주지 않으면 언제 다시 새로운 영선들을 부르게 될지 모른다고 알려준다. 이러한 민지욱의 말을 통해 만화는 할머니가 무당이 된 연유를 이해하게 된다.

그리고 아버지 배달수가 지리산을 떠나지 못하고 절의 불목하니로 지내는 행위도, 1년에 한 번 피아골 단풍제에 온 이유도 억울하게 죽은 혼령들의 핏빛처럼 붉은 한을 풀어주기 위한 치유의 행위로 이해하게 된다. 이로써 만화에게 고향 피아골은 더 이상 부끄러운 공간이 아니다. 그녀는 바람소리에 섞여 들려오는 "말발굽이 자갈을 걷어차는 소리며, 힝힝거리며 코를 불어내는 소리, 창검 부딪치는 소리며, 총소리, 아우성, 죽어 가는 마지막 비명"[215]을 들으며, 피아골이 근대 이후 민족사의 수난을 상징하는 애원의 공간임을 인식하게 된다. 그리고 마침내 만화는 지리산의 바람 소리에 실려 오는 치열했던 전쟁 당시의 상황을 청각적 이미지가 아니라 사운드스케이프로 느끼게 된다.

만화의 아버지 배달수에게 피아골은 총소리로 각인되어 있다. 배달수에게 피아골의 총소리에 대한 기억은 여순사건 이전의 총소리와 여순사건으로 입산한 뒤의 총소리, 그리고 6·25전쟁 후의 총소리로 나뉜다.[216] 배달수에게 산에서 총소리가 나기 이전 아버지를 따라 사냥하러 다닐 때의 피

214) 문순태, 『피아골』, 정음사, 1985, 125쪽.
215) 위의 책, 120쪽.
216) 배달수에게 총소리는 여순사건 이전에는 기조음으로 작용했으나 여순사건으로 입산한 뒤에는 신호음으로 전환되고, 6·25전쟁 후 불목하니 노릇을 하면서부터는 '전쟁터'의 기조음으로 들리게 된다.

아골은 드러내어 자랑하고픈 공간이었다. 그의 선조는 대대로 피아골에서 포수로 살면서 8대조 할아버지는 정유재란 때 왜병들과 싸우다 순절했다. 할아버지는 항일의병운동에 투신했고, 아버지는 3·1 만세운동에 참여했기에 자부심을 느꼈다. 그래서 배달수도 가계를 이어 명포수가 되기 위해 총을 갖고 싶어 한다. 오직 총을 가지고 싶다는 개인적 욕망으로 국방경비대에 자원하게 되면서 배달수는 총소리의 중심에 서게 된다. 그는 애초 「꿈꾸는 시계」의 최점수, 「어머니의 땅」의 아버지, 「유월제」의 바우 아저씨, 「일어서는 땅」의 토마스 친구들처럼 무이념형 인간이었다. 그럼에도 그는 국방경비대원으로 활동하던 동안 여순사건이 터지자 단지 살기 위해 지리산으로 입산하게 된다. 그리고 6·25전쟁 때는 친구에게 이끌려 억지로 보아라 부대원으로 활동한다. 그는 "총소리가 짜글짜글 골짜기를 쥐흔들"[217] 때, 자신이 무엇 때문에 쫓김을 당하는지를 누구에게 따져 물어야 하는지도 모른 채 기관총을 쏘고, 토굴에 수류탄을 집어넣어 많은 사람을 죽인다. 여기서 피아골 사람들의 생계 수단이었던 총과 총소리는 비극적 현대사의 굴곡 속에서 사운드스케이프로 전환된다.

그 결과 평범한 삶에 가치를 두고, 삶 자체만을 소중하게 여겼던 배달수는 바람에 실려 오는 총소리가 골짜기에서 죽어 간 사람들의 비명으로 들려온다. 그런데도 그는 천은사 불목하니 노릇을 하면서 온전히 그 고통을 감내하며 지리산을 떠나지 않는다. 여기서 작가는 사운드스케이프로 전환된 기억의 고통을 온몸으로 느끼는 배달수를 상정하여, "역사의 진창 속으로 들어가서 피와 땀과 먼지로 얼룩진 과거를 감싸 안지 않으면 우리는 결코 구원받지 못"[218]할 것이라고 말하고 있다. 결국, 지리산의 역사를 쓴다

217) 위의 책, 247쪽.
218) 김인환, 「귀환의 의미」, 이은봉 외 엮음, 『고향과 한의 미학』, 앞의 책, 349쪽.

는 것은 "이 땅에 살아온 인간의 역사를 알기 위한 것"[219]이다. 그러나 그 역사는 시각이나 촉각 등 단일감각이 아니라 온몸으로 느끼는 사운드스케이프였을 때, 진정으로 과거의 왜곡된 역사를 바로잡을 수 있다. 이것을 말하기 위해 작자는 총소리를 작품 전반에 깔고 있는 것이다.

「철쭉제」에서 '나'는 아버지의 유해를 찾으러 가는 도중 '종소리, 산에서 들리는 소리, 장타령, 육자배기, 총소리' 등 다양한 소리를 듣는다. '나'는 화엄사와 연곡사에서 울리는 종소리로 인해 유년 시절 아버지가 끌려가던 그날의 그 공간을 자연스럽게 떠올리고 불안해한다. 「철쭉제」에서의 다양한 사운드스케이프는 '나'의 사고 변화를 촉진시키는 매개체 역할을 한다. 즉 도중에 듣는 종소리는 내 신분이 검사인데도 아버지를 죽인 판돌을 두려워하고 있음을 보여준다. 이런 불안한 심증을 드러내는 장치는 산에서 나는 모든 소리에 '나'로 하여금 예민하게 반응하도록 한다. 심지어 '나'는 최 씨의 장타령을 듣고도 저녁내 잠을 이루지 못한 채, "서릿발 치듯 싸늘하고, 송곳으로 쿡쿡 쑤시듯 온몸에 따가움과 섬찟함과 몸서리침을 의식하며 전신의 근력이 뜨거운 물에 소금 녹듯 확 풀려, 천근만근 무거운 쇳덩이에 깔아뭉김을 당하 듯"[220] 몸도 정신도 모두 지쳐 버린다.

그러다가 '나'는 반야봉에서 최 씨의 육자배기를 들으며 판돌의 약점을 찾기 위해 그의 과거를 탐색했던 과정을 회상하면서 증오감이 극에 달하게 된다. 그리고 마침내 총소리를 떠올리며 자신의 아버지와 판돌의 아버지의 죽음이 오버랩 된다. 판돌이 들려준 말에 의하면, 6·25전쟁 때 '나'의 아버지가 먼저 세석평전에서 판돌이 아버지를 총으로 쏴서 죽였다고 했다. 그래서 그도 지금의 '나'처럼 아버지의 유해를 찾기 위해 '나'의 아버지를

---

219) 위의 책, 148쪽.
220) 문순태, 「철쭉제」, 『제3세대 한국문학』21권, 삼성출판사, 1983, 185쪽.

앞세우고 세석평전에 왔는데, 유해를 찾지 못하게 되자 '나'의 아버지를 총으로 쏴 죽였다는 것이다. '나'는 지금까지 내가 30년 동안 믿고 있었던 아버지의 죽음에 대한 앎이 진실이 아님을 알고 당혹스러워한다.

작가는 「철쭉제」의 나를 통해 지금 우리가 알고 있는 '앎'이 과연 진실일까 하는 의문을 제기한 뒤 화해의 방법을 제시한다. 여기서 나는 "죽은 사람들의 역사는 죽은 사람과 함께 무덤 속에 묻어두는 것"[221]이 좋을 것 같다고 생각하며, 아버지 대신 판돌에게 사과한다. 천왕봉에서 만난 함길만의 말처럼 "한세상, 백 년을 다 살아도 삼만 육천오백일밖에 안" 되고, "그 짧은 동안을 짓밟고, 모함하고, 미워하며 살아갈 필요가 없는"[222] 것이다. 이처럼 중기 소설 인물들은 대부분 복수를 하기 위해서거나 할아버지의 송덕비를 옮기기 위해 귀향하는 등 과거에 대한 기억이 좋지 않다. 그러나 이들은 모두 귀향을 통해 「물레방아 속으로」의 순식, 「잉어의 눈」의 석구, 『달궁』의 순기, 「철쭉제」의 나처럼, 순박한 고향의 세계에서 복수하려는 마음은 녹아 없어지고 오히려 부끄러움을 느끼게 된다. 역사의 비극적 장소였던 고향으로의 귀향은 피아의 마음속 상처를 치료하는 치유 행위이기도 하였다. 이때 지리산은 과거의 비극적 악순환을 끊는 화해를 위한 실천의 장으로 볼 수 있다.

이처럼 문순태가 사운드스케이프라는 장치를 배치하여 비극의 역사를 말한 이유는 지금 이 시대의 '갇혀 있는 문맥'[223]을 분명하게 보여주기 위한 방편이었다. 「물레방아 속으로」, 「황홀한 귀향」, 「미명의 하늘」, 「잉어의 눈」, 「거인의 밤」, 『달궁』, 「철쭉제」 등 중기 소설에서 귀향하는 인물은 대부분 30년의 시차를 두고 있다. 그런데 무엇 때문에 작가는 굳이 30

---

221) 위의 책, 240쪽.
222) 위의 책, 103쪽.
223) 신영복, 『담론』, 돌베개, 2015, 153쪽.

년이라는 시차를 '귀향 모티프'로 하였을까? 아마도 그들은 대부분 6·25 전쟁 때의 총소리로 인해 상처를 입고 고향을 떠난 인물들이었기 때문일 것이다. 작가는 총소리라는 사운드스케이프를 배경으로 서사를 전개함으로써 6·25전쟁 당시 무이념적 인간들의 무고한 희생에 대한 기억과 1980년 5월 광주 시민들의 억울한 죽음에 대한 기억을 자연스럽게 연결하고 있다. 이는 6·25전쟁 때의 총소리와, 다시 30년이 흐른 뒤 광주에서의 총소리는 아직도 한국현대사에 '비극적 광맥'으로 내재되어 끊임없이 우리의 삶을 분열시키고 있음을 의미한다. 따라서 총소리 사운드스케이프는 우리 사회에 내재되어 있는 이념의 무의미성을 의미하며, 물레방아소리, 단소 소리, 굿소리 등은 우리 민족의 동질적 경험 세계를 나타낸다. 그러므로 작가는 '물레방아소리, 단소 소리, 굿소리'라는 친밀하고 정감이 가는 소리를 활용하여 우리 사회의 대립과 갈등을 해소하고, 분단 이전의 민족적 동질성을 회복하여 역사의 꽉 막힌 문맥을 열고자 했다고 볼 수 있다.

4. 대바람 소리와 새들의 오케스트라 소리, 농촌공동체의 다성성

후기 소설은 기계 소음이 가득한 도시와 대비되는 자연의 소리가 '옴씰하게 살아 있는 건강한 생명의 공간'[224]으로서 농촌의 사운드스케이프를 형상화하고 있다. 중기 소설이 대부분 귀향 모티프를 통해 과거를 기억하는 방식으로 서사를 진행하고 있다면, 후기 소설은 문순태가 55년 만에 고향에 돌아와 품은 '개구리 소리', '대 바람 소리', '숲속의 오케스트라 소리', '뜸부기 소리'를 의미심장한 지표로 활용하고 있다. 대표적인 작품으

---

224) 문순태, 「작가의 말」, 『생오지 뜸부기』, 앞의 책.

로는 「탄피와 호미」, 「대 바람 소리」, 「생오지 뜸부기」 등이 있다.

「탄피와 호미」는 따글따글 사격장에서 들려오는 총소리로 시작한다. 나는 이 총소리를 들어도 공포를 느끼지 않고, 오히려 낭만적으로 들린다. 사운드스케이프가 소리 자체가 아니라 삶의 경험에서 울려오는 소리이듯, 나는 총소리가 죽음과 무관하다고 느끼면서부터 '새소리, 바람 소리, 물소리, 피아노 소리'처럼 그저 평화로운 일상의 소리처럼 들릴 뿐이다. 총소리에 대한 경험이 없는 영미도 사격장에 탄피를 주우러 다닐 정도로 총소리를 무서워하지 않는다. 하지만 마흔여섯 살 점순은 탈북 때의 아픈 기억 때문에 총소리가 들리면 책상 밑으로 기어들어갈 정도로 무서워한다.

이러한 총소리의 공포를 해소해 주는 소리가 자연의 소리인 개구리 소리다. 소리는 시각적 이미지가 주는 거리감을 극복하도록 하며, 대상과 소통을 매개함으로써 사물을 "통합하는 감각"225)이다. 나와 점순은 어둠 속에 들려오는 다양한 개구리 울음소리를 들으며 술을 마신다. 사람들이 모여 무언가 특별한 것을 함께 들을 때는 언제나 청각 안에 잠재한 그룹 안의 친밀한 일체감을 가져오듯, 여기서 개구리 울음소리가 다양하다는 것은 나의 '급조된 가족'이 실제 가족으로 결합할 가능성을 암시한다. 나는 아내의 간병인이었다가 아내가 죽은 뒤 같은 집에서 살게 된 탈북 여성 점순과 점순이 데리고 온 열한 살짜리 영미와 서류상 동거인으로 2년째 생활하고 있다. 나는 점순을 통해 셋이서 함께 지내기로 약속한 마지막 날이 내일이며, 영미가 우리의 결혼을 원한다는 소리를 듣게 된다. 나는 개구리 소리를 들으며 "행복이란 어제와 크게 다르지 않은 오늘의 일상 속에 있다는 것"을, "반복되는 삶이 지루해 일탈을 꿈꾸면서도 막상 변화를 두려워하는 그

---

225) 월터 J. 옹, 이기우 옮김, 『구술문화와 문자문화』, 문예출판사, 1995, 114쪽. 월터 J. 옹은 "시각은 토막 나는 감각임에 반해서 소리는 통합하는 감각으로 소리가 객관적인 거리 유지보다는 감정이입적이다."고 했다.

일상의 한 때가 행복한 순간이었음"226)을 느끼게 된다. 그래서 그는 이들과 함께 살기 위해 탄피로 만든 세 개의 숟가락을 찾아오기로 한다.

「대바람 소리」에서 여든한 살 오동례 여사에게 '대바람 소리'는 사랑의 감정을 불러일으키는 매개체로 마음에 평화를 주는 생명의 사운드스케이프이다. 오동례 여사는 관방천 대나무 숲에서 노랑 점퍼를 우연히 만나 30분 정도 대화를 나누었는데, 가슴이 "헉하고 숨이 막힐 것 같으면서 온몸의 피돌기가 멎고 오목가슴 한복판이 송곳에 찔린 듯 찌르르해"227)왔다. 사운드스케이프가 보이는 대상이 아닌 들리는 사상으로 구성228)되듯, 노랑 점퍼와 함께하면서 들었던 대 바람 소리는 이전에 홀로 들었던 소리가 아니었다. 노랑 점퍼의 모습이 어른거릴 때면 어김없이 소소한 대 바람 소리가 온몸으로 밀려와 시원하게 그녀를 휘감았다. 세상의 모든 존재는 존재 그 자체가 아니라 다른 것과의 '사이'가 본질이다.229) 그러한 관계 속에서 비로소 정체성을 갖게 된다. 오동례 여사는 노랑 점퍼라는 인간(人間)을 통해 관방천이라는 공간(空間)에서 불어오는 대나무 소리[時間]를 사랑의 소리로 새롭게 인식한다. 그래서 오동례 여사는 대나무처럼 변함없는 '푸른 사랑'230)을 하고 싶어, 염색과 화장을 한 뒤, 오랫동안 장롱 속에 넣어두었던 양장을 꺼내 입고 관방천에서 대나무 소리를 들으며 그를 기다린다.

「생오지 뜸부기」는 '숲속의 오케스트라 소리'로 서사를 시작해서 '뜸부기 소리'로 끝을 맺는다. 나는 지독한 두통과 어지럼증 때문에 도시 생활을 접고 버스도 잘 들어오지 않고 휴대전화도 터지지 않는 '생오지'로 들어왔다. 매일 아침 5시 무렵이면 새들의 오케스트라 연주 소리를 들으며

---

226) 문순태, 「탄피와 호미」, 『생오지 뜸부기』, 앞의 책, 46쪽.
227) 문순태, 「대 바람 소리」, 『생오지 뜸부기』, 위의 책, 88~89쪽.
228) 머레이 쉐이퍼, 앞의 책, 22쪽.
229) 신영복, 앞의 책, 198쪽.
230) 문순태, 위의 책, 98쪽.

하루를 시작한다.

> "딱새는 힛힛힛, 삐쭈삐, 찌이히찌, 쇠솔새는 쪼-리, 쪼-리, 쪼-리, 쪼-
> 리, 큐—웃, 큐—웃, 소쩍새는 솥-적다, 솥-적다, 박새는 뽀로로로로, 쯔쪼,
> 쯔-비, 쯔-비, 쯔쯔비, 개개비는 개개개개개 개액개액, 굴뚝새는 초르-초
> 르-초르 하고 소리 낸다, 검은등뻐꾸기는 뒷산에서 호올-딱 버엇-고 호올
> -딱 버엇-고 하며 트럼펫 역할을 하고 뒷마당에 내려앉은 산비둘기는 구
> 국구욱, 구국구욱 작은 북소리를 낸다. 개울 건너 앞집 홰치는 수탉의 장
> 대한 울음소리는 영락없는 심벌즈 역할이다."
>
> —「생오지 뜸부기」, 『생오지 뜸부기』 103~104쪽

새들이 들려주는 오케스트라 연주는 마음을 정화해 주고, 두통과 어지럼증을 해소해 준다. 나는 새들의 연주를 눈을 감고 귀로 듣는다. 소리를 통해 머릿속에 그린 상상의 그림은 눈으로 보는 세상보다 더 투명하고 아름답다. 기계음으로 가득 찬 도시에서 눈으로 세상을 보았다면, 새들의 오케스트라 연주가 들려오는 생오지에서는 소리 풍경으로 세상을 이해하게 된다. 새들의 오케스트라 연주는 다성적이어서, 함께 소리를 내지만 각각의 특성은 사라지지 않는다. 그 결과 새로운 화음이 생긴다.

오케스트라 단원처럼 생오지 마을에 사는 사람들은 모두 각자의 소리를 지니고 있다. 「탄피와 호미」는 피 한 방울 섞이지 않은 세 식구가 서류상이 아닌 실제 가족으로 결합하고, 「생오지 가는 길」에서는 베트남에서 시집온 쿠엔과 월남참전용사인 조 씨 할아버지가 한 마을에서 생활한다. 「생오지 뜸부기」에서는 몽골에서 시집온 멍질라와 남편 오영기가 노모를 모시고 살고 있다. 하지만 이들은 새소리, 물소리, 바람소리인 자연의 소리 안에서 하나가 된다.

내가 생오지로 온 가장 큰 이유는 멸종 위기에 처한 뜸부기 소리를 듣기

위해서였다. 그래서 생오지에 오자마자 제일 먼저 한 일이 면사무소에 가서 각 마을 이장에게 뜸부기를 발견하면 연락해 달라고 전단을 나눠 준 일이다. 뜸부기 출현을 알리는 최 노인의 전화를 받고 설레는 마음으로 자전거를 타고 가면서 유년 시절 '오빠 생각' 노래를 불러주었던 요절한 누나를 생각한다. 나는 최 노인이 환청으로 듣고 있는 뜸부기 소리에 실망하면서도 나에게 뜸부기 소리가 누나에 대한 그리움이듯, 최 노인에게 뜸부기 소리가 사별한 아내에 대한 그리움임을 읽어낸다. 작품의 끝에서 나도 최 노인처럼 뜸부기 소리를 듣지만, 뜸부기를 보지는 못한다. 여기서 내가 뜸부기를 보는 것보다 듣는다는 행위는 중요한 상징성을 지닌다. 우리가 소리로부터 바라는 것은 '소리 그 자체'가 아니라 '소리와 함께 하는 삶'이기 때문이다. 이는 내가 뜸부기를 통해서 "많은 세월이 지났으나 본디 모습이 변하지 않고 원형 그대로 오롯이 간직하고 있는 것들"[231]을 찾고자 했던 소망을 나타내기도 한다.

마샬 맥루한(Marshall McLuhan)은 시각적 공간과 청각적 공간을 대비시키면서 선형적인 시각적 공간에 비해, 비선형적인 청각적 공간은 우리가 공유 의식이라고 부르는 경험 속에서 개인과 공동체를 분리하지 않고, 균질화시키지도 않으며 다문화적이어서 '지구촌'이라는 새로운 공동체의 회복을 가져올 수 있다고 한다.[232] 문순태는 오늘날 시각화된 환경을 중시하여 눈에 보이는 시각적 풍경만을 갈망하는 세태를 직시했다. 그리고 그는 후기 소설에서 우리가 무심했던 소리 풍경이 아직도 오롯이 남아있고 개인과 공동체가 분리되지 않은 자연 그대로의 공간인 생오지를 형상화하였다. 여

---

231) 문순태, 「생오지 뜸부기」, 『생오지 뜸부기』, 위의 책, 138쪽.
232) 여기에서 '지구촌(global village)'은 잃어버렸던 질적인 공간, 성화된 공간에 대한 추구이다. 마셜 맥루한, 임상원 옮김, 『구텐베르크 은하계』, 커뮤니케이션북스, 2001, 49~50쪽 참조

기서 그는 새들이 함께 소리를 내지만 각각 자신의 특성이 사라지지 않는 다성성을 통하여 우리 사회가 조화롭게 공생할 가능성을 제시하기 위해 사운드스케이프를 활용하였던 것이다.

5. 공동체적 삶의 염원

이상에서 살펴본 바와 같이 본 연구는 최근 소리 환경에 대한 관심이 고조되고 있는 실정에서 음악이나 건축, 환경 분야 중심으로 연구되고 있는 사운드스케이프를 문학 작품 연구로 그 지평을 확장시키고자 하는 문제의식에서 출발했다. 문순태는 초기 소설에서부터 중기와 후기에 걸쳐서 지속적으로 사운드스케이프를 서사적 행위의 내적 의미를 함축하는 가시적 표상으로 제시하고 있다. 이에 필자는 문순태 전체 소설작품에 산재해 있는 사운드스케이프를 범주화하여 초기와 중기, 후기로 나누고 그 의미를 분석한 뒤, 각 시기에 따라 작가가 지향해 왔던 작가의식을 도출하였다.

먼저 사운드스케이프가 단지 청각적인 소리 자체가 아니라 우리에 의해 의미 지어지고 구성되는 소리 환경을 중요하게 생각하는 하나의 사상이자 이념이므로 문학 작품 연구의 틀이 될 수 있음을 밝혔다. 문순태는 그의 소설 전반에 걸쳐 소설 속 인물들이 귀를 통해 소리를 듣는 것이 아니라, '몸의 울림'으로 공명하여 삶의 경험의 소리로 형상화하고 있으므로 사운드스케이프 연구에 적합함을 검증하였다. 이어서 필자는 문순태의 전체 작품을 사운드스케이프의 범주에 따라 초기와 중기, 후기로 나누어 아래와 같이 그 의미를 분석하고, 동시에 시기별로 변모하는 작가의식을 살펴보았다.

초기 소설의 사운드스케이프는 '불도저 소리'와 '징소리'였다. 「여름 공원」에서의 불도저 소리는 넓은 음향 공간을 지배하며 주변의 청각 활동을 제어하는 절대적 힘을 지닌 '성스러운 소음'이었다. 이를 통해 문순태는 당시 국가주도하에 자행되고 있던 근대화의 폭력성과 언론 탄압의 부당성을 상징적으로 형상화하였다. 『징소리』에서는 기조음이었던 칠복의 징소리가 방울재에서 남도시로 옮겨가면서 사람들에게 표식음으로 전환되는 과정을 묘사하였다. 작가는 이를 통해 근대화라는 미명하에 농촌공동체의 삶의 문화가 파괴되는 과정을 구체적으로 보여주고 있었다. 이처럼 문순태는 초기 소설에서 도시로 이주한 농민들의 뿌리 뽑힌 삶과 한을 '불도저 소리'와 '징소리'로 대변하고 있었다.

중기 소설에는 '총소리와 물레방아소리, 총소리와 단소 소리, 총소리와 무당의 굿소리' 등 대조적인 소리를 배치하여 사건을 서사화하고 있었다. 「물레방아 속으로」, 「황홀한 귀향」, 『피아골』, 「철쭉제」에서의 '총소리'는 고향을 떠나가게 하는 비극의 소리였으나, '물레방아소리, 단소 소리, 무당의 굿소리'는 다시 고향을 찾는 기제가 되었다. 중기 소설에서의 사운드스케이프는 30년의 시차를 두고 귀향의 모티프로 활용되어 비극적 상처를 기억하게 하는 매개체로 작용하였다. 작가는 총소리를 배경으로 서사를 전개함으로써 6·25전쟁 당시 무이념적 인간들의 무고한 희생에 대한 기억과 1980년 5월 광주 시민들의 억울한 죽음에 대한 기억을 자연스럽게 연결했다. 이는 6·25전쟁 때의 총소리와 다시 30년이 흐른 뒤 광주에서의 총소리는 아직도 한국현대사에 '비극적 광맥'으로 내재되어 끊임없이 우리의 삶을 분열시키고 있음을 의미한다. 여기서 작가는 '물레방아소리, 단소 소리, 굿소리'라는 친밀하고 정감이 가는 소리를 이용하여 우리 사회의 대립과 갈등을 해소하고, 분단 이전의 민족적 동질성을 회복하여 역사의 꽉 막힌 문맥을 열고자 했다고 볼 수 있다.

제 4 장

영산강의 울음소리 듣기

1. 강, 생명의 근원

강은 생명의 근원이다. 강은 인류의 시작과 함께 생명을 가진 모든 것들과 교섭하며 흘러왔다. 따라서 예로부터 사람들은 자연스럽게 강을 따라 마을을 만들고 강과 함께 살아왔다. 호남 제일의 젖줄인 영산강도 이러한 사람들의 삶과 문화를 품고 끊임없이 흘러 물 굽이굽이마다 다양한 인간의 삶의 이야기와 문화가 어우러져 있다. 영산강은 담양군 월산면 용흥리 병풍산 북쪽 계곡인 가마골 용소에서 발원하여 광주, 나주, 목포 등 3개 도시와 담양, 장성, 함평, 무안, 영암 등에 걸쳐, 광주·전남 총면적의 38%에 달하는 면적과 관계하며 서해로 흘러들어 간다. 영산강은 선사시대부터 사람들이 살아왔으며 청동기시대와 6백 년 마한의 고유문화가 꽃피운 곳이다. 고대부터 물길과 다도해의 바닷길이 어우러져 농경문화와 해양문화가 조화롭게 발달하여 새로운 문화를 융합하는 거점233)으로서 역할을 하였다.

동양과 서양의 사상에서 물은 만유의 모체로 여겨진다. 또한, 인도 갠지스 강을 어머니의 강이라고 하듯이, 강은 대부분 모성으로 상징화되고 있다. 최규창이 "영산강이/ 울 엄마 마음처럼/ 평화로운 것은"234)이라고 하면서 영산강을 '어머니의 강'으로 표현하고 있는 것도 그 예가 된다. 그런데 왜 문순태는 『타오르는 강』에서 존재의 근원이 되는 영산강을 어머니의 강이 아니라, '그리운 아버지의 강'으로 형상화하고 있는 것일까? 문순태가 "내 뿌리는 질컥한 황토 같은 우리 어머니의 메주 곰팡이 꽃 같은 삶이다. 나는 어머니의 척박한 삶을 통해 소설의 정신을 본다."235)라고 했듯이, 그에게 어머니는 작가로서의 뿌리였다. 그런 이유로 그는 등단작 「백제의 미소」(1974)에서부터 나주 숫돌산 할미봉의 샘을 생명의 근원으로 형상화하고 있고, 『정읍사』(2001)에서 각시샘에도 살아있는 모체의 역할을 부여하고 있다. 또한, 『된장』(2002), 『울타리』(2006), 『생오지 뜸부기』(2009), 『낮은 땅의 어머니: 소심당 조아라 실명소설』(2013) 등의 작품들도 역시 아버지보다는 강인한 어머니를 그려내고 있다. 그렇다면 위의 작품들과 달리 『타오르는 강』(전9권)에서 굳이 영산강을 아버지의 강이라고 명명한 까닭이 있을 것이다. 이에 필자는 이러한 문제의식을 가지고 문순태가 『타오르는 강』을 통해 말하고자 하는 그 상징적 의미를 밝혀 영산강의 장소 정체성을 규명하고자 한다.

소설가는 장소의 핵심을 포착하여 하나의 작은 특징으로 그 장소의 정체성을 압축시킬 수 있다.236) 한 장소의 정체성을 하나의 특징으로 선정하

---

233) 김정호, 『호남문화입문』, 김향문화재단, 1990, 13~25쪽 참조.
　　　김경수 편저, 『영산강 삼백오십 리』, 향지사, 228~247쪽 참조.
　　　신정일, 『영산강』, 창해, 2009, 저자 서문 참조.
234) 최규창, 「영산강에 와서 4」, 『영산강 비가』, 영언문화사, 1993. 4.
235) 문순태, 『꿈』, 앞의 책, 283쪽.
236) 에드워드 렐프, 김덕현·김현주·심승희 옮김, 『장소와 장소상실』, 논형, 2005, 114

거나 집약하는 것은 지역 고유한 상황과 작가의 경험, 그리고 서사전략에 따라 장소성이 달라질 수 있다는 의미이다. 에드워드 렐프(Edward Relph)는 장소 정체성을 이루는 세 가지 기본 요소로 정적(靜的)이고 물리적인 환경, 인간 활동, 그리고 의미 등을 꼽았다. 정적이고 물리적인 환경은 흘러가는 시간에도 변치 않는 장소의 지속성을 인식하는 것이며 우리가 알고 있는 곳이고, 우리의 인생에서 의미 있는 경험이 발생하는 곳을 의미한다. 활동은 이러한 물리적 환경 속에서 사람들이 규칙적인 패턴으로 움직이고, 물건을 운반하고, 만들고, 소비하는 행위를 하는 것을 의미한다. 의미는 인간의 의도와 경험을 속성으로 하고 변화할 수 있으며, 한 대상에서 다른 대상으로 옮겨질 수 있고 복합성, 모호성, 명확성 등 자신의 성질을 가지고 있는 것을 의미한다.237)

이-푸 투안(Yi-Fu Tuan)은 장소성의 형성 요인으로 시간과 가시성 두 가지를 들고 있다.238) 그가 말하는 장소를 알아가는 시간은 여러 해에 걸쳐 반복되는 순간적이고 극적이지 않은 경험들을 통해 장소에 애착이 생기는 것이다. 가시성은 역사적 사실들로 장소의 이미지를 보존해 갈 수 있는 지나간 시간의 기념물로서, 단지 오랫동안 같은 위치를 점유해왔기 때문에 역사적으로 유명해지는 것이 아니라 과거의 사건들이 역사책, 기념물, 화려한 행렬, 그리고 엄숙하고 즐거운 축제로 기억되지 않는다면, 그것들은 현재에 아무런 영향도 끼칠 수 없다고 한다. 그러므로 가시성은 오래된 역사가 안고 있는 풍부한 사실들과 이를 통해 후세대는 장소의 이미지를 유지하고 재창조할 수 있는 것을 의미한다.239) 즉 장소성은 변화 속에서 유

쪽.
237) 에드워드 렐프, 위의 책, 110~114쪽 참조
238) 이-푸 투안, 구동희·심승희 옮김, 『공간과 장소』, 대윤, 1999, 287쪽.
239) 이-푸 투안, 위의 책, 280쪽.

지되어온 장소의 정신으로 그 장소의 개별성과 고유성이라고 볼 수 있다.

지금까지 영산강을 소재로 창작된 문학 작품으로는 조선시대 임백호, 송순, 김인후, 박순, 고경명이 있으며, 근현대에는 박화성, 오유권, 승지행, 허연, 문병란, 송영, 문순태, 이상문, 나해철, 김종 등이 있다. 그리고 영산강을 소재로 한 작품 연구로는 한강희240)와 박일우241)가 있을 뿐, 영산강의 장소성에 대한 연구는 아직 미흡한 실정이다. 문순태의『타오르는 강』은 영산강변을 터전으로 살아온 민중의 생활사와 그들의 숨소리가 느껴지는 전라도 토박이말로 영산강의 문화와 역사를 형상화했음에도 영산강이라는 장소의 정체성을 밝힌 사례가 없다. 그러므로『타오르는 강』에 나타나는 영산강의 장소성 연구는 앞으로 그 지평을 넓혀 조선시대와 근현대 작품 속에 드러나는 영산강의 본질적인 특성을 파악하는 연구에 지렛대 역할을 할 것으로 본다.

따라서 필자는 먼저 작가가 영산강이란 장소를 어떻게 형상화하고 있는지 텍스트를 통해 분석한 후, 영산강이 갖는 상징성이 무엇인지 밝히고자 한다. 그리고 그 상징적 의미를 통해 영산강만이 가지고 있는 장소의 정체성을 규명하고자 한다. 한 장소의 정체성은 장소와 장소 경험의 주체인 사

---

240) 한강희, 「시적 기제로서 강의 이미지와 상상력-‘영산강’ 관련 연작시편을 중심으로-」, 『한국언어문학』제55집, 한국언어문학회, 2005. 한강희는 영산강을 소재로 한 나해철, 최규창, 이수행의 연작시를 중심으로 분석한 결과 ‘남도의 역사를 껴안은 강’, 모성, 혹은 고향으로 ‘회귀하는 강’, 주체적 화자의 ‘치열한 삶의 강’, 생태환경을 경계하는 ‘위기의 강’으로 의미를 도출하고 있다.

241) 박일우, 「한(恨)을 재구성하는 세 개의 방법-영산강 모티브를 활용한 소설을 중심으로-」, 2014 영산강문학심포지엄 자료집, (재) 생오지문예창작촌, 2014.8.30. 참조 박일우는 박화성의 「홍수전후」, 「한귀」에서 영산강은 한을 풀어낼 통로이자 하층민의 힘을 하나로 모으는 공간으로, 오유권의 「가난한 형제」와『방앗골 혁명』에서는 전후 한국사회의 구조적 모순 속에서 발현되는 한의 정서를 드러내는 공간으로, 이상문의 「살아나는 팔」과 「열 두 발자국」에서는 남편의 부재와 가난 속에서 어머니의 억울함을 씻어주는 공간이자 불쌍함을 어루만져 주는 공간으로 보고 있다.

람과의 상호작용을 통해 만들어지는 장소의 고유한 특성이므로 『타오르는 강』의 등장인물이 영산강에서 어떤 경험과 생각을 하는지 살펴봄으로써, 영산강의 장소 정체성을 도출할 수 있을 것이다.

2. 새끼내, 시원(始原)의 터전

모든 고향은 그 본질에서 마을이다. 마을은 집들의 장소며 혈연 공동체다. 그들이 태를 묻은 마을은 우리 무의식의 모태며 존재의 근원이다.[242] 『타오르는 강』은 노비세습제가 폐지되어 형식상 자유의 몸이 된 노비들이 이웃 간의 찐득한 정이 느껴지는 '고향 만들기'로 시작한다. 마치 존 스타인벡의 『분노의 포도』에서 조드 일가가 젖과 꿀이 흐르는 시원의 땅을 찾아 나선 것처럼 노비에서 풀려난 웅보는 동생 대불과 아내 쌀분을 데리고 자신들의 '고향이 될 땅'을 찾아 나선다. 그런데 웅보가 인간다운 삶을 살 수 있는 장소로 영산포 '새끼내'를 선택했다는 점은 의미심장하다. 지리적 위치로 봤을 때 새끼내는 영산강을 기준으로 해서 서쪽에 있으며, 전에 노비 생활을 했던 노루목은 동쪽에 있다. 노루목에서 새끼내로 가기 위해서는 반드시 나룻배를 타고 영산강을 건너야 한다. 그래서 영산강은 단순히 지리적 위치보다는 작가의 서사전략에 따른 상징적 의미를 담고 있다고 볼 수 있다.

강은 한편으로는 흐르고 변화하는 것이지만 다른 한편으로는 시간의 극복을 보여준다.[243] 이러한 의미에서 영산강을 기준으로 웅보 형제 삶의 변

---

242) 장석주, 『장소의 탄생-우리 시의 문학지리학』, 작가정신, 2006, 12쪽.
243) 진 쿠퍼, 이윤기 옮김, 『그림으로 보는 세계문화상징 사전』, 까치, 2001, 396쪽 참조.

화를 살펴보면 강 저쪽에서 보낸 시간과 강을 건너는 시간, 그리고 강 이쪽에서 보낸 시간 등으로 나눌 수 있다. 여기서 영산강은 웅보와 대불의 내적 발전 단계와 밀접하게 연관된다. 이들에게 강 저쪽인 노루목에서 보낸 시간은 안개를 통해 상징적으로 보여 준다. 즉 안개는 착오와 혼란의 상태를 나타낸다.[244] 웅보에게 있어서 양 진사댁 씨받이였던 막음례와 양 진사의 부인인 유씨는 안개로 볼 수 있다. 실존적 삶을 추구했던 웅보에게 막음례와의 합방이나 유씨 부인과의 합방은 모두 어찌해볼 수 없는 혼란의 상태로 흘레를 붙이는 수퇘지가 된 굴욕감을 주었다. 이와 달리 대불은 아직 본능적 삶에 만족했기에 굶주리는 자유보다 배부른 노비의 삶을 추구했다. 그래서 그는 자유를 찾고자 이마에 불도장이 찍힌 채로 도망가려고 했던 할아버지를 이해하지 못한다.

불교에서 강을 건넌다는 것은 현실 세계의 '마야'를 물리치고서 깨달음이나 열반의 경지에 다다르는 것을 상징[245] 하듯이, 웅보와 대불이 동쪽 노루목에서 서쪽 영산포 새끼내로 나룻배를 타고 강을 건넌다는 것은 이전 노비의 삶에서 벗어난 새로운 삶, 즉 인간다운 삶에 대한 의지를 뜻한다. 이러한 강을 건너는 행위는 누구에게도 짓밟히지 않고 인간답게 살 수 있는 자신들만의 고향을 갖겠다는 상징성을 내포한다. 여기서 영산강은 안개 속의 어두움과 혼란을 통과해서 정신적 평온을 느끼는 시원의 땅 새끼내로 웅보 형제를 인도하는 역할을 하고 있다.

웅보가 도착한 새끼내에는 말바우 엄마가 술을 팔고 있는 주막 하나만 있을 뿐 정착해서 사는 사람들은 없었다. 이는 당시 새끼내가 정주의 터전이 되는 장소가 아닌 일시적으로 머물다 떠나가는 공간의 개념이었음을 의

244) 진 쿠퍼, 위의 책, 214쪽.
245) 진 쿠퍼, 위의 책, 396쪽 참조.

미한다. 공간은 장소보다 추상적이기 때문에 공간에 가치를 부여했을 때 장소가 된다.246) 다시 말해 '장소'는 단순히 물리적 혹은 지질학적 공간이 아닌 문화적 가치들이 서로 겨루는 갈등의 터전이며 그 가치들이 구체화되어 드러나는 재현의 현장247)이 되어야 한다. 에드워드 렐프(Edward Relph)의 말처럼 "한 장소에 뿌리를 내린다는 것은 세상을 내다보는 안전지대를 가지는 것이며, 사물의 질서 속에서 자신의 견해를 확고하게 파악하는 것이며, 그리고 특정한 어딘가에 의미 있는 정신적이고 심리적 애착을 가지는 것"248)이다. 웅보와 대불에게 새끼내는 주막 앞에 있는 갈대밭에 물둑을 쌓아 내 땅, 내 집, 내 방을 만들어 뿌리를 내리고자 하는 장소가 된다.

대불에게 강 저쪽 노루목에서의 삶은 소극적이었다. 그러나 대불은 자신이 정착할 장소가 된 이곳 새끼내에서는 무조지 개간을 방해하는 박 초시네 하인들과 싸우면서 "우리가 깐 호박씨는 우리가 먹어야 한다."249)라고 하며 적극적인 삶의 태도를 보인다. 그는 힘이 약한 사람일수록 흩어지지 않고 모여 살아야 한다면서 '내 땅 만들기'에서 한 걸음 더 나아가 '우리 땅 만들기'를 계획한다. 그리고 마침내 김치근, 염주근, 칠복이 영감처럼 남한테 자랑할 것도 비난받을 것도 없는 백지장 같은 마음을 가진 사람들이 모여들면서 이들은 '오달진' 고향을 만들어 낸다. 영산강변에 정착한 새끼내 사람들은 열여덟 가족 130여 명이 한 솥에 밥을 해 먹으며 '한 식구'가 되어 두레공동체를 형성한다. 이 두레공동체 안에서 '박속같이 깨끗한

---

246) 이-푸 투안, 앞의 책, 19쪽. 자아가 장소에 대해 능동적 행위를 하는 근본적인 방법이 정주이다. 그러므로 이전에 새끼내 장소의 기능을 했다기보다는 추상적 공간이었다고 볼 수 있다.

247) 박주식, 「제국의 지도 그리기-장소, 재현 그리고 타자의 담론」, 고부응 편, 『탈식민주의-이론과 쟁점』, 문학과지성사, 2003, 260~261쪽 참조.

248) 에드워드 렐프, 앞의 책, 95쪽.

249) 문순태, 『타오르는 강』(1권), 앞의 책, 149쪽.

칠복이 영감'이 촌장을 맡고, 둑 쌓는 감리는 웅보가 책임지는 등 각자 자신의 역할을 정한다. 토지도 "장정은 두 몫으로 치고, 열 살 이상의 아이들과 쉰 살 이상의 노인, 아녀자들은 각각 한 몫"[250]으로 분배한다. 새끼내 사람들은 이러한 공동체적 삶을 통해 처음으로 자신들만의 장소에 자신들만의 마을을 만들고, 새로운 안식처인 자신들만의 고향에서 '강'처럼 평등한 세상을 맛본다.

개산 쪽으로 붉은 해가 영산강을 붉게 물들이며 기울자, 어슴어슴 어둠이 내리는가 싶었는데, 달이 둥실 떠올라 새끼내 집집마다 훤히 밝혀주었다. 새끼내 사람들은 밤이 깊도록 헤어지지 않았다.

달 가운데 노송나무
금도끼로 찍어내어
은도끼로 다듬어서
초가삼간 집을 지어
양친부모 모셔다가
천년만년 살고지고

마을 어디선가 여럿이서 함께 부르는 노랫소리가 강물 위로 달빛 흐르는 소리보다 더 아름답게 들렸다.

아이들의 노랫소리를 듣고 있던 어른들은 비로소 새끼내가 그들의 영원한 고향이 될 것이라는 것을 마음속으로 절실하게 느꼈다. 새끼내가 그들의 고향이 될 것이라는 생각이 들자, 달빛이 괸 뱀딸기 잎이며 방가지똥풀 하나도 소중하게 느껴졌다. 마당에 굴러다니는 돌멩이, 산기슭의 꽝꽝나무들도 모두 살아 있는 것처럼 느껴졌다. 그리고 이름 없는 풀잎들이며 강변의 모래알, 둔덕의 보라색 제비꽃 이파리들, 지붕이며 마당을 비

---

250) 문순태, 위의 책, 197쪽.

추는 달빛, 무당벌레 한 마리까지도 모두 새끼내 마을의 식구처럼 생각되어졌다. 모든 것이 소중하고 다정하게 느껴졌다.

－『타오르는 강』(1권), 193∼194쪽

고향을 한 번도 가져보지 못한 새끼내 사람들은 자유의 몸이 되어 공동체적 삶을 통해 고향을 갖게 되었고, 꿈에도 그리던 고향이기에 마당에 굴러다니는 돌멩이에도 강변의 모래알에까지도 애착을 갖는다. 이제 달빛에 잠긴 영산강변의 새끼내는 동화처럼 포근하고 평화롭게 느껴지는 장소가 되었다. 이들에게 영산강은 생명의 강이며 새끼내는 자신들의 뿌리가 된 것이다. 그래서 뒷날 세곡을 빼돌렸다는 양 진사의 모함을 받아 옥살이한 뒤 고향에 돌아왔을 때, 이들이 제일 먼저 한 일이 고향의 흙냄새를 맡아보고서 자신들의 뿌리를 확인한 것이었다. 이들에게 새끼내의 흙냄새는 고향 어머니의 몸에서 나는 냄새처럼 '들큼'하고, 꿀처럼 '달착지근'했다. 그러나 새끼내 사람들이 옥살이하는 동안 그들이 개간한 새끼내 땅은 수년간 세금을 내지 않았다는 이유로 모두 궁토(宮土)로 흡수되어 버린다.

결국, 이들은 자기들이 개간한 땅의 소작농으로 전락한 현실을 깨닫고 마을에 불을 지른 후 목포로 나가 짐꾼 노릇을 하게 된다. 이들은 태어나서 처음으로 가져본 고향을 불태우면서도 고향을 상실했다고 생각하지 않는다. 스스로 새끼내를 불태운 것은 절대로 자신들만의 장소인 이곳 새끼내 땅만큼은 타인에게 넘기지 않겠다는 의지의 표출이었다. 친밀한 장소는 "우리가 근본적 필요들을 무리 없이 보장받을 수 있는 양육의 장소"[251]이듯이, 시원의 땅 새끼내는 이들이 지치고 힘들 때 위로를 갈구할 수 있는 유일한 터전이었다. 그리하여 웅보가 "어디를 가도 새끼내만한 곳이 없었다. 어디를 가도 새끼내 사람들처럼 서로를 아끼고 돌봐주고 걱정해주는

---

251) 이-푸 투안, 앞의 책, 220쪽.

사람이 없었다. 기쁠 때 같이 웃고 슬플 때 같이 울 사람들이 없었다."252)
라고 하며 새끼내로 돌아오듯, 새끼내 1세대들은 고향으로 하나둘씩 다시
돌아온다. 이때 웅보와 막음례 사이에서 태어났던 장개동이 새끼내로 들어
오면서 자연스레 이야기의 전개는 2세대의 고향 지키기로 연결된다.

장개동은 혼인한 뒤 아내와 함께 아버지의 고향인 새끼내로 들어가 살
게 된다. 그는 새끼내에 오자마자 집을 짓는다. 에드워드 렐프는 "집은 어
쩌다 우연히 살게 된 가옥이 아니라 그 무엇으로도 대체되거나 교환될 수
없는 의미의 중심이다. 그러므로 개인으로서 그리고 한 공동체의 구성원으
로서의 우리 정체성의 토대이며, 모든 인간 활동에 대한 맥락뿐 아니라 개
인과 집단에 대한 안전과 정체성을 제공한다."253)라고 했다. 이러한 의미
에서 개동이 새끼내에 오자마자 집을 짓는다는 행위는 두 가지의 상징적
의미를 지닌다. 하나는 아버지를 중심으로 새끼내 사람들이 일군 고향을
지키겠다는 의미이며, 다른 하나는 결혼한 후 아내까지 대동하고 왔기 때
문에 자식에게 정착의 장소로 고향을 물려주겠다는 뜻을 지닌다. 개동은
"영산강은 나의 핏줄, 종으로 태어난 아버지의 굵은 팔뚝 같은 영산강에
나는 안기고 싶네."254)라고 말한다. 이러한 그의 말은 아들 백년과 백석을
목포로 가서 낳지 않고 새끼내에서 낳는 행동으로 이어지는데, 이는 새끼
내에 뿌리내리기를 염원하고 있다고 볼 수 있다.

개동은 새끼내 사람들이 고향을 지키기 위해 목숨을 내놓고 동양척식주
식회사에 불을 지르는 모습을 보면서 부끄러움을 느낀다. 그들은 '내 땅에
서 내 땅 파먹고 사람답게 사는 세상'을 꿈꾸며 죽어갔던 것이다. 아버지
와 함께 새끼내에 처음으로 터전을 일구었던 칠성이 영감은 그들과 함께

---

252) 문순태, 『타오르는 강』(3권), 앞의 책, 331쪽.
253) 에드워드 렐프, 앞의 책, 97~100쪽 참조.
254) 문순태, 『타오르는 강』(7권), 앞의 책, 18쪽.

행동하려는 개동을 저지하며, 살아남아서 자신들의 죽음이 '개죽음'이 아니었음을 있는 그대로 후세들에게 전해달라고 부탁한다. 이에 개동은 지금까지 강변에 살았던 새끼내 사람들의 역사가 그대로 강물과 함께 흘러가 버리지 않도록 새끼내 3세대인 아들 백년과 영산강을 따라 걸으며, 그들이 살아온 삶의 내력을 세세하게 이야기해 준다.

그 결과 백년은 고향과 친해지기 위해 새끼내에서 광주까지 기차로 통학하기로 한다. 그는 아침과 저녁에 영산강변을 걸으며 이 길을 할아버지와 할머니가 걸었고 지금은 아버지와 어머니, 형제들과 친구들 그리고 고향 사람들과 함께 걷는다고 생각하며 편안함을 느낀다. 백년은 고향과 친해지면서 고향을 '풋풋한 흙냄새'와 가족들의 '말소리 · 숨소리 · 기침소리'처럼 일상으로 느끼기 시작한다. 그는 자신이 이처럼 가족들과 편안하게 생활할 수 있도록 고향을 만들어 준 옹보 할아버지와 고향을 지켜온 아버지에게 고마움을 느낀다. 그래서 고향 친구 인숙에게 영산강변을 중심으로 피와 땀과 눈물로 땅을 일구어낸 노비들의 삶과 빼앗긴 땅을 찾기 위해 죽어간 민중의 이야기를 들려준다. 백년은 인숙에게 살아있는 영산강의 역사를 들려주며, 비로소 자신의 몸 일부분이 영산강이 된 느낌을 갖게 된다.

에드워드 렐프는 "공동체와 장소 사이의 관계는 사실 매우 밀접해서 공동체가 장소의 정체성을, 장소가 공동체의 정체성을 강화시킨다."255)라고 하였다. 이러한 의미로 작가는 개인적으로 옹보-개동-백년으로 이어지는 옹보의 가계를 통해 옹보의 고향 만들기에서 그의 아들인 개동이 고향을 지키기 위해 온갖 고통을 겪는 과정을, 그리고 손자인 백년이 고향에 뿌리내리는 과정을 형상화했다. 작가는 역사책에 기록되지 않는 민중이 저항했던 역사를 들려주기 위해 '젖줄'이 아니라 '핏줄'이 필요했던 것이다. 이

---

255) 에드워드 렐프, 앞의 책, 86쪽.

핏줄은 봉건사회가 점차 붕괴되고 근대사회로 이행되던 역사적 전환기에 있었던 영상강변의 수탈의 역사와 이에 대한 저항을 의미한다. 그러므로 영산강은 편안히 쉴 수 있는 어머니의 강이 아니라 저항의 강으로서 '아버지의 강'이었던 것이다.

3. 영산강의 울음소리, 한(恨)의 민중사

문순태 소설에서 '소리'는 중요하다. 그는 초기 소설부터 최근 소설까지 '총소리', '물레방아 소리', '징소리', '영산강의 울음소리', '뜸부기 소리' 등 다양한 소리를 상징적으로 형상화하고 있다. 그런데 이 '소리'는 듣는 대상의 활동과 연관된다. 『타오르는 강』에서도 영산강의 울음소리는 아무나 들을 수 없으며, 영산강의 울음소리를 들은 인물들은 듣기 전과 들은 후 삶의 태도가 달라진다. 여기서 작가는 왜 영산강의 물소리를 '울음소리'라고 상징적으로 표현하고 있으며, 굳이 영산강의 울음소리를 듣기 전과 들은 후로 구분하여 이들 인물의 삶에 변화를 주는 걸까?

『타오르는 강』 서두는 웅보가 종의 신분에서 벗어나기 위해 도망가다가 붙잡혀서 500년 된 팽나무에 묶인 채, 살이 에이는 겨울 칼바람 속에서 영산강의 울음소리를 듣는 것으로 시작된다. 웅보는 영산강의 울음소리에서 '종살이가 죽기보다 싫어' 세 번이나 도망쳤다가 붙잡혀 이마에 불도장이 찍혔던 할아버지의 음성을 듣는다. 웅보와 죽어서 강물이 된 할아버지의 만남은 우주의 순환원리로 두 세대 사이의 정신적 결합과 계속성을 암시한다고 볼 수 있다. 할아버지는 "죽으면 땅에 묻지 말고 영산강에 떠내려 보내달"[256]라고 유언을 남길 만큼 죽어서 강물이 되고 싶어 했다. 웅보는 종들이 아무리 슬퍼도 낮에 울지 못하고 컴컴한 밤에만 눈물이 마르도록 운다는 할아버지의 말을 드디어 이해하게 된다. 웅보에게 할아버지는 '큰 혼령의 힘'[257]이었다. 영산강의 울음소리는 영산강에서 죽은 할아버지 이전의 수많은 종의 억눌린 저항의 목소리로 느껴지면서 종들의 아픔과 한의 소리로 들려왔다. 영산강의 울음소리는 더 이상 내려갈 곳도 없는 밑바닥 인생을 살고 있는 민중의 아픔을 듣고 공감할 수 있는 이들의 귀에만 들리는 것이었다.

웅보가 영산강의 울음소리를 살아있는 사람들의 애환으로 느끼기보다는 이미 죽은 자들의 원한으로 느낀다는 점은 해한(解恨)의 시작을 의미한다. 해한은 한이 자라나는 뿌리에 대한 정확한 인식을 전제로 한다. 그 전제는 바로 영산강이 우는 것으로 김치근이 박 초시네 하인들한테 몰매를 맞아 죽었을 때와 새끼내 땅이 궁토가 되어 웅보가 새끼내에 불을 지르고 목포로 떠날 때 영산강은 울음소리를 냈다. 즉 그 울음은 외부적 힘에 의해서 가학적으로 만들어진 원한의 울음이었다. 웅보는 이들의 아픔을 깊이 들여다보기 위해 영산강의 울음소리에 귀 기울이고 차디찬 고혼을 쓰다듬어 위로한다. 웅보가 새끼내로 다시 돌아오게 되는 계기도 꿈에 나타난 영산강의 울음소리 때문이었다.

이때 웅보는 목포 미곡창에서 등짐꾼으로 생활하고 있었다. 그는 선창의 야적장에서 붙잡힌 어린아이 서천이가 "조선 사람들이 굶어 죽어가고 있는데 왜 어른들은 일본으로 쌀을 죄 실어가는 것을 보고만 있느냐"고 그에게 따져 묻기 전까지는 그저 평범한 등짐꾼이었다. 하지만 어린아이인 서천이가 어른들의 잘못을 당당하게 따지던 목소리는 그의 가슴에 삼지창처

---

256) 문순태, 『타오르는 강』(1권), 앞의 책, 75쪽.
257) 진 쿠퍼, 앞의 책, 396쪽. 아메리카 인디언들은 흐르는 물이 <큰 혼령>의 흐르는 힘을 나타낸다고 본다.

럼 꽂혔으며, 서천이가 경비원이 내려친 몽둥이에 골통이 깨진 채 죽은 모습을 보며 이마에 불도장이 찍힌 할아버지 목소리를 듣게 된다. 할아버지의 목소리는 어둠 속에 잠겨 있는 영산강의 울음소리로, 웅보에게는 이 울음소리가 억울하게 죽어간 서천이의 울부짖음으로 느껴지면서 다시 고향 사람들의 불행과 슬픔이 자신의 고통으로 다가왔다. 웅보가 영산강의 울음 소리를 다시 들었다는 점은 부정한 현실의 소리를 외면하지 않겠다는 의미 이며, 질경이같이 밟아도 죽지 않고 되살아나는 한의 의지력으로 고향을 지키겠다는 뜻이다. 이렇듯 작가는 영산강의 울음소리에 귀 기울이는 웅보를 통해 '한의 생명력'을 보여주고자 하였다. 즉, 웅보처럼 시대의 아픔을 제대로 듣고 보려는 의지를 가진 사람만이 한을 가질 수 있으며, 해한도 가능하다는 점을 보여주고자 영산강의 물소리를 울음소리로 상징화했던 것이다.

대불에게 영산강의 울음소리는 '분노'이다. 분노는 기존의 상태를 중단하고 새로운 상태를 시작하게 하는 힘이 된다.258) 대불은 노루목에서 양진사의 지시대로 봇수세를 받거나 영산포에서 세곡 운반을 감독하는 목대잡이 노릇을 하면서는 영산강이 우는 소리를 듣지 못한다. 그러나 그는 양진사가 일본인과 내통해서 세미를 빼돌린 뒤, 그 잘못을 새끼내 사람들에게 덮어씌우는 것에 피가 거꾸로 솟구치는 분노를 느끼면서 영산강이 우는 소리를 이해하게 된다. 그래서 자신의 치부만을 일삼고 있는 양 진사의 미곡운반선에 불을 지르고 도주한다.

그리고 백양사 입구에 있는 자신의 주막에서 장성현 관속들이 주세를

---

258) 한병철, 김태환 옮김, 『피로사회』, 문학과지성사, 2012, 50~51쪽 참조. 분노는 어떤 상황을 중단시키고 새로운 상황이 시작되도록 만들 수 있는 능력이다. 분노가 보여주는 에너지는 현재에 대해 총체적인 의문을 제기한다. 분노의 전제는 현재 속에서 중단하며 잠시 멈춰 선다는 것으로, 돌이켜 생각하기다.

내라고 행패를 부리자 스스로 주막에 불을 지르며 항거한다. 그는 주막에 불을 지르면서 관속들의 핍탈에 분노하는데, 이때 영산강이 우는 소리를 노비들이 우는 소리로 이해하게 된다. 그에게 영산강의 울음소리는 더 이상 '밟히면 밟힌 대로 죽은 듯이 참고 견디는 삶'[259]이 아니고, 숨을 쉬기 위해 '빠비작거리고 꿈틀거리려고 하는 질경이뿌리 같은'[260] 용기였다. 대불은 영산강의 울음소리를 통해서 자신이 누구인지, 왜 짓밟힘을 당하며 살아야 하는지 물으며 그 해답을 동학에서 찾는다.

또 대불은 영산강의 울음소리를 '아름답고 애원처절한 단소소리'[261]로 기억한다. 제물포에서 등짐꾼으로 있으면서 알게 된 거렁뱅이 전서방이 단소를 불 때마다 고향으로 돌아가고 싶은 생각이 간절했다. 대불은 단소소리를 들으며 난초의 아버지 줄패장이 영감도 떠올리고 고향의 영산강 물소리도 떠올렸다. 영산강의 울음소리는 억울하게 종이 된 할아버지의 애원성으로 대불이 안일하게 등짐꾼으로 머물고 있음을 깊이 반성하게 한다. 대불은 자기 속에 틀어박혀 있는 사람은 정신을 가지지 못한 사람으로 무한한 고통을 감내할 수 없음을 깨닫게 되고, 문턱을 넘어 한양으로 가서 만민공동회 활동을 하게 된다. 이는 개인의 아픔에서 공동의 아픔을 경험하는 장이었으며, 다시 고향으로 돌아가서 의병활동을 하게 되는 계기가 된다.

대불은 나주 금성산에서 의병활동을 한다. 그리고 그는 십장으로서 지휘했던 창의병의 1/3이 헌병에게 끌려가고 1/3이 죽고 나자, 죄책감에 영산강변 갈대숲에 앉아 괴로워할 때 다시 영산강의 울음소리를 듣게 된다. 대불은 영산강의 울음소리를 들으며 강물에 발을 담근다. 그는 물속에 몸을

---

259) 문순태, 『타오르는 강』(2권), 앞의 책, 290쪽.
260) 문순태, 위의 책, 290쪽.
261) 문순태, 『타오르는 강』(4권), 앞의 책, 61쪽.

담그는 순간 불안은 사라지고 평화와 안식을 느끼며, 이전에 죽은 사람들과 하나가 되는 신비로운 합일을 경험하게 된다. 영산강의 울음소리는 물봉선꽃을 머리에 꽂은 채 영산강 물난리로 죽은 필순이와 대풍창에 걸려 풀상투와 함께 모습을 감추어버린 말바우 어미, 갑오년 난리 때 함께 싸우다 죽어간 이들의 소리로 대불은 갑자기 이들이 살아 있는 넋으로 느껴지며 그들과 대화하고 있다는 생각이 든다.

> 더 가까이 오거라. 영산강 안으로 들어오거라. 이마에 불도장이 찍혔던 할아버지의 넋이 그에게 이르고 있는 것 같았다. 대불이는 분명히 할아버지의 목소리를 들은 듯싶었다. 그는 고개를 들어 거대한 꿈틀거림으로 어둠 속을 흐르는 영산강을 보았다. 어느새 달이 떠올라 수면을 희부옇게 남보라색의 수국꽃 빛깔로 비추고 있었다. 늦가을 깊은 밤의 남보랏빛 화사한 달빛에 흠씬 젖은 영산강을 바라보고 있는 대불이는 자신도 모르게 황홀경에 도취되고 말았다. 갑자기 대불이는 자신의 몸뚱이가 남보랏빛의 달빛으로 변하면서, 강물이 되어 흐르는 듯한 신비로운 기분에 젖어 들었다. 대불이는 달빛에 젖은 갈대를 헤치고 강물이 흐르는 쪽으로 걸어갔다.

> ─『타오르는 강』(6권), 358쪽

대불이 영산강에서 불러낸 이들은 모두 자신을 의롭게 여기는 자들로 밤하늘에 빛나는 별과 영산강의 강물이 된 이들이다. 여기서 별빛은 대불에게 일정한 방향성을 지니고 앞으로 나아가야 할 길을 제시해 주며, 영산강의 강물이 된 이들은 정의를 위해 죽을 수 있는 용기를 지니도록 한다. 따라서 대불이 홀로 영산강에 발을 담그고 이들과 대화를 하는 것은 지금까지 흘러온 강물의 역사를 기억하겠다는 의미이며, 그 자신이 앞으로 흘러갈 강물의 역사가 되겠다는 의지이다. 대불과 할아버지와의 대화는 어제보다 나은 오늘, 오늘보다 나은 내일을 지향하는 과정이다. 그리고 마침내 대불은 '영산강 강물이 되면 언제까지나 죽지 않고 살아서 흐를' 수 있음을 깨닫고 죽음을 각오하고 싸울 용기를 얻는다. 그 결과 대불은 끝까지 의병활동을 계속하게 되고, 일제의 대토벌작전으로 설 땅을 잃게 되자 만주로 떠나 독립군이 된다. 여기서 대불에게 영산강의 울음소리는 능동적으로 새로운 자신을 발견하는 거울과 같은 역할을 했던 것이다.

이렇듯 문순태는 '영산강'의 울음소리를 통해 시간과 공간이 초월되는 동시성262)을 지향하고 있다. 특히 웅보와 대불은 죽음을 생각할 정도로 절망적인 상황에 직면하면서 영산강에 몸을 담근다. 수백 년 전부터 최근에 죽은 이들까지 시간과 공간을 초월하여 웅보와 대불을 호명하며 그들과 합일한다. 이러한 합일의 행위를 통해 그들이 앞으로 나아갈 방향을 결정했다는 점은 끊임없이 살아 움직이는 영산강의 역사 속에 내재된 정신이 바로 영산강의 울음소리임을 말해주는 것이다. 그래서 웅보의 아들 개동과 손자인 백년도 영산강의 울음소리를 듣고 싶어 하지만 아직 듣지 못해 안타까워한다. 백년은 여자 친구인 인숙과 영산강변을 걸으며 영산강이 시작하는 담양 가막골 용소에서 영산강이 끝나는 목포 앞바다까지 걸어보고 싶다고 말한다. 그가 영산강변을 걷고자 하는 것은 "영산강이 우리의 정신이고 마음이며 희망이고 미래"여서 "영산강을 이해하고 잘 지키는 것은 우리 자신을 사랑하는 길"263)이기도 하기 때문이다.

여기서 백년이 홀로 영산강변을 걷지 않고, 인숙과 함께 걸으며 '영산강 울음소리'를 듣고자 하는 것은 중요한 의미를 지닌다. 인숙의 말처럼 일제에 나라를 빼앗기고 백성들이 고통을 당하고 있는 지금의 상황에서 분명

---

262) '동시성'이란 인간이 현세와 초현세와의 사이에 놓인 간격, 즉 유한한 것과 무한한 것의 간격을 극복하는 것으로 시공을 초월하여 인식하는 것이다.
263) 문순태, 『타오르는 강』(9권), 앞의 책, 57쪽.

영산강이 울고 있을 터인데도, 자신들은 그 소리를 들을 수 없었던 것이다. 영산강은 아무에게나 그 울음소리를 들려주지 않았다. "약한 자와 가난한 자의 아픔 따윈 생각조차 싫어하고 맹목적인 두더지의 삶만을 부러워하는 마키아벨리언"[264]들은 들을 수가 없었던 것이다. 영산강의 울음소리는 그들의 상처가 왜 생겼는지 관심을 두고 그 아픔을 깊이 들여다볼 수 있는 애정이 있는 사람에게만 들린다. 듣는다는 것은 공감한다는 것이며, 그들의 삶을 진정으로 이해했을 때 들리기 때문에 '영산강의 울음소리'는 귀로 듣는 것이 아니라 마음으로 느낀다고 볼 수 있다. 백년과 인숙이 함께 광주학생독립운동에 참여하면서 영산강의 울음소리를 듣기 위해 귀를 기울이는 행동은 일제에 항거하며 투쟁해 온 무지렁이들의 운동을 기억하겠다는 의미이다. 여기서 영산강의 울음소리는 한의 민중사로, 그 울음소리는 민중들의 한 그 자체라고 할 수 있다. 이는 광주학생독립운동의 씨앗이 영산강변 궁삼면(宮三面) 무지렁이들의 투쟁에서 서서히 싹이 트고, 의병운동으로 성장하여 마침내는 광주학생독립운동으로 타올랐다는 것을 상징한다.

4. 아버지의 강, 무등(無等)의 세상

노자 도덕경에 "천하에 물보다 약하고 부드러운 것은 없다. 그러나 굳세고 강한 것을 공략하는 데는 물보다 나은 것은 없다."[265]라고 하였듯이, 물은 부드러우면서도 강한 성질이 있다. 『타오르는 강』은 이러한 물의 강인함을 노비들이 죽어서 내는 영산강의 울음소리로 상징적으로 보여준 후,

---

264) 문순태, 「작가의 말」, 『흑산도 갈매기』, 앞의 책.
265) 김홍경 지음, 『노자·삶의 기술, 늙은이의 노래』, 들녘, 2010, 488쪽.

그들이 꿈꾸었던 '무등(無等)'의 세상을 실현해 가는 인물로 양만석을 내세우고 있다. 그런데 문순태는 왜 영산강변 사람들이 꿈꾸었던 무등의 세상을 만들어가는 인물로 동양척식회사의 주구 노릇을 했던 양만석을 선택했을까?

양만석은 나주 천석 부잣집의 3대 독자이다. 그는 자신의 이익을 위해서라면 부도덕한 일도 서슴지 않는 철저하게 물신화된 인물이다. 이런 그도 자신이 그처럼 무시했던 노비 장웅보가 생부266)라는 사실을 알게 된 후, 괴로워하다가 일본으로 유학을 가게 된다. 양만석은 일본에서 사회주의 노동운동에 관련된 책과 사회주의자인 김준형을 만나면서 더 이상 '노비의 핏줄'임을 부끄러워하지 않게 된다. 그래서 그는 귀국하자마자 대부분 노비 출신과 백정, 점한이(도공), 단골 등이 모여 있는 진주 형평사에서 강연하며, 강물처럼 높고 낮음이 없는 '평등 세상'을 만들어가기 위해 평생을 바치겠다고 약속한다.

양만석의 이러한 평등 세상에 대한 꿈은 광주학생독립운동의 주축이 된 광주청년회의 회원들에게 영향을 준다. 양재일은 물처럼 평등한 세상은 꼭 온다고 믿으며, 물은 늘 수평을 이룬다고 말한다. 물은 처음 하나의 작은 물방울에서 비롯되나, 점차 여러 개의 물방울이 합쳐지면서 거대한 강이 되고 바다가 되듯이, 평등한 세상으로 가는 길도 쉬지 않고 흐르는 강물처럼 강한 신념이 중요하다고 생각한다. 광주청년회원들의 평등 세상에 대한 신념은 물방울이 합쳐지듯 광주고보 학생들과 공부하는 모임을 결성하게 되고, 이어 강물처럼 흘러 광주 농업학교와 숭일학교를 비롯한 다른 학교로 확산되는 계기가 된다.

---

266) 양만석은 자신의 집에 노비로 있었던 웅보와 양 진사의 처인 유 씨 부인 사이에서 태어났다.

양만석이 영산강을 그리워한 시기는 자신이 살아왔던 과거에 대해 부끄러움을 느끼기 시작하면서부터였다. 그의 영산강에 대한 그리움은 생부 웅보에 대한 간절한 그리움이었다. 그는 생부 웅보의 무덤이 있는 새끼내 개산으로 향하는 배 위에서 조심스럽게 영산강에 손을 넣어 본다. 추운 겨울임에도 강물은 차갑게 느껴지지 않았다. 마치 아버지의 체온처럼 부드럽고 따뜻했다. 여기서 양만석이 영산강을 직접 체온으로 느낀다는 점은 중요한 상징성을 지닌다. 대불이 절망의 순간에 영산강 물에 발을 담그며 죽은 할아버지와 아버지를 만나고, 갑오년에 죽은 동료 동학도들을 만나는 것처럼, 양만석이 영산강에 손을 담그는 행동은 자신이 '노비의 핏줄'임을 인정하는 것이며, 그들을 가슴으로 이해했음을 의미한다. 따라서 차가운 물에 몸을 담그는 행동은 과거의 삶을 종식하고 새롭게 태어남을 의미한다.[267] 그는 강물이 흘러오는 쪽과 흘러가는 쪽을 굽어보며, 죽어서 강물이 된 노비들과 촉각을 통해 공감하게 되면서 영산강을 '그리운 아버지의 강'이라 부르게 된다. 그리고 생부가 진정으로 원하는 무등의 세상을 만들어야겠다고 마음을 다잡는다.

양만석은 아버지의 산소를 다녀온 뒤부터 평등한 세상을 만들기 위해 더 이상 서적에 의지하지 않는다. 그는 아버지가 새끼내를 시원의 땅으로 만든 힘도, 그 땅을 지켜 온 원동력도 모두 지식이 아니라 실천이었음을 깨닫게 된다. 서적을 통한 사상의 탑은 모래성과 같아, 언제 허물어져서 물거품처럼 사라져버릴지 모른다. 그는 이처럼 확신하고, 실제적 삶을 통해 체득된 사상이 참된 사상이며, 이렇게 체득된 사상에만 실천이 뒤따를 수

---

267) 진 쿠퍼, 앞의 책, 10쪽. 세정(洗淨)은 정화의 의미이다. 불교에서도 승려가 되는 입문식에서 행하는 관정(灌頂)은 속인으로서의 과거를 씻어낸다는 뜻이며, 크리스트교에서도 세수식 미사에서 사제가 손을 씻는 의식을 거행하는 것은 '손을 씻어서 나를 깨끗이 한다.'는 의미를 지니고 있다.

있다고 생각한다. 양만석은 일본에서 독서 활동을 통해 사회주의 사상을 배웠고, 그 사상은 그에게 인생의 전환점이 되었음이 분명하나, 그 사상을 실현시키기 위한 방법에 대해서는 알고 있지 못했다. 그런데 아버지의 강이었던 영산강을 대면하고서 자신의 사상을 실현하는 방법이 투쟁을 통해 쟁취할 수 있다는 것을 깨닫게 된다. 그래서 만주로 가서 민중이 굶주리지 않고 소외당하지 않으며 인간답게 살아갈 수 있는 '무등'의 세상을 만들겠다는 목표를 세운다.

양만석은 기차에서 영산강이 굼실굼실 몸을 뒤척이며 줄기차게 흘러가고 있는 모습을 상상하며, 어머니와 영산강 갈대밭에서 노닐었던 유년의 기억을 떠올린다. 장소에 대한 애착이 순간적으로 생기지 않고 장소를 알아가는 일정한 시간이 흘러 쌓인 경험을 통해 생기는 것268)처럼 그는 동양척식주식회사 주구 노릇을 하면서 물신화된 삶을 살 때는 한 번도 떠오르지 않았던 영산강이 '숙성된 된장'처럼 '구리'하면서 '알싸한 냄새'269)로 다가온다. 기차에서 양만석이 영산강이 흘러가고 있는 모습과 어머니와 노닐었던 유년의 기억을 떠올린다는 것은 7년 전에 일본으로 떠났던 도피와 달리, 영산강의 '작지만 큰 역사'를 기억하겠다는 의미이며, 만주에서 '작은 역사' 쓰기를 계속하겠다는 의지이다. 여기서 양만석은 홀로 만주에 가지 않고 조카 백석과 함께함으로써 '무등의 세상'에 한 발 더 다가가게 되는 계기를 마련한다.

장백석은 장개동의 둘째 아들로, 새끼내에서 아버지와 함께 자전거를 타고 나주보통학교에 등교하면서 영산강변 사람들이 무등의 세상을 꿈꾸며 어떻게 싸워왔는지 듣게 된다. 그리고 새끼내 1세대인 쌀분 할머니를 통해

---

268) 이푸 투안, 앞의 책, 261쪽.
269) 문순태, 『타오르는 강』(9권), 앞의 책, 367쪽.

할아버지를 비롯한 새끼내 사람들이 어떻게 이 땅을 일구고 지켜왔는지 알게 된다. 그러다가 광주에서 '숲실 사랑'이라는 불구자 수용소를 운영하는 친할머니 막음례 집에서 생활하게 되면서부터, 병들고 굶주림에 시달리는 사람들의 현실에 관심을 갖게 된다. 백석은 아버지와 고향 새끼내 사람들에게서 강물처럼 도도히 흘러온 고향의 역사를 배웠다. 그리고 광주에서 참담한 고난 속에서도 꿈을 버리지 않고 살아가는 '숲실 사랑' 사람들과 이들을 돌보고 있는 친할머니에게서 '무등의 세상'으로 가는 길을 배우고 실천하고자 한다.

그리하여 백석은 일요일마다 '숲실 사랑'에서 글을 가르치고, 광주고보에 다니는 동안 동맹휴학에 참여하면서 점차 당대 사회의 문제점을 확연하게 인식하게 된다. 하지만 광주학생운동이 민족의 독립으로 이어지지 못하고, 학생들이 절망에 빠지자 방황하게 된다. 그러던 중 그는 숙부인 양만석이 간도에 가서 독립운동을 하면서 굶주리지 않고 소외당하지 않으며 인간답게 살 수 있는 세상을 만들겠다는 말을 듣고 따라가기로 한다. 백석은 양만석의 만류에도 불구하고, 양만석의 삶에 영향을 주었던 고토쿠 슈스이 (幸德秋水)의 『사회주의 신체』를 읽으며 간도행을 결행한다. 백석이 간도행 기차 안에서 『사회주의 신체』를 읽는다는 것은 양만석이 꿈꾸는 '무등의 세상'을 대를 이어 만들어 가겠다는 뜻으로 볼 수 있다. 왜냐하면 『사회주의 신체』는 양만석에게 처음으로 평등의 세상을 꿈꾸게 했고, 새로운 세상으로 이끌었던 책이기 때문이다.

이렇듯 『타오르는 강』에서 영산강을 '그리운 아버지의 강'으로 호명한 사람은 양만석이다. 문순태는 왜 아버지와 함께 새끼내에 거주했던 개동보다는 생전에 생부로 인정하지 않았던 양만석을 선택하였던 것일까? 이는 19세기 말 전라도 영산강 지역을 배경으로 노비세습제 폐지, 동학농민전쟁, 개항과 부두노동자쟁의, 의병운동, 1920년대 나주 궁삼면 소작쟁의 사건, 1929년 광주학생독립운동까지 반세기에 이르는 민중의 저항의 삶을 재조명하기 위함으로 볼 수 있다. 양만석이 '노비의 핏줄'을 인정하면서 영산강에 손을 담그듯, 우리도 영산강의 울음소리에 귀 기울여 잊혀가는 '작지만 큰 역사'를 기억해야 할 때이다. 그러므로 우리는 지금 지난날의 역사에 대해 주체적인 사고와 기억을 통해서 우리의 핏줄인 영산강을 바라봐야 할 것이다. 그래야만 영산강이라는 장소의 정체성은 민중이 저항의 역사로 일구어낸 '무등의 강'으로 자리매김할 수 있을 것이다.

5. 영산강의 정체성

지금까지 필자는 문순태의 『타오르는 강』에서 영산강이 지니고 있는 상징적 의미를 세 가지로 도출하여, 영산강만이 가지고 있는 장소 정체성을 규명하였다. 영산강은 고대부터 다도해가 어우러져 물길과 바닷길이 발달하여 농경문화와 해양문화가 어우러져 새로운 문화를 융합하는 거점으로 역할을 하였으며, 이천 년 역사와 문화를 품어 온 호남 제일의 젖줄로 기존에는 '어머니의 강'으로 상징화되고 있었다. 그런데 문순태는 『타오르는 강』에서 영산강을 '어머니의 강'이 아니라 '아버지의 강'으로 형상화함으로써 영산강의 장소 정체성을 새롭게 부여하고 있다.

장소 정체성이란 장소와 장소 경험의 주체인 사람과의 상호작용을 통해 만들어지는 장소의 고유한 특성으로, 『타오르는 강』은 영산강변을 삶의 터전으로 살아가는 3세대를 통해 그 장소를 체험하는 사람들의 기억 속에 형성된 공감대를 만들어내고 있다. 『타오르는 강』에서 영산강의 상징적 의미는 세 가지다. 첫 번째 상징적 의미는 동쪽 노루목에서 노비의 삶을 살았던 사람들을 정신적 평온을 느낄 수 있는 서쪽 새끼내로 인도함으로써 추상적 공간이었던 새끼내가 시원의 터전인 고향이 된다는 점이다. 이들은 공동체적 삶을 통해 처음으로 '오달진' 고향을 만들었으며, '강'처럼 평등한 세상을 맛본다. 두 번째 상징적 의미는 '영산강'의 울음소리를 통해 한의 민중사를 보여주고 있다는 점이다. 영산강의 울음소리는 '큰 혼령의 힘'으로 밑바닥 인생을 살고 있는 민중의 아픔을 공감한 사람만이 들을 수 있다. 영산강의 울음소리를 듣기 위해 귀를 기울이는 행동은 그들의 '한의 생명력'을 바탕으로 투쟁하겠다는 의미이다. 그러므로 문순태는 영산강의 울음소리를 통해 민중의 한과 홀 맺힌 역사의 한을 상징적으로 보여주고 있다. 세 번째 상징적 의미는 무등(無等)의 세상을 꿈꾸는 아버지의 강이다. 기존의 영산강이 풍족한 '젖줄'로서의 '어머니 강'이었다면, 문순태는 노비들의 분노로 타오른 영산강을 '핏줄'로서의 '아버지 강'으로 형상화하고 있다.

이로써 『타오르는 강』에 드러나는 영산강의 장소 정체성은 민중이 저항의 역사로 일구어낸 '무등의 강'이라고 할 수 있다. 장소성이 변화 속에서 유지되어 온 장소의 정신으로 그 장소의 개별성과 고유성이라고 볼 때 영산강의 장소성에 대한 연구는 아직 미흡한 실정이다. 필자는 아직 연구된 적 없는 『타오르는 강』에 담겨 있는 영산강의 장소성을 밝힌 점을 시발점으로 삼아, 우리의 고전문학과 현대문학을 아울러서 영산강의 장소성이 드러내는 본질적인 특성을 파악하는 연구를 앞으로 과제로 남긴다.

제 5 장

문순태 문학의 지형도 그리기

1. 소설 세계의 질료, 삶의 역정

문학작품은 작가의 문학정신의 육화(肉化)이자 형상화[270]로서 작가 연구
는 대상 작가의 작품을 읽고 평가하는 데서부터 시작된다. 작가는 작품의
안팎에서 어떤 형태로든 작품에 끊임없이 영향을 주는 존재이기 때문에 작
가에 대한 생애와 그의 문학 세계를 함께 살펴보는 것은 의미 있는 작업이
될 것이다. 작품을 배제한 작가론이 한 작가의 일반적 전기를 벗어날 수
없는 것처럼, 작가에 대한 고려 없는 작품론은 구조에 대한 메마른 분석에
치우쳐 '문학의 비인간화'로 치닫게 될 것이다.[271] 따라서 한 작가의 총체

---

270) 김붕구, 『작가와 사회』, 일조각, 1982, 427쪽.
271) 우한용, 「작가론의 방법」, 『한국근대작가연구』, 삼지원, 1985, 16쪽.
　　김윤식도 작품과 작가는 밀접한 관련성이 있다고 본다. "작품이란 어느 정도 작가
　　의 특징을 틀림없이 내포하며, 가능한 한도까지 그 작가의 인생을 앎으로써 그의 작
　　품을 해명할 수가 있을 것이다. 우리는 작가의 생활, 인생관 등을 고려해 넣은 비평
　　이 지닐 수 있는 어리석음의 가능성을 인식하는 한도에서 자율성의 선언(doctrine of

적인 문학 세계를 규명하기 위해서는 작품론과 작가론을 함께 아우르는 소설의 지형도 연구가 필요하다고 본다.[272]

문순태는 1939년 10월 2일 전남 담양군 남면 구산리 308번지에서 남평 문 씨 10대 종손으로 태어났다.[273] 그는 광주고등학교 3학년 때『전남일보』 신춘문예 시 부분에 김혜숙이라는 가명으로 입선되었으며,『전남매일』의 전신인『농촌중보』신춘문예에는 단편소설「소나기」가 당선되었다. 이처럼 그는 낮에는 수업 시간에도 소설책만 읽었으며 밤에는 하수 썩는 냄새가 진동하는 판잣집의 단칸방에서 날을 새어가며 소설을 썼다.[274] 이때 그는 소설을 쓰는 데 있어서 대학에 진학하는 것은 무의미하다고 생각할 정도로 '문학병'이 깊어지면서 아버지와 심한 갈등을 겪기도 했다. 이후 대학교에 다니면서도 문학에 심취하여, 존경했던 김현승 시인이 조선대학교에서 숭실대학교로 옮겨가자 문순태도 1963년 숭실대학교 기독교철학과 3학년에 편입한다.

하지만 1963년 가을, 아버지의 죽음과 함께 가족의 생계를 책임져야 하는 생활인이 되면서 그는 문학에 대한 꿈을 잠시 미루게 된다. 1965년 그는 그의 시인 '천재들'이 김현승의 추천을 받아『현대문학』에 발표되어 천

---

autonomy: 작품과 작가의 격리)을 필요로 해야 할 것이며, 도움이 될 수 있는 것이 전기적 지식임에도 불구하고 제외할 것을 주장하는 것은 어리석은 일이리라. …(중략)… 작가란 현대 비평가들이 믿는 만큼 그렇게 쉽게 쫓아내 버릴 수 있는 것은 아니다. 작가를 필요 불가결한 것으로 여기게 되면 이 또한, 작품 이해에 방해가 되는 것이리라." (김윤식,『문학비평용어사전』, 일지사, 1983, 244~245쪽.)

272) 조은숙,『송기숙의 삶과 문학』, 역락, 2009, 25~26쪽 참조.
273) 앞서 밝힌 바와 같이 문순태는 1939년에 태어났으나, 출생신고를 늦게 하여 호적에는 1941년생으로 기재되어 있다.
274) 문순태는 전남일보 신춘문예에 이성부가 시로 당선되고, 자신은 김혜숙이라는 가명으로 입선을 하자, 더 이상 시로는 이성부를 이길 수 없다는 생각에 소설을 써서 전남매일의 전신인 농촌중보 신춘문예에 단편소설「소나기」가 당선된다. (문순태, 인터뷰, 2013. 10. 9.)

료를 앞두고 있다는 소식을 듣고 잠시 흔들린다. 그러나 네 명의 생계를 책임지고 있는 가장으로서 가족을 '배고픔'의 나락으로 떨어뜨릴 수 없었기 때문에, 그는 신문 기자의 길을 선택한다. 이후 그는 1974년 다소 늦은 나이인 36세에 『한국문학』 신인상에 단편소설 「백제의 미소」가 당선되면서부터 본격적으로 문학 활동을 시작한다. 현재 문순태는 중·단편 약 137편과 장편 23편(38권),275) 중·단편집과 연작소설집 16권, 희곡 2편, 기행문 3권, 시집 1권, 산문집 5권, 동화집 2권, 어린이 위인전 2권, 평전 1권, 소설창작이론서 1권 등 방대한 분량의 작품을 창작하였다.276)

---

275) 문순태는 단편소설 「고향으로 가는 바람」(1977)의 서사를 확장시켜서 연작소설집 『징소리』(1980)로 묶거나, 단편소설 「정읍사」(1991)에 자료를 보충하여 장편소설 『정읍사』(2001)로 심화시키거나, 단편소설 「나 어릴 적 이야기」(2002)를 장편소설 『41년생소년』(2005) 확장시켰다. 또한 「무등굿」처럼 잡지에 연재하다가 중단되어, 다시 신문에 「5월의 그대」라는 제목으로 연재한 내용을 다듬어서 『그들의 새벽』1,2(1997)로 묶거나, 「시간의 샘물」(1994), 「느티나무 타기」(1996), 「흰거위산을 찾아서」(1996), 「느티나무 아저씨」(1997) 등 여러 단편을 재구성해서 『느티나무 사랑』1,2(1997)로 묶어냈다. 그리고 이미 나온 장편을 다른 이름으로 개작한 경우가 많았는데, 『다산유배기』(1977)는 『다산 정약용』(1992)으로, 『연꽃 속의 보석이여 완전한 성취여』(1983)는 『성자를 찾아서』(1985)로, 『가면의 춤』1,2(1987)는 『포옹』1,2(1998)로, 『삼형제』(1987)는 보충해서 『한수지』1,2,3(1987)으로 개작했다가, 『한수별곡』상, 중, 하(1993)로 바꾸었다. 1972년부터 자료를 모아 1975년에 시작해서 2012년에 완간한 『타오르는 강』은 먼저 「전라도 땅」(1975)이라는 제목으로 『전남매일신문』에 연재하다가 중단 된 후, 12년 뒤인 1987년에 「대지의 꿈」, 「깨어있는 밤」, 「역류」 3부로 되어 있는 7권의 대하 장편소설 『타오르는 강』으로 개작된다. 이후 광주학생독립운동부분을 『전남일보』에 「타오르는 별들」(2009)이란 이름으로 연재한 후, 『알 수 없는 내일』1, 2(2009)로 묶어낸 후, 1987년에 펴 낸 『타오르는 강』(전7권)의 후속 이야기로 엮어서 2012년에 소명출판사에서 『타오르는 강』(전9권)으로 완간하였다. 그러므로 단편은 한 편으로 인정했지만, 장편의 경우에는 이름만 개작되고 동일한 내용인 5편을 제외시켜서 총 23편(38권)으로 볼 수 있다. 『알 수 없는 내일』은 그 자체만으로 광주학생독립운동을 다루고 있기 때문에 별도로 인정하였다. 위 내용은 서지 조사와 작가 인터뷰를 통해 확인하였다.

276) 문순태의 소설세계를 작가 의식의 변모 양상에 따라 세 부분으로 나누면 다음과 같다. 초기 소설은 1974년부터 1980년 기자 해직 이전까지로 이때 창작된 중·단편 소설은 32편, 장편 소설은 3편, 중·단편집과 연작 소설집은 5권, 평전 1권, 단막 희곡 1편이다. 중기 소설은 기자 해직 후 본격적인 소설가로 활동했던 1980년 중반부

그런데도 지금까지 문순태에 대한 제대로 된 작가론이 거의 없는 실정이다. 현재까지 문순태에 대한 연구는 대부분 작가와 관련된 개인적인 회고담이나 작품집에 실린 단편적인 서평277)이 대부분이다. 그리고 개별 작품론도 독자들에게 호평을 받았던 『징소리』, 『물레방아 속으로』, 『철쭉제』, 『달궁』, 『피아골』, 『타오르는 강』 등으로 한정되었으며,278) 그 외에는 5·

터 1995년 광주대학교 교수로 재직하기 이전까지로 이때 창작된 중·단편 소설은 62편, 장편 소설은 11편, 중·단편집과 연작소설집은 7권, 기행문 3권, 산문집 2권, 장막 희곡 1편, 어린이 위인전 1권이다. 후기 소설은 1996년 광주대학교 교수로 재직한 후부터 현재까지로 이때 창작된 중·단편 소설은 43편, 장편 소설은 9편, 중·단편집과 연작소설집은 4권, 산문집 3권, 동화집 2권, 어린이 위인전 1권, 소설창작이론서 1권, 시집 1권이다. 문순태는 현재에도 창작 활동을 계속하고 있으므로 후기 소설은 2015년에 발표한 장편 소설 『소쇄원에서 꿈을 꾸다』까지를 연구대상으로 했다.

277) 권영민, 「이야기를 말하는 방식문제, 「인간의 벽」」, 『문학사상』, 문학사상사, 1984.9.
  김열규, 「원한과 신명사이, 「징소리」론」, 『주간조선』, 1980.11.
  김윤식, 「우리 소설의 표정-문순태의 물레방아 속으로」, 『문학사상』, 문학사상사, 1981.
  박철화, 「빈자리, 혹은 과거와 현재의 공존」, 문순태, 『된장』, 이룸, 2002.
  배경열, 「문순태 소설의 원과 한의 역사, 「백제의 미소」작품론」, 『문학과 창작』, 2003. 1.
  신덕룡, 「기억 혹은 복원으로서의 글쓰기」, 문순태, 『시간의 샘물』, 앞의 책.
  신덕룡, 「소통과 화해의 길 찾기」, 문순태, 『울타리』, 이룸, 2006.
  염무웅, 「고향심의 세계-문순태의 「물레방아속으로」」, 『작가』, 2003.
  이덕화, 「경계 허물기」, 『시선』 통권 제40호, 시선사, 2012.
  이미란, 「5·18의 객관적 묘사, 「그들의 새벽」」, 『예향』, 광주일보사, 2000.6.
  조남현, 「소설과 상징의 매카니즘-문순태 작 「어머니의 城」」, 『현대문학』, 1984.7.
  한만수, 「시간, 그 무덤과 샘물 「시간의 샘물」」, 『실천문학』봄, 실천문학사, 1998.
  황광수, 「과거의 재생과 현재적 삶의 완성, 『타오르는 강』론」, 『한국문학의 현단계 II』, 창작과비평사, 1983.
278) 나정미, 「문순태의 '철쭉제'연구」, 경남대학교 교육대학원 석사학위논문, 2005.2.
  문석우, 「고향상실에 나타난 신화성: 라스뿌찐의 『마쪼라의 이별』과 문순태의 『징소리』를 중심으로」, 『비교문학』제30집, 한국비교문학회, 2003.
  박선경, 「'여성 몸'과 '사랑 담론'의 역학관계: 문순태 「황홀한 귀향」과 「물레방아속으로」를 중심으로」, 『한국언어문학』제53집, 한국언어문학회, 2004.
  박찬모, 「문순태의 『피아골』에 나타난 생태학적 상상력」, 『호남문화연구』제57집, 전남대학교 호남학연구원, 2015.

18광주민주화 운동, 노년문제, 생태문제, 서사 구조에 대한 연구[279]가 있을 뿐이다.

이렇듯 그의 작품론은 작품의 문학성에 대한 논의일 뿐, 작가의 창작 동기나 문학적 일대기는 포함되지 않았다. 또한, 당대에 인기 있었던 작품과 몇몇 대표작만 반복해서 연구되다 보니 작가의 초기, 중기, 후기 작품 세계를 아우를 수 있는 중핵을 발견할 수 없었다. 그 결과 작가 의식의 변모 양상에 따라 작품의 주제가 어떻게 변화하고 있는지 알 수 없었고, 한 작가의 삶과 문학 세계를 전체적으로 조망하여 지형도를 그릴 수 없는 한계점이 발생하였다. 이에 작품론과 작가론을 함께 아우르는 소설의 지형도 연

서서준, 「「철쭉제」연구-용서와 화해의 길」, 『고황론집』8권, 1991.

심숙희, 「서정인과 문순태의 『달궁』 비교 연구」, 경남대학교 교육대학원 석사학위논문, 2009.8.

우수영, 「문순태『타오르는 강』에 나타난 영산강의 의미-해월 삼경사상의 구현을 통한 새로운 민중」, 『동학학보』제34집, 동학학회, 2015.

조은숙, 「문순태 소설 『타오르는 강』의 서사전략-광주학생독립운동의 역사성을 중심으로」, 『호남문화연구』제54집, 전남대학교 호남학연구원, 2013.

조은숙, 「『타오르는 강』에 나타난 영산강의 장소성 연구」, 『어문논총』제26호, 전남대학교 한국어문학연구소, 2014.

279) 박성천, 「문순태 소설의 서사 구조 연구: 한의 극복양상을 중심으로」, 전남대학교 박사학위논문, 2008.2.

심영의, 「5·18소설의 '기억 공간' 연구: 문순태 소설을 중심으로」, 『호남문화연구』제43집, 전남대학교 호남학연구원, 2008.

임은희, 「문순태 소설에 나타난 생태학적 인식 고찰: 성과 여성, 자연을 중심으로」, 『우리어문연구』제30집, 우리어문학회, 2008.

전흥남, 「'5·18광주민주화운동'과 '기억'의 방식: 문순태의 5·18 관련 소설을 중심으로」, 『현대소설연구』제58집, 2015.

전흥남, 「문순태의 노년소설에 나타난 '노인상'과 소통의 방식」, 『국어문학』제52권, 국어문학회, 2012.

조은숙, 「문순태 소설의 사운드스케이프 연구」, 『현대문학이론연구』제62집, 현대문학이론학회, 2015.

주인, 「5·18 문학의 세 지평: 문순태, 최윤, 정찬 소설을 중심으로」, 『어문논총』제13집, 전남대학교, 2003.12.

최창근, 「문순태 소설의 '탈향/귀향' 서사 연구」, 전남대학교 석사학위논문, 2005.2.

구는 작가의 일대기(전기적 요소)와 특정 작품과의 관련성을 분석하고 비판하기 때문에, 작품론에서 온전히 밝히지 못했던 문학 세계를 제대로 규명할 수 있을 것이다.[280]

이를 위해 이 책에서는 먼저 문순태의 작가 연보, 작품 연보, 시대 상황, 구술에 의한 생애사를 조사한 후, 작가 서지 등 실증적 자료를 중심으로 작가의 문학적 실천이 어떤 양상으로 전개되고 있는지 살펴볼 것이다. 이를 통해 작가의 생애와 작품에 투사된 작가정신을 대비해 봄으로써 그의 체험적 요소들이 어떻게 작품에 내재되어 있는지를 밝힐 것이다.[281] 그동안 문순태에 대해 "그의 모든 소설이 그렇듯 작가가 어린 시절 경험했던 전쟁의 맹목성과 가난의 참혹함, 그로 인한 황폐한 삶의 역정이 그의 소설 세계의 질료를 이루고 있다."[282]라고 평가됐다. 이처럼 작품만이 아니라 작가의 문학적 연대기도 시대 상황의 변화에 따라 작가 의식의 변모 과정과 맥을 같이 한다.

문순태에게 소설쓰기는 "우리가 살고 있는 시대의 살아 있는 현실"을 "생생하게 소설 속에 수용"[283]하는 것이었다. 그는 씨줄로는 고향의 역사를 탐색하는 과정을 통해 개인의 역사뿐만 아니라 우리나라 전체 민중의 역사를 아우르면서, 날줄로는 당대 현실의 문제를 매의 눈으로 매섭게 찾아내면서 두 줄의 긴장상태를 유지하며 소설 속으로 가져왔다. 그러므로 이 책에서는 단순한 연대기적 사실만을 나열하는 것이 아니라 작가 의식이 발전해 간 궤적을 따라가며 이를 선별하고 취사선택하여 초기, 중기, 후기 세 시기로 나누어서 살펴볼 것이다. 이는 작가의 일대기를 중심으로 당대

---

280) 박종석, 『작가 연구 방법론』, 역락, 2007, 13~20쪽 참조.
281) 조은숙, 「송기숙 소설 연구」, 전남대학교 박사학위논문, 2009.8.
282) 임환모, 「문순태」, 『약전으로 읽은 문학사 2』, 소명출판사, 2008, 419쪽.
283) 문순태 외 10, 『열한권의 창작노트: 중견작가들이 말하는 「나의 소설쓰기」』, 앞의 책, 17쪽.

의 상황과 그에 대한 작가 의식이 투영된 작품을 고찰하여 작가 의식의 변모 과정을 종합적으로 밝히는 연구가 될 것이며, 작품 이해의 폭을 넓히는 계기가 될 것이다.

2. 초기 소설, 밑바닥 인생의 소리에 귀 기울이기

「감미로운 탈출」에서 주인공인 나는 신문기자였으나 시를 쓰고 싶어 "철저하게 양다리를 걸치고"[284]서 "당(직장)과 가정이 내 생활의 전부"[285]라고 했듯이, 문순태도 신문기자와 소설가 사이에서 방황했다.[286] 그래서 그는 항상 전업 소설가보다 뒤쳐져 있다고 생각하며 소설을 쓰고자 하는 갈증이 더욱 심했다. 하지만 "오랫동안 사회부에서 기자생활을 한 것이야말로 소설가 문순태에게는 더없이 값진 훈련기간이요 문학적 자산의 축적 기간이었을 것"[287]이다. 그가 1974년에 등단해서 1980년 해직 이전까지 약 6년 동안, 중·단편 소설 32편, 장편 소설 3편, 중·단편집과 연작소설집 5권, 평전 1권, 단막 희곡 1편을 쓸 수 있었던 이유도 취재에서 얻은 많은 소재 때문이었을 것이다. 그는 산골과 낙도, 도시의 뒷골목 등 곳곳을 쫓아다니며, 보고 들은 현장의 사건들을 핍진하게 서사화했다.

---

284) 문순태, 「감미로운 탈출」, 『흑산도 갈매기』, 앞의 책, 314쪽.
285) 위의 책, 254쪽.
286) 문순태는 자신이 기자 생활을 하면서 기사를 제대로 쓸 수 없어서 고통스러웠던 경험을 「무서운 거지」에서 급만성 경련성 일레우스병을 앓고 있는 신문 기자, 「기분 좋은 일요일」에서 목에 가시 걸린 신문 기자, 「여름공원」에서도 치통을 앓고 있는 전직 신문사 사진부 기자, 「감미로운 탈출」에서 오직 당성을 강요하며, 당에 대한 충성만을 강요하지만 거절하지 못한 채 고뇌하는 신문 기자로 형상화하고 있다.
287) 염무웅, 「고향을 지키는 작가」, 문순태, 『흑산도 갈매기』, 앞의 책, 329쪽.

문순태가 신문사에서 처음으로 맡았던 시리즈의 제목이 「밑바닥」일 정도로, 그는 이 사회의 밑바닥에서 지렁이처럼 살아갈 수밖에 없는 사람들에게 각별한 애정을 품고 있었다. 「밑바닥」은 광주천 다리 밑에 방을 만들어 살던 사람들과 대합실에서 잠을 자는 가족들 등 사회 밑바닥 인생들이 어떻게 살아가고 있는지 보여주기 위해 기획되었으나 5회로 중단되고 만다. 그러나 이때 취재한 내용은 단편 소설 「여름공원」, 「기분 좋은 일요일」, 「청소부」, 「번데기의 꿈」, 「깨어 있는 낮잠」, 「멋쟁이들 세상」, 「열녀야, 문 열어라」 등의 공간적 배경과 소설의 모티프가 된다.

문순태의 소설에서 지렁이처럼 밑바닥 인생을 살아가고 있는 인물은 대부분 이촌 향도한 사람으로, 「고향으로 가는 바람」에서 또삼이가 수도검침원으로 일하다가 주인 여자의 금시계를 훔쳤다는 누명을 쓰고 해직되거나, 「멋쟁이들 세상」의 오만석처럼 여관 종업원, 주방 보조, 의상실 숙직원 등을 전전한다. 또한, 「청소부」에서 차남수처럼 임시직 청소부로 취직하거나, 「깨어 있는 낮잠」의 박정팔처럼 시청철거반 임시직원으로 있으면서 사표를 쓰지 않기 위해 "죽으라고 하면 죽는 시늉까지"[288] 하면서 '개 · 돼지'처럼 살아간다. 이들은 그나마 임시직도 구하지 못하고 절친했던 친구들에게 외면을 당하며, 결국 「번데기의 꿈」에서 김인수처럼 자살을 택하기도 한다.

이촌 향도한 여성들 또한 지렁이처럼 살아가는 것은 마찬가지다. 「청소부」의 순자처럼 개나리하숙옥에서 몸을 파는 갈보가 되어 자궁암에 걸려 죽은 뒤 쓰레기장에 버려지거나, 「열녀야, 문 열어라」의 미세스 문처럼 고등교육을 받고 보험판매를 하지만, 그 또한 남성들의 성적 노리갯감이 되고 만다. 또한, 「멋쟁이들 세상」의 미스 홍처럼 여장을 하다가 낮에는

---

288) 문순태, 「깨어 있는 낮잠」, 위의 책, 189쪽.

의상실 모델을 하다가 밤에는 관광호텔 고급 콜걸이 되거나,「흑산도 갈매기」의 흑산도 아가씨처럼 도시 술집 여성으로 전전하다가 결국에는 섬에서 몸을 팔아야 할 정도로, 여성들은 대부분 성 상품으로 전락했다.

이외에도「청소부」에서 주인아주머니가 식모였던 길자에게 가정교사와 부적절한 관계를 들킬 것을 우려하여 그녀가 보석반지를 훔쳤다는 도둑 누명을 씌어 쫓아내거나,「깨어 있는 낮잠」에서 관광호텔이 들어서면서, 도시 미관상 좋지 않다는 이유로 빈대떡 할머니의 집을 강제로 철거하고 쫓아내는 경우도 있다. 이들은 두더지 발톱에 찍힌 지렁이처럼 짓눌려 살면서도 탈출할 수가 없어, 슬픈 울음을 울 수밖에 없다.

문순태가 약하고 가난한 사람들의 상처에 귀 기울였던 방식은 마음속 가장 가까이에 있는 청각의 활용이었다. 이들이 그리워하는 소리는「상여 울음」에서 상엿소리,「고향으로 가는 바람」에서 걸립패 굿소리,「청소부」,「객토 훔치기」에서 대장간 망치질 소리이다. 문순태는 근대화라는 미명하에 사라져 간 소리를 통해, 그 소리를 그리워하는 이들 또한 사회 밑바닥으로 전락할 수밖에 없는 현실을 보여준다.[289] 그리고「징소리」,「저녁 징소리」,「말하는 징소리」,「마지막 징소리」,「무서운 징소리」,「달빛 아래 징소리」에서 잃어버린 고향에 대한 향수를 '징소리'를 통해 불러일으키며, 고향을 잃고 도시로 이주한 농민들의 뿌리 뽑힌 삶과 한을 대변한다.

문순태는「여름 공원」의 나팔수 기자처럼 "불의를 찌르는 송곳처럼 날

---

289) 문순태는 당시 전통 사회의 황혼에 선 사람들을 취재해서 『숨어 사는 외톨박이』라는 책을 공동으로 집필했다. 이 책에서 문순태는 '품바'로 살아가는 전남 무안군 일로면 의산리 6구 888번지에 사는 '천사 마을' 사람들과 장성군 입암산성에 살고 있는 '댕기 마을' 사람들, 화순군 화순장터에서 '큰 대장장이와 작은 대장장이'로 살아가는 사람들을 취재해서 그들이 살아가는 모습을 구체적으로 보여준다. 그러므로 문순태 소설 속의 인물들은 이들이 도시에 나와서 밑바닥 인생으로 전락했음을 보여주는 것이다. 서정범 외 11인, 『숨어 사는 외톨박이』, 앞의 책.

카롭고 진실 된 기사"290)를 쓰기 위해 사표를 들고 사장실을 들락거릴 정도로 '오기와 용기'291)를 지녔지만, 현실은 유신 헌법이 선포되어 기사 쓰는 데 많은 제약을 받게 된다. 그래서 기자로서 할 수 없는 말을 소설을 통해 표현했다. 따라서 그의 초기 소설은 아직 정제되지 않은 날알처럼 사회 현상을 그대로 표출하고 있었다. 이때 그도 자신의 소설이 기자 정신에 치우친 나머지 사실을 문학적으로 형상화하지 못하고 있는 현실을 알고 있었기 때문에 끊임없이 기자와 소설가 사이에서 갈등한다.

하지만 문순태는 「감미로운 탈출」에서의 나처럼 기자를 선택한다. 「감미로운 탈출」에서 나는 지방에서 발행되는 당 기관지의 유능한 편집자로서 장래를 약속받고 있었기 때문에 '시인'이 되고자 하는 욕망이 생길 때마다 "그렇지. 나는 시인이 아니지. 지방의 당 기관지 편집자일 뿐이지. 앞으로 나는 주필로 뛰어오르기 위해서 당에 더욱 충성을 해야지"292) 라고 마음을 다독이듯, 문순태도 출세한 뒤 고향에 돌아가고자 하는 일념으로 신문사를 그만두지 못한다. 아버지가 유서를 남겨 "출세하기 전에는 고향으로 절대 돌아가지 말라."293)라고 당부했을 정도로 문순태와 그의 아버지에게 고향은 원한의 땅이었다. 그가 고향에 돌아가 고향 사람들 앞에 떳떳하게 설 수 있는 방법은 출세밖에 없었던 것이다.

그러므로 초기 소설인 「감미로운 탈출」에서 주격틱이 아버지의 억울한 누명을 벗기고 아버지를 유치장에 넣었던 사람들에게 복수하려고 법관으

---

290) 문순태, 「여름 공원」, 앞의 책, 171쪽.
291) 문순태, 『그늘 속에서도 풀꽃은 핀다』, 앞의 책, 176쪽.
292) 문순태, 「감미로운 탈출」, 앞의 책, 262쪽.
293) 문순태는 아버지의 유서와 관련해서 『걸어서 하늘까지』에서는 "피맺힌 유서 한 장을 읽을 때마다 날카운 송곳에 심장을 찔린 듯 찌릿찌릿한 아픔"(86~87쪽)을 느꼈다고 했으며, 「살아있는 소문」과 『41년생 소년』에서는 유서를 부적처럼 몸에 지니고 다니면서 힘들 때마다 꺼내보며 유서에 담긴 절망과 분노와 슬픔을 느꼈다고 묘사하고 있다.

로 출세했지만, 고향으로 가는 장면까지는 그려지지 않는다. 하지만 문순태가 순천대학교 국어교육과 교수와 전남일보 초대 편집국장을 지냈던 중기 소설에 이르면 상황이 달라진다. 즉 「말하는 돌」에서 나처럼 부자가 되어 아버지의 한을 풀어주려고 아버지 묘를 이장하는데 마을 사람들을 모두 불러 품삯을 주며 유세를 떨거나, 『피아골』에서처럼 검사가 되어 아버지의 유해를 찾으러 간다. 이처럼 문순태에게 출세는 아버지에게 억울하게 드리워진 '빨갱이'이라는 낙인을 지우는 것이었기에 포기할 수 없었을 것이다.

　문순태의 문학적 도정에 조그마한 이정표가 된 작품은 『징소리』연작과 『걸어서 하늘까지』이다. 그는 「청소부」, 「여름공원」, 「고향으로 가는 바람」, 「무서운 거지」 등을 통해서 당대 사회가 안고 있는 모순에 대해 서사화했다. 이후 고향이 수몰된 이들의 아픔을 형상화한 『징소리』 연작을 쓰면서 6·25전쟁 때 강제로 고향이 소개되었던 원체험을 상기하게 된다. 그리고 『걸어서 하늘까지』를 쓰면서 유년 시절에 경험했던 극심한 '배고픔'[294]과 돌아가신 아버지에 대한 '그리움'이 투사되기 시작한다. 이렇듯 원체험을 끌어내어 당대 사회 문제와 연결시키면서, 『징소리』는 자신을 비롯한 모든 고향을 잃어버린 밑바닥 인생들의 울음소리가 된다. 그러므로 『징소리』는 문순태 소설의 '고향 상실의 한'이라는 서사가 시작되는 곳이며, 문학은 '무조건 진실한 소리'여야 한다는 생각에서 '문학은 역사의 칼'[295]이 되어야 한다는 입장으로 변모하는 지점이 된다.

---

294) 문순태 소설에서 유년 시절의 배고픔에 대해 묘사한 작품은 「장구렁이」, 『걸어서 하늘까지』, 「물레방아 돌리기」, 「흰거위산을 찾아서」, 『타오르는 강』, 『느티나무 사랑』, 『41년생 소년』, 「그리운 조팝꽃」 등이 있다.
295) 문순태, 『소설창작연습』, 앞의 책, 123~127쪽 참조.

3. 중기 소설, 자기 구원과 아픈 역사의 매듭 풀기

문순태의 삶과 문학에서 중요한 분수령이 되는 지점은 1980년 5·18광주민주화운동 직후 해직된 뒤부터 1996년 광주대학교 교수로 가기 전까지다. 그는 신문사 편집국 부국장이었으며,『징소리』연작과『걸어서 하늘까지』가 대중에게 알려지면서 소설가로도 안정적인 궤도에 진입할 무렵인 1980년 신문사에서 강제로 해직당한다. 문순태는 기자로서 할 일을 했을 뿐인데 자신에게 '반체제 인사'라는 올가미가 씌워지자, 아버지를 떠올린다. 아버지는 인공(人共) 치하에서 마을 이장이었기 때문에 잠시 마을 인민위원장을 맡게 된다. 이 일로 인하여, 그의 아버지는 그들에게 동조했다는 '낙인'이 찍혀 죽을 때까지 고통스러워했다. 그는 아버지의 '낙인'과 자신의 '낙인'이 동일선상에 있음을 인식하고, 분단의 비극이 가져다준 아픔을 역사적 맥락에서 살펴보기 위해 '열두 살' 유년 시절을 회상한다.

문순태가 처음으로 그의 작품 속에 '열두 살'의 체험을 이야기한 작품은「무서운 징소리」이다. 여기서 칠복이의 아버지가 죽게 된 것은 열두 살이었던 부면장의 막내딸이 대창으로 찔렸기 때문이다.「흰거위산을 찾아서」에서 기호도 열두 살에 고향을 떠나 미국으로 갔고, 문순태가 55세에 썼던「시간의 샘물」에서 박지수도 '43년만'에 고향으로 돌아옴으로써 '열두 살'은 작가와 작품을 잇는 중요한 씨실로 작용하고 있다. 그의 작품에서 탈향하는 작중화자의 나이는 대부분 열두 살이며, 귀향하는 시기는 집이 강제로 소개되기 이전의 아름다운 공동체가 존재했던 6·25전쟁 이전이다.

문순태가 쓴 분단과 관련된 작품에서 끊임없이 '열두 살'과 접속하는 이유는 그에게 가장 아픈 상처가 그 지점에서 형성되었기 때문일 것이다. 그가『소설창작연습』에서 자신이 소설가가 된 것은 "이들의 헛된 죽음을 해

명해 보고 싶은 욕심에서 비롯된 것"296)이라고 밝혔듯이, 열두 살에 본 대
창에 찔려 죽은 다섯 사람과 5·18광주민주화운동으로 죽은 이 모두 '헛
된 죽음'이었던 것이다. 문순태는 6·25전쟁과 5·18광주민주화운동을 민
족사의 연장선으로 인식하고부터, 작품 속 인물들을 통해 고향은 더 이상
가기 싫은 곳이 아니며 돌아가야 하는 곳으로 묘사하고 있다.

> 달교가 다시 고향땅을 밟은 것은 그로부터 수년 후, 그가 결혼을 하여
> 자식을 낳고, 고향이 어떤 것이라는 것을 알고, 고향 사람들이 자신을 어
> 떻게 대해더라도 모든 것을 감수하고 받아들여야 한다는 생각을 굳힌 후
> 였다. 그의 오랜 객지생활에서 얻어진 결론은 고향은 모든 것을 용납하고
> 이해해줄 것이라는 생각과, 고향은 결코 어떤 수난 속에서도 고향을 잊지
> 않는 사람을 배반하지 않으리라는 생각이었다. …(중략)… "우리가 뭐 고
> 향에 죄지었소? 다 시국 탓이지요."
>
> ─「무당새」, 『살아있는 소문』, 181~183쪽

문순태가 「무당새」에서 '시국'탓이라고 한 것은 소극적인 대처 방법이
아니라 탈이데올로기의 관점에서 분단 문제를 객관적으로 바라보기 위함
이다. 이에 대해 6·25전쟁 당시 비극적인 상황 속에서 젊은 시절을 보낸
대부분의 작가는 "당시의 상황이 안겨준 흑백논리를 벗어나서 역사를 객
관적으로 투시할 만한 여유를 지니기가 어려웠는데, 문순태의 소설에서는
그 같은 흑백논리를 초월해서 양쪽을 민족적 동질성의 차원에서 추구해 나
가려는 의지가 강하다."297)라고 평가되었다. 이를 가장 잘 보여주는 작품
이 「시간의 샘물」이다.

문순태는 「시간의 샘물」에서 43년이라는 분단의 고착화를 해결할 수 있

---

296) 위의 책, 162쪽.
297) 김우종, 「怨과 恨의 民族文學」, 앞의 책, 331쪽.

는 방법으로 '각시샘물'을 들고 있다. 「시간의 샘물」에서 고향 사람들이 두 편으로 갈라지게 된 것은 '그들의 의사'가 아니었다. 그래서 갈등을 겪기 이전에 마셨던 각시샘물을 함께 마신다는 행위는 민족의 동질성을 회복하는 것이다. 그는 『징소리』, 『물레방아 속으로』, 『달궁』, 「철쭉제」, 「거인의 밤」, 「황홀한 귀향」, 「미명의 하늘」, 「말하는 돌」, 「유월제」, 「잉어의 눈」, 「어머니의 땅」, 「어머니의 성」에서 자신의 유년 시절 체험을 소재로 6·25전쟁의 실상을 그대로 보여준 뒤, 「제3의 국경」에서는 일회성 만남 이후 희망의 부재로 이산가족에게 상처만 주고 있는 현실을 형상화하여 이산가족문제를 본격화한다. 그리고 「어둠의 강」에서는 "더 굳어지기 전에 지금이라도 만나야"[298]한다면서 이산가족의 문제는 남북통일의 당위성으로 확장된다.

문순태는 소설 속에 자신의 흔적을 남긴다. 가령, 언제 어느 곳에 근무했는지, 개인적으로 어떤 일이 있었는지 구체적으로 밝힌다. 그만큼 자신이 처한 현실 속에서 소재를 찾아 서사화하는 능력이 뛰어나다고 볼 수 있다. 그는 1985년 2월 1일 순천대학교 국어교육과 교수로 재직하면서 교육의 문제점을 소설의 소재로 가져온다. 「한국의 벚꽃」에서는 아직도 청산되지 못한 채 남아있는 일본식 우민화교육의 문제점을 '벚꽃'이 아직도 건재하고 있음을 통해 상징적으로 보여주었으며, 「뒷모습」에서는 긴급조치로 인해서 제대로 된 교육을 할 수 없는 현실을 지리 선생인 공명수의 도망을 통해 보여주고 있다. 그리고 「문신의 땅」에서는 반미운동으로 학교에서 쫓겨난 '오형'을 통해 외세인식의 문제점을 제기한다. 즉 그는 「한국의 벚꽃」, 「뒷모습」, 「문신의 땅」을 통해 현재 교육이 일본의 식민지교육에서 미국식 문화식민지 교육으로 전이되고 현실을 비판하고 있다.

---

298) 문순태, 「어둠의 강」, 앞의 책, 273쪽.

이렇듯 당대 현실의 문제를 외면하지 않았던 문순태는 순천대학교에 재직하면서 5·18광주민주화운동을 직접적으로 작품 속으로 끌고 들어온다.

> 아내는 지난 오 년 동안 해마다 아카시아꽃이 피는 오월이면 아들의 세례명을 떠올리며 오랜 망각으로부터 깨어났다가, 아카시아꽃이 시들고 새콤한 냄새의 밤꽃이 너울거리기 시작하면 소리도 없이 꽃이 지듯 아들의 세례명을 잊으면서 다시 실신의 깊은 늪에 빠져들곤 하였다.
>
> –「일어서는 땅」, 『꿈꾸는 시계』, 249쪽

문순태는 소설 속에서 시간의 흐름을 사실적으로 묘사하는 버릇이 있다. 그러므로 '지난 오 년'을 통해 보자면, 1986년에 발표한 「일어서는 땅」은 5·18광주민주화운동이 일어난 지 오 년 후인 1985년에 쓴 작품으로 볼 수 있다. 대부분 「일어서는 땅」을 문순태가 5·18광주민주화운동을 소재로 쓴 첫 작품으로 보고 있다. 하지만 문순태는 1981년에 발표한 「달빛 골짜기의 통곡」에서부터 이미 광주 문제에 우회적으로 접근하고 있으며, 1984년에 썼던 「살아 있는 소문」에서도 '소문'의 형식으로 이를 형상화하고 있다. 「달빛 골짜기의 통곡」에서 소설 속 공간을 구체적으로 광주라고 표현하거나 폭압적 광경을 사실적으로 서사화하지는 않았지만, 여인의 호곡소리를 5·18광주민주화운동 때 행방불명된 자들의 곡소리로 상치시키고 있다. 그리고 「살아 있는 소문」에서는 소문의 진실을 확인하는 작업을 시도한다. 살아있는 소문의 진원지가 '분수대'라는 점에서 이 소설은 광주 사건을 믿지 않는 외부 사람들, 그저 소문으로만 떠돌고 있는 광주 사건에 대한 은유적 표현으로 볼 수 있다.

문순태는 「달빛 골짜기의 통곡」에서 행불자 문제를 다루고, 「살아 있는 소문」을 통해 역사적 사건에 대한 진실성을 끌어낸 다음, 「안개섬」에서는 살아남은 자들의 부끄러움에 대해 이야기한다. 그는 「안개섬」에서 길섭을 통해 "말로만 정의를 부르짖었을 뿐 옳은 일을 위해서 저 자신을 희생해 본 적이 단 한 번도 없는 겁쟁이" 라고 부끄러워하고, 길섭을 '안개섬'으로 데리고 가는 노인의 말을 빌려 '유월전쟁'에서 "혼자 살아남은 것이 죄"라 고 언급한다.299) 이때 소설의 끝부분에서 길섭과 동백 노인이 은둔의 공간 인 '안개섬'으로 향하지 않고, 함께 돌아오는 행위는 6·25전쟁과 5·18 광주민주화운동을 망각하지 않겠다는 의지로 볼 수 있다. 「안개섬」에서처 럼 5·18광주민주화운동을 6·25전쟁의 연장선에서 서술하면서 '기억하 기'를 강조하는 소설로는 「일어서는 땅」, 「녹슨 철길」, 「최루증」, 「오월의 초상」, 「느티나무 아저씨」, 『느티나무 사랑』1, 2가 있다.

이렇듯 문순태는 해직된 뒤 1980년대 중반부터 1995년 광주대학교 교 수로 가기 전까지 본격적인 소설가로 활동하기 시작했다. 이때 그는 씨줄 로는 유년 시절에 경험했던 원체험을 바탕으로 분단된 민족이 가야 할 방 향성을 역사적 맥락에서 살펴보고, 날줄로는 당대의 교육 문제와 5·18민 주화운동을 형상화했다. 그가 중·단편 소설 62편, 장편 소설 11편을 쓸 수 있었던 이유는 소설의 소재와 주제를 당시 자기가 안고 있는 가장 절실 한 문제에서 찾았기 때문이며, 소설 쓰기를 통한 '자기 구원'300)에 있었다 고 볼 수 있다.

문순태는 해직된 뒤 더 이상 기사를 쓸 수 없는 상황에서 과거를 묻어두 기보다는 소설 속으로 끌어내 만남으로써 자신의 과거와 현재의 아픔을 치 유할 수 있었다. 그리고 타의에 의해 잃어버렸던 고향의 역사를 파헤치면 서부터 분단의 고착화가 빚어내는 고통을 직시할 수 있었다. 그는 고향이

299) 문순태, 「안개섬」, 앞의 책, 238쪽.
300) 문순태, 『소설창작연습』, 앞의 책, 16쪽.

있어도 돌아가지 못하는 장기수의 문제와 이산가족의 문제를 서사화하면서, 자신의 태생적 고향에 대한 그리움이 싹트기 시작한다. 이처럼 '고향·분단·5·18광주민주화운동'으로 연결되면서 그에게 고향은 '통한의 땅'이 된다.

4. 후기 소설, 인간다운 삶 복원하기

문순태는 광주대학교 문예창작학과 교수로 자리를 옮기면서 이전 소설과는 달리 역사의 중심에서 한 발 뒤로 물러나 세상을 바라보는 경계인의 삶을 모색한다. 젊은 시절에는 눈앞의 사회적 약자에 관심을 집중했지만, 노년에 이르러서는 분단 문제와 시사적 현안에서 한 걸음 더 나아가 자기완성의 길목에 자신을 놓게 된다. 그는 비로소 경계인으로 살아가기 위해 지나온 자신의 삶을 정리하기 시작한다.

『41년생 소년』에서 문귀남 교수는 책상 속 내용물 정리를 '과거로부터 해방'이라고 생각한다. 책상 속 내용물 정리는 "긴 여행을 끝내고 집으로 돌아가기 위해 종착역에서 마지막 열차를 기다리는 것처럼" 조금 지치고 힘들었지만, 그는 "홀가분하고 자유롭다"[301]라고 느낀다. 지금까지 문귀남은 책상 속 내용물을 세 번 정리했다. 첫 번째는 빨갱이 집안이라는 이유로 고등학교 교사 자리를 그만둬야 했을 때였고, 두 번째는 5·18광주민주화 운동으로 몸담아왔던 신문사에서 해직당했을 때였다. 두 번 다 책상 속 내용물을 정리하면서 울분을 느끼며 좌절했기 때문에 그에게 책상 속 내용물 정리는 그동안 부정적 의미를 지녔다. 그런데 이번에 하는 책상 속 내

---

301) 문순태, 『41년생 소년』, 앞의 책, 26쪽.

용물 정리는 정년퇴직 이전에 자의적으로 이루어진다는 점에서 긍정적 의미를 지닌다.

문귀남은 책상 속 내용물 정리를 마친 뒤, 슬픈 기억의 공간인 고향을 향해 비로소 여행을 떠날 수 있었다. 문귀남은 여행을 마치면서 "어쩌면 이번 여행은 과거와 영원히 결별하기 위해 마지막 과거 속으로 뛰어든 것인지도 모른다. 그동안 나는 너무 오랫동안 기억의 밧줄에 묶여 있어, 내 의지대로 가고 싶은 곳에 갈 수 없었다. 기억의 깊은 우물에 빠져 허우적거리느라, 하늘도 제대로 볼 수가 없었다."302)라고 말한다. 문귀남의 이 말은 문순태가 귀향을 위한 준비과정으로 『41년생 소년』을 집필하였음을 상징적으로 보여준다. 여기서 문귀남의 책상 속 내용물 정리는 고향으로 가기 위해 불필요한 마음의 장애물을 하나씩 제거하는 행위이다.

문순태는 자신의 삶을 정리한 뒤에 자기 소설의 '뿌리'라고 할 수 있는 척박했던 어머니의 삶을 되돌아본다.303) 그가 문학작품을 통해 형상화한 어머니의 모습은 세 가지다. 첫째는 바람피우는 남편 때문에 마음고생 하는 어머니이다. 「느티나무와 어머니」에서 대학교수인 내가 어머니를 기억하는 시기는 다섯 살 때다. 아버지가 첩이었던 만주각시 집에서 며칠째 돌아오지 않자, 어머니가 아침 설거지를 하다말고 나를 이끌고 만주각시 집으로 향했던 장면이다. 어머니는 분노하여 만주각시 집으로 쫓아갔지만, 아버지의 발길질과 폭력으로 "짐짝처럼 팽개쳐"304)져서 대문 밖에서 땅을 치며 통곡한다. 이후 어머니는 「된장」, 「늙으신 어머니의 향기」, 「문고리」에서처럼 가부장적 남성적 세계관이 빚어낸 인간적인 폭력에 대항하는 방

---

302) 위의 책, 285쪽.
303) "내 뿌리는 질컥한 황토 같은 우리 어머니의 메주 곰팡이 꽃 같은 삶이다. 나는 어머니의 척박한 삶을 통해 소설의 정신을 본다." 문순태, 『꿈』, 앞의 책, 283쪽.
304) 문순태, 「느티나무와 어머니」, 앞의 책, 84쪽.

식으로 이날 이후 더 이상 눈물을 흘리지 않는다. 대신 콩밭을 맨다. 어머니에게 유월 염천에 콩밭 매는 일은 "염통꺼정 땀에 젖고 어질어질해짐시로 숨이 맥히"는 일이었지만, "외로움과 그리움을 이겨내기 위해 오기를 부리듯"305)콩밭을 맨다. 문순태 소설에서 '콩밭, 호미, 땀'은 어머니의 인고의 삶을 의미한다.

둘째는 6·25전쟁 이후 가족의 생명줄을 머리에 이고 버둥거렸던 어머니이다. 「은행나무 아래서」의 나는 대학에서 소설을 가르치는 교수이다. 나는 퇴근 후 어머니와 어머니의 지나온 삶을 이야기하다가, 남편을 잃고 두 아들을 키우기 위해 도붓장사를 했던 시절을 떠올린다. 온 가족의 생계가 자신이 이고 다니는 광주리에 달려있다고 생각한 어머니는 낮에는 도붓장사를 하고, 그날 돌아오지 못할 거리이면 저녁에 베를 짜 주기로 하고 잠자리를 구했다. 그러면서 어머니는 점차 남자처럼 거칠게 변해갔다.

어머니를 '남자처럼' 거칠게 바꾸어 놓은 것은 「느티나무와 어머니」에서처럼 6·25전쟁과 남편의 부재였다.306) 남편의 부재는 홀로 자식을 키워야 한다는 책임감 때문에 「느티나무 타기」에서 기호 어머니처럼 한겨울에도 시지근한 땀 냄새가 진동하고,307) 「늙으신 어머니의 향기」에서처럼 뼈가 으스러졌다. 어머니는 절망의 순간에 정수리의 머리칼이 닳아빠지도록 도붓장사를 해서 가족의 생명을 지켰으며, 「은행나무 아래서」, 「느티나무와 어머니」, 「늙으신 어머니의 향기」에서처럼 아들이 대학교수가 되도록 뒷바라지를 했다.

셋째는 "끝없는 사막을 건너온 낙타처럼"308) 지치고 늙어버린 어머니이

305) 문순태, 「문고리」, 앞의 책, 51쪽.
306) 문순태, 「느티나무와 어머니」, 앞의 책, 83쪽.
307) 문순태, 「느티나무 타기」, 앞의 책, 263쪽.
308) 문순태, 「문고리」, 앞의 책, 48쪽.

다. 「늙으신 어머니의 향기」에서 나는 어머니의 몸에서 냄새가 난다고 생각하며, 그 냄새의 진원지를 추적한다. 냄새의 진원지는 어머니가 간직하고 있는 보따리였다. 그 보따리 속에는 어머니가 시집온 후 젊은 시절을 함께 했던 "녹슨 호미"와 도붓장사하며 사용했던 "오래된 손저울과 함석 젓 주걱, 판자로 짠 손때 묻은 되"가 있었다. 그리고 작은 것 하나도 그냥 버리지 못하고 모아놓은 "때에 전 흰 다후다 천의 돈주머니, 짙은 밤색의 나일론 머플러"가 있었으며, 두 자식에게 된장국을 끓여주었던 "땟국에 전 앞치마"309)가 있었다.

어머니의 말처럼 이 물건들은 "에미가 자식 놈들을 위해서 알탕갈탕 살아온, 길고도 쓰디쓴 세월의 냄새"310)였다. 「문고리」에서 '문고리'가 단지 비녀목이 달린 쇠붙이가 아니라 어머니의 "곤곤한 삶을 지탱해 준 버팀목"311)이었듯이, 「늙으신 어머니의 향기」에서 '호미, 손저울, 젓 주걱, 되'는 어머니를 일으켜 세울 수 있는 힘이었다. 그 묘한 냄새는 어머니의 "팔십 평생 동안 푹 곰삭은 삶의 냄새이며, 희로애락의 기나긴 시간에 의해 분해되는 유기체의 냄새였기 때문"312)에, 내가 어머니의 곤궁했던 삶을 이해하는 매개체 역할을 한다.

이렇듯 문순태는 「늙으신 어머니의 향기」, 「문고리」, 「된장」 등을 통해 개인적으로는 어머니의 삶을 되돌아보면서, 「늙으신 어머니의 향기」와 「느티나무와 어머니」에서 어머니, 「은행나무 아래서」의 703호 할머니, 「대나무 꽃 피다」에서 김봉도와 그의 아내처럼, 변화의 뒷전에 밀려난 노인들의 삶을 형상화하기 시작했다. 그는 자본주의 논리에서 쓸모 있음과 쓸모 없

---

309) 문순태, 「늙으신 어머니의 향기」, 앞의 책, 35쪽.
310) 위의 책, 30쪽.
311) 문순태, 「문고리」, 앞의 책, 58쪽.
312) 문순태, 「늙으신 어머니의 향기」, 앞의 책, 39쪽.

음으로 가치를 평가하며 노인들의 지난했던 삶을 낡은 가치로 인식하고 있는 현실을 비판한다. 그리고 아직도 농경사회의 정서를 지닌 채 살아가는 어머니를 통해 인간다운 삶을 복원하려는 방안을 모색한다.

문순태는 『41년생 소년』에서 "인생이란 환상방황(環狀彷徨)과 같은 것이 아니겠는가. 같은 장소에서 원을 그리며 방황하는 링반데룽(ringwandelung) 현상 같은 것"[313]이라고 했다. 이 말처럼 그는 2006년 광주대학교에서 정년퇴직한 뒤에 고향 바로 윗마을인 담양군 남면 만월리 144번지에서 새로운 터전을 일군다. 만월리는 문순태가 어렸을 때부터 '쌩오지'라고 불리었는데, 오지 중의 오지로 마을은 사방이 산으로 둘러싸여 있고, 마을 앞으로는 고라니가 한가하게 지나갈 정도로 '생오지'였기 때문이다.[314] 그는 자신이 끊임없이 도망쳐 왔던 고향이 결국 스스로가 친 울타리였음을 알게 된다. 그래서 그는 고향에 돌아와 울타리를 제거하고 '갈등의 중간자적 입장'에서 대화와 교감 그리고 비판과 수용을 통해 화해와 통합을 이끌어 내는 「눈향나무」의 안가처럼 경계인의 길을 가면서 고향은 해한의 땅이 된다.

고향에 돌아온 문순태는 '사운드스케이프'와 '생태환경'에 관심을 둔다. 고향에 돌아온 뒤 그가 쓴 소설들은 '고향·분단·노년·다문화·생태환경' 등으로 연결되면서 소설의 주제가 확장된다. 그는 「황금 소나무」에서 한 번도 고향을 떠나지 않고 사는 조일두의 삶을 형상화하여 '고향'의 소중함을 제시하고, 「탄피와 호미」에서는 총소리를 통해 '고향·분단'으로 의미를 확장한다. 그리고 「그 여자의 방」과 「대 바람 소리」에서는 '노년'의 아름다운 사랑을 노래하고, 「생오지 가는 길」과 「탄피와 호미」에서는

---

313) 문순태, 『41년생 소년』, 앞의 책, 41쪽.
314) 문순태, 인터뷰, 2014. 1. 21.

'다문화'가 함께 살아가는 길을 모색한다. 이후 「생오지 뜸부기」와 「대 바람 소리」에서는 그가 꿈꾸는 생태환경을 마치 새들이 오케스트라를 연주하듯 '소리 풍경'을 통해 서사화한다.[315]

문순태가 「생오지 뜸부기」에서 제시한 새들의 오케스트라는 소설의 생명이 삶의 진정성을 회복하기 위한 것이라고 할 때, "세상의 뾰쪽뾰쪽한 면만을 볼 것이 아니라 사각에 가려진 이면의 본질과 그 진실"[316]을 보기 위한 작업으로 볼 수 있다. 그에게 고향은 '순결한 마음의 텃밭'으로, 단순히 태어나고 자란 태생적 공간의 의미가 아니라 인간 존재를 일깨우는 내가 '설 자리'로 존재했다.[317] 하지만 53년 만에 돌아와서 본 고향은 이미 오염되었고, '뜸부기'도 사라졌으며, 이대로 둔다면 '딱새'도 '쇠솔새'도 사라지게 될 위기에 처해 있었다. 그는 "삶의 무대는 무한하나, 존재의 뿌리를 내릴 공간은 유한하다."[318]고 생각했기 때문에 '어떻게 거주할 것인가?'라는 장소의 생태 문제에 관심을 두게 된 것이다.

결국, 문순태가 「생오지 뜸부기」를 통해서 말하고자 하는 것은 다른 존재와 더불어 평화롭게 함께 하는 삶이다. 그곳은 『소쇄원에서 꿈을 꾸다』에서 말하고 있듯이, "새소리 바람소리 물소리 듣고, 달 보고 꽃 보고 구름 보고, 좋은 사람 만나고 희로애락"[319]을 함께 나눌 수 있는 인간다운 삶이 존재하는 곳이다. 우리가 생태 환경에 관심을 갖지 않으면 이미 사라져 버린 '뜸부기'를 찾을 수 없는 것과 마찬가지로 고향도 한번 파괴되면 그 장소만의 특수성을 잃어버리게 된다. 따라서 그는 "많은 세월이 지났으나 본디 모습이 변하지 않고 원형 그대로 오롯이 간직하고 있는 것들"[320]을 찾

315) 조은숙, 「문순태 소설의 사운드스케이프 연구」, 앞의 글, 396쪽.
316) 문순태, 『꿈』, 앞의 책, 280쪽.
317) 문순태, 『생오지 가는 길』, 앞의 책, 36쪽.
318) 위의 책, 37쪽.
319) 문순태, 『소쇄원에서 꿈을 꾸다』, 오래, 2015, 348쪽.

아 보존해야 하는 것이 자신의 책무라고 생각했다.

5. 문학의 지형도

이상에서 살펴본 바와 같이 본 연구는 작품을 배제한 작가론이 한 작가의 일반적 전기로 그치고 마는 것처럼, 작가에 대한 고려 없는 작품론 또한 구조에 대한 메마른 분석에 치우칠 우려가 있다고 보고, 한 작가의 총체적인 문학 세계를 규명하려면 작품론과 작가론을 함께 아우르는 소설의 지형도 연구가 필요하다는 문제의식에서 출발했다. 현대 작가 중 문순태는 씨줄로 어린 시절 경험했던 전쟁의 맹목성과 가난의 참혹함, 그로 인한 황폐한 삶의 역정을 소설세계의 질료로 삼으면서, 날줄로 당대 현실의 문제를 아울러서 두 줄의 긴장 상태를 유지하며 서사화하는 특징을 보이고 있다. 이에 필자는 단순한 연대기적 사실만을 나열하는 것이 아니라 당대의 상황과 그에 대한 작가 의식이 투영된 작품을 초기, 중기, 후기로 나누어 작가 의식의 변모 과정을 살핀 후, 각 시기에 따른 작품의 특징을 밝혀 전체 소설의 지형도를 완성하였다.

먼저 문순태의 작가 연보, 작품 연보, 시대 상황, 구술에 의한 생애사를 조사한 후, 이를 통해 작품에 투사된 작가 의식이 초기, 중기, 후기로 가면서 어떻게 변모되고 있는지 살펴보았다. 그 결과 초기, 중기, 후기 전체 작품 세계를 아우를 수 있는 중핵이 '고향 의식'임을 밝혔다. 초기 소설에서 고향은 『걸어서 하늘까지』에서처럼 아버지에게 억울하게 '빨갱이'라는 낙인이 찍힌 곳으로 돌아가고 싶지 않은 '원한의 땅'이었다. 중기 소설에서

---

320) 문순태, 「생오지 뜸부기」, 앞의 책, 138쪽.

5 · 18광주민주화운동으로 인한 해직과 '무고한 죽음'이 분단의 고착화로 빚어졌음을 직시하면서부터 고향은 「무당새」, 「안개섬」에서처럼 '통한의 땅'이 되었다. 후기 소설에서 자전적 소설인 『41년생 소년』을 통해 마음의 장애물을 정리한 뒤, 고향으로 돌아와 스스로 울타리를 제거하면서 고향은 「눈향나무」에서처럼 '해한의 땅'이 되었다.

다음으로 각각 시기에 따른 작품의 특징을 살펴본 결과, 문순태의 대부분 소설은 이전 작품 속에 씨앗이 발아하고 있다가, 현실의 문제와 융합하면서 새로운 주제로 확산하고 있음을 밝혔다. 초기 소설에서 씨줄은 『징소리』에서처럼 '고향과 분단'을, 날줄은 「고향으로 가는 바람」, 「멋쟁이들 세상」, 「청소부」, 「깨어 있는 낮잠」에서처럼 이촌 향도한 사람들이 도시에서 지렁이처럼 밑바닥 인생을 살고 있는 현실을 핍진하게 묘사했다. 중기 소설에서 씨줄은 『물레방아 속으로』, 『달궁』, 「철쭉제」, 「거인의 밤」, 「황홀한 귀향」, 「미명의 하늘」, 「말하는 돌」, 「어머니의 성」, 「시간의 샘물」, 「흰 거위산을 찾아서」에서처럼 유년 시절에 경험했던 원체험을 통해 분단된 민족이 가야 할 방향성에 대해 역사적 맥락에서 살폈으며, 날줄은 「한국의 벚꽃」, 「뒷모습」, 「문신의 땅」에서처럼 당대 현실의 교육 문제와 「달빛 골짜기의 통곡」, 「살아 있는 소문」, 「안개섬」, 「일어서는 땅」에서처럼 5 · 18 민주화운동을 형상화하면서 주제가 '고향 · 분단 · 5 · 18민주화운동'으로 확산됐다. 후기 소설에서 씨줄은 「황금 소나무」처럼 귀향 후 고향 사람들과 생활하면서 인간다운 삶의 복원을 위해 노력했으며, 날줄은 「늙으신 어머니의 향기」, 「문고리」, 「된장」, 「느티나무와 어머니」, 「은행나무 아래서」, 「대나무 꽃 피다」, 「그 여자의 방」처럼 노년문제와 「탄피와 호미」, 「생오지 가는 길」처럼 다문화문제 그리고 「생오지 뜸부기」, 「대바람 소리」처럼 생태 환경에 관심을 가지면서 주제가 '고향 · 분단 · 노년 · 다문화 · 생태환경' 등으로 넓어졌다.

필자는 그동안 작가론과 작품론이 따로 연구되고 있는 실정에서 문순태의 작가론과 작품론을 하나로 아울러서 전체 소설의 지형도를 완성했다. 이처럼 작가론과 작품론을 아울러서 문순태의 문학과 삶을 살펴본 결과, 문순태에게 소설쓰기는 개인적으로는 자신을 위한 치유 행위였으며, 사회적으로는 당대의 사회 문제에 대한 끊임없는 관심이었음을 확인할 수 있었다. 필자의 이러한 시도는 앞으로 다른 작가의 작품 연구로 그 지평을 확장할 수 있고, 문순태 작품 분석 연구에서도 그 깊이를 더할 수 있을 것으로 기대한다.

대담

　이 책의 대담 내용은 음성자료들을 문자로 풀어낸 채록문이다. 작가의 증언을 보존하고, 향후 이를 연구에 활용할 수 있도록 하는 취지에서 사투리나 개인적인 말버릇 등 원래의 음가나 상태를 가장 가깝게 반영하도록 노력했다. 또한, 작가의 생생한 육성이 담긴 인터뷰를 통해 마치 독자가 직접 작가와 대화를 나누고 있는 듯 한 기쁨을 누릴 수 있도록 당시 상황을 지문에 담았다. 이를 통해 독자들은 작가의 삶과 문학에 관련된 에피소드를 들을 수 있으며, 작가와 인연을 맺었던 주변 인물들의 삶까지 엿볼 수 있을 것이다.

　직접 작가와 만나서 이루어진 대담은 2013년 10월 9일에 시작해서 2016년 9월 5일까지 7회에 걸쳐 이루어졌다. 이외에도 학술발표나 시상식 등 작가의 면모를 살필 수 있는 곳이면 어디든지 달려가서 대화를 나누었고, 궁금한 점이 있으면 전화로 인터뷰를 진행했다. 본 장은 대담과 전화 인터뷰 등의 내용을 날짜 별로 정리하지 않고 작가의 생애에 맞게 재구성했다. 즉, 대담 내용만으로도 작가의 삶과 문학 세계를 조망할 수 있도록 주제 별로 9개의 장으로 나누어 제목을 달고, 다시 대화의 세부 내용에 따라 소제목을 붙였다.

문순태와 대담은 주로 생오지 집필실에서 이루어졌다. 창문을 통해 들려오는 청아한 새소리와 시원한 바람, 그리고 언제나 청년처럼 맑은 음색을 지닌 문순태 작가의 목소리를 지금도 잊을 수 없다. 1회 대담은 벼가 누렇게 익어 황금빛으로 들녘이 물든 가을날 시작되었다. 작가가 쓴 산문이나 잡지에 투고한 글, 이전에 연구된 자료 등을 중심으로 만들어 간 작가 연보를 가지고 3시간 정도 진행되었다. 2회 대담은 주로 작가의 유년시절 부터 지금까지 고향에 얽힌 이야기와 작품 속에 드러나는 작가의 고향에 대해 이야기를 나눈 뒤, 작가의 가족 관계에 대해 보강하였다. 3회와 4회 대담은 작가의 전체 작품을 장편, 단편, 산문집, 동화집, 기타로 나눠서 작품 중심으로 진행되었고, 특히 작가의 대표작이라고 할 수 있는 대하소설『타오르는 강』에 대해 집중적으로 이야기를 나누었다. 5회 대담은 최근 발표된 장편소설『소쇄원에서 꿈을 꾸다』와 작가의 전체 작품 속에 드러나는 소리풍경에 대해 대화를 나눈 뒤, 작가와 친하게 지냈던 주변 인물들에 대해 이야기를 나누었다. 6회 대담은 현재 작가의 삶과 현시대의 전반적인 상황에 대한 작가의 생각을 들었으며, 7회 대담은 작품을 집필하게 된 다양한 에피소드와 전체 작품의 개작 관계에 대해 대화를 나누었다.

문순태는 중·단편 약 137편, 장편 23편을 쓴 다작의 작가이다. 그래서 어떤 작품에 대해 인터뷰할 때 혹시라도 작가가 그 작품 전체를 다 기억하지 못할까 걱정이었다. 그런데 문순태는 작품에 대해 어떤 질문을 해도 막힘이 없었으며, 작품 속 주인공까지 다 기억하고 있었다. 작가와 함께 작품 속으로 들어가서 깊은 대화를 나눌 수 있는 기쁨은 작가론을 쓰는 이가 누릴 수 있는 또 다른 행복일 것이다.

일러두기

( ) : 지문, 기타 참석자의 말 등.
" " : 대화 중 타인의 말을 인용한 구절.
「 」 : 작품 제목, 논문 혹은 간행물 속에 포함된 소품 저작물명.
『 』 : 단행본, 일간지, 월간지, 동인지 등 일련의 간행물명.
5·18 : 5·18광주민주화운동
6·25 : 6·25전쟁
조은숙 : 필자
문순태 : 작가
이영삼 : 필자의 남편

제2부

작가에게 말 걸기

동심의 공간, 고향의 백아산 골짜기

작가와의 첫 만남

조은숙 안녕하세요. 먼저 이렇게 인터뷰에 응해 주셔서 감사합니다.

문순태 아니요. 제가 더 고맙지요.

조은숙 (미리 만들어 간 작가연보를 건네주며) 제가 만든 자료인데요. 작가
       론 준비 과정으로요.

문순태 아, 그래요. 이것이(소책자를 건네주며) 이번에 광주대(광주대학교)
       제자들이 만들어 준 건데, 도움이 되면 보세요. 『타오르는 강』으로
       요. 여기에서 공부하는 제자들이요. 또 제3세계문학전집에 제 작가
       연보가 잘 되어 있을 건데요.

조은숙 예, 그것도 참고해서 정리했어요.

문순태 쑥차 괜찮아요?

조은숙 예, 좋아요.

문순태 배탈 난 곳에는 이 차가 좋다고 하데요.

조은숙 안 그래도 지금 장이 안 좋아서 힘들었는데, 저한테 딱 좋은 차네요 그럼 다시 작가론으로 들어갈게요 조금 전에 보여 준 것처럼 선생님 작품을 읽고 전체적으로 이렇게 자료를 정리했어요 지금은 전체 작품을 분석하면서, 다른 연구자들이 연구한 것을 함께 보고 있어요 제가 전체적으로 검토했고, 현재 하고 있는 작업이 선생님의 삶에 대해 정리하고, 우리나라 시대상황, 세계 시대상황, 그리고 작품에 대해서 정리하고 있어요 이렇게 인터뷰한 후 자료를 정리하면 독자들도 보기 좋고, 또 시대상황이 있으니까 연구하는 사람들한테도 도움을 줄 것 같아요 제가 현재까지 한 작업을 표로 완성한 거예요

문순태 (작가연보를 넘겨보며) 어, 이거 고생 많네요 이거 보통 일이 아닌데.

조은숙 전에 위선환 시인을 만났을 때가 1년 전이었어요 그때 선생님 작품 『타오르는 강』을 읽으면서 그때부터 준비했는데, 『타오르는 강』이 아직 완간이 안 되었을 때였으니까 2012년 초부터였을 거예요 그때부터 했는데도 이만큼밖에 안 되었어요 위선환 선생님께 선생님의 작가론을 하고 싶다고 했더니, 친구라고 하시면서 좋아하시더라고요.

문순태 그래요 안 그래도 지난번에 같이 오기로 했다면서요? 위선환 시인이 와서는 조 선생하고 약속에 착오가 있었던 것 같다고 자기가 중복되어서 못 왔다고 그러더라고요 바로 전날 나하고 약속을 해서 점심만 먹고 헤어졌어요

조은숙 거의 1년 반 정도 준비했는데 아직도 전체 틀이 잡히지 않아요

문순태 어, 이거 오래 걸렸을 것 같은데?

조은숙 지금 초기, 중기, 후기 분석해 가고 있는 상황이에요 제가 지금 하면서 나타나는 문제가 뭐냐면, 다른 책들과 연도가 다른 것이 너무

많아요. 또 연표마다 정리된 책들이 다 달라서요. 선생님 초등학교,
중학교, 고등학교 입학, 졸업이 지금까지 모두 다르게 정리되어 있
더라고요. 그리고 선생님이 소설을 창작할 당시 어디에 사셨는지 알
고 있으면, 작품 속 공간을 더 잘 이해할 수 있을 것 같아요.

문순태   제가 도와줄 수 있는 일이라면 해 드려야지요.

내 손자, 12대 종손 준철

조은숙   어, 전화 왔는데 먼저 받으세요.

문순태   어, 손주네요. 잠깐만요. (여보세요. 어, 준철아, 오늘 학교 갔다 왔
어? 어, 오늘 쉬는 날이지. 쉬는 날 뭐했어? 3일 동안이나 집에 있었
어? 강아지 사진 보냈는데 보았어? 너무 귀엽지! 그 강아지가 할아
버지 물어뜯는다. 할아버지만 가면 물어뜯어. 근데 장난치느라 그래.
실제로는 안 물고, 조금 더 크면 사진 찍어서 보낼게. 오늘 집에 있
냐? 책은 읽냐? 무슨 책 읽고 있어? 제목이 뭐야? 어떤 장인에 대한
이야기? 읽고 할아버지한테 이야기해줘. 잘 있어. 사랑한다.) 우리
12대 종손이에요.

조은숙   많이 보고 싶겠네요?

문순태   하나밖에 없으니까 엄청 보고 싶죠. 옛날에 김승옥 씨 고모부가 순
천대학교 학장을 했는데, 그 양반이 금요일만 되면 서울 올라간다
고, 손자 보러 다닌다고 해서, 뭐 저런 사람이 있나 했는데, 지금 보
니까 내가 그 짝이 났어요.(모두 웃음) 오라고 해도 요즘 애들이 안
와요.

구산이란 호號의 의미

조은숙 선생님이 힘드실까 봐서 제가 이렇게 질문을 준비해 왔는데요? (미리 준비한 질문 문항을 건네며) 호가 구산이던데요?

문순태 아홉 구에 뫼산이에요. 그것이, 우리 마을이, 고향이 구산리여서 그렇게 지었어요. 그런데 구산 스님이라고 유명하신 분도 계시드라고요. 그 스님한테 죄송하지만, 스님하고는 아무 상관 없고요. 제가 사는 고향 마을 이름이에요.

조은숙 저는 아홉 구에 뫼산을 해서 어떤 삶의 굴곡을 의미하고 있다고 의미를 부여했는데요.

문순태 아니요. 그냥 고향 이름이에요.

조은숙 구산 스님하고 상관없고, 고향 마을과 관련되었다고요?

문순태 예, 그래요.

무서웠던 존재, 훈장 선생님

조은숙 선생님 작품 중에 『타오르는 강』이나 『41년생 소년』에서 훈장님 이야기가 나오던데요.

문순태 옛날에 우리 집에 독선생을 모셨거든요. 여기 바로 아랫동네가 우리 동네인데요. 내가 10대 종손인데, 300년 가까이 살았단 이야기지요. 그 고향이 원래 광주 화암동, 화암천, 석곡 수원지 윗마을로, 거기가 화암동이거든요. 10대조 위에서 지금 나서 왔는데, 시골이라 해봤자 부자라고 하기에는 일하는 사람 하나 있고, 그저 살 정도였는데, 농사짓고 그랬는데 독선생을 모셨어요. 다른 집 애들도 우리 집으로

와서 배우고 저그, 그니까 훈장 선생님이 한시를 잘 지었어요. 그렇게 우리 아버지는 저것이 문학이구나! 어렴풋이 알았어요. 어, 그라니까. 내가 광고(광주고등학교)에 들어가고 1학년 때 공부를 열심히 해서 서울 법대나 의대 간다고 열심히 했는데, 나중에 문학병 걸려 갔고 문학 한다고 하니까, 문학 하면 굶어 죽는다고 말을 많이 했어요. 왜냐하면, 우리 집 독선생(훈장 선생님)이 애들이 많았어요. 한시도 잘 짓고 그랬는데, 그때는 선생님한테 월급을 주는 것이 아니고, 보리철 되면 보리 한 가마니, 나락철 되면 어, 벼 한 가마니, 그렇게 줬어요. 그게 전부에요.

조은숙　그러면, 옛날에는 훈장 선생님이 집에 기거하면서 과외처럼 가르쳤어요?

문순태　그렇지요. 집에서 기거하기도 하고, 대부분은 기거하면서 가르쳤어요. 그 독선생은 한동네에 살아서 따로 집이 있었어요. 우리 집 독선생은 애들이 일곱이나 되었어요. 굉장히 가난해요. 그러니까 아버지가 문학 하면 굶어 죽는다고, 그 훈장님처럼 될 거냐고 그랬어요.

조은숙　아, 네에.

문순태　서당에 대여섯밖에 안 다녔어요. 그러니 훈장 선생님이 얼마나 가난했겠어요. 그 옛날 훈장 선생님은 가난하게 살았어요.

조은숙　이 부분 이야기하다 보니 너무 길어졌습니다. 수필집에 보면 『추구』, 『사자소학』, 『명심보감』을 배웠다고 나오더라고요. 훈장님 성격을 "송곳 끝처럼 뾰족한데다가 누구와 어울리기를 싫어해 늘 혼자였다. 책에 있는 내용 외에 사담을 하는 것도 싫어했다."라고 되어 있어요. 제가 궁금한 점은 이런 훈장님이 선생님 인생에 어떤 영향을 주었을까 이거든요?

문순태　그, 예에, 평생을 살아오면서 무서운 존재가 한 사람은 필요하다고 봐요. 내가 꼼짝 못 하는 그런 존재 으하하하, 다 좋아 버리면 안 되거든요. 어떤 일이 있었느냐 하면, 한 번은 아버지가 소를 팔아서, 옛날에는 바구니를 벽에다 걸고 거기다 돈을 넣어뒀는데, 그 돈을 내가 도둑질했어요. 우리 마을에 앉은뱅이가 살았는데 그 형들이 축음기를 사다 줬어요. 우리 마을에 처음 축음기가 들어왔어요. 그 축음기가 너무 신기한 거예요. 틀면 마을 사람들이 거기 다 모이는 거예요. 그래서 내가 돈 다 줄 테니, 그 축음기 나 주라고 해서 소 판 돈을 다 주고 샀어요. 그 축음기를 집에 가져오지는 못하고 거기 가서 내가 듣고 싶을 때 자유자재로 듣기로 엉뚱한 생각을 했어요. 그런데 아버지가 알게 되었어요. 그쪽에 두고 그런데 아버지는 아무 말 안 하고 있는데, 훈장님이 아랫도리를 발가벗겨 놓고 막 나를 때리더라고요. 훈장 선생님이 너무 무서워가지고, 아하하, 아버지는 아무 말도 안 하고 지금도 생각하면 훈장 선생님 매, 그 무서움 그게 생각나요. 나에게 무서운 존재는 누구인가? 훈장 선생님. 우리 인생에서 무서운 존재 한 사람은 꼭 있어야 해요. 그런데 부모님은 무서운 존재가 아니거든요.(모두 웃음)

축음기, 소 한 마리 값

조은숙 그 이야기가 『41년생 소년』에 나오잖아요. 천길인가? 만길인가? 앉은뱅이를 태워다가 학교까지 리어카에 태워서 데리고 갔다 오고요 모두 앉은뱅이를 좋아했어요. 그 책에서 축음기가 나오고, 앉은뱅이가 나오는데.

문순태 실제 있었어요. 맞아요. 앉은뱅이가 우리 마을에서 일어나는 일을 다 심판했어요. 싸우면, 니가 잘못했다, 니가 잘했다 그러면 다 따라요 수용했어요.

조은숙 아, 거기다 축음기가 나오는 것, 그 축음기가 소 한 마리 값이었다는 것. 예, 으하하하. 그때부터 음악을 좋아하셨네요?

문순태 그랬어요. 으하하하. 나중에 아버지가 가서 돈을 받았지만.

박석무 선생, 한학이 열어준 길

조은숙 옛날에 박석무 선생님이 학교에 오셔서 해 주신 이야기인데, 박석무 선생님도 할아버지가 계속 한문을 가르쳐 주었다고 하시더라고요. 그걸 안 했다면 어려운 시기가 왔을 때, 방향 결정할 때 힘들었을 텐데. 그 어려웠을 때, 그때 했던 한학 공부가 힘이 되었다고 하더 라고요. 나중에 고전번역원 원장까지 했잖아요.

문순태 그 박석무 선생은 이을호 선생님의 영향을 많이 받았어요. 전대(전 남대학교)에서. 그래서 다산(茶山)에 빠져 가지고, 박석무가 우리 집 에 몇 번 왔는데, 박석무가 광고 후배거든요. 그 조태일 동기예요. 내가 9회고, 거기가 11회이던가 할 거예요. 2년 후배이니까. 학과는 법학과 갔는데, 고창에서 영어 선생을 했어요.

조은숙 네? 전공이 영문과가 아닌 데도요?

문순태 저도 독일어 전공 아닌데, 독일어 가르쳤는데요.

느티나무, 10대조가 심은 당산나무

조은숙 아, 예. 그런데 선생님 작품에 보니까 「느티나무 타기」, 「느티나무 아래서」, 『느티나무 사랑』 등 느티나무 이야기가 많이 나오는데, 정 말 고향에 느티나무가 있었어요?

문순태 약 4백 년 되었을 거예요. 내 10대조가 임진왜란을 피해 광주에서 무등산을 넘어 이곳으로 처음 들어오셔서 터 잡을 때 심었을 거예요.

조은숙 「느티나무 타기」에서 기호가 외국에 있으면서도 제일 하고 싶은 일이 고향에 있는 '느티나무 타기'라고 했는데, 느티나무는 마을에서 어떤 신앙과 같은 역할을 했나요?

문순태 그렇다고 볼 수 있지요.

조은숙 당산나무 같은 건가요? 저도 어릴 때 마을에 은행나무 두 그루가 있었는데 그곳에 올라가서 놀고는 했는데, 지금도 그 나무가 그립거든요.

문순태 마을의 모든 재앙을 막아주는 수호신 같은 역할을 했다고 볼 수 있지요.

각시샘, 영천靈泉의 샘물

조은숙 선생님 작품에 보면 느티나무만큼 많이 나오는 것이 각시샘이거든요. 등단작이었던 「백제의 미소」에서부터 『징소리』, 『정읍사』, 「시간의 샘물」, 『41년생 소년』 등 많은 작품에서 각시샘이 나와요.

문순태 고향 앞에 야트막한 냇물이 흐르고, 여름에는 손이 시린데, 겨울에는 김이 모락모락 나는 샘이 있었어요.

조은숙 저는 작품을 읽으면서 느티나무와 각시샘이 전쟁으로 선생님이 고향을 잃어버리기 전, 마치 동화 속의 공간처럼 느껴졌어요. 그래서 느티나무와 각시샘을 소재로 하는 작품을 따로 분석했는데, 「백제의 미소」에서는 배고픔의 고통을 잊게 해 주는 생명의 샘이었어요. 그리고 『징소리』에서 순덕이 엄마가 자신의 의지와 상관없이 성폭력을 당한 이후 정신적 상처를 안고 고향을 떠났다가 다시 고향에 돌아와서 오해를 푼 뒤, 맑은 정신으로 빠져 죽어서 '해원'의 공간으로 봤어요 그리고『정읍사』와「시간의 샘물」에서는 생명수와 함께 소원을 비는 정화수로서 역할을 하고 있다고 생각했고요『41년생 소년』에 이르면 '마을 사람들의 간절한 소원을 풀어주는 꿈의 영천(靈泉)'으로서 기능을 하거든요

문순태 작품을 해석하는 것은 비평하는 사람 몫이니까요

전쟁, 열두 살에 고향을 떠나다

6·25의 기억, 총소리와 물레방아소리

조은숙 그럼 다음 질문인데요 선생님 작품을 읽다 보면 초기, 중기, 후기까지 청각을 많이 사용하는데, 청각은 제가 생각할 때는 같이 어울리는 공동체적인 마을이나 공동체적인 삶과 관련시켜서 서사적 장치로 쓰고 계신 건지, 아니면 근대 이후 산업이 발전되면서 나타나는 현상인 괴리나 소외를 극복하는 차원에서 일부러 많이 사용하셨는지요? 유독 청각에 더 민감한 것 같아서요?

문순태 저는 소리를 단순하게 생각했는데, 의미부여를 많이 하셨네요 저는 작가가 시각을 중요시하느냐, 청각을 중요시하느냐, 촉각을 중요시하느냐는 작가의 성장 과정과 밀접한 연관이 깊다고 생각해요 저는 6·25 때 총소리와 물레방아소리를 잊을 수가 없거든요 총소리, 물레방아 소리를, 그때 많이 들었거든요 여기 무등산에서 백아산까지가 토벌 지역이었어요 빨치산들이 살았어요 어느 날 갑자기 토벌대가 들어와서 여기 마을에서부터 백아산까지 모든 골짜기라는 골짜기는 다 불 질러버렸어요. 빨치산이 못 살도록, 작전지역이니까. 여기가 소개를 당했거든요. 여기 비워두고, 사람 못 살게 하고 화순읍이나 광주로 다 나가서 살게 하고, 농사도 못 짓게 하고 근데 여기서 안 나간 사람들도 있었어요. 끝까지 여기서 죽겠다는 쪽이나 가족이 빨치산 입산했던 사람은 안 나갔어요. 우리 가족도 안 나갔어요. 이리 밀리고 저리 밀리고, 그냥 이 골짜기를 떠나기 싫어 안 나갔어요. 이 골짜기 안 벗어나려고 이 골짜기 저 골짜기 토굴 파놓고 숨고 그 짓거리를 1년을 했다니까요. 여기서 살았다니까요. 그 총소리가 지금도 들려요. 그 토벌대들이 민간인들도 쏴 버렸어요. 다 그냥 전사자로 처리해서 보고한 거예요. 그러니까 6·25 때 총소리가 나는 너무나 공포스러웠던 거예요. 또 하나 밤이 되면 싸움은 안 하잖아요. 마을을 다 불태웠는데, 물레방아는 다 안 태웠어요. 그때는 마을마다 물레방아가 있었거든요. 철철철 삐그덕, 철철철 삐그덕, 이 돌아가는 소리가 얼마나 크게 들렸는지 몰라요. 그 소리가. 그래서 그 소리가 6·25 때 들렸던 그 소리가 너무나 내 뼛속까지 스며들어 있는 거예요. 징소리도 파고들었어요. 징소리, 충남대학교 성현자 교수가 「징소리 소리고」라고 쓴 논문 있더라고요. 그래서 소리에 대해 특별히 누구보다도 더 예민한 작가가 되었다고 할까요. 그리고 예전에는 소리가 전쟁이나 공동체와 연관 있어요. 대부분 소리는 전쟁 공포와 연관 있어요.

여전제閭田制, 고향에서 경험하다

조은숙 소리가 전쟁 체험에서 온 것이었네요. 또 체험에서 온 것이 있다면요?

문순태 『타오르는 강』에서 풀려난 노비들, 영산강 일구면서 같은 솥단지에 함께 밥해 먹고 하는 것. 그것이 다산의 여전제이거든요, 그것은 원시사회제도의 한 형태였거든요 그래서 내가 서울 어디에서 『타오르는 강』7권 나왔을 때 강의했는데, 이효제라고 하는 이화여대 사회학과 교수가 있어요. 지금은 돌아가셨을 거예요 유명한 사회학자였어요. 그분이 강연장에 와서 어떻게 그것을 알고 썼느냐고 물어요 그것은 원시공동체인데. 그래서 나는 우리 마을에서 실제 그랬습니다. 우리 마을에서 물난리가 나서 모두 떠내려가면 각자 집에서 이것저것 하나둘씩 가져다가 도와주었다. 같이 끓여 먹고, 그랬다고 했어요. 지금은 제방 공사를 나라에서 해 주지만, 그때는 마을에서 다 함께했거든요 그래서 공동체 정신에 대해 누구보다 잘 알고 있어요. 저는 공동체 정신을 직접 체험했기 때문에요.

조은숙 아, 『타오르는 강』에서 그 부분이 있어요. 한솥밥을 먹는 장면이요. 읽으면서 울컥했는데, 그리고 『41년생 소년』에서도 나오는데, 선생님이 경험한 이야기였네요

『생오지 뜸부기』, 소리 풍경을 소설로 쓰다

조은숙 그런데 초기 소설, 중기 소설, 후기 소설에서 청각에 부여한 의미가 다른 것 같던데요

문순태 요즘은 소리 환경과 연관되었는데, 『생오지 뜸부기』에서는 사운드스케이프, 즉 소리 풍경 세상이에요 요즘 최근에 육십 넘어서 쓴 작품은요 이후 생태주의, 환경으로서의 소리에요 산업 사회에서는 랜드스케이프 세상이라고 하거든요 높은 다리, 빌딩 세상, 빌딩이

눈길을 끌었잖아요? 그런데 요즘은 사운드스케이프 세상이라고 하잖아요. 『사운드스케이프』라는 책이 나왔어요. 캐나다 사회학자가 썼는데, 목포대학교 교수가 번역한 책을 나한테 한 권 선물로 주더라고요. 맞아, 요즘은 자연의 소리가 굉장히 중요한 거예요. 물소리, 바람소리, 새소리. 이런 자연의 소리가 굉장히 중요한 거예요. 지금 도시는 이미 기계화된 소리, 기계음이 장악해 버렸다는 거예요. 80~90% 이상이 장악했어요. 인간이 인간답게 사는 세상이 사운드스케이프라는 거예요. 자연의 소리. 그래서 『생오지 뜸부기』 쓸 때는 매일 산에 갔는데, 다 녹음해서 듣고, 생물도감 펼쳐서 보고, 뭔 소리다, 뭔 소리다. 이렇게 다 파악하고 있거든요. 요즘은 환경적 소리로 바뀐 거예요.

유년시절에 대한 그리움, 공동체가 살아있었다

조은숙 예, 선생님의 작품 읽으면서 6·25 때 총소리는 듣기 싫은 소리였고, 징소리는 듣고 싶은 소리 같았어요. 그런데 선생님 작품에서 분명 총소리는 공포의 소리였는데, 『생오지 뜸부기』에서는 총소리가 무섭지 않아요. 분명 유년시절의 트라우마가 남아있었을 텐데, 그 유년시절의 충격이 어떻게 미학적으로 바뀌었는지 궁금했어요.

문순태 나는 공포를 극복한 거예요. 요즘은 어떻게 생각하면 그때가 더 좋았어요. 죽음을 보면 다 같이 죽음을 슬퍼해 줬고, 물론 그때 당시는 공포스러웠지만, 함께 죽음도 슬퍼해 주는 그 시절이.

조은숙 맞아요. 그때는 함께 슬퍼하고, 서로 나눠 먹고 그랬는데요.

문순태 나에게는 유년시절의 추억이 아름답게 미화된 거예요. 내 의식 속에서는. 지금은 그런 게 없잖아요. 그 시절, 그 사람들의 마음이 그리운 거죠.

조은숙 예, 작가론 쓰면서 고민하고 있었는데, 『41년생 소년』 읽으면서 그런 생각이 들더라고요. 토굴에서 생활할 정도로 힘들었는데, 그런데도 고향에 가면서 아파하지 않고, 아련하게 고향을 그리워하는 것 같았어요. 고향에 대한 그리움의 색깔이 있어요. 그러니까 선생님의 소리는 고향의 그리움이네요. 그래도 공포스럽지 않을까요? 소리를 들으면?

문순태 그렇지요. 고향의 그리움이죠. 그때 그 공포를 공포로 그리면 소설가가 아니거든요.

「장구렁이」, 토굴 생활을 그리다

조은숙 선생님 작품을 가지고 이야기하면 부담되세요?

문순태 아니요. 작품 괜찮아요.

조은숙 그럼, 작품으로 들어갈게요. 선생님이 쓰신 소설 「장구렁이」를 읽고 잠을 못 잤어요.

문순태 그거 소설이 안 좋은데.

조은숙 뱀이 마치 천장 위에서 기어 다니는 것 같아서요. 꿈에도 나타나고 그랬어요. 6·25전쟁 때 토굴의 경험이죠?

문순태 월산리라고, 화순군 이서면 월산리에서 그랬어요. 어허허허, 그랬어요. 그때는 진짜 뱀이 기어 다녔어요. 토굴에서요. 그런데 그때는 뱀이 하나도 안 무서웠어요. 그때는 죽음도 안 무서웠어요. 그런데 지금은 무서운데, 나이가 들어서인지. 그때는 시체 옆에서도 자고 그랬으니까요.

배고픔, 흙과 산골로 달래다

조은숙 그때 진짜 흙을 먹었어요? 사람들이.

문순태 가난했을 때는 흙도 먹고, 돌도 주워 먹었어요. 반짝반짝한 돌을 산골이라고 했어요. 운동장에서, 뼈가 튼튼해진다고 산골을 일부러 주워 먹었어요. 흙도 황토 흙을 먹고요.

조은숙 아, 『41년생 소년』에서도 산골 먹는 것 나오는데요. 그것을 보면서 아, 이렇게도 살았구나! 하면서, 저도 위로받았어요. 공부하면서 힘들 때요. 우리 부모님 세대는 이렇게도 살아왔는데, 뭐가 힘들어 이렇게 생각하면서 스스로 희망을 품게 되었어요. 책이 주는 좋은 점이 바로 위로인 것 같아요. 흙을 먹었다니, 저는 먹은 적이 없어요.

문순태 아, 먹었지요. 요즘 젊은 사람들 소설 읽어보면 의미망만으로 만들어 있잖아요. 뭐 심사를 하나 하고 있는데, 쓸데없는 말장난만 하고 있어서, 그래서 한승원은 젊은 작가들 작품 절대 못 읽게 한다고 하는데, 저는 읽게 하거든요. 읽어야 그래야 오늘날 소설을 알지요. 읽어야 당선되니까. 그런데 신경질 나 죽겠어요. 이야기가 없어요.(모두 큰 소리로 웃음)

조은숙 얼마 전에 편혜영 작품 읽다가 징그러운 장면을 너무 길게 써서 읽다가 덮은 적이 있는데요.

문순태 그런데 지금은 편혜영 작품 참 잘 써요. 작년에 장편 읽었을 때 한 이야기 또 하고, 곱씹고, 또 쓰고, 암튼, 빨래하는 걸 가지고 몇십장 쓰던데, 거품 나오는 것 쓰고, 또 쓰고 아하하하.

내 동생, 문건부

조은숙 선생님, 가족이 다섯 명이 살았다고 했는데, 할머니랑 동생 문건우 씨라고 계시던데요.

문순태 문건부.

조은숙 아, 네에. 문건부예요. 단편을 보면 동생을 먼저 보내고 우는 장면이 있는데, 자녀가 더 있었나요?

문순태 아니요. 딱 둘이만 났어요. 그건 소설 속에서.

조은숙 저희 때도 자녀가 넷이었는데, 저희 아버지 세대는 보통 다섯이나, 일곱이던데, 소설 속에서 보니까 둘 뿐이어서 혹시나 더 있으셨나 해서요?

문순태 아버지가 첩이 둘이나 있었는데, 첩에서 소생은 없었어요. 어머니가 임신을 못 해서 병원에 입원해서 어떻게 간신히 둘이만 나셨어요.

어머니, 내 소설의 텃밭

조은숙 그다음에 선생님 작품 속에 어머니가 진짜 많이 나와요?

문순태 예, 아버지는 얼마 안 나오고, 어머니가 많이 나와요.

조은숙 어머니를 많이 강조하시는 게 실제 경험인지요? 아니면 우리 문학전통의 문학적인 장치로 의미를 부여하고 있는지요? 분명 실제 체험이 많이 드러나기는 하는데, 조금 더 강조하는 것이 의미 부여가 아닐까 해서요.

문순태 실제적인 삶이 아버지는 번거충이라고 그러잖아요. 농사도 안 짓고 아버지는 첩이 만주각시하고 난초하고 둘이 있었고요.

조은숙　『41년생 소년』에 나오는 것처럼요?

문순태　통 집안일은 안 하고, 돌아다니기만 하고 한번은 어머니가 콩밭을 매고 있는데 아버지가 첩하고 당산나무 밑에서, 콩밭 맬 때가 얼마나 더울 때예요? 아버지는 그늘 아래서 노래 부르고 첩은 장구 치고 있는데, 어머니가 쫓아갔는데 오히려 디지게 두둘겨 맞고 왔다는 이야기를 하시드라고요. 어머니가 그때 눈물 나더라고 그러더라고요 어렸을 때 내가 그 이야기를 듣고 눈물이 나더라고요 내 눈으로도 본 적이 있어요 아버지가 어머니 머리채를 휘어잡고 때리고, 뒹굴고 그런 것을 너무 많이 봤거든요 그때는 농사가 있고 그러니까 그랬는데, 아버지는 안 하고, 어머니가 다 했거든요. 6 · 25전쟁 이후, 어머니가 도붓장수로 집 생계를 책임지고 마을마다 돌아다니고, 나는 따라다니고, 어머니가 곡식으로 바꾸면, 내가 받아서 곡식 짊어지고 또 어디서 만나자 하면 또 거기서 만나서 물건 주고, 곡식 가지고 오고, 어머니의 고생을 너무나 내가 잘 알기 때문에, 사실 어머니의 모성애도 있었지만, 여자의 강인한 힘을 어머니를 통해서 배웠거든요. 땅에 대한 애착이라든가. 아버지한테는 그런 걸 전혀 느끼지 못했어요 아버지는 강인함도 없고, 맨 첩이나 얻어서 노래나 부르고 놀러나 다니고 강인함도 아니고, 낭만도 아니고, 무슨 사랑도 아니고 나는 아버지 무릎에 한 번도 앉아보지 못했으니까. 무섭기만 했지. 그냥, 그런 게. 그리고 땅에 대한 사랑도 보통 아버지를 통해서 배우잖아요 그러잖아요? 그런데 어머니한테 배웠어요. 예를 들면 어머니는 광주로 일찍 나왔는데도, 내가 출장 갔다 오면 고향 이쪽으로 갔다 오면, 고향 사람들 누구누구는 어떻게 잘 지내드냐? 묻지 않고, 농사는 잘 되었드냐? 태풍 불면 나락 다 쓰러지겠다. 맨 농사 걱정만 하셔요. 노인정에 나갈 때, 노인정 텃밭을 일구고, 또 광주 나와서, 이삭 주워 다가 미숫가루 만들어 주고 언제 에

세이도 썼는데, 땅에 대한 소중함과 애착, 모두 어머니에게 배웠어요.

조은숙 「어머니의 땅」이나 「늙으신 어머니의 향기」라는 작품에서도 어머니의 체험이 들어있지만, 여성에 대한 배려보다는, 한국 여성의 강인한 점이 부각되잖아요. 어머니는 강하고, 강한 것은 아버지가 아니라 항상 여성이어서 이상했어요.

문순태 어머니를 통해서 한국 여성의 강함을 배웠어요. 실제 어머니를 통해 배워서 그래요.

조은숙 예, 그럼 광주에서 어머니가 1960년대에 바느질 가계를 하셨나요? 『41년생 소년』에서 재봉틀이 나오는데, 서사전략인가요? 당시 어머님들이 바느질 가계를 많이 했나요?

문순태 그렇지요. 당시는 재봉틀이 큰 재산이었어요. 재봉틀을 업으로 한 사람도 있었지요. 농촌이니까 어느 정도 산 사람들은 재봉틀이 있었어요.

조은숙 『41년생 소년』에서 뭐라고 나왔냐면, 어머니가 광주에서 60년대에 바느질을 했다고 해서, 지금 행복한데도 예전에 바느질했던 기억을 자꾸 해서 정말 했는지? 서사장치인지 궁금해서요.

문순태 아니요. 서사장치에요. 그때 그런 사람이 많았어요. 근데, 우리 어머니는 그러신 것이 아니고요.

조은숙 아버지께서는 1963년 47세로 별세하셨습니다. 그렇다면 어머니께서는 언제 별세하였나요?

문순태 2011년, 어어,(잠시 생각에 잠기시더니) 97세로 돌아가셨어요.

조은숙 아, 예, 그럼, 2004년에 집필하셨는데, 『41년생 소년』을 2004년에 집필하실 때는 어머님 나이가 91세, 생일상 받은 이야기가 나오고 이후 쓴 작품에서 어머니의 빈자리가 나와서요.

아버지, 낙인의 고초를 겪다

조은숙 선생님이 쓰신 수필집에 보면 "아버지가 6·25 후유증으로 큰 고초를 겪음, 모략을 받아서 여러 차례 경찰서에 붙들려가서 고문을 당하게 됨. 6·25 때 북한군이 점령했던 기간 동네일[里長職]을 잠시 맡아서 했던 것과 인공치하에서 잠시 마을 인민위원장을 맡아서 했던 일 때문에"라고 되어 있는데, 『41년생 소년』에서는 1950년 가을쯤에 끌려가서 고초를 당한 부분이 나옵니다. 전쟁 중에 고초를 당했나요? 제가 생각할 때는 전쟁 이후에 밀고를 받은 게 맞을 것 같은데요?

문순태 전쟁 이후에 밀고를 당했어요. 그 이후에요. 배경 설명을 좀 하자면, 우리 마을이 큰 마을과 작은 마을이 있었는데.

조은숙 안골이 어디인가요?

문순태 안골은 큰 마을, 안골은 부자들이 살았고, 우리 문 씨 중심으로, 작은 마을은 경찰들 가족 중심으로 살았어요. 갈등이 굉장히 심했어요. 안골 사람들은 입산을 많이 했고 옛날에 작은 마을 사람들이 시달림을 많이 받았나 봐요. 우리 집안에 참봉이 한 분이 있었는데, 그분이 굉장히 안 좋았어요. 작은 마을 사람들을 많이 괴롭혔나 봐요. 그래서 작은 마을 사람들이 앙금이 많이 남아있었어요. 그 후유증이 있었는지, 큰 마을은 입산을 많이 하고, 작은 마을 사람들은 경찰 가족이 되면서, 그래서 갈등이 심했어요. 6·25전쟁이 끝나고 나니까 아버지가 많은 고초를 당했지요.

조은숙 아아, 네에. 작가에게 유년의 체험이라는 것은 정말 중요하네요.

문순태 그렇지요.

아버지의 유언, 절대 고향으로 돌아가지 마라

조은숙 이번에 장소와 관련된 책을 읽다 보니까, 몸이 기억하는 공간이 따로 있다. 사람이 그 풍경을 떠나면 그곳으로 끌어당긴다고 하는데, 선생님이 생각하는 작품 속의 장소 즉, 고향이 지니는 의미는 무엇일까요?

문순태 그러니까 내가 유년시절에 가장 강하게 느낀 것은 전쟁, 6·25니까. 어, 그래서 또 아마 이곳으로 되돌아왔는지 몰라요. 아버지가 유언장을 남겼는데, "절대 고향으로 돌아가지 마라"였어요. 내가 얼마 전까지도 유언장을 가지고 다녔거든요. 우리 고향에서 몇 명이 입산을 했고, 번거충이 아버지가 6·25가 되니까 마을 인민위원장을 했거든요. 건넛마을 30여 호, 여기 마을에는 70호, 여기는 거의 문 씨 집안이었고 건넛마을은 성이 다른 사람들이 살았고 조금 잘 살고, 옛날 잘 산 사람들이 많이 입산을 했잖아요. 여기는 입산하고, 건너마을은 좀 못 살고 경찰이 되고 그때 경찰 가족들이 많이 죽었고, 그 전에는 입산한 사람들이 많이 죽고, 그래갖고 갈등이 많이 있었거든요. 그래가지고 아버지가 늘 지서에 붙들려 다녔어요, 경찰들한테. 한번은 지서에 가서 오래 있다가 나왔는데, 얼마나 맞았는지 등짝이 곪아 터져 가지고, 다 달라붙어서 누워서 못 자고, 엎드려 주무셨어요. 아버지가 그때 유서를 썼더라고요. 고향 사람 누구누구가 고자질했다. 원수 갚아라 라고(웃음) 그러니 "절대 고향에 돌아가지 마라"라고 했겠지요. 내가 전대(전남대학교) 대학 다닐 때 ROTC 지원했는데 안 되었어요. 그때 사상 조회라는 게 있어서요.

고향, 상처의 땅

조은숙 연좌제 때문에요?

문순태 예, 고향 사람들 다 조사했는데 아버지에 대해서 빨갱이라고 다 말해 가지고 지금도 우리 건넛마을 사람들이 나보고 저 새끼 빨갱이 새끼라고 하기도 해요. 그래갖고 신원조회 때문에 ROTC 못됐잖아요 물론 지금 보면 안 되길 잘했는데.(웃음) 우리 70호 문 씨는 거의 떠나가 버리고 폐허가 되다시피 해 가지고, 건넛마을은 더 번창하고, 6·25가 끝난 다음에. 그래서 고향에 올 때마다 뒤통수가 따가워요. 지금도 빨갱이 새끼라고 하니까. 그래서 고향에 돌아오면 그들과 화해를 해야겠다, 생각했어요. 뭔 갈등이 있었냐면, 내가 광주대에 있을 때 아버지가 첩이랑 살았던 집이 있었는데, 건넛마을 쪽에가. 마을 사람들이 왔어요. 그곳에 정자를 지으려고 보니까 아버지 소유라는 거예요. 아버지가 첩하고 살았던 그곳에 정자를 지을 테니, 약 80평 정도 되는데 양보를 해 주라고 내가 우리 아버지 땅인데 양보를 해야 하니까, 그러면 나중에 내 고향이니까 시비라도 세울 수 있으니 남겨주라, 내가 기부했다고 해 주라 했더니, 그런디 그냥 아무것도 없이 정자를 딱 세워놨더라고요. 그래 내가 뭐라고 했더니, 지금도 안 풀어지더라고요. 고향과 6·25 때문에 아직도 그런 갈등이 있어요. 그래서 고향은 상처의 공간, 회한의 공간, 그러지요. 내가 10대 종손이니까. 6·25전쟁이 일어나지 않았더라면 10대까지 이렇게 살았으면, 가족이 마을을 다 차지하고 일족이 잘살았을 거 아니에요. 6·25로 풍비박산되어버렸으니까, 70호인데 25호 정도이니, 고향은 나에게 상처의 땅이에요, 다시 돌아가고 싶지 않은 상처의 공간이에요, 아직도 갈등이 남아 있는 공간인데, 그런데 작가이기 때문에 돌아와야 한다고 생각해요. 작가가 상처를 외면할 수 없잖아요, 그것도 내 상처이고, 내 공간이니까 돌아가자 해서 들어왔거든요. 이 공간이 굉장히 의미가 있는 공간이에요. 그리고 백아산, 6·25공간. 이 공간이 무등산과 백아산 사이의 공간이니까. 여기서 토벌작전이 있었잖아요. 6·25가 터져서 군인이 숨은 동안에, 빨치산이 한동안 점령하고 있어서, 그래서 일반인을 소개, 소개가 무엇인지 알지요?

조은숙 모두 불 지르고, 태워버리는 것이요?

문순태 아니. 모두 옮겨가는 것, 빌 공자, 공지로 만들어버리는 것. 작전지역을 만들기 위해 거기 사는 사람들을 외지로 모두 내보내는 것이에요. 다른 사람들은 다 광주로 나가고, 화순이랑 담양으로 나가고, 우리 가족이랑 몇 집만 안 나갔어요. 죽어도 고향에서 죽겠다 해서 안 나갔어요. 그때는 고향 사람들이 빨치산으로 간 사람이 있으니까 기왕이면 가족이랑 같이 있고 싶어서. 그러다가 점점 공간이 좁아지니까 공비토벌작전을 하니까 토벌대들이 점령하고 경찰들이 들어오니까, 빨치산이 백아산으로 들어가니까, 그 딸린 가족들도 백아산으로 들어갔어요. 그래서 저도 백아산에서 조금 생활했어요. 백아산에 있을 때 비행기가 뜨고 했거든요, 나 어렸을 때인데, 그 비행기가. (웃음) 그런데 그 비행기를 빨치산이 쏴서 떨어뜨리기도 하고 했어요.

백아산 빨치산 소대장, 박현채

조은숙 아, 정말 『41년생 소년』에서 나오는데, 정말 그 장면이 있었네요.

문순태 엄청난 거예요. 조선대학교 있었던, 그 유명한 민중 운동가, 아, 박현채 선생이 소대장이었거든요.

조은숙 박현채 선생님이라면 조정래 『태백산맥』에 나오는 실존인물이라고 하던데요. 송기숙 선생님도 그 이야기 했었는데,

문순태 빨치산 소대장, 나도 박현채 선생에 대해서 썼어요. 박현채 선생 문집이 얼마 전에 나왔는데, 한 꼭지 썼어요. 박현채 선생 만나서 그 이야기를 한참 했거든요. 그분은 서중 다니다 들어갔으니까, 물론 나이 차이는 있지만, 박현채 선생 만나서, 어른이 되어서 백아산 이야기하니까 얼마나 재미있겠어요. 한 꼭지 썼어요. 박현채 선생도, 자기가 살아온 이야기, 어머니랑 헤어진 이야기, 비행기 떨친 이야기, 다 알고 계시더라고요.

조은숙 박현채 선생님은 좀 부자로 살았다고 하던데요.

문순태 아, 부자였어요. 동복에서 부자로 살았는데, 여기서 가까워요.

조은숙 박현채 선생님은 그때 백아산에 들어간 사람들이 사회주의가 뭔지도 모르고 그냥 굶지 않고 사는 삶을 꿈꾸었지, 이념의 문제가 아니었다고 했잖아요. 그래서 밥의 문제라고, 그렇게 말씀하셨잖아요?

문순태 그 사람들이 그렇지요. 다 무이념적 이었지. 이념으로 무장된 것은 아니었어요. 그래서 이 무등산과 백아산과의 사이의 공간이, 이 공간이 12년 살았지만, (당시를 회상하듯이 천천히) 내 인생에서 엄청난, 우리 집안, 나 개인에게, 지금 75세 된 내 삶의 많은 기억이 이 골짜기에서 다 일어났어요. 살았던 시간은 짧았지만.

고향, 아직도 두려움의 공간

조은숙 그러니까 선생님의 작품에서 귀향을 고향으로 돌아가는 의미, 이제 나이가 드셨으니까, 고향으로 편안하게 돌아가는 의미라고 지금까지 밝히고 있는데, 제가 봤을 때는 아직 아닌 것 같아요. 『달궁』을

읽어도 그렇고 아직 화해되지 않는 무엇인가가 존재하는 공간이지 않을까? 하는, 또 다른 장소성이 있을 것 같아서요?

문순태 두려움의 공간이지요.

조은숙 그렇지요? 선생님.

문순태 올 수 없는, 지나가기만 했지 올 수 없는 공간이지요.

조은숙 그렇지요! 후기 작품은 정말 나이 들어서 고향에서 편안하게 살고 싶은 느낌이 들었지만, 초기와 중기 작품에서는 전혀 아니었거든요.

문순태 아무도 나를, 나를 환영해 주지 않는 공간, 아, 정말 가기 싫은, 오기 싫은 공간이었어요. 올 수 없는 공간.

조은숙 그렇지요. 누군가 떠밀어도 가기 싫은 공간, 뒤돌아보고 싶지 않은 고향이요.

문순태 여기, 저 뒤 건너편, 큰길 건너편, 문중 산이 마을 옆에 있었는데, 성 묘 와서도 고향에 절대 오지 않았어요. 못 들렀어요. 절만 하고 가 고 골짜기에서 가재 잡고 갔지. 아하하하. 밥 먹고 그냥 가 버렸지, 마을로는 못 들어왔어요.

작은 마을 사람들, 나를 고소하다

조은숙 선생님 고향에 대해 70호 마을만 생각했지, 건너편의 30호를 제대로 모른 상태에서는 정말 다르게 해석했을 것 같아요. 일부러 작품을 쓰기 위해 허구화한 것인지, 『41년생 소년』과 『달궁』이 자전적이라 고 하지만 너무 다르거든요. 건넛마을 30호 마을의 갈등을 모른다 면?

문순태 그니까. 서울신문에서 6·25문학 현장 해 가지고 왔더라고요. 『달궁』 을 가지고 했던가, '6·25전쟁 마을의 현장' 해 가지고 우리 마을에 대해, 내가 건넛마을과 큰 마을의 갈등, 우리 마을 이야기를, 한 페이지 정도 썼는데, 건넛마을과 큰 마을의 갈등을 이야기했더니, 작은 마을에서 나를 고소한 사건이 있었어요. 거기서 어떤 내용이 있었냐 하면, 좀 작은 마을을 비난했다는, 참봉 할아버지 이야기도 나오는데, 큰 마을은 잘 살았고, 작은 마을은 조금 가난했다. 6·25 때 갈등 있었다. 그런 이야기인데, 고발을, 아니, 경찰청에다가 제대로 된 고소를 했더라고요.

조은숙 야, 그런 일이 있었네요.

문순태 그랬으니 내가 오고 싶었겠어요. 안 오고 싶었지.

조은숙 정말, 오기 싫었을 텐데, 지금 여기 오신 것도 큰 용기였네요. 제가 읽은 단편을 보면 선생님이 주장 하고 싶었던 표현이 6·25전쟁 때 백아산으로 갔던 사람들이 무이념이었다고 얘기하고 있는데요?

문순태 예, 그렇지요. 무이념이지요.

조은숙 지금 저희는 6·25세대가 아니잖아요. 그런데도 6·25가 끝난 게 아니라.

문순태 6·25는 아직도 계속되고 있어요. 아직 끝나지 않았어요.

조은숙 이번에 「변호인」 영화 봤는데요.

문순태 저도 봤어요.

조은숙 거기서 울었던 장면이 어디였냐 하면, "우리는 아직 전쟁이 끝나지 않았다."라는 부분에서 그때 선생님 작품 읽고 있었기 때문에, 그 무이념과 연관시켜서 보게 되더라고요. 그럼, 아직 끝난 게 아니지. 그렇다면 언제까지 이 아픔을 겪으면서 살아야 하는가 하는 생각이 들더라고요.

문순태 우리가 살아있는 동안에는 끝나지 않겠지요? 자기 말 반대하면 다 빨갱이니까. 지금도 빨갱이라고 한다니까요. 나, 개밥 주고 올게요. 저녁 같이 먹읍시다. 내가 밥 줘야지. 우리 집사람 개밥 못 줘요.

『41년생 소년』과 미친개 위리 이야기

조은숙   예,(웃음) 그런데 선생님 작품에 보면『타오르는 강』,『41년생 소년』
       등에 개 이야기가 많이 나오는데 개를 특별히 좋아하시나요?

문순태   개를 굉장히 좋아해요. 지금도 다섯 마리가 있는데, 개는 배신을 하
       지 않아요. 어떤 경우에도 그리고 개가 주인의 감정을 다 읽어요.
       굉장히 영리하고 예를 들면, 우리 개가 진돗개가, 닭 18마리를 다
       죽여 놨어요. 외출했다 오니까.

조은숙   왜? 어째서요?

문순태   물어서 다 죽여 놔뒀어요. 내가 개를 작대기로 때렸어요. 도망갈 텐
       데, 오히려 벌러덩 누워서 항복해요. 사람이 때려도 반항 안 하거든
       요. 배신할 줄 모르고, 주인에 대해 저항할 줄 모르고, 충직한 동물
       이에요. 어렸을 때는 다 개를 기르잖아요. 어렸을 때도 누렁이 키웠
       는데, 농사 다 짓고 나서 잡아먹거든요. 꼭 머슴이 잡아요. 어떻게
       잡냐 하면, 나무에 목매달아서, 지게에 놓고도 잡더라고요. 목발 사
       이에 두고 그 개 잡은 머슴이 미워서 한동안 말을 안 했거든요. 글
       쎄요. 지금도 개하고, 개를 자주 안아주고 그러거든요. 우리 집 개는
       누가 와도 달려들지 않아요. 짓기만 하지, 물지 않고요. 나는 개한테
       갈 때는 개 옷이 따로 있어요. 털이 달라들고 해서, 벌레가 있고 그
       러니까. 개 옷을 입고 밥을 주고 하니까, 우리 집 개는 만져주고 해
       야 밥을 먹거든요. 그렇게 개가 주인을 따르더라고요. 나는 내가, 옛
       날에는 한동안은 구탕을 먹고 그랬는데, 여기 와서 개 키우면서는,
       지금은 안 먹어요. 내가 개를 키운 다음에는, 개가 다 알아요. 근데
       우리 마을에 개도 잡아주고 염소도 잡아주고 그런 사람이 있는데
       그 사람이 올 때마다 짖어요. 피 냄새가 나는가 봐요. 개가, 그렇게
       영리해요. 그래서 내가 그랬어요. 하느님 무심하요. 딱 기본적으로

다섯 마디만 하게 해 주지. 나 어디 아프요. 아하 하하하

조은숙   아하 하하하.

문순태   이렇게. 기본적인 것. 개에 대한 책이 있더라고요. 짖을 때 어떨 때
짖고, 꼬리 흔들 때는, 뇌를 움직일 때 꼬리를 흔든다든가. 생각을
한다는 거예요. 아무튼, 개, 글쎄요. 그, 개를 유독 좋아했어요. 지금
도 좋아해서 다섯 마리나 있고요.

조은숙   아하! 제가 작품 읽다 보니 계속 개가 나오더라고요. 『41년생 소년』
에서는 개가 시체 뜯어먹고, 그 눈빛이 나오고.

문순태   그것 6·25 때 개들이 집 나가서, 들에 시체들이 많았거든요. 그 시
체 뜯어 먹고 눈빛이 달라졌어요. 개가 미치면 굉장히 무서워요. 시
체 뜯어 먹고 나서는 이상하게 울어요. 늑대처럼 울어요. 그건 6·
25 때 직접 체험한 개들의 이야기예요. 내 작품에는 개들이 많이 나
와요. 『41년생 소년』에도 나오고, 개들이 많이 나와요. 이번에 『소
쇄원에서 꿈을 꾸다』라는 장편 소설이 연말에나 나올 거예요. 거기
도 개가 나오거든요. 진주라고 하는 검정개가 나오는데. 개가 눈빛
을 마주쳐요. 주인하고 저도 봐요. 눈빛으로 말하고 있는 것 같아
요. 저도 눈빛을 봐요. 개에 대해 잔인한 사람하고는 말을 안 해요.
내가 오기 전에 전 주인이 개를 3마리 정도 키웠는데, 저 집을 내가
사니까 이삿짐 정리 하면서, 개부터 없애데요. 근데 개장수들이 오
더니, 아하! 개장수들은 산소통을 트럭에 싣고 다니더라고요. 아하
하하. 골짝에 가서 끄슬릴라고. 그래갖고 보신탕집에 넘기겠죠. 근
데, 개들이 아는가 봐요. 안 갈라고 그래. 끄집고 가도 주인이 안아
다가 정수리를 딱 때리니까 쫙 뻗어버리더라고요. 그래서 그 뒤로는
그 사람하고는 말 한마디도 안 했어요. 그렇게 짐승을 함부로 하는
사람들은 나쁜 사람이에요.(웃음) 개를 워낙 좋아해요.

조은숙   이야기를 하다 보니까 거기까지 가네요. 개 이야기가 많아서 선생님

작품 속에 왜 개가 많이 나오는지 궁금했거든요

문순태   개를 좋아해요, 워낙.

열두 살, 6·25전쟁을 겪다

조은숙   선생님 삶에서 '열두 살'이 중요하게 작용하더라고요. 마치 선생님
의 삶이 열두 살 이전과 이후로 나뉜 듯 한 느낌이 들 정도로요.「흰
거위산을 찾아서」에서 기호가 미국으로 간 것도 열두 살이고,『41
년생 소년』에서도 열두 살에 뼈아픈 체험이 내장을 찌른다고 되어
있어요. 그리고 55세에 썼던「시간의 샘물」에서도 박지수가 고향에
돌아오는데 43년 만이라고 하니까 열두 살을 더하면 딱 55세가 나
오잖아요. 선생님 작품을 퍼즐 맞추듯이 읽다가 작가 연보 보면 분
단 관련 소설들이 '열두 살'에 머물고 있거든요.

문순태   아, 6·25 때 충격이 너무 커서요. 작가는 원체험을 벗어나기 힘들
잖아요. 그때 사람이 대창에 찔려 있는 것을 보았고, 집도 불타고

조은숙   그래서 선생님이『소설창작연습』에서 내가 소설가가 된 것은 "이들
의 헛된 죽음을 해명해 보고 싶은 욕심에서 비롯된 것"라고 하셨잖
아요.

비금도, 눈물겨운 흰 쌀밥의 기억

조은숙   비금도에서 있었던 일인데요. 아버지는 소금밭에서 고무래질을 하셨
고, 어머니는 도붓장사를 나가셨는데, 동생 건부랑 너무 배가 고파

주인집 텃밭에 있는 피마자 열매를 따다가 몰래 볶아먹고, 토하고 설사 했던 일이요

문순태 그때는 배가 고파서 뭔 줄 모르고 먹었지요

조은숙 그리고 가을 소풍 갈 때 가져갈 것이 없어서 보리죽을 밥그릇에 싸 갔잖아요. 도시락에 싸면 죽이 흐르기 때문에, 그때 친구 황원섭이 보리죽을 쏟아버린 후에 빈 밥그릇에 쌀밥을 가득 채워다 줬다고 하던데요.

문순태 그 친구가 잘살았어요. 지금도 그 친구 잘되었더라고요. 그쪽에서 엄마는 도붓장사로, 아버지는 염전에서 고무래질을 하고 아, 내가 동성중학교 특대생으로 들어갔어요. 학비 안 내고, 중학교 때 성적이 거의 올백이었거든요. 그때는 광고에 50명 시험 봐서 5명밖에 못 들어갔어요. 그때는 광고 들어간 것이 자랑스러운 일이었거든요. 고놈한테 나 광고 들어갔다 하고 자랑했어요. 근데 고놈이 뭐라고 답장이 왔냐 하면, 나는 서울 사대부고에 들어갔다. 아하하하 그러는 거예요. 그 뒤로 연락 왔는데 내가 안 해 버렸어요. 아하하하. 그러다가 내가 신문사에 있을 때, 집사람한테 있는 대로 돈 다 주라고 해서 저녁을 대접하려고, 신세 갚을라고 그놈한테 신세를 너무 많이 졌거든요. 그놈 집에서 밥을 너무나 많이 먹었거든요. 그래서 돈 있는 대로 주라고 해서 갔는데, 뭐 그런데 안기부 사람들이 쫙 와 있더라고요. 깜짝 놀랐어요. 나도 안기부에 한번 끌려간 적이 있어서. 고놈이 서울대 나와서 안기부에 있더라고요. 아이고, 맛있네요. (인터뷰 시간이 길어져서 떡을 먹으며)

조은숙 비금 중앙국민학교에 편입해서요, 담임선생님한테 선물할 돈이 없어서, 아버지 밥에 읍쌀을 얹어줄 쌀을 훔쳐서, 선생님 면장갑 한 켤레 사서 선생님 옆에 놓고 오는데, 선생님이 불러서 점심으로 흰 쌀밥 주셨다고요?

문순태   그때는 춥고 배가 고파서, 허겁지겁 먹는데 선생님이 찬찬히 바라보
　　　　더라고요. 그래도 그때가 더 좋았던 것 같아요. 정이라는 것이 있었
　　　　어요, 그때는.

눈칫밥, 그리고 광주로 나오다

조은숙   고향 마을을 떠난 후, 외가 마을에서 농사를 지었는데요. 그때 중학
　　　　교 가기 전에 광주 친척 집에서 학교에 다녔지요? 초등학교 때요.
　　　　중학교 가기 전에요.

문순태   예, 1년간.

조은숙   1년간이요? 그때 어머니가 도붓장사를 해서 번 돈으로 외가 마을에
　　　　논 서 마지기를 장만했다고 했는데요?

문순태   예, 그랬어요.

조은숙   그런데 제가 이해가 안 되는 부분은 외가 마을에 분명히 선생님 집
　　　　이 따로 있었는데, 그랬으면 외갓집이 따로 있었을 터인데, 왜 외삼
　　　　촌에게 밥을 많이 먹는다고 구박을 받을까 봐서 밥을 급하게 먹었
　　　　다고 했을까? 인데요.

문순태   아, 외갓집에 가서 밥을 먹다시피 했으니까요.(웃음) 우리 집에는 먹
　　　　을 것이 없어서.

조은숙   아! 밥을.

문순태   우리 집은 너무 가난해서, 집은 따로 있고 외가에서 거의 얹혀 밥을
　　　　먹고 그랬어요. 밥을 주로 외가에서 먹었어요.

조은숙   아! 그랬군요. 이제 이해가 되었어요. 그런 후 방석부 장이라는 시장
　　　　에 가서 웅세중학교를 알려주니까 광주로 떠나게 된 거군요?

문순태   광주 와서 인자, 나는 나와서 자취를 했고, 중학교 때, 친구들이랑.

조은숙 일주일에 한 번씩 집에 갔어요? 쭉.

문순태 계속.

조은숙 선생님은 학교 때문에 광주로 나온 게 맞는데, 그렇다면 아버지는 언제 나오셨나요? 이때 부모님이 광주로 나온 계기하고, 처음 광주에 와서 산 곳이 어딘가요?

문순태 아버지가 광주로 온 것은 내가 광고(광주고등학교)를 간 뒤에, 그때는 광고 들어가기가 어려웠어요. 그래서 내가 뭘 좀 할 줄 알고 앞으로 뒷바라지 할라고, 논 서 마지기 팔아서 광주역 근처 바로 뒤에 있는 판잣집으로 나왔어요.

조은숙 그래서 『타오르는 강』에 보면 역 근처 판잣집이 그렇게 잘 묘사되었네요.

문순태 지금은 동계천, 그때는 동계천이 복개가 안 되었어요. 광주역 바로 뒤에 판잣집을 하나 샀어요. 거기서 빵 장수를 했어요.

조은숙 빵 구워서 파는 거요? 그런데 무등산에서 나무를 했다고 해서, 배고픈 다리나, 학동 근처인가 해서요?

문순태 무등산에서 나무를 한 것은 난리 때, 6 · 25 때 피신 와서 공비 토벌 직후, 일단 광주로 나와서 조그마한 방 하나 얻어 가지고 살면서, 그때 무등산에서 나무를 해다 땠어요. 내가.

조은숙 공비 토벌 직후 광주로 나왔고 그다음에?

문순태 광주에서 비금도 섬으로 들어가요. 거기서 돈 좀 마련해서 외가 동네에 논 서 마지기를 사 가지고 외가 동네로 들어가고. 외가 동네에서 고등학교 다닐 때 광주 동계천으로.(웃음)

조은숙 아, 예. 이제 전체적으로 윤곽이 드러났어요.(웃음)

운명처럼, 응세중학교로 향하다

문순태 그런 글을 읽은 적이 있는데, 아무튼, 인생은 100% 자기 의지대로만 되는 것이 아니다. 그것이 기회라고 할 수 있겠지만, 기회를 잘 만 났다. 선택을 잘했다. 예를 들면, 내가 선택을 잘했다 하는 게 몇 가 지 있거든요. 농사를 짓다가 공부를 하고 싶어서, 누가 좀 유식한 사람이 시장에 갔더니, 광주 가면 응세중학교 있다고, 소 키고 말 키우는 학교인데, 다 먹여 주고 다 재워주고 지산동 조대 옆에 있다 고 하더라고요. 목장학교에요. 내가 15살 때 찾아갔다니까요. 근데 나중에 졸업장 있냐고, 없다고 하니까. 졸업하고 오니라 그래요. 안 받아주더라고요. 거기서 털레털레 내려오다가 보니까 중앙초등학교 가 있더라고요. 그 어린애가, 중앙초등학교 교장실로 갔어요. 우리 학교는 학생 수가 많아서 학강초등학교 분가가 있다고 가라고 하더 라고요. 실제 중앙초등학교에서 학강초등학교로 분가가 되었어요. 그래서 거기서 배가 고프고 여기서 걸어서 응세중학교까지 가서 얼 마나 배가 고팠겠어요. 부모한테 승낙도 안 받고 갔으니까. 그래서 광주천을 건너야 학강초등학교 나오잖아요. 광주천을 건너는데, 다 리 밑에 거지들이 나만 한 애들이, 바가지에 밥을 먹고 있더라고요. 나도 뛰어 내려가고 싶었어요. 배가 고프니까. 내려가서 그 애들이 랑 같이 먹었으면 그 애들이랑 살았겠지요. 근데 배고픔을 참고 학 강초등학교 교장실로 갔어요. 여기 자리는 많은데 책상이 없으니, 책상 값만 내고 학교 다니라고 해서 아버지한테 책상 값 주라고 하 니까, 아버지가 안 줘요. 논 서 마지 농사짓는데 어떻게 다니느냐고, 아버지가 안 된다고. 다리 밑에 거지랑 같이 밥 안 먹는 것이 첫 번 째, 고등학교 때 문학을 선택한 것, 그렇게 몇 가지 선택이 있거든 요. 선택이 기회의 포착이거든요. 선택을 잘했을 수도 있지만, 선택

을 잘하게 한 것도 내 자위적인 것만은 아니었을 수도 있다는 생각
을 지금 하게 돼요

조은숙 응세중학교 정보를 준 것도 운명이네요.

문순태 전혀 모르죠 시골에서.

조은숙 선생님께 그때 그 말을 해 줬다는 것도 어찌 보면 운명이잖아요.

문순태 그니까요. 시골에서 응세중학교가 있다는 것을, 내가 어떻게 알겠어
요 거기 가면 소 키고 말 키고 그러면 다 가르쳐 준다고 하니까 갔
지요 그니까 세상은 신비해요.

조은숙 옛날에는 운명 그러면 그냥 넘어갔는데, 이번에 작가론을 하다가 선
생님이 쓴 수필을 읽어가면서 운명이란 부분이 나오던데 선생님의
삶과 연결될 것 같아서 궁금했는데 오늘 다 해결되었네요.(웃음)

운명적 만남, 문예반 4인방

전남일보 신춘문예, 가명을 쓰다

조은숙 16세에 동성중학교에 들어가서 19살에 광주고등학교에 입학하셨는데, 이때 전남일보 신춘문예에 당선되었던 시가 있더라고요?

문순태 시 제목을 잊어버렸는데, 이름이 김혜숙이라고 가명을 썼어요. 혀에이.

조은숙 송기숙 선생님도 보니까 중학교 때 송귀식이셨어요.

문순태 귀식이?

조은숙 중2 때. 개명하셨더라고요. 선생님도 잊어버리고 계셨데요. 그런데 제가 학교 기록부 떼어서 가져가 보여드리니까, 맞어! 귀식이었어. 그러시면서 송기숙으로 하니까 여자들한테 펜팔을 많이 받았다고 하시던데요.

문순태 맞아, 문병란 선생님도 그랬데요. 여자라고 펜팔 오고. 으하하하.

조은숙 문병란이라서 그랬겠네요. 아하하하.

운명적 만남, 이성부

문순태 그때 왜 가명으로 했냐면 이성부하고 나하고 라이벌이었는데, 도저
히 시로 이성부를 이길 수 없더라고요. 으하하하. 고3 때 전남일보
신춘문예 모집이 있었는데, 이성부하고 나하고 응모를 했는데, 이번
에는 이성부를 한번 눌러보고 싶더라고요. 내 이름으로는, 그렇고
가명으로 되면 놀래주려고, 으하하하. 그런데 이성부는 당선이고 나
는 입선을 했어요. 가명으로 한 게 다행이었지요.(모두 웃음)
조은숙 그리고 고3 때 소설 「소나기」가 농촌증보에서 당선되었지요? 그때
는 소설이어서 가명을 안 썼고요?
문순태 예, 그랬어요.

'광고시집' 발간, 가진급을 당하다

조은숙 글에 보니까 2학년 때 3학년으로 가진급을 하게 되자 아버지가 법
관, 의사, 공무원 이런 꿈들을 완전히 포기했다고 하는데, 여기서 가
진급이 뭐에요?
문순태 가진급은 말하자면 낙제에요. 낙제대상자였는데, 특별히 학교에서
진급을 시켜준 거예요. 가진급 시켜준 거예요. 무기정학 당해 가지
고, 그걸 가진급이라고 해요.
조은숙 왜 가진급을 당한 거예요. 무슨 일이 있었나요?

문순태 그게, '광고 시집'(광주고등학교 시집)을 냈다고 그랬어요.

조은숙 단지 시집을 냈다고 무기정학을 시키나요?

문순태 아, 문예반 4인방이라고 있었어요. 하라는 대학입시 공부는 안 하고, 이성부하고, 그 누구더라, 윤재성, 김석학이랑. 계림동 붕어빵집, 계림서점, 태평극장, 대인극장, 그리고 충장로, 광주천변 등을 돌아다니며 영화를 보다가 교외지도 선생한테 붙잡히기도 했어요. 그때가 2학년 때였는디, 우리가 평소에 존경했던 교감 선생님이 교장 선생님이랑 불화가 생겨서 시골로 전출을 당했어요.

조은숙 교장 선생님이 보내 버린 거네요?

문순태 그래서, 우리가 '광고 타임즈'에 교감 선생님 전출 반대한다고 글을 썼지요. 지도교사였던 송규호 선생님한테 허락도 안 받고, 그대로 신문을 찍어서 학교에 뿌렸어요. 학교가 발칵 뒤집히고 난리가 났는디, '광고시집'을 발간했으니.

조은숙 그게 왜 문제에요? 시집인데.

문순태 그때 서울 동국대던가, 거기서 발간됐던 '동국시집' 이름을 따서, 백 페이지가 채 안 되는디, 고급 종이를 써서 만들었어요. 이것도 문예반 지도교사였던 송규호 선생님 결재 없이 우리가 원고 모으고, 편집, 교정, 인쇄 몽땅 해 가지고 학교에 배포하고.

조은숙 요즘이면 오히려 잘했다고 할 것 같은데, 왜?

문순태 책 발간비 청구서가 교장실로 왔는디, 지도 교사랑 교장이 얼마나 놀랐겠어요. 으헤헤헤. 그래갖고 주모자를 찾는디, 나랑 이성부랑 둘이서 40일 넘게 무기정학을 당했어요. 그것 때문에 낙제 대상자가 됐어요.

이영삼 무기정학이라면 결국 수업일수 부족 때문이네요?

문순태 아니요. 그때는 무기정학이라고 해도 학교에 안 가는 게 아니라 여느 학생들처럼 학교는 등교했어요. 근데 수업에는 못 들어가요.

조은숙 그럼, 어디서 공부를 해요?

문순태 도서관에서 따로 자율학습을 해요. 그란디 누가 감시하는 것도 아니고, 무슨 공부 해라 하고 말하는 것도 아니라서. 그때는 도서관에서 책 많이 읽었지요. 또 책가방만 도서관에 놔두고, 시내 가서 영화도 보고, 그러다 보니 무기정학을 40일 넘게 받았어요. 화장실 청소도 하고

조은숙 그럼 시험도 안 봤어요?

문순태 그냥 끝날 것이라고 생각했는데 무기정학이 연장되고, 또 연장되고 40일 넘게 되다 보니 2학년 학년말 시험이 엉망이 됐지요.

조은숙 그럼, 시집 발간비는 학교에서 책임졌어요?

문순태 아니요. 우리 부모랑 이성부 부모가 몽땅 물어주는 것으로 일단락됐지요.

조은숙 아, 그런데 어떻게 해서 진급이 되었어요?

문순태 모두 송규호 선생님 덕분이지요. 이성부하고 나하고 전국 규모의 여러 가지 고교생 현상문예가 있었는디 거기서 상을 받으니까, 송규호 선생님이 학교의 명예를 드높였다고, 책임지겠다고 하니까 우리 가 진급은 어느 사이 없던 일이 되어 불고, 그래 졸업하게 되었지요.(웃음)

광주고등학교 출신, 소설가들

조은숙 근데 군대는 어떻게 되었나요?

문순태 보충역이요. 그때는 39년생인데 호적에는 41년생으로, 대부분 41년생이 군대 가는 사람이 너무 많아서 대부분 보충역으로 갔어요.

조은숙 저는 장손이어서 안 갔거나, 어떤 혜택이 있어서 안 갔다고 생각해

서요. 선생님, 광고 출신 중에서 소설가가 있나요?

문순태 나 이전에는 현재훈이라고 있었어요. 이후 몇 명 있는데, 후배로는 김형수도 있고요. 서울서 작가회의 사무총장도 했어요. 또 몇이 있는데, 문화재단에도 있고 네댓 명 돼요.

조은숙 광고 출신 중에 소설가보다 시인이 많은 이유가 있나요?

문순태 김현승 선생님 덕분이에요. 박봉오 씨랑.

조은숙 선생님도 박봉오 선생님이랑 수피아여고 뒷산에 가서 시낭송도 하고 그랬지요? 그런데도 선생님은 시보다 소설을 쓰셨고요.

소설가 한승원을 만나다

문순태 요즘은 소설 쓰기가 두려워요. 소설 쓰기가 너무 힘들어요. 한승원이가 책을 1년에 한 권씩 내더라고요. 그래서 한승원보다 자네는 철인이네, 철인이라고 했어요.

조은숙 예, 한승원 선생님 이야기가 나왔으니, 관련된 이야기로 넘어갈게요. 처음 만남이 시상식에서 만나셨더라고요. 나중에 한승원 선생님은 고등학교에서 학생들을 가르쳤고요.

문순태 춘태여고.

조은숙 선생님은 신문사에 계셨잖아요. 한승원 선생님 이야기를 하셨으니까 한승원 선생님 관련된 질문을 먼저 할게요. 저녁마다 만나서 술을 드셨던데요. 한 번 작품을 냈더니 드라이하다. 또 냈더니, 너무 찐덕 찐덕하다고 평을 하셨다고요?

문순태 매일 만났어요. 찐덕찐덕하더라, 한승원이 그랬어요. 한승원과 나하고 다툼도 많이 했어요. 왜냐하면, 문학관 때문에. 저는 문학에서 역사성, 사회성 굉장히 중요시하는 입장이고, 한승원은 역사로부터 조금 더 자유롭다고 봐야 할까? 그런 입장이다 보니까. 한번은 그때는 젊으니까. 만나서 문학 이야기하면서 제가 그랬거든요 어디다 썼습니다만, 문학의 진정한 목소리는 빼앗기거나 억눌리거나 짓밟히거나 했을 때, 그 심중으로부터 나오는 울부짖음 같은 것 이런 것이 진정한 문학적 소리가 아니겠는가? 그런 이야기를 했더니, 한승원이 물론 그것도 중요하겠지만, 자기는, 뭘 보냐 하면. 내가 그렇게 하니까, 한승원은 빼앗기거나 억눌리거나 짓밟힌 사람들의 눈에 비치는 하늘의 빛깔을 자기는 더 좋게 본다. 아, 그래서 내가 충격 받았어요 아 그렇구나! 왜 그러냐 하면, 내가 그 무렵에 문학사상에 갖다 줘도 발표 안 해 줘요, 다 발표 안 해 주더라고요 이어령 씨가 광주에 왔을 때 한 번 따졌거든요 이어령 씨한테 따졌더니, 문 선생 글은 너무 색깔이 있다. 문학은 올이다. 문학의 예술성을 이야기하는 거구나. 그때 관념은 개떡이다고 생각하고 있었는데, 관념은 얼마든지 만들어낼 수 있다. 그건 개떡이다고 생각했는데, 그 날 술 먹고 와서 저녁에 「새」라는 단편을 썼어요. 한 사진작가가 스케치하려고 호수를 돌아보고 있는데 새가 확 날아오르는 거예요. 신문사에 새를 찍었다고, 몇백 년 만에 새가 날아오는 사진을 찍었다고 하니, 호외를 하고 난리예요 그 호수 주변이 난리 난 거예요 관광 음식점이 생기고, 사람들이 관광 오고 난리예요 한 달을 기다려도 새가 안 날아와요 그래 사기 쳤다. 옛날 박물관에 있는 필름을 가지고 장난을 했다고 매장당해요 그래서 호수 주위에 술 취해 있는데 새가 날아와요 그런 건 관념이거든요 그런 관념은 사실은 만들기 쉽거든요 그런 관념은 머리 쥐어짜면 만들어낼 수 있어요 저는 중요하게 생각하는 게 우리 삶의 모습을 그대로 담아내면서 의미부여하는 거예요 그게 어렵거든요 사실은. 내가 황석영을 높이 평가하는 것은 「삼포 가는 길」에 삼포는 없는 거잖아요 뿌리 뽑힌 사람들이 머물

낙원은 없다는 거 아니에요. 현실 속에서는 없다는 거잖아요. 그래서 또 찾아가야 하잖아요. 방황하는 삶에 밑바닥 사람들을 삶에 모습을 생생하게 보여주면서 주제를 보여주는 것, 그런 것이 어려운 거예요. 그래서 한승원하고 입 다툼을 많이 했어요. 김윤식 씨가 '한국일보'에 이란성 쌍둥이다, 한승원하고 문순태하고는. 이렇게 크게 썼어요. 색깔도 비슷하고 향토성도 비슷하더라고 한승원도 화를 내고 나도 화를 냈어요. 아하하하. 그 글을 읽고 한승원이 화를 내더라고요. 나도 화를 내고 왜 내가 쌍둥이냐. 나는 역사, 사회성을 중요하게 여기지 않느냐, 한승원은 예술성, 순수성을 중시하지 않느냐. 그러나 한승원은 좋은 작가거든요. 왕성하게 쓰고, 한승원은 나름대로 깨달음이 있어요. 근데 그 깨달음을 나는 좋게도 보고, 나쁘게도 봐요. 왜 그러냐 하면 나는 처음에 문학 할 때 문학은 '역사의 칼'이어야 한다는 생각으로 시작했거든요. 칼로 베어버리고 다시 새로운 싹이 자라나야 한다. 시작해야 한다. 문학은 사회 반영이 아니라 사회를 형성하는 것이다라는 적극적인 이론을 가지고 있어서. 문학이 사회를 반영하는 데 그쳐서는 안 된다. 사회를 만들어가야 한다는 입장이었기 때문에, 그런데 한승원은 그게 아니에요. 그런데 한승원은 달라요. 나는 아직 그런 치기가 있고, 한승원은 깨달아 버렸고, 그러나 나는 덜 깨달아서 아직 달라요. 한승원하고 저는 경쟁적 입장이다. 한승원이 그러더라고 글 쓰면서 경쟁적 입장은 정말 중요해요. 서로 자극을 주니까. 나를 글 쓰게 충동질해 주는 작가였고, 나를 글 쓰게 만든 이가 이성부하고, 한승원이었거든요. 이성부는 고등학교 때 가장 친한 친구이고 소설가로서는 친한 친구가 한승원이고

조은숙 선생님께서 어느 곳에 쓴 글을 보니까 서로 작품이 나왔다고 하면 잠이 안 온다고 했던데요. 친하면서도 계속 라이벌 관계인 거지요?

문순태 서로 아프다고 하면 글 한 편 썼구나. 으하하하. 그렇지요

조은숙 술 끊었다고, 담배 끊었다고 하면, 그럼 하나 더 끊으면 되겠다고 하
면서 농담도 하시던데요(모두 웃음)

제일 무서운 건, 나보다 소설을 더 잘 쓰는 사람

조은숙 선생님은 문학은 역사의 칼이어야 한다고 생각하셨잖아요?

문순태 그런데 문학은 역사의 칼이어야 한다는 생각에서 나이가 60이 되면
서 내 소설이 바뀌어요. 문학은 구도의 길 찾기 일 수 있다. 사회성
이 아주 강한 것부터 인식론적으로 변하기 시작해요. 왜 세상을 볼
때 세상을 빨간 것은 빨간 것으로 봤는데. 빨간 것은 빨간 것으로
보였는데, 빨간 것 안에 노랑도 있고 주황도 있고 다 있더라고요.
나이가 드니까 시력은 떨어지는데 세상은 더 잘 보이더라고요. 그런
데 지금 보니까 빨간 것 안에 빨간 것만 있다고 보는 것도 중요해
요. 그것도 정말 중요해요. 빨간 것 안에 노랑도 주황도 있다고 생
각하면, 도전이나 용기가 없어져요. 젊은 사람의 패기가 필요해요.
총체적인 안목은 지혜라는 나쁜 놈이 생기면서 도전도 못 하고 용
기도 죽고, 그런 거거든요. 구도의 길 찾기라는 안정적 구도로 바뀌
거든요. 자꾸 역사의 중심으로부터, 사회의 중심으로부터 물러서니
까 나에 대한 비난도 있었어요. 작가회의 쪽에서 변절했다는 이야기
도 있고, 그런 것은 아니고, 역시 좋은 작가는 깨달음의 깊이가 깊
어야 해요. 제가 생각할 때는, 저는 소설 주제는 인생의 의미 파악,
삶의 의미 파악이라고 생각해요. 주제는, 삶의 의미 파악을 하려면
깨달음의 깊이, 경지가 있어야 하잖아요. 내가 제일 무서워하는 사
람은 나보다 소설 더 잘 쓰는 사람이에요. 소설의 깊이가 있으면,

내가 못 보는 것을 보잖아요.

문학은 역사의 칼이다

조은숙 소설은 자신이 아는 만큼 쓰니까요?

문순태 전에 국민대학교에서 윤후명이랑 교수들이 대학원생 데리고 왔어요. 벌써 한 4년 되나요? 한 젊은 비평가가 뭐라고 하느냐 하면 "그러면 작가라는 사람이 깨달음을 얻고 수염 다듬고 있으면, 우리 역사는 어떻게 되나요? 선생님은 역사도 칼이라고 했는데, 이제 칼도 칼집에 넣어버리고, 나는 인생의 길 찾기나 해야겠다고 하면, 이 사회에 작가가 왜 존재하나요?"라고 해서 그때 크게 깨달은 바가 있었어요. 그 전부터 내가 그랬거든요. 작가가 깨달았다고 하면 절로 들어가야지. 사회에 있으면서 사회를 제대로 보고, 잘못된 부분이 있으면 말해줘야지. 그래서 늙어도 주머니칼 정도는 가지고 있어야 하겠구나, 이 사회나 역사가 잘못되고 있을 때 주머니칼로 확 찔러야겠구나. 이게 늙은 작가의 할 일이구나 하고 통감했어요. 그러나 작가회의 그런 데는 안 나가도, 그런 작가 정신을 가지고 살아가야지요.

조은숙 주머니칼, 표현 참 좋은데요.

독일어, 밥벌이가 되다

조은숙 선생님 그럼, 다시 인터뷰를 시작할게요. 제가 봤을 때는 독일어와 관련된 과를 다닌 적이 없어요.

문순태　아, 철학과요. 전남대 철학과에서 독일어 공부를 했어요.

조은숙　철학과에서요? 아! 처음에 전남대학교 철학과에 들어가서요?

문순태　철학과는 독일어를 해야 하잖아요. 2학년에 올라가면 원서강독을 하
　　　더라고요. 『짜라투스트라는 이렇게 말했다』를. 원서 강독을 하려면
　　　독일어를 해야 하거든요. 가령 일본 사람 세키구치 쓰기오(關口存男)
　　　가 쓴 책이 『신독일어대강좌』인데, 영어로 말하면 구문론 같은 책
　　　이에요. 『신독일어대강좌』가 3권짜리로 된 책인데, 다섯 번 읽었을
　　　거예요. 고등학교 때도 물론 독일어 배웠고요. 선택과목으로요. 대
　　　학에서는 집중적으로 했어요. 대학교에서 이제 원서 강독을 하기 위
　　　해서 독일어 공부를 했고 나중에 독일 뮌헨대학 부설 '괴테 인스티
　　　튜트'에서 독일어 어학과정을 밟았어요. 어학 코스, 그래서 내가 대
　　　학 졸업하고 독일어 교사로 발령이 났고, 그리고 조대 독일어 교육
　　　과인가, 거기서 내가 1년 정도 전임강사를 했거든요.

조은숙　예. 아! 계속 이렇게 연결이 되어서.

문순태　철학과에서 공부했어요. 그리고 그 숭실대 갔을 때도 철학과이었거
　　　든요. 철학과는 원서 강독이라 독일어는 필수적이에요.

ROTC 지원, 연좌제로 탈락하다

문순태　또 궁금한 거 있으면?

조은숙　대학교에 대해서요. 1960년 전남대 문리대학 철학과에 입학했고,
　　　1961년에 2년 마치고, 1963년에 숭실대학 기독철학과 3학년에 편입
　　　했고, 그렇다면 조대 국문과 졸업이 1965년 2월이니까 1964년에 조
　　　대 국문과 3학년에 편입했나요?

문순태　아니요. 1963년에 편입했어요.

조은숙 아, 예. 1963년에 편입이고요. 그리고 대학 졸업 후 조선대학교 부속 고등학교 독일어 교사로 독일어를 가르치면서 독일문학과 러시아문학에 심취하셨잖아요. 그런데 『41년생 소년』에서 보면 지도교수의 추천으로 들어갔는데 1년 만에 신원 조회에서 탈락했다고 나옵니다.

문순태 그건 만든 거예요.

조은숙 그렇지요! 선생님이 기자로 가기 위해 나온 거잖아요.

문순태 그건 있었어요. 대학 다닐 때 ROTC 지원했는데, 그때 신원 조회가 철저했는데, 우리 집안에 백아산에 간 사람도 있었고, 삼촌이 행방불명되고 그래서 탈락한 적이 있었어요. 전대 다닐 때.

조은숙 그때만 그랬고, 그 이후에 다른 직장생활을 할 때는 신원조회 때문에 불이익을 당한 적은 없었나요?

문순태 없었어요.

결혼반지, 몰래 팔아 원고지를 사다

조은숙 선생님, 너무 가난해서 결혼식 때, 아내는 친구의 만년필을 빌려서 양복주머니에 꽂아 주었다가 식이 끝나자 되돌려 주어야 했으며, 선생님은 아내에게 결혼 선물로 두 돈짜리 금반지를 해 주었다고 하셨는데요?

문순태 아, 그랬어요. 그때는 가난해서 다 그랬어요. 그 금반지도 내가 소설 쓰려고 원고지 사려고 팔아버렸지요.

조은숙 사모님 서운해하셨겠어요? 그래도 결혼반지인데,

문순태 그다음에 한 13년인가 지나서, 첫 창작집 『고향으로 가는 바람』 출판 기념회 때, 광주 YMCA 백제홀 인가 거기서 인세 받은 돈으로 금반지 사서 줬어요.(웃음)

조은숙   사모님이 눈물 났겠어요. 감동해서.

『그늘 속의 개가』, 소록도 앞 녹동에서 쓰다

문순태   그때는 가난해도 다 가난해서. 아, 서울신문에 '1백만 원 장편소설
         모집' 광고를 보니 상금 욕심이 나더라고요.
조은숙   그래서 원고지 살 돈이 없으니까 아내의 결혼반지를 몰래 파신 거고
         요?
문순태   그 돈으로 원고지 스무 권을 사서 소록도 앞 녹동에 있는 싸구려 이
         층집 여인숙에 자리 잡고 한 달 동안 썼어요. 팔이 아파라고, 밥상
         에서. 원고지가 1천 5백 장 분량 되더라고요. 다 쓰고 나서 정리해
         서 우체국에 가니까 막 문 닫기 전이었어요. 5분 정도 전이었나 그
         랬을 거예요.
조은숙   아! 그때는 우체국에 가서 부쳐야 했지요? 지금은 이메일로 보내면
         되는데요.(웃음) 그런데 제목이 기억나세요?
문순태   『그늘 속의 개가』에요. 내용은 일제강점기에 나라를 잃은 우리 민족
         이 북간도로 떠나는 이야기에요. 비극적인 이야기인데, 성서의 줄에
         굽기에 비유한 것이에요.
조은숙   선생님이 좋아하셨던 존 스타인벡의 『분노의 포도』에 영향을 받았
         을까요?
문순태   『분노의 포도』에도 그런 내용이 있지요. 그런데 최종 결심 다섯 편
         안에 들었는데, 그만 떨어지고 말았어요. 어떻게 보면 그때 떨어지
         길 잘했을지도 모르지요.(웃음)

4

기자와 소설가 사이에서

법정 스님과 만나다

조은숙 다음은 법정 스님 이야기로 넘어갈게요. 법정 스님과 인연이 많더라고요?

문순태 법정 스님이 서울 가시기 전 송광사 불일암에 계셨거든요. 그때는 사회가 어두웠던 시대였어요. 그래서 많이 놀러 갔었어요. 서로 위로받고 그랬지요. 1970년대 신문사도 제대로 글을 쓸 수 없는 시대였거든요. 그때 법정 스님도 문제 있는 스님이라고, 막 경찰에서 따라다니고 그랬어요. 저는 신문사에 있으니까 광천지서로 전화해요. 법정 스님 지금 어디 계시오? 하면, 몇 시에 어디에 계시다는 것도 알아요. 경찰에 전화해서 법정 스님 계세요? 하면 알려줘요. 그 시절에 자주 갔었지요. 많은 정신적인 위안으로 삼았고, 행간에 법정 스님 이야기도 썼고요. 한번은, 그니까 내가 5·18 직후에 해직이 됐잖아요. 김준태 시(詩) 때문에, 경향신문사에서 『월간 경향』이라고 하는 잡지를 냈어요. 거기서 법정 스님 인터뷰를 해 달라고 연락이 왔어요. 법정 스님은 인터뷰 안 하거든요. 아, 안 한다고 그냥 놀다 가라고(웃음) 하루 내내 그냥 앉아 있었어요. 그냥 합시다. 안 한다고. 근데 거기에 신혼부부 인사하러 온 사람, 이 사람 저 사람 오잖아요. 그냥 여러 사람이 오잖아요. 아, 합시다. 그래도 아, 안 한다고 그래. 그래서 거기 하루 있으면서 들었던 이야기만 잊어 불까 봐 내려와서 그대로, 여관에서 그대로 기억을 살려서 원고지 100매 정도 썼어요. 보냈더니 아, 좋다고 그게 좋다고 계속해 달라는 거예요. 그런 식으로 아, 법정 스님한테 혼난다고 못 한다고 했어요. 법정 스님에게 미안해서 안 한다고 나중에 스님한테 말했어요. 스님 덕분에 한 달 원고료 받아서 잘 살았다고 하니까, 잘했다고 그랬어요. (웃음)

조은숙 그럼, 그 시대에 법정 스님이 반체제인사였나요?

문순태 예, 예. 그때는 올곧은 이야기 하면 신부님이고 스님이고 낙인이 찍혀갖고, 일거수일투족을 감시하고 스님이고 신부님이고 잡아가지는 않았지만 미행하고 그런 시절이 있었어요.

조은숙 가족의 사상 때문에 그런 것은 아니지요?

문순태 아니, 올곧은 이야기를 하니까.

조은숙 저는 법정 스님도 혹시 6·25관련해서 연좌제나 그런 문제일까 해서요?

문순태 연좌제나 그런 것은 아니었을 거예요. 전생에도 자기는 중이었다고 했으니까요. 자기는 중이 좋다고 하니까? 어렸을 때부터.

토박이말, 그 지역 사람의 혼을 담다

문순태 『타오르는 강』을 창비에서 냈는데 잘 안 팔리더라고요. 황석영이가 그러면 사투리를 모두 표준어로 고쳐 부라고 그라면 잘 팔린다고 그러더라고요. 그게 출판사의 정형이에요. 사투리 많이 나오면 책이 안 팔린다. 그러더라고요. 특히 전라도 사투리 나오면 거부감을 느끼더라고요. 안 팔려요. 아, 황석영이가 고치라고 한다고 하니까. 법정 스님이 『타오르는 강』 읽었다고 하더라고요. 절대 고치지 말라고 아하하하. 언어는 그 지역 사람 혼이라고 저게(『타오르는 강』을 가리키며) 전라도 사투리 용례로 가장 많이 사용되고 있거든요. 『타오르는 강』이.

조은숙 사투리가 아예 없어져 버린다고 하면 그것도 문제가 되잖아요. 언어라는 것은 얼인데, 부산에 있는 대학교에서도 지역성 연구를 열심히 하고 있더라고요. 로컬리티라고 해서, 전남대학교도 호남학 연구하고 있거든요. 저도 요즘 호남학에 대해 관심을 두고 있는데요. 선생님이 생각할 때, 호남학이 있다고 생각하시는지요? 사람들은 고려가요 가시리처럼 한국인의 정서가 한이지, 호남만의 한이 있느냐고 하는데, 호남만의 저항이나, 호남만의 것이라고 하는 것에 문제가 있다고 하는데, 5·18광주민주화운동과 연계시켜서 그건 한이 아니라 저항으로만 보려고 하는데요. 선생님은 어떻게 생각하시는지요?

문순태 표준어로 가 버리면 토속어는 사라지겠지요. 한(恨)과 언어, 조선시대 기호학, 호남학과는 달리 봐요. 물론 뿌리는 조선시대 역사 속에 두겠습니다마는, 한의 정서, 한과 언어, 어휘, 호남학의 특질을 한의 미학이라고 봐요. 저는 정한(情恨) 감정과 원한(怨恨) 감정이 있다고 보거든요. 정한은 두루두루 어디 지역에서도 다 있지요. 정한 감정은 스스로 만들어내는 한이잖아요. 그러니까 그것은 가학적인 한이라고 하잖아요. 스스로 자기를 기다리는 한, 가시리 등. 기다리라고 안 했는데 기다리는 것, 그것은 어느 지역이나 다 있어요. 한국인의 정서에. 근데 호남인의 감정은 정한이 아니라 원한 감정, 빼앗기고, 짓밟히고, 억눌리고, 소외당하고 그런 데서 생기는 그런 감정. 그럼, 다른 지역에는 그런 게 없냐고 하는데, 그래도 다른 지역과 다른 점은 조선시대 여기는 탐관오리가 극성을 부린 곳이거든요. 중앙과 너무나 거리가 멀기 때문에. 더구나 여기는 유배지였고, 유배 문화도 뿌리를 내렸고 또 농민 운동, 그들이 말하는 민란이 가장 심했던 데가 전라도였거든요. 남쪽은 전라도가 가장 심했거든요. 억눌리고 짓밟히고 소외되는 원한 감정이, 점액질의 한이 가장 굳어진 곳이 이쪽 전라도라고 봐요. 다른 지역의 한보다 더 한의 정서에 뿌리를 둔 문학이 됐건, 음악이 됐건, 미술이 됐건, 가령 판소리도 그러잖아요. 그런 것들을 뭉뚱그려서 새로운 호남학이라고 할 수 있지 않을까 해요. 섬진강 사투리가 등호선, 전라도와 경상도 사투리가 나누어지는 이쪽으로 내륙으로 오면 올수록 전라도 사투리가 짙어요. 경상도와 멀어질수록, 충청도와 멀어질수록. 언어, 전라도 방언이 가지는 독특한 특질이 있거든요. 그 언어가 호남학이 되는 것이 되지요.

조은숙 　그 지역 안에 그 지역의 언어에 담긴 것이 있다는 뜻이지요. 우리 지역만이 가지고 있는 언어가 있다는 거잖아요?

문순태 　그렇지요.

문순태 　지춘상 교수 책에 있잖아요. "귄이 있다. 음식에 게미가 있다." 이런 말, 다른 지역은 전혀 안 쓰는 말이거든요. 우리만이 가지고 있는 독특한 언어, 다른 지역과 비교가 안 되는. 형용사와 부사는 다른 지역과 많이 비슷한데, 비교가 되지 않는. 특히 명사가 우리만이 가진 것이 있어요. 동사나 형용사는 다른 지역과 비슷하지만.

조은숙 선생님 책이 빨리 나와야겠는데요. 아하하하. 저도 책 읽으면서 힘
들 때가 있었는데, 나오면 편하겠는데요. 단편에는 어구 풀이가 되
어 있어서 그것을 보면서 읽었거든요.

『타오르는 강』, 뚝배기 같은 문장으로 쓰다

문순태 『타오르는 강』을 쓰면서 가장 고민했던 부분이 문장인데요. 문장이
약간 투박하고 선이 굵고, 뚝배기 같은 그런 문장이에요. 최근에 『된
장』이나 『울타리』, 『41년생 소년』이나 『생오지 뜸부기』 이런 책들
은 조금 더 세련되어 있어요.

조은숙 예, 읽어가면서 쭉, 편안한 느낌이 들어요.

문순태 문예문으로 그래도 읽을 만해요. 저는 문장이 통일이 안 되었어요.
그래서 걱정했거든요. 젊어서는 울퉁불퉁하고 선이 굵고 뚝배기 같
은 문장이고 지금은 아름다운 찻잔 같다고 할까요. 그릇에 비유 하
자면요. 어떤 사람이 자기가 읽었을 때는 세련된 문장보다 옛날 문
장이 더 어울리고 생명력이 있더라. 거기 나오는 등장인물이 다 뚝
배기 같으니까 오히려 더 잘 어울리더라. 그러더라고요. 그런 말을
듣고 나서 내가 조금 안심했어요.

조은숙 작가의 삶에서 초기, 중기, 후기로 넘어가면서 문체 변화는 자연스
러운 것 아닐까요? 삶이 깊어질수록 그 이전과 이후의 문체 변화가
있는 것이 더 자연스러운 것 아닌가요?

『된장』, 여성의 이야기를 쓰다

문순태 소설에서도 변화가 있어요.

조은숙 그 지점을 어디로 볼 수 있나요?

문순태 예, 『된장』부터 저는 달라졌어요.

조은숙 예, 제가 봐도 『된장』 이전에는 선이 굵은 남성의 서사였다면, 그리고 역사나 원한이었다면, 『된장』 이후부터는 서술자가 여성이 많고, 주인공도 여성이 많아요. 그리고 후각을 많이 사용하고요.

원한과 풍류, 호남의 정서를 말하다

조은숙 예, 선생님 이번에 여기저기 강의를 다니시면서 감정에 대해 이야기 많이 하시던데요. 앙칼진 오기, 울컥 뻐질러오르는 오기, 이런 게 원한이고 호남인의 감성이지 않을까요?

문순태 한두 개로 나뉘잖아요. 정한 감정하고 원한 감정으로 나뉘는데, 정한은 스스로 자학적인 감정, 기다리라고 하지 않았는데 기다리면서 생기는 것. 원한은 타학적인 한, 나를 때린다거나, 뺏어간다거나, 나를 소외시키거나, 그게 원한 감정인데요. 원한과 정한 둘 다 우리 지역의 중요한 정서지요. 또 풍류, 풍류도 중요한 호남 정서고요.

조은숙 다음은 통일문학인데요. 「녹슨 철길」을 5·18문학으로 보는데 이 작품도 통일문학으로 볼 수 있지 않을까 해서요? 그 근거로 마지막 문장에서 열차가 계속 가고 싶다는 것에서 보면 분단 소설로도 볼 수 있지 않을까요?

문순태 그럴 수도 있지요.

생명, 소설 속에서도 함부로 죽이지 마라

조은숙   제가, 지금 무슨 생각을 했냐 하면 선생님의 작품 세계를 세 개의 키워드로 봤거든요. 하나는 고향, 다른 하나는 해한, 마지막으로는 희망으로 봤는데요. 『타오르는 강』에서도 웅보 아들이 할머니한테 가서 시인이 되고 싶다고 하는데, 어떤 시인이 되고 싶으냐고 할머니가 물으니까, 무지개가 있는 세상이라고 하는 표현이 나오거든요. 그때는 낮엔 무지개, 밤엔 별이 연결 안 되었는데, 이제 연결되었어요. 모두 희망의 세상이네요.

문순태   예, 나는 소설 쓰는 사람들한테 이야기하거든요. 사람 함부로 죽이지 마라. 굉장히 많이 어렵게 생각해라. 소설 속에서 사람 죽이는 것, 현실 속에서 사람 죽이는 것만큼이나 어렵게 생각해야 한다. 사람 죽일 수 있어요? 그러니 작품 속에서도 함부로 죽이지 말아야지요. 자살한다면 왜 자살하는지 꼭 의미를 밝혀주고 소설 속에서 절망으로 끝나더라도 희망의 불씨 하나는 꼭 남겨줘야 한다고 말해요. 비록 절망으로 소설이 끝날지라도 소설 끝에, 결말에 희망 하나 꼭 남겨 놔라. 그것을 강조하거든요.

조은숙   그래서 항상 선생님 작품은 꿈과 희망이 연결되거든요. 논문을 써 가면서 세 가지 키워드가 다 연결되었는데, 선생님께서 처음 소설 쓰고자 할 때부터 별이나 무지개를 말 하셨던 것처럼, 희망도 처음부터 있었다고 볼 수 있겠네요.

문순태   그렇지요. 지금 같으면 그런 소설을 안 쓸 줄도 몰라요. 지금은 어느 정도 행복하고, 먹을 것도 많고, 그때는 너무 가난했고, 현실 안에서 이룰 수 없다는 절망 상태였으니까, 특히 6·25를 거치면서 그냥 완전히. 글쎄요, 내가 성냥공장에도 다녀보고요, 무등산에서 나무를 다 해 오고, 홍시 장사도 해 보고, 그때는 꿈이라는 것을 가질 수 없었지요. 아주 어렵게 살아가지고 현실 안에서 꿈을 이룰 수 없다고 생각했어요. 그러니까 별을 자꾸 생각하고, 무지개를 생각하고 그랬겠지요.

『걸어서 하늘까지』, 최초 여자 소매치기 이야기

조은숙 『걸어서 하늘까지』 있잖아요?

문순태 제일 실패한 소설이에요.

조은숙 그래요? 선생님 작품 중에서 많은 사람이 좋은 작품으로 이야기하던데요.

문순태 그게 드라마 되고, 영화화되어서 그래요.

조은숙 아, 정보석하고 배종옥이 주연이었던 영화지요. 드라마는 어디서?

문순태 MBC든가?

조은숙 최민수 나왔던 것 맞지요? 그때 인기 많았는데요.

문순태 여자 소매치기 이야기라서 그래요. 여자 소매치기 이야기는 그것이, 『걸어서 하늘까지』가 원조거든요. 여자 소매치기가 당당하고, 거기서 그러거든요. 그것을 삶의 기능, 기술로 생각하지. 그걸로 부자가 된 것은 아니니까 죄의식도 느끼지 않고 당당하게 생각하는 여자 이야기. 그런데 신경림 씨가 그 소설을 좋아했어요. 그래서 창비에서 내라고 그래서 창비에서 냈거든요. 창비에서 그런 소설 안 내거든요.(웃음)

소설, 시처럼 색깔과 소리를 입히다

문순태 작가는 색깔의 변화에 대해서 민감해요. 영산강도 아침, 저녁 색깔
이 달라요. 내가 어떤 소설에 썼는데 월출산이 아홉 번 변한데요.

조은숙 예, 아홉 번이나요?

문순태 그 이야기를 누구한테 들었어요. 안개 낄 때, 해가 뜰 때, 비가 온
뒤에 각기 다르다네요. 아, 그 이야기 듣고 필이 꽂혀서 어디다 써
먹었어요. 긍께 이 색깔의 변화에 대해, 작가들은 민감해요. 관찰이
중요해요.

조은숙 선생님 작품이 사실 두 가지로 나타나요. 어떤 작품은 선이 굵어요.
특히 역사적인 문제에서요. 그런데 또 어떤 부분은 아주 세밀해요.
세세하고 여성적인 부분이 많아요.

문순태 그것이 시를 써서 그래요. 김현승 선생님이 내가 찾아갔더니 "아, 소
설 좋지, 시처럼 소설을 쓰게"라고 했어요.

조은숙 작가론을 쓰면서 제일 중요한 부분이 변화의 지점을 찾는 것인데,
소리, 색깔의 변화가 미묘하게 나타나더라고요.

문순태 시 써서 그래요.

40대 초반, 위에 천공이 생기다

조은숙 여기(생오지 집필실) 1층을 '사람, 책, 도서관'으로 만들어서, 백정이
나 빨치산이나 어떤 사람이든 한 사람의 인생, 책보다 더 소중한 인
생이 있기 때문에, 그런 이야기의 장을 만들고 싶다고 하셨잖아요?
예전에 보니까 선생님이 취재했던 사람들 이야기가 담긴 책(서정범

외 11인, 『숨어 사는 외톨박이』-전통 사회의 황혼에 선 사람들-"내시"에서부터 "백정"까지)을 뿌리 깊은 나무에서 내셨잖아요 1977년에. 제가 본 판은 1980년 5월 22일 자 책인데, 겉표지 안면에 선생님 소개를 이렇게 했더라고요. "현재, 문순태 전남 매일 신문사 편집 부국장, 광주에 가는 모든 사람에게 친절한 사람, 위장병으로 술을 못 마시게 되어 삶의 의욕이 반쯤은 줄었다."라고요 『41년생 소년』에서도 보면 40대 초반에 위에 천공이 생겼다는 부분이 나오더라고요. 평소에 술을 좋아하셨나요? 지금 몸 상태는 괜찮으신가요?

문순태 그때 장질부사에 걸렸어요. 김현승 선생님 돌아가실 때 꼬박 이틀 밤을 새웠거든요 장질부사에 걸려서 재발하고 세 번 재발해서 그때 내가 죽는다고 했어요. 술을 많이는 못 마셨지만, 신문사에 있어서 매일 술을 마셔서 몸에 체질화되어 있었어요. 그때 주로 소설 쓰는 신문 기자여서, 서울에서 문인들이 많이 내려왔어요. 내려오면 꼭 나를 찾아와요. 고은 씨랑 내려오면 그때는 전남일보, 전남매일 두 개 신문사밖에 없어서. 그 술을 마시면 영수증을 기관에다 내가 줘 버려요. 느그들이 계산해라. 옛날에는 그랬어요. 서울서 문인들이 오면 그걸 외상장부지요. 암튼, 내가 서울에서 내려오면 술을 많이 사 줬어요. 백낙청 씨, 염무웅 씨, 이런 분들. 이문구, 김원일, 전상국 등 술판을 많이 어울렸어요. 그래서 한동안 술을 못 마셨어요.

조은숙 고은 선생님도 술 좋아하시잖아요. 낙이 없다고 했으니, 술을 얼마나 좋아했으면, 책날개에 그 말을 썼을까 했는데. 그분들이 오시면 선생님이 술을 사야 했으니 많이 마셨겠네요?

문순태 그렇지요 뿌리 깊은 나무 윤구병 씨가 편집장 할 때, 윤구병 씨도 많이 왔어요. 그때 그렇게 썼을 거예요

기자와 고수 그리고 소설가

조은숙　선생님께서는 소설을 쓰시는데 있어서 소설가가 아닌 신문 기자와
　　　　대학교수라는 직업이 주는 장점도 있지만, 사실 단점이 될 수도 있
　　　　잖아요?

문순태　신문 기자와 대학교수, 단점이라면 시간이 없다는 점, 시간 제약을
　　　　많이 받았다는 점, 소설 쓸 시간이 없잖아요. 신문 기자는 더 바쁘
　　　　고요. 그때 어떻게 시간을 냈냐 하면, 신문 기자 할 때 학생회관 안
　　　　에 방 하나 얻어서, 가급적이면 거기서 시간을 많이 보냈어요. 그리
　　　　고 순천대학교에 있을 때는 월, 화, 수요일로 몰아줬어요. 나머지 시
　　　　간에 소설을 쓸 수 있도록. 단점은 시간이 별로 없다는 점. 그런데
　　　　장점이 더 많아요. 신문 기자를 통해서는 우리 사회 현실의 밑바닥
　　　　을 볼 수 있었다는 것. 그렇잖아요. 사회부에 있었는데 죽음의 현장,
　　　　사건의 현장, 우리 사회의 가장 밑바닥을 깊숙이 들여다볼 수 있다
　　　　는 점. 그래서 리얼리스트가 된 것예요. 철학과를 나와서는 안 되지
　　　　요. 사회 현실에 대한 인식 때문인 것 같아요. 보통 소설가가 이론
　　　　도 모르고 쓰는데, 그런데 그럴 때 쓰는 소설이 또 좋은 소설이 나
　　　　와요. 대학교에 가면 이론 무장이 되어야 하잖아요. 작품 가르치면
　　　　서 이론 뒷받침이 안 되면 안 되잖아요. 나는 대학교에 가서 사실은
　　　　처음으로 소설 이론을 알았어요. 아! 소설은 이런 것이구나 하고, 내
　　　　소설에 대해 설명할 수 있는 이론적 비판이 가능했지요. 그 전에는
　　　　내 소설에 대해 평가할 수 없었거든요. 그런데 대학의 단점 하나가,
　　　　대학교수 때의 소설은 완성도 높은 소설, 정사각형의 텍스트, 딱 규
　　　　격화된 것. 내 작품도, 텍스트 안으로만 들어가는 거예요. 자꾸 나도
　　　　모르게 그 굴레 속에 갇혀버려요, 정사각형 안에. 동그라미도 되어
　　　　야 하는데 항상 정사각형으로 갇혀요. 그러나 장점을 더 많이 얻어

냈어요. 철저한 사회인식, 그래서 리얼리스트가 될 수 있었지요. 가령, 박상륭은 「죽음의 한 연구」 한 편 쓰고 끝나버려요. 쓸 이야기가 더 이상 없는 거예요. 관념적으로 쓴 소설은 다작이 어려워요. 그보다 더 강한 소설을 쓸 수 없는 거예요. 근데 리얼리티는 널려 있잖아요, 문제가. 우리 사회의 문제가 널려있어요. 그러니 쓸 거리가 많은 거예요. 더 많은 작품을 쓰고, 그래서 관념 작가는 철학적인 명제를 쓰고 나면 더 많은 작품을 쓰기가 어려워요. 그런 면에서 신문 기자는 사회 시각이 다양해지니까 장점이 많았어요. 대학교수도 이론적인 뒷받침이 된다는 것이 장점이라고 봐요.

조은숙 네, 아무튼 신문사 기자를 하다 보니 소재를 취할 수 있는 장점이 더 많다는 얘기네요. 시야도 넓어지고요. 저도 소설을 쓰고 싶지만 항상 대학에서 잘 쓴 작품들만 계속 보다 보니, 완성을 못 하게 되거든요.

문순태 안 돼요. 그 틀 속에 나를 가둬요. 그러니까 모를 때 더 좋은 작품이 많이 나와요.

소설 작품, 엉덩이로 쓰다

조은숙 선생님, 기자 할 때 작품과 해직된 이후 전업 작가일 때 작품, 순천 대학교 교수를 하면서 쓴 작품, 다시 신문사로 돌아와서 쓴 작품, 광주대학교 문창과에서 쓴 작품 등에 모두 변화 지점이 있었거든요.

문순태 그래요. 광주대학교 문창과에 가서 좋아졌어요. 밀도도 높아지고, 더 좋은 작품을 쓰게 되었어요.

조은숙 그런데 기자로 활동했던 것이 작품에 도움이 되었고, 광주대학교로 가실 때 55세 이후, 「된장」 이후 작품들이 좋아진 것 같아요. 선생님 삶에서 기자와 교수가 어떤 의미를 두고 있었을까 늘 궁금했거든요. 정말 두 가지 일(기자와 소설가, 교수와 소설가)을 병행한다는 건 힘들잖아요.

문순태 「된장」, 「울타리」, 『41년생 소년』이 읽을 만해요. 그 대신 제 삶이 너무 건조해요. 단조로웠어요. 너무나 단조롭게 살았어요. 저는 자전거도 못 타고, 바둑도 못 두거든요. 그런 삶이 너무 후회돼요.

조은숙 『41년생 소년』에서 표현하신 그대로네요. 거기서도 청바지도 입고 머리 묶고 춤도 춰 보고 싶다고 하셨잖아요. 자전거도 못 탄다고 나오잖아요. 그럼, 나중에 태어나면 자전거도.

문순태 자전거도 타고, 바둑도 두고, 춤도 춰 보고 싶어요. 신문사 편집국장 출신이 춤도 못 춰요.(웃음)

조은숙 골프도 못 치실 것 같은데요?

문순태 아, 못 쳐요. 회사에서 골프 치라고 사 줬어요. 그것 하면 소설 못 써요. 내가 자동차 사서 장편 소설 5권은 날아갔다고 그랬거든요. 소설은 엉덩이로 쓴다고 하잖아요.

김덕령 장군, 정신적 지주

조은숙 예, 아하하하. 「영웅전」에서 김덕령 장군과 전두환을 연결해서 쓰셨더라고요. 혹시 그렇게 쓴 이유가 있을까요? 충장로와 김덕령 장군 전설 이렇게 연관 지으셨는데요?

문순태 예, 그랬어요.

조은숙 저도 작품 읽고 가능하면 그 장소를 가보거든요. 김덕령 장군과 전두환을 연결한 이유가 있었나요?

문순태 이 시대의 진정한 영웅은 누구일까? 어떤 모습일까? 이런 걸 생각해

봤어요. 김덕령 장군이 그때 전쟁에서 큰 역할을 한 건 아니지만, 그 시대에는 영웅이 아니었지만, 후대 사람들한테는 김덕령 장군을 알고 있다고 하는 거, 이 지역에 그런 인물이 있었다는 것. 김덕령 장군이 훌륭한 사람이거든요. 그런데 억울하게 죽었다고 하는 거, 그가 잘한 거예요. 그게 진정한 영웅이 아닌가요? 싸움을 잘하는 것. 그것도 영웅일 수 있지만, 이순신도 영웅일 수 있지만. 꼭 그것 아니어도 정신적인 지주, 죽음을 앞두고도 의연할 수 있는 것, 우리에게 더 많은 영향을 준 사람이잖아요. 김덕령 장군은 이 시대의 진정한 영웅상을 그려봤어요.

조은숙 저도 이 작품을 읽고 나서 전두환 관련 자료를 찾아봤어요. 그런데 요즘 공원을 만든다는 것도 꼭 무슨 성역화 같은 느낌이어서.

문순태 전두환 공원 만들고, 앞으로 사당 만든다고 할 것인데. 참, 걱정이네요.

역사, 기록 없는 전설화를 우려하다

조은숙 그럼, 다음으로 넘어가서 6·25와 관련된 작품인 「감로탱화」에서 저는 이 작품을 읽으면서 대게 감명 깊게 읽었거든요. 6·25를 체험하지 않은 세대가 6·25를 어떻게 기억해야 하는지 생각하게 하는 작품인데요. 도적바위에서 놀다가 도덕굴에서 해골을 발견하잖아요?

문순태 집단학살.

조은숙 예, 집단학살. "엄연한 사실을 전설로 만들어 버린 것이라고 하면서, 역사가 전설로 변할 때 그 역사는 이미 진실이 아닌 것이다."라고 말하셨잖아요. 잘못된 것을 바로잡아야 참된 역사가 될 수 있다고 하셨는데요?

문순태 전설이 되어 버리면, 역사의 엑기스가 빠져 버리는 거예요. 인간이 가지고 있는 생생함이 빠져버리거든요. 6·25도 전설이 되어버리는 것이 얼마나 많아요. 역사, 조금 깊게 들어가면 동학이 있잖아요 제가 동학기행 쓰면서 여기저기 다 돌아다녔거든요. 전북 어디 갔을 때, 그러더라고요. 여기가 대창 깎은 곳이에요. 이 자리가.(웃음) 이 나무가 동학군을 목매달아 죽인 곳이에요. 여기 사진 꼭 찍어야 해요 이래요. 이미 역사가 전설이 되어버린 거예요. 아하하하, 이게 반가운 게 아니고, 흔적이 없어서 전설화되어버린 거예요. 역사가 전설이 되지 않기 위해서는 기록이 중요하거든요. 기록이 중요하다고 봐요 기록의 역사성, 생명성. 기록이 없으면 전설이 되어버리는 거예요. 그런 현장을 사진 찍어 놓고 해서, 기록해서 남겨야 전설이 안 되는 거예요. 그래, 기록이 중요한 것이 이것 때문이지요 실제 역사가 전설이 되어버린 경우가 얼마나 많아요. 그건 기록이 없기 때문이거든요. 전설이 안 되기 위해서라도 작가들은 기록을 남겨야 해요. 저는 그런 생각이지요

5·18, 광주만의 전설이 되어가다

조은숙 저도, 엄연한 역사가 전설이 된다고 생각하는 부분에서, 정말 6·25 는 이데올로기를 이용하기 위해서라도 역사적 사건으로 있지만, 5·18은 갈수록 축소시키려고 할 것인데, 그러면 5·18은?

문순태 이미 광주사람들만의 5·18이 되어버리는 거예요. 예, 전설이 되어 버릴 수도 있지요

조은숙 전두환은 역사이고, 김덕령은 전설이다. 이렇게 되어버린 현실을 보

면서, 6·25에 대해 이야기 할 때는 학생들이 엄숙해요. 신기하게요. 뭔가 북한이라는 실체가 있어서 그런 건지. 그런데 5·18을 이야기하면 별 반응이 없어요. 학생들이.

문순태 아, 그래요 가슴 아픈 일이네요. 벌써 그렇게 되네요

조은숙 학생들이 "저희에게는 그게 조선시대 이야기랑 똑같은 거예요" 그러더라고요.

문순태 그러게. 한 기자가 그러더라고요. 조선시대 기사를 쓰는 것처럼 실감이 안 느껴진다고 그러더라고요. 그래서 나는 깜짝 놀랐거든요 5·18을 취재 하는데, 실감이 안 난다고 그런 자신이 부끄럽다고 하더라고요.

조은숙 선생님이 그러셨잖아요. 조선판 정여립 사건이 광주판 사건이라고 하는 것처럼. 정여립 사건을 아는 사람이 과연 얼마나 있을까요?

문순태 그래요, 없어요. 역사 공부하거나 하는 사람 말고는 없어요. 5·18 책 누가 내면 안 읽어요. 내가 『그들의 새벽』 TV 제작하는데, 그때 그 책이 나온 지 얼마 안 되었을 때요. 아나운서가 그 책 사려고 했는데 힘들었다고 그러더라고요. 왜 그러냐고 했더니, 서울 목동 아파트 단지에 큰 서점이 있는데, 『그들의 새벽』을 찾았더니, "아, 5·18 소설이요? 그 책 안 읽어요 그런데 왜 그런 책을 가져다봐요"라고 신경질 냈다고 하더라고요. 5·18 소설, 출판사에서도 안 내줘요. 김윤식이라는 평론가, 내가 한참 6·25 관련 소설을 쓸 때, 나한테 그러더라고요. "아직도 6·25야?"라고 하더라고요.

조은숙 김윤식 선생님 연배에서 "아직도 6·25야?"라고 한다면, 우리 학생들이 "아직도 5·18이야"라고 하는 것과 똑같은 논리거든요 슬픈 일이네요

『달궁』, 할아버지의 송덕비 이야기

조은숙   정여립하니까 생각나는데, 지금『달궁』을 읽고 있거든요.

문순태   그거 우리 집안 할아버지 비석 이야기에요. 그건 사실이에요. 우리 집안의 할아버지에요.

조은숙   그니까! 그렇지요? 거기서 순기가 11대 종손으로 나와요. 자전적인 부분이 많더라고요. 남평 문 씨도 그렇고요. 만월리에도, 달궁에도 월이 들어가고요. 그럼 분명 선생님 고향이다. 자전적인 요소가 많다. 이렇게 유추하며 읽어갔는데. 아, 그리고 송덕비도 궁금했어요?

문순태   송덕비가, 원래 있는 자리가 아니에요. 다른 데로 옮겨버렸어요.

조은숙   그럼, 송덕비는 정말 있었던 사건이에요?

문순태   예, 그래요. 사실이에요.『달궁』에는 자전적인 요소가 많아요. 마을 배경도 그렇고요. 그 할아버지, 송덕비도 사실이에요. 지금 그 자리는 아니고, 옮겨졌어요. 한번 가니까 엎어져 있더라고요. 그 할아버지가 참봉을 했는데. 송덕비를 마을 사람들이 세워줘야 하는데, 강제로 세웠다는 거 아네요. 할아버지 본인이 마을 사람들한테 돈을 거둬서 세웠어요. 그래서 비난이 많았어요. 친할아버지가 아니고, 집안 할아버지.

이영삼   예전에 그런 경우가 많았어요. 원래 송덕비는 여기 부임했다가 떠나면 그 마을 사람들이 그를 기리는 입장에서 세워줘야 하는데, 요즘 그런 일이 있잖아요. 현직 군수가 세워달라고 해서, 현직에 있으면서 군청 앞에 세우고.

조은숙   아, 그럼 집안 할아버지가 참봉 하셨다는 것도 사실이네요. 그런데 참봉 이야기가 많이 나오는데, 왜 참봉이에요?

문순태   그때 내가 마을에서 살 때 참봉이 제일 높은 벼슬인 줄 알았어요. 아하하하.

조은숙 아하하하.

문순태 어렸을 때, 참봉할아버지, 참봉할아버지, 하니까. 제일 높은 줄 알았
지요. 마을 사람들이 참봉 앞에서 꼼짝 못 하니까. 아하하하. 마을
사람들이, 참봉이 종을 몇 번 칠 때까지 회의한다고 안 오면, 건넛
마을 사람들한테 벌을 주고 그랬어요. 그래서 건넛마을 사람들하고
사이가 안 좋았어요.

조은숙 아, 그 작품 속의 말이 맞네요. 그래서 사이가 안 좋았네요. 거기서
극락산이 나와요?

문순태 극락산은 만든 거고요.

조은숙 저는 『달궁』을 읽으면서 극락산을 무등산으로 연결시켜서, 마을 뒷
산이어서 그렇게 부를 수도 있겠다 상상하면서. 마치 「큰 바위 얼굴」
을 읽은 듯한 느낌이 들었거든요.

무등산 너머, 세상에 대해 동경하다

문순태 그 어렸을 때 고향에서 보면 무등산이 쫙 보이거든요. 그래서 무등
산에 대한 동경이라고 그럴까요? 무등산에 올라가면 저 세상이 얼
마나 잘 보일까! 늘 그런 생각을 하고 있었고. 그리고 문필봉이 있
어요. 항상 무등산에 대한 동경이 있었어요. 마을 어르신들이 그랬
어요. "네가 문필봉을 보고 자라서 글을 쓰는가 보다."라고.

조은숙 아, 문필봉이요. 저는 이 부분을 보면서 제가 나중에 책을 다 읽고
나서 장소로 묶어서 작품 속의 공간을 정리하는 것도 필요하겠다고
생각했거든요.

문순태 그래요, 제 작품은 전부 다 여기니까 그것도 좋겠네요.

『도리화가』, 신재효와 진채선의 사랑 이야기

조은숙 『도리화가』 있잖아요?

문순태 그거, KBS에서 드라마 한다고 두어 번 왔데요. 어디 가지고 왔던데,
       (여기저기를 두리번거리며) 드라마 제안서 가져왔더라고요. 신재효
       기념사업 고창서.

조은숙 저는 『도리화가』를 정말 재미있게 읽었거든요. 신재효가 판소리를
       정리했다는 정도만 알고 있었는데, 이 책을 읽고 신재효라는 인물에
       대해 제대로 이해하게 되었어요. 요즘 중·고등학교 학생들도 이
       책을 읽으면 좋겠다는 생각이 들었어요. 신재효가 중인계열인 줄 몰
       랐어요. 첫 장면에서 공부하는 부분이 나오는데, 양반이 아니었더라
       고요?

문순태 아, 양반 아니에요.

조은숙 왜 신재효가 판소리를 정리할 수 있었을까? 궁금했거든요. 그런데
       첫 장면을 읽으면서, 아, 그랬구나! 공부했기 때문이구나! 이 부분에
       서 알게 되었어요. 저는 『춘향전』 내용을 그냥 우리가 읽는 것으로
       봤는데, 신재효가 개작했다고 볼 수 있겠어요. 신재효가 미인이 아
       니었는데 미인이라고 고쳤다는 생각이 들기도 하고요. 선생님 생각
       인가요? 신재효 생각인가요?

문순태 춘향전은 여러 사람이 쓰지 않았나요?

조은숙 예, 이본이 많았지요. 그런데, 신재효의 생애를 어린 시절부터 쓴 것
       이 아니고, 신재효가 서당에서 공부하는 장면부터 썼기 때문에, 일
       부러 신재효와 판소리 정리를 연결시키려고 하지 않았나? 해서요.
       근데, 진채선하고 사랑 이야기가 너무 적지 않나요?

문순태 글쎄요 사실 이야기가 더 진하거든요 근데, 신재효가 얼마나 자존
       심이 강하냐 하면, 자기 집에 들어오려면 고개 숙이고 들어오게, 등

나무를 만들어서, 판소리 들으려면 허리 굽히고 들어오라고 나, 그 대목이 너무 좋아가지고, 아하하하. 자존심, 이게 재미있어 가지고, 진채선이 대원군 때문에 나중에 내려오잖아요. 그, 나는, 그런데 신재효가 불 꺼 놓고 가르쳤다는 거. 얼굴 보면 정드니까, 아하하하. 너무 사랑했고 그걸 좀 더, 글쎄요? 지금 썼으면 더 애절하게 썼을 건데요. 그걸 ≪음악 동아≫에 연재했거든요. ≪음악 동아≫에, 동아일보에서 나온 책이 있어요. 음악 이야기를 써야 한다고 해서 연재하다가, 바쁘게 다른 소설 들어오니까 언제까지 마쳐야 한다고 해서 그랬는데. 그래서 진채선 이야기를 자세하게 못 했어요. 거기에서 끝났어요. 요즘 그 책도 많이 없을 거예요. 근데 그 사람들이 읽고 드라마 하자고 왔더라고요.

조은숙 제목도 『도리화가』이고, 도리화가라는 판소리는 진채선에게 신재효가 만들어 줬잖아요? 저도 불을 꺼 놓고, 그 부분이 정말 사랑의 감정이 느껴질 정도였어요. 불을 켜 놓으면 보낼 수 없을 것 같으니까, 불을 꺼 놓고 "나는 니 소리만 들으려고 한다. 명창은 소리가 중요하다." 아, 진채선과 절절한 사랑 이야기, 두세 꼭지만 진채선이랑 사랑 이야기가 더 있었으면.

문순태 진채선이 생각도 조금 더 넣었으면. 얼마나 신재효가 보고 싶었겠어요. 진채선도 보고 싶었을 텐데. 그 부분을 좀 더 넣었으면. 진채선이는 무장면 사람인데, 나중에 돌아왔어요.

조은숙 아, 돌아왔어요? 흥선대원군이 돌아가시고 나서요?

문순태 그렇지요. 돌아가시고 나서.

조은숙 첩은 아니었지요? 노래만 한 거지요?

문순태 아, 첩은 아니지요. 노래만 했지요. 흥선대원군이 못 내려가게 하니까 못 내려갔지요.

조은숙 저는 진채선을 이 책에서 처음 알게 되었어요. 판소리를 교과서에서 배운 정도거든요. 그런데 교과서에는 진채선에 대해 나오지 않거든요. 진채선을 보면서 한 20년 전에 제가 지리산에서 소리 하는 사람 때문에 놀랐던 경험이 떠올랐어요.

문순태 남원 쪽이오?

이영삼 화엄사에서 노고단 올라가는 데서요.

문순태 누가 독공을 했나 보구만.

이영삼 우리 서당에도 소리 하는 사람이 있었는데, 서당 선생님이 우리가 읽을 때는 그저 덤덤한데, 소리 하는 사람이 읽으면 흐뭇해하시더라고요. 그 사람은 진짜 소리처럼 읽어버리더라고요. 소리가 쩌렁쩌렁 해서, 우리도 그분이 읽으면 느낌이 달라요. 아하하하.

문순태 아하하하.

조은숙 아, 책에도 그런 부분이 나와요. 『도리화가』 부분에서 창을 하는 사람이 한자를 공부해야 한다고 하는 부분이 나와요. 그래야 자기의 마음을 잘 표현한다는 부분이 나와요.

문순태 창을 하는 사람이 뜻을 알고 소리를 해야 그 느낌을 전달할 수 있지요. 신재효가 공부를 했던 사람이기 때문에 가능했지요. 아, 『춘향전』 읽어보면 얼마나 어려운 말이 많아요. 최고의 문장이거든요. 『춘향전』이.

5 · 18광주민주화운동과 해직

5 · 18 직후, 전남매일신문사에서 해직당하다

조은숙 15년 동안 몸담아왔던 전남매일신문사에서 반체제 기자라는 이유로 해직당하셨잖아요. 표면상 이유는 제작 거부로 되어 있으나, 기실은 고통을 당한 시민들의 슬픔과 참담함을 노래한 반체제 시인의 시를 청탁해서 게재한 것이 문제가 되었지요? 김준태 시(詩) 1980년 6월 2일 판, 「아아, 광주여!」가 맞나요? 당시 시를 전면에 다 실었나요? 그때 상황에 대해 기억나신 일이 있으시면 말씀해 주세요?

문순태 아니, 다 못 실었어요.

조은숙 예에, 5 · 18민주화운동 부분을 학생들과 토의 수업했는데, 5 · 18이 마치 조선시대 일어난 사건처럼 멀리 느껴진다고 하더라고요. 그 말을 듣고 많은 생각을 하게 되었어요. 저도 사실 6 · 25를 체험하지 않고 작품으로 본 세대거든요. 5 · 18도 마찬가지고요.

문순태　아, 그래요.

천주고 입고, 용서와 화해를 쓰다

조은숙　근데 그 이전에 '문학은 역사의 칼'이어야 한다고 했는데, 1980년대 넘어가면서 갑자기 문학 속에서 '사랑, 용서와 화해' 그런 단어가 많이 나와요.

문순태　제가 천주교 때문에 그래요.(웃음) 제가 성당 다녀서 그래요. 아하하하.

조은숙　그렇지요! 제가 선생님 작품 분석하면서 이 부분을 오늘 질문에 넣었는데, 맞지요?

문순태　성당이나 혹시 교회 다니세요?

조은숙　아니요.

문순태　그때 해직 당했을 때, 묵고 살 것도 없고 신문사는 퇴직금도 없잖아요. 애들은 커서 고등학교 졸업하고 대학 가야 하는데 돈이 없잖아요. 그때는 팔이 아프게 썼거든요. 시내버스 손잡이를 못 잡을 정도로 고생했는데. 그때는 장편을 쓰느라. 5·18 때, 고민이 많고 그래서.

조은숙　수필집에 보니까 사모님이 힘들어하셔서 성당에 다녔다고 되어 있던데요?

문순태　그랬어요. 집사람이 힘들어하고, 옆에 사람들이 성당에 가서 마음을 가라앉혀라 그러더라고요. 그래서 성당에 갔더니, 맨 용서니 화해니 그러고요. 나도 모르게 베어들더라고요. 사실 소설에서 화해는 필요 없거든요. 작가가 용서니 화해니 하는 것은 안 돼요. 작가는 갈등만 보여주면 되거든요. 작가가 화해까지 다 시켜 주고 있더라고요. 그건 독자가 해야 하는 몫인데. 그래서 그 이후 성당에 안 나갔어요. (웃음) 지금도 가끔 나가고 있지만, 사실은 예수님이 2000년 전에 평등이라든가 사랑이라든가 자유라든가 했던 것은 혁명적인 언어죠 그잖아요. 지금은 자유니 평등이 아무렇지 않지만, 대중가요 같이 들리지만. 그 시대에는 폭탄 같은 어휘들이잖아요. 그잖아요? 근데 그런 것들이 새롭게 받아들일 때가 있어요, 환경이. 아무렇지도 않은 낱말이 성당을 다니면 새롭게 들리거든요 그 영향이 커요 아, 이래서는 안 되겠구나, 그래서 안 다니게 되었어요

조은숙 저도 작품을 읽어가면서 체크하는데.

문순태 맨 사랑이니 용서가 많았어요.

조은숙 너무 많이 나오니까, 왜 이렇게 바뀌었지 궁금했거든요?

문순태 천주교 다닐 때였어요. 맨 사랑이에요. 참 예리하시네요.

독자들, 작가의 뒷이야기에 관심

조은숙 저는 작가론을 써야 하니까, 선생님이 사셨던 시대로 가서 간접 경험을 하려고 노력하거든요 그러면서 선생님이 왜 이때 이렇게 변했지? 왜 이런 작품을 쓰셨지?

문순태 요즘에는 그런 다네요 작품론보다 작가의 배경, 환경, 작품의 생성 과정이나, 뒷이야기가 더 독자들의 관심을 끌고 그게 새로운 연구 대상이 된다고 하데요.

조은숙 처음 전남대학교에서 송기숙 연구하면서 살아 계시고 그러니까, 한 3년 정도 작품의 배경지를 함께 돌아다녔어요 근데 책상에 앉아 있을 때는 전혀 모르는 작품과 관련된 에피소드를 많이 듣게 되더라고요 앞으로는 책상에 앉아서 이론으로 작품만 연결하기보다는 어

럽지만 이렇게 해 보자 했더니, 훨씬 재미있어요 힘들지만 의미 있는 작업이라고 저는 생각해요

문순태 근데 이런 스타일로 연구하는 사람 있어요?

조은숙 많지 않을 거예요 제 주위에서 생존 작가 인터뷰하거나, 생존 작가론 쓰는 사람은 못 봤어요

문순태 저도 못 봤어요 하나의 이론에다가 쓰는 작품론은 많지만, 작가론은 힘들잖아요 시간도 많이 걸리고

「안개섬」, 5·18을 이야기하다

조은숙 선생님 단편 「안개섬」에서 보면, 길섭이 안개섬으로 피신하기 위해 노인과 배를 타고 가면서 '남쪽에서 일어났던 칠일 공화국 사건'을 이야기하는데요 근데, 여기서 칠일 공화국이라는 말이?

문순태 5·18.

조은숙 그렇지요! 칠일 공화국이 5·18을 의미하는 거죠 제 생각이 맞았네요?

문순태 그때 다 칠일 공화국이라는 말이 통용되었어요 칠일 공화국은 뭐라고 하지요 그걸 또 다른 말로 뭐라고 하는데. 또 다른 말도 있는데. 칠일 공화국이라고 통용되었어요 그때는.

조은숙 마치 은어처럼 사용되었나요? 송기숙 선생님 단편 제목이 「제7공화국」이라고, 1988년에 쓴 것이 있는데.

문순태 아, 그래요? 나는 몰랐어요 그때는 칠일 공화국이라고들 했어요

조은숙 그렇다면 선생님 5·18관련 작품의 지형도를 그려볼 수 있을 것 같아요 대부분 선생님 작품 「일어서는 땅」(1986)을 5·18광주민주화운동을 소설화한 첫 소설로 보고 있는데 그렇다면 「안개섬」도 5·

18관련 작품이네요.

문순태 그것을 생각하고 썼으니까요.

조은숙 바위섬이라는 김원중의 노래처럼, 그때 광주를 바위섬이라고도 했다고 하더라고요?

문순태 그랬어요. 바위섬.

조은숙 다른 사람들은 「안개섬」을 5·18 작품으로 안 보더라고요.

문순태 그때는 5·18 소설 쓰기가 힘든 시기였어요. 「안개섬」이 몇 년도인가요?

조은숙 「안개섬」이 1986년인데요.

문순태 홍희담의 『깃발』이 언제던가요?

조은숙 1988년 창작과비평사 봄 호요.

문순태 나는 직접적으로 5·18을 쓰지는 않았지만, 「안개섬」에다 5·18을 그 속에 담았어요.

80년 5월 광주, 「달빛 골짜기의 통곡」에서 「시계탑 아래서」까지

조은숙 1980년대 초, 중반에 광주 월산동에서 사셨나요?

문순태 월산동에 살았어요. 어떻게 알았어요?

조은숙 선생님의 작품을 읽다 보면 그 흔적이 작품 속에 다 나와요.

문순태 아, 그래요.

조은숙 작품 속에 「달빛 골짜기의 통곡」(1981)에서 월곡읍과 「살아있는 소문」(1984)에서 월산시라고 공간적 배경을 잡고 있는데요?

문순태 월곡은 내가 6·25 때 피난 간 곳이나, 이 소설은 6·25와는 관계 없고요.

조은숙 그런데 나중에 5·18관련 소설이 다시 중층 구조를 띠면서 이게 다

6·25와 연결되거든요.

문순태 일부러 그랬어요. 그것도 약간, 5·18 맞아요. 5·18을 생각하면서 쓴 거예요. 「달빛 골짜기의 통곡」도 5·18로 연결되었는데.

조은숙 그래서 선생님 5·18관련 작품을 쭉 살펴봤을 때, 「달빛 골짜기의 통곡」에서 여인이 통곡하지만, 실체를 알 수 없이 나오면서 사람들이 왜 통곡하는지 궁금해 하잖아요. 죽었지만 죽은 이가 없는 현실을 말한다는 것은 행불자 문제를 염두에 둔 게 아닌가요?

문순태 그때는 바로 말할 수가 없었어요.

조은숙 「살아있는 소문」에서도 소문으로만 들리지만, 소문이라기보다는 살아 있는 역사의 실체라고 분명히 작품에서 선생님이 말하고 있거든요. 분수대, 신문에 안 나오는 뉴스 이런 말을 하고 계시는데, 분명 5·18로 연결돼요.

문순태 이때는 5·18 광주를 제대로 쓸 수 없었기 때문에 우회적으로 쓸 수밖에 없었어요. 「달빛 골짜기의 통곡」에서도 「일어서는 땅」을 쓸 때도 광주라는 말을 제대로 하기 힘들었어요.

조은숙 대부분 「일어서는 땅」(1986)을 선생님께서 5·18광주민주화운동을 소설화한 첫 소설로 보고 있는데요. 또한 「일어서는 땅」을 1987년에 발표한 것으로 되어 있고요. 사실, 「일어서는 땅」은 1985년에 써서 1986년에 발표한 것이잖아요. 그렇다면 5·18광주민주화운동을 소재로 한 대부분 소설이 1980년대 중반 이후에 발표되었는데, 선생님은 훨씬 이전으로 볼 수 있어서요. 다시 정리해 보면, 1981년에 쓴 「달빛 골짜기의 통곡」이랑 1984년에 쓴 「살아있는 소문」, 그리고 1986년에 쓴 「안개섬」과 「일어서는 땅」이 있네요?

문순태 예, 그러네요.

조은숙 대부분 5·18 소설이 1980년대 중반으로 보고 있는데, 선생님 작품에서 5·18소설을 정공법으로 쓰지는 않았어도 이렇게 우회적으로

5·18을 썼듯이, 다른 작가들도 그랬을 것 같아요. 작가론을 쓰면 좋은 점이 작가의 모든 작품을 다 읽다 보면 이런 뿌리 찾기가 가능해요.

문순태 아, 그거 좋은 방법인데요.

조은숙 뿌리에서 어떻게 확산되어 가는지, 찾아가는 길이 힘들면서도 재미있어요. 그렇다면 선생님의 5·18관련 소설을 보면, 「일어서는 땅」 다음에 「녹슨 철길」, 「최루증」, 「오월의 초상」, 『느티나무 사랑』, 『그들의 새벽』, 「느티나무 아저씨」가 있네요?

문순태 아, 작년에 『문학들』이란 잡지에 쓴 「시계탑 아래서」도 있네요.

조은숙 그래요. 그럼, 「시계탑 아래서」까지.

문순태 이렇게 쭉 정리하니까 좋네요.(크게 웃음)

조은숙 예, 고구마처럼 5·18관련 소설, 쭉 따라 나오도록 정리가 돼요. 다른 분단 소설이나 생태 소설, 노년 소설도 이렇게 정리하고 있는데요.

문순태 힘들 텐데요. 어쩌지요? 연구비는 어디서 받나요?

조은숙 아니에요. 제가 하고 싶어서 하는 일이라, 그런 걱정은 마시고요.

문순태 그래도, 이렇게 하는 작업이 보통 힘든 게 아닌데. 아니 대하소설 쓰듯이, 이렇게 한 장에 정리하기가, 여간.

조은숙 저 소설 써도 되겠지요?(웃음) 3년 정도 작업하다 보니 요즘은 이전에 읽은 책들을 잊어버려요. 그래도 이렇게 마인드맵으로 정리해 놓으면 가닥을 치면서 볼 수 있어서 다행이긴 해요.

문순태 좋은데요. 우리 대하소설 쓸 때 이렇게 정리하면서 하는데, 대하소설 쓰기만큼 하네요.

이영삼 가끔 듣는 말인데요. 초기 소설 다 읽고 막 정리하려다 보니, 일이 생겨요. 학교에나 집안에, 그러면 울먹울먹해요. 막상 쓰려니까 기억이 하나도 안 난다고 작가론은 모두 한눈에 볼 수 있어야 쓰는데,

그러면서 다시 책 읽고, 또 읽고 그러더라고요.

문순태 　아, 작가론이 연표 보고 그냥 쫙 쓰면 되는지 알았는데.

조은숙 　그러면 몇 장 안 나와요. 저는 그냥 연대기적 기술이 아니라 작품 속에 작가의 삶까지 살펴보고 싶어서요. 그러다 보니 원고지 592장이 나왔어요. A4로는 76장이 되고요. 아, 그런데 선생님, 다시 5·18로 가서요.

문순태 　네. 그래요.

80년 5월 28일, 서울행 고속버스에서 눈물을 흘리다

조은숙 　그다음은 이제, 이건 지금 공부하는 학생들 교육에 도움이 될 수 있어서요. 선생님이 1980년 5월 28일에 산을 넘어 광주를 빠져나가 전주에서 서울로 가는 고속버스에서 울었다는 기록이 있더라고요?

문순태 　예. 여기, 저, 정읍 터널 입구에서 내렸어요. 군인들이 트럭 쭉 세워 놓고 있드라고요. 더 이상 가기 어려워서 택시를 멈추고, 산 너머 고창까지 걸어갔어요. 고창까지 걸어가니까. 전주까지 가는 버스비만 남았어요. 그래서 전주에서 전대 나온 후배한테 전화해서, 차비를 빌려서. 전주에서 서울까지 가는 버스에서 계속 울었어요.

조은숙 　다른 작품에 보면 고속버스나 기차에서 아주 밝은 음악이 나와서 다른 사람들이 노래를 따라 부르고 했다고?

문순태 　그랬어요. 이미자 노래가 나왔어요. 너무 다른 세상인 거예요.

조은숙 　누구인가는 말을 못 해서 울고, 누구인가는 노래를 부르면서 웃고 참 아이러니한 세상이네요.

80년 5월 서울, 여관에서 다섯 번 검문을 받다

문순태 버스에서도 그랬지만, 서울에 도착해 보니 더 다른 세상인 거예요. 서울에 도착해서 그때 증명(신분증) 안 가지고 가고, 『고향으로 가는 바람』 창작집 한 권만 가지고 갔거든요. 혼자 여관에 들어갔는데, 형사가 다섯 번이나 검문을 들어왔어요. 나는 작가다. 작품 쓰려고 여행 다닌다. 작가다. 그래도 조금 있으니까 또 와요. 그래 여관에 못 있고, 한승원이 집에 있었어요. 형사가 다섯 번이나 왔어요.

조은숙 주소를 다 써야 해요. 여관에서요? 가짜로 쓰면 안 돼요?

문순태 가짜로 쓰면 안 되지요.

조은숙 아니 피신을 갔는데 왜 광주라고 써요? 그리고 다섯 번이나 형사가 검문을 와요?

문순태 예, 다섯 번이나. 그래가지고 잠을 못 잤어요. 누구 만났냐? 와서 그런 적 있어요.

취재 노트, 땅속에 묻다

조은숙 기자라고 하면 큰일 났겠네요?

문순태 기자라고 하면 안 되지요. 그러면 끌려가서 맞지 않았어도 취조를 오래 받았겠지요. 누구 만났냐? 해 가지고 다 말해라. 귀찮게 했을 거예요. 그때 중앙일보에 가 가지고 나를 아는 기자가 한 명 있었는데. 으, 누구더라(기억하려고 애쓰며) 기자들이 쭉 나를 둘러싸드라고요. 그래서 거기서 내가 이야기를 했어요.

조은숙 그때요?

문순태 중앙일보 편집국에서 모두 울고 난리가 났어요. 그 인연으로 중앙일보 신입 기자 뽑을 때 지금 조·중·동 시절 전에, 신입사원 교육 시킬 때 내가 광주 이야기를 했어요. 기자 정신, 그때 광주 기자들은 어떻게 했는지. 내가 그때 다 지시했거든요. 취재 노트를 땅에 묻어놓고

조은숙 선생님 취재 노트도 땅에 묻어놨어요? 작품 속에서 그런 부분이 나오거든요. 항상 그 시대의 흔적이 있어서 궁금했거든요.

문순태 예, 맞아요. 그때 충격이 너무 컸으니까. 그때 신문 기자라 날마다 도청 앞에 나왔으니까. 시민군 차 타고 나와서, 그래갖고 저녁에 들어갔어요. 퇴근하고

숭실대에서, 소설가 김동리를 만나다

조은숙 선생님 분위기를 조금 바꿔서요. 우리나라 작가 중에서 김동리와 황순원을 좋아한다고 하셨는데, 석사학위논문을 쓰셨잖아요. 「한국문학에 나타난 한의 연구」라고요. 그때 지도 교수가 김동리 선생님이더라고요. 숭전대학교(현 숭실대학교)에서 석사를 하게 된 이유가 혹시 김동리 선생님 때문이었나요?

문순태 예, 제가 강의를 들었어요. 숭전대학교는 김현승 선생님 때문에 갔는데, 그때 강의에 김동리 선생님이 나오시더라고요.

조은숙 그때 아버님이 돌아가셔서 어쩔 수 없이 내려와서 조선대학교로 편입했고, 나중에 다시 숭전대학교에서 석사학위를 한 이유가 김동리 선생님 때문인가 해서요?

문순태 그렇지요. 그니까 내가 김동리 선생님을 잘 아니까 더 좋았지요. 김동리 선생님이 『한국문학』할 때, 그때 『한국문학』 신인상에 당선

되고 했으니까, 김동리 선생님 댁으로 쫓아다니고 그랬지요 대학원
에 있으니까 얼마나 좋아요

조은숙 아, 그럼 집에도 다니고 친하게 지내셨겠네요?

문순태 예, 맞아요. 저것, 글씨(집필실 1층 벽에 걸려있는 '자강불식(自彊不
息)'이라는 액자를 가리키며) 김동리 선생님이 써 준 거예요

조은숙 어, 그래요. 저것 사진 한 장 찍을게요

문순태 아하하하. 그러세요

6

토박이말의 산실, 『타오르는 강』

『타오르는 강』, 광주학생독립운동을 담다

조은숙 『타오르는 강』을 읽고 광주학생독립운동 관련 소논문을 준비하면서 앞으로 통일문학을 준비해야겠다는 생각이 들었어요. 지금 분단 문학에서 통일문학으로 가기 위해 『타오르는 강』이 중요하다는 생각을 하게 되었는데요.

문순태 그러더라고요. 젊은 비평가들이 통일문학으로 가야 하는데 『타오르는 강』이 중요한 텍스트라고.

조은숙 광주학생독립운동을 남한이나 북한에서 어떻게 연구하고 있는가? 봤더니, 남한에서는 사회주의자들이 한 운동으로 보고 있고, 북한에서는 김일성을 중심에 두고 평가하다 보니, 남한과 북한 모두 광주학생독립운동에 대해 제대로 된 평가가 이루어지지 못하고 있는 실정이었어요. 실질적으로 광주학생독립운동에 대한 소설은 선생님 작품밖에 없고요.

문순태 세상에 단편 소설 하나 없어요. 시 한 편도 없고요. 왜 그런지 모르
        겠어요. 박경리 선생님도 광주학생독립운동에 대해 쓰고 싶은데 자
        료가 없다고, 그런 이야기를 하시더라고요. 돌아가시기 훨씬 전에.
        1980년대 이야기에요. 그러니까 1980년대에. 저도 가지고 있는 자
        료는 광주학생소요사정도였고, 일본 시각으로 본 거지요. 광주학생
        소요사니까. 일본 시각으로 소요사라고 본 것이지요. 한정일 씨라고
        광주학생독립운동사를 썼어요. 그래도 조금 열린 시각으로 썼더라
        고요. 요즘은 그래도 논문이 좀 있잖아요. 아마, 작품이 없는 것은
        역시 주모자들이 사회주의자들이었기 때문에 쉽게 접근을 하지 않
        으려고 했던 것 같아요. 학자들도. 그리고 광주가 1920년대 되면 사
        회주의 바람이 불어오기 시작하거든요. 일본 유학생을 중심으로 『타
        오르는 강』 8, 9권에도 있지만, 홍학관 청년을 중심으로 야학도 있
        고, 사회주의 교육이 체계적으로 되어 있고

조은숙 선생님, 전화 왔어요.

문순태 아, 죄송합니다. 여보세요. 어, 어디 있어? 나, 2층에. 잠깐만 기다려.
        (아는 화가분들이 오셔서 잠깐 내려갔다 올라오심) 그림 그리는 친
        구들이에요.

음악 감상실, 데이트하다

조은숙 그림에 조예가 깊으신 것 같아요.

문순태 전시회 할 때, 발문이라고 하나요? 친구중 화가가 많아서 발문을 많
        이 썼어요. 오지호 선생, 금봉, 안암 등등.

조은숙 음악에 대해서도 글을 많이 쓰셨잖아요.

문순태 음악은 옛날 국악, 판소리를 조금 했지요. 대학 다닐 때, 전대 철학

과 다닐 때.

조은숙 음악 감상실도 많이 다니셨잖아요. 사모님이랑 만난 것도 음악 감상
실이던데요.

문순태 그런 것도 다 조사했어요?

조은숙 예, 작가론을 쓰려면 기자가 되어야 해서요.(웃음)

백석, 그가 북간도로 간 이유

조은숙 『타오르는 강』을 조금 더 할게요. 저는 『타오르는 강』을 왜 광주학
생독립운동에서 끝냈을까? 라는 생각이 들어요. 대불이가 간도에 있
었고, 양만석도 만주로 떠났는데. 그렇기 때문에 북간도에 대해서
초기에 쓴 작품이 있어서 좀 더 연결했으면 좋았을 텐데요?

문순태 제일 처음에 장편 소설을 썼는데, 빛을 못 봤어요. 『검은 태양』(나중
에 『그늘 속의 개가』로 수정해서 투고함)이라고 서울신문에서 장편
소설 100만 원 공모였는데. 지금은 1억 정도 될 거예요. 제가 부고
(조선대학교 부속고등학교) 교사였을 때니까, 최종에서 떨어졌어요.
그 내용이 그 북간도 쪽 삶을 쓴 거거든요. 어디서 봤냐 하면, 존 스
타인벡의 『분노의 포도』를 읽고요. 그 소설이 출애굽기적인 소설이
거든요. 가나안 땅으로 가는 것, 많잖아요? 뭔가 희망의 젖줄을 찾
아가는 것, 캘리포니아 쪽으로 가는 것이 가나안 쪽으로 가는 것이
거든요. 일제가 그쪽으로 우리 민족을 강제 이주시키고 했는데. 그
때 이야기를 썼는데, 글쎄요. 그걸 더 연결했으면 좋았겠지요?(웃음)

조은숙 예, 제 바람은 그랬어요. 왜 여기서 끝낼까? 저는 완간이 아닌 것
같다. 아직 끝난 것이 아니다. 제가 전에 송기숙 선생님께 "앞으로
써 보고 싶은 주제가 뭐예요?"라고 물어본 적이 있었는데, "북간도

라든지, 광주학생독립운동에 대한 소설을 쓰는 것, 두 가지가 숙제다. 그런데 몸이 아파서 쓸 수가 없다."라고 하시더라고요.

문순태 저한테도 해당되는 이야기인데. 저는 거기서 끝난 것인데. 조카하고 만날 가능성을 열어주는 거예요. 요놈(백석)은 사회주의자가 되어가는 거예요. 그렇지요. 조카가 숨겨가지고 책을 읽고 그러니까요. 이미 그때는, 여기서는 사회주의가 점점 시들어가는 시대였다면, 이놈(백석)한테 새로운 방향 제시를 해 주기 위해 보내는 거거든요. 만날 가능성이 있거든요. 거기서부터 더 쓰려면 그러려면 해방될 때까지는 써야 하는데 김일성이도 나오고 그러려면 최소한으로 3권 분량 더 써야 하는데, 최소한으로. 제 체력이, 우리나라 나이로 일흔다섯인데. 솔직히 소쇄원을 중심으로 작년부터 써 가지고 초고 끝냈는데, 1,000매 쓰는 데 2년 이상 걸리더라고요. 그리고도 이걸 스크린 하는데 앞으로 몇 달 더 걸릴 거거든요. 옛날에는 겁이 안 났는데, 요즘은 겁이 나요. 쓰다가 중단돼 버릴 것 같고 그래서 일단 여기서 마무리 지었어요. 좋은 지적이에요. 그렇게 되면 3권 분량 더 써야 하는데, 그게 체력이 감당하겠는가 하는 문제하고 또 그러려면 북간도도 가야 하는데, 취재하려면 굉장히 많은 시간이 걸려요. 그리고 또 물론 여기 『타오르는 강』에 장점이고 단점인 것은 주인공, 역사적인 인물이 없다는 것에요. 유명한 인물이 없잖아요. 전부 무지랭이 인물인데, 오히려 더 힘들더라고요. 차라리 중심인물이 있다면 그 인물에 대한 자료만 찾으면 되는데, 이건 너무 방대한 풍속도까지 다 수렴해야 하니까. 삶의 양태를 다 찾아 더해져야 하니까, 보여줘야 하니까. 그래서 더 힘들더라고요. 글쎄요. 더 쓰고 싶었지만, 체력이 부쳐서 일단 마무리 지은 거예요. 모르겠어요. 아, 지금은 많이 못 써요.

『타오르는 강』, 1920년대 광주 문화사의 보고

조은숙 제 욕심이에요. 다시 『타오르는 강』으로 갈게요. 저는 『타오르는 강』
을 읽고 많은 부분에서 공감이 가더라고요. 특히 먹을 것이 없어서
게를 먹고 똥구멍이 막혔던 부분을 읽으면서.

문순태 그건 사실이에요. 제가 고향에서 소개 당한 후 섬으로 갔거든요. 거
기서 직접 본 거예요.

조은숙 『타오르는 강』을 보면 특히 8권과 9권에서 1920년대 광주의 문화사
를 알 수 있어요. 선생님은 작품 속에 당시 빵값이나 물건값을 꼭
써 놓더라고요. 당대 가격을 밝히는 게 어렵지 않나요?

문순태 저는 소설을 쓰는 사람들한테, 어디에 있는 그 가게를 묘사하면서
가격이나 그런 것 자세히 밝혀서 써라. 사회사적 문화사적 자산이
된다고 꼭 쓰게 해요.

조은숙 작가들이 사실 그렇게 하기가 어려운데요? 선생님 하면 떠오르는 것
이 성실성이라고 하지만, 『타오르는 강』은 얼마나 고생하면서 문화
사적으로 파악했는지 알겠더라고요. 보니까 2만 개 단어 사전을 만
들려고 준비하고 있다고 하시던데요.

문순태 지금 준비는 다 했는데, 내 『타오르는 강』 책도 나왔는데 또 내자고
하면 출판사가 망할까 봐서 말을 못하고 있어요. 요즘 사람들이 대
하소설 안 읽어요. 광고료 아니면 안 팔려요. 『타오르는 강』 우리말
사전 준비를 다 해 놨는데, 저걸 또 내주라는 말을 못하고 있어요.

조은숙 저는 앞으로 통일했을 때, 분단 소설이나, 방언 연구할 때, 『타오르
는 강』 우리말 사전이 필요하다고 생각하거든요. 저도 국문학을 하
는데 모르는 말이 너무 많아서, 가령 난난이나 먹돌 같은 말이요.
이렇게 좋은 우리말을 밝혀놓으면 좋겠다는 생각이 들어요.

문순태 내기는 내야겠지요.

웅보, 그의 얽은 얼굴은 당시 보통 사람의 상징

조은숙   다른 연구자도 도움이 되었으면 좋겠다는 생각에서요. 제가 읽으면서 궁금했던 점들을 여쭤볼게요. 작품 『타오르는 강』에서 웅보라는 인물은 얼굴이 얽은 인물로 나와요. 그런데 다른 작품에서도 얽은 인물이 나오는데 왜 얽은 인물을 형상화하셨는지요?

문순태   어, 글쎄, 지금은 없는데, 옛날에는 얼굴이 얽은 사람이 많았어요. 천연두 때문에. 지금은 예방주사 맞으니까 없는데, 옛날에는 한 마을에 몇 사람이 얽었어요. 그거를 살짝 곰보라고 했어요. 심하게 얽은 사람도 있고, 살짝 얽은 사람이 많았어요. 그런 평범한 사람이 많았어요.(웃음)

조은숙   아, 그렇다면 웅보를 보통 사람으로 표현하기 위해서였네요?

문순태   웅보는 아주 선량한 사람이고 도전적이지도 못하고 아주 우직하고 용기도 없고, 대불이는 그에 비해 아주 도전적이고 용기도 있고 힘도 좋고, 형제이면서도 그렇게 달라요.

조은숙   예, 맞아요. 반대되는 성격으로 나와요. 의병 운동할 때 웅보가 말리러 와서 대불이 더러 "왜 의병운동을 하느냐? 이거 해도 알아주지도 않는데."라고 하자 대불이가 "내 일이기 때문에 내가 해야 할 일이기 때문에 한다."라고 해요. 대불이의 대답이 진취적이더라고요. 웅보는 순박하고 순진하고

대불, 체험을 통해 삶을 깨우친 인물

문순태 근데 사실 웅보는 글도 좀 배우고 서당에도 다니고, 그랬거든요. "사람이 깨닫는다."라고 하는 것은 글로 깨달은 것이 아니에요. 살다 보니까 알게 되더라고요. 세상을 글로 안다는 것은 헛것이에요. 먹물을 통해서 알기보다는 체험을 통해서, 삶을 통해서 알게 된 거예요. 웅보는 뭔가 배우려고 하고, 알려고 했지만, 세상을 아는 것 같지만, 역사적인 것은 모르거든요. 웅보는 역사적 인물이 아니잖아요. 대불이 오히려 더 앞장서고 그러거든요. 대불은 체험을 통해서 역사적 인물로 되어가잖아요. 차차 알게 되는 거거든요. 역사적 인물을 보면, 학문을 통해서 제대로 된 게 아니더라고요. 학문을 통해서가 아니고, 삶의 과정을 통해서 사람이 제대로 되어가더라고요. 처음에는 웅보가 나라 걱정하고 뭔가 할 것 같지만, 도움을 줄 것 같지만. 배우지 못했던 대불이 체험을 통해서 제대로 된 사람이 되거든요.

조은숙 저도 웅보가 처음에는 리더십이 있는 것 같았지만, 뭔가 배우려고 하지만. 대불이 길을 떠나 여러 가지 경험하는 것, 대불의 여로, 즉 동학, 인천 제물포 경험, 서울 만민공동회 경험 등이 대불을 키웠다고 생각해요.

먹물, 사람을 만들어 주지는 않는다

문순태 그렇지요. 나중에 간도로 가고요. 절대로 먹물이 사람 만들어준 것 아니에요. 내가 1983년도에 인도를 6개월 동안 기행 했잖아요. 거기에서 우리에게 고증해 준 사람이 있었는데, 그 사람이 서울대학교

총장을 지냈던 사학자에요. 그 사람이랑 인도에 있는 한 식당에 갔
는데, 인도는 가난한 나라여 가지고, 식당 허가를 내려면 몇 사람을
고용해야 한다는 허가 조건이 있어요. 주인만 하는 게 아니에요. 일
자리를 만들어주기 위해서 그런 거지요. 심부름하는 사람이 여럿 따
라요. 그 식당에서 팔이 없는 사람이 한 팔로 음식을 날라다 주더라
고요. 우리에게 고증해 주신 분이 밥을 먹다가, 갑자기 주인을 부르
더니 왜 팔이 없는 병신이 음식을 갖다 주냐고 못 먹겠다고, 다른
것 갖다 주라고 하더라고요. 그분이 일류로만 다녔잖아요. 그 뒤로
는 그 사람하고 말하기 싫더라고요. 그래서 귀국하고 '조선일보'에
'지적인 것과 인간적인 것'이라는 칼럼을 썼어요. 내가 순천대학교
에 있을 때 순천성당에 다녔는데. 한 마리아라는 할머니가 있었어
요. 아무것도 모르는데 초상만 나면 가서 일해 주는 할머니였어요.
얼마나 아름다워요. 그 할머니가. 그러니까 그 사람 이름을 안 밝히
고 쓴 기억이 있어요. 먹물이 사람을 만들어주는 것은 아니에요.

조은숙   제가 고민하는 부분과 연결된 것 같아서 가슴이 찡해요. 저는 공부
하면 할수록 비평이 어려워지더라고요.

문순태   그러니까 소설 써 버리라고요. 아하하하. 문장이 소설문체니까 소설
써 버리라니까요. 그냥 소설 써요.

조은숙   저도 쓰고 싶은데, 자꾸 뛰어난 작품만 보다 보니 자신이 없어서요.

문순태   그냥 쓰라니까요.

평범한 인물, 눈이 정직하다

조은숙   예, 헤헤. 지적인 사람들이 더 인간적이지 않아서 그런 회의감이 많
이 들었던 것 같아요. 지식이라는 게 다는 아니라는 생각이 요즘 부

쩍 많이 들고요

문순태 제가 말했는지 모르겠지만, 전라북도 천이두 씨가 그러던가요. 전라
북도 이보영 씨하고 천이두 씨하고 활동을 많이 했는데, 천이두 씨
가 "왜 문형 작품에는 지식인이 많이 안 나와요? 지식인이 나와야
소설이 좋지요?" 그러더라고요. 그래야 무게감이 실리고, 그래야 지
적인 이야기도 나오고 수준도 높아 보인다고. 그런데 나는 그렇게
생각 안 해요. 지식인은 눈이 정직하지 못해요. 일부러 내 소설에
지식인을 등장 안 시킨 것은 못 배운 사람이 보는 눈이 더 정확하
고, 본 그대로 보여준다고 생각해요. 지식인은 자기 주관으로 굴절
시키기 때문에 덜 진실하잖아요. 그래서 일부러 지식인을 등장시키
지 않는 거지요. 나도 대학에서 철학을 공부하고 대학도 나오고 그
랬는데, 그 후로 가끔 지식인도 나오고 그랬어요. 목사도 나오고 대
학교수도 나오고 그랬는데, 그 이전에는 아예 등장을 안 시켰어요.
『타오르는 강』에도 역사적 인물, 지식인이 아무도 안 나오거든요.
일부러 그렇게 만들었거든요. 지식인이 아니라 평범한 대불이 같은
인물이 주인공이에요.

조은숙 『타오르는 강』에도 그 시대에 지식인들이 분명 있지만, 역사적 인물
이 아니고 대불이가 중심이잖아요? 의병 운동했던 사람들도 분명
이름이 있는데, 그 의병이 중심이 아니고, 대불이가 중심이 되는 것
처럼.

문순태 어디 인터넷 들어가 보니까 자기가 나주 사람인데, 『타오르는 강』을
읽어보니 순 엉터리라는 거예요. 역사적인 사실을 모두 엉터리로 썼
다는 거예요. 나주의 역사적 인물로 누가 유명하고, 누가 유명한데,
의병이 많은데. 누군가가 이거 엉터리라고 썼더라고요. 아하하하.
이 사람도 의병이고, 이 사람도 의병이다. 엄청 썼더라고요. 그래서
아! 이 사람 소설 모르는 사람이다. 내가 그랬어요. 아하하하. 사실

인물 중심으로 쓰면 소설이 더 쉬울 수도 있어요. 그 사람 자료조사 해서 쓰면 되니까요.

웅보에 대한, 막음례와 쌀분의 시선을 말하다

조은숙 그 다음에 『타오르는 강』에서 웅보의 성격을 "빳빳하여 아무에게나 쉽사리 굽힐 줄 몰랐다. 죽는 순간까지도 굽히지 않을지 모른다."라 고 강하게 나타냈는데, 막음례가 바라보는 웅보와 쌀분이가 보는 웅 보가 다른데 선생님의 성격은 누가 보는 게 더 맞을까요?

문순태 글쎄요. 쌀분이는 즈그 마누라고, 막음례는 거기서 애를 낳았잖아요. 그런 차이가 있을까요? 웅보가 막음례를 어려워하잖아요. 갈수록 더 다가가지 못하잖아요. 그리고 막음례가 남성적이고요.

조은숙 여장부답고요.

문순태 아마, 쌀분이가 보는 성격이 맞겠지요. 함께 산 마누라가.(웃음)

영산강, 그리운 아버지의 강

조은숙 선생님, 작품에 대해 조금 더 궁금한 점이 있어, 여쭤볼게요.

문순태 예에.

조은숙 이번에(2014년) 「『타오르는 강』에 나타난 영산강의 장소성 연구」라 는 소논문을 쓰면서 많은 생각을 하게 되었는데요. 원래 새끼내는 사람들이 살지 않았고 주막만 달랑 하나 있었는데, 웅보와 대불이 오면서 사람들이 함께 오게 되고, 그러면서 마을이 형성되잖아요?

그래서 저는 선생님이 새끼내를 영산강의 시원으로 보고 있다고 생각했어요. 그리고 궁금한 점이, 대부분 작품에서 강은 어머니의 강이라고 하잖아요. 그런데 선생님 작품은 '그리운 아버지의 강'이라고 하고 있고, 작품 내용 또한 아버지의 강으로 읽혀요.

문순태 강에 대해 남성성의 의미를 부여하고 싶었어요.

조은숙 그러니까 역사성으로 봐도 되는 거지요? 강물의 흐름을 통해 한의 민중사를 보여주는 것. 저는 아버지의 강일 수밖에 없는 것이 역사를 보여주기 위해서는 아무래도 여성보다는 남성이?

문순태 그렇지요. 역사나 운동이나 투쟁, 항쟁 이런 것은 남자 중심이기 때문에. 여자들은 정한 감정인데, 남자들은 원한 감정이거든요. 정한은 스스로 자기 마음속에서 만들어진, 가학적인 한인데, 자기를 괴롭히는 한이거든요. 여자들에게 많은데 남자들은 정한 감정보다는 빼앗긴 것, 억눌린 것, 분노, 이런 원한 감정이거든요. 영산강은 그런 원한 감정이 흐르는 강이니까 남성성으로 본 것이지요.

조은숙 그러니까 남성성으로 보면서, 수탈된 역사를 말하고자 한 것이고요?

문순태 수탈된 역사 맞아요. 역사성을 담고자 한 것도 맞고요. 영산강은 운동의 흐름, 역사의 흐름이라고 봐야겠지요.

영산강의 우는 소리, 나와 마음을 함께 나누는 소리

조은숙 그리고 강은 저녁에만 운다고 했는데. 사실은 노비들이 낮에 울 수 없기 때문에 밤에 울 수밖에 없잖아요?

문순태 그렇지요.

조은숙 그렇다면 인숙과 백년의 대화에서 백년이 영산강이 우는 소리를 듣고 싶다고 하면서, "나는 아직 멀었어. 영산강 시를 여러 편 쓰신 우리 아버지도 못 들었는데, 우리 아버지는 영산강이 우는 소리를 듣기 위해서 한밤중이나 새벽에 강가에 오랫동안 앉아 있어 보기도 했다더라."라는 부분이 있어요. 정말 영산강이 우는 소리를 들었는지? 그 의미가 무엇인지요?

문순태 이 작품을 쓰면서 촌로들을 많이 만났거든요. 강이 운다는 말을 여러 사람이 하더라고요. 도대체 어떻게 우는가 보려고(크게 웃음) 새벽에도 나가고 밤에도 나가고 아침에도 나가고 그랬어요. 나는 강이 우는 소리가 안 나는 거예요.

조은숙 예. 선생님이 쓰신 글을 보니까, 영산강 울음소리를 들으려고 아침에도, 한밤중에도, 햇빛 쨍쨍한 여름날이나 눈 오는 겨울에도 강변을 거닐었다고 하셨더라고요. 그런데 3년이 지나도 강이 우는 소리를 듣지 못하니까 소설을 완성할 수 없을 것 같아 두려워하셨는데, 어느 여름에 사흘 동안 쉬지 않고 줄기차게 내린 비로, 강물이 새끼내 둑 위로 넘쳐 볏논을 깡그리 덮쳤을 때 강이 우는 소리를 들었다고 하셨는데요?

문순태 그래요. 그때 내가 터득한 것은 강물이 우는 소리는 바로 사람의 울음소리구나, 그때 깨달았어요. 강을 터전으로 살아가는 사람들이 슬프고 고통스러울 때 강도 함께 우는 구나라고 생각했지요.

조은숙 그러니까 강물이 우는 소리가 따로 있는 것이 아니라는 거지요?

문순태 그렇지요. 그건 사람들의 한 맺힌 울음인 거지요. 아! 노비들의, 가난한 사람들의 한 맺힌 울음이구나, 그걸로 파악한 거지요. 촌로들은 어떻게 알았을까? 음(잠시 생각에 잠기며) 촌로들도 아마 자기 마음속에서 우러나오는 소리, 슬픔이나 분노나, 자기 마음을 읽었던 것 아닐까! 진짜 강 흐름은 그냥 물소리거든요. 물소리인데, 자기 마음소리를 분노, 예찬, 한 맺힌 소리로, 자기 소리를 자기가 듣는 것이지요.

조은숙　저도 물소리를 좋아하다 보니까 자주 듣는데, 그냥 들으면 물소리인
　　　데, 내 마음이 투영되어서 내가 슬프니까 그렇게 듣게 되더라고요.
　　　저는 작품을 읽으면서 선생님도 강이 우는 소리를 들었다고 하셨으
　　　니까, 아픈 일이나 슬픈 일이 혹시 있으셨을까? 그럼 어떤 아픔이나
　　　슬픔이 있어서 들었을까? 그 강이 우는 소리를 정말 들었을까? 계속
　　　이렇게 궁금했거든요.

문순태　종들의 슬픔을 이해하니까 종들의 슬픔으로 전이된 것이지요. 그 소
　　　설 쓸 무렵에는 별로 슬픈 일이 없었는데, 개인적으로요.

조은숙　제가 요즘 느끼는데요. 전에 송기숙 연구할 때는 몰랐는데, 나이를
　　　먹으면서 저도 잊어먹는 게 생기더라고요. 그래서 인터뷰할 때, 미
　　　리 "이런저런 작품을 읽고 간다."라고 말씀을 드리고 가야 예의겠다
　　　는 생각이 드는 거예요. 왜냐하면, 다 기억할 수 없잖아요?

문순태　그렇지요. 아, 다 잊어버려도 그래도 그 상황 이런 것은 안 잊지요.

노비, 세상에 눈을 뜨다

조은숙　오면서도 고민했는데. 그럼, 편안하게 진행하겠습니다. 제가 제일 고
　　　민했던 부분이고, 사실 여쭤고 싶은 것인데요. 노비제도가 폐지 된
　　　것은 1866년이거든요. 그런데 1894년에 동학농민운동이 일어나고
　　　요. 두 역사적 사건 사이에 28년이라는 시간의 흐름이 있는데, 노비
　　　폐지와 동학농민운동이 서로 연관 있다고 볼 수 있을까요? 민중의
　　　식이라는 부분에서요?

문순태　글쎄요. 이제, 신분이 종이었을 때는 저항이라고 하는 것을 상상도
　　　못 하잖아요. 주인에 대한 저항, 사회에 대한 저항, 나라에 대한 저
　　　항은 상상도 할 수 없지요. 하지만, 종이 아닌 신분에서는 가능하다

고 봐요. 저는.

조은숙 웅보나 대불이 노비였을 때는 자유를 생각하지도 못했지만, 새끼내에서는 신분의 자유를 누린 후에 다시 그 자유를 뺏기거든요. 가지고 있던 자유를 뺏긴 후이기 때문에, 자유를 더 소중하게 느끼니까 웅보는 더 분노하게 되고요.

문순태 그 사람들이 노비에서 풀려나지 않았다면, 전혀 사회에 대한 눈이 열리지 않았을 거예요. 그니까 감히 의병이 된다거나 저항한다거나 하는 것은 생각할 수 없었겠지요. 노비였다면 전혀 상상할 수 없었는데, 노비에서 풀려났으니까 가능한 거지요.

조은숙 『타오르는 강』에서 노비들이 풀려나는 장면으로 시작하는 것부터가 민중의식을 보여주는 것으로 볼 수 있지 않을까요?

문순태 이 세상에 대해 눈 뜨게 만들어주는, 노비에서 풀려나가는 그 과정이 눈 뜨는 과정이에요.

조은숙 그리고 영산강의 울음소리를 들어야만 이 새로운 길을 가기 때문에, 거기서 영산강의 울음소리는 자기 스스로 깨우치는 자각의 과정이고 그러고 나서 어떤 일을 선택하니까. 그들이 뭉치면서 동학농민운동에 나섰을 때 목숨을 걸고 싸우지 않았을까요? 그래서 의병으로 갈 수 있었고, 그게 백년과 백석으로 가서 광주학생독립운동으로 확산되고요.

문순태 그래요. 제 소설에는 소리가 많이 나오는데요 여기서 영산강의 울음소리도 노비들의 깨달음, 역사에 대한 깨달음이거든요.

조은숙 저 혼자, 그렇게 유추했는데 맞는다고 볼 수 있네요

문순태 예, 그것은 제가 의도한 거예요.

유년시절, 별은 내 희망과 꿈

조은숙 할아버지가 죽어서 별이 되거나 강물이 된다고 했잖아요. 저번에 제가 영산강문학 심포지엄(2014. 08. 30)에서 '『타오르는 강』에 나타나는 영산강의 의미'라는 주제로 발표했을 때, 빈센트 반 고흐(Vincent van Gogh)의 '별이 빛나는 밤(La Nuit Étoilée)'이라는 그림으로 시작했던 것처럼, 선생님만의 별에 관련된 향수나 추억이 있으신지요?

문순태 우리가 어렸을 때는 별이 유난히 반짝거렸던 것 같아요. 지금보다는. 지금은 희미한데. 그때 밤에는 떠다니는 것, 도깨비불, 혼불 이런 것도 많았어요. 컴컴할 때는 반짝이는 것이 많았어요. 하늘에도, 땅 위에도 반짝이는 것이 많았어요. 진짜 혼불 이런 것들이 날아가기도 하고 인이라고 하나요? 이런 불빛이 날아다니고 그랬어요. 물론, 여름에 반딧불은 희미한 거고 굉장히 뚜렷한 것이 많이 움직였거든요. 우리가 어렸을 때 보면 별에 대한 어떤 향수, 막연한 어떤 그리움이라든가. 사람이 죽어서 별이 된다는 막연한 그런 생각을 하고 있었어요. 그렇게 말하는 사람도 있었고 그리고 또 학교에서 알퐁스 도데(Alphonse Daudet)의 책 『별(Les Etroiles)』을 다 읽었잖아요. (모두 웃음)

조은숙 예. 그렇지요.

문순태 『별』을 읽고 다 감동 받았잖아요? 낮은 무지개가 상징이라면 밤은 별이었던 것 같아요. 그니까 내가 무지개 이야기를 많이 했어요. 우리 아버지한테도 그런 이야기를 했는데. 우리 아버지가 하루는 문학을 못하게 문을 딱 안에서 걸어 잠그고 못 하게 했어요. 앞서 말했던 우리 마을 훈장님이 생각나신 거예요. 우리 아버지는 그 사람 생각만 나는 거예요. 그래서 딱 문을 걸어 잠그고, 굶어 죽을래 그래요. 문학 하면 가난하게 산다고 생각해서, 아들이 가난하게 살 생각을 하니까 그렇게 한 거지요. 아버지가 "너는 왜 하필 문학을 하려고 하느냐?"라고 물었어요. 그때 나는 아버지가 강요하는 법대에 가지 않으려고, 이 기회에 그럴듯한 이유를 설명해서 아버지를 설득시키려고 했는데, 마침 그때 내가 읽고 있었던 책이 C.D. 루이스(Cecil Day Lewis)가 쓴 『시학입문』이었는데, 서문이 떠오른 거예요. 서문에 이런 말이 나와요. "누가 내게 왜 당신은 시를 쓰느냐고 물으면, 나는 무지개가 있는 세상에서 살고 싶으니까, 시를 쓴다고 말하곤 한다."라는 대목이 나와요. 그래 내가 그대로 답변하니까, 저놈 미쳤나 하고 문을 쾅 닫고 나가시더라고요.(웃음) C.D. 루이스의 무지개가 아니더라도 막연한 동경이라고 할까요. 또 하나의 세상, 또 하나의 이상, 꿈. 워낙 그때는 가난했기 때문에, 내가 유일한 꿈이 그때 트럭운전사가 되고 싶다는 꿈을 꾸었어요. 이 골짜기에서 다 가난했잖아요? 그때는, 꿈을 꾼다고 하는 것이 국회의원 꿈을 꾸겠어요, 대학교수 꿈을 꾸겠어요. 소설가가 뭔지도 모르니까. 막연하게, 그, 운전사가 되면 제일 출세하겠구나! 그런 소박한 꿈이지요. 큰 꿈도 꿀 줄 모르고 그러니까 무지개가 유일한 동경의 대상이었어요. 밤에는 별이고, 낮에는 무지개. 모두가 꿈을 꾼다는 것은 그 당시에는, 낮에는 무지개, 밤에는 별을 상징한 거예요. 동경의 세계, 또 하나의 세상. 현실이 너무 고달프니까, 막연한 이상 세계 이런 거지요. 그러면서 마지막에는 사람이 죽어서는 별이 된다. 별세계가 있다. 이 세상과는 떨어진 별세계, 행복한 나라, 또 다른 세상이 있다. 이 세상 사람들이, 노비들이 아무리 천대받아도 별세계에서는 영원히 떠돌아다니면서 행복하게 반짝거리며 산다. 그런 상상을 한 거지요. 예에, 그런 뜻이지요.

조은숙　그러니까 꿈과 희망을 품을 수 없었기 때문에 낮에는 무지개, 밤에는 별을 보며 희망을 품으려고 노력했다는 거네요.

훌륭한 소설가, 가위질을 잘한다

조은숙 다음으로 가서요. 『타오르는 강』에서 씨받이인 막음례가 임신하고, 유씨 부인도 나중에 수태하고, 결국 둘 다 아기를 낳잖아요. 그런데 여기서 양만석이 자기 아들이 아닐 거라고 양 진사가 전혀 의심을 하지 않는데, 그럴만한 이유가 있나요? 아니면 알고 있지만 언급하지 않은 건지요?

문순태 알게 된다면 이야기가 엉뚱한 데로 가지 않겠어요? 의심하게 되면 다른 이야기로 가게 되어 있어요. 이 수태 문제에 대해서 김병익 씨가 어디다 글을 쓰면서 두 가지를 문제 제기했는데, 하나는 어떻게 하룻밤 사이에 수태가 되느냐?

조은숙 그건 가능할 것 같은데요.

문순태 또 하나는 게를 삶아 먹고 항문이 막혀 배가 불러오고, 그래서 항문으로 다 끄집어내고 하거든요. 그런데 김병익 씨는 어떻게 그럴 수 있느냐? 하고 썼더라고요. 그건 내가 섬에 살면서 그랬거든요. 경험한 이야기에요. 특히 여자들은 부끄러우니까, 대꼬챙이로 만든 것으로 다 끄집어내서 살려냈거든요. 이 부분(양 진사가 양만석이 자기 아들이 아닐 거라고 의심을 하지 않은 것)은 일부러 의심하지 않게, 그렇게 되면 그 이야기를 끝까지 물고 나와야 하니까요.

조은숙 그럴 것 같아요. 양만석이도 자식에게 가르치려 하지 않고, 스스로 깨닫도록 하더라고요.

문순태 그렇게 하면 양만석까지 끌고 들어가야 하거든요. 불필요한 부분은 잘라내야 해요. 기 드 모파상(Guy de Maupassant)이 그랬잖아요. "훌륭한 소설가는 가위질을 잘한다."라고 안 그러면 의도한 것이 흐트러지고 그러거든요.

조은숙 저도 요즘 창작에 관심이 많은데, 또 한 가지 배웠네요.

문순태 　양만석까지 알게 되면 복잡하게 되니까. 쓸데없는 부분은 과감하게 잘라내야 해요.

무덤의 생솔가지, 후손이 왔다 갔다는 표시

조은숙 　그럼, 무덤에 생솔가지를 놓고 절을 하는 것은 어떤 의미가 있나요?
문순태 　후손이 왔다 갔다는 징표에요. 지금은 꽃인데. 그때는 아! 후손이 있구나. 왔다 갔구나. 공원묘지에 꽃 사가지고 가는 건 최근 일이에요. 옛날에는 생솔가지가 최고예요.
조은숙 　저는 생솔가지니까 소나무를 연상해서, 사철 푸르름. 이런 식으로 많이 생각했는데, 요즘 그냥 꽃을 가지고 가는 것하고 같은 의미네요?
문순태 　다 그랬어요. 지금도 깊은 산 속에 가면 생솔가지에요. 그냥 왔다 갔다는 뜻이에요.

강물 건너기, 선택의 기로에 서다

조은숙 　『타오르는 강』하고 헤르만 헤세『싯다르타』와의 연관성을 생각하며 『싯다르타』를 읽다 보니, 전에 읽었던『싯다르타』와는 다른 느낌이 들더라고요. 『싯다르타』에서 스승이 강물을 건너면서 대화하는 부분이 있는데, 선생님 작품 속에 보면 노비가 풀려나기 전의 이쪽과 저쪽의 삶을 연결하는 강물에 어떤 의미 또는 상징성을 부여했는데, 『싯다르타』의 강물처럼 선생님의 작품에서도 의미를 부여하고 있지요?

문순태 작품을 쓰면서 『싯다르타』는 제대로 생각을 못 했어요. 『타오르는 강』에서의 강물은, 이쪽은 노비로서의 세상, 강물을 건너서는 자유로운 삶으로의 공간이지요.

조은숙 이쪽과 저쪽이 달라지는 건 강물을 경계로 하잖아요?

문순태 웅보도 양 진사 쪽으로 여러 번 가잖아요. 가면 다른 사람이 되잖아요. 괜히 굽실거리고 그런데 강물을 넘어오면 자유롭게 행동하잖아요.

조은숙 강물을 건너지 않고 그냥 육지였으면 작품이 약해졌을 텐데요. 그런데 강물을 건너면서 이 작품이 아주 살아있는 작품으로 보여서요.

문순태 그렇지요. 그건 맞아요. 일부러 강을 건너게 하잖아요. 강을 안 건너고 쭈욱 강을 타고 내려갈 수도 있잖아요. 회지 쪽으로, 몽탄 쪽으로 일부러 강을 건너게 하거든요. 강을 건넌다는 것은 도전, 모험이 따르잖아요. 강을 따라가는 것은 아무것도 아니잖아요.

이영삼 현 세상과 이별 같은 그런 의미이겠네요?

문순태 그러지요. 다른 세상으로 간다는 거지요. 삶과 죽음의 공간. 이승에서 저승으로 가는 것을, 무슨 강이라고 하지요? 성서에서 나오는데 (오른쪽 손을 머리에 올리며 깊이 생각하다가), 갑자기 기억이 잘 안 나네요. 그 있는데. 죽어서 건넌다는 강, 그러니까 강을 건넌다는 의미가 있다는 거지요.

조은숙 저도 작품을 읽을 때는 그림을 그리면서 읽거든요. 그렇지 않으면 잘못 읽을 수도 있어서요. 그리다 보니까 작품 속의 인물들이 다 강을 건너는 거예요. 어! 왜 밑으로 내려가지 않고 모두 강을 건너지? 이건 분명 서사적 장치일 거야, 하면서 계속 궁금증을 가지고 있었거든요.

문순태 작가가 의도하지 않았는데 평론하는 사람이 찾을 수도 있지요. 일부

러 강을 건너게 한 거예요. 아! 요단 강, 요단 강을 건너가서 만난다
고 하잖아요. 이 세상과 저 세상의 의미.

조은숙 선생님 작품은 여성의 강이 아니라 남성의 강으로 보니까 역사도 보
이고, 이전의 삶과 이후의 삶도 보이고요.

문순태 여성적 세계관으로 이 소설을 썼다면 의병이나 동학이나 혁명이 나
오지 않겠지요. 여성의 삶에서 그냥 가족사 소설로 끝나버리겠지요.

앞에서 오는 돌은 운명, 뒤에서 오는 돌은 숙명

조은숙 그래서 아버지의 강은 역사이고요. 다음에는 운명에 대한 이야기를
하려고요. 『타오르는 강』에서 순영이가 했던 말이긴 하지만, "사람
은 누구한테나 자기 운명에 대한 예감이라는 것이 있고, 그 예감에
자신의 운명이 스스로 결박당하고 만다."라고 했는데요. 그리고 그
예감은 나이가 들수록 더욱 맞아 들어가는 수가 많을 듯싶은데, 선
생님께서는 운명을 믿으시는지요?

문순태 저는 운명을 조금 믿는 편이거든요. 우선 제 삶이 내 힘으로 여기까
지 온 것 같지가 않아요. 내 고향 친구들은 다 농사꾼이고 농사짓
다가 일찍 죽어버리고 나는 왜소하고 힘도 없는데, 부자도 아닌데
살아남아서 그래도 소설가가 되고 그랬다는 건. 물론 나도 열심히
살았겠지만, 상상할 수가 없어요. 농사꾼이 안 되고 소설가가 되었
다는 것. 전혀 상상이 안 가요. 그런 말이 있잖아요. "앞에서 오는
돌은 운명이고, 뒤에서 오는 돌은 숙명"이라고 하는데, 운명은 피할
수 있고, 숙명은 피할 수 없다고 하는데. 살다 보니까 앞에서 오는
돌도 못 피해요. 쉽게 피할 수 없더라고요. 결국, 운명은 타고난 것
이 아닌가! 어느 정도는. 그런 생각을 해 봐요. 운명은 성격에 따라

서 달라질 수 있다고 하는데 내 성격이 굉장히 내성적이고 온순하고 도전적이지 못하고, 모험심도 없거든요. 오히려 무섬증이 굉장히 많아요. 여기 뒷산에 맷돼지도 있고 한데, 나는 깜짝깜짝 놀라요. 나는 혼자서 죽어도 뒷산에 못 가요. 그런데 여자들은, 집사람도 혼자 가요. 그렇게 두려움도 많고 내성적이고 사교성도 없고 그런 사람인데, 이렇게 된 것은 뭔가 나를 컨트롤 해주는 뭔가가 있지 않은가. 운명론자들은 이상한 그 무슨 신, 보호신, 안내신이 있다고 하데요. 가령 링컨이 죽었으면 링컨신이 자기 후계자, 살아있는 몇 사람을 거느린다고 해요.(웃음) 믿거나 말거나. 미국에는 그런 모임이 있어요. 작가, 예술가들에게도 있어요. 예컨대, 존 스타인벡을 좋아하는 사람은, 존 스타인벡의 혼이 그 몇 사람을 지도한다는 거예요. 그건 믿거나 말거나 인데. 아하하하.

조은숙 아, 그래요. 아하하하

목포대, 목포대학교가 아닌 목포의 등대라는 의미

조은숙 작품에 보면 목포대라는 말이 나오는데, 목포대(목포대학교)는 1949년에 개교한 것 아닌가요?

문순태 목포대는 대학이 아니고, 등대일 거예요.

조은숙 아, 그렇지요! 대가 등대, 아, 이해가 되었어요.

문순태 그게 아니면, 돈단이나 대라고도 하거든요.

조은숙 아, 제가 그게 궁금했는데, 돈단이 뭐예요?

문순태 마을에 높은 공간, 돈대(墩臺), 대(臺)라고 하거든요. 마을 앞에 도드름 해가지고 평지인 곳이 있잖아요. 마을에서 조금 높아서 사방이 잘 보이는 곳. 돈단은 단도 높다는 뜻, 대도 높다는 뜻인 돈대일 거

예요. 마을 사람들이 나와서 기다리고, 만나는 곳. 목포대도 아마 등대일 거예요

송홍 선생, 광주학생운동 정신적 기둥

조은숙 백석을 가르친 선생님이 송홍 선생님이잖아요. 제가 정리한 부분에 보면, 백석이 한문과 조선어 교육을 받을 수 있었던 것은 바로 운인 송홍 선생 덕분인데요. "송홍 선생은 1872에 태어나서 1948에 돌아가시고, 화순군 도암면 운월리 운포마을에서 태어나 일제강점기에 광주공립고등보통학교에서 교사로 재직하면서 학생들에게 나라 사랑의 혼을 심어주어 1929년 발생한 광주학생독립운동의 아버지로 불렸던 인물이다."라고 되어 있는데요

문순태 유명한 분이에요. 아주 유명한 분. 광주고보에서 송홍 선생님의 영향을 받은 인물이 많아요. 실재 인물이에요

조은숙 선생님이 광고에 가시기 전에 아셨어요?

문순태 가기 전에 알았지요. 그리고 이재백이라고 곡성에서 농사지으면서 소설 쓰는 우리 나이 또래인데, 그 외할아버지가 송홍 선생님이라서 이재백이한테 이야기를 많이 들었어요. 그리고 송홍 선생님 기념 사업회 같은 것도 있을 거예요. 광주학생독립운동 사건에서 이 분을 빼면 안 되지요. 이 분은 직접 앞에서 항일 운동을 한 건 아니지만, 당시 의식 교육을 이 양반이 많이 했어요. 배움을 통해서, 중요하지요

조은숙 그니까요. 백석이나 백년에게 던지는 말 한 마디 한 마디가 아주 의미 있는 말이잖아요. 저도 선생님 작품 아니었으면 전혀 몰랐을 텐데, 광주학생독립운동에서 아주 크게 다루고 있고, 사업회도 있더라

고요

문순태　유명한 사람이에요.

장남은 보수적, 차남은 도전적

조은숙　궁금한 게 있는데요. 영산강이 역사의 강이고, 아버지의 강이기 때
　　　문인지, 보통 그럴 수도 있는데, 양만석을 따라나서는 것도 사실 장
　　　남인 백년이 아니라 차남인 백석이고, 독립운동을 하는 인물도 장남
　　　인 웅보가 아니라 차남인 대불이에요. 일부러 장남을 놔둔 이유가
　　　있을까요?

문순태　아, 맞아요. 옛날부터 그랬어요. 우리 전통적인 가정에서 장남은 언
　　　제나 놔둬요. 희생을 시켜도 차남을 시켜요. 차남이 대부분 도전적
　　　이에요. 이 집안에서도 가문을 지켜야 할 사람으로 장남은 보호했
　　　고, 차남은 희생적인 인물이고 그래서 장남은 보수적이고, 차남은
　　　도전적이고 보통 가정에서 그러했기에 그런 성격을 그대로 만들어
　　　낸 거예요.

백년과 백석, 이름의 의미를 말하다

조은숙　선생님 이건 정말 제 생각인데요. 새끼내가 아버지의 고향과 할아버
　　　지의 고향이잖아요. 그런데 여기서 태어난 백년과 백석에 대해, 이
　　　렇게 이름을 지은 이유가 있나요? 백년은 고향을 쭉 오랫동안 지키
　　　라는 의미인가요? 백석은 시인 백석과 연관이 있나요?

문순태 보통 시골에서 명이 짧은 사람이 많잖아요. 그래서 백년이라고 지어
　　　준 것은 장수하라고 그때는 보통 단명했거든요. 허백년 씨도 년 자
　　　는 틀리지만 백은 일백 백자 쓰잖아요. 단명해서 절에다 판 사람은
　　　장수하라고 그러지요. 장수하라는 의미로 백년이라고 해요. 백석은
　　　시인 백석과는 연관이 없구요.(함께 웃음)
조은숙 예, 그렇군요

7

된장 같은 소설 쓰기를 꿈꾸며

척수 종양 수술과 다래

조은숙　선생님, 척수 종양 수술을 받았더라고요

문순태　1999년인가?

조은숙　지금은 괜찮으신 거예요?

문순태　예, 괜찮아요. 그때는 다리를 못 썼어요. 그대로 놔두면 앉은뱅이가
　　　　된다고 하데요.

조은숙　그때 제일 드시고 싶었던 음식이 다래라고 하셨던데요?

문순태　어, 내가, 요즘은 다래가 없잖아요. 내가 전라남도 농촌진흥원에 연
　　　　락했더니 무안에 가면 다래가 있다고 하더라고요.(웃음)

조은숙　그래서 가셨어요?

문순태　예.

조은숙　그래서 드셨어요?

문순태　(오달진 표정을 지으시며) 예.

조은숙 제가 최근에 낙안읍성에 가서 다래를 봤거든요

문순태 거기에 있어요? 다래가. 예, 그거 아주 맛있어요.

조은숙 저 어렸을 때 외갓집에 가면 외할머니가 '내 새끼 내 새끼' 하면서 생고구마를 깎아주시던지, 아니면 다래를 가져와서 주셨어요. 집에서 다래를 따러 가려면 40~50분 정도 걸렸거든요. 그러면 외할아버지가 막 화를 내셨어요. 이걸 놔두면 나중에 솜이 되는데, 왜 손주들 오면 다 따 먹이냐고. 그래서 외할아버지 몰래 숨어서 먹었던 기억이 나는데요.

문순태 외가가 어디에요?

조은숙 외가가 해남이에요. 근데 저는 다래 맛은 모르겠어요.

문순태 우리 때는 너무 배가 고프니까 가난하니까. 그때 어릴 때는 단 게 없어서요. 요즘은 혀가 얼마나 사치스러워졌어요. 지금은 설탕에 절여가지고 그때는 다래가 제일 달았어요. 애들이 그거 따 먹으면 문둥이 된다고 못 따 먹게 하려고. 그니까 아프면 그런 시절이 기억나요.

조은숙 책을 덮어놓고 무슨 맛이지 생각해 보는데, 저는 잘 모르겠더라고요.

문순태 달지는 않고, 달큼해요.

어머니의 냄새, 쓰디쓴 세월의 냄새

조은숙 전에 사운드스케이프 이야기했잖아요. 그런데 「된장」이후부터 후각이 많이 나와요. 거기에 보면 뭐 할머니의 무슨 냄새, 할아버지의 무슨 냄새라는 묘사가 나오는데, 선생님께서 냄새에 대해 많이 썼더라고요.

문순태 「늙은 어머니의 향기」도 냄새고, 실제 우리 어머님한테 냄새가 많이

났어요. 아하하하, 노인 냄새가 많이 났어요

조은숙 　그렇지요? 저도 그 시기면 어머님이 연세를 드셨고, 함께 살면서 실제 경험이고, 그러다 보니 그게 문학적 장치로 들어왔을 거라고 생각했거든요

문순태 　그, 음(가만히 생각에 잠기시더니), 동물들은 페로몬이라고 하는 냄새로 짝을 찾잖아요. 그런 점에서 나는, 냄새라고 하는 게, 개를 키우다 보니 개가 인간보다 후각이 100만 배가 더 발달했대요. 개가 신통한 게, 우리 집에 일하러 우리 마을에 있는 사람이 오는데, 주로 양도 잡고 닭도 잡고, 돈 주면 잡아주는 사람이에요. 우리 집에 자주 오는 사람은 잘 안 짖거든요. 그런데 그 사람이 올 때마다 짖고 야단이에요. 아하하하. 피 냄새를 맡은 가 봐요. 다른 사람은 안 짖거든요. 그 개를 키우면서 냄새에 대한 생각을 많이 해요. 나는 작가니까 꽃이나 향기를 많이 맡아보거든요. 어떤 향기가 나는지 알려고, 작품에 쓸려고 시골에 들어오면서부터 특히 냄새에 관한 관심을 많이 갖게 되었어요

조은숙 　네, 후기 작품으로 들어오면서 그랬던 것 같아요. 처음에는 소리였는데요

문순태 　예, 처음에는 소리가 많았지요

노년 문제, 냄새로 표현하다

조은숙 　예, 『고향으로 가는 바람』, 『흑산도 갈매기』, 『징소리』 등 초기 작품에서는 현실 문제, 당대의 사회문제에 관심을 가지고 계셨다면, 『인간의 벽』, 『살아있는 소문』, 『문신의 땅』, 『꿈꾸는 시계』, 『물레방아 속으로』, 『피울음』 등의 작품집에 실려 있는 중기 작품으로 가면

서 고향의 아픈 삶, 분단 문제, 역사 문제, 한에 대해 집중적으로 다루었고,『된장』,『울타리』,『생오지 뜸부기』 등 교수로 계시면서부터는 역사의 중심에서 조금 물러나 생태 환경 문제, 노년 문제를 많이 다루면서, 냄새가 많이 나오더라고요. 그 다음에 다시 사운드스케이프가 나오면서 소리가 드러나기도 하지만, 선생님의 관심이 나이를 들어가면서 계속 달라지고 있어요

문순태 그렇지요. 후기에 오면서 노인 문제에 관심을 두게 되었어요.

조은숙 선생님이 나이 드시면서 노인문제를 생각하게 되었고, 특히 어머님도 계시고 그래서 노년문제에 더 관심을 두게 되셨지요?

문순태 맞아요.

조은숙 그래서 냄새도 중요하게 다루고 있고요?

문순태 냄새도 중요한 모티프였어요.

조은숙 서양의 경우, 근대로 접어들면서 냄새로 인간을 구별했더라고요.

문순태 아, 그래요? 냄새로요?

조은숙 저들에게 무슨 냄새가 난다며 배척, 혐오했다고 하더라고요. 미국에서도 중국인 폄하할 때 마늘 냄새가 난다. 저 사람은 배척해라 이러했던데요.

문순태 냄새로도 판단하네요. 한국 사람한테는 김치 냄새네요. 굉장히 중요한 이야기네요.

조은숙 예, 그래서 저도, 선생님 작품을 냄새로 파악하고, 공부하다 보니 냄새에 관한 부분이 재미있더라고요.

문순태 냄새에 대한 책이 있어요?

조은숙 마크 스미스(Mark M. Smith)가 쓴 『감각의 역사(Sensory History)』라는 책을 보고 있어요. 냄새라기보다는 다섯 개의 감각에 대해 전체적으로 다루고 있어서, 재미있게 읽고 있어요.

문순태 아, 오감? 나는 그(잠시 생각에 잠기시더니) 인간을 창조할 때 하느

님이 창조했건 누가 창조했건, 제일 중요한 순서대로 만들었다고 생각하거든요. 내가 강연할 때 그런 이야기를 많이 해요. 인간은 직립적인 존재여서 하늘을 지향하잖아요. 뇌, 생각이라는 것, 뇌 때문에 많이 죽잖아요. 뇌를 옆구리에 두면 덜 죽을 텐데. 아하하하. 머리, 뇌, 직립인간은 눈이 중요하잖아요. 본다는 것, 미래 지향성, 희망. 귀 듣는 것, 소리 듣는 것. 굉장히 중요하잖아요. 그 다음, 코 냄새 맡는 것, 입은 먹기 위한 게 아니고, 말하는 것이다. 아하하하. 그니까 중요한 순서대로 만들었다고 봐요. 동물은 저급 동물일수록 숙여 줘요, 머리를. 동물도 그렇고, 지렁이는 땅에 처박혀 살고, 아하하하. 사람은 가장 고급한 동물이고 그래, 상당히 코가 중요하다는 거지요. 냄새가 굉장히 중요한 거고, 저는 아까 그 서양에서 냄새로 판단한다는 것. 경계해라, 가까이해라, 멀리해라 하는 것, 굉장히 중요하네요.

조은숙 예, 그러니까요. 저는 어머님이 나이를 들면서 선생님 작품 속에 후각이 많이 나타나는 것처럼, 선생님 삶에 흔적을 작품 속 곳곳에 남겨놓는 특징이 있어서 작품을 읽으면서 재미있었어요.

문순태 그래요. 아하하하.

토박이말, 어머니가 전해 준 선물

조은숙 이번에도 어머님 관련된 부분인데요. 선생님의 초기 작품에는 토박이말이 많이 나와요. 그런데 순천대 교수로 가는 시점에는 표준어가 많이 나오고요. 그러다가 1990년대가 되면 다시 토박이말이 많이 나오더라고요. 큰딸 리보가 21살, 아들 형진은 19살이거든요. 차녀 정선은 아직 고등학생이고요. 큰딸과 아들이 서울로 대학을 갔다면

이 수수께끼가 풀리는데요?

문순태 애들이 서울로 갔어요.

조은숙 어머님도 같이 가셨나요?

문순태 예, 같이 갔어요.

조은숙 예! 이제 이해가 되었어요. 그래서 표준어를 썼고요.

문순태 그때 어머님이 없었기 때문이기도 하지만, 또 표준어를 쓴 이유가 있었어요. 그때 『타오르는 강』이 나왔는데 잘 안 팔렸어요. 그런데 황석영이가 광주에서 만났던가. 아마, 그랬을 거예요. 내가 책이 잘 안 팔린다고 그러니까, 황석영이 그러더라고요. "창비 책이 잘 팔릴 텐데……. 형, 표준어로 바꿔야지 사투리니까 안 팔리지"라고요. 농담 반 진담 반 그러더라고요. 그래갖고 사투리 때문에 책이 안 팔릴 수도 있겠구나! 해서. 송광사 불일암으로 법정 스님을 만나러 가서, 황석영이를 만났는데 이래저래 하드라 하니까, 토박이말을 바꿀까 고민하고 있다고 하니까, 미친 소리 하지 말라고 그 토박이말이 그 지역 사람 영혼이 달린 것인데. 더 많이 쓰라고 하더라고요. 언어는 혼인데 더 많이 쓰라고 그러더라고요. 그래서 법정 스님 말을 듣고 더 많이 썼어요. 자꾸 평론가들이 지적해요. 첫째, 문순태 소설에 토박이말이 많이 나온다. 둘째, 주인공들이 너무 무지렁이가 나온다. 지식수준이 있는 주인공을 등장시켜라. 그래야 고급 소설이 나온다. 김윤식 씨를 비롯해서, 몇 사람이 그러더라고요. 나는 그게 아닌데. 표준어를 쓰느냐, 토박이말을 쓰느냐? 그때 고민을 많이 했던 시절 이 있었어요.

조은숙 예, 그랬던 것 같아요. 이전까지 표준어를 많이 쓰시다가, 1990년대 되면서 다시 토박이말을 많이 쓰고 있어서, 어머님이 내려오는 시기 가 혹시 이때쯤이 아닌가? 해서요.

문순태 내가 순천대학교에서 광주로 와서.

조은숙 순천대에서 4년 계셨네요. 88년에 전남일보 창간하고

문순태 그 다음, 다음 해에 어머니가 내려오셨어요

조은숙 그렇다면, 1989년 이후, 1990년. 아하! 딱 맞네요. 이때 내려오신 거네요. 이럴 때 제일 쾌감이 느껴져요. 퍼즐이 맞춰지니까요. 1990년도 이후부터 토박이말이 막 쏟아져요. 그러면 1990년에 어머니가 내려오셨어요?

문순태 예, 어머니랑 살았어요

가족, 그리고 아버지에 대해 말하다

조은숙 큰딸 문리보라는 이름은, 그때 유행했던 음악과 연관 있다고 하셨는데요. 어떤 음악이었어요?

문순태 문리보는 문리버라는 음악이 그때 엄청 유행이어서. 그때 처가가 과수원인데, 거기서 듣고, 그럼 문리보라고 하자.(웃음) 그래서 이름이 문리보가 되었어요

조은숙 아들 형진은 한자가 있는데, 따님 리보와 정선은 한자가 없어서요

문순태 정선은 수정 정, 베풀 선자이고, 리보는 보배 보자,(질문지에 직접 한자를 써 주시며) 그때 음악이 문리버가 많이 나왔어요

조은숙 작가연보를 구성하다가 보니 연도가 부정확한 부분이 있어서요. 큰딸 리보하고 형진하고 두 살 차이, 형진하고 정선하고 두 살 차이가 맞는지요?

문순태 호적이 제대로 안 되어 있더라고요. 조금 틀리게 되어 있어요

조은숙 형진과 정선이 한 살 차이인가요?

문순태 아니, 두 살 차이인데, 그것 잘못되었네요

조은숙 그렇다면, 큰딸 리보는 1964년, 아들 형진은 1966년, 정선은 1968년

이네요. 그리고 혹시 아드님이 의대를 간 것은 선생님이나 사모님의 뜻이 반영되었나요? 선생님도 아버님이 법관이나 의사가 되라고 했던 것처럼. 아니면 아드님이 의대를 가고 싶어서 스스로 선택한 것이었나요?

문순태 집사람이 많이 의대로 가게 했어요. 나는 그때 인도에 있을 때였는데, 형진이가 고3일 때 대학을 어디로 갔으면 좋겠냐고 해서, 내가 편지로 했어요. 이 사회에 도움이 되는 것을 직업으로 해야 하는데, 도움을 주는 사람. 하나는 정신을 치료하는 사람이니까 목회자를 하든지 하고 다른 하나는 몸을 치료하는 사람. 둘 중의 하나를 선택해라 하고 편지를 보냈어요.

조은숙 아드님이 의견을 물었을 때 편지로 의견을 말한 것이네요. 혹시 아드님이 미국 생활을 한 적이 있나요? 작품 속에 보면 의사 아들이 미국에서 공부한 게 나와서요.

문순태 아니, 없었어요.

조은숙 그럼, 소설 속에서 그냥 선생님이 쓴 것이네요. 선생님께 아버지는 '한 번도 무릎에 앉아 본 적이 없었던' 것으로 기억하는데요.

문순태 아버지가 엄격하고, 무서웠어요. 아버지는 번거충이여서, 통 집에 없었어요. 그래서 집에 오면 어머니하고 싸움하고, 어머니를 패고 해서. 아버지도 살갑게 해 주지도 않고, 아버지 옆에 가까이 가지를 못했어요. 아버지가 한 번도 어디 데리고 놀러 간다든지 한 적이 없었어요.

조은숙 「자전거 타기」에서 보면 아버지하고 못 지냈던 것, 휘파람도 못 불고, 자전거도 못 타 보고 그런 장면이 나와요. 혹시 아드님에게 선생님은 어떤 모습일까요?

문순태 나도 우리 아버지의 영향이 많아요. 자식들한테 살갑게 못 했어요. 나도 엄격했어요. 그란디 아들이 손자한테는 참 잘해요. 그럴 때 하는 걸 보면, 지금 후회가 많이 돼요.

조은숙　저도 아버지 생각이 많이 나네요. 저희 아버지도 그렇게 엄했는데, 얼마 전에 왜 그렇게 못 해 줬는지 후회를 하시더라고요. 그때는 모두 그렇게 엄했잖아요. 시대적인 영향인 것 같아요. 저번에 '영산강 문학 심포지엄' 있었잖아요. 그때 둘째 딸 정선 씨가 마이크 시스템이 안 되자, 아버지가 화를 낼 텐데 하면서 엄청 걱정하더라고요. 그때 '아, 자식에게 엄한 아버지였구나!' 하고 느꼈어요.

문순태　그래도 자녀들한테 충분히 자유를 줬어요. 다감하거나 그렇지는 않았지만.

8

링반데룽, 생오지에서 길을 찾다

링반데룽, 드디어 고향에 돌아오다

조은숙 선생님, 그럼 다시 질문할게요. '링반데룽' 기억나지요?

문순태 예, 내가 썼어요. 작품 속에서도

조은숙 작품 속에서 두 군데 정도에서 나오는데요

문순태 나와요. 환상방황이라고 그거 삶의 이야기지요. 제자리로 돌아온다는 거예요

조은숙 선생님 작품 중에 귀향 소설이 많잖아요? 고향을 떠났다가 다시 돌아오는. 그래서 저는 원심구조 그렇게 생각했는데, 선생님 작품 읽다 보니 독일어로 된 링반데룽이라는 말이 나오는 거예요. 그렇다면 선생님의 삶은 결국 링반데룽이었네요. 그렇게 떠나고 싶었던 고향, 다시 돌아오기 싫었지만, 어쩌면 정말 돌아오고 싶었지만, 고향 사람들 때문에 돌아올 수 없었던 고향. 돌고 돌아서 지금은 고향에 돌아와 계신 것처럼.

문순태　그렇게 되었네요. 인생이 정말 링반데룽 아닐까요?

책 때문에, 생오지에 둥지를 틀다

조은숙　"오늘의 내가 있기까지 내 존재의 자양분이 되어 준 이 책들이 새 주인을 만나 기쁨과 감동과 보람을 주게 되기를 마음속으로 빌고 싶다." 『41년생 소년』 30쪽에는 정년퇴임을 앞둔 문귀남이라는 인물이, 책을 어떻게 할 것인가에 대해 고민을 많이 하잖아요. 요즘 책을 학교나 도서관에서 받아주지 않고 있는데, 선생님께서는 작가들의 많은 책을 어떻게 했으면 좋겠어요? 사실 작가들의 책은 희귀본도 있고, 작가의 삶이 그대로 녹아 있어서 작가의 삶을 엿볼 수 있는 귀중한 자료인데, 선생님도 정년퇴직하기 전에 책 때문에 고민을 많이 한 걸로 알고 있는데요?

문순태　아파트로 가져오려고 하니까, 아내가 절대 못 가지고 오게 해요. 학과 조교한테 선생님이 기증한 책이라고 학생들한테 나눠주면 어떨까? 하고 이야기하기도 했어요. 조태일 선생이 기증을 많이 했지요, 학과에다가. 학교에서는 전체 안 가져간다고 하더라고요. 사실 이 책을 둘 곳이 없어서 여기를 샀어요. 여기서 출퇴근하려고 생오지, 이 집필실을 샀지요.

조은숙　그럼 책을 다 가져오신 거예요.

문순태　잡지는 버리고, 다 버리고 그때는 아, 잡지를 다 샀잖아요. 하나라도 빠지면 이 빠진다고, 다 사서 정리했는데요.

조은숙　사실 그런 잡지가 더 중요하긴 한데요. 요즘은 구하기도 어렵고요.

문순태　여기 산 것이 책을 놓으려고 샀어요. 출퇴근하면서 작품 활동도 하고요.

『소쇄원에서 꿈을 꾸다』, 내 삶의 길을 묻다

조은숙   그럼, 작품으로 갈게요.『소쇄원에서 꿈을 꾸다』에서 양산보가 기다
          리는 봉황이 무엇일까 많은 생각을 했는데요. 선생님의 이번 작품은
          질문하고 답해 가는 철학적(인문학적) 사유 방식을 취하고 있더라고
          요. 이 방식은 책을 읽으면서 스스로 양산보의 길과 문인주의 길을
          통해서 내가 살아가야 하는 길에 대해 생각하도록 하는 것 같습니
          다. 특별히 이러한 양식을 선택한 연유가 있었을까요?

문순태   소설 작법에서 여정 소설이라고 하는 자체가 뭘 찾는다는 것이잖아
          요. 목적지를 두고, 거기까지 가서 머무르든가, 되돌아오든가, 계속
          찾는가. 뭔가 인생의 해답을 찾는 과정이지요.『성자를 찾아서』도
          그 비슷한 패턴인데. 산다는 것, 소설 쓰기는 길 찾기라고 생각했어
          요. 문인주의 길, 어떤 형식을 취할 것인가? 화자가 그 시대 입장이
          면 너무 뒤떨어질 것이다. 그러면 재미없을 것이다. 그렇다면 화자
          를 이 시대의 사람이라고 하고, 꿈을 꾸게 하자. 느닷없이 왜 양산
          보가 꿈을 꿔, 그렇다면 소쇄원을 설명하는 사람이면 가능하겠다.
          (마치 스스로에게 말하듯이) 그렇게 자연스럽게 짠 거예요. 어떻게
          보면 우리 삶의 길은 같다고 봐요. 양산보의 삶의 멘토가 조광조였
          다면, 또 문인주의 삶의 멘토는 양산보였을 거예요. 문인주도 정치
          생각하다가 실패한 사람이잖아요. DJ 쪽에 들어가서 이게 아니다
          싶어 나오잖아요. 먼저 간 사람의 발자취를 찾아서 자기의 길을 찾
          는 것도 있거든요. 그것이 이 소설이에요.

조은숙   이 책을 읽고 저도 양산보가 간 길과 내가 가고자 하는 길을 생각해
          보게 되었거든요. 내 길을 어떻게 살아갈 것인가?

이루지 못한 꿈, 조광조를 반추하다

문순태 나는 그렇게 생각했어요. 양산보는 조광조가 죽으니까 포기해 버리고 삶의 길을 완전히 바꾸잖아요. 이 시대도 충분히 그럴 수 있다고 봐요. 노무현 대통령이 죽었을 때 꿈 설계를 버리고 전국적으로 지리산으로 들어가거나, 어디론가 떠난 사람이 많았어요. 아, 500년 전에만 해당되는 것이 아니고 지금도 해당되는구나 하고 느꼈거든요. 내 길을, 삶의 길을 찾을 때 스스로 찾아가는 사람도 있지만, 다른 사람의 발자취를 통해서 내 삶의 길을 찾는 방식도 중요하다고 봐요.

조은숙 책 안에서 자꾸 질문이 나오는 게, 조광조가 원하는 게 뭐라고 생각하느냐? 양산보에게, 조광조가 이루지 못한 꿈을 네가 이루면 되지 않는가? 그런데 양산보는 문정왕후라든지, 당시에 나설 수 없는 이유를 들면서 안 된다고 하잖아요. 또 같은 상황에서 노무현 대통령이 이루지 못한 꿈을 포기하고 산으로 들어가는 게 아니라 그들이 그 꿈을 대신하면 되지 않는가? 라고 저는 똑같은 질문을 하게 되는데요.

문순태 양산보가 조광조의 꿈을 이루게 하고, 그렇게 소설에서 해야 하지 않느냐? 투쟁하는 사람으로, 실천하는 사람으로 해야 하지 않는가? 그런데, 리얼리즘, 1970년대나 80년대라면 그게 맞아요. 그런데 지금은 그렇게 가지 않거든요. 지금 소설 미학으로 보면, 그건 뻔해요. 도식으로는 아주 낡은 도식이에요. 그건 뻔하잖아요.

문학관, 작가의 흔적을 보여주는 곳

조은숙 『소쇄원에서 꿈을 꾸다』에서 서정주 전시관 다녀오면서 문제점 이
야기하고, 포충사 전시관 다녀오면서 문제점을 얘기하셨더라고요
이것과 관련해서 요즘 작가들의 문학관이 생기는 것에 대해 어떻게
생각하시는지요?

문순태 저는 작가의 삶의 흔적들을 보여주는 것은 좋다고 봐요. 그 작가가
그 시대를 어떻게 살아왔는지 중요하니까요. 헤밍웨이도 그 전시관
에 가면, 작가에게는 일상도 전설이 된다고 하잖아요. 우리나라 지
자체에서 너무 호화판 문학관을 지은 것은 예산 낭비라고 봐요. 그
냥 소박하게, 작가가 살았던 집을 그대로 보여주는 것. 괴테 하우스
(Goethe-Haus) 보세요. 그냥 괴테 살았던 집을 보여주잖아요. 별도로
큰 문학관 지어가지고 하는 것은 우리나라에만 있는 현상이에요. 경
쟁적으로 나는 그것 굉장히 못마땅하게 생각해요. 지어서, 더구나
살아있는 사람 문학관을 짓는 건, 안 된다고 봐요. 그냥 작가의 삶
의 흔적을 보존해서 그대로 보여주는 것, 그 이상이면 안 된다고 봐
요.

조은숙 저도 생존 작가 문학관에 대해서는 부정적이거든요.

문순태 어제, 사람들이 와서 문학인들도 비난하더라고요. 무슨 살아있는 사
람의 문학상을 만들고, 살아있는 사람 문학관 짓는지 모르겠다고
문학인들이 말을 많이 해요. 한겨레신문에도 나왔잖아요. 생존 작가
는 안 해야 해요.

조은숙 왜 제가 이 말을 했냐 하면, 전에 장흥에서 송기숙 선생님 문학관
이야기가 나왔는데, 가족도 아담하게 하는 정도는 인정하지만, 호화
롭게 하는 것 또한 우상처럼 느껴져서 싫다고 하더라고요. 아무래도
저도 작가론을 하다 보니까 많은 생각을 하게 되어서요.

문순태 그게 옳다고 봐요. 작가가 살던 집이나, 그냥 살던 집 모양 비슷하게 보여줘야지요.

조은숙 그러니까요. 이청준 선생님은 살았던 그 집을 그대로 보여주는데, 그게 좋다는 거죠? 요즘 여기저기서 자성의 목소리가 나와서요.

문순태 그렇지요. 문인들 사이에서 말이 많이 나오는 것은 문제가 있다는 거지요. 생존 작가는 더구나 안 해야지요.

5·18광주민주화운동, 전국적 행사로 거듭나야

조은숙 다음은, 『소쇄원에서 꿈을 꾸다』에서 학생들이 자유로운 토의를 통해 정여립 사건을 조선판 5·18로(『소쇄원에서 꿈을 꾸다』, 309쪽) 평가하고 있는데요. 이건 선생님이 서사 전략으로 만든 거지요?

문순태 맞아요. 일부러 제가 만든 거예요. 세상에 그때 약 천 명이 죽었어요. 그때 아까운 사람 천여 명이 죽었잖아요.

조은숙 호남의 씨를 다 말린 계기가 되었고요. 정철 또한 선조에게 이용당한 것(315쪽)이라고 보는데요. 문인주는 DJ가 5·18관련자를 특별 사면한 것에 분노하잖아요. DJ의 배신이라고 할 수 있는데요. 저도 많은 생각을 했던 부분이긴 한데요. 선생님께서는 5·18이 해결되었다고 생각하시나요? 안 되었다면 어떤 방식으로 해결되어야 한다고 생각하시는지요? 저는 아직 해결되지 않았다고 보거든요.

문순태 어떤 부분은 해결되었을지 모르지만 아직도 발포자가 누구인지도 드러나 있지 않고 아직 행불자가 너무나 많은데, 그들을 찾는 노력이 전혀 없잖아요. 정부차원에서. 더구나, 요즘에 들어서 5·18이 전국화가 아니잖아요. 가령 5·18행사를 보면 광주만의 행사를 하고 있잖아요. 이거 전국적으로 행사해야 해요. 또 더구나 '임을 위한 행진곡'을 아직도 제창 못 하게 하잖아요. 당연히 하게 해 줘야 하는 것 아닌가요? 아직 그런 면에서도 문제가 있지요. 그리고 우리도 반성해야 할 점이 있어요. 그러면 우리가 5 · 18정신을 계승하려고 우리 스스로 얼마나 노력했느냐, 우리도 지금 별로 노력 안 하거든요. 당연히 정부 차원에서 행사해야지요. 보수 정권 들어선 이후에는 제창도 못 하게 하고, 그러면 안 되잖아요. 아직은 미해결이 많지요. 해결 안 되었다고 봐요.

조은숙　그럼, 전 도청 자리에 국립아시아문화전당이 들어서잖아요. 국립아시아문화전당에서도 5 · 18에 대해 어떤 계승이나 연속성을 추구하는 일이 진행되나요?

문순태　아니, 없어요. 그런데 여기에서(광주 문화의 전당)라도 해야 하는데, 다행인 것은 천주교 가톨릭센터가 5 · 18기록관이 되었어요. 나간채 선생님께서 관장이 되었더라고요. 그래갖고 18일인가? 기록관에서 학술대회가 있어요. 포럼. 거기서 내가 기조 연설하거든요. 그 기록관이 생긴 것이 다행이고 그 기록관을 통해서 기록의 재생산, 기록관에 먼지 끼면 안 되니까요. 기록을 통해서 광주 정신을 계승할 수 있는 방향을 제시하는 이런 것이 있어야지요. 그런 점에서 아직도 해결해야 할 점이 많지요. 이번에, 『문학들』 여름 호에 「시계탑 아래서」라는 단편 소설을 발표했는데요. 어느 날 시계탑을 없애버렸잖아요. 시계탑을 옮겨버렸잖아요. 계엄군이 농성동 어디에, 귀퉁이에다 갖다 둬 버렸잖아요. 시계탑에서 매일 5시 18분이 되면 '임을 위한 행진곡'이 나와요.

조은숙　그 시계탑을 옮겨다가요?

문순태　예, 옮겼어요. 시계도 매일 치고, 매일 거기서 임을 위한 행진곡이 나와요. 거기서부터 5 · 18정신이 계승되는 거지요.

꿈, 서사장치로 사용하다

조은숙 아, 예. 그리고 선생님 작품을 읽다 보면,『소쇄원에서 꿈을 꾸다』에서처럼 서사장치로 '꿈'이 많이 나오더라고요. 문학적 장치로 꿈을 많이 사용하신 이유가 있는지요? 아니면 꿈이 가지는 문학적 장치가 무엇이라고 생각하시는지요?

문순태 일부 작가들은 소설에서 꿈 이야기 쓰지 말라고 많이 해요. 가장 쉬운 장치라고 해서. 아하하하. 소설 쓰는 사람이 쓰지 말라고 아하하하. 저는 꿈도 좋은 서사장치라고 봐요.『구운몽』같은 소설 좋은 소설이잖아요. 꿈도 저는 좋은 소설 미학이라고 봐요. 꿈을 잘 활용하면 장점이라고 보거든요. 또『소쇄원에서 꿈을 꾸다』는 이 구성이 괜찮다고 생각했어요. 양산보를 만날 수 없어서. 꿈을 통해서 만나는 장치가 무난했다고 보거든요. 리얼리티에서는 고정관념이 있어요. 되도록 쓰지 마라, 비현실적이니까. 그것도 타당해요. 그러나 저는 리얼리스트이기는 하나, 그런 좋은 소설 미학이면 써도 좋다고 봐요.

조은숙 예, 저는 처음 소설 제목을 보면서요 '꿈을 꾸다'라고 하면 '꿈꾸는 꿈과 잠자는 꿈' 이렇게 중의적으로 해석했거든요. 또 내 꿈과 양산보의 꿈으로 보기도 하고요.

문순태 여기서 꿈은 봉황이 날아오는 거고, 봉황이 날아오는 세상은 좋은 세상이지요.

조은숙 모두 그런 세상을 바라는 거고요.

문순태 그렇지요. 여기서, 이 소설에서 기다린다고 하는 것과 꿈이라고 하는 것, 세 사람 다 기다리잖아요. 양산보도 기다리고, 최 선생도 기다리고, 문인주도 기다리고

조은숙 여기서는 다 기다림이라는 게, 양산보는 자신이 좋아하는 사람들이

모두 와서 연회를 여는 것이고, 최 선생은 잃어버린 진주를 다시 찾는다는 것이고, 문인주는 딸이 내려오기를 기다리는 거잖아요. 그래서 봉황은 기다림이고, 그 기다림은 희망일 수 있겠고요.

문순태 예에. 그렇지요.

조은숙 학생들이나 일반인들은 6·25나 5·18에 관련된 소설을 읽는 것을 식상하다고 해요.

문순태 예, 그래요.

조은숙 아직 문제가 해결되지 않았는데, 모두 해결된 것처럼 생각하기도 하고요. 6·25를 원체험한 세대가 사라지고 나면 우리는 6·25를 마치 동학농민운동이나 정여립 사건과 같이 아주 먼 과거의 일로 생각할 수도 있잖아요. 요즘은 통일문학이라는 말을 거의 안 해요.

문순태 맞아요. 유일하게 통일문학제를 하는 데가 있어요. 아마, 작가 회의에서 할 거예요.

통일문학, 이념을 떠나 동질성 회복부터

조은숙 아, 그래요? 그렇다면 통일문학을 위해 문인들이 어떻게 해야 할까요? 또한, 6·25 민족 분단의 한을 해결할 수 있는 방안은 무엇일까요? 선생님께서는 『문신의 땅』 작가의 말에서 "분단 비극이 존재하게 된 역사적 연유의 탐구로부터 작가들은 남북의 이질감을 해소하는 작업, 동질성을 회복해야 한다."라고 말씀하기도 하셨는데요. 현시점에서 통일문학을 위해서 우리가 해야 할 일이 있다면 무엇일까요? 원체험 세대가 사라진 이후를 우리가 지금부터 준비해야 하잖아요.

문순태 지금 다른 부분도 그렇지만, 문학 부분이 한동안은 좁혀진 거리가 있었는데, 교류도 하고요. 그런데 요즘은 보수 정권이 들어서면서 완전히 경직되어버렸어요. 작가들이 겨레말 사전 쪽에서, 우선 언어의 동질화부터 하자. 서둘러서, 겨레말 사전 냈잖아요. 언어의 동질성 회복, 저는 작가들이 할 수 있는 일은 언어의 동질성이 중요하다고 보고 또 그 이전에 문학의 교류가 필요하다고 봐요.

조은숙   남북 문학 교류요.

문순태   그렇지요. 남쪽 북쪽 모두 다 활발하게 교류하는 것이요. 그쪽에서도 와서 이야기하고, 우리도 가서 이야기하고 그런 시대를 만들어야 하지 않을까요. 글 쓰는 사람들은 뭘 준비해야 하냐 하면 통일된 이후 생명력을 계속 유지할 수 있는 작품을 써야지요. 이념을 떠나서요. 우리 소설 작품에서도 공산주의 비난하고, 우리 체제 옹호하는 작품 많잖아요. 우리가 통일된 이후에도 살아날 수 있는 작품을 염두에 두고 써야 한다고 보거든요. 한 이념을 위해서 글을 쓰는 것은 철저하게 지양해야 한다고 봐요. 통일문학을 위해서는. 그런데 아직도 체제를 옹호하는 작품이 많이 나오잖아요.

조은숙   탈이데올로기 차원에서 문학을 해야 한다는 거잖아요?

문순태   그렇지요.

조은숙   그런데 요즘은 담론이 미시 담론으로 가서, 일상적인 삶을 중시하잖아요.

문순태   그것도 극복해야 해요. 우리 문학의 큰 흐름을 역시 남과 북의 역사 분단 이전에 맞추자는 거지요. 남과 북의 분단 이전의 문제에 맞춰야 해요. 동학이나 6·25의 근원적인 문제라든가, 일제 강점기 문제라든가. 우리 민족이 겪었던 아픈 문제에, 역사에 맞춰야 하지 않을까요? 너무 바로 앞에 있는 미시적인 것보다는. 거대 담론이 지금은 사라졌는데, 거대 담론을 회복하는 문제도 통일문학이라고 봐요. 인권이나, 평화 문제, 역사 문제 이런 것을 회복하는 것이 거대 담론

이 해야 할 문제라고 봐요

조은숙　그러니까요. 최근에 동아시아, 글로벌, 세계화 문제를 이야기하는데, 남북이나 이런 문제는 요즘 거론하기를 피하는 경향이 있는데요

문순태　그래요. 그게 정말 중요한 문제에요

조은숙　진짜 중요한 이런 문제를 빼고, 동아시아의 문제 안에서 왜 남과 북의 문제를 얘기하지 않는지. 우리 문제는 보지 않으려고 하는 것 같아요

문순태　그래서 지금 소위 탈북자라고 하는 사람 수가 굉장히 많잖아요. 언론매체에서는 그들의 입을 이용해서 북을 비난하는 일을 하잖아요 작가는 여기에 편승하지 말고, 그들의 삶에 포커스를 맞춰야 해요 그들의 삶의 문제를 담아내야 해요 그들이 왜 넘어왔는가, 넘어와서 그들이 여기에서 삶은 어떠한가? 그들을 이용해서 이데올로기 선전 이런 것 말고, 우리 민족이 겪고 있는 근원적인 문제에 포커스를 맞춰야 하는데, 그것을 전혀 소홀히 하더라고요

9

트라우마여, 안녕

지금의 인문학 강의, 문사철이 없는 껍데기뿐

조은숙   요즘 인문학 강의를 많이 하시는 것 같던데요

문순태   근데. 문학 이야기라든지, 음악 이야기라든지, 철학 이야기라든지, 전문성 있는 이야기였으면 좋겠는데. 고등학생들한테, 핵무기란 무엇인가? 인생이란 무엇인가? 지혜의 샘, 이런 야리꾸리한 제목으로. 근데 무슨 고등학생한테, 길이란 무엇인가? 인생이 무엇인가? 이런 것을 해야 하는지 모르겠어요 고등학생이 인생이 뭔지 어떻게 알아요 그리고 정부에서 돈을 많이 주나 봐요 도서관마다 해마다 해요 군청에서도 그런 강좌를 하고, 고등학교에서까지, 그것 참 문제에요

조은숙   인문학은 문학, 철학, 사학인데, 요즘은 학교들이 학생들 대학 보내기 위해, 창의적 재량활동이라는 항목이 생활기록부에 있는데요 이 칸에 학생들이 참여했다고 써 주는 부분이 있거든요 대학 가기 위해 만들어진 프로그램인 거지요 사실 인문학은 스스로가 고민하며

자신의 인생을 찾아가야 하는데, 요즘은 모두 인생이 무엇인지 조금 유명한 사람들이 와서 멘토라는 이름 붙여서, 그 멘토들이 제시해 주면 그렇게 살 수 있는 것처럼, 장밋빛 인생을 제시해 주길 원하거든요

문순태 지금부터 애들에게 행복이 무엇인지 말해 줄 필요 없거든요. 음악을 열심히 하다 보면 행복이 무엇인지 찾아질 것이고, 문학을 열심히 하다 보면 또 거기서 행복이 뭔지 알게 되고, 그렇게 하다 보면 저절로 알게 되잖아요. 열심히 하다 보면 알게 되는데, 지금 고등학생이 인생이란 무엇인가? 그걸 알아서 뭐해요.

조은숙 마치 인생사용설명서를 주면서, 매뉴얼이 있어서 그대로 가면 되는 것처럼 인생을 생각하게 하는 것 같은데, 사실 아니잖아요. 인생이 설명서처럼 살아지는 것 아니잖아요. 매번 계획을 세워도 오늘이 다르고, 또 내일이 다른데요. 저는 지금도 인생이 뭔지 잘 모르겠어요(모두 웃음)

문순태 그럼요, 아니지요. 자기의 인생은 자기 스스로 찾아가야지요.

조은숙 책을 읽도록 해야 하는데, 스스로 인생이 무엇인지 읽고 생각하고 해야 하는데, 안 읽고 멘토들이 말을 해 주면, 뭔가 쉽게 깨닫게 되는 거라고 생각하는 것 같아요.

문순태 차라리 읽게 해 줘야 해요. 독서 캠페인이 인생의 길 찾기거든요. 독서 안내, 그런 독서 강좌를 해야 해요. 도서관에서도 심지어 행복 찾기 이런 프로그램 하고 있으니, 책 안 읽히고 이런 강좌를 하라고 하니, 그것 참 문제에요.

조은숙 저도 요즘 문학, 책 읽기 강의한다고 하면 그거 말고 인문학 강의를 해 달라고 하더라고요. 고등학교나 도서관에서요. 그럼 책을 통해 스스로 생각해 보도록 하면 되지 않느냐고 하면, 담당자들이 안 된다고, 학생들의 꿈과 끼를 찾을 수 있도록 명확하게 뭔가 제시해 주

라고 해요. 참여하는 사람이 100명이면 100명 모두의 길이 다른데, 그걸 어떻게 제가 제시해 줄 수 있겠어요. 인문학을 오해하고 있는 것 같아요. 아니면 그냥 유행처럼 다른 곳에서 하니까 우리도 비슷한 주제로 하려고 하는 것 같기도 하고요.

문순태   그것 참 문제에요. 텔레비전도 보니 맨 철학 하는 사람들이 나와서 강좌를 하드라고요. 작가가 나와서 자기의 삶과 문학을 이야기해야 하는데, 하나도 없어요. 그런 점에서 요즘 인문학 강의는 너무 문제가 많아요.

조은숙   저번에 심포지엄에서 『타오르는 강』에 대해 발표했잖아요. 한참 시간이 지난 뒤에 전남대학교에서 우연히 한 고등학생을 만났어요. 그때 심포지엄에 참석했던 학생이었나 봐요. 그때 제 발표 듣고 나서 책을 읽어야겠다고 생각하게 되었다고. 그래서 지금 『타오르는 강』을 읽고 있다고 하더라고요. 저는 그게 너무 뿌듯했어요. 그냥 혼자 읽었으면 잘 모르는데 제 발표 듣고 나니 작품이 궁금해졌다고 하더라고요.

문순태   내가 그거 『타오르는 강 소설어 사전』 나왔는데, 그것 줄게요.(『타오르는 강 소설어 사전』 책을 건네주시며), 여기요.

조은숙   아, 예. 고맙습니다. 인터뷰 시작할 때 책을 낼까 말까 고민하셨는데요. 소명출판사가 걱정된다고. 그런데 이렇게 나온 것 보니까 시간이 많이 흘렀다는 느낌이 드네요. 아! 책과 같은 바탕으로 해서 냈네요. 요즘 학교에서 지역어 연구를 하는데, 국문과에서요. 저는 아니고요. 지역어 찾아서 정리하는 것도 중요한 일이잖아요. 이렇게 정리해 놓으니까 좋네요.

소설 작품에 대한 지형도를 말하다

조은숙 그리고 이것은 제가 지금까지 선생님 작품을 분류해서 만든 건데요. 아무리 찾으려고 해도 선생님 책이 없는 게 너무 많아요. 여기(생오지 작업실)에도 없는 것이 많고요. 이렇게(문순태 전체 작품을 분류한 표를 건네며) 분류했는데요. 중·단편 창작집, 연작집, 장편, 산문집, 동화집, 기타로 나누었어요. 먼저 기초 작업이 되어있어야 작품을 읽는데 시간이 덜 걸리고, 전체를 한 눈에 조망할 수 있어 작가론을 쓰는 데 편하거든요. 파란색으로 체크된 것이 없는 책이에요. 없는 책이 있어서 국회도서관이나 국립중앙도서관으로 신청해야 할 것 같아요.

문순태 나한테 없는 것도 있네요. 창작집에 있는데, 이것이 어디에 실려 있는지 그 실렸던 잡지를 모르겠다는 거잖아요?

조은숙 예, 지금 그게 제일 고민이에요. 제가 지금 빨간색으로 표시해 뒀는데요. 지금까지 발표한 책을 보면 중·단편(연작소설 포함)이 16권이에요. 이렇게 두 장으로 만들어서 어디에 있는지 검토했는데, 제가 빨간색으로 한 부분이, 어디에 발표했는지 안 나온 것이 많아요. 폐간된 잡지사도 많고, 잡지사 연락해도 대부분 그것을 도와주기는 어렵다고 하고요.

문순태 어느 잡지에 어떻게 실렸는지 알아내는 것이 어렵겠는데요.

조은숙 연구자의 입장에서는 꼭 하고 싶은데, 저 혼자 유추했는데 잘 안 되네요. 선생님이 쓴 산문이나 칼럼도 정리하면 좋은데, 할 일이 많아요. 한 7~8시간 정도 해야 한두 개 찾을 수 있어요.(웃음) 저는 정말 깔끔하게 해서 제대로 정리하고 싶은데, 지금 막막해서요. 이러면 어디에 실렸는지 전혀 알 수가 없어요.

문순태 인터넷 잡지에 들어가서 내 이름 클릭하면 안 되지요?

조은숙 그러니까 어떤 잡지인지 정도는 알아야 하는 거지요. 잡지라도 나오
　　　　면 뒤져 보겠는데, 그게 없으니 막막한 거예요.

문순태 「무서운 거지」는 소설 문예, 이건 잡지가 없어졌는데 어떻게 찾았어
　　　　요?「열녀야 나오너라」는 꽁트고「열녀야, 문 열어라」는 단편인데,
　　　　이 둘이 같은 작품이에요.

조은숙 제가 송기숙 작가론 할 때 신문을 찾았는데요. 한 8시간 정도 찾았
　　　　을 거예요. 겨우 찾아서 막 환호성을 질렀는데, 세상에 누가 그 부
　　　　분만 찢어가 버리고 없더라고요. 얼마나 허무하던지, 아하하하.

문순태 어, 그래요. 아하하하. 아이고!

조은숙 선생님 제가 작품을 전체적으로 읽으면서 다 검토했는데, 한 번도
　　　　언급이 안 된 작품들이어서, 자료 정리 차원에서 선생님 작품이 맞
　　　　는지 살펴볼게요.

문순태 어,「할아버지와 소나무」(생활성서사) 이건 단편 소설이 아니고 동화
　　　　에요.

조은숙 예, 동화에요? 그럼, 동화가『숲으로 간 워리』랑『숲속의 동자승』까
　　　　지 해서 3편이 되는 거네요.

문순태 그리고「탈회(脫會)」(행림출판, 1982)도 내가 쓴 단편 소설 맞고요.

조은숙 「노인과 소년」(기독교사상 26, 1982.12)도 단편이고요?

문순태 맞아요. 내가 여기다 냈어요. 단편 소설이고

조은숙 「개안수술」(내일의 한국작가1, 홍성사, 1983)이 있었어요. 이것도 단
　　　　편 소설인 거지요?

문순태 예, 이것도 단편 소설 맞아요.「두 여인 1」(경향잡지 76, 1984.3)도
　　　　내가 썼어요.「두 여인 2」(경향잡지 77, 1984.4)까지 모두 단편 소설
　　　　제 것 맞아요.

조은숙 그렇다면 이 소설들을 모두 연보에 넣겠습니다.

문순태 여기 서재에서 두 권 있는 것 중에 필요한 책 가져가세요.

조은숙 예, 갈 때 가져갈게요. 고맙습니다.

책의 제목을 바꿔 출간하다

조은숙 그리고 혹시 선생님이 아시는 선에서 답해 주시면 돼요. 『타오르는 강』이 세 번 나왔잖아요?

문순태 『타오르는 강』 순천당에서 1980년에서 1권으로 나오고, 이후 1981년에 심설당에서 3권으로 나왔어요.

조은숙 아, 순천당 1980년 1권 나오고요.

문순태 그리고 1987년에 창비에서 7권으로 나왔어요.

조은숙 처음에는 제목이 다르더라고요?

문순태 아, 1권에서는 '빼앗긴 성지', 황순원 선생님한테 보내려다가 안 보낸 거네요.(1980년에 순천당에서 펴낸 『타오르는 강』을 펼쳐보시며) 아하하하.

조은숙 그런데 책을 정리하다 보니 이상해서요. 혹시 책 제목을 바꿔서, 또는 출판사를 달리해서 나온 책이 있나요? 저에게 『가면의 춤』은 있는데, 『포옹』 책이 없거든요.

문순태 그게 그 책이에요. 『가면의 춤』으로 부산일보에 연재했는데, 그것이 SBS에서 드라마로 나오면서 『포옹』이라고 바뀌었어요. 여기 『한수별곡』이 『한수지』고 『연꽃 속의 보석이여 완전한 성취여』가 『성자를 찾아서』랑 같고요. 출판사가 없어지니까 다른 데서 또 나왔어요.

조은숙 아, 그럼 『유배지』는 산문집이지요? 『다산유배기』는 소설이고요.

문순태 그래요. 같은 게 있는데, 『다산 정약용』은 소설이고요.

조은숙 이제 좀 정리가 되었어요. 혹시 선생님 작품 아닌 것이나 선생님 작품 중에서 빠진 것 있는지 확인해 주세요.

문순태 예, 여기 『열한 권의 창작노트』는 여러 사람이 쓴 것이고

조은숙 그렇다면 『소설창작연습』, 『소설 이렇게 써라』, 『소설 창작연습 그 이론과 실제』는 같은 책으로 볼 수 있겠네요?

문순태 예, 맞아요 『열한 권의 창작노트』는 여러 사람이 쓴 것이고, 내가 쓴 것은 한 권이에요 그리고 『빛과 색채의 화가, 오지호』는 동화가 아니고요 내가 동화를 썼는데, 어떤 책은 여럿이 같이 쓰고, 『어린이 위인전 김정희』도 동화가 아니고 그냥 위인전이지요 『숲으로 간 워리』, 『숲속의 동자승』은 동화집이 맞아요

칼럼, 시대를 보는 창

조은숙 저는 칼럼 또한 그 시대를 볼 수 있는 창이기 때문에 중요한 자료라고 생각하는데요

문순태 한겨레신문, 중앙일보, 경향신문, 조선일보 이런 데 쓴 게 있는데, 옛날 전남매일신문 기자로 쓴 것은 의미가 없고 나중에 이제 문인이 된 다음에 내 이름으로 하나의 독립된 글로 나가는 것은 괜찮을 것 같네요 전남일보나, 최근에 쓴 광주일보 칼럼 이런 것은요 솔직히 그 시절에 쓴 글은 가슴 졸이며 썼는데, 이거 쓰면 안 잡아갈까? 동아일보 김중배도 그런 가슴 졸이며 읽었다고 하는데, 지금은 그런 가슴 졸임이 없고, 지금 읽어보면 내가 왜 그런 글을 썼지? 그런 생각이 들어요 차라리 꽃 하나가 생명력이 있더라고요 안 쓰려고 했는데, 또 쓰게 되기는 하더라고요.(웃음) 옛날에는 내 작품이 발표된 글이 나온 잡지는 다 모았는데, 정년퇴직하면서 다 버렸어요 대부분 그랬을 거예요 우선 잡지부터 버렸으니까요 예전에는 이 빠진다고 해서 잡지 나오면 다 모았는데요

조은숙 사실 생존 작가를 연구하는 이유가 다 이런 거거든요. 나중에 하려고 해도 길이 없거든요. 그래서 힘들면서도 의미 있는 작업이라고 생각해요. 작품 읽고 분석하는 일은 제가 아니어도 할 수 있거든요. 작가 연구는 누가 하려고 하지 않으니까요.

문순태 누가 하려고 하겠어요. 의미 있는 일이긴 하는데…….

조은숙 다 하고 나면, 장편 몇 편, 단편 몇 편 하고, 주제별로도 다시 분류해야 하는데요. 선생님 작품 속에 선생님 삶과 연관되는 부분이 어디 어떻게 나오는지 차근차근 정리하고 있어요. 그래야 나중에 작가론을 쓸 때 도움을 받을 수 있으니까요.

문순태 이것만 정리되면 쓰는 건 나중에 많은 도움이 되겠네요. 금방 쓰겠네요.

작가론, 퍼즐 맞추기

조은숙 선생님, 제가 작가 연표와 맞춰서 검토하긴 했는데, 이전과 다른 책으로 쓰기 위해, 선생님이 쓰신 시도 넣고 싶어요. 숭실대 문학상 시 '누이' 작품이나 이전 작품 있으시면 넣어주면 좋겠다는 생각이 들어서요. 그걸 제일 뒤에 넣어주면 좋겠다는 생각이 드는데 혹시 가지고 계시나요?

문순태 아니요. 없어요. 연도를 알면 찾기 쉬울 텐데요? 전남일보에 냈던 것이 58년인가? 고등학교 3학년 때니까? 서라벌예대도 주최는 고등학교 2학년 때니까 57년인 것 같고 숭실대학은 저, 고 3학년 때였으니까, 58.(이후 작가가 학교 생활기록부를 확인한 후, 1년씩 착오가 있었음을 알려줌. 전남일보 신춘문예 당선과 숭실대 문학상은 고 3인 1959년임)

조은숙 저는 1959년으로 되어 있는데요, 둘 다 그래서 59년으로 했어요. 지금은 3월 개학이고 2월 졸업인데, 송기숙 작가론 할 때 보니까 그때는 개학이랑 졸업이 지금과 다르더라고요.

문순태 예, 그래요. 전라남도 담양군 남면 남초등학교, 신안군 비금면 중앙초등학교 편입(작가 연보에 있는 자료를 보시면서) 화순 북면 서초등학교가 하나 더 있을 거예요. 광주 학강초등학교가 53년이에요.

조은숙 그래요? 저는 학강초등학교 54년으로 되어 있는데요.

문순태 그러면 앞에서부터 뭔가 잘못되어있네요. 비금에서 화순으로 들어왔는데요. 비금은 52년이고, 북면은 53년이네요.

조은숙 아, 그리고 제4회 한국신문상 수상은 1967년이 맞는지요? 어떤 곳은 68년으로 되어 있어서요.

문순태 그 몇 연도일까잉?(고개를 이리저리 흔들며) 그때 입사하고 그렇게 큰 상을 빨리 주지 않거든요. 그 상이 기자들한테는 가장 큰 상인데, 한국신문상이라서.

조은숙 1966년 입사에요.

문순태 그렇다면 68년이 맞아요.

조은숙 독일 뮌헨대학 부설 '괴테 인스티튜트'에서 독일어 어학과정을 마친 것도 1972년으로 되어 있고, 어떤 곳은 1973년이라고 되어 있는데.

문순태 1973년으로 되어 있어요? 유신 헌법이 몇 년이지요?

조은숙 대통령 긴급 조치지요? 1974년이요.

문순태 그럼 1974년이 맞아요.

조은숙 어디는 1972년, 또 다른 곳은 1973년 이러니까 정리가 안 되더라고요. 그럼, 1974년으로 바로 잡을게요. 그리고 선생님, 제가 책 <21세기 문학 작가와 문학 자전>, <계간문예-문순태 문학 특집> 이 두 권의 책이 필요해서요.

문순태 그건 여기 있네요. 4권 있었는데 1권밖에 없네요.(서재에서 책을 찾

은 후 다시 인터뷰 시작함)

조은숙 가져가서 복사하고 다시 가져올게요.

문순태 책이 많았는데, 다 가져가 버리고 없네요. 여기서 공부하는 사람들
이요. 아, 여보세요(전화가 옴)

광주문학관, 토탈 개념으로 건립되어야

문순태 아, 죄송합니다. 빛고을 문학관 때문에 전화가 와서요.

조은숙 아, 네 선생님. 광주 문학관 이야기가 나와서 그런데요. 선생님은 광
주에 들어서는 문학관은 어떤 기능을 해야 한다고 생각하나요?

문순태 저는 요즘은 토탈 개념으로 봐요. 문학관에 창작할 수 있는 공간도
필요하고, 교육할 수 있는 공간도 있어야 하고, 전시나 공연, 그러니
까 시나 소설도 낭송하고요. 종합 문예센터로서의 기능을 해야 한다
고 봐요. 작가나 시인들이 죽으면 책 버리거든요. 작가들의 책도 놓
을 수 있는 정도로 되어야지요. 그러려면 규모가 좀 커야 한다고 봐
요.

조은숙 그럼 어느 곳에 문학관이 들어서는 것이 좋다고 생각하세요.

문순태 작가들 일부는 기왕에 문학관 만들려면 무등산이나 공원 쪽 자연환
경이 좋은 곳을 원하는데, 건물규모보다는 자연환경이 넓었으면 좋
겠다고 생각하는 것 같아요. 그런데 그런 공간 찾기가 쉽지 않네요.
그래서 나는 금남로 1가이면 전일빌딩이 좋다고 생각해요. 국립아
시아문화전당이 건립되면 접근성도 좋잖아요.

조은숙 그곳은 자연친화적인 공간이 아니잖아요?

문순태 일부를 철거하면 나무도 심고, 벤치도 놔두고 자연친화적인 공간으
로 만들면 괜찮을 것 같아요.

조은숙 예, 광주에도 빨리 제대로 된 문학관이 만들어졌으면 좋겠어요. 그럼
　　　　다음 질문으로 넘어갈게요.

생존 작가, 그리고 인터뷰의 중요성

조은숙 사실 생존 작가를 연구하는 이유가 나중에 작가 사후에 작가 연구를
　　　　하려고 하면 작가만이 알고 있어서 연구할 수 없는 일들이 많거든
　　　　요. 그래서 이 작업이 의미 있는 작업이라고 저는 생각하는데요.
문순태 의미 있는 일인 건 분명해요.
조은숙 이렇게 인터뷰를 다 하고 나서, 선생님 책을 펼쳐서 읽으면 느낌이
　　　　달라요.
문순태 작가에게는 정말 보람되고, 중요한 일이지요. 저에게도 정말 보람된
　　　　일이고요. 작가 연구가 얼마나 힘들어요.
조은숙 다른 선생님들도 그렇게 이야기하더라고요. 작품을 읽으면서 작가의
　　　　삶이 정리되어 있으면 책을 이해하는 데 도움이 된다고요. 또 요즘
　　　　은 독자들도 작품을 읽을 때 작가의 삶을 궁금해 한다고 그러더라
　　　　고요. 저도 책을 읽을 때 작가의 생애와 당대 시대 배경을 꼭 함께
　　　　보거든요.

소설 쓰기, 트라우마여 안녕

조은숙 선생님, 어쩌면 이것이 마지막 질문이 될 것 같아요. 제가 생각할 때
　　　　선생님께 소설 쓰기란 상처 치유가 아니었나 이렇게 생각되거든요.

선생님께서는 "나에게 소설 쓰기는 자기 구원"이라고 하셨잖아요. 어떠세요? 이제는 열두 살에 경험했던 그 트라우마를 극복하신 것 같으세요?

문순태 지금은 극복했다고 봐야지요. 오히려 그때 함께 했던 그 시절이 그립기도 하니까요.

조은숙 저도 그렇게 생각했어요. 선생님 소설을 읽다 보니 처음에는 돌아갈 수 없는 '원한의 고향'으로 묘사하다가, 나중에 5·18 때 해직된 후 고향의 역사에 대해 제대로 인식하고 나서 '통한의 고향'으로 그리다가, 후기에 들어서서 쓴 『느티나무 사랑』에서 "생각하면 본래 모습의 그 시절이 좋았어."라고 그러잖아요. 어떻게 보면 고향과 화해한 것이고, 그래서 이제는 고향이 '해한(解恨)의 땅'이 된 거잖아요.

문순태 시간이 오래되기도 했고요.

조은숙 그렇게 하기까지 선생님의 용기가 필요했을 것 같아요. 어쩌면 치유하기 위해서 가장 중요한 것이 자신의 이야기를 꺼내는 용기가 필요할 것 같기도 하고요. 선생님은 끊임없이 그때의 상처를 꺼내서 소설 쓰기를 통해 이제 열두 살 트라우마에게 안녕을 고했다고 볼 수 있겠네요.

문순태 소설가는 자신의 이야기를 쓸 줄 알아야 해요. 저는 소설 쓰기가 자기를 구원하는 것이면서 또 사회를 구원하는 것이라고 생각해요. 저는 소설 쓰기를 구원이라고 봐요.

조은숙 요즘은 글쓰기를 치유적 차원에서 많이 쓰는 것 같아요. 미술 치료, 음악 치료하잖아요. 그런 면에서 글을 쓰다 보면 치유가 된다고 하더라고요. 이와 관련한 연구도 차차 많아지고 있고요.

문순태 아, 그래요. 그거 좋은 현상이네요.

인터뷰, 이렇게 끝나다

문순태 자주 만나야겠네요. 자주 만나서. 제가 밥을 많이 살게요 언제든지 오세요 밖에 있다가도 오신다면 바로 올게요 이 근처에 맛있는 집이 많아요

조은숙 오전에는 작업하신다고 해서요.

문순태 예, 오전 9시부터 12까지는 작품을 써요 자주 오세요 저로서는 얼마나 좋은 일이에요 이거(작가론) 하느라고 돈 많이 들겠네요?

조은숙 제가 좋아서 하는 일이라 돈 걱정은 하지 않아요

이영삼 돈 걱정보다는 저는 집사람 글 읽는 게 재미있어요 논문인데 소설처럼 되어있고, 읽으면 일대기가 쫙 그려져서요 선생님을 연구한 책도 그렇게 썼으면 좋겠어요

문순태 요즘은 그렇게 써야 해요 그래야 읽혀요

조은숙 선생님, 사모님이랑 여기 산도(과자 이름) 드시면서 옛날 생각 하세요 남편이 이해를 못 하더라고요 왜 산도를 사느냐고 선생님 글에 산도 드신 이야기가 있어서 추억을 떠올리며 드시라고 샀다고 했더니 웃더라고요.

문순태 그때는 산도가 과자로는 최고였는데, 요즘 사람들은 잘 안 먹잖아요 그보다 더 단 것이 많잖아요 사람들은 먹던 것을 먹고 싶어 하잖아요 자, 밥 먹으러 갑시다.

조은숙 예, 선생님, 소중한 시간 내주셔서 감사합니다.

부록

[부록 1] 문순태 연표

연도	작가 생애	시대 상황		작품			
		국내	국제	작품명	게재지	발표 시기	비고
1939 (1세)	·1939년 10월 2일 전남 담양군 남면 구산리 308번지, 아버지 문정룡과 어머니 정순기 사이에서 10대 종손으로 출생 (출생신고 늦어져 호적상 1941년생으로 기재).	·2월 문예지 『문장』 창간(~1942.2). ·10월 1일 국민징용 실시(1945년 45만 명 동원).	·9월 1일 독일군 폴란드에 진격 (제2차 세계대전 시작).				
1940 (2세)		·2월 11일 창씨개명 실시. ·8월 10일 조선일보와 동아일보 폐간. ·9월 17일 중경으로 이전한 임시정부, 중경에 한국광복군 총사령부 설치(총사령 이청천, 참모장 이범석).	·6월 14일 독일군 파리에 무혈입성.				
1941 (3세)	·1941년 3월 15일 남동생 문건부 출생	·4월 『문장』, 『인문평론』 강제 폐간. ·11월 28일 임시정부, 대한민국 건국강령 발표. ·12월 9일 임시정부, 대일 선전 포고.	·12월 8일 일군, 진주만 기습 (태평양 전쟁 개시), 미·영, 일에 선전포고.				
1942 (4세)		·10월 1일 일경, 독립운동 혐의로 조선어학회 회원에 대한 대검거 시작 (조선어학회 사건, 1943년 3월까지 33명 검거, 29명 구속).	·8월 31일 독일군 스탈린그라드에 돌입.				

연도	작가 생애	시대 상황		작품			
		국내	국제	작품명	게재지	발표 시기	비고
1943 (5세)		· 3월 1일 징병재(강제 노역) 공포.(8월 1일 시행). · 10월 20일 일육군성, 한국학생의 징병유 예를 폐지함(학병제 실시).	· 9월 8일 이탈리 아, 무조건 항복. · 11월 27일 카이로 선언				
1944 (6세)		· 2월 8일 총동원법에 의하여 전면징용 실 시(광산과 국수 공장 에 동원).	· 6월 6일 연합군, 노르망디 상륙작 전 개시				
1945 (7세)		· 8월 15일 히로히토 항복 방송, 조선건국 준비위원회 발족. · 9월 2일 맥아더 사령 관, 북위 38선 경계 로 미소 양군 조선분 담점령책 발표. · 9월 7일 미극동 사령 부, 남한에 군정 선 포. · 9월 상순 김일성(김 성주), 김책, 김일 등 소련군과 함께 입북. · 군정청 문교부 교과 서 발행 · 12월 신탁통치 반대 운동 시작.	· 2월 4~11일 얄타 협정 · 5월 7일 독, 무조 건 항복. · 8월 8일 소, 대일 참전 · 8월 15일 일본, 포츠담 선언을 수 락하고 무조건 항 복. · 12월 27일 모스크 바 3상 회의의 결과, 한국 5개년 신탁 통치 결정 발표.				
1946 (8세)	· 담양군 남면 남초등학교 입학. · 10대 종손으로 훈장 선생 모시고 한문 공 부 병행 (『추구』, 『사자소학』).	· 2월 8일 대한독립촉 성국민회의 결성(총 재 이승만, 부총재 김 구), 평양에서 북조 선 임시 인민위발족 (위원장 김일성, 부위 원장 김두봉). · 2월 28일 북한, 토지 개혁 실시. · 9월 총파업 · 대구항쟁 · 《경향 신문》 창간				

연도	작가 생애	시대 상황		작품			
		국내	국제	작품명	게재지	발표 시기	비고
1947 (9세)		· 7월 19일 여운형 피살. · 14일 유엔총회 한국 총선안, 유엔 한국임 시위원단 설치안, 정부수립 후 양군 철퇴안 가결.	· 6월 12일 마셜 미 국무장관, 구주부흥 원조계획 제언(마셜 플랜). · 10월 5일 코민포름(공산당 정보국) 결성.				
1948 (10세)		· 제주 4·3 항쟁. · 4월 29일 감구, 김규식 향북, 남북 대표자 연석회의 참석. · 5월 10일 첫 국회의원 선거. · 5월 31일 재헌 국회의원 개원. · 8월 15일 대한민국 수립 선포(상오 0시). · 9월 7일 국회 반민족 행위처벌법 통과(22일 공포). · 9월 9일 북한 조선 민주주의인민공화국 선포. · 10월 19일 여수·순천사건.	· 4월 1일 소, 베를린 육상 수송차단(베를린 봉쇄 개시).				
1949 (11세)		· 『문예』 창간(~1950) · 1월 4일 주일대표부 설치. · 6월 21일 농지개혁법 공포. · 6월 29일 감구 피살.	· 4월 4일 NATO 조약 조인 · 10월 1일 중화 인민공화국 정부 수립 선언				
1950 (12세)	· 『명심보감』을 배우던 중 6·25 발발. · 초등학교 5학년 여름, 고향에서 사람들이 남·북으로 갈리어 서로 죽이는 광경을 목격함. · 밤에 햇불을 들고 줄을 지어 노래를 부르면서 뒷산에 오르는 야경을 함.	· 4월 10일 농지개혁 실시 · 6월 25일 한국전쟁 · 각 시, 도민증 발급.	· 1월 14일 호지명, 월맹공화국 독립 선언				

연도	작가 생애	시대 상황		작품			
		국내	국제	작품명	게재지	발표 시기	비고
1951 (13세)	·고향이 공비토벌작전지역에 해당되어 소개 당하고, 가족은 화순군 이서면 월산리의 토굴에서 생활. ·이후 고향의 전답을 팔고 가족이 모두 광주 무등산 밑으로 이사함. ·광주에서 아버지는 두부 배달, 막노동을 하고, 어머니는 도붓장사를 함. ·어머니의 도붓장사 하는 짐을 대신 지고 광주 인근 마을을 따라 다님. ·문순태는 무등산에서 땔감을 해다 팖.	·1월 4일 1·4 후퇴. ·1월 30일 국민방위군 사건 ·2월 18일 부산에서 전시연합대학 개강. ·2월 거창양민학살사건 ·문교부, 6·3·3·4 신학제 실시 ·간행물의 사전검열제 실시					
1952 (14세)	·부모가 신안군 비금도로 들어가자, 생냥공장 일과, 양동시장 길바닥에서 감을 팔아 생계를 유지함. ·이후, 부모를 따라 신안군 비금면 신월리로 이사함. ·비금도에서 어머니는 도붓장사를 하고, 아버지는 소금밭 잡일꾼으로 일함. ·신안군 비금면 중앙초등학교 5학년 전학.	·2월 거제도 포로수용소 좌익계 폭동. ·5월 7일 거제도 공산 포로 폭동. ·5월 26일 부산 정치파동.	·유럽방위공동체 조약 조인(EDC).				
1953 (15세)	·외가가 있는 화순군 북면 맹리로 이사, 오두막에서 삶. 부모는 외가마을에 논 서마지기를 사서 농사 지음. ·화순군 북면 서초등학교 5학년 2학기	·2월 15일 긴급통화조치. ·3월 용초도 포로수용소 폭동. ·4월 월간 『사상계』 창간. ·5월 10일 근로기준법 공표.	·미국 매카시 선풍. ·이집트 공화국 선언.				

연도	작가 생애	시대 상황		작품			
		국내	국제	작품명	게재지	발표 시기	비고
	편입. · 문순태는 공부가 하고 싶어 혼자 광주로 나와 학강초등학교 6학년으로 편입함.	· 6월 18일 반공포로 석방. · 7월 27일 휴전협정 조인. · 8월 박헌영 등 남로당계 숙청. · 8월 미군사령부 용산 이전. · 10월 간통쌍벌죄 공포.					
1954 (16세)	· 2월 22일 광주 학강초등학교 졸업. · 3월 2일 광주 동성중학교 특대생(학비 면제 장학생)으로 입학. 이후 광주에서 자취하며 토요일 수업 후, 매주 고향 인근 마을에 사는 학생들과 함께 담양의 잣고개와 유둔재를 넘어 25km 떨어진 외가 마을에 있는 집으로 감.	· 소설 『자유부인』 파동. · 4월 1일 월간 『문학예술』 창간. · 5월 13일 이승만 대통령 불교정화 유시. · 6월 9일 『한국일보』 창간. · 11월 미8군 사령부 일본 이동 발표. · 11월 29일 사사오입 개헌.	· 동남아시아 집단 방위조약기구 (SEATO) 결성. · 8월 중화인민공화국 헌법 공포.				
1955 (17세)		· 1월 월간 『현대문학』 창간. · 5월 31일 한·미 잉여농산물 원조 협정 조인. · 12월 9일 동화백화점 (현 신세계) 설립.	· 오스트리아 중립법 제정. · 월남공화국 발족.				
1956 (18세)		· 5월 5일 신익희 급서. · 5월 첫 TV 방송국 (HLKZ-TV) 개국.	· 4월 수에즈 운하 국유화 선언. · 10월 부다페스트 참사.				
1957 (19세)	· 2월 12일 광주 동성중학교 졸업. · 3월 2일 광주고등학교 입학.	· 5월 5일 어린이헌장 제정 선포. · 10월 9일 『우리말 큰사전』 발간.	· 유럽경제공동체 (EFC) 조인. · 11월 제차 아시아 아프리카 국제회의.				

연도	작가 생애	시대 상황		작품			
		국내	국제	작품명	게재지	발표 시기	비고
	· 가족이 모두 광주역 뒤 동계천의 판잣집 단칸방으로 이사함. · 시인 이성부와 전남대 학생 박봉우를 만남. · 김현승 시인에게 시 지도 받음. · 문예부에 들어가 김석학, 이성부, 윤재성과 함께 "문예반 4인방" 결성						
1958 (20세)	· 서라벌예대주최 전국고교문예작품 모집에 시 당선 · 아버지가 고향에 돌아 가지 말라는 유서를 미리 남김. · '광고타임즈'에 교감 전출 반대하는 내용 사설 기고와 「광고 시집」 발간 때문에 무기정학 징계받음. · '신천지'와 '무랑루즈' 라는 음악실에서 살다시피 함.	· 1월 진보당 사건 · 1월 29일 주한미군 핵무기 도입 정식 발표. · 12월 24일 보안법 파동.	· 미국 인공위성 발사 성공. · 7월 이라크 혁명. · 8월 중공군 금문도 공격. · 프랑스 제5공화국 헌법 제정				
1959 (21세)	· ≪전남일보≫ 신춘문예에 가명(김혜숙)으로 시 입선 친구 이성부는 전남일보 신춘문예에 시 당선 · ≪농촌중보(전남매일 전신)≫신춘문예에 단편소설 「소나기」당선 · 농촌중보 시상식에서 한승원을 처음 만남. · 시 '누이'로 숭실대 문학상 수상.	· 진단학회『한국사』간행(~1968) 6권 완성. · 1월 반공청년단 결성. · 4월 30일 ≪경향 신문≫ 폐간 처분. · 7월 31일 조봉암 사형 집행 · 12월 14일 북송교포 1진 북행	· 1월 쿠바 혁명.				

연도	작가 생애	시대 상황		작품			
		국내	국제	작품명	게재지	발표 시기	비고
1960 (22세)	· 2월 20일 광주 고등학교 졸업. · 전남대학교 문리대학 철학과 입학.	· 2월 15일 조병옥 사망. · 3월 15일 3·15부정선거 규탄시위. · 4월 19일 4·19혁명. · 4월 27일 《경향 신문》 복간. · 5월 22일 교원노조 결성. · 5월 29일 이승만 미국 망명. · 6월 15일 내각책임제 개헌안 국회통과.	· 5월 소련 서기장 브레즈네프. · 12월 베트남 민족 해방전선 성립.				
1961 (23세)	· 전남대학교 용봉문학회를 창립(초대회장 지냄). 국문학과 이훈 등이 참여.	· 5월 16일 5·16군사쿠데타. · 12월 '한국문인협회' 결성.	· 1월 미국·쿠바 단교.				
1962 (24세)		· 1월 '한국예술문화단체총연합회' 결성. · 1월 13일 제1차 경제 개발 5개년 계획 실시(1962~1966). · 5월 10일 주민등록법 제정. · 6월 10일 제2차 통화 개혁. · 11월 12일 김종필, 오히라 메모 합의.	· 7월 알제리 독립. · 중·인도 분쟁. · 중·소 대립 표면화.				
1963 (25세)	· 숭실대학 기독교철학과 3학년 편입(김현승 시인이 숭실대로 옮긴 것이 원인). · 숭실대에서 학보사 기자로 학비 면제받음. · 서울 신촌에서 자취, 조태일과 함께 김현승 시인 댁을 자주 방문함.	· 1월 부산시, 직할시로 승격. · 2월 26일 민주공화당 창당. · 월간 『세대』 창간. · 10월 15일 박정희, 대통령 당선.	· 11월 케네디 암살.				

연도	작가 생애	시대 상황		작품			
		국내	국제	작품명	게재지	발표 시기	비고
	·여름방학 때 나중에 부인이 된 유영례를 만남. ·부친 사망(당시 47세). ·조선대학교 국문학과 3학년 편입(부친 사망이 원인). ·대학생 신분으로, 야간에 조선대 부속고 등학교에서 독일어 가르침.						
1964 (26세)	·1월 5일 유영례와 결혼. ·10월 10일 장녀 문리보 출생	·3월 9일 대일 굴욕외교 반대 범국민특위 결성 ·6월 3일 비상계엄령 선포(6·3사태). ·8월 14일 1차 인혁당 사건 ·9월 『신동아』 복간 (1936년 9월에 폐간 되었음).	·4월 동경올림픽 개회. ·8월 월남 통킹만 사건				
		·베트남 파병 시작.					
1965 (27세)	·2월 22일 조선대학교 국문과 졸업. ·조선대학교 부속고 등학교 독일어 교사로 부임. ·조대부고에서 독일 문학과 러시아문학에 심취함. ·조대부고 학교신문 편집. ·『현대문학』, 시 〈天才들〉, 김현승 추천	·7월 구로동 수출산업 공단 기공. ·6월 22일 한일협정 정식 조인 ·7월 1일 남정현 반공 법 위반으로 구속, 『분지』 필화사건 ·9월 22일 『중앙일보』 창간. ·10월 9일 한국군 월 남 파병.	·2월 미공군 북베 트남 폭격 시작. ·마르코스, 필리핀 대통령으로 당선	詩/〈天才들〉	현대 문학	12월 (통권 11권)	
1966 (28세)	·5월 6일 전남매일신 문사 기자로 입사. ·전라도 지방의 토속 문화 자료와 역사적 사건들을 취재하여 『남도의 빛』 발간.	·1월 계간 『창작과비 평』 창간 ·7월 9일 한미 행정협 정 조인	·4월 북경에 홍위 병 선풍.				

연도	작가 생애	시대 상황		작품			
		국내	국제	작품명	게재지	발표 시기	비고
	· 11월 8일 장남 문형진 출생	· 제2차 경제개발 5개 년계획 실시(1967~ 1971).					
1967 (29세)	· 서울대학교 신문대 학원 연구과정 이수.	· 7월 8일 동백림 사건	· 6월 제3차 중동 전 발발. · 동남아시아국가 연합(ASEAN) 결 성				
1968 (30세)	· 제4회 한국신문상 수상. · 차녀 문정선 출생	· 1월 21일 1·21 사태. · 4월 1일 향토예비군 창설식. · 11월 1일 『월간문학』 창간. · 11월 21일 주민등록 증 발급. · 12월 5일 국민교육헌 장 선포. · 11월 30일 서울 전차 폐지. · 12월 18일 대학입학 예비고사제 실시	· 4월 킹 목사 암살. · 5월 프랑스 학생 데모. · 6월 체코 지식인 2천어 선언				
1969 (31세)		· 3월 3일 가정의례준 칙 공포. · 6월 12일 삼선개헌 반대운동. · 9월 14일 삼선개헌 날치기 통과.	· 4월 드골 퇴진. · 6월 호지명 사망. · 7월 아폴로 11호 달 착륙. · 7월 25일 '닉슨 독트린' 발표.				
1970 (32세)		· 3월 17일 정인숙 피살 사건 · 4월 8일 마포 와우아 파트 붕괴. · 5월 김지하 「오적」, 필화사건 · 4월 22일 새마을운동 시작. · 6월 22일 국군묘지 현충문 폭발 사건 · 7월 7일 경부고속도 로 개통. · 8월 『문학과지성』 창간.					

연도	작가 생애	시대 상황		작품			
		국내	국제	작품명	게재지	발표 시기	비고
		· 9월 26일 『사상계』 등록 취소. · 11월 13일 전태일 분신자살.					
1971 (33세)		· 2월 12일 월간 『다리』 필화사건 · 4월 27일 박정희 대통령 당선 · 8월 10일 광주 대단지 사건 · 10월 15일 위수령 발동. · 12월 파월 국군 철수 시작	· 4월 미국 탁구단 중공 방문. · 10월 중공 UN 가입.				
1972 (34세)	· 전남매일신문사 정치부장으로 승진 · 신문기자에 매력을 잃고 소설 습작 시작.	· 4월 김지하 '비어(蜚語)'사건 · 7월 4일 남북 공동성명 발표. · 10월 『문학사상』 창간 · 제3차 경제개발 5개년계획 실시(1972~1976). · 10월 17일에 10월 유신 비상계엄령과 유신헌법 제정. · 언론 사전검열 실시.	· 닉슨 중공 방문. · 9월 베트남 평화회담.				
1973 (35세)		· 3월 3일 한국방송공사 발족. · 3월 23일 베트남전 파병 철수. · 5월 31일 새마을 지도자 연수원 건립(수원). · 6월 23일 평화통일 외교정책 발표. · 8월 8일 김대중 피납 사건 · 만해문학상 제정. · 10월 19일 최종길 교수 의문사.	· 1월 베트남 평화협정 조인 · 인민일보 공자 비판 · 10월 제4차 중동전쟁 발발.				

연도	작가 생애	시대 상황		작품			
		국내	국제	작품명	게재지	발표 시기	비고
		· 헌법개정 백만인 청원운동.					
1974 (36세)	· ≪한국문학≫ 신인상 수상(단편「백제의 미소」). · 한국문학 편집장이었던 이문구를 처음 만남. · ≪소설문학≫동인 활동 (송기숙, 한승원, 이명한, 김신운, 이지흔, 이계홍, 강순식, 주동후 등). · 독일 뮌헨대학 부설 '괴테 인스티튜트'에서 독일어 어학과정 마침	· 1월 26일 문인간첩단 사건 · 4월 3일 대통령 긴급 조치 발효 (1~4호 선포). · 4월 25일 2차 인혁당 사건 · 4월 29. 전국민주청년학생총연맹(민청학련)사건 · 7·4남북 공동성명. · 10월 24일 동아일보 기자들 자유언론실천 선언 · 11월 18일 자유실천 문인협의회 창립. · 12월 26일 동아일보 광고 탄압.	· 2월 솔제니친 추방.	百濟의 微笑	韓國 文學	6월 (통8권)	단편
				불도저와 김노인	한국 문학	10월 (통12권)	단편
1975 (37세)	· 조선대학교 사대 독일어과 교수부임. · 조선대학교 사대 독일어과 교수 퇴임. · 전남매일신문사 편집부 국장으로 옮김.	· 2월 12일 유신헌법 찬반 국민투표. · 4월 10일 서울 농대 김상진 군 할복자살. · 5월 13일 긴급조치 9호 선포.	· 4월 베트남 전쟁 종전	淸掃夫	창작과 비평	봄 (10권)	중편
				아버지 (張)구렁이	韓國 文學	3월 (제17권)	단편
				烈女야, 門 열어라	月刊 中央	5월 (제86권)	단편
				빈 무덤	詩文學	6월 (제47권)	단편
				상여울음	世代	10월 (제13권)	단편
				무서운 거지	小說 文藝	12월	단편

연도	작가 생애	시대 상황		작품			
		국내	국제	작품명	게재지	발표 시기	비고
1976 (38세)		·3월 1일 민주구국선언 (3·1 명동 사건). ·3월 월간 『뿌리 깊은 나무』 창간 ·8월 18일 판문점 도끼 만행 사건 ·9월 25일 계간 『세계의 문학』 창간. · 함평 고구마 사건 (1976년 11월~1978년 5월).	·주은래, 모택동 사망.	멋장이들 世上	月刊 中央	3월 (통96권)	단편
				기분 좋은 일요일	뿌리 깊은 나무	11월	단편
				무너지는 소리	韓國 文學	11월 (통권 37호)	단편
				여름公園	創作과 批評	가을호 (통권 11호)	단편
1977 (39세)		· 6월 13일 양성우 '긴급조치 9호 위반 및 국가 모독죄'로 구속수감됨 · 제4차 경제개발 5개년계획 실시(1977~1981). · 11월 11일 이리역 폭발사건 · 이상문학상 제정. · 12월 수출 목표 100억 달러 달성 · 12월 민주교육선언 발표.	·1월 체코 자유인 77헌장 선언	福土 훔치기	月刊 對話	1월 (11권 3호)	단편
				故鄕으로 가는바람	月刊 中央	3월	단편
				말 없는 사람	新東亞	6월	단편
				돌아서는 마음	시문학	10월	단편
				故鄕으로 가는바람	창작과 비평사	11월	첫번째 창작집
				금니빨	뿌리 깊은 나무	12월	단편
1978 (40세)		· 국사편찬위 『한국사』 완간. ·5월 16일 동일방직 파업. · 6월 27일 '우리의 교육지표' 선언. · 7월 5일 민주주의 국민연합결성 · 10월 5일 자연보호헌장 선포 · 12월 박정희 대통령 취임. · 김대중 형집행정지로 석방됨	· 중공 신헌법 공포 · 바오로 2세 교황 취임 · 이란 혁명 (~1979).	다산 유배기	世代	통권 170~176호	실록 장편 소설 연재
				번데기의 꿈	韓國 文學	3월	단편
				감미로운 탈출	한국 문학	7월	중편
				안개우는 소리	문예 중앙	가을호	단편
				깨어있는 낮잠			단편
				흑산도 갈매기	신동아	12월	단편
				징소리	창작과 비평사	겨울호	중편
				의제 허백련	중앙 일보사		평전

연도	작가 생애	시대 상황		작품			
		국내	국제	작품명	게재지	발표 시기	비고
1979 (41세)		·4월 3일 율산 도산 사건. ·8월 11일 YH 여성 노동자 농성 사건. ·10월 4일 김영삼 총재 국회 제명됨. ·10월 9일 남조선 민족해방전선 검거. ·10월 16일 부마 민주항쟁. ·10월 26일 박정희 대통령 피살. ·12월 12일 전두환 등 신군부 쿠데타.	·2월 17일 중공, 베트남 침공. ·10월 17일 중공·소련, 모스크바에서 정상회담.	걸어서 하늘까지	일간 스포츠		장편 연재
				저녁 징소리	한국 문학		단편
				말하는 징소리	신동아	6월	중편
				마지막 징소리	문학 사상	9월	중편
				마지막 밤의 축제			단편
				유배지에서 노래			단편
				흑산도 갈매기	백제 출판사	12월	두번째 창작집
1980 (42세)	·5월 전남매일신문사에서 반체제 기자로 해직. ·성옥문화상 수상.	·3월 3일 학원 자율화 추진운동. ·3월 무크지 『실천문학』 창간. ·4월 21일 정선 사북 노동항쟁. ·5월 10일 전국 대학 총학생회장들, 비상계엄령 해제 요구. ·5월 15일 전국 대학생 10만여 명, 서울 광화문에서 시위. ·5월 17일 정부, 전국에 비상계엄 확대. ·5월 18일 광주민주화운동 시작. 전국 대학에 휴교령 내림. ·5월 24일 김재규 등 10·26사태 관련자 5명 사형 집행. ·5월 27일 광주에 계엄군 진입. ·『창작과 비평』, 『문학과 지성』 등 172개 정기간행물 강제 폐간. ·5월 31일 삼청교육대 설치.	·9월 22일 이란과 이라크 전면전 시작	무서운 징소리	한국 문학	2월	중편
				타오르는 강	월간 중앙	4월	장편 연재
				물레방아 속으로	문학 사상	6월	중편
				달빛 아래 징소리	한국 문학	7월	중편
				하늘새	뿌리 깊은 나무	8월	단편
				탈회	한국 문학	12월	단편
				걸어서 하늘까지 (상·하)	창작과 비평사		장편
				임금님의 안경을 누가 벗길 것인가			단막 희곡
				징소리	수문 서관		연작 소설집
				타오르는 강(1권)	순천당		대하 소설

연도	작가 생애	시대 상황		작품			
		국내	국제	작품명	게재지	발표 시기	비고
		·10월 22일 국민투표 제5공화국 헌법 확정. ·11월 14일 신문협회·방송협회, 언론기관 통폐합 결정.					
1981 (43세)	·제1회 소설문학 작품상 수상. ·제3회 전남문학상 수상. ·제25회 전라남도문화상 수상. ·천주교에 입교 (세례명 프란치스코). ·『타오르는 강』 3부 완성.	·1월 24일 정부, 비상계엄령 전면 해제. ·3월 3일 전두환 대통령으로 취임. ·녹화사업 실시. ·8월 1일 해외여행 자유화 조치 발표. ·8월 15일 정부, 광주사태와 김대중 사건 관련자 등 1,061명에 특별사면. ·8월 21일 경제기획원, 제5차 경제사회발전 5개년계획 발표. ·9월 4일 부마고속도로 개통. ·9월 29일 반제·반파쇼 민족해방 투쟁 선언.	·4월 23일 북아일랜드, 신·구 교간 종교분쟁 재연. ·5월 14일 교황 요한 바오로 2세, 피격·부상. ·6월 29일 중공, 공산당 주석에 후야오방, 당군사위원회 주석에 덩샤오핑 임명. ·6월 30일 중공, 실용주의 지도체제 선언. ·12월 11일 동·서독, 동베를린에서 정상회담.	말하는 돌	소설문학	1월	단편
				물레방아 소리	문예중앙	봄호	단편
				달빛 골짜기의 통곡	월간 조선	3월	단편
				물레방아 돌리기	문학사상	5월	중편
				철쭉제	한국문학	6월	중편
				난초의 죽음	소설문학	11월	단편
				황홀한 귀향	문학사상	11월	단편
				어린 화가			단편
				아무도 없는 서울	여성동아		장편 연재
				병신춤을 춥시다	신동아		장편 연재
				타오르는 강 (1-3권)	심설당		대하소설
				물레방아 속으로	심설당		첫 번째 중편집
1982 (44세)	·제1회 문학세계 작가상 수상(장편소설 『달궁』). ·10월 문화공보부 주관 문인 유럽 여행. ·무크지 『제3문학』(한길사) 백우암, 김춘복, 윤정규, 송기숙 등과 활동.	·중·고교생 교복 자율화 조치. ·1월 5일 야간 통행금지 해제. ·3월 18일 부산 미문화원 방화사건 발생. ·3월 27일 프로야구 출범. ·4월 15일 북한, 주체사상탑 건립.	·4월 2일 영국·아르헨티나, 포클랜드 전쟁(~6월 15일 영국승리). ·6월 6일 이스라엘 레바논 전면 침공. ·6월 10일 이라크, 대이란전에서 일방적 휴전 선언.	살아 있는 길	한국문학	2월	단편
				유월제	현대문학	5월	중편
				잉어의 눈	문학사상	5월	단편
				피아골	한국문학	1982.4~1984.7	장편 연재
				병든 땅 언덕 위	정경문화	8월	단편

연도	작가 생애	시대 상황		작품			
		국내	국제	작품명	게재지	발표 시기	비고
		· 7월 27일 정부, 일본 역사교과서 왜곡 기술 시정을 일본 정부에 요구. · 9월 24일 서울국제무역박람회 개막.	· 7월 6일 중공, 일본 정부에 역사교과서 왜곡 항의.	어머니의 땅	문학 사상	9월	중편
				목 조르기	소설 문학	9월	단편
				노인과 소년	기독교 사상 (26)	12월	단편
				탈회(脫 會)	행림 출판		단편
				아무도 없는 서울	태창문 화사		장편
				병신춤을 춥시다	문학 예술사		장편
				달궁	문학 세계사		장편
1983 (45세)	· 숭실대학교(구 숭전대학교) 대학원 국문과 석사졸업 (한국문학에 나타난 한의 연구). · 2월~6월 KBS TV 8부작 〈신왕오천축국전〉 취재팀 일원으로 6개월간 인도, 파키스탄 탐방. · 광주에서 무크지 『민족과 문학』 편집위원으로 참여.	· 1월 1일 공직자윤리집 발표. · 2월 25일 정부, 정치활동 규제자 250명 1단계 해제. · 6월 13일 KBC TV 이산가족찾기 생방송 시작. · 9월 1일 대한항공 여객기 피격 참사. · 9월 30일 민주운동청년연합(민청련) 결성. · 10월 9일 아웅산사건 발생. · 12월 20일 해직교수협의회 결성.	· 1월 29일 미국·일본, 일본 사세보항을 동해와 태평양의 대소련 전략전진기지로 삼기로 합의. · 4월 18일 레바논 주재 미국 대사관에 폭발사고 발생 (사망 63명, 부상 130명).	미명의 하늘	현대 문학	1월	단편
				패자의 여름	소설 문학	1월	단편
				거인의 밤	문학 사상	3월	단편
				성자를 찾아서	문학 사상	8월	장편 연재
				연꽃 속의 보석이여 완전한 성취여	수문 서관	8월	장편 연재
				숨어사는 그림자	현대 문학	12월	단편
				개안수술	홍성사		단편
				거문(巨 文)의 꿈			단편
				신왕오천축국전	KBS 사업단		인도 기행문
				피울음	일월 서각		세번째 창작집
				유배지	어문각		역사 기행문
				사랑하지 않는 죄	명문당		첫번째 산문집

연도	작가 생애	시대 상황		작품			
		국내	국제	작품명	게재지	발표 시기	비고
1984 (46세)		·5월 18일 민주화추진 협의회(민추협) 발족. ·6월 27일 88올림픽 고속도로(광주~대 구) 개통. ·6월 30일 일본 정부, 일본역사교과서 8개 항목을 추가로 시정 했다고 통보. ·11월 20일 7년 만에 남북적십자회담 개 최.	·10월 31일 인도 간디 총리, 시크 교도 경호원에게 피살.	어둠의 춤	소설 문학	1월	단편
				비석	문학 사상	1월	단편
				두 여인1	경향 잡지 (76권)	3월	단편
				두 여인2	경향 잡지 (76권)	4월	단편
				할머니의 유산	학원	6월	단편
				인간의 벽	문학 사상	8월	단편
				무당새	한국 문학	9월	중편
				살아 있는 소문	소설 문학	10월	단편
				쑥대머리			단편
				어머니의 성			중편
				인간의 벽	나남 출판		네번째 창작집
1985 (47세)	·2월 1일 순천대학교 국어교 육과 교수 임용.	·김지하의 『타는 목마 름으로』 등 서적 78 종 해금. ·3월 6일 김대중·김 영삼·김종필 해금. ·3월 29일 민주통일 민중운동연합 결성. ·5월 23일 5개 대학 대학생 76명, 서울 미문화원 점거. ·5월 30일 신민당, 국회에 광주 사태 진상조사를 위 한 국정조사결의안 제출. ·7월 창작과비평사 등 록 취소.	·3월 3일 영국, 탄 광노조파업 1년 만에 종식. ·3월 10일 소련, 체르넨코 서기장 죽음. ·3월 11일 후임에 고르바초프 선출.	대춧나무 가시	문학 사상	2월	단편
				제3의 국경	한국 문학	11월	중편
				바람벽		7월	창작과 비평 신작 소설집
				황홀한 탈출			단편
				피아골	정음사		장편
				성자를 찾아서	수문 서관		장편
				소설 신재효	음악 동아		장편 연재
				한수지	서울 신문		장편 연재

연도	작가 생애	시대 상황		작품			
		국내	국제	작품명	게재지	발표 시기	비고
		·7월 농민들의 소몰이 시위 발생. 미국 소의 과잉 도입으로 인한 소 값 폭락에 항의하여 8월까지 시위 계속. ·8월 17일 민중교육지 사건 발생. 초·중·고 교사 15명, ≪민중교육≫지에 실은 글로 권고사직 당하고 3명 구속됨. ·8월 25일 서울노동운동연합(서노련) 결성. ·9월 20일 남북고향 방문단, 서울과 평양 상호 방문. ·12월 12일 민주화 실천가족 운동협의회(민가협) 결성.					
1986 (48세)		·5월 3일 재야와 학생 5,000여 명, 현 정권과 보수 야당 비판하며 개헌 서명을 위한 신민당 인천·경기 집회에서 격렬한 시위(5·3사태). ·5월 10일 서울·부산·광주·춘천지역 YMCA 중등교육자협의회 소속 교사 546명, 교육의 정치적 중립, 교사의 교육권, 자주권, 교원단체 설립 등 주장 교육민주화선언. ·5월 23일 서울시경, 문익환 목사를 집시법 위반 혐의로 구속.	·1월 28일 미국 우주왕복선 챌린저호, 발사 후 공중 폭발(승무원 7명 전원 사망). ·4월 26일 소련 체르노빌 핵발전소 원자로 화재로 3,000여 명 사망. ·12월 9일 중공, 안후이성 대학생 3,000여 명, 민주화 요구 시위.	어둠의 강	현대문학	5월	단편
				사표 권하는 사회	문학사상	7월	단편
				살아있는 눈빛	소설문학	9월	단편
				안개섬	한국문학	9월	단편
				초가와 노인			단편
				우울한 귀향			단편
				우리들의 상처			단편
				일어서는 땅			중편
				동학기행	어문각		기행문
				살아있는 소문	문학사상사		다섯 번째 창작집

연도	작가 생애	시대 상황		작품			
		국내	국제	작품명	게재지	발표 시기	비고
		·7월 3일 부천경찰서 권인숙 성고문사건 폭로. ·7월 19일 경찰, 신민당 등 33개 재야단체의 부천서 사건 등 폭로대회 저지. ·9월 10일 전국 26개 대학생 2,000여 명, 건국대학교에서 4일간 철야농성. ·9월 20일 아시안 게임 개최.					
1987 (49세)		·1월 14일 박종철 고문치사 사건. ·2월 28일 평화의 댐 착공. ·4월 13일 전두환 대통령, '4·3호헌조치' 발표. ·4월 29일 시화지구 간척사업 착공. ·5월 18일 천주교 정의구현사제단, 박종철 고문치사사건 축소조작 폭로. ·6월 9일 연세대학교 학생 이한열, 시위 중 경찰 최루탄 맞고 부상(7월 5일 사망). ·6월 10일 '6월 민중항쟁. ·6월 29일 6·29 민주화선언 ·7월 9일 정부, 김대중 등 내란음모사건 및 광주 사태 관련자 2,355명 사면·복권 단행 ·7월 노동자 대투쟁	·1월 15일 중공, 첫 국산 핵잠수함 배치. ·5월 27일 미국·베트남, 관계정상화 협의에 합의. ·11월 27일 방글라데시, 전국에 비상사태 선포.	달리기	문학정신	1월	단편
				문신의 땅	문학사상	1월	중편
				살아남는 법	문학정신	1월	단편
				문신의 땅 2	한국문학	3월	중편
				뒷모습	동서문학	4월	단편
				호랑이의 탈출	월간경향	11월	중편
				어둠의 땅	주간조선		장편연재
				삼형제	정음사		장편, '한수지'로 개명
				한수지 1, 2, 3	정음사		장편
				빼앗긴 강	정음사		장편
				타오르는 강	창작사		장편
				철쭉제	고려원		두 번째 중편집

연도	작가 생애	시대 상황		작품			
		국내	국제	작품명	게재지	발표 시기	비고
		·8월 전대협(전국대학생대표자협의회) 결성 ·9월 17일 자유실천문인협의회가 민족문학작가회의 (작가회의)로 재출범. ·11월 26일 광주학살 원흉 처단 및 민주정부수립 특별위원회 결성 ·11월 29일 대한항공 858기, 타이에서 폭파 추락.					
1988 (50세)	·순천대학교 국어교육과교수 퇴직. ·전남일보 창간, 초대 편집국장 부임. ·『월간중앙』 복간호에 5·18 광주민주화운동을 소재로 한 「무등굿」을 연재하다가 중단.	·1월 14일 문교부, 새 맞춤법·표준어규정 확정. ·2월 22일 노태우 대통령 취임. ·5월 15일 ≪한겨레신문≫창간. ·6월 27일 국회, 광주 진상조사특별위원회 등 7개 특위 구성결의안 통과. ·7월 8일 정부, 중공을 중국으로 공식 호칭하기로 결정. ·7월 19일 정부, 월북작가 100여 명의 해방 전 문학작품에 대한 출판 허용. ·9월 17일 제24회 서울올림픽대회 개막. ·11월 17일 5공 청문회 시작. ·11월 23일 전두환 백담사 은둔생활 시작.	·3월 5일 티베트, 독립 요구하는 반중국 시위로 유혈 폭동. ·6월 8일 중국, 베이징의 대학생들 민주화 시위가 경찰 저지로 좌절.	한국의 벚꽃	현대문학	3월	단편
				꿈꾸는 시계	문학사상	4월	중편
				가면의 춤	부산일보		장편 연재
				문신의 땅	동아		여섯 번째 창작집

연도	작가 생애	시대 상황		작품			
		국내	국제	작품명	게재지	발표 시기	비고
1989 (51세)		· 1월 21일 전국민족민주운동연합(전민련) 발족, 정주영 현대그룹 명예회장, 한국기업인 최초로 북한 방문. · 2월 13일 여의도 농민시위(고추 수매 및 수세 폐지 요구). · 3월 26일 문익환 목사, 베이징 경유 평양 도착 (김일성과 회담). · 5월 3일 부산 동의대 학교 학생들, 학교 건물에 방화(경찰 7명 사망). · 5월 28일 전국교직원노동조합(전교조) 결성(이후 85명 구속, 1,527명 파면·해임·직권 면직 등 중징계받음). · 6월 30일 전대협 대표 임수경, 세계청년학생축전 참석차 평양 도착(8월 15일 귀환, 구속됨).	· 1월 7일 일본, 히로히토 국왕 사망 (아키히토 새 국왕 취임). · 4월 27일 중국, 50만 군중이 천안문 점거·시위. · 5월 20일 중국, 천안문사태로 베이징에 계엄령 선포(6월 4일 시위대 진압). · 11월 9일 베를린 장벽 붕괴.	녹슨 철길	문학사상	10월	단편
				대지의 사람들	국민일보		장편연재
				황매천	민족과 문학		장막희곡
				타오르는 강 (1~7권)	창작과 비평사		대하소설
1990 (52세)		· 5월 15일 감사원의 비리 폭로한 이문옥 감사관 구속. · 8월 8일 북한, 범민족대회 남측 추진본부 대표 자격으로 작가 황석영의 입북 사실 보도. · 10월 4일 국군보안사령부 윤석양 이병, 보안사의 민간인 사찰 폭로.	· 2월 2일 남아공, 26년간 복역한 흑인민족지도자 만델라 석방. · 10월 3일 독일 통일	소년일기	현대소설	6월	단편
				꿈꾸는 시계	문학사상		일곱 번째 창작집
				가면의춤 (상·하)	서당		장편
				걸어서 하늘까지 (상·하)	창작과 비평사		장편
				김정희	삼성출판사		위인전
				문순태 문학선	삼천리		작품집

연도	작가 생애	시대 상황		작품			
		국내	국제	작품명	게재지	발표 시기	비고
1991 (53세)	· 전남일보 주필 부임.	· 3월 26일 지방의회 의원선거 실시. · 4월 19일 소련 고르바초프 대통령, 소련 국가원수로는 처음으로 한국(제주도)방문. · 4월 26일 명지대학교 학생 강경대, 시위 중 경찰에 맞아 사망. · 7월 27일 한국 선박, 쌀 5,000t 싣고 북한 나진항 향해 목포항 출발. · 9월 18일 남북한 동시 유엔 가입. · 12월 28일 북한, 나진·선봉 자유경제무역지대 창설. · 12월 30일 한국정신문화연구원, 『한국민족문화대백과사전』(전27권) 완간. · 12월 31일 남북한 한반도 비핵지대화에 관한 공동선언문 발표.	· 1월 17일 걸프 전쟁 발발(미군, 바그다드 공습). · 7월 10일 러시아, 대통령에 옐친 취임. · 8월 23일 소련 고르바초프 대통령, 옐친 러시아 대통령과 연립정부 구성에 합의. · 12월 25일 소련 고르바초프 대통령, 대통령직 사임.	정읍사	현대문학		중편
				열한 권의 창작노트: 중견 작가들이 말하는 나의 소설쓰기	도서출판 창		이론서
1992 (54세)	· 흙의 예술상 수상. · 카자흐스탄과 우즈베키스탄여행. (카자흐스탄 국립대 한국학과에서 '한국소설의 흐름' 강연).	· 4월 3일 북한, 사회주의 헌법 대폭 개정. · 8월 11일 과학위성 우리별 1호 발사에 성공. · 12월 18일 제14대 대통령선거 실시, 민자당 김영삼 후보 당선	· 4월 29일 미국, 로스앤젤레스에서 대규모 흑인폭동 발생 · 7월 20일 유고 내전 · 11월 4일 미국, 대통령 선거에서 민주당 클린턴 당선	낯선 귀향	계간문예	봄호	단편
				느티나무	계간문예	10월	장편연재
				느티나무와 당숙	문학사상	12월	단편
				다산 정약용	큰산		장편
				그늘 속에서도 풀꽃은 핀다	강천		두번째 산문집

연도	작가 생애	시대 상황		작품			
		국내	국제	작품명	게재지	발표 시기	비고
1993 (55세)		·2월 25일 김영삼 대통령 취임. ·3월 10일 미전향 장기수 이인모 북송 결정(19일 판문점 통해 송환). ·3월 12일 북한, 핵확산금지조약(NPT) 탈퇴. ·4월 15일 국무회의, 소말리아 유엔평화유지단에 공병부대 파견하는 PKO 참여안 의결. ·4월 27일 밀입북한 황석영 구속. ·10월 15일 옛 조선총독부 건물 철거 시작.	·6월 27일 미국, 이라크 전격 공습. ·9월 10일 이스라엘·팔레스타인, 상호 공식 인정 문서에 서명. ·12월 15일 우루과이 라운드 타결.	최루중	현대 문학	7월	단편
				한수별곡 (상· 중·하)	청암 문화사		장편
				도리화가	햇살		장편
				제3의 국경	예술 문화사		세 번째 중편집
1994 (56세)		·3월 2일 전교조 교사 1,000여 명, 4년 만에 복직. ·7월 8일 북한, 김일성 주석 사망. ·7월 18일 주사파 파동(서강대학교 박홍 총장, 학생운동이 북한 측으로부터 사주 받고 있다고 발언).	·1월 1일 북미 자유무역협정(NAFTA) 공식 출범. ·1월 13일 미국·러시아, 모스크바에서 정상회담. ·5월 2일 남아프리카공화국, 총선에서 대통령에 만델라 선출(300여 년의 백인통치 종식).	시간의 샘물	문학 사상	8월	중편
				오월의 초상	한국 문학	9월	중편
				철쭉제	고려원		중편
1995 (57세)	·광주 전남 민족작가 회의 회장. ·조선대학교 이사.	·6월 29일 서울 삼풍백화점 붕괴사고. ·7월 13일 서울지검, 5·17 사건과 관련 피고소인 전두환·노태우 전 대통령에게 공소권 없음 처분. ·7월 18일 검찰, 전두환 전 대통령 등 5·18 고소·고발사건 관련자 58명을 불기소처분.	·1월 1일 세계무역기구(WTO) 체제 출범.	똥 푸는 목사님	한국 소설		단편

연도	작가 생애	시대 상황		작품			
		국내	국제	작품명	게재지	발표 시기	비고
		·11월 30일 검찰, 12·12 사건 및 5·18관련자 처벌 위한 특별법 제정을 민자당에 지시. ·12월 3일 검찰 소환 거부한 전두환 전 대통령 구속. ·5·18특별법 제정.					
1996 (58세)	·광주대학교 문예창작과 교수 임용.	·1월 1일 국민학교 명칭을 초등학교로 변경. ·6월 22일 민족문학작가회의 사단법인 등록. ·9월 18일 강릉 앞바다에 좌초된 북한 잠수정 발견(11명 자폭, 1명 생포). ·10월 11일 경제협력개발기구, 한국 가입 승인. ·10월 21일 버스 운전기사 박기서 씨에 의해 김구 암살범 안두희 피살. ·11월 13일 옛 조선총독부 건물 철거. ·12월 16일 서울고법, 12·12 및 5·18 사건 항소심에서 전두환·노태우 전 대통령에게 각각 무기징역과 징역 17년 선고.	·1월 28일 프랑스, 남태평양에서 핵실험 실시. ·11월 7일 국제축구연맹(FIFA), 2002년 월드컵대회 한국과 일본 공동 개최(한국은 개막식·개막전, 일본은 결승전).	흰거위 산을 찾아서	문학사상	8월	단편
				느티나무 타기	현대문학		중편
				5월의 그대	전남일보		장편연재
1997 (59세)		·2월 12일 황장엽 전 북한 노동당 비서, 베이징 주재 한국 대사관에 망명 요청(4월 20일 서울 도착).	·2월 19일 중국, 덩샤오핑 사망.	꿈길	문예중앙	여름	중편

연도	작가 생애	시대 상황		작품			
		국내	국제	작품명	게재지	발표 시기	비고
		· 10월 31일 국민회의 · 자민련, 대통령 후보 단일화 협상 타결, 단일후보를 김대중 국민회의 총재로 결정하고 내각책임제 개헌에 합의 · 12월 3일 정부, 외환 위기 타개를 위해 국제통화기금(IMF)과 긴급 자금지원에 합의 · 12월 18일 제15대 대통령선거 실시, 국민회의 김대중 후보 당선 · 12월 20일 김영삼 대통령, 김대중 대통령 당선인과 회담(전두환 · 노태우 전직 대통령 사면복권과 순조로운 정권 이양에 합의). · 12월 22일 정부, 전두환 · 노태우 전직 대통령 등 19명 사면 석방.		느티나무 아저씨	내일을 여는 작가	7월	단편
				무등산 가는 길	21세기 문학	가을	단편
				세상에서 가장 슬픈 이야기	문학 사상	11월	단편
				느티나무 사랑 1~2	열림원		장편
				시간의 샘물	실천 문학사		여덟 번째 창작집
1998 (60세)		· 1월 2일 재정경제원, 작년 11월 말 당시 우리나라 총외채 규모가 1,569억 달러라고 발표. · 2월 25일 김대중 대통령 취임. · 6월 16일 현대그룹 정주영 명예회장, 소 55마리를 실은 트럭과 함께 판문점을 통해 방북.	· 1월 14일 남극대륙 보호 위한 국제조약 발효. · 1월 23일 인도네시아 야당 지지자들, 32년간 통치해온 수하르토 대통령 사임촉구 시위.	포옹1~2	삼진 기획		장편
				소설 창작연습	태학사		이론서

연도	작가 생애	시대 상황		작품			
		국내	국제	작품명	게재지	발표 시기	비고
		·6월 17일 북한, 8·15 판문점통일대축제 개최 제안 서한을 김대중 대통령 등 여·야 정치지도자와 사회단체 대표 등 85명에게 송부. ·8월 4일 현대그룹, 북한과 금강산유람선 관광사업 위한 합영회사 설립계약 체결. ·9월 5일 북한 최고인민회의, 김정일을 국가수반으로 격상된 국방위원장으로 재추대. ·암태도 '소작인 항쟁 기념탑' 세워짐.	·5월 21일 인도네시아 수하르토 대통령, 시민시위에 굴복하여 대통령직 사임. 부통령(하비비)에게 권한 위임. ·11월 27일 러시아 시민들, 볼셰비키혁명 81주년 맞아 옐친 대통령 사임 촉구하며 시위.				
1999 (61세)		·2월 24일 사할린 거주 동포 60명, 영구 국내 거주 위해 입국. ·6월 15일 서해상에서 남북함정 교전(서해해전). ·8월 12일 평양에서 남북노동자축구대회 개최. ·9월 29일 미국 AP통신 6·25 당시 미군의 노근리 양민학살사건 보도. ·10월 2일 김대중 대통령, 진실 규명 지시. ·10월 4일 동티모르 파견 상록수부대 1진 출국.	·1월 1일 유럽연합(EU), 단일통화 유로 도입. ·1월 7일 미국 상원, 클린턴 대통령에 대한 탄핵재판 개시. ·12월 20일 포르투갈, 중국에 마카오 반환(442년간의 통치 종식).	똥치이모	한국소설		단편
				아무도 없는 길	현대문학		단편
				혜자의 반란	문학사상	3월	단편
				소설 이렇게 써라	평민사		이론서

연도	작가 생애	시대 상황		작품			
		국내	국제	작품명	게재지	발표 시기	비고
2000 (62세)	· 대안신문 〈시민의 소리〉 발행인 · 광주전남 반부패연대 공동대표.	· 3월 31일 아시아· 태평양 경제 협력체 서울포럼 개막. · 5월 24일 북한 학생 소년예술단, 서울에 도착. · 6월 영월 동강댐 건설계획 백지화 발표. · 6월 13일 김대중 대통령, 북한 방문차 평양 순안공항 도착. · 6월 15일 김정일 국방위원장과 6개 항의 공동선언문 발표. · 7월 13일 녹색연합, 미군 부대의 한강 독극물 방류사건 폭로. · 8월 9일 현대 정몽헌 회장 방북(개성을 공단부지 및 관광지로 하는 데 합의). · 8월 15일 1차 남북 이산가족 상봉 (서울과 평양에 각 100명씩 방문). · 9월 2일 미전향 장기수 63명 판문점 통해 북한으로 송환. · 12월 10일 김대중 대통령, 노벨평화상 수상.	· 1월 29일 비정부 기구(NGO), 스위스 다보스에서 열린 세계경제포럼 대회장에서 시위. · 12월 28일 주한 미군 지위협상 (SOFA) 개정협상 타결	끝을 향하여	문학과 의식	봄	단편
				느티나무 아래서	문예 중앙	가을	단편
				자전거타기	정신과 표현		단편
				백제의 미소	문학과 창작	가을	단편
				그들의 새벽1~2	한길사		장편
2001 (63세)	· 겨울, 척수 종양 수술.	· 1월 17일 서울지법, 친일행각 반민족 행위자 재산은 보호하지 못한다고 판결. · 2월 16일 대우자동차, 1,750명 정리해고.	· 1월 21일 미국, 조지 w 부시 대통령 취임식 거행 · 9월 11일 테러사건 발생	문고리	문예 중앙		단편
				나는 미행당하고 있다	문학 사상		단편

연도	작가 생애	시대 상황		작품			
		국내	국제	작품명	게재지	발표 시기	비고
		·3월 15일 사상 첫 남북 이산가족 서신 교환(각 300명씩 판문점 통해 교환). ·11월 25일 국가 인권위원회 출범. ·12월 10일 의문사진상규명위원회, 1973년 사망한 전 서울대 법대 최종길 교수는 중앙정보부 수사관에 의해 타살되었다는 진술 확보했다고 발표.	·10월 7일 미국, 테러 보복으로 아프가니스탄 공습 개시. ·11월 11일 중국, 세계무역기구(WTO)에 가입. ·11월 14일 세계무역기구, 뉴라운드 선언(다자간 무역규범 공식 출범).	그리운 조팝꽃	미네르바		단편
				정읍사 그 천년의 기다림	이룸		장편
				성자의 지팡야: 영원한 자유인, 오방 최흥종 목사 실명소설	다지리		실명소설
				소설창작 연습: 그 이론과 실제	태학사		이론서
2002 (64세)		·6월 13일 주한 미군 장갑차에 의해 여중생 사망, 전국서 반미 촛불 시위. ·6월 한국 월드컵 4강 신화. ·6월 29일 북한 서해 도발 남북관계 급속 냉각. ·7월 31일 장상 총리지명자 인준부결. ·8월 28일 장대환 총리지명자 인준부결. ·8월 말 태풍 루사 전국강타, 사망과 실종 246명. ·12월 19일 16대 대통령선거 노무현 대통령 당선 12월 북한 핵시설동결해제 전격 선언.	·1월 1일 유럽 12개국 유로화 공식 통용 시작. ·1월 미국 악의 축 발표, 이라크, 이란, 북한 등, 이라크 무기 사찰. ·9월 17일 북·일 정상회담 개최 북, 일본인 납치 시인. ·9월 신의주 경제특구 지정, 개혁개방시도 세계적 관심. ·10월 전 세계 테러공포 확산, 인도네시아 발리 테러로 수백 명 사망. ·11월 중국 공산당 제16차 전국대표대회 후진타오 총서기 선출.	된장	문학과 경계		중편
				마감뉴스	문학나무		단편
				운주사 가는 길	문예운동		단편
				나 어릴 적 이야기	정신과 표현		장편 연재
				자살여행	미르		장편 연재
				된장	이룸		아홉 번째 창작집

연도	작가 생애	시대 상황		작품			
		국내	국제	작품명	게재지	발표 시기	비고
2003 (65세)		· 2월 18일 대구지하철 방화 참사. · 2월 25일 제16대 노무현 대통령 취임. · 4월 28일 민주당 분당 신 4당 체제 전환. · 8월 4일 대북송금 특검 관련 현대 정몽헌 회장 자살. · 10월 22일 송두율 교수 구속. · 10월 29일 부동산 가격 폭등에 따른 부동산 대책 발표(주택거래신고제, 재산세 중과 등). · 12월 17일 이라크 파병 확정.	· 1월 북한 핵확산금지조약(NPT) 탈퇴 선언. · 3월 20일 미국, 이라크 침공. 이라크 후세인시대 종말. · 7월 5일 중국 사스 종료 선언, 300여 개국 8400여 명 감염, 812명 사망. · 9월 멕시코 칸쿤 WTO 결렬, 선진국과 개도국 간 농업부문 충돌, 한국 농민 이경해 자살. · 10월 15일 중국, 유인우주선 '신주' 발사 성공.	늙은 어머니의 향기	문학사상		단편
				만화 주인공	한국소설		단편
				대나무 꽃 피다	미네르바		단편
				숲으로 간 워리	이룸		동화집
2004 (66세)	· 이상문학상 특별상 수상(「늙으신 어머니의 향기」). · 광주광역시 문화예술상 수상.	· 3월 12일 대통령탄핵안 국회 가결. · 4월 15일 제17대 국회의원 선거, 열린우리당 과반의석 확보. · 4월 22일 북한 용천역 대폭발 참사. · 8월 군, 자이툰부대 이라크 파병. · 9월 23일 성매매방지특별법 시행. · 10월 21일 신행정수도 건설법 위헌 결정. · 11월 수능 휴대전화 부정 적발. · 12월 뉴라이트 태동 및 각계 확산으로 수구 보수 결집.	· 1월 11일 아라파트 팔 정부수반 사망, 이스라엘과 관계 악화. · 5월 1일 슈퍼 EU 출범, 15개국에서 25개국으로 확대. · 11월 2일 미국 부시 재선 성공. 강한 미국 천명. · 11월 러시아 교토 의정서 비준, 지구온난화 방지 위한 온실가스감축 2005년 발효, 최대 배출국 미국은 반대.	영웅전	동서문학		단편
				은행나무 아래서	작가		단편

연도	작가 생애	시대 상황		작품			
		국내	국제	작품명	게재지	발표 시기	비고
2005 (67세)		· 7월 불법도청 'X파일' 파문. · 8월 31일 부동산종합 대책 및 증시 활성화 대책 발표. · 9월 19일 6자회담 및 한반도 비핵화 원칙 등 공동성명 채택. · 10월 12일 강정구 교수 발언 관련 수사지 휘권 파동. · 11월 16일 부산 APEC 정상회담 성공개최. · 11월 23일 쌀시장 개방안 국회 비준. · 11월 24일 황우석 교수 줄기세포 배아 '의혹' 논란.	· 4월 2일 교황 요한 바오로 2세 선종(84세). · 7월 7일 영국 런던 지하철 연쇄테러 발생 56명 사망, 700여 명 부상. · 8월 유가 폭등 배럴당 70달러 돌파. · 8월 8일 일본 고이즈미 총선 압승. · 8월 29일 미국 뉴올리언스, 카트리나 피해 1만 여명 사망, 실종. · 10월 8일 파키스탄 7.6 강진발생 8만 7000여 명 사망. · 10월 파리 이민자 폭동 발생 차량 1만대 방화, 3000여 명 체포.	감로탱화	문학사상		중편
				수줍은 깽깽이꽃	한국소설		단편
				울타리	계간문예		단편
				숲속의 동지승	자유지성사		동화집
				41년생 소년	랜덤하우스중앙		장편
2006 (68세)	· 광주대학교 정년퇴직 · 요산 문학상 (작품집 『울타리』). · 담양군 남면 만월리 144번지에 후진양성을 위한 '문학의 집 생오지' 개설	· 2월 한미 자유무역협정(FTA) 협상 시작. · 3월 전시작전통제권 논란. · 5월 51일 통합 지방선거 한나라당 압승. · 8월 18일 전효숙 헌법 소장 인준 파문. · 8월 바다 이야기 등 사행성게임 비리 수사. · 10월 9일 북한 핵실험.	· 1월 이란 핵시설 봉인 제거. · 7월 12일 레바논 전쟁 발발, 이스라엘과 헤즈볼라 무력 충돌. · 9월 20일 일본 아베 총리시대 개막. · 9월 대테러전쟁 인권침해 논란, 부시 CIA의 비밀 감옥 인정	눈향나무	불교문학		단편
				탄피와 호미	문학들		단편
				꿈	이룸		세 번째 산문집
				울타리	이룸		열 번째 단편소설집

연도	작가 생애	시대 상황		작품			
		국내	국제	작품명	게재지	발표 시기	비고
		· 11월 27일 전효숙 헌법재판소 재판관 후보자 지명 철회	· 12월 3일 베네수엘라 우고 차베스 대선 3선 성공으로 중남미 좌파정권 확산. · 12월 14일 반기문, 제 8대 유엔 사무총장에 당선				
2007 (69세)	· '문학의 집 생오지'에서 소설 창작 강의 시작. · 5월 제1회 생오지 문학제 개최.	· 6월 29일 한미 자유무역협정(FTA) 타결로 제2의 개항 논란. · 7월 19일 아프가니스탄서 23명 피랍, 2명 피살, 21명 석방. · 10월 2차 평양 남북정상회담, 평화체제 구축, 서해평화협력특별지대 설치 등 합의. · 10월 30일 김용철 변호사 삼성 비자금 의혹 폭로. · 12월 7일 태안 유조선 기름 유출 사상 최악의 오염. · 12월 19일 제17대 대통령선거 이명박 한나라당 후보 당선	· 4월 16일 미, 버지니아공대 총기 난사 사건, 33명 사망. · 4월 미, 서브프라임 모기지 업체, 파산 신청 충격 금융시장 강타. · 9월 미얀마 민주화운동, 군부 무력 진압.	황금 소나무	21세기 문학		단편
				대바람 소리	문학사상		단편
				생오지 가는 길	좋은 소설		단편
2008 (70세)	· 한국가톨릭문학상 수상 (작품집 『울타리』). · 3월 생오지 문예창작촌 개설 소설창작 강의. · 국립아시아문화전당 조성위 부위원장 임명. · 봄(제2회), 가을(제3회), 생오지 문학제 개최.	· 2월 10일 국보 1호 숭례문 방화로 붕괴. · 2월 25일 이명박 정부 출범. · 4월 9일 한나라당 총선 압승. · 4월 18일 이소연, 한국우주인 시대 개막. · 6월 10일 민주항쟁 21돌, 미국산 쇠고기 파동과 촛불시위.	· 5월 12일 중국 쓰촨성 리히터 규모 7.8의 지진 발생 7만여 명 사망. · 8월 8일 중국 베이징올림픽 개최, 204개국 참여. · 8월 러시아, 그루지야 침공 후, 10월에 철수.	그 여자의 방	문학사상		단편
				일기를 쓰는 이유	한국 문학		단편

연도	작가 생애	시대 상황		작품			
		국내	국제	작품명	게재지	발표 시기	비고
		· 7월 15일 금강산 관광객 피격으로 개성공단 통제, 남북관계 급랭. · 8월 김정일 중병설과 북 정권 이상 징후설. · 9월 미국발 금융쇼크로 국내 실물경제에 타격. · 11월 13일 헌법재판소, 종부세 위헌 결정.	· 9월 미국투자회사 리먼 브라더스 파산. · 11월 4일 미국 대선 버락 오바마 당선. · 11월 26일 인도 뭄바이 테러 참사, 195명 사망, 295명 부상.	생오지 뜸부기	계절 문학		중편
				타오르는 별들	전남 일보		장편 연재
2009 (71세)	· 담양군민상 수상. · 전남일보에 광주학생독립운동을 소재로 한 『타오르는 별들』 연재 이후 『알 수 없는 내일』 1, 2로 제목을 바꿔 발간, 『타오르는 강』 8, 9권으로 묶어 『타오르는 강』(전9권) 완간. · 봄(제4회), 가을(제5회), 생오지 문학제 개최.	· 1월 20일 용산 철거민 참사 발생. 철거민 5명, 경찰 1명 사망. · 2월 16일 김수환 추기경 선종. · 5월 13일 대법원장, 신영철 대법관의 촛불재판 관여 유감 표명. · 5월 23일 노무현 전 대통령 서거. · 5월 25일 북한 2차 핵실험 강행. · 7월 22일 미디어법 국회 직권상정 날치기 통과. · 8월 18일 김대중 전 대통령 서거. · 11월 22일 국민과 야당의 반대 속에 이명박 정부 4대강 기공식 강행.	· 6월 25일 마이클 잭슨 사망. · 7월 5일 중국, 한족과 위구르족 충돌, 197명 사망, 2,000여 명 부상. · 8월 30일 일본 자민당 정권 총선 패배, 50여 년 만에 정권교체. · 10월 9일 미국 대통령 버락 오바마 노벨 평화상 수상. · 11월 신종플루 창궐로 당시 208개국에서 1만여 명 사망. · 12월 1일 EU 27개국 정치통합 리스본 조약 발효.	은행나무 처럼	21세기 문학		단편
				알 수 없는 내일 1,2	다지리		장편
				생오지 가는 길	눈빛		네 번째 산문집
				생오지 뜸부기	책만드 는집		열한 번째 단편 소설집
2010 (72세)	· (사)담양대나무축제 추진위 이사장 선임. · 채만식문학상 수상 (작품집 『생오지 뜸부기』). · 조대문학상 대상 수상.	· 3월 26일 천안함 침몰, 46명 희생. · 6월 총리실 민간인 사찰 폭로, 청와대 개입.	· 1월 13일 아이티에 지진 발생 23만 명 사망. · 4월 태국 '레드 셔츠' 반정부 시위 시작.	자두와 지우개	계간 문예	가을호, 통권 21호	단편

연도	작가 생애	시대 상황		작품			
		국내	국제	작품명	게재지	발표 시기	비고
	·제6회 생오지 문학제 개최.	·6월 2일 지방선거 집권 여당인 한나라당 완패. ·9월 28일 북한, 김정은 세습 공식화. ·11월 23일 북한 연평도 포격, 한국전 이후 첫 도발. ·12월 이명박 정부 4대강 사업 밀어붙이기 ·12월 3일 한·미 FTA 재협상 타결 ·12월 8일 한나라당 예산안 날치기 처리(이명박 정부, 3년 연속 날치기 처리).	·4월 22일 멕시코만 원유 유출 사고. ·4월 미국 증권거래위원회 골드만 삭스 사기 혐의 고소. ·5월 그리스 금융 불안, 긴급구제기금 설치. ·7월 위키리크스 미국 외교문서 폭로. ·8월 칠레 산호세 광산 붕괴, 69일 만에 광부 33명 구출.	돌담쌓기	시선	봄호	단편
2011 (73세)	·(사)광주문화재단 이사. ·제7회 생오지 문학제 개최. ·모친 사망(97세).	·5월 대학생 반값등록금 투쟁 시작. ·7월 집중호우 및 서울 우면산 등에서 대규모 산사태 발생. 전국적으로 300여 명 사망. ·9월 15일 서울을 시작으로 전국적 대규모 정전사태 발생 ·10월 26일 박원순 서울시장 당선 ·11월 22일 한미 FTA 비준안 국회 통과. ·12월 17일 김정일 사망.	·1월 5일 이랍권 시민 혁명 시작. ·3월 11일 일본 대지진, 후쿠시마 원전 사고 발생 ·4월 미국 9·11테러 주범 오사마 빈 라덴 사살. ·4월 미군 이라크 완전 철수, 이라크전 9년여 만에 종식 ·7월 22일 노르웨이 총기 사건 발생 76명 사망, 90여 명 부상. ·10월 6일 애플의 스티브 잡스 사망.	아버지와 홍매	21세기 문학		단편
				안개섬을 찾아	문학 바다		단편
				휴대폰이 울릴 때	동리 목월 문학		단편
				(빛과 색채의 화가)오지호	나무숲		어린이 그림책
				그리움은 뒤에서 온다	오래		다섯 번째 산문집
2012 (74세)	·송순문학상 운영위원장. ·11월 재단법인 생오지 문학관 이사장. ·제8회 생오지 문학제 개최.	·3월 11일 전주시 전국 최초로 대형마트 영업제한, 재래시장과 갈등. ·4월 북한 김정은 3대 권력 세습.	·3월 4일 러시아 푸틴 대통령 당선 ·4월 1일 미얀마 아웅산 수치 보궐선거에서 당선	타오르는 강 (전9권)	소명		대하 소설

연도	작가 생애	시대 상황		작품			
		국내	국제	작품명	게재지	발표 시기	비고
		·4월 11일 총선 실시, 민주당 압도적 승리. ·7월 1일 행정도시 세종시 공식 출범. ·11월 23일 안철수 대선 후보 사퇴. ·12월 12일 북한 장거리 로켓 '은하 3호' 발사 성공. ·12월 19일 박근혜 대통령 당선	·7월 28일 런던 올림픽 개막. ·11월 6일 미국 대통령 오바마, 재선 성공. ·11월 15일 중국 시진핑 당총서기에 취임, 시진핑 시대 개막.				
2013 (75세)	·제9회 생오지 문학제 개최. ·2년제 문학창작대학 개설	·2월 12일 북한 제3차 핵실험 강행. ·2월 25일 박근혜 대통령 취임. ·6월 24일 국정원, 2007년 남북 정상회담 회의록 공개. ·7월 북한 김정은 지배체제 강화. ·9월 5일 통진당 이석기 의원 내란음모 혐의 구속. ·10월 문재인 국정원 댓글 파문 언급. ·12월 9일 철도노조 파업, 30일 파업 철회. ·12월 22일 경찰, 민주노총 건물 강제 진입.	·3월 5일 베네수엘라 우고 차베스 대통령, 사망. ·4월 23일 일본 국회의원 168명 야스쿠니 신사 참배, 일본 우경화 가속. ·6월 일본 후쿠시마 원전 해양오염 통제 불능. ·6월 6일 영국 일간지 가디언 미국 국가안보국 전 세계 대상 사찰 보도. ·6월 7일 오바마와 시진핑 새로운 G2시대 개막 선언	시소타기	창작촌		단편
				낮은 땅의 어머니: 소심당 조아라 실명소설	광주Y MCA 소심당 조아라 기념사업회		실명소설
				생오지에 누워	책만드는집		시집
2014 (76세)	·8월 30일 영산강 문학 심포지엄 개최(영산강, 문학에 스미다).	·4월 26일 세월호 참사 발생 ·8월 14일 프란치스코 교황 한국 방문. ·10월 1일 단통법 시행. ·10월 카카오톡 감청 논란, 모바일 사이버 망명 사태 초래.	·3월 에볼라 바이러스 창궐. ·3월 승객 239명 태운 말레이시아 항공기 실종. ·6월 이슬람국가(IS) 출범, 전 세계 대상 테러 자행	타오르는 강 소설어 사전	소명 출판		사전

연도	작가 생애	시대 상황		작품			
		국내	국제	작품명	게재지	발표 시기	비고
		·10월 24일 전시작전권 전환 연기. ·11월 10일 한·중 FTA 타결. ·11월 28일 세계일보, 청와대 비선 의혹 보도. ·12월 5일 대한항공 '땅콩 회항' 파문. ·12월 19일 헌법재판소 통합진보당 해산 결정	·6월 13일 브라질 월드컵 개막. ·7월 집단자위권 행사를 용인하는 '전쟁할 수 있는 나라'로 전환. ·8월 홍콩, 우산혁명 시위. ·10월 미국 양적완화 프로그램 종료 선언.				
2015 (77세)	·광주전남연구원 이사장 ·12월 21일 송순 문학상 대상 (『소쇄원에서 꿈을 꾸다』). ·광주U대회에서 개·폐회식 시나리오 작업.	·2월 26일 간통죄 62년 만에 폐지. ·3월 리퍼트 주한 미국대사 피습. ·5월 메르스 발생, 200여 명 감염, 38명 사망. ·8월 4일 북한 DMZ에서 지뢰 도발, 아군 병사 2명 부상. ·11월 3일 역사교과서 국정화 방침 확정. ·11월 22일 김영삼 전 대통령 서거. ·12월 13일 안철수 신당 창당 선언. ·12월 28일 한·일간 위안부 협상타결, 10억엔 예산 출연 재단 설립 합의	·4월 미국 경찰 흑인에 대한 과잉 진압, 흑백갈등 조짐. ·4월 25일 네팔 7.8 강진 발생 8,400여 명 사망. ·7월 14일 미국 항공우주국 뉴호라이즌 9년 만에 명왕성 근접 사진 송신. ·11월 13일 프랑스 파리에서 IS테러 발생, 130명 사망.	시계탑 아래서	문학들	40호 (여름호)	단편
				소쇄원에서 꿈을 꾸다	오래		장편 소설

[부록 2] 작품 집필 에피소드 모음

〈걸어서 하늘까지〉 (장편, 상·하권)

내가 전남매일신문사에 기자로 있을 때, 광주경찰서에 잡혀 온 여자 소매치기를 만났다. 서른 초반의 예쁘장하게 생긴 이 소매치기 여자는 유치장에 갇혀 있는 동안에도 당당했다. 기자의 질문에 그녀는 고개를 빳빳하게 쳐들고 "먹고 살기 위해 소매치기를 할 수밖에 없었다."라고 말했다. 나는 이 사람을 통해 소매치기 기법(?)을 들을 수 있었고, 여자소매치기 이야기를 소설로 쓰기 시작했다.

〈최루증〉

5·18광주민주화운동 때 위험을 무릅쓰고 많은 촬영을 했던 사람이 있었다. 당시 전남일보 사진 부장이었던 고 신복진 사진가다. 그는 5·18 기간 중에 하루도 빠지지 않고 거리로 나와 옥상에 숨거나 골목에 숨어 멀리 바라보면서 계엄군들의 만행 광경을 놓치지 않고 앵글에 담았다. 훗날 공개된 대검으로 시민군을 찌르는 자세며 곤봉으로 내려치는 장면, 팬티 차림으로 끌고 가는 장면 등은 모두 신복진 씨가 촬영한 것들이다. 그는 이 필름들을 항아리에 담아 8년 동안 땅에 묻어두었다가, 훗날 세상에 빛을 보게 했던 것이다. 이 소설은 사진기자 고 신복진 씨의 이야기이다.

〈난초의 죽음〉

70년대 말 ≪샘이 깊은 물≫ 잡지사에서 광주에 사는 명창 한애순 씨를 취재하려고 왔을 때였다. 기자를 따라 양동에 부엌도 없는 단칸방에 세 들어 사는 한애순 씨를 찾아갔었다. 시골 할머니처럼 허름한 차림을 하고 있던 한애순 씨는 서울 잡지사에서 사진을 찍으러 왔다는 말에, 잠깐 기다리라는 말을 남기고 방으로 들어가더니, 한 시간 후에야 딴사람이 되어 나타났다. 화려한 무대복에 짙은 화장을 하고 나타난 것이었다. 나는 전혀 다른 모습의 한애순 명창을 보고, 그녀의 예인 정신에 감탄을 금할 수가 없었다. 한애순 씨의 모습을 보고, 이 소설의 영감을 얻었다.

〈문신의 땅〉

내가 순천대학교에 재직하고 있을 때, 부천에 있는 중학교로 발령이 난 여교사 제자가 있었다. 방학 중에 연구실에 인사차 들른 제자의 이야기를 듣고, 이건 소설감이다. 이렇게 생각했다. 제자의 이야기는 이러했다. 어느 날 부천에 있는 목욕탕에 갔는데, 60대 초반으로 보이는 여자의 온몸에 화살이 하트를 관통하는 하트 앤드 옐로우 문신이 되어 있는 것을 보고 깜짝 놀랐다는 것이다. 알아보았더니 그 여자는 양공주 출신이었는데, 6·25전쟁 직후 한국에 와 있던 미군 중에는 양공주와 잠을 자고 나면 어김없이 양공주 몸에 문신하는 예가 있었다고 한다. 나는 이 소설을 쓰기 위해 광주 공군비행장 근처에 있는 양공주촌을 찾아가 취재를 했다. 광주 공군비행장 부근 양공주촌을 취재한 소득으로 양공주 이야기 <미명의 하늘>을 쓰기도 했다. 나는 소설 <문신의 땅>에서 양공주의 몸에 새겨진 문신의 의미를 주제로 선택했다.

〈잉어의 눈〉

6·25전쟁 때 많은 사람이 저수지나 바다에 수장된 일이 있었다. 훗날 가뭄이 들어 저수지 물이 메말랐을 때, 저수지 바닥에서 유골이 발견되는 경우가 있었다. 나도 우리 고향이 공비토벌작전 지역이 되어, 마을이 불태워지고 주민들이 소개 당했다가, 3년 만에 돌아오게 되었는데, 바닥이 드러난 저수지에서 유골이 발견된 것을 목격했었다. 나는 저수지나 바다에서 발견된 유골을 보면서

이들의 죽음에 대해 생각하면서 이 소설을 썼다.

〈말하는 돌〉

나는 <말하는 돌>을 쓸 무렵에, 내 나이 또래에 자가용을 굴리며 윤택한 생활을 하는 토건업자를 만나게 되었다. 그리고 그의 자동차를 타고 6·25 때 죽은 그의 아버지 묘를 이장하는 곳에 따라갔다. 그의 아버지는 그곳 마을의 머슴이었다고 하였다. 이상하게도 새로 잡은 묏자리는 산의 맨 꼭대기였다. 그는 산을 통째로 사서, 그 고을이 떠들썩하게 잔치를 벌이듯 이장을 한 것이었다. 그리고 마을 사람들한테 돈을 후하게 주어서 뗏장을 떠 오게 하였다. 그렇게 하여 덩실하게 산꼭대기에 아버지의 새 무덤을 쓰고 돌아오면서 그는 어쩐지 우울해하였다. 그렇게 하면 마을 사람들한테 죽임을 당한 아버지의 원한이 풀릴 것으로만 알았는데, 기분이 되레 찜찜하다고 하였다. 그날 나는 그 토건업자와 술을 마시고 서로 많은 이야기를 허심탄회하게 털어놓았다. 6·25전쟁 직후 산에 가면 나무 밑에는 뼈만 남은 시신들을 발견할 수가 있었다. 더러는 돌무더기를 쌓아 임시로 시신을 묻어 두는 일도 있었다. 더러는 훗날 유족들이 이를 알고 유골을 찾아가는 일도 있었다. 이처럼 어렸을 때 상처를 입었던 세대에서, 그 아픔의 기억들을 돌이키려고 하는 사람들이 이 땅에 얼마나 많은가, 그리고 그들은 어떤 방법으로 그 상처를 다스리려고 하는가.

〈늙으신 어머니의 냄새〉

광주대학교에 재직하고 있을 때 나는 진월동 현대아파트에 살았다. 우리 아파트에는 서울에서 영문과 교수를 하다가 정년을 맞이하고 광주로 내려와 혼자 사는 멋쟁이 할머니가 있었다. 어머니 말로는 멋쟁이 할머니가 잘난 척한다면서 할머니들이 경로당에도 못 나오게 한다고 했다. 물론 우리 어머니도 교수 출신의 그 할머니와는 어울리지 않았다. 그런데 어느 날 퇴근하면서 보았더니 어머니와 교수 할머니 둘이서 등나무 아래 벤치에 앉아서 깔깔대고 웃으면서 이야기를 하는 모습을 보고 적이 놀랐다. 나는 두 분의 모습을 보면서, 이 세상에서 참으로 아름다운 모습은 이질적인 것과의 어울림이 아닐까 하는 생각을 했다.

〈철쭉제〉

70년대까지만 해도 지리산에서는 매년 <철쭉제>가 열렸다. 나는 철쭉제에 참가하고 온 지인으로부터 세석평전에는 철쭉꽃밭이 펼쳐져 있었는데, 한쪽은 꽃빛깔이 분홍인데 다른 한쪽은 검붉더라는 것이었다. 한 노인한테 물었더니 6·25전쟁 때 사람을 많이 죽인 한쪽의 꽃이 검붉게 핀다고 했단다. 나는 지인의 이 말을 듣고 즉각 소설을 쓰기로 했다. 지리산 세석평전의 철쭉꽃이 검붉은 이유를 말하고 싶었다. 나는 이 소설을 쓰기 위해 세석평전과 천왕봉을 다녀온 사람들 20여 명을 인터뷰하여 노트를 만들었다. 내 상상력을 시험하기 위해 한 번도 지리산에 올라가 보지 않고 취재 노트에 의존해 지리산의 여러 모습을 묘사했다.

〈징소리〉 연작[321]

<징소리>를 쓰게 된 동기는 우연히 모 은행에서 주관한 저축 수기 심사를 하게 되었는데, 초등학교 6학년이 쓴 짤막한 글에서 큰 감동과 예시를 받았기 때문이었다. 수기의 내용은 소녀의 고향인 장성에 댐이 생기게 되어 마을이 물에 잠기게 되었을 때, 징채잡이였던 아버지가 고향을 떠나오면서 가지고 나왔던 징을 팔아서 저축하게 되었다는 것이었다. 나는 장성댐으로 가서 작은 쪽배를 타고 물에 잠겨 버린 옛 마을을 들여다보았다. 맑은 물 밑으로 돌담이며, 두껍다리, 통샘, 학교 교문 등 마을의 옛 모습이 그대로 보였다. 남은 것은 거대한

---

321) <징소리> 연작과 <타오르는 강>은 필자가 여러 가지 자료를 참고하여 작가의 입장에서 재구성하여 서술하였다.

콘크리트 댐의 구조물뿐이었고, 일개 면에 해당되는 마을 사람들이 수천 수백 년 동안 지켜왔던 그들의 전통과 문화와 이웃 간의 찐득했던 정은 자취도 없이 사라져 버렸음을 알았다. 나는 충격을 받고 수몰지에서 떠난 사람들을 취재하면서 그들이 받은 보상금으로는 도시의 밑바닥 생활밖에 할 수 없으며, 대부분 날품팔이꾼이 되었음을 확인하였다. 취재 이후 나는 꿈속에서도 그들의 울음소리가 징소리로 들어오는 가슴앓이를 하며 <징소리> 연작을 썼다.

<타오르는 강> (장편, 전9권)

이 작품은 처가가 영산포(부덕동)인 것을 계기로 집필하게 되었다. 나는 신문사 사회부 기자 시절 1880년대 말 발생한 나주 궁삼면 농민운동 사건을 시리즈로 기사를 연재했는데, 당시 문선공들이 복사해서 책으로 만들어 돌려보았다. 나는 기사가 재미있게 읽히는 것을 보자 소설로 꾸미겠다고 생각했다. 그래서 영산강에 터전을 잡고 사는 사람들을 현지 조사했다. 그러던 중 나주 종갓집을 취재하면서 한 할머니의 이야기를 듣고 이야기에 물꼬를 트게 되었다. 그 할머니는 "노비 세습제 폐지 뒤 종 문서를 나눠주니 종들이 울면서 안 가려고 하는 등 온통 난리였어요."라고 했다. 나는 여기서 자유를 모르고 살았던 사람들에게 자유를 안겨주어도 이 세상을 살아갈 방법을 모르면 아무 소용이 없다는 점을 깨닫게 되어서 그들의 삶을 소설로 써 보기로 했다.

그래서 1975년 전남매일신문에 '전라도 땅'이란 제목으로 연재를 시작한 뒤 37년 만에 완간했다. 전9권이며 200자 원고지로 1만 1,600장이 넘는 대작이다. 19세기 말 전라도 영산강 지역을 배경으로 노비세습제 폐지, 동학농민전쟁, 개항과 부두노동자쟁의, 1920년대 나주 궁삼면 소작쟁의 사건, 1929년 광주학생항일운동까지 반세기에 이르는 민중의 신선한 삶을 조명했다. 1987년 창작과비평사에서 7권을 낸 지 25년 만인 2012년에 8, 9권을 펴내 마침표를 찍었다.

7권을 낸 뒤 바로 전집을 완간하려고 했는데 그때만 해도 광주학생항일운동에 대한 올바른 평가가 이뤄지지 않아서 어려웠다. 최근 들어서야 당시 운동이

독립운동으로 인정받았고, 여러 새 연구를 참고해 마무리를 지을 수 있었다. 나는 <타오르는 강>을 쓰려고 녹음기를 들고 다니며 직접 방언을 채집했다. 그래서 이 책에는 구수한 전라도 방언이 가득하다.

[부록 3] 문순태 관련 연구 목록

강춘진, 「영산강과 <타오르는 강>」, 문학기행, 『국제신문』, 2004.10.

곽성혜, 「예수의 성육신, 우리시대 성자 <성자의 지팡이>」, 『주간 기독교』, 2002.9.

권영민, 「한의 역사와 그 소설적 의미, <타오르는 강>론」, 『소설의 시대를 위하여』,
　　　반도출판사, 1983.

권영민, 「역사의 지평을 넘어서」, 문순태, 『성자를 찾아서』, 수문서관, 1989.

권영민, 「이야기를 말하는 방식문제 <인간의 벽>」, 『문학사상』, 1984.9.

권택영, 「<늙은 어머니의 향기>에 보내는 찬사」, 『2004 이상문학상 수상작품집』, 문
　　　학사상사, 2004.

김광일, 「기다림의 정한 <정읍사>」, 『조선일보』, 2001.11.16.

김기석, 「돌가슴을 두드리는 하늘의 소리-문순태의 『징소리』」, 『새가정』442, 1994.

김동환, 「반다성성(反多聲性)으로서의 권력 언어: '철쭉제'를 중심으로」, 『문학교육학』
　　　제8호, 한국문학교육학회, 2001. 겨울.

김동환, 「소설에서의 권력 언어의 문제-'철쭉제'에 나타난 권력 관계와 권력 언어」, 『고
　　　향과 한의 미학-문순태의 소설세계』, 태학사, 2005.

김만선, 「전통미학 담긴 <된장>」, 『전남일보』, 2002.10.21.

김선기, 「문순태의 <정읍사>」, 『광주타임스』, 2001.11.19.

김선태, 「<징소리 현장>을 찾아서」, 『포항제철신문』, 2002.

김선학, 「21세기 한국문학과 생태주의: 한국 현대소설과 생태학」, 『한국문학평론』 통권
　　　제21호, 국학자료원, 2002. 봄호.

김성재, 「한국의 소리 커뮤니케이션: 징소리의 메시지」, 『한국언론정보학보』31, 2005.

김소연, 「상흔 되짚는 내면 여행 <41년생 소년>」, 『광주매일』, 2005.6.27.

김승리, 「문순태 단편소설 연구: 후기 작품을 중심으로」, 국민대학교 교육대학원 석사
　　　학위논문, 2015.2.

김열규, 「원한과 신명사이, 「징소리」론」, 『주간조선』, 1980.11.

김우종, 「怨과 恨의 民族文學」, 문순태, 『인간의 벽』, 나남, 1985.

김우종, 「확고한 역사의식」, 『소설문학』, 1985.5.

김윤식, 「우리 소설의 표정-문순태의 물레방아 속으로」, 『문학사상』, 문학사상사, 1981.

김윤식, 「지리산 철쭉이 아름다운 이유-문순태의 <철쭉제>」, 『한국일보』, 1981.6.27.

김윤식, 「原罪·元體驗으로서의 6·25-<물레방아 속으로>」, 『고향과 한의 미학-문순
　　　태의 소설세계』, 태학사, 2005.

김인환, 「귀환의 의미 문순태론」, 『다른 미래를 위하여』, 문학과지성사, 1998.

김정자, 「'한'의 문체, 그 맥락의 오늘-황석영・이청준・문순태를 중심으로」, 『국어교육』 57권, 한국어교육학회, 1986.

김재영, 「왜 그들은 죽음을 선택했나 <그들의 새벽>」, 『대한매일』, 2000.5.15.

김중하, 「흙과 불과 바람, 그리고 영산강의 미학, <타오르는 강>론」, 『소설, 비평 작품 읽기의 실제』, 세종 출판사, 2005.

김현곤, 「고향으로 가는 바람」 서평, 문학과 지성, 1978. 여름.

김현주, 「<타오르는 강>의 완성을 향한 노정」, 『고향과 한의 미학-문순태의 소설세계』, 태학사, 2005.

김형중, 「역사는 소설의 영원한 주제다」, 대담, 『고향과 한의 미학-문순태의 소설세계』, 태학사, 2005.

김훈・박래부, 「<타오르는 강>의 무대」, 문학기행, 『한국문원』, 1997.

나정미, 「문순태의 '철쭉제'연구」, 경남대학교 교육대학원 석사학위논문, 2005.2.

문석우, 「고향상실에 나타난 신화성: 라스뿌찐의 『마쪼라의 이별』과 문순태의 『징소리』를 중심으로」, 『비교문학』제30집, 한국비교문학회, 2003.

박덕규, 「문학공간의 명소화와 문화산업화 문제」, 『한국문예창작』제16호, 한국문예창작 학회, 2009.

박선경, 「'여성 몸'과 '사랑 담론'의 역학관계: 문순태 「황홀한 귀향」과 「물레방아 속으로」를 중심으로」, 『한국언어문학』제53집, 한국언어문학회, 2004.

박선경, 「'성(性)'과 '성담론(性談論)'을 통해 본, 삶의 내면과 이면: 문순태 소설의 전쟁 모티브와 성폭력모티브를 조명하며」, 『현대소설연구』제23호, 한국현대소설학 회, 2004.

박성천, 「문순태 소설의 한(恨)의 서사적 특징」, 『현대문학이론연구』제31집, 현대문학이 론학회, 2007.

박성천, 「문순태 소설의 서사 구조 연구: 한의 극복양상을 중심으로」, 전남대학교 박사 학위논문, 2008.2.

박양근, 「문순태 작품에 나타난 타자 윤리학」, 『계간문예』통권 21호, 2010.

박일우, 「한(恨)을 형상화하는 세 가지 양상」, 『창작촌』제4권, 2015.

박재범, 「1970년대 농민문학론과 농민소설의 소통 양상 연구」, 『현대소설연구』제31집, 한국현대소설학회, 2006.

박진, 「기억의 재구성과 역사의 서사화」, 문순태, 『41년생 소년』, 랜덤하우스 중앙, 2005.

박찬모, 「문순태의 『피아골』에 나타난 생태학적 상상력」, 『호남문화연구』제57집, 전남대학교 호남학연구원, 2015.

박찬효, 「1960~1970년대 소설의 '고향' 이미지 연구」, 이화여자대학교 대학원박사논문, 2010.8.

박철화, 「빈자리, 혹은 과거와 현재의 공존」, 문순태, 『된장』, 이룸, 2002.

박혜진, 「장소성의 재개념화와 문학 교육」, 『국어교과교육연구』제20권, 국어교과교육학회, 2012.

배경열, 「문순태 소설의 원과 한의 역사, 「백제의 미소」작품론」, 『문학과 창작』, 2003. 1.

배영대, 「최흥종 목사의 삶과 실천 <성자의 지팡이>」, 『중앙일보』, 2000.12.30.

백수인, 「한의 민중사 소설로 형상화」, 『조대신문』, 2000.

백승철, 「문순태의 <어머니의 성>」, 『현대문학』, 1984.7.

백우암, 「실명소설 문순태」, 『소설문학』, 1981.11.

변화영, 「한국전쟁의 문신, 흑인혼혈인과 양공주」, 『현대소설연구』제57집, 한국현대소설학회, 2014.

서석준, 「「철쭉제」연구-용서와 화해의 길」, 『고황론집』8권, 1991.8.

성현자, 「<징소리>의 이미지 고」, 『고향과 한의 미학-문순태의 소설세계』, 태학사, 2005.

소영현, 「시간의 복원, 복원의 시간 <41년생 소년>」, 『문예중앙』, 2005. 가을.

손윤권, 「기지촌소설의 탈식민성 연구」, 강원대학교대학원 박사학위논문, 2010.2.

손진상, 「문순태의 『징소리』와 댐 건설의 법적 문제」, 『衡平과正義』12권, 대구지방변호사회, 1997.11.

송기숙, 「견고한 의식과 뜨거운 애정」, 『창작과비평』여름, 창작과비평사, 1978.

송수권, 「어머니와 고향 회귀본능」, 문순태, 『생오지에 누워』, 책만드는집, 2013.

송재일, 「한의 얽힘과 풀어내기, <철쭉제>론」, 『문학시대』3집, 1992.

송현호, 「비전향 장기수의 신념과 현실의식 <느티나무 아래서>」, 『2002 올해의 좋은 소설』, 현대문학, 2002.

신덕룡, 「기억 혹은 복원으로서의 글쓰기」, 문순태, 『시간의 샘물』, 실천문학사, 1997.

신덕룡, 「소통과 화해의 길 찾기」, 문순태, 『울타리』, 이룸, 2006.

심숙희, 「서정인과 문순태의 『달궁』 비교 연구」, 경남대학교 교육대학원 석사학위논문, 2009.8.

심영의, 「5・18소설의 '기억 공간' 연구: 문순태 소설을 중심으로」, 『호남문화연구』제43집, 전남대학교 호남학연구원, 2008.

심영의, 「문순태-최루증과 기억의 고통」, 『작가의 내면, 작품의 틈새』, 한국문화사, 2013.

심재억, 「토속정서로 그린 한의 미학 <된장>」, 『서울일보』, 2002.9.22.

어수웅, 「잊을 수 없는 5·18 <그들의 새벽>」, 『조선일보』, 2000.5.16.

염무웅, 「고향을 지키는 작가」, 문순태, 『흑산도 갈매기』, 백제, 1979.

염무웅, 「고향심의 세계-문순태의 「물레방아 속으로」」, 『모래위의 시간』, 작가, 2002.

오병상, 「취재수첩에서 찾아낸 광주 <그들의 새벽>」, 『중앙일보』, 2000.5.15.

오세영, 「산업화와 인간상실, <징소리>론」, 『상상력과 논리』, 민음사, 1991.

오윤호, 「깨어진 역사history, 다시 쓰는 역사herstory」, 『문학과 경계』통권 7호, 문학과 경계, 2002. 겨울.

우수영, 「문순태『타오르는 강』에 나타난 영산강의 의미-해월 삼경사상의 구현을 통한 새로운 민중」, 『동학학보』제34집, 동학학회, 2015.

윤정훈, 「민초의 시각으로 본 광주항쟁 <그들의 새벽>」, 『동아일보』, 2000.5.13.

이강윤, 「끝나지 않은 광주 5월 <그들의 새벽>」, 『국민일보』, 2000.5.10.

이대규, 『남도 문학 기행』, 이화문화사, 1999.

이덕화, 「경계 허물기」, 문순태, 『생오지 뜸부기』, 책만드는집, 2009.

이동하, 「고통을 극복하는 길」, 『문학정신』, 1987.12.

이동하, 「고향찾기의 변모와 분단의 상처」, 『문학과 비평』, 1988. 겨울.

이동하, 「한국인과 인도종교의 만남, <성자를 찾아서>론」, 『한국현대소설과 종교의 양상』, 푸른 사상, 2005.

이동하, 「실향의식과 한의 미학」, 『고향과 한의 미학-문순태의 소설세계』, 태학사, 2005.

이명재, 「민중소설의 새로운 가능성, <타오르는 강>론」, 『소설문학』, 1985.2.

이명재, 「민중성 소설의 새로운 가능성」, 문순태, 『살아있는 소문』, 문학사상사, 1986.

이미란, 「5·18의 객관적 묘사, 『그들의 새벽』」, 『예향』, 광주일보사, 2000.6.

이보영, 「민중의 한과 그 힘」, 『고향과 한의 미학-문순태의 소설세계』, 태학사, 2005.

이삼교, 「문순태의 <타오르는 강>과 영산강」, 『금호문화』, 1990.2.

이삼교, 「고향사람 고향의 恨, 문순태」, 『제3세대 문학전집』, 1983.

이성부, 「발문」, 『고향으로 가는 바람』, 창작과비평사, 1977.

이성부, 「문학으로 묶여진 50년 우정」, 『고향과 한의 미학-문순태의 소설세계』, 태학사, 2005.

이성부, 「구수하고 은근한 된장찌개 맛 같은 사람」, 『계간문예』통권 21호, 2010.

이영란, 「문학공간으로서 지리산의 의미 분석」, 전북대학교 교육대학원 석사학위논문, 2008.2.

이재선, 「역사와 개인사의 관계 <비석>」, 『문학사상』, 1984.11.

이종태, 「그리운 사람들을 위한 진혼곡 <그들의 새벽>」, 『광주일보』, 2000.5.12.

이중재, 「<늙은 어머니의 향기>에 대하여」, 『문학과 창작』, 2003.3.

이호림, 「서사의 신선함과 소설의 즐거움 <나는 미행당하고 있다>」, 『문학창작』, 2001.8.

임동확, 「미래의 역사를 여는 전초작업으로서 고향찾기」, 대담, 『고향과 한의 미학-문순태의 소설세계』, 태학사, 2005.

임영천, 「남북 화해를 지향한 상징적 교훈 소설」, 『한울문학』제45호, 한울, 2007.

임우기, 「모순 속에서, 모순을 넘어서, 생화 속에서, 생활을 넘어서; 새로운 '리얼리즘'을 향하여 2」, 『현대소설』3권, 현대소설사, 1990.6.

임은희, 「문순태 소설에 나타난 생태학적 인식 고찰: 성과 여성, 자연을 중심으로」, 『우리어문연구』제30집, 우리어문학회, 2008.

임중빈, 「한의 소설적 미학」, 『우리시대의 한국문학전집』, 계몽사, 1994.

임헌영, 「귀환의지와 해한의 미학 - 문순태론」, 『우리시대의 소설읽기』, 글, 1992.

임헌영, 「문순태의 작품세계」, 문순태, 『꿈꾸는 시계』, 동광출판사, 1988.

임헌영, 「문순태의 작품세계」, 문순태, 『문신의 땅』, 열림원, 1988.

임헌영, 「민족적 解恨의 작가, 문순태」, 대담, 『고향과 한의 미학-문순태의 소설세계』, 태학사, 2005.

임환모, 「문순태」, 『약전으로 읽은 문학사 2』, 소명출판사, 2008.

장미영, 「혈통 가족에서 반려 가족으로: 문순태 <느티나무와 어머니>」, 『수필과 비평』통권 129호, 수필과비평사, 2012.7.

장세진, 「민중의 삶과 리얼리즘;『타오르는 강』론」, 『표현』19권, 표현문학회, 1990.7.

장양수, 「풍물군과 <징소리>」, 『한국예장인 소설론』, 한국문화사, 2000.

전흥남, 「문순태의 노년소설에 나타난 '노인상'과 소통의 방식」, 『국어문학』제52권, 국어문학회, 2012.

전흥남, 「'5 · 18광주민주화운동'과 '기억'의 방식: 문순태의 5 · 18 관련 소설을 중심으로」, 『현대소설연구』제58집, 현대소설학회, 2015.

정명중, 「인식되지 못한 자들, 혹은 유령들 : 5월소설 속의 '룸펜'」, 『민주주의와 인권』15, 2015.8.

정상철, 「소설로 다시 태어난 <정읍사>」, 『전라도닷컴』, 2001.11.1.

정상철, 「<징소리>의 현장 장성댐을 찾아서」, 문학기행, 『전라도 닷컴』, 2003.

정유미, 「1980년대 중반 한국 소설에 나타난 섬의 공간적 상징성 연구-시선과 권력의 역학 관계를 중심으로」, 『감성연구』제9집, 전남대학교 호남학연구원, 2014.

정철훈, 「고향 항아리에 담긴 질박한 토종의 맛 <된장>」, 『국민일보』, 2002.10.18.

정현기, 「식민지 백성들 서로가 깨뜨린 도덕성」, 『현상과 인식』, 1985. 봄.

조구호, 「문순태 분단소설 연구」, 『한국언어문학』제76집, 한국언어문학회, 2011.

조남현, 「소설과 상징의 매카니즘-문순태 작 「어머니의 城」」, 『현대문학』, 1984.7.

조남현, 「문순태의 <비석>」, 『중앙일보』, 1984.10.6.

조용호, 「문학으로 승화된 5월 광주 <그들의 새벽>」, 『세계일보』, 2000.5.10.

조용호, 「잃어버린 그 무엇을 찾아 <된장>」, 『세계일보』, 2002.10.18.

조은숙, 「문순태 소설 『타오르는 강』의 서사전략-광주학생독립운동의 역사성을 중심으로-」, 『호남문화연구』제54집, 전남대학교 호남학연구원, 2013.

조은숙, 「『타오르는 강』에 나타난 영산강의 장소성 연구」, 『어문논총』제26호, 전남대학교 한국어문학연구소, 2014.

조은숙, 「문순태 소설의 사운드스케이프 연구」, 『현대문학이론연구』제62집, 현대문학이론학회, 2015.

조은숙, 「문순태 소설의 지형도 연구」, 『현대문학이론연구』제66집, 현대문학이론학회, 2016.

조이영, 「된장네 옛 기억을 쿡쿡 건드리다 <된장>」, 『동아일보』, 2002.10.18.

주인, 「5·18 문학의 세 지평: 문순태, 최윤, 정찬 소설을 중심으로」, 『어문논총』제13집, 전남대학교, 2003.12.

최영자, 「권력담론 희생자로서의 아버지 복원하기: 황순원 <일월>, 김원일 <노을>, 문순태 <피아골>을 중심으로」, 『우리문학연구』제34집, 경인문화사, 2011.

최영호, 「환상과 구원의 장소로서의 섬: 한국 문학 속의 섬」, 『현대문학이론연구』제36집, 현대문학이론학회, 2009.

최원식, 「문순태의 <인간의 벽>」, 『중앙일보』, 1984.8.22.

최재봉, 「하층민의 대동세상 <그들의 새벽>」, 『한겨레』, 2000.5.18.

최재봉, 「50년의 기억… <41년생 소년>」, 『한겨레신문』, 2005.6.

최창근, 「문순태 소설의 '탈향/귀향' 서사 연구」, 전남대학교 석사학위논문, 2005.2.

하경숙, 「<정읍사>의 후대적 전승과 변용 양상」, 『동양고전연구』제47집, 동양고전학회, 2012.

한강희, 「시적 기제로서 강의 이미지와 상상력-'영산강' 관련 연작시편을 중심으로-」, 『한국언어문학』제55집, 한국언어문학회, 2005.

한만수, 「시간, 그 무덤과 샘물 「시간의 샘물」」, 『실천문학』봄, 실천문학사, 1998.

한순미, 「용서를 넘어선 포용: 문순태 소설의 공간 변모 양상에 대한 문학치료학적 접근」, 『문학치료연구』제30권, 한국문학치료학회, 2014.

한승원, 「다양한 목소리의 타고난 이야기꾼」, 『고향과 한의 미학-문순태의 소설세계』, 태학사, 2005.

한아름, 「문순태 소설에 나타난 감각의 의미 연구-「늙으신 어머니의 향기」를 중심으로」,

『건지인문학』16권, 전북대학교 인문학연구소』, 2016.

허명숙, 「숭실 문학의 견인차, 그들의 소설적 성취: 김신, 김유택, 문순태, 표성흠, 조성기를 중심으로」, 『한국문학과 예술』제3집, 숭실대학교 한국문예연구소, 2009.

황광수, 「과거의 재생과 현재적 삶의 완성, 『타오르는 강』론」, 『한국문학의 현단계 Ⅱ』, 창작과비평사, 1983.

황국명, 「주체적 삶과 형식적 서투름」, 『전망』, 1986.3.

1. 기본 자료

_ 단편소설집

『故鄕으로 가는 바람』, 창작과비평사, 1977.
『흑산도 갈매기』, 백제, 1979.
『피울음』, 일월서각, 1983.
『인간의 벽』, 나남, 1984.
『살아있는 소문』, 문학사상사, 1986.
『문신의 땅』, 동아, 1988.
『꿈꾸는 시계』, 동광출판사, 1988.
『어둠의 강』, 삼천리, 1990.
『시간의 샘물』, 실천문학사, 1997.
『된장』, 이룸, 2002.
『울타리』, 이룸, 2006.
『생오지 뜸부기』, 책만드는집, 2009.

_ 장편소설

『걸어서 하늘까지』(상, 하), 창작과비평사, 1980.
『병신춤을 춥시다』, 문학예술사, 1982.
『아무도 없는 서울』, 태창문화사, 1982.
『달궁』, 문학세계사, 1982.
『연꽃 속의 보석이여 완전한 성취여』, 수문서관, 1983.
『한수지』(1, 2), 정음사, 1987.
『성자를 찾아서』, 한라, 1989.
『가면의 춤』(상, 하), 서당, 1990.
『다산 정약용』, 큰산, 1993.

『도리화가』, 햇살, 1993.
『한수별곡』(상, 중, 하), 청암문학사, 1993.
『느티나무 사랑』(1, 2), 열림원, 1997.
『포옹』(1, 2), 삼진기획, 1998.
『그들의 새벽』, 한길사, 2000.
『성자의 지팡이: 최흥종 목사 이야기』, 다지리, 2000.
『정읍사: 그 천 년의 기다림』, 이룸, 2001.
『41년생 소년』, 랜덤하우스 중앙, 2005.
『알 수 없는 내일』(1, 2), 다지리, 2009.
『타오르는 강』(9권), 소명출판, 2012.
『낮은 땅의 어머니: 소심당 조아라 실명소설』, 책가, 2013.
『소쇄원에서 꿈을 꾸다』, 오래, 2015.

_ 연작소설집

『징소리』, 수문서관, 1980.
『물레방아 속으로』, 심설당, 1981.
『철쭉제』, 고려원, 1987.
『제3의 국경』, 예술문화사, 1993.

_ 산문집

『사랑하지 않는 죄』, 대학문화사, 1983.
『그늘 속에서도 풀꽃은 핀다』, 강천, 1992.
『꿈』, 이룸, 2006.
『생오지 가는 길』, 눈빛출판사, 2009.
『그리움은 뒤에서 온다』, 오래, 2011.

_ 동화집

『숲으로 간 워리』, 이룸, 2003.
『숲속의 동자승』, 자유지성사, 2005.

_ 시집

『생오지에 누워』, 책만드는집, 2013.

_ 평전

『의제 허백련』, 중앙일보사, 1978.

_ 기행문(기행집)

『신왕오천축국전』, 한국방송사업단, 1983.
『유배지』, 어문각, 1983.
『동학기행』, 어문각, 1986.

_ 어린이 위인전

『김정희』, 삼성출판사, 1990.
『빛과 색채의 화가: 오지호』, 나무숲, 2011.

_ 소설창작이론서

『열한권의 창작노트: 중견작가들이 말하는 나의 소설쓰기』(공저), 창, 1991.
『소설 창작연습: 그 이론과 실제』, 태학사, 1998.
『소설 창작연습』, 태학사, 1999.
『소설 이렇게 써라』, 평민사, 1999.

_ 기타

『타오르는 강: 소설어 사전』, 소명출판, 2014.

2. 국내 논문 및 평론

곽경숙, 「『이슬람 정육점』을 통해 본 생태학적 다문화사회」, 『현대문학이론연구』제58
   집, 현대문학이론학회, 2014.

김동환, 「반다성성(反多聲性)으로서의 권력 언어: '철쭉제'를 중심으로」, 『문학교육학』
   제8호, 한국문학교육학회, 2001. 겨울.

김서경, 「초등 음악과 교육과정에서의 사운드스케이프 교육 수용 가능성 연구」, 『음악
   교육공학』제13집, 한국음악교육공학회, 2011.

김선학, 「21세기 한국문학과 생태주의: 한국 현대소설과 생태학」, 『한국문학평론』제21
   호, 국학자료원, 2002. 봄호.

김열규, 「원한과 신명사이, 「징소리」론」, 『주간조선』, 1980.11.

김우종, 「怨과 恨의 民族文學」, 문순태, 『인간의 벽』, 나남, 1985.

김윤식, 「우리 소설의 표정-문순태의 물레방아 속으로」, 『문학사상』, 문학사상사, 1981.

나정미, 「문순태의 '철쭉제'연구」, 경남대학교 교육대학원 석사학위논문, 2005.2.

나희덕, 「김수영의 매체의식과 감각적 주체의 전환」, 『현대문학의 연구』제40집, 한국문
   학연구학회, 2010.

문석우, 「고향상실에 나타난 신화성: 라스뿌찐의 『마쪼라의 이별』과 문순태의 『징소리』
   를 중심으로」, 『비교문학』제30집, 한국비교문학회, 2003.

문순태, 「삶과 꿈이 흐르는 영산강」, 2014 영산강문학 심포지엄 자료집, (재) 생오지문
   예창작촌, 2014.8.30.

문순태, 「韓國文學에 나타난 恨의 硏究」, 숭전대학교 대학원 석사학위논문, 1983.

박덕규, 「문학공간의 명소화와 문화산업화 문제」, 『한국문예창작』제16호, 한국문예창작
   학회, 2009.

박선경, 「'여성 몸'과 '사랑 담론'의 역학관계: 문순태 「황홀한 귀향」과 「물레방아 속으
   로」를 중심으로」, 『한국언어문학』제53집, 한국언어문학회, 2004.

박선경, 「'성(性)'과 '성담론(性談論)'을 통해 본, 삶의 내면과 이면: 문순태 소설의 전쟁
   모티브와 성폭력모티브를 조명하며」, 『현대소설연구』제23호, 한국현대소설학
   회, 2004.

박성천, 「문순태 소설의 한(恨)의 서사적 특징」, 『현대문학이론연구』제31집, 현대문학이
   론학회, 2007.

박성천, 「문순태 소설의 서사 구조 연구: 한의 극복양상을 중심으로」, 전남대학교 박사
   학위논문, 2008.2.

박일우, 「한(恨)을 재구성하는 세 개의 방법-영산강 모티브를 활용한 소설을 중심으로-」,

2014 영산강문학 심포지엄 자료집, (재) 생오지문예창작촌, 2014.8.30

박찬모, 「문순태의 『피아골』에 나타난 생태학적 상상력」, 『호남문화연구』제57집, 전남 대학교 호남학연구원, 2015.

박철화, 「빈자리, 혹은 과거와 현재의 공존」, 문순태, 『된장』, 이룸, 2002.

박혜진, 「장소성의 재개념화와 문학 교육」, 『국어교과교육연구』제20권, 국어교과교육학 회, 2012.

배경열, 「문순태 소설의 원과 한의 역사, 「백제의 미소」작품론」, 『문학과 창작』, 2003. 1.

생오지문학회, 『『타오르는 강』 문순태』, 예원출판사, 2012.

서석준, 「「철쭉제」연구-용서와 화해의 길」, 『고황론집』8권, 1991.

손진상, 「문순태의 『징소리』와 댐 건설의 법적 문제」, 『衡平과正義』12권, 대구지방변호 사회, 1997.11.

송기숙, 「견고한 의식과 뜨거운 애정」, 『창작과비평』여름, 창작과비평사, 1978.

신덕룡, 「기억 혹은 복원으로서의 글쓰기」, 문순태, 『시간의 샘물』, 실천문학사, 1997.

신덕룡, 「소통과 화해의 길 찾기」, 문순태, 『울타리』, 이룸, 2006.

심숙희, 「서정인과 문순태의 『달궁』 비교 연구」, 경남대학교 교육대학원 석사학위논문, 2009.8.

심영의, 「5·18소설의 '기억 공간' 연구: 문순태 소설을 중심으로」, 『호남문화연구』제 43집, 전남대학교 호남학연구원, 2008.

염무웅, 「고향을 지키는 작가」, 문순태, 『흑산도 갈매기』, 백제, 1979.

염무웅, 「고향심의 세계-문순태의 「물레방아 속으로」」, 『작가』, 2003.

오윤호, 「깨어진 역사history, 다시 쓰는 역사herstory」, 『문학과 경계』통권 7호, 문학과 경계, 2002. 겨울.

우수영, 「문순태 『타오르는 강』에 나타난 영산강의 의미-해월 삼경사상의 구현을 통한 새로운 민중」, 『동학학보』제34집, 동학학회, 2015.

이덕화, 「경계 허물기」, 『시선』 통권 제40호, 시선사, 2012.

이미란, 「5·18의 객관적 묘사, 『그들의 새벽』」, 『예향』, 광주일보사, 2000.6.

이승원, 「'소리'의 메타포와 근대의 일상성; 근대 초기-1930년대 서양양식을 중심으로」, 『한국근대문학연구』제5권 제1호, 한국근대문학회, 2004.

이영란, 「문학공간으로서 지리산의 의미 분석」, 전북대학교 교육대학원 석사학위논문, 2008.2.

임수경, 「현대시에 나타난 한강의 장소성 연구」, 『우리문학연구』제43권, 우리문학회, 2014.

임영천, 「남북 화해를 지향한 상징적 교훈 소설」, 『한울문학』통권 제45호, 한울, 2007.

임우기, 「모순 속에서, 모순을 넘어서, 생화 속에서, 생활을 넘어서; 새로운 '리엄리즘'을 향하여 2」, 『현대소설』3권, 현대소설사, 1990.6.

임은희, 「문순태 소설에 나타난 생태학적 인식 고찰: 성과 여성, 자연을 중심으로」, 『우리어문연구』제30집, 우리어문학회, 2008.

임태훈, 「"소리"의 모더니티와 "음경(音景)"의 발견」, 『민족문학사연구』제38집, 민족문학사학회, 2008.

임태훈, 「미디어융합과 한국문학의 재매개: "사운드스케이프 문화론"에 대한 시고」, 『반교어문연구』제38집, 반교어문학회, 2014.

임태훈, 「박정희체제의 사운드스케이프와 문학의 대응」, 성균관대학교 일반대학원 박사학위논문, 2014. 8.

임환모, 「이청준 소설의 지형도」, 『현대문학이론연구』제37집, 현대문학이론학회, 2009.

장길수·국찬, 「사운드스케이프 개념과 디자인 사례」, 『건축환경설비』제4집, 한국건축친환경설비학회, 2010.

장미영, 「혈통 가족에서 반려 가족으로: 문순태 <느티나무와 어머니>」, 『수필과 비평』통권 129호, 수필과비평사, 2012.7.

장세진, 「민중의 삶과 리얼리즘; 『타오르는 강』론」, 『표현』19권, 표현문학회, 1990.7.

전흥남, 「문순태의 노년소설에 나타난 '노인상'과 소통의 방식」, 『국어문학』제52권, 국어문학회, 2012.

전흥남, 「'5·18광주민주화운동'과 '기억'의 방식: 문순태의 5·18 관련 소설을 중심으로」, 『현대소설연구』제58집, 현대소설학회, 2015.

조구호, 「문순태 분단소설 연구」, 『한국언어문학』제76집, 한국언어문학회, 2011.

조남현, 「소설과 상징의 매카니즘-문순태 작 「어머니의 城」」, 『현대문학』, 1984.7.

조은숙, 「송기숙 소설 연구」, 전남대학교 박사학위논문, 2009.8.

조은숙, 『송기숙의 삶과 문학』, 역락, 2009.

조은숙, 「송기숙 소설의 토포필리아 연구」, 『현대문학이론연구』제46집, 현대문학이론학회, 2011.

조은숙, 「문순태 소설 『타오르는 강』의 서사전략-광주학생독립운동의 역사성을 중심으로-」, 『호남문화연구』제54집, 전남대학교 호남학연구원, 2013.

조은숙, 「『타오르는 강』에 나타난 영산강의 장소성 연구」, 『어문논총』제26호, 전남대학교 한국어문학연구소, 2014.

조은숙, 「문순태 소설의 사운드스케이프 연구」, 『현대문학이론연구』제62집, 현대문학이론학회, 2015.

조은숙, 「문순태 소설의 지형도 연구」, 『현대문학이론연구』제66집, 현대문학이론학회, 2016.

주 인, 「5·18 문학의 세 지평: 문순태, 최윤, 정찬 소설을 중심으로」, 『어문논총』제13집, 전남대학교, 2003.12.

최영자, 「권력담론 희생자로서의 아버지 복원하기: 황순원 <일월>, 김원일 <노을>, 문순태 <피아골>을 중심으로」, 『우리문학연구』제34집, 경인문화사, 2011.

최영호, 「환상과 구원의 장소로서의 섬: 한국 문학 속의 섬」, 『현대문학이론연구』제36집, 현대문학이론학회, 2009.

최창근, 「문순태 소설의 '탈향/귀향' 서사 연구」, 전남대학교 석사학위논문, 2005.2.

한강희, 「시적 기제로서 강의 이미지와 상상력-'영산강' 관련 연작시편을 중심으로-」, 『한국언어문학』제55집, 한국언어문학회, 2005.

한만수, 「시간, 그 무덤과 샘물 「시간의 샘물」」, 『실천문학』봄, 실천문학사, 1998.

한명호·오양기, 「소음과 사운드스케이프」, 『소음·진동』제18권 제6호, 한국소음진동공학회, 2008.

한명호·오양기, 「세계 사운드스케이프 프로젝트의 역사적 전개과정과 성과」, 『한국생태환경건축학회논문집』제11권 제4호, 한국생태환경건축학회, 2011.

황광수, 「과거의 재생과 현재적 삶의 완성, 『타오르는 강』론」, 『한국문학의 현단계 Ⅱ』, 창작과비평사, 1983.

허명숙, 「숭실 문학의 견인차, 그들의 소설적 성취: 김신, 김유택, 문순태, 표성흠, 조성기를 중심으로」, 『한국문학과 예술』제3집, 숭실대학교 한국문예연구소, 2009.

3. 국내 단행본

김경수 편저, 『영산강 삼백오십리』, 향지사, 1995.

김붕구, 『작가와 사회』, 일조각, 1982.

김상태, 「작가론의 형태와 연구방법」, 『한국현대작가연구』, 푸른사상, 2002.

김수복, 「문학과 공간 그 이론적 모색」, 『한국문학공간과 문화콘텐츠』, 청동거울, 2005.

김윤식, 『문학비평용어사전』, 일지사, 1983.

김윤식·정호웅, 『한국소설사』, 예하, 1993.

김정호, 『호남문화입문』, 김향문화재단, 1990.

김홍경, 『노자-삶의 기술, 늙은이의 노래』, 들녘, 2010.

박주식, 고부응 편, 『탈식민주의-이론과 쟁점』, 문학과 지성사, 2003.

박성천, 『해한(解恨)의 세계 문순태 문학 연구』, 박문사, 2012.
박종석, 『작가 연구 방법론』, 역락, 2007.
서정범 외 11인, 『숨어사는 외톨박이』, 뿌리깊은 나무, 1980.
신영복, 『담론』, 돌베개, 2015.
신정일, 『영산강』, 창해, 2009.
안영선, 『살아 있는 문학여행답사기』, 마로니에북스, 2008.
우한용, 「작가론의 방법」, 『한국근대작가연구』, 삼지원, 1985.
이은봉 외 엮음, 『고향과 한의 미학』, 태학사, 2005.
임환모, 「문순태」, 『약전으로 읽은 문학사 2』, 소명출판사, 2008.
장석주, 『장소의 탄생-우리 시의 문학지리학』, 작가정신, 2006.
최규창, 「영산강에 와서 4」, 『영산강 비가』, 영언문화사, 1993.
한국소설학회, 『공간의 시학』, 예림기획, 2002.

4. 외서 및 번역서

가스통 바슐라르, 곽광수 옮김, 『공간의 시학』, 동문선, 2003.
도러시아 브랜디, 강미경 옮김, 『작가 수업』, 공존, 2012.
디트리히 슈바니츠, 인성기 옮김, 『사람이 알아야 할 모든 것: 교양』, 들녘, 2001.
마루야마 겐지, 김난주 옮김, 『소설가의 각오』, 문학동네, 1999.
마셜 맥루한, 임상원 옮김, 『구텐베르크 은하계』, 커뮤니케이션북스, 2001.
마크 스미스, 김상훈 옮김, 『감각의 역사』, SUBOOK, 2007.
마크 카츠, 허 진 옮김, 『소리를 잡아라』, 마티, 2006.
머레이 쉐이퍼, 한명호·오양기 옮김, 『사운드스케이프-세계의 조율』, 그물코, 1993.
모리스 블랑쇼, 박혜영 옮김, 『문학의 공간』, 책세상, 1998.
베레나 크리거, 조이한·김정근 옮김, 『예술가란 무엇인가』, 휴머니스트, 2010.
빌헬름 딜타이, 이한우 옮김, 『체험·표현·이해』, 책세상, 2002.
스테판 에셀, 임희근 옮김, 『분노하라』, 돌베개, 2011.
에드워드 렐프, 김덕현·김현주·심승희 옮김, 『장소와 장소상실』, 논형, 2005.
에드워드 암스트롱 베넷, 김형섭 옮김, 『한 권으로 읽는 융』, 푸른 숲, 1997.
요시미 순야, 송태욱 옮김, 『소리의 자본주의』, 이매진, 2005.
윌리엄 진서, 이한중 옮김, 『글쓰기 생각쓰기』, 돌베개, 2007.
윌터 J. 옹, 이기우 옮김, 『구술문화와 문자문화』, 문예출판사, 1995.

이-푸 투안, 구동회·심승회 옮김, 『공간과 장소』, 대윤, 1999.
이-푸 투안, 이옥진 옮김, 『토포필리아』, 에코리브르, 2011.
존 샌포드, 심상영 옮김, 『융 심리학과 치유』, 한국심층심리연구소, 2010.
줄리아 카메론, 조한나 옮김, 『나를 치유하는 글쓰기』, 이다 미디어, 2013.
진 쿠퍼, 이윤기 옮김, 『그림으로 보는 세계문화상징 사전』, 까치, 2001.
카를 G. 융 외, 이윤기 옮김, 『인간과 상징』, 열린책들, 1996.
카를 G. 융, 조성기 옮김, 『기억 꿈 사상』, 김영사, 2007.
캘빈 S. 홀, 버논 J. 노비드, 김형섭 옮김, 『융 심리학 입문』, 문예출판사, 2004.
페니 베이커, 김종한·박광배 옮김, 『털어놓기와 건강』, 학지사, 1999.
프리모 레비, 이현경 옮김, 『이것이 인간인가』, 돌베개, 2015.
필립 르죈, 윤진 옮김, 『자서전의 규약』, 문학과지성사, 1998.
한병철, 김태환 옮김, 『피로사회』, 문학과지성사, 2012.

조은숙(曺銀淑)

1968년 전남 해남 출생.
전남대학교 국어국문학과 대학원 졸업(문학박사).
현재 전남대학교 국어국문학과 강의교수.

주요논문

「문순태 소설의 지형도 연구」
「송기숙 소설의 토포필리아 연구」
「『녹두장군』과 설화의 상호텍스트성」
「문순태 소설의 사운드스케이프 연구」
「문순태 소설 『타오르는 강』의 서사전략」
「『타오르는 강』에 나타난 영산강의 장소성 연구」
「지리산권 동학농민혁명의 상징성 연구 – 송기숙의 『녹두장군』을 중심으로」
「동학농민전쟁의 소설화 전략 비교 연구 – 송기숙의 『녹두장군』과 한승원의 『동학제』를 중심으로」

저서

『송기숙의 삶과 문학』
『한국문학의 이해』(공저)
『지리산권 동학농민혁명』(공저)
『호남문학과 근대성 연구』1, 2(공저)
『외국인 유학생을 위한 대학 글쓰기』(공저)

생오지 작가, 문순태에게로 가는 길

초판1쇄 인쇄 2016년 12월 1일
초판1쇄 발행 2016년 12월 8일

지은이 조은숙
펴낸이 이대현

책임편집 고나희
편　　집 이태곤 권분옥 홍혜정
디 자 인 이홍주 안혜진
마 케 팅 박태훈 안현진

펴낸곳 도서출판 역락
　　　　서울시 서초구 동광로 46길 6-6 문창빌딩 2층(우 06589)
　　　　전화 02-3409-2058(영업부), 2060(편집부)
　　　　팩시밀리 02-3409-2059
　　　　이메일 youkrack@hanmail.net
　　　　역락블로그 http://blog.naver.com/youkrack3888
　　　　등록 1999년 4월 19일 제303-2002-000014호

ISBN 979-11-5686-714-2 93810
정 가 30,000원

* 이 도서의 국립중앙도서관 출판예정도서목록(CIP)은 서지정보유통지원시스템 홈페이지(http://seoji.nl.go.kr)와
　국가자료공동목록시스템(http://www.nl.go.kr/kolisnet)에서 이용하실 수 있습니다.(CIP제어번호: CIP2016028575)